五环外的女人

伊北 —— 著

图书在版编目（CIP）数据

五环外的女人 / 伊北著. -- 北京：北京联合出版公司，2023.5
 ISBN 978-7-5596-6811-0

Ⅰ. ①五… Ⅱ. ①伊… Ⅲ. ①长篇小说－中国－当代 Ⅳ. ① I247.5

中国国家版本馆 CIP 数据核字（2023）第 055230 号

五环外的女人

作　　者：伊　北
出 品 人：赵红仕
责任编辑：龚　将
封面设计：沉清 Evechan
内文排版：星光满天

北京联合出版公司出版
（北京市西城区德外大街 83 号楼 9 层　100088）
三河市兴达印务有限公司　新华书店经销
字数 739 千字　900 毫米 ×1280 毫米　1/32　22 印张
2023 年 5 月第 1 版　2023 年 5 月第 1 次印刷
ISBN 978-7-5596-6811-0
定价：69.80 元

版权所有，侵权必究
未经许可，不得以任何方式复制或抄袭本书部分或全部内容
本书若有质量问题，请与本公司图书销售中心联系调换。电话：010-86226746

楔 子
Xiezi

♦

  2015年5月21日,北京市统计局、国家统计局北京调查总队首次发布北京环路人口分布数据。"数据显示,五环以外有1098万常住人口,占全市51.1%。"

第一章 毛文娉
Di Yi Zhang　Mao Wenping

✦

"你没觉得我跟这个小区格格不入吗？"

"哪儿不入？"

"哪哪都不入。"宁红五官往中间集中，痛心疾首。毛文娉不理解她的深意，若有所思。

两个人走到小区小池塘边，里头荷叶烂糟的，叶片之间隐约能看到蛤蟆。有好几个妈妈带着孩子，个别推婴儿车，大部分放养，孩儿们有的骑自行车，有的拿着水枪、泡泡枪，不论男的女的，全在疯跑。其中一个还差点撞到宁红。

宁红慌忙躲，扶稳她的宽檐太阳帽，更不高兴，转头对文娉道："明白了吧。"

文娉一头雾水。大太阳底下，老打哑谜。这也是宁红的一贯作风，故作神秘。

"人！"宁红喊出来。

文娉哦了一声，她领悟能力实在有限，读不懂老同学的小九九。她不懂就问："人怎么着？"

"丑呀！"宁红恨不得顿足，"你没发现呀，我们这个小区出来遛孩子的，净是些丑女！"

文娉恍然大悟。只是，这一竿子打翻一船人，连她毛文娉都包括在内。她也搬到这里来，那么她也属于"丑女"。

宁红愤然，"美女谁住这呀！没结婚的，结了婚的，但凡平头正脸的，都不会混这儿来，记得我们那一届院花不？"

"记得，哪儿混呢她？"

"人霄云路端着呢，"宁红口气不屑，"她好看吗，脸那么方，"又叹，"架不住命好，虽然人就比咱高一环，但那高的，就不是一点儿半点儿。"

有道理。在北京，女人的颜值，随着环数的增加，逐渐降低。宁红是个异类，她自认高开低走，标准昭君出塞，风欺雪侮，埋汰了好颜色。

"紫禁城里可没人。"文娉打趣。

"哎哟，你可别这么说，不是大美女，能进宫吗，"宁红手指支棱着，学清宫戏里的女人，"我跟你说就这块地，以前是埋宫女太监的。"

毛文娉失笑。又一个孩儿妈打旁边经过，黑漆漆的一张皱脸，干瘦身材，戴着个眼镜，衣服也不讲究。嗓门老大，喊她孩儿："拉贝！"再旁边一点，也不知道孩儿的奶奶还是姥姥，跟一个老头解释孩子的名字："咱叫拉贝，不叫拉拉，拉拉不好。"老头若有所思点点头。

话飘到耳朵里，文娉鄙夷，拉贝怎么就比拉拉高级？她转向老同学，道："你是美一点。"

触景生情，肯定宁红。

的确，同学堆里，论长相，宁红名列前茅。只可惜她追随了"爱情"，嫁给了县城凤凰男吴冠军，如今便流落"边关"了。

"才一点？！"宁红不满足。

"一些。"文娉小幅度前进。

"大方点行吗？"

"很多，大量，a lot of。"文娉连忙纠正用词，中英齐上阵。巨型夸奖，免费奉送。

宁红沮丧地说："像我这种拥有稀缺资源的人，竟然还在五环外某丑女聚集的小区行走，冤不冤？你看桑嫣，多实际，现在就得这样，才不吃亏！"

桑嫣也是同学，本科一宿舍的，嫁给了北京大院子弟。自此妻凭夫贵，工作清闲，稳居三环。

文娉随即点评："你爱情至上了。"

"你说对了，"宁红一根手指顶天，"就怪爱情！狗屁爱情！有啥用呀，不能吃不能住的。"

毛文娉当然能听出宁红话音里的复杂情绪，她既看不起桑嫣，又羡慕她，但她始终认定了桑嫣的婚姻内部没有爱情，否则无论如何也没法解释，桑嫣这么个女人，怎么会比她混得好。她可是比桑嫣要美的呀！

文娉笑呵呵地说："让你们家冠军再努把力。"

"他？我早就不指望了，"宁红一身落寞，"没结婚的时候，人家可是要当第二个刘强东的，现在呢，人刘强东认识他是谁？"顿一下，又叮嘱，"你可别学我。"

宁红的老公刚出来创业，算小有成就，但远远没达到宁红的要求。她的目标是当富太太。

毛文娉就可怜了，至今单身，但不贵族。她连房子都没有，也流浪在五环外，到这个年纪还在为钱发愁。

"不至于，我看王老师挺努力。"

"我准备跟他离。"宁红云淡风轻地说。

"啊？！"文娉心脏受不了，"真的假的？"

"真的呀。"宁红撒娇。

"为啥呀。"文娉实在理解不了。

"孩儿马上要上学了，老搁这住能行不？别回头老子娘好不容易混北京来，孩儿再混回去。"

"还是换房子的事？"

"可不就是嘛。"

"慢慢来。"

"你瞅瞅我这脖子后头我急得这一排疙瘩。"宁红把头发撩起来。果然有一排疙瘩，跟对好点似的，你挨着我，我挨着你，一起冒出来了。只不过，外人不知道。宁红自己闷着心烦。

毛文娉原本居住在二环外，西直门，一个大开间。上班在二、三环之间，出版社，老胡同口。这种通勤格局，一直是文娉引以为傲的。不过最近几年，这种傲气明显下降——人们允许刚参加工作的小姑娘租房子住，对她这种工作七八年，三十出头的"老姑娘"可就没那么友好了。每当谈到房子，文娉总能感觉出他人言语之间的尖刻与含蓄。先是问："住哪儿呢？"她答西直门。对方肯定要说好地方。然后再问："几个平方？什么时候买的？现在单价多少？赚了赔了？"毛文娉只能把那两个字云淡风轻地飘在嘴唇上，"租的。"对方立刻不往下问了。只是，这种为保留面子而做的戛然而止，偏偏总是刺痛毛文娉的自尊心。

她买不起房子。

二环外的房，就她租的那个，按她目前的工资水平，不吃不喝也得六七十年才能拿下。三环呢，同样买不起。四环也没戏。五环仍旧高不可及。毛文娉觉着单靠自己，这辈子能在五环外有个安身的小窝就算她走了大运了。

她很羡慕本科同宿舍的大姐宁红，在五环外的"庄"里有自己的住房，眼下还盘算着第二套。只是，宁红和她的显著区别是：人家已婚。她毛文娉还孤家寡人。

在不少外人和家人看来，你毛文娉居无定所那完全是咎由自取。好嘛！有优势你不利用，搞什么搞？！自己买不起，嫁个男人不就有了？就算没有现成的，两个人的力量也总大过一个人。什么叫夫妻两手合纵连横？婚姻，本质上就是资源的互换！谁让你挑，谁让你拣，谁让你拧巴？没房？呵呵，活该。

文娉父母在婚恋问题上对女儿基本放弃。催过太多次。再催下去，估计文娉就要跟他们断绝亲子关系了。毛文娉也委屈。她不是没努力呀！尤其过了三十，她就像一个溺水者一样挣扎求生：上过相亲网站（舍不得请红娘），上BBS发帖（总说代发，但依旧遭遇群嘲），亲戚朋友介绍，刚开始都热心，次数多了，全无下文，中间人也觉得没面子，渐渐地，毛文娉便失却了货源。连带着，还获得了个人设：难搞老姑娘。

最近半年，文娉原本春风得意，开会认识个青年教师，搞古典诗歌的，人高马大，本来谈得挺好，谁知夏天一过，青教单方面通知她，还是做朋友吧。文聘稍一打听，人家有下家了，跟副院长的女儿好上了。她告诉自己不要伤心，好嘛，本来就都是骑驴找马，可一颗玻璃心却不听话，碎成十八瓣儿，弄得文娉狠哭了几场，张惠妹的《掉了》不晓得听了多少遍。

还有别的倒霉事呢！

分手后不久，某天凌晨，不晓得哪跑来个女人敲她的门，说要找她老公。文娉吓坏了，在门里头说没有。又慌忙给物业打电话，直到确定楼下没有形迹可疑的女人，才敢开门出去上班。

主客观原因综合起来，毛文娉认定这地方不能住了。

她想买房子的心又炽了。

这些年等福利房，等得天荒地老的，始终没那运气。入秋之前，她还去燕郊看过，八十万，两室一厅，不限购。文娉原本想咬牙拿下，可等到中介准备好合同，她又后悔了。凭什么？！她费了九牛二虎之力才混到北京户口，首套房，为什么要贡献给河北？不甘心。不乐意、不能买。不不不。于是乎，在宁红的牵线下，文娉一咬牙，重新搬到五环外（刚毕业那会儿在天通苑住过一阵，也属于五环外），租下了北京东面宁红所在小区某顶楼复式一居，开始了新的生活。

逛完小区，宁红原本要请吃饭，毛文娉搬来之前，她就开始嚷嚷了。只可惜她家有突发状况，跟吴冠军离婚，细细碎碎好多事要忙，而且晚上还要陪冠军应酬。

吴冠军算地方上的小官二代（破落型）。放到北京，就不算什么了，父母能帮他的，不过是出点首付，让他在北京有个落脚的地方，至于职业发展，只能靠自己。

吴冠军出来创业，跟人合伙做科技产品。宁红对丈夫期待很高，做好她的大数据会务报道之余，没少陪他应酬，摸关系，找路子。不过，离婚后，她就不能那么频繁出现了，理论上不允许——离婚也要有个离婚的样子。因此，眼下的应酬，格外值得珍惜。宁红说抱歉，又说："回头请个大的，老吴付钱，就宰他！"说得好听，他们是两口子，又怎么会胳膊肘往外拐。

文娉连忙说不用。

宁红道："要的，你是不知道我们老吴多看重你，在他眼里，我都不算文科生，中文系白读！非得你这样天天跟文字打交道的，才算货真价实。"

文娉讪讪地笑。

宁红问她晚上怎么吃。毛文娉说随便叫个外卖凑合。实际上，她没敢跟宁大姐说实话，晚上这顿，许可凡早约好了。可凡也住朱家庄，跟宁红一个小区，不过许住的是经济适用房，跟宁红的商品房隔着一道墙头。

私下里，宁红对许可凡的房子是不屑的。"房型不行，死了好几个人了。""物业基本不作为吧，整天找麻烦。""楼盖得太密，跟一把筷子似的。""人员素质特别差，大爷摞砖头砸车。""有绿化吗？都那几棵树，还怹细。"宁红一提起墙头那边，就痛心疾首。当然了，价钱不一样，待遇坚决不能一样，否则她宁红第一个揭竿而起。临告别，宁红突然问："许可凡没找你？"

毛文娉迟疑了一下，口气瞬间笃定："没有。"宁红不评价，煞有介事地笑笑，就算是评价了。

毛文娉有时也觉得有意思，她们本科404宿舍六个女生，如今都在北京混。她们有个微信群，叫"六瓣花"，平时基本没什么动静，偶尔，最小的于曼蔓会发些美容产品、生活用品、精致吃食或者艺术品（多半是画）。曼蔓最好吃、最爱美。其他时候，一旦有人发消息，那就是有事。大事。重要的事。文娉隔着屏幕，都能感觉到大家正较着劲儿。

六个人里，最"人淡如菊"的要数文娉，她是那种学霸型女生，性别模糊，除了成绩，一律不争不抢。她主要跟自己较劲。因此，她便一不小心成为小团体里的最大公约数，是其他五个人争取友谊的对象。

许可凡要请她吃饭，是坚决不能让宁红知道的。也不能让于曼蔓知道，知道了曼蔓也要来。她就住宋庄，离得不远。至于杨盼和桑嫣，一个住燕郊，一个住西三环，都离得太远，轻易不会出动。所以，这天晚上的聚会，注定只属于许可凡和毛文娉两个人。

不用说，文娉都知道，许可凡必然又要说说宁红或者桑嫣的八卦（含坏话），至于于曼蔓和杨盼，估计她懒得提。曼蔓在可凡眼里不是正派人。杨盼呢，混得实在糟糕，离五环都还有好大一段距离，别说上等人，连中等人都算不上，整个一不入流。

第二章
Di Er Zhang

许可凡
Xu Kefan

✦

许可凡家房型有点奇怪。

文娉次次来，次次都发晕，来来回回跑，跟上体育课似的。两个卧室在南北两头，中间几乎没有客厅，只有条长长的走道，整个房子呈个狗骨头形。

毛文娉是没有资格点评的，因为她连自己的房子都还没有，而且，针对这房子，许可凡的丈夫尉迟寅给过评判，他也说像狗骨头，"但比菜刀形、刀把形要好很多，而且狗来财，是好征兆"。主人都这么说，文娉自然"不容置喙"了。

这次来，许可凡的婆婆也在。文娉不好意思。但许可凡不太在意，她跟婆婆早过了矛盾丛生的阶段。搞清楚，这里是北京，她婆婆从鸟不拉屎的村里巴巴来了，眼见儿子媳妇如此艰苦，就是想闹事，也必须先偃旗息鼓，一致对外了。大城市，生活太难，不容许任何人耍小脾气。婆婆也不行。

更何况，婆婆也是人，是人就有劳动力，能帮她带孩子，许可凡和尉迟寅多少能解解放，腾出精力，投身事业。许可凡多看重自己和老公的事业呀！本科保大，硕研到北京读政法，毕业考进法院，虽然在郊区，但也是响当当的国家公务员。

关键还摇中了经济适用房。

许可凡认为自己的前半生蛮励志的，老了值得写回忆录那种。尉迟寅呢，跟她势均力敌，老家人，学计算机的，刚开始混五道口，现在在欢市网当"码农"。他们两口子都巴望着在事业上更上层楼。

某种意义上，许可凡是欢迎文娉时不时来一趟的，多少能调节家庭气氛。菲菲喜欢文娉阿姨。文娉来了，妈妈就不会逼她练字。尉迟也喜欢跟文娉谈一些人生哲学。他说什么，毛文娉总是礼貌附和。

许可凡就不行。

学霸许可凡不喜欢讲废话，她向来一针见血一语中的一剑封喉，可能跟职业有关，许法官说话总会给人一种分量感。因此，宁红不喜欢她。毕竟一山不容二虎。

许可凡做民事法官，工作中鸡毛蒜皮家长里短听多了，调解的口舌费多了，回到家自然少言寡语，面色凝重，毛文娉来，她难得开心一回，只要毛文娉存在，空气似乎都欢快些。可凡和文娉又是老乡，都是蓟县出来的，一见面就泪汪汪，再加上许可凡存心要跟宁红争夺友谊，所以对文娉就更热情了。

晚饭后是闺密卧谈时间，客房的小床是许可凡和文娉的主场。

"我去洗碗。"文娉礼貌道。

"放那，他妈要弄就弄，不弄明天我弄。"许可凡让文娉躺下。

"那谁离了你知道吗？"许可凡陡然切入一个新话题，她仔细观察文娉。闺密眼睑似乎抖了两下。可能已经知道了。文娉问是谁。

许可凡说："你还记得上次几家人一起去滑雪，刘宪魁那朋友，跟吴冠军玩得也不错。"

文娉好像有点印象，但一时说不出名字。

"老高，高处寒。"许可凡揭秘了。文娉说好像是有这么个人。

许可凡又说："官司在我们那打的，劝了，没用。"

文娉哦了一声。

"孩子归女方。"

毛文娉问："因为什么？"

"性格不合，他净身出户。"

"他是过错方吗？"

许可凡低声婉转地说："这就是老高够男人的地方了，他是觉得，女方跟他一场不容易,将来又要养孩子,所以房子直接给了。"

"房在哪儿?"

"通州。"

"多大?"文娉问得细致。

"有一百平。"

通州,一百平,少说也要五百万,老高这么一把送出去,想必他有什么把柄在女方手里。

"老高多大?"文娉又问。

许可凡说比她们要大个几岁。实际上,许可凡提这个事,是存心帮文娉拉和,在她眼里,老高除了离婚大伤元气之外,实在是个不可多得的人才,当律师的,前途大好,他敢于净身,就说明对自己的赚钱能力有信心,而且老高看上去多年轻啊,没有同龄男人的油腻,肚子平整,头发茂密,肤色古铜,笑容可掬。她如果单身,也会愿意跟这样的男人共同奋斗。许可凡暗暗观察,她觉得毛文娉似乎有点动心,只不过,还在强作镇定。这个老同学她了解,内敛,谦和,也有城府。

消息公布完毕,许可凡牵头,联合文娉,狠狠埋汰了高的前妻十分钟。只配十分钟,多了,她们都懒得骂她。跟老高比,他那前妻实在无关紧要。

话题转变,文娉问许可凡最近跟杨盼联系没有。

许可凡说没联系。她对杨盼不感兴趣。穷人一个,到处做补习老师,想进公立学校想了多少年,始终没能如愿。文娉再问跟于曼蔓有没有见面。许可凡说在地铁口碰过一次。

"她干吗呢?"许可凡反问文娉。

"说搁宋庄那边。"

"做什么?"

"不清楚。"文娉一问三不知。

"还跟那个画家在一块儿吗?"许可凡好奇。

"哪个画家?"

"光头那个。"

"没有了吧。"文娉大概知道点。许可凡鼻孔里喷气,翻了个白眼,在她看来,她们是良家妇女,于曼蔓不是,"人家有老婆,而且也没把她当情人,就一帮子人胡混!齐毕业,换了几份工了?"

文娉掰着手指头算,她知道的,就有六份。地产公司秘书、报社编辑、私企纪录片剪辑师、杂志发行员、保险业务员、策展人……曼蔓的职业经历丰富,哪个都做不长,唯一做长的,是吃。年轻的时候,于曼蔓好吃。她曾放出豪言,北京城十六个市辖区,哪块儿有好吃的,她就是活地图。

只可惜,吃是耗钱的,不是挣钱的,吃多了还要减肥,更赔钱。还有于曼蔓那些没必要的"生活讲究",太夸张。小资的本事没学到,小资的毛病却弄了个齐全。

许可凡对她不屑就不屑在这儿。

毛文娉和杨盼同样单身多年,可人家好歹有点积累。文娉没房,但有户口;杨盼出来早,没户口也没房,好歹还有点存款,后来正儿八经找个男人结了婚。虽然定居燕郊有点寒碜,可终究是成了家。于曼蔓呢,无户无房无存款,标准的"三无光腚女",如今年老色衰(年轻时候也没多漂亮),想在北京找人接盘,简直做梦!

两个人又聊到桑嫣。许可凡一言以蔽之:不能比。这个话题便及时中止了。

最后谈杨盼。在"六瓣花"里,杨盼向来都是最不起眼的一个,长相是标准河北村里女孩的样子,敦实、憨厚,脸盘子偏大,皮肤也不太好。许可凡突然对她赞赏有加。这属于战略性夸奖。刚才已经批过曼蔓了,再批杨盼,显得天底下没好人了。而且杨盼混得不如她,许可凡捧起来也毫无压力,在她嘴里,杨盼就是艰苦奋斗识时务的典型。

许可凡歪在那儿,两眼看天花板:"盼就这点好,认实,有多大碗吃多大饭,当初知道拿不到毕业证,肄业证都不等着领,直接来北京上班了。"

文娉问:"还在她姐那儿做吗?"

许可凡说:"早就不做了吧。"

杨盼的表姐夫在北京包了份学术期刊,杨盼来京第一份工作,就是帮姐夫收稿子。

"她老公干什么的来着?"许可凡突然明知故问。

"修手机的。"

许可凡不往下问了。点到为止。满足了。她老公尉迟是程序员,自然比修手机的高了不止一个档次。

这也要比。

说完几个关键人物,许可凡和文娉又聊了一会儿往事,无非是那些老三篇,每次谈的都一样，每次的笑点都一样。无外乎，宁红出击，桑嫣出手，杨盼出丑，曼蔓出格，文娉又问问许可凡婆婆妈妈的话，许可凡再象征性地关心文娉最近编了什么书，能不能寄给她几本（寄了她也不看，没时间），然后就该睡了。

临睡前，"六瓣花"的微信小群里突然跳出条消息。文娉和许可凡都端着手机看，是桑嫣发出来的。桑大奶奶除了分享美妆产品，很少发言。她只发了一句话：我马上也要搬到五环外啦！

许可凡瞬间清醒。她看着文娉。显然，从老同学一脸蒙的样子可以得知，文娉也不知道内情。

许可凡自言自语："也离了？"

"不会吧。"毛文娉都快对婚姻失去信心了。

"你以为，"许可凡见得多，"有钱人家的饭好吃的？"

文娉不言语。

许可凡又说："嫁过去两年了吧。"

文娉不出声。许可凡明白桑嫣在生育问题上的急切。老桑没提过，但她记得办婚礼的时候，老桑的公婆就撒了好多红枣花生在床上。

"人哪，到什么时候，都还得靠自己！"许可凡顺脚踩一下。

不过桑嫣很快用实际行动破除了各种谣言，她没离婚，单纯只是跟老公刘宪魁和小姑子刘伊若搬到五环外的别墅过日子。刘宪魁父母有远见，十几年前就买下了宁红所在小区的别墅，独栋，带花园，带车库。如今桑嫣老不生，公婆认为是压力太大。刘伊若被催婚催得紧，也嚷嚷着要搬出来。因此，五环外的小别墅在白交了多年物业费之后，再度启用。

许可凡得知桑嫣要来，私下里很不屑，她对着老公尉迟寅道："还是没钱，别墅谁买这儿呀，都赶着去昌平、顺义、中央别墅区。"尉迟道："孩子上学怎么办？"许可凡说："孩子影儿没呢。"尉迟又明白过来："只是到这儿住，户口没迁。"

许可凡和宁红在群里不说话，分别发了个鼓掌的表情。杨盼和文娉都说恭喜。于曼蔓嚷嚷着让桑嫣请客。桑嫣没打磕巴，当即同意了，她说家里新雇的保姆崔姐烧得一手好菜。

第三章 宁红
Di San Zhang　Ning Hong
♦

御府嘉园小区的布局据说有讲究的,建之前,开发商找风水师看过,说这里是远近最好的地块,是比北京城还要早的一块宝地。不是坟场,没做菜地,多少年前是位元朝王爷的府邸。因此,在这块地建楼盘,不能乱建,得按照八卦走。

御府嘉园整个地块呈椭圆形。

北面玄武位,临街,是三排板楼,南面朱雀位,是两排塔楼,以做拱卫。西边白虎位是七栋六层板楼,东面是四栋小高层的电梯板楼。严格按东高西低的布局。小区中间是别墅区,也分两档,一栋两户和独栋。

桑嫣婆家的房,就是最核心、最安静、最宽敞、最具优越感的独栋别墅。

拿下御府嘉园的房子之前,宁红深入研究过。

北面玄武位肯定不能买,她和吴冠军都是五行忌水,而且玄武位的房子临街,将来马路拓宽,做主干道,更加吵嚷。西面也不行,白虎位最凶,而且小区外有高楼挡着,下午两点之后,基本见不到阳光了。南面朱雀位同样不合适,塔楼,一梯四户,拥挤,而且朱雀位是靠山,玄学上讲,容易出事。宁红考据过,后面那四栋里,32号楼五年前死过一个人,是喝醉酒从二楼摔下来当场身亡的;31号楼十年之前一对夫妻吵架,老婆拿刀把老公砍死了,不吉利。所以,算来算去,只有东面青龙位的房子可取——宁红买到手的,恰恰就是东面的房子。

对此,宁红是十分得意的。而且事实也证明,她这个房子买得好,住进去之后,她生了女儿,老公和她在两年间都有新发展。同学群里,除了桑嫣,她是二号人物。唯一对她有威胁的许可凡,还在墙头外面呢。

只不过,桑嫣这一来,宁红的优越感立刻被打散了。好在宁红懂得自我开解,反正这房,迟早也是给父母或者公婆住,她和吴冠军势必要往四环、三环、二环突进。宁红的终极目标是二环的四合院,最好在东四,最好是五条,最好门口有两棵大槐树,最好单门独户,最好有葡萄架、柿子树,她要在那儿养老……马上她就要迈出第一步:去四环买房子。陪冠军做完最后一个应酬,他们就准备去民政局离婚。

晚上吃过饭,宁红侧眼观察吴冠军。他好像特别平静。宁红有点不高兴。虽然是假离婚,他也应该表现得特别……特别什么呢?对,特别对不住她。怎么能如此面不改色稳如泰山理所当然镇定自若呢?

宁红把睡衣裤子撩起来,腿跷在茶几上:"明儿得去办了。"

吴冠军嗯了一声。

"巴不得是吧?"宁红找事。

"这不没办法嘛。"吴冠军明白了。宁红一贯矫情、强势,他理解不了的是自己,当初怎么就那么喜欢宁红的这股子矫情劲儿,现在又为什么不喜欢:"这不为咱闺女嘛,要不算了,就在朱家庄小学读,省得麻烦。"

"少来!"宁红显然是不同意的。

吴冠军低头看手机。

宁红又说:"桑嫣乔迁,送她什么好呢?"

"你跟她不是有仇吗?"

"什么仇?"

"恨她。"

"有病,我恨她啥?!"宁红眉毛倒竖。

"错了,"吴冠军纠正,"用词不当,你嫉妒她。"

宁红立马跟唱戏似的:"我嫉妒?——她?——"随即冷笑,"论事业?论长相?还是论娃儿?"宁红把脚放下来,朝洗手间走,刚走了两步,又折回头,伸出食指指着吴冠军,"哦,她是有一点比我强,找了个'千里马',不像我这儿老牛拉破车。"

吴冠军不含糊,笑不嗤嗤:"明儿解套了,你赶紧找'千里马'去,看人让不让你骑。"

宁红嘴硬:"'千里马'?要找就找'千里骆驼'!"

吴冠军呵呵一声。这下可激怒了宁红。她不接受貌视。她赤着脚,走过去,骑在吴冠军身上。冠军抱着她,跟抱着个肉葫芦似的。他是不晓得他老婆哪来的自信,过去,是有几分姿色,可现在肉堆起来了,活脱一个中年妇女,还千里骆驼,找个小毛驴都费劲儿。

宁红拧他腿上的肉,吴冠军嗷嗷叫,又说孩子在里头呢。宁红不管,继续施虐。他只好讨饶,说:"宝贝儿别闹了,咱俩就是有深度的女人嫁给了有特长的男人,绝配！"宁红一听，又是一顿闹打。半天，解气了，才说："毛文娉搬来了，你得请一顿。"

吴冠军表示没问题。

宁红走到客厅北面窗户，看对面楼，文娉家灯亮着。她转头说："文娉可惜了。"多少年了，宁红时不时就为文娉的婚事操心，至今没成功。

她归结为："怪"。

年纪大了人就怪。

"人家自己不觉得可惜就行。"

"你以为她不愁。"

"还是要求太高。"

"老想精神合拍琴瑟和鸣，"宁红吐气，"年纪小的，嫌人思想幼稚；年纪大的，又嫌人太老。"

"女文青不都这样嘛。"冠军一言以蔽之。

"那你还不是喜欢。"

"你当初也很文艺。"吴冠军嬉皮笑脸。

"现在呢？"

"现原形了。"

"明儿要离今儿你来劲是吧！"宁红一秒变脸。

手机响了。是毛文娉打来的。她是来问宁红，去庆贺桑嫣乔迁，是送礼品，还是给红包。宁红建议礼品。她家里有点存货，顺手送了，不用再花钱。文娉说知道了，转手又给杨盼打过去，告诉她宁红的决定。

趁宁红接电话，吴冠军不晓得从哪里摸了一支雪茄，迅速往厨房走。宁红一转脸，见没人了，东看西看，也往厨房去。吴冠军正用煤气灶点烟呢，宁红冲进去，把火关了，义正词严："灭掉！"她最看不惯男人的这些臭嗜好。吴冠军只好把烟头往厨台瓷砖上摁，委屈巴巴一张脸。

宁红愤然："好事不学！"

吴冠军也被说急了："你让我咋办，在世面上混，吃喝嫖赌一个不会，就会个抽，还被严打了，你以为我想学，没办法，刘宪魁他们就爱玩这个。"

宁红发火："香烟还不够抽的？非烧钱？"

吴冠军道："什么叫有钱人？不烧钱，怎么显得身份尊贵？先做朋友，再做生意，玩儿不到一块儿，人家怎么信任你？你以为我抽这个是为了自己爽？我是为了我们家的前途！"丈夫一通申诉，宁红不说话了。

是，前途。大家都在为小家庭的前途努力。吴冠军损伤的是肺，那她宁红就没付出吗，别说拉关系，找路子，就是她自己，也为这个小家提前结束了军队文职干部的生涯。硕士毕业进部队做文职，又从部队出来帮冠军创办公司，享受税收优惠政策。别小看这点优惠，在吴冠军公司的起步阶段，那可是起了大作用。宁红头脑很清楚，想在北京混出名堂，必须是全家合力。因为这个，她不得不向桑嫣低头。

过去在学校，她是大姐大。现在呢，桑嫣成为姐妹们的中心，不是因为她本人厉害，看的都是她老公刘宪魁的面子。刘家在北京树大根深，往上数，祖上是为共和国立过功的，刘家老爷子的照片在很多文史资料里都能看到，虽然每每在照片中的位置都属边缘，但凭借资历，也足以荫庇儿孙吃一碗好饭。

宁红有时候想起来就恨，火气多半是冲吴冠军去的，"你那祖上，怎么就没德呢。"

吴冠军回嘴："你家祖坟不也没冒青烟。"

宁红喟叹："农民好的时候，家里是地主；资本家好的时候，家里又成工农了，回回没赶上。"

吴冠军把雪茄折半："就抽几口。"

宁红不好不答应。丈夫已经那么可怜，她只能网开一面，实际上，在外人面前，她总是乐于抬高吴冠军的形象。妻凭夫贵。男人立起来了，女人才能立起来。

烟点着了。冠军打开油烟机，宁红躲出去了。女儿乃心刚念完英语，嚷嚷着要吃东西。宁红教训女儿："几点了，忍着点，胖了就瘦不下去。"乃心木木然，她不是个机灵的姑娘。马上快上小学了，英语总是跟不上。宁红给她报了多少个班，换了多少个辅导老师都没用，宁红认为女儿是舌头没发育好，发音不准。说的能力上不来，读写都受影响。冠军他妈怪宁红，理由是，"都能到大人身上了"，孩子没了福德。话传到宁红耳朵里，她一怒之下，连续两个春节没去婆婆家。

宁红也考虑过再生一个，可这几年忙，而且房子也没落实，一直耽搁着。她问过吴冠军，冠军的态度倒令她满意，"家里又没皇位等着继承，女儿儿子都一样。"能一样吗？呵呵，还是不一样。但宁红分得清楚，当务之急，是提高家庭生活水平，提高层次，等物质生活上去了，然后再考虑生二胎的事。毕竟在这北京城里，没钱，寸步难行。

第四章 杨盼
Di Si Zhang　Yang Pan

✦

杨盼跟毛文娉打听送桑嫣乔迁礼物的事，毛文娉说她得现买，杨盼有点发愁。

挂了电话，她对老公杨实诚说："还是送礼物。"

杨实诚不以为意："要我说，拎两箱奶去算了。"

"寒碜。"杨盼摆手。

送礼，对杨盼两口子来说，是一道非常难解的算术题。桑嫣这条关系肯定要维护。老桑嫁得好，婆婆家大业大、资源丰富，没准哪天就能沾上光。老同学，有情分，就该继续细水长流。何况人家请她过去，还是给她面子呢，把她当个人。她杨盼能不知趣吗？

来京这么多年，杨盼觉得自己弱势惯了，娘家不给力，还有个弟弟，老子娘剩那么一点，不消说，都是他的。家产，呵呵，压根儿没想过，不找她要就阿弥陀佛了。婆家在东北，躺老远，是个穷得她都懒得去的地方。过去单身，一人吃饱全家不饿，她光脚的不怕穿鞋的。如今成了家，她就是不为自己想，不为老公想，也要为女儿秀秀想想。她最大的愿望，就是希望女儿将来能正儿八经做个北京人。

因为这愿景对她来说实在是大，需要各种支持，当务之急，就是要钱。她得攒房钱呀！总住在燕郊哪是事儿。她总巴望着能像宁红、许可凡那样，在五环外有个房。这辈子知足！因此，杨盼和杨实诚两口子顺理成章地把一项技能发扬光大了——抠。

杨家两口子是真抠。能带饭，绝不在外头吃；能骑自行车，绝不坐公交；能坐公交，绝不乘地铁；能乘地铁，绝不打车。而且他们的抠，是真真切切从自己身上刮。杨盼不记得自己多久没买过新衣服，以至于去桑嫣的别墅做客，都不晓得穿什么好。

"要不送点土特产。"杨实诚提议。

"人瞧得上吗？"

"刘姥姥进大观园，不就带了点土货。"

杨盼不敏感。她不计较老公拿刘姥姥比方她,只想着赶紧解决难题。

"你老家产的还是我老家产的?"杨盼问。

"你老家有啥?"

"驴肉。"说完杨盼自己都笑了。她实在没办法把驴肉和桑嫣扯上关系。真弄二斤驴肉过去,人家得笑掉大牙。

"你老家呢?"

"山蘑菇、灵芝。"杨实诚认真出主意。

"现弄也来不及了,"杨盼叹气,"算了,还是看看化妆品吧。"

化妆品最保险。

只是,送便宜了,没面子,还不如不送;送贵了,她自己肉痛。杨盼抱着手机,刷着淘宝,翻来覆去,怎么也挑不准牌子。她打算先在淘宝上看好,再去专柜,保证拿正品,万无一失。

路子定好,杨实诚又在老婆耳朵跟前叨叨开了,他觉得老婆这是整天想着走捷径,把希望寄托在别人身上,要想改变命运,还是得靠自己。杨盼听得不耐烦,嗷一嗓子打断丈夫:"我这恰恰不是走捷径,人到了这个岁数,要是还不懂得人际关系的重要性,那就是白活。刘备再有本事,没有诸葛亮帮忙能行吗,我就是不吃不喝,天天一睁眼就给别人上课,你就是没日没夜给人修手机,咱俩这辈子也别想在北京落脚。"

杨实诚憨乎乎地说:"那就不落了,我看燕郊挺好。"

"你不求上进,别连累女儿!"

一提到女儿,实诚又不吭气儿了,他这辈子"论堆"可以,可女儿还小,女儿还有希望,女儿不能放弃。

杨盼趁热打铁:"贵人!贵人!贵人!"重要的事情说三遍,"芳姐当初要不是遇到贵人,能有今天吗?"杨盼的姑表姐知芳,是闯北京的先驱、传奇,初中毕业就混社会了。干过许多份工作,二十出头就嫁给了一个美院毕业硕士,后来表姐夫包了一份学术期刊,靠收文章发了财。杨盼来北京的第一份工作,就是在杂志社收稿子。

杨盼佩服芳姐,不管怎么说,人家是靠自己在北京站稳了。有了老公、女儿、房子、车子,目前住东三环,过贵妇日子。杨盼恨自己没早生几年,早几年做北漂,或许境遇大不同。

照这个路子想下去，杨盼又觉得气馁，放眼周围，能在短时间内突破，在北京立足的，多半是美女。芳姐、桑嫣都是如此。或者就是像许可凡那样，好好读书，投靠体制；宁红是居中派，长相中等偏上，工作勉强跟体制沾边，靠跟吴冠军联合，在北京找到了生存空间。除此之外，毛文娉只靠读书，没投靠体制，至今没房。于曼蔓长相一般，在艺术圈里混，比文娉还不如。她杨盼恐怕只有在文娉和曼蔓面前还有点优越感。她比文娉多了丈夫和孩子，比曼蔓多了一套燕郊的房子，和一份稳定的工作。

这两年，因为赡养奶奶的事，几家人闹得不愉快。姑姑因为女儿发展得好，财大气粗，只愿意出钱，不愿照顾。杨盼爸一怒之下，跟大姐不往来了，连带杨盼也受影响。

杨盼妈劝杨盼爸："你不为自己想，也为盼盼想想，盼盼在北京，也要为人，小芳那边，多少能带溜点儿。"杨盼爸愤怒："混不下去就回来！本来就是小地方人！非要去大地方插插！小芳是什么好人？！做的还不是没本儿的买卖！我要是大姐，我都没脸说！人老几辈都他妈的尿货！"

杨盼也看得清，姐夫挣到钱了，住在东三环，但能帮她的地方还是少。最主要，姐夫也属于新贵，他跟芳姐出道都早，赶在奥运会之前买了房子。姐夫一个美院学雕塑的，还是个艺术家脾气，社会关系并不算广。而且，芳姐也有她为难的地方。她现在不工作，当全职太太，杨盼也能感觉出她的焦虑。端午节后，她跟芳姐电话联系，芳姐主动叫她来家吃饭。杨盼下午晚上都忙，她拣了个大早，从燕郊出发，直接去芳姐那吃午饭。

一进门，家里一股怪味。换了鞋，走进去，杨盼才发现芳姐家客厅堆了不少大石头。杨盼笑着问什么情况。知芳说："都是你姐夫玩的。"说着，又随手从展示柜里拿出一只玉镯子，递给杨盼："戴着玩儿吧。"

杨盼忙问："贵吧？"

"不值钱。"知芳说。

杨盼看姐姐不愿意多说，就没多问，姊妹俩在厨房忙，做意大利面。都齐备，开始吃了。闺女中午在学校吃。杨盼问："姐夫呢？"知芳说他也不回来。吃了几口，又跟挤牙膏似的："杂志社快不行了。"杨盼大惊，忙问情况。知芳说被人投诉了几次，上报了，社会影响很不好，现在这种期刊，版面也难卖了。

杨盼问那怎么办。

知芳笑道："所以迷上赌石了，不过从来没中过，全是垃圾。"杨盼这才明白客厅里那些大家伙的来历。

　　面吃到一半，知芳放下叉子，看着桌对面的表妹杨盼："我跟你姐夫，估计得分。"

　　杨盼吓得刀叉差点掉地上。

　　作。城里有房子，过着富贵日子，还要分？还有什么不满足？知芳一直以来都是她的终极偶像。

　　"为什么呀？！"杨盼大声疾呼。

　　"时间长了，没什么感情了，相互看着烦。"知芳似乎很淡定。

　　"是不是姐夫……"杨盼欲言又止。

　　"没有，"知芳道，"至少现在没有，不过他已经在找了，等都找到了，再办手续。"

　　这是什么操作？杨盼再次震撼。面吃不下去了。芳姐的意思是，两口子还没离婚，就都开始找下家了，有人接盘，再正式办手续。老天爷，姐夫真不愧是艺术家。

　　杨盼一把抓住芳姐的手腕："姐，这你也能同意？！"

　　"为什么不同意？"

　　一句话问得杨盼无言以对。她们生活在不同的世界。知芳又道："两个人走不下去，和平分手不是挺好嘛。"

　　"房呢，车呢，孩儿呢，钱呢，"杨盼实际，立刻向着姐姐这边，"青春损失费呢，总不能不明不白离了吧，咱是女的，损失多大！"

　　"现在他也困难。"

　　"他困难，谁不困难！"杨盼已经开始恨起姐夫来。

　　说完这话，两个人又低头吃了几口，房间静得可怕。"闺女呢？"杨盼又问了一遍。

　　"他要。"

　　"你呢？"

　　"我什么？"

　　"什么打算？"

　　知芳长叹一口气："还是得找啊，总不能一个人过日子。"杨盼望着芳姐，替她庆幸，还好，芳姐今年三十六岁，不算老，还有机会逆袭，而且，这些年她

19

保养得当，整个人看上去还是二十几岁小姑娘——但却有了三十几岁的历练。这是财富。但一转念，杨盼又替芳姐担忧，找人不比找工作，难度太大，而且，毕竟也是三十多岁了。

都是未知，太冒险。

可是，除了找人，芳姐还有其他办法吗？似乎没有，她的前半生，基本靠美貌杀出一条血路。可现在人到中年，光靠美貌不够了，还要智慧。芳姐和姐夫离婚的真实原因，杨盼也不想去深究了。反正看样子，分是肯定的。下午去上班，杨盼站在地铁上出神。她忽然感觉北京就是个大斗兽场，时时刻刻都有危险。

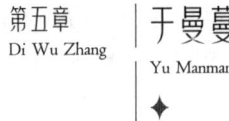

第五章　于曼蔓
Di Wu Zhang　Yu Manman

✦

文娉搬家没告诉曼蔓。于曼蔓却不请自来了。她消息灵通，从杨盼那得知搬家，又从宁红那弄到地址，大周末，毛文娉刚买菜回来，于曼蔓已经站在门口了。

过去，曼蔓每次去城里办事，都会到文娉那凑合一夜，第二天才回宋庄，现在好，文娉搬过来了。曼蔓的男友唐胖子去世，她一直流离失所，没找到好的合租对象。她打算来跟文娉谈谈。

"不够意思了啊。"于曼蔓故作生气。

"刚搬。"毛文娉掏钥匙开门。

"好歹让我来搭把手。"

毛文娉不多做解释。

门开了。曼蔓不客气，直接去冰箱里找东西，拿了一瓶健力宝，拉开来喝。

"李嘉欣搬过来没有？"于曼蔓问。

桑嫣过去的外号，叫"保定李嘉欣"。

"不清楚。"

"房子大不大？"

"过几天去了不就知道了。"

"人都往城里去，她怎么还往外搬。"

"那是别墅。"文娉去厨房归置。

"中午吃什么？"

"沙拉。"文娉永远在减肥。

"别啊，"曼蔓不乐意，"我请，就这附近，大网红店。"文娉虽然强烈抵抗吃饭，但架不住曼蔓盛情，便跟她一起去宇宙副中心，潮流胜地——定福庄吃东西。

椒屋，网红餐厅。听名字就知道，椒是主打，文娉舌头刚触碰了食材几回，便肿成多肉，味蕾宣告失灵了。她只好要杯清水，香锅秒变火锅，涮着吃。

大学时代起，于曼蔓就喜欢走捷径，八百米跑，她能跑一圈，省一圈，等大部队来，再跟上。不过，这些年在北京混下来，曼蔓发现生活可没有捷径可走，这些年，她咬住了唐胖子，认为他是个大画家，就算将来人走了，房子不给她，留几幅画，也够她吃喝半辈子。咱不图名分，图实惠。

可谁能想到：第一，唐胖子走得早，且突然，根本还没来得及画画；第二，唐胖子的画，不值钱！等唐胖子走后，曼蔓才闹清楚，他那宋庄的"别墅"，不是他的，是租的。人死灯灭，她立刻被驱逐。唐胖子的老婆赶来，风卷残云般掳走了他全部遗产。

于曼蔓一子儿都没落着。

青春。葬送的全是青春呀！

当然，这些都不耽误曼蔓的好胃口和对生活品质的追求。她告诉店家，自己是美食大网红，店家一激动，送了一份牛肚和一扎酸梅汤。

一顿饭下来，于曼蔓把关键信息传达出去了——不跟光头画家混了。

"人呢？"文娉问。

"分了。"曼蔓咬牛肚，嘎巴嘎巴脆。

"还在宋庄？"

"不在了。"曼蔓面目有点僵硬。提到唐胖子她也心痛。怪只怪当初押错了宝。艺术圈不好混。可是，以她的条件，当年除了唐胖子，似乎也没有更好的选择。她能像那些大网红那样吗，找个富二代，去国外镀镀金，做做艺术品投资，生活优哉游哉……说到底，还是硬件差了点。

毛文娉还追问唐胖子的去向。她入坑了。

曼蔓这才拿筷子指了指屋顶。

文娉没理解她意思，一脸蒙。

"上天了？"毛文娉试着解谜。

"差不多。"

"到底怎么了？"文娉失去耐性。

"上西天了。"于曼蔓口气轻松。

"哪个西天，"毛文娉不敢相信，"小西天吗？"小西天是中国电影的圣地。

"Dead。"曼蔓开始冒英文，她很忌讳说那个恐怖的字眼儿。

毛文娉只好自己动手，现场英译汉，搞了半天，这才终于明白那光头画家唐胖子已然不在人世。他死在酒桌上，嘴里还咬着曼蔓亲手做的冬阴功汤里的大虾头。血压太高，脑血管破裂，还没送到医院人就没气儿了。唐胖子的正牌老婆认为丈夫的死跟他这帮狐朋狗友有关，其中，做汤的曼蔓又是罪魁祸首！他老婆在殡仪馆撒泼："谋杀呀！谋杀！"他们家老唐，这算活活吃死的呀！他在老家的时候可没那么胖！

谜底揭晓，曼蔓手一摊："弄得我现在跟丧家犬一样，天天在朋友那凑合呢。"她等着文娉接话。毛文娉就是不搭茬儿。于曼蔓继续问："你那房子，一个月多少钱？"毛文娉报了个数，她反问曼蔓工作怎么样。于曼蔓说在一家纪录片公司先做着，骑驴找马。

毛文娉又说："多赚钱吧，就算不顾自己，以后还得顾着父母，我妈打算马上过来，看看脖子。"

于曼蔓立刻领会了毛文娉话里的中心思想。她不想跟她合租。算了，此处不留爷，自有留爷处。曼蔓吃饱喝足，文娉主动去付了账。曼蔓理解为，这是毛文娉对她的愧疚。文娉还善意提醒，说改天去桑嫣那儿，都统一送礼物，不给红包。

曼蔓立刻自嘲："要红包我也没有啊。"

这一夜，于曼蔓还是在文娉这凑合，文娉邀请她睡主卧大床，两个睡一起，曼蔓却拒绝了，她就睡沙发。

流浪也要有个流浪的样子。沙发是标配。

夜深人静，于曼蔓翻来覆去。这些年自己在北京漂着，值得吗？不知道。曾经她豪情万丈，觉得北京就在自己脚下，她要一往无前，不可阻挡……时间过去了，结果呢，是北京煮了她。

简历都不好写。

她已经是姐姐了，没有年轻人的精力，脾气却比年轻人还大……想要翻身，在工作上想办法恐怕有难度，还是得找人……迷迷糊糊，于曼蔓流泪。

有动静。

毛文娉起来了。曼蔓能感觉到，哦，文娉是来给她加一条毯子。曼蔓赶忙假装睡着，不能动，不哭泣，等文娉回屋，她才憋住气，悄悄流泪。曼蔓做了个梦，梦里，她活成丐帮的洪七公了，一辈子没结婚，最爱美食。她吓醒了。她可不想像洪七公那么邋遢，她的偶像是杨丽萍，老了还能坐在花架下，吸风饮露，赏花问蝶。

见了文娉，没有理由不见见可凡和宁红。次日，曼蔓在法院附近见到了许可凡。她找可凡也是带着任务来的。对老许，曼蔓总是撒娇口吻："你可不能不管我。"

"我管你啥？"可凡瞪着眼。

"当初寝室缺一个人，谁都不愿意去，"曼蔓一副细说当年的口气，"老许，要不是你来做我工作，我绝对不会睡那床，多晦气！"

许可凡连忙摆摆手。曼蔓偷笑，她知道，无论什么时候，只要一提当年那事，许可凡一定网开一面，束手就擒。可凡道："我是真不认识人。"

曼蔓顽皮地说："你整天给那么多人办离婚，手头都是人。"

"那都是有问题的人。"

"甲之蜜糖，乙之砒霜。"

"你不是不愿意找离婚的吗？"

"那是毛文娉，她不愿意，我愿意，"于曼蔓一口气说，"只要不是离婚带男孩，条件不错的也能接受。"

许可凡道："你说你当年，要是同意那王富贵，你现在都是处长太太了。"曼蔓摆摆手。她懒得提王富贵，就是个放大版的唐胖子。可凡又说："你还是得盯住老桑，她那才是顶级资源。"曼蔓闹得明白："老桑有资源能放给我吗，她那小姑子都还没结婚呢。"可凡反驳："不一样，她小姑子年纪不大，肯定还是找小伙子，跟你的食用范围不同。"可凡这么一说，曼蔓乐了。还食用范围。

"我可是只吃荤菜。"曼蔓顺着说。

许可凡道:"你放一百个心,刘宪魁圈子里的那些个男的,个个都不是吃素的。"

曼蔓转而惆怅:"她凭什么帮我呢?"

可凡说:"都是姐妹。"

"那她怎么不帮文娉。"

"文娉心思不在这上头。"

曼蔓托着香腮。

可凡道:"我这儿倒是有一个货源。"

"说说。"曼蔓来了兴趣。

"还算个精品。"

"干什么的?"

"律师。"

"律师不考虑,"于曼蔓一口否定,"太危险,万一闹翻,人能把你整得渣都不剩。"

"长得挺精神。"

"那适合文娉。"

"干吗,只认丑男了?"轮到可凡诧异了。

"找帅哥,那是要付出代价的。"混迹江湖多年,于曼蔓就是再天真,也有点经验了。

"或者你去参加宁红的那个旗袍会。"

"都是老女人。"曼蔓翻白眼。

"读书会呢?"

"哪个读书会?"

"老桑经常去的那个,读历史的。"许可凡无意中又指了一条路。

于曼蔓这才意识到,读书会确实是个路子,几年之前,她参加过豆瓣的同城活动,认识了不少人。只不过,同城活动认识的都是文青。她目前的状况,参加这些显然不合适了。她就是像一只股,随着岁月流逝,一跌再跌,她必须找一个接盘的。快准狠。这个人,又必须有实力让她在北京有一份安稳的生活。

从洗手间出来,于曼蔓喷了些香水。老桑仗义,她开口提,人家立刻就把她介绍给读书会会务大姐。大姐姓蒯,胖乎乎的,五十多岁。

大姐不含糊，当周的活动，桑嫣有事去不了，她给曼蔓打电话，问她能不能来帮着维护现场。曼蔓二话没说就答应了。谁知签到的时候，一抬脸，竟遇到了王富贵。

她学生时代的追求者瘦了。

整个人的气象，跟他的名字很相似。富贵了。

"曼蔓……"富贵惊喜，"你怎么在这儿？"

"义务劳动。"于曼蔓站起来，捋了捋头发，还是要装装淑女。

"以前没见着你。"

"刚来，"曼蔓尴尬微笑，"你怎么样？"

"挺好，你呢。"

"也挺好？"

"结婚了吗？"王富贵丝毫不客气。

等于痛下杀手了。于曼蔓喉头哽了一下，也不晓得怎么的，她心里想的是实话实说，可话到嘴边儿，又撒了个谎："结了。"在王富贵面前承认自己未婚，会是个巨大羞辱。"你呢？"她不得不回敬。

"孩子都快上小学了。"王富贵似乎很满意现在的自己。

于曼蔓愣在那儿。

富贵又问："最近读什么书？"

曼蔓又被问住了。她什么书也没读，只偶尔听书。抬眼看，房间对面有个宣传易拉宝，瞅到一本，便直接道："《红顶商人胡雪岩》。"

"好书。"王富贵不假思索。

一个中年男人走近了。曼蔓抬头看，皮肤古铜，个子不高，方脸，气场十分强大。那人靠近王富贵，脸却对着曼蔓，努努嘴："小王，你的熟人？"王富贵转身，忙不迭道："左总，"笑容谄媚，"我同学，于曼蔓。"又对曼蔓说，"左总。"

"左总好。"于曼蔓嘴巴很甜。以气场论，这个总，似乎来头不小。

第六章　毛文娉
Di Liu Zhang　Mao Wenping

✦

桑嫣正式搬来御府嘉园之前，跟毛文娉联系过一次。文娉没告诉她租房子的事。显然，桑嫣从其他途径得到消息。她拜托文娉去物业问问，别墅前院的花园，是否允许围墙改造。

文娉第一时间去问并回复了。

文娉的理解是，桑嫣在向她示好。老桑马上要介入新的居住环境，虽是单门独户，但女人嘛，总需要一点社交。跟宁红走往是不合适的。宁太强势，而且也快搬走了。许可凡在墙头外，工作又忙。曼蔓和杨盼都离得远。新开发闺密，不知根不知底究竟不放心。所以她这个女单身汉便入了桑嫣的法眼了。

回话的时候，毛文娉问了桑嫣乔迁的具体日期。

桑嫣说："到时候叫你们来做客。"

文娉热情道："搬家我去搭把手。"

桑嫣笑道："有搬家公司。"迟疑一下，又说，"你要方便就来，多只眼睛盯着那些人工作总好些。"

实际上，这次桑嫣突然从西三环迁居东五环，算起来，横跨了八环。具体缘由，文娉摸不透。郊区再好也是郊区。何况这里的别墅，似乎并不清静，跟顺义、昌平甚至大兴的别墅都不能比。唯一的解释是，西三环更不"清静"——在公婆眼皮底下生活，总归不自在。

人还没到，保洁阿姨先进去了。周末，司机来送钥匙，文娉跟着保洁一起进去，第一时间观赏了别墅内景。

一共三层。

一层是南向的客厅和卧室，北面是开放式的厨房和餐厅。二层主卧有近三十平，次卧朝南，二十平左右，两个卧室都带卫生间。三层阁楼近三十平。露台大概三十平。装修风格有点老气，可能桑嫣公婆当初打算自住。

都拾掇好，桑嫣拜托文娉先收着钥匙。文娉花了十块钱，请保洁阿姨把那套

《鲁迅全集》从楼上运到别墅里。她拍了照片,单独发给桑嫣。又打电话过去,说:"充实充实你家书架。"

桑嫣笑吟吟:"还是你了解我,早就想入这套,老忘。"提前送书,也是毛文娉考虑再三的动作,当天送,那么一大套,提着过于狼狈,而且万一跟其他人的礼物形成比对,高了低了,都不舒服。

不如提前送。皆大欢喜。

好了,都安排好,接下来就是搬家了。桑嫣搬家,说隆重也隆重,说简单也简单,一车送过来,她无非在旁边看着,别磕了这个,碰了那个,她老公刘宪魁要上班,不能盯着。桑嫣在一个文科研究所做科研秘书,全年就忙两三个月,标准闲职。文娉要坐班,白天不能陪,晚上上门来瞅瞅。

桑嫣一把拉住毛文娉,文娉看出来她小肚子有点鼓了。眼神往下,惊奇。眼神往上,她才看出来桑嫣整个人似乎有点肿。

毛文娉用眼神发问,言语跟不上脑子:"这个……"

桑嫣笑而不语,算默认了。

毛文娉还想问是试管的还是自然怀上的,话到嘴边又意识到不太妥当,生生咽下去。毛文娉环顾她这房子:"三个人,够住。"

"四个。"桑嫣纠正。

文娉才想起来肚子里的也算是个人。

桑嫣道:"伊若也过来。"

文娉晃神。片刻后才想起来,刘伊若是刘宪魁的妹妹,目前待字闺中。

文娉好奇:"怎么跟着你们?"言下之意,女儿应该跟着亲妈。

"这么大姑娘,老在老人跟前晃,老人烦,她也烦,"桑嫣还是含着笑,"搬过来,一半是因为她。"

"伊若做什么的?"

"在一个副部级单位下属的信息中心。"

文娉在心里感叹,这样的姑娘,还能找不到婆家?看来在北京,女人难嫁不分穷富,是普遍的烦恼。保姆崔姐在厨房叫,说汤好了。桑嫣让先盛两碗。说话间,刘宪魁到家,文娉觉得再坐下去实在别扭,于是连汤也没喝就告辞了。

宁红请客,毛文娉没提桑嫣已经搬过来的事。

馆子是吴冠军选的。打边炉。三个人围坐,热热闹闹。每次跟宁红两口子见面,文娉都会被喂"狗粮"。不过她不以为意。

宁红是人来疯。文娉总觉得她的表现，有点演。结婚没有七年，也有四五年了，哪还有那么多哥哥妹妹，卿卿我我。宁红就是好强，喜欢立人设。吴冠军也是，每次一见到毛文娉，也喜欢摆出一副大哥哥状。文娉勉为其难，捧他几下，冠军受用，宁红也高兴，这顿饭钱值了。

老实说，吴冠军确实觉得毛文娉比他老婆更有文化气息。宁红的人设是御姐。毛文娉不同，她是才女。饭桌上，宁红礼貌性地问文娉最近出了什么书，回头给她带几本。文娉笑，说都是再版书，现代文学那一拨，新的本版书出得不多。

吴冠军问："现代文学，有长篇小说吗？"

文娉提了《子夜》。吴冠军立刻顺着这话展开来，谈《子夜》。还别说，吴冠军竟然真能谈出个子丑寅卯来，什么茅盾创作《子夜》的缘起啦，1930年中原大战和公债期货市场的知识啦，《子夜》对中国民族工业发展困境的展现啦，《子夜》构思和实际描写之间的矛盾啦，《子夜》的艺术特点啦……弄得宁红和文娉还以为又回学校上了一堂文学欣赏课。

都说完，宁红为丈夫鼓掌。毛文娉也拍小手。吴冠军自嘲："我就该学文科，学理，可惜了。"

文娉道："理科赚钱。"

宁红连忙道："快别提这俩字，"又看看冠军，"提了心里难受。"毛文娉不理解宁红难受什么，她估算着，这两口子加起来，一年少说有六七十万，马上又要买新房，他们离婚，就是想要以首套房的身份购买，避税。

毛文娉笑道："总比我有钱。"说完又后悔，何必呢，为了抬高别人，就轻贱自己？她就算没钱，也堂堂正正。

宁红顺着说："文娉，该考虑考虑个人问题了，婚姻，也是投资，跟北京的房子似的，你要2008年之前投，现在都是小富婆了。"

是老大姐的口气。是关心。

可文娉又觉得好笑，她并不是二十八九岁，考虑这个问题也这么多年了，怎么就"该考虑了"呢。

文娉不失礼貌地笑笑。

跟着，宁红又提了个人，说有空介绍毛文娉认识。文娉立刻明白了，这才是这顿饭的关键所在。抱着开放心态，毛文娉同意了。她的处境只能有枣没枣打一竿子，当场拒绝，也不礼貌，只是一听说男方四十出头，再看照片，微微秃顶，文娉本能地不乐意。

　　说实话，在择偶这件事上，毛文娉还有点理想主义，相亲次数不少了，恋爱也谈过，嫌弃过别人，也被人嫌弃过，可选来选去，似乎总不出文科、文化人这个圈子，不是青年教师，就是编辑、策划、记者。而且，文娉谈的总是"男生"，她还没真正品尝过"男人"的滋味。她讨厌土味、爹味的男人。可跟她同龄，或者大一些的男人，但凡成功点的，多半已经有了这种味道。宁红介绍的这个大概就属于这一范畴。

　　搬到五环外之后，毛文娉的心思真不在这上头。感情这东西，有当然最好，享受，可它偏偏又是人生中最可遇不可求的一部分，难以捕捉。说起来，还是事业最可靠。

　　毛文娉想在事业上突破，她不年轻了，再动，基本是最后一搏。出版社"死海效应"严重，要么是猪大肠一样的老人员，要么是有关系、后台、背景的，这些年，社里有能力的人走得差不多了。她再待下去，估计将来会跟她觉得面目可憎的人差不多。或者连他们还不如。真要论资排辈，她何必在这个小池塘排。排到顶天，当个编辑部主任，能咋着。

　　还是她那些研究生同学聪明，毕业后进大部委，那块儿排着资论着辈，还有点盼头。文娉觉得自己的专业有点尴尬。本硕都是中文，出去能做什么呢？赚钱的行当进不去，出版传媒做够了，靠男人呢，她没这个能耐，更没兴趣。百无一用是书生，她还是个女书生。

　　她还是打算考考公务员，咨询过许可凡。可凡立刻大声疾呼："别犯糊涂！那些本科毕业的都在里头混十年了，你去干吗，给人当分母？"

　　"好多职位，不是指明了招有工作经验的人吗？"

　　"你朝里有人吗？"可凡反问。

　　"没有。"

　　"你觉得我能力怎么样？"说这话的时候可凡紧盯着文娉眼睛。那还能怎么说呢。文娉莞尔："强。"

　　"强有什么用，"可凡丧气，"你听过哪个公务员发财的？这是个机制、体制，当公务员，就听上去好听，那等于进了个官的系统，在头圈圈上上了紧箍咒。"

　　"我就喜欢有人管着。"文娉偶尔俏皮。

　　"我都想出来，你还光着头往里扎！"

"还是想做事。"文娉小声。做事。这个愿望,她跟许可凡都有点说不出口。这个世道的主流是赚钱,她却有点"舍本逐末",盯着做事。她有抱负,却无从施展。

"谁不想做事。"许可凡怅惘,"我一进法院,就想办几个大案,审贪官,为民除害。"叹气,"结果呢,现在不还是天天处理一些老婆'三'掉的事情,人在江湖,身不由己。"许可凡抓住文娉的手,"你的当务之急,是把自己的生活安排好了。"

又是那点事儿。在这个问题上,许可凡倒是跟宁红不谋而合达成共识。她当然想安排好,可是,如果没有机缘,就不继续前进了吗?毛文娉羡慕杨绛和钱钟书的爱情,夫妻俩都是作家、学者,可她这辈子似乎没机会了。现在哪里还有钱钟书给她辅佐。她只能怀抱着希望,一天天等下去。

第七章 宁红
Di Qi Zhang　Ning Hong

小区花园路口跟毛文娉道别后,宁红两口子的高涨情绪陡然下来了。今儿这顿,属于"双关",既是文娉迟到的"接风饭",也是他们夫妻的"散伙饭"。

回到家,女儿乃心在里屋做作业,宁红从皮包里掏出离婚证,丢在沙发上。她问:"你收着我收着?"

吴冠军怕乃心看到,连忙收在电视柜抽屉里。

宁红瘫在沙发上:"给中介打个电话。"

"急啥。"

"他惹的麻烦他得把事儿给咱办好喽!"

"钱在咱手里,咱不急,他急。"

30

"爸到位了？"是指冠军他爸，老家某局干部。家里的钱都被吴冠军挪去做公司了。宁红希望老爷子帮衬点，但一旦借了，基本不还。

"打过来了。"吴冠军不动声色。

"好爸爸。"

吴冠军坐到沙发上，用脚踢了踢茶几上装山竹的筐："剥一个。"他对老婆发号施令。

"自己剥。"

"五十万都换不来一个山竹？"

"那得感谢咱爸。"

"没我，咱爸认识你谁。"

"吴冠军，"宁红坐正了，"搞清楚，买这房子，不是为我，市区那'老破小'住着哪儿舒服？那是为他的后代！将来爸不来住？真到那天，你不顾我都得顾。"

乃心从屋里出来。一手抓一个山竹，又回去了。宁红问作业做完没有。乃心说做完了。这丫头，还没上小学，屁股上都是肉。宁红一直要求她减肥。看着女儿的憨壮背影，宁红忍不住对吴冠军叹道："咱闺女知道咱对她好吗？"

吴冠军说："知道不知道，她也是你闺女。"

宁红大八叉靠着，在手机上看房子。冠军也看。翻了一会儿，他看中一个，发到宁红手机上。宁红一看就说不好。冠军又找一个。宁红还是不满意。

冠军微嗔："就没有你满意的房子。"

宁红突然坐直："有，东四五条。"

"这辈子别想。"吴冠军击破她美梦。

是，难度太大。可是，对吴冠军的这种态度，宁红是不满意的。为什么不能想呢？不想，那就不会有行动，没有行动，那就永远都没有实现的可能。宁红就是懊悔奥运会之前她没敢想，那时候她刚来北京读书，房价还没涨起来。虽然手里没钱，但不是不可以借的呀，赶那会儿真借了钱，跟童话大王郑渊洁似的拿下北京十套房子，她如今的生活，铁定就是童话。

可惜，人生没有如果。

吴冠军要是早点创业就好了。

宁红认定，冠军是有才能的，写得了代码，讲得了《子夜》，他就是没有胆气，十年前一咬牙冲出来又怎么样呢？家里这块，别说还有父母撑着，就算没有爹妈，不还有她宁红支持他嘛。怕什么？戾什么？恨就恨在她想做红拂，他却不是李靖。

因此，只要吴冠军一提公司的困难宁红就要发火。她能帮的都帮了，转业，离开部队，成全他。在宁红看来，落得今天这局面，吴冠军那是咎由自取，决策失误导致。他就不配叫冠军，得改成亚军、季军、殿军。

她已经够贤惠了。就她这样，你说说，辅佐谁谁不能成功。吴冠军的合作伙伴老柳，柳总，缺个对象，宁红立刻想到了文娉。牵线搭桥，玉汝于成。为了谁？还不是为了人脉融合，说白了是为了这个小家。

不过毛文娉似乎并不领情。

介绍完毕，过了两天，宁红上门问，表情是那种媒婆式："聊了吗？"文娉不好意思："刚加上微信，他好像特别忙。"宁红语重心长："好好处处，柳老师人不错。"毛文娉连声说谢谢。

一出门，宁红的脸就耷拉下来了。文娉太不知趣，多大了？有脸蛋还是有身材？房子都没落实，挑什么？再等下去，柳总这样的估计都找不到，有钱人、没有婚史的，很多都希望生二胎，你毛文娉这年纪，顶得住吗？宁红掏出手机，她想给于曼蔓打个电话，实在不行，推曼蔓。反正也是个女的。不过号码刚调出来，宁红又犹豫了。曼蔓虎了八叉，推出去，搞不好丢的是自己的面子。何必多事？曼蔓连当棋子的资格都没有。而且，曼蔓历史不干净，在艺术圈里厮混多年，说句不好听的，那都成啥了。柳总虽然好色，可也不是生冷不忌。找她半大老婆子做什么，不如找个小姑娘。

除了离婚，宁红还有三件大事要做。

第一是旗袍会年前聚会要观看上一期学员的风采展示。旗袍会，宁红是真心、自愿参加的。她不瘦，有屁股有胸，偏偏还有点腰，自认穿旗袍比张曼玉还有味道（张太瘦）。而且，旗袍会里能认识不少姐妹，有会费做门槛，筛选出来的，基本都是中产女性，人脉得到扩展。

对着大镜子，宁红跟姐妹们站成一排，老师喊拍子，挨个儿指导。站姿、叉腰、登山步、亮相，每个细节都要雕琢。宁红认为，来旗袍会，培养的是女人的风情。

她给吴冠军表演过。冠军叫好，懒懒的。

宁红不满意："走点心！"

"好！"吴冠军站起来鼓掌，跟瓶盖子从啤酒瓶口崩出来似的。

这还差不多。

第二件大事，是应邀参加某著名烘培企业总裁的摄影展。请柬是桑嫣让给她的。老桑知道宁红喜欢烘焙。其实宁红不是对烘焙感兴趣，她真正在意的，是烘焙总裁。要是能认识总裁，打好关系，一不小心拿下个加盟，或者直营店也行，照这发展势头，铁定赚钱。好几次，宁红想跟桑嫣开口。哪怕是老桑也入点股份都成，有钱大家赚。可思来想去，还是觉得没到时候。上回老家一个亲戚的老板想做茅台的经销商，托宁红和冠军打听过。宁红找了桑嫣——刘家老太爷可能认识茅台酒厂的领导。

桑嫣当场当面就给回掉了："不是我不帮，是这种事特别敏感，你别多这个事。"斩钉截铁，没有余地。

宁红只能作罢。

她的理解是，桑嫣不是不想赚钱，而是一直没生出孩子，没法跟刘家二老交代，自然不能提这些多余的事。等她生完孩子可能有戏。所以，宁红打算先蹚蹚烘焙总裁的路子。去参加摄影展之前，宁红恶补了锦鲤知识——烘焙总裁是重度锦鲤爱好者。谈得上话，友谊才能往下进行。只可惜到了现场，烘焙总裁仅仅走了个过场，闪光灯狂轰滥炸，宁红挤到跟前，自我介绍都没亮出来，手也没握，只得到安保人员一阵推搡，外加一句呵斥："一律不接受采访……不采访……今天一律不采访……"

第三件大事，是研究生同学的小聚会。毕业几年了，每年碰一次头，班长大姚是老爷们，抹不开面子，回回都是宁红订饭店招呼人。老实说，跟本科同学比，硕士同学要淡多了。进校已经二十三四，都不是孩子了，大家各有各的目标，心无旁骛，而且统共两年，谈不上多少感情。但是，在宁红看来，研究生同学也必须维护，原因无他，有价值。同学们分布在各个机构里，虽然多半还没掌权，但未来可期。想钓大鱼，就必须放长线。

这次订的是河南菜馆。黄河大鲤鱼的鱼头对着宁红，酒过三巡，同学们状态都放松了，政治、经济、法律、艺术乱侃。都是废话。

宁红站起来，举着杯子，对桌对面的班长大姚嚷："老姚，你这班长当得舒服，我这跑腿干活儿的，是不是得来点赏赐？"

大姚也站起来，他刚一只脚跨进中年，但前额已然跟被鬼啃了一口似的，秃了。举着杯子，一饮而尽，随即亮了亮杯底。

宁红起劲儿："光喝酒可不行。"

"那你说咋着!"酒壮怂人胆,大姚豪气。

"表演节目。"

群众开始鼓掌。

大姚道:"咱俩合唱一个。"

宁红不怯场,绕过桌子,捏着高脚杯,到大姚这边。旁边同学又给倒了点红酒。浅浅的一汪,怪醉人的。

两个人唱张信哲和刘嘉玲的《有一点动心》。

一曲终了,不过瘾,再追加一首《广岛之恋》。

酒不醉人人自醉了。

宁红和大姚勾肩搭背,好像刚从春晚舞台下来似的。

有男同学起哄,让再来一首。宁红说不行了不行了,曲库没曲子了。同学又建议来个《相约九八》,说这是个财神曲。大姚问什么意思。那男同学拉拉调解释原委,说《相约九八》那个填词人,原本特有钱,后来犯事,说是贪污还是诈骗三千万,进去了,结果十年后放出来,你猜怎么着。宁红吊着眼睛,大刺刺问:"还能怎么着,老了呗。"男同学大声道:"他那几套房子,涨价了,远远超过三千万!早知如此,贪什么污呀!"众人一笑。宁红开始表演。她唱王菲的词,大姚唱那英的。唱完,同学们彻底放开,饭桌上整了一个怀旧歌曲接龙。

宁红喝多了,要吐,跌跌撞撞去洗手间。大姚不放心,跟着,帮宁红拍背。

一阵哇哇吐,干净了,再一抬头,清水一杯递过来。

大姚眼神有点迷离。

宁红打了个激灵,酒醒了一半。

大姚笑呵呵地,从镜子里看她。

"班长,你喝多了。"她还叫他班长,尊称。拉开距离,保证安全。

大姚深情地说:"我特别后悔。"

宁红不明白什么意思。

大姚继续:"后悔当初怎么就没追你。"

宁红差点脱口而出说现在也不迟,话过脑子,才发现不对,于是改口:"真谢谢了。"

大姚继续沉浸在假设里:"如果当初真追了,你会答应吗?"

高难度问题。

说答应，扯。说不答应，又伤了人家的心。宁红只好找个折中办法，道："那得看表现了。"说完要往外去。大姚一把抓住她的手，把洗手间门锁死了。

"就你和我，谁也不说谁也不知道，我保证我发誓……"大姚迫近了，呼哧带喘的。

宁红一面得意，一面又觉得有点恶心，三首歌就乱了性了？什么男人？真分不清自己身份，难道她宁红傻？放着公司小老板的丈夫不要，要他这个小科长？疯了。

"你喝多了。"宁红正色。

大姚纠缠。宁红只好求助那半杯水，拿起来，迅速从大姚头上浇下去。

哗啦啦，暴雨侵袭。

好了，这下清醒了。宁红迅速打开门，踩着响亮的步子，走了出去。

第八章 桑嫣
Di Ba Zhang　Sang Yan

聚会选在周六中午。

桑嫣让文娉早点来帮忙。院子里已经摆上盆花。房门没锁，一进客厅，两边放着几盆巨大的发财树。

崔姐在一楼厨房忙活着。文娉到了，在客厅里坐着，好一会儿，桑嫣才施施然从楼上下来。她要制造这种感觉——贵人总是会迟到的。

粉红色缎面的分体式睡衣，头发随意扎着，有点富太太的味道了。桑嫣让文娉稍等片刻，她还得再收拾收拾。桑嫣身后跟着个姑娘，穿得利落，淡妆，整个人素素净净的。

桑嫣拉着姑娘的手，对文娉说道："文娉，这是伊若。伊若，这是毛姐。"

35

刘伊若，刘宪魁的亲妹妹，比宪魁小九岁，也是桑嫣重点关照的对象。计划生育年代，伊若原本是不应该来到这个世界的，幸亏桑嫣婆婆身体不好，没办法做流产手术，伊若才捡了条命。

伊若本科毕业，工作是父母安排的。家里西二旗那套小两居，是留给伊若的，算是嫁妆。

听说文娉在出版界，伊若就跟她谈书。说了一会儿，文娉说要去帮崔姐。桑嫣出来，道："她忙她的，我们上楼，露台还乱七八糟呢。"

到了楼上，还是没见到刘宪魁。文娉没问，桑嫣却主动边说边摇头："老刘去单位了，没办法，一个闲职，好像离了他就没法运转似的。"

男主人不在，她必须有个合理解释。

十点五十，于曼蔓来了。她拎了两把香蕉，就算是乔迁贺礼了。进门，随手放在东侧明式长几上。曼蔓朝厨房探探头，问桑嫣呢。崔姐说在楼上。

曼蔓跑跳着上楼，见到桑嫣、文娉和伊若，撒娇似的："老桑！今儿吃什么呀，我都饿死了。"

桑嫣故意说："龙虾、海参、鲍鱼、螃蟹。"

曼蔓摩拳擦掌："有钱真好！"

文娉和伊若笑。

桑嫣又道："小康之家，普通日子，家常菜，主要不是吃，是见面，多久没聚了？"

于曼蔓说："我随叫随到，是你们没时间，反正今儿不吃好了，我不走，就住这儿。"

桑嫣笑："随便住。"说着，她腿打软，整个身子摇晃了一下。刘伊若连忙扶住嫂子。文娉也迭声说小心。端端正正坐在欧式布面椅子上，桑嫣跟皇后似的。

曼蔓问是不是有情况。

其余三人微笑不语。

于曼蔓领会到精神，连忙学宫斗戏里说话："那我赶紧离你远点，龙胎要紧，别回头有个三长两短，殃及我池鱼。"桑嫣听着不顺心，但表面上没露出来。文娉知道好歹，连忙支开曼蔓。

十一点，许可凡来了。她送了个自动门锁。又是个多余的东西。桑嫣说喜欢，又介绍伊若。刘伊若一听说许可凡在法院工作，开始聊法律话题。

又过了十分钟，杨盼和宁红先后上门。杨盼送了一个化妆品套装。对杨盼来说，算是大手笔了，从没见过她对谁那么大方过。桑嫣承情，走上前，拿起套装盒子，前后都看了看，对杨盼笑了笑，再把脸转向小姑子刘伊若，"还是老杨了解我。"

文娉站在一边不说话，脸却有点变化。桑嫣知道，文娉是嫌自己送的《鲁迅全集》露怯了。许可凡倒一派自然，大大方方站着，跟王朝马汉似的。

曼蔓的声音冷不丁从厨房炸出来："老桑！你们家阿姨做菜水平，快赶上国宴了！老鸭原来要放冰糖的呀！"

众人一笑，都把曼蔓当小孩。

桑嫣敷衍："那你多吃点儿。"对曼蔓，是喂饱就行，桑嫣从没把她放在眼里。

宁红最后一个来。伴手礼也是化妆品，韩国的"后"。一套六百多，比杨盼送的档次低。看到桌子上的红盒子，再看看自己手里的粉红盒子，宁红面子有点挂不住。桑嫣只说一句喜欢，就没有多余的评价了。

宁红自嘲："我成不速之客了。"

桑嫣只好挽住宁红的胳膊，亲密得好像亲姐妹："我现在都不怎么用这些东西。"杨盼她们围在厨房。宁红偷偷解释："不是贵的就好……"一低头，瞟到桑嫣的肚子，立马炸开，"老桑……"

桑嫣莞尔。

宁红假装不乐意："早知道我给孩儿买衣服了，有孩儿了，妈的脸就不是脸，是抹布！"

许可凡和杨盼出来了，跟着笑。

毛文娉笑不出来。

宁红又嚷嚷："魁哥呢，还不出来护驾。"

刘伊若上前说她哥单位有事。宁红这才认出伊若来，一个劲儿夸她长得标致，又说："你可别怪姐，有男朋友吗，要是没有，我可得多这个事了，"说着拍桑嫣手背，"冠军他们单位好多小伙子。"

桑嫣顺势说请她费心。

这次聚会，桑嫣主要有两个目的。第一，联络感情。一个宿舍出来的，都是亲人，又都在五环外，得走近了。第二，炫耀。好不容易成为别墅女主人，她可不能锦衣夜行。

菜还没好。桑嫣少不了领着大家各屋转转，分析分析这套房的历史、利弊，一行人跟贵妃出宫似的。于曼蔓也从厨房出来，尾随上楼。路过案几，她随手掰了根香蕉吃。

从一楼到二楼，基本只能听到宁红的独家点评。一会说，别墅好是好，就是打理起来费劲，说得好像她住过别墅似的。许可凡提醒说人家有保姆、阿姨，不用自己动手。

宁红又说："以后呀，最好装个内部电梯，不然每天爬上爬下不累死！你这肚子，注意！"

一行人在主卧逗留片刻，又去书房看刘宪魁的收藏。于曼蔓一路看，没找到垃圾桶，书房门口的走廊有一个，她随手一丢，香蕉皮入筐了。

姐妹们在书房盘踞了一会儿，宁红说尿急。伊若指路，说主卧有厕所——书房的厕所还没启用。宁红方便完，回来了。许可凡去。然后是杨盼。中途宁红出去接了个电话。于曼蔓闻到香味，要下楼去厨房，刚出门，又折回头，她手机落在沙发上了。她要拍美食。文娉和桑嫣这才觉得尿急，两个人结伴去。

桑嫣走在前头，笑说这个也传染。文娉和曼蔓跟在后头。刚拉开门，脚下一滑，桑嫣上肢还算敏捷，连忙扒住两边门框，文娉手速快，忙不迭在后面托住她屁股，算作缓冲。可桑嫣还是失去平衡，屁股慢慢亲吻了地板。

身后传来女人们的尖叫。

宁红第一个冲上来，掐住桑嫣的胳肢窝："谁干的？！"又冲曼蔓，"香蕉皮哪能乱丢！"

曼蔓惊惶："不是我！"

桑嫣被扶到小沙发上了，头发摔乱了，额角都是汗。文娉小心帮她捋顺。伊若帮嫂子检查，她学过急救。桑嫣一个劲儿说没事。

宁红侦探般的眼神扫过每个人。

桑嫣率先喊一嗓子："崔姐！"

崔姐应声。能听出来，声儿是从一楼传上来的。桑嫣心里有数了。不是崔姐。她强打微笑，扫了一眼房间里的诸位。

"谁最后出去的？"宁红第一个问出来。

桑嫣假装大气："没事，走，下去吃饭。"她又要起来。文娉和杨盼连忙扶。许可凡开路，把香蕉皮捡起来，狠狠摔进垃圾桶。宁红还在叨咕楼上楼下危险。文娉和杨盼跟搀太后似的把桑嫣架下楼。这大聚会，饭还没开，就被一片香蕉皮整得阴云密布。

饭吃得还算愉快。最关键是,桑嫣没事儿。不过,但凡长点心的都能感觉出来,香蕉皮已经让女主人不太愉快了。事不大,但性质特别恶劣。

饭吃完,许可凡说院里还有事,先走了。宁红建议开一桌麻将,桑嫣不能打,文娉不会打,于曼蔓不想打。只剩宁红和刘伊若能上牌桌。曼蔓建议让崔姐来。杨盼提醒:"输了算谁的?人赚钱不容易。"

为了不扫大家的兴,桑嫣打了个电话。众人原本以为刘宪魁会回来救场,殊不知等了二十多分钟,来了两位男士。一位是熟人。刘宪魁和吴冠军的哥们儿,天地律师事务所律师:高处寒。

桑嫣笑着对宁红说:"老高现在也到咱们小区了。"宁红诧异,责怪老高没透露。

高处寒笑笑:"刚来。"

跟着,桑嫣又向文娉、杨盼和曼蔓介绍老高。女士们都跟他打了招呼。桑嫣笑说:"老许走了,"又转头对老高,"老许你记得吧,法院工作那个。"

高处寒说知道。

高处寒身后跟着一位男士。看上去二十多岁,姓毕,叫家锁,英国留学回来到北京的,银行职员,在柜台从柜员干到总会计,现在刚出来做产品营销。

女士们听到这个名字笑了一阵。毕家锁身材高挑,浓眉大眼,就是嘴唇有点薄,且闭得很紧,给人一种坚毅的感觉。他爸妈都是浙江人,已经退休了,住在安贞桥。北京的房子是自己的。

这种男人在文科女人们眼里,实属优质。因此,免不了贬低文科以捧理科。杨盼赞叹:"还是搞金融有前途。"桑嫣道:"男人得有点真本事。"曼蔓纠正:"搞艺术不是罪呀。"宁红不客气,直接问:"你那个朋友呢?"她去参观过唐胖子的画室。

曼蔓语塞。这个场合,她不想通报唐胖子的死讯。文娉见状,连忙打圆场,把话头支过去了。

高处寒离婚了。

桑嫣没点破,宁红、杨盼她们就都还以为高处寒还在婚姻中,问了几句太太什么的,高处寒支吾过去。文娉一句话没问。离婚的故事,许可凡早就透露了。文娉这会儿对上号,开始揣摩高律师背后的故事。

高处寒本科学的师范,专业是小学数学,硕士竟然读了法律,一路走到律所合伙人。又刚离婚,甭想都知道,这样的男人的前半生故事,够写好几本长篇小说。

麻将打上了。

桑嫣眼观六路,刘宪魁在她面前夸过高处寒多次,说他情商高,为人处世特别周到,她冷眼看着也觉得是。高处寒上来先放了两个炮,女士们情绪顿时高涨,高似乎并不张皇,还是稳稳的,胜不骄败不馁的样子。

他比实际年龄看上去要年轻,颧骨高,撑得住整个面部肌肉,眼睛不大不小,鼻子不高不矮,嘴唇不厚不薄,说起话来,语速不慢不快,总能让人觉得放心。

桑嫣认定,高处寒做业务,肯定能拉到不少中老年女性客户。桑嫣还发现毛文娉看高处寒的眼神有点不一样,呵呵,她就当做善事,今天这局,是为伊若组的,老高不是重点。

重点在毕家锁。

这是刘宪魁拜托老高给伊若介绍的"优质产品",桑嫣巧妙地把人安排进这个局里,既不突兀,又有面子。毕家锁是罗密欧,刘伊若是朱丽叶,其他人都是分母。

刘伊若连放两个小铳给小毕。宁红打趣道:"妹妹,故意的吧?"她毕竟老江湖,早就闻出味道了。

伊若不好意思。桑嫣解围,说小妹不太会打。

宁红又对毕家锁道:"弟弟,赢了钱必须请客。"

毕家锁连忙说没问题。

牌打到天擦黑,晚上这顿,桑嫣要留客,宁红出去接了个电话,说家里有事,得赶紧回去一趟,肯定不能吃了。杨盼怕晚了没车,赶着回燕郊,也要走。于曼蔓倒想留下再吃一顿,可文娉和高处寒都有眼力见儿,及时告辞,弄得她也不好意思留了。毕家锁开车回市区。曼蔓让他捎带一段到地铁口。

桑嫣有心做好事,死活不让毛文娉和高处寒走,"就几步路,回去做饭也麻烦,在这吃。"实在推不掉,两个人只好留下。约莫六点半,刘宪魁回来了,一进门就大声跟老高打招呼。

"老高,多久没露头了,是不是有什么情况?"宪魁问。

高处寒笑笑,又去手提包里翻出几张发票,递给宪魁,宪魁瞟了一眼,交给桑嫣了。

桑嫣怕提到离婚难堪,连忙对丈夫道:"人家不要工作的啊。"刘宪魁叨咕,说："雪也不滑了，雪茄也不抽了，高尔夫也不打了，吴冠军对你都有意见了。"

高处寒道："回头送老吴一盒哈瓦那。"宪魁道："我呢？"高处寒说："你两盒。"

做完晚饭，崔姐要下工了。她住在双桥，晚上在传媒大学对面的珠江绿洲还有一家的活儿要做。桑嫣结了账，今天加了时，她拿手机转账，多给了三十块，让崔姐打车。保姆走了，桑嫣和文娉去端菜。

厨房里，桑嫣眼神先往外瞟，然后才对文娉道："怎么样？"

"什么？"文娉僵硬。

桑嫣觉得她有点装，但也属正常，虽然是老姑娘，但多少也应该有点矜持："人。"

毛文娉大喘气。桑嫣点破了："我今天可也是为你哦。"文娉不好意思，低头端盘子。

桑嫣追着说："老高人不错，你自己看，能看上眼，就再多处处，就那回事儿，我倒不是催你结婚找人，但心态一定要开放。"

毛文娉嗯了一声。

桑嫣又道："离没离过婚不重要。"文娉说了声知道。说实话，这些同学里，桑嫣最心疼文娉，读书那会儿，桑嫣穷，文娉最看得起她。工作以后，文娉离文化最近，身份最端正，桑嫣愿意交这个朋友。何况文娉性子好，愿意当绿叶，知进退，适合做她身边的"大丫鬟"。

"毛老师，"饭桌上，刘宪魁这么称呼文娉，"高老师也很有文学修养的。"高处寒连忙说不敢班门弄斧。

桑嫣插话："高律师会背《诗经》。"说完就拱着让他背诵，老高没办法，真背了几句。文娉也夸好。然后没话了。

桑嫣存心撮合，又进一步："文娉以前可受男生欢迎了。"

几十岁了，回过头去说"男女"，桑嫣也觉得有点别扭。而且里头有种歧义，既然受欢迎，为什么到现在还单着呢？她只好继续解释："还是太优秀，望而却步。"说完又补充，"文娉是学霸。"

毛文娉被说得无所适从。

高处寒却大大方方盯着她看。

第九章 杨盼
Di Jiu Zhang　Yang Pan

◆

9字头的车进站，到燕郊了。

雨还在下。不，不能叫下，叫砸。噼里啪啦，还夹着小雹子，公交站台的挡雨棚被敲得天响。

杨盼没带伞，她给丈夫杨实诚打了电话，让他来接。微信群里，桑嫣问，都到家了吧。没人回应。她又特地@杨盼。不能不回应了。

"刚洗好澡。"杨盼答。她也要面子。发送完毕，她鼻子发酸，每到这个时候，她总会想，要是住在北京城里头，可能就不会遇到这种事。社保交够了年限，她已经有资格在北京买房，可她没钱。集夫妻之力，也只能勉强在燕郊安个家。以燕郊为根据地，跟边区似的，杨盼每天都要往北京"进攻"一次。杨盼恨透了。疲累是一方面，更难以忍受的是精神折磨，住在燕郊，她老感觉低人一等。

二十分钟后，杨实诚骑着电动车来了，路面积水，车走得慢，他跳上公交站台，迅速给杨盼罩上雨衣。小车开动，夫妻俩劈波斩浪地往家去。

杨盼家住在威尼斯春天。这也是杨盼觉得尴尬的地方。这么个小地方，楼盘名儿不是带威尼斯，就是带罗马，或者挂着巴黎。越是小，越想充大。

结婚买房的时候，中介吹上天："大哥大姐，跟你们透个底儿，这地方，买了会涨，而且以后肯定得划拉到北京去，"他指着桌子上的快递包裹，"北京东，看到没有，现在都这么写，将来并入通州，直接拿北京户口，那就不一样啦，"讲到高兴处他还唱，"北京欢迎你，为你开天辟地……"

这巨大的饼，是燕郊几十万人的期盼。

一锅端，直接划归北京管，将来他们自然获得北京户口，成北京人。多美！然而，等了多年，最终等来的却是燕郊房子限购。房价悬停，甚至下跌。北三县虽然协同发展，但燕郊想并入北京却几乎不可能。人家要发展通州呢。你燕郊，却永远只是河北省三河市下属的一个地区。两码事儿！

到家搞得跟落汤鸡似的，女儿秀秀懂事，又是拿毛巾，又是拿拖鞋。杨盼不想让女儿看到自己的狼狈样，打发她赶紧睡觉。洗漱完毕，消停点，杨盼和杨实诚爬上床，倒在那儿。

实诚摸到电视遥控，递给杨盼。

她摁开了，声音调得小小的。她有个习惯，睡觉一定要开电视，等她睡着，实诚再给关掉。

这晚杨盼还睡不着，斜躺着，跟尊卧佛似的。外面风雨交加，衬得这小家跟诺亚方舟似的。卧室里只有电视机这一个光源，光影随时变化，照得人脸一会儿暗了，一会儿又亮了。杨盼鼻子发酸，想哭，忍了一会儿，终于还是小河淌水。她背对着丈夫，默默流泪。

杨实诚平躺着，看天花板。

实诚当然能明白老婆的忧愤，来燕郊之前，他们充满希望，来了之后，时时刻刻感觉到的却是低人一等。更糟糕的是，相对于他，杨盼显然还没认命。

杨盼的肩膀抽搐了一下。

实诚安慰的口吻："没事儿。"

杨盼不动。

杨实诚又说："挣吧，以后，咱们也搬进去。"

不劝不要紧，一劝慰，杨盼一晚上的委屈，反倒瞬间决了堤。她暴哭，哇哇地。杨实诚也不晓得怎么安慰，只能搂着抱着，哭痛快就不哭了。

于曼蔓在群里报平安。她夸毕家锁绅士，包了晚饭，还送她到家。可凡问哪个毕家锁。于曼蔓打趣："老许，你可是错过大戏啦，高处寒还来了呢，认识不？"许可凡没回复，群里又安静了。

杨盼哭好了。

杨实诚才问她："送了不？"

"送了。"杨盼转过身，和杨实诚脸对脸。情绪平复，两口子开始探讨现实问题。

"提了不？"他继续问。

"没提，"杨盼说，"哪有刚送就提的，也太现鼻子现眼。"

杨实诚畅想："要是她老公能帮忙，我进了信息中心，咱就搬。"

"租房不要钱？"

"那也得租，生活环境更重要。"杨实诚煞有介事，"孟母还三迁呢。"

"睡吧。"杨盼转过身，闭上眼，她太累了。为了实诚的工作，她求爹爹告奶奶，有路就走有缝就钻，给桑嫣送化妆品，是铺垫。刘宪魁手眼通天，科协下面有信息中心，实诚了解到那地儿招人，才恳请她出手。

毕竟是老同学。

杨盼真下了血本。拿到化妆品，她不禁感叹："我都没用过。"实诚奉承："你皮肤好，用不着。"当然是假话，纯属安慰，可没办法，假话也当真话听。这些年她几乎形成习惯，送别人的，总比自己用的好。克扣自己可以，不能怠慢了别人。关系、路子，都是自己维护出来的。她决不掉以轻心。替实诚找工作，杨盼还存着个心。她自己是补课老师，社会地位不高，总遭学生家长质疑，学历、经历，好像她不配给优秀的孩子补习。实诚呢，在东单修手机，更谈不上地位了。她巴望着老公能有一份正儿八经，说得出去的工作。

身份，对，就是身份。

有了身份，他们才更方便混世，展开社交；有了身份，他们两口子，多少能体面点儿。

眯了一会儿，杨盼又醒了。淋了雨，胃不舒服，她每天过得都很紧张，直接反应到身体上，就是胃部不适。实诚催了她几次，让她到医院查查。她总拖着。杨盼怕去医院。那只能保守治疗。为了杨盼的胃，实诚自学了不少手艺，推拿、针灸，都会一点儿。只要杨盼不痛快，他立刻一番操弄，多半能扬汤止沸，救救急。杨盼开始翻身了。睡不着她就翻身，跟翻烧饼似的。

实诚受影响，也醒了。他碰碰老婆的胳膊，问："还不行吗？"杨盼嗫嚅："睡不着。"她惧怕黑夜。

实诚打开床头的LED充电灯。

"翻过去。"他下令。

杨盼从平躺改成趴着。实诚开始给她揉背，一边揉一边问哪儿不舒服，有结节有劳损的地方务必揉开。揉完了，再给捏一遍脊，皮放松了，更容易入眠。

全部过一遍。实诚道："翻过来试试。"

杨盼翻身平躺，拍拍肚皮，不涨了，舒服了。每到这个时候，杨盼都觉得自己没找错人。外人看来，实诚憨乎乎的，没什么本事，甚至窝囊。可他的好外人不知道，她知道。实诚对她是真好。

"睡吧。"实诚拍拍杨盼的头。

杨盼侧躺着，实诚抱着她。可一番劳动后，实诚睡不着了。这下轮到杨盼关心他:"要我帮你按吗？"

"没事。"实诚嫌她没劲儿。

实诚调整呼吸。

睡不着，杨盼找点闲话说："有人想害老桑。"

实诚来了兴趣，问怎么回事。杨盼把香蕉皮事件简单扼要说了，包括怎么进的屋，谁先出屋，谁最后进屋都描述了一遍。实诚琢磨。杨盼问："会不会是宁红？"

"不像。"

"她最后一个进来的。"

"她有这么蠢吗？"

"那没其他人了。"杨盼道。

"会不会是意外。"

"不太可能："

实诚腿弓起来："谁恨老桑呢？"

"恨倒不至于，嫉妒肯定有。"

"谁嫉妒她？"实诚顺着问。

"每个人，多少都有点嫉妒。"杨盼说完，重重叹息，"要不咱开个面馆？"

"在哪儿开？"

"就在燕郊。"

"刚才不还要去北京吗？"

"是不是我太贪心了？"

实诚笑："奋斗到四十，四十还没突破，就踏实回来。"

"四十，还有几年？"

"别算，一天天过。"

"还是先给你买辆车。"

"不要。"实诚一口否定。

杨盼叹气："驾照都拿多久了。"

"先看老桑怎么说，行就试试，不行，再找路子，在北京找个事还不容易。"

杨盼道："找事容易，关键是，得有发展，零打碎敲，没有积累，还是爬不上去。"

实诚劝她慢慢来，又把话题往于曼蔓身上引。这是实诚的生活经验，只要杨盼低落，他一提于曼蔓，杨盼就又有优越感，又能活下去了。实诚问曼蔓的近况，杨盼道："比狗都不如。"实诚问原委，杨盼才把许可凡告诉她的情况说了。于曼蔓的画家男友死了，她只能从头再来。杨盼幽幽地总结："所以说，这辈子托生成个美女，不一定是好事，一不小心成了祸水，容易薄命，还是咱们这样的蠢蠢笨笨的，早早地找了艘船，先上船了，风雨来了，好歹还有个地方躲躲。"实诚较真："你不蠢你不笨。"杨盼反驳："就是个比方。"实诚又问毛文娉的近况。杨盼一言以蔽之："还那样。"

"没结婚？"

"没有。"

"没男朋友？"

"没有。"

"工作呢？"

"还是出版社。"

实诚长吁。杨盼笑道："轮得着你操心吗？"

实诚说："本来条件挺好，一年年耗着，人也耗老了。"

杨盼打趣："怜香惜玉？"

"实话。"

杨盼道："文娉志向大着呢，反正，我看她要不在北京混出个模样来，是不打算成家了。"

"图什么？"实诚问。

"价值，"杨盼理解，"体现自己的价值。"

实诚又想起知芳姐，问情况。

杨盼道："等着离呢，这不都在踅摸下家嘛。"

实诚想了想，说："我就好奇你姐去哪儿找。"

杨盼不许任何人说她家人不好，哪怕只是个表姐："哪儿找不行？三条腿的蛤蟆难见，两只脚的男人满大街都是，姐那么漂亮，找个长期饭票，不分分钟的事。"实际上，大话是说出口了，杨盼跟实诚一样，也为知芳担忧。年纪不小了，还想从婚姻上突破，还能有胜算吗？过去，杨盼看不起这样的女人，觉得是靠男人吃饭。现在，事情发生在自己姐姐身上，杨盼体会又深了一层。她觉得知芳真勇敢，甚至悲壮，都这个岁数了，还必须破釜沉舟，奋力一搏。

第十章 毛文娉

Di Shi Zhang Mao Wenping

✦

出了桑嫣家门,都往北走。高处寒还算绅士,比了个请的手势。起风了,毛文娉感觉皮肤发紧。

高处寒脱下衣服,递给文娉。他手里抓着个手提包。

文娉不好意思,推托道:"就几步路。"

高处寒说:"受凉不得了。"

文娉轻轻咳嗽了一声。她紧张。高处寒的外套又往她跟前送了送。

毛文娉不得不接过去,轻轻合在身上。

"听说了吧?"

"什么?"文娉侧过脸。

"我离婚了。"

文娉再度咳嗽。她没想到高处寒如此坦诚。他离婚了,然后呢,她该说什么?她真没什么斗争经验。毛文娉抽一口气,赶鸭子上架道:"太遗憾了。"

高处寒说没什么遗憾的,往前看。

文娉脱口而出:"你这种条件,不愁。"这有点造作了,听上去像是宁红才会说的那种话。毛文娉为没过脑子羞愧。说白了,人家愁不愁跟她有什么关系。

高处寒无奈笑笑:"一个人挺好,干事儿,挣钱。"

起风了,还特别迅猛。树头乱摇,树叶落下来很多,在小区便道上连滚带爬的。毛文娉和高处寒都加快了脚步。文娉忽然觉得有意思,她往西边走,他也往西,她去七号楼,他竟然也跟着。风大,两个人来不及确认,就都站到了单元门口。文娉问他也住这儿吗?

高处寒道:"刚搬来。"

"四单元?"文娉问。

"对。"

"六楼?"

"你怎么知道？"

"501。"

"在你楼上。"高处寒憨笑。

世界真小。

想到这儿，文娉感觉高处寒有点处心积虑了。不对，素昧相识，一切或许只是巧合。电梯上行，文娉脑子里乱哄哄的，两个人都没说话，猛然抬头，巧了，刚好四目相对。两人都尴尬笑笑。五楼到了，文娉微微点头，示意她先撤。谁知高处寒竟跟出来。

感应灯亮，两个人的面目再度显影。

文娉的表情是惊诧，跟京剧脸谱似的，吊眉吊眼。

高处寒却一派自然，浑身上下都散发着正人君子的气息，他轻轻挥了一下手："送送你。"

"已经到了。"文娉发窘，但竭力保持镇定。

门开了。高处寒似乎还没有要走的意思。

"要进来坐坐吗？"文娉礼貌地问。

外面狂风呼啸，都起风哨了。像伴奏，就等着男女主角上场。

高处寒丝毫不客气，跟着文娉进屋。文娉脱了鞋，刚要开灯，高处寒却突然从后面绕到她正面，丢掉手提包，对着玄关的墙，直接压了上去。

文娉吓得叫了一声。

呼吸急促！活脱"壁咚"！毛文娉活了三十几年没遇过这种事！见第一面，这算什么……她要叫出声来那就算强奸……可喉管只发出那喑哑一道声波，就紧张得再也冒不出声来。

高处寒的气息笼罩着她，不是寒，而是热。

压力更紧迫了。他把嘴探到她耳朵边："有男朋友了吗？"

文娉又是一惊。这话，怎么答都不是。

停顿三秒，毛文娉还是决定实事求是："没有。"

高处寒在她耳边吹气："你不同意我不开始。"

问完又是等。

文娉两只手蜷缩在高处寒前胸。他胸肌鼓胀，很有手感。他膝盖顶着，蓄势待发状。

嘀嗒嘀嗒。时间从两个人脸颊中间跳过，毛文娉居然还来得及在内心自问自答。喜欢吗？还算喜欢。过分吗？都是成年人。干净吗？文娉犹豫，她害怕他不干净。

"卫生吗？"她想什么就问什么。

高处寒笑了，拥住她："出门前刚洗了澡。"

"不是……"毛文娉羞涩，"是说……健不健康……"

"绝对健康，会有措施。"

咳，这成什么了，像商业谈判。

他撒开手，弯腰把手提包捡起来，真掏出个文件样的东西："体检报告，刚发下来的，没有传染病，甘油三酯有点高……"他依次汇报。

可不可笑，她又不是医生。可人家已经把结论页翻开了。她忍不住瞄一眼，的确如此。

毛文娉一时不晓得怎么继续。她不相信一见钟情，可面对眼前这个男人，她又深感无法拒绝。一场饭局引发一场炮局，跟螳螂捕蝉黄雀在后似的。天降一个大难题。

手机响了，是高处寒的。从裤袋掏出手机，他跟文娉会意，迅速走到玄关处接听。接完转身，一抬头，毛文娉问："你……前妻？"她也不晓得自己怎么会问出这种奇怪的话。她的意识自动上车，跟着脑回路走，不自觉就走到他前妻那一站。

高处寒说是桑嫣。

"她说什么？"要问就问到底。

高处寒说没什么，又问："可以了吗？"身躯再度逼近，重新捡回适才的话题。

"这里不行。"

"去我那儿？"他问。

文娉扭头，视线对准卧室。

高处寒二话没说，一个横抱，直接把毛文娉搬了进去。他要开灯。她说不要。高处寒又问有什么要求没有。文娉小声说没有。前期准备就绪。高处寒动作轻柔，好像水平高超的技师一般，循序渐进，按部就班在文娉身上耕耘起来。文娉单手抓着他厚实的脊背，真觉得今儿自己见了鬼了。

一夜颠倒。

手机振动，有消息过来。毛文娉刚醒。大床上只剩她一个人。事实上，高处寒半夜就走了。他们连"一夜情"都算不上，充其量只能是"半夜情"，结束后，高处寒嫌换床睡不着——他倒实在，收拾东西上楼去了。文娉感觉大梦初醒。

她跟高处寒发生关系了？天，什么情况？！活了三十多岁，这开天辟地头一回。她毛文娉，怎么也会做这种不着调的事儿。一切都是阴谋？高处寒出现在老桑那儿是巧合吗？高处寒住她楼上是巧合吗？高处寒突然袭击是随性而至吗？文娉心中的问号，跟鱼吐泡泡似的冒个不停。拿起手机，文娉读消息，是老桑发来的，纯属问候。老桑会不会知道内情？要不怎么一个劲儿"推优"。或者高处寒早就研究过她毛文娉？文娉调出老高的微信，打了一行字：昨天是意外，不代表什么。打完又迅速删除了。说这句算什么呢，此地无银，还一不小心落下个证据。她能看得出来，高处寒就是个情场老手，她怀疑他老婆跟他离婚，八成是因为他出轨。这样的男人，跟大餐差不多，偶尔吃一回，好几年都不用再吃——不是不好吃，是一不小心你就付不起餐费。想到这儿，文娉有点自卑和沮丧，或许对她来说，高是大餐，但对高来说，她只是盘开胃的小菜，偶尔换换口味的。可她追求的却是天长地久啊！

拾掇好下楼，该去上班了。总不能一夜春宵，就一蹶不振。楼底下，高处寒正在跑步，一圈一圈地。运动装衬得他更年轻，意气风发，文娉看他自自然然的样子，又觉得自己太过拘束了。

"睡得怎么样？"他对她挥手。

"还可以。"文娉结巴。

高处寒从她身边跑过去了。文娉连忙发声，用喉管。他接收到讯息，停下来了，叉着腰等她发布消息。

"昨天不算什么，不代表什么。"她盖章，给昨夜浓情一个定位。

"你说了算。"高处寒不假思索。

"保密。"

"放心。"高处寒笑得诡秘，跑过去了。没有多余的温存，不像要谈恋爱。文娉被他这诡秘的笑恶心到了。她猛然感觉自己有点吃亏，仿佛是被人用了一下。可再一想，她没有"享受"吗？也不是。但女人终究跟男人不同。她不是欲女，她做不到反客为主，在性上面压制男人。坐地铁思索了一路，她还是觉得自己仿佛当了一回免费的妓女。糟心。

上班。好好上班。

一整天都没心思。毛文娉思索的，是跟高处寒的"人物关系"。稿子被下意识划得乱七八糟，主任过来说别的事，看到毛文娉手底下的书稿，笑呵呵道："挺认真。"文娉低头一看，大窘。

男人是魔鬼。

不过快下班的时候，文娉就已经想清楚了。

吃亏上当，就那么一次。够了。

不论对方是否蓄谋已久，她跟高处寒的这种关系，都不能继续，他如果敢来第二回，她绝对要反抗，大不了报警。归根到底，她毛文娉还是个传统女性，得到一个说法之前，她接受不了自己这么"滥"。

"文娉，晚上石老师的活动，你跟一下。"正准备下班，主任电话打过来，直接安排，根本没有商量的意思。没办法，谁让她单身呢。没老公没孩子没家庭，时间充裕，活该加班。文娉答应了。出社门坐公交，往东直门去，在银座地下一层的快餐店胡乱吃了点东西，又上楼在商场逛了逛，看时间差不多，才往书店去。石老师是个著名诗人，这两年开始往小说家身份转，这次活动，是宣传他的新书《明知道》，讲了一个土味的爱情故事。出版之前，社里也争取过，无奈印数给不到位，跑了。但关系还是要维护。石老师的名字有点奇怪，正宗南方人，却叫了个北京的地名：石景山。他的经历丰富，八十年代活跃过，九十年代在美国、德国都待过，现在长居上海，一年也来好几次北京，主要是做书的宣传。听说石老师现在已经不是中国人，入了美国籍。

活动开始，文娉坐在最后一排，石老师上场，她举了举手，石景山看到她了。这就可以了，此行不虚。活动结束，文娉拿着书，跟着出版社安排的假读者，完成一个小型的签售活动。"石老师。"轮到文娉了，她笑容可掬。"好久不见呀。"石老师气很足。签完了。文娉站在一边，她想等活动全部结束，再跟老师说几句话。她还是想拿下他一部稿子，她的编辑生涯快倒计时了，文娉的规划是，好歹做个大稿子再走，画上圆满的句号。

快到十点，活动结束了。出版社的发行要送，石景山却打发了他们。文娉跟着，两个人出了书店，到商场门口。天冷。晚风不跟人客气，文娉缩脖子。她抓住时机，把稿子约了。石景山没接茬，指了指对面的酒店："我住那边，要不要上楼坐坐？"这不是石景山第一次发出这样的邀请。有一回在南京碰到，他也邀请她去坐。过去，文娉没往那方面想。毕竟石老师德高望重，不可能，不应该。可跟高处寒那一晚过后，文娉突然开窍了，她彻底领悟了石老师的意愿，男人，不管老少，都一样。区别只是，忍受和享受。高处寒她能享受，石景山就是忍受了。文娉不打算忍受。有什么意义呢。是，石老师目前单身，可她不打算做作家的太太。萧红萧军不就是例子吗，太太是不能比先生写得好的。她毛文娉将来要做独立的作家。她也不打算靠他当知名编辑——她的某位女同事走的就是这个路。没意思。她更不打算靠他拿张外国绿卡，国内形势不错，出去得不偿失……也就几秒工夫，文娉盘算好了，她伸出手："石老师，我家里还有点事情，不打扰了。"

石景山追问："你结婚了？"

这个问题在意料之外。文娉急中生智："快了。"

完美收官，避开一个大坑。

第十一章 宁红
Di Shiyi Zhang

Ning Hong

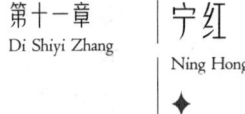

宁红坐在沙发上，脸比天儿还阴沉。吴冠军站着，时不时瞟他老婆一下。乃心从门缝里看人。宁红嗓音跟闪电似的，直劈道："做你作业去！"

门顿时关了。乃心不敢惹妈妈。

宁红抬头对冠军说："你跟小焦确认了？"

"确认了，"吴冠军拿出手机，读，"四个部门联合发布的，'关于加强北京地区住房信贷业务风险管理的通知'，明确规定，从即日起，离婚一年内贷款买房，商贷和公积金贷款政策都算二套房。"

"这他妈的中介也是，"宁红开骂，"到底他妈的有没有个准谱儿呀！结婚离婚颠颠儿地，玩儿呢？！"

"他也不知道……政策突变……"

"政策是雷吗？说劈下来就劈下来？我就不相信出台之前没吹风。"

"好像没有……"

"肉，你就肉吧，"宁红一脸嫌弃，"早离早买，能有这事吗？"

"说这些没用的有意思吗，"吴冠军从委屈到不耐烦，"我长前后眼吗？谁不想把事儿办好，这他妈的政策生砸搁谁也不好使呀！"

"怎么办吧？"宁红两手抱着，扭头看地面。

"现在就是离了婚也不能算首套，省不了钱了，"吴冠军解释，"就得一年以后，才算离婚有效，才能算首套。"

宁红大喘气。她恨。她怨。她怒。御府嘉园她住得够够的。吴冠军走到她跟前，从后面扶着她肩："咱不等了，先复婚，先挣钱，实在不行咱不去西城，就搁朝阳凑合凑合，小学没什么大不了，关键是初中，来得及。"

宁红气性大，抖了抖肩："不就一年嘛，等，乃心还有两年才入学呢，来得及。"

"真等？"

"等。"宁红一言九鼎。

"这可是你说的。"

"我说的。"

"不复婚？"

"不复。"宁红咬牙切齿。上有政策，她就要来个下有对策。老娘死磕到底。

离婚过后，宁红发现吴冠军对她的态度有所转变。确切地说，是吴冠军的整个生活态度变了。

比如看网文吧。过去他有节制，晚上十一点，只要宁红敲打他，他一定会放下手机，乖乖睡觉。现在呢，不是了，人家会转移阵地，你敲打你的，人家去书房看去了。

再比如吃红烧肉。过去，这道菜宁红对吴冠军那是限量供应，他血压高、血脂高，医生不建议他老碰肥肉，但现在呢，一个星期，人家能点好几次东坡肉、红烧肉外卖。

还有女儿乃心的作业，他过去检查，现在不怎么愿意检查了。整个概括下来，宁红感觉老公吴冠军放松了。

宁红批评他，每次人家还知道还嘴。看电子书，"想看不就看呗"。吃红烧肉，"想吃不就吃呗"。而且还有一条，是宁红不方便主动要求的。离婚过后，吴冠军基本住在书房，两个人再没有夫妻生活了。

宁红就是脸皮再厚，也是个女的。她只能侧面找碴。这天，乃心在外上辅导班，宁红主动找吴冠军撕开了。

"吴冠军，你什么情况？"

吴冠军放下手机，把自己从玄幻的世界里拔出来："怎么着？"

"咱俩谈谈，交交心。"宁红的口气像大学辅导员。

"老夫老妻，还整这个。"

"必须谈。"宁红掰吴冠军的膝盖。

"你说。"

"你这最近，衣食住行，变化够大的啊。"

"想开了。"吴冠军含笑，捋了捋衣服。

"跟离婚有关系吗？"

"你又多想。"

"不是……"宁红来劲，"那怎么就离婚前离婚后两个人呢？"

"你有一点特别不好。"吴冠军反攻。

宁红冷笑："哟，挑上我的毛病了。"

"人要学会放松。"

"离婚前怎么没见你放松呢，咱俩的婚姻，就让你那么不痛快？"

"这不假离婚嘛。"

"是假离婚，但真有法律效应！"

"你不能这么想。"吴冠军好言劝道。

"那该怎么想？"

"你就想，咱们不是离婚，是给彼此放了个假，就跟外国大学生似的，毕业之后不是立刻就参加工作，有的还有个 Gap Year，间隔年，透透气，一年之后，再投入进去。"

这么一解释，宁红不吭气儿了。别说，吴冠军的歪理邪说，听着不是完全没道理。冠军见宁红思想松动，走上前，伸出双手拍了拍她两边胳膊，好像推拿师给病人放松那样，"别太紧张，有什么大不了的？你呀，就是什么都看得太重，太敏感，太在意别人的评价，从现在开始，你就活你自己，行不行？"

宁红嗫着嘴，缩脖子。像鹌鹑。

吴冠军继续:"怎么舒服怎么来。你不是喜欢吃螃蟹吗?买,天天吃都没问题。"

宁红翻白眼:"日子不过啦?"

吴冠军道:"有时间限制呀,划了道道,就一年,这三百六十五天,就算你天天吃,能咋着?一天一只,一年三百六十五只,过了这村可没这店,等明年买了房,又得勒紧裤腰带过日子。"

"除了吃呢?"

"别的也是同理,我不会管你,你也别管我,你管我,就是给自己不痛快。"

"那你要出去偷人呢?"宁红问得直接。

吴冠军五官全往鼻子那集中:"哎呀我的姑奶奶,你真高看我了,谁要我这样的呀,要权没权,要钱没钱,要长相……"突然停顿,改口,"长相倒是有一点,可是没钱也没用呀,就我这点小银子,还不够自己挥霍的呢,还去填别人的窟窿,我疯了?而且我到点就回家,也没那作案时间呀。"

吴冠军的一番"肺腑之言"帮宁红打开一个全新视界。自结婚以来,宁红和吴冠军组队,在这个大城市奋斗,一荣俱荣,一损俱损。他们是一个家庭,一种社会单元,她和冠军的关系,就是搭档、队友。当然,不用丈夫提醒,宁红也能意识到,她和老吴早已经走过爱情(如果有的话),进入了亲情。她也需要透气,也需要把目光从外部世界拉回,投射到自己身上。

她不禁扪心自问:你,宁红,过得好吗?

这个问题有点复杂。说过得不好,矫情了,在老家人和同学们眼中,她宁红已经是人生赢家了。留在北京,有房子,有丈夫,有女儿,马上还要买第二套房子。这还不叫好,怎么才叫好呢?

但宁红并不满足。她还住在五环外,自己只是个大集团的小策划,老吴呢,创业前途漫漫,不知什么时候能上市。无论是事业还是生活,他们都亟须突破。就比如这次买二套房,乃心要上学固然是刚需,但下意识里,宁红认为,房子也是刺激。

她的生活需要新刺激。

有压力才有动力,她才能被赶着往前走。

对,她是要往前走的。从五环外,进军到三环,再进军到二环,住四合院,这也算从侧面体现了人生价值。宁红的偶像是潘石屹的太太,她想做人家那种,既辅佐了老公,又成就了自己的女人。括弧,成功了也没离婚。

晚上散步，宁红溜达到毛文娉那儿，不失时机地把老公灌输给她的理念灌输给闺密。

"人，女人，这个年纪的女人，就得你自己对自己好，不然没人惦记你。"

文娉苦笑："我倒是想对别人好来着，谁给我机会？"

宁红连忙道："柳总，你真 Pass 了？"

文娉道："是人家 Pass 我。"

宁红叹气："你这个年纪的女人……"

话还没说完，毛文娉便纠正："咱。"

宁红改口："对，咱这个年纪的女人，该见过的都见过了，眼界开了，又是在北京，事业有点小基础，也有了点小存款，男人那些小花招小伎俩，咱也不会轻易上当，这就麻烦了。"

"有什么麻烦？"

"结婚就是上当受骗，"宁红道，"二十多岁没赶上上当，到了三十多，想上当，太晚了。"

宁红走到落地窗旁边，望着对面的万家灯火："这套房租得真好，全明不说，客厅卧室都朝南。"

毛文娉知道宁红这是自然过渡，便跟她多说了几句房子朝向、户型的事。宁红特别来劲，反复叮嘱毛文娉，要买房子，她肯定帮着长眼，说那里面的坑不是一点半点。正聊着这事儿呢，宁红突然转变话题："桑嫣后来找你没有？"

文娉打了一下磕巴："没有。"

宁红又说："真奇怪。"

文娉假装不理解。

"香蕉皮。"宁红点明了。

"是奇怪。"

"谁干的呢？"

"反正不是我。"毛文娉第一时间说。

宁红笑笑："没说是你，你最不可能，也不是我，但是那天我最后一个从外面进来，跟着就是老桑要出去，然后滑倒了，所以我的嫌疑最大。"

"别想那么多。"文娉劝。

"我问心无愧，"宁红说，"我倒不怕被冤枉，就是觉得事情本身很有意思。"

"你的意思是，有人故意？"

"显然是人为的，故意的。"

"也许是曼蔓没丢准。"

宁红转身对窗户外头："进了别墅，环境那么优雅，谁忍心乱丢香蕉皮，只要有一点素质的人都不会那么做，应该不是曼蔓。"

文娉不作声。

宁红突然道："会不会是许可凡？"

"她为什么要这么做？"文娉反问，"而且如果是她，后面进来的人不可能没看到香蕉皮。"

宁红皱眉头："我觉得这个人的目标是我，不是老桑。"

文娉不懂其中逻辑。

宁红道："现在嫌疑最大的就是我，这个人的目的是嫁祸，起码是挑拨我和老桑的关系。"

"老桑有脑子，不会轻易上当。"

"她跟你说了？"宁红又把话绕回来。

"没有，"文娉只好解释，"如果是你，你最后一个出去，丢下香蕉皮，那也太容易露馅了。你的智商没那么低。"

"那倒是。"宁红苦笑。

如果她有心害人，肯定做得天衣无缝。屋子里有点闷，宁红打开窗，一阵凉气沁进来，还有点冷。楼下野猫乱叫，瘆人。毛文娉站在宁红身后，两个人都没说话。

宁红突然转身，问今天几号。

文娉说7号。

宁红又问桑嫣请客是几号。文娉拿手机看看，抬起头，不吭声儿，眼神里透着慌乱。

宁红问："4号？"

毛文娉轻轻点了点头。

"怎么会那么巧。"宁红叹息。

"谁还能记得。"文娉说。

"不会闹鬼了吧。"宁红大喘气，下意识抱紧双臂。

毛文娉连忙让她别说了。

宁红转身往客厅走："这都多少年了，按说不至于。"

文娉道："咱们还是唯物主义，别自己吓自己。"

"是不是该去路头……"宁红声音微弱。

"别说了！"文娉的声音有点抖，停顿几秒，她又问，"现在？就咱俩？"

宁红想了想，说："算了，就算有，也不是冲咱俩来的。"

敲门声起。咚咚咚三下。

宁红和毛文娉吓得叫出声来。宁红到底胆子大些，放开嗓子问："谁呀？！"

没人出声。敲门声又起。

"谁在外面？！"宁红又问。

还是没人应答。

宁红往门口走。文娉跟上。宁红探头到猫眼看，外头没人。她猛然打开门，先迈出去一步，东看看，西看看，这才放开胆子走出大门，在走廊上巡视一番。

一个人影儿也没有。

文娉叫她回来。宁红退回屋内，把门锁好，小声对文娉道："不会真是那啥吧？"文娉赶忙让她别说了，再说下去她晚上都不敢住这儿了。

第十二章
Di Shier Zhang

毛文娉
Mao Wenping

老桑找她，文娉估摸着，还是那天的事儿。她下班早，提前了二十分钟。别墅前的小路，毛文娉一边走，一边想事情。一抬头，她看到杨盼从五号别墅里出来。下意识地，毛文娉换了一条路走。

老杨单独来，肯定有事，一旦撞破，还要解释，费劲。文娉在别墅东墙根躲了一会儿，等杨盼走远，她又多站了十分钟，这才绕过墙壁，从南面小院进。

进门崔姐招呼，说太太已经在二楼等着了。

"尝尝这个。"桑嫣招呼文娉坐。

茶饮准备好了。

文娉尝了一口。

"怎么样？"

"冬瓜做的？"文娉问，"叫什么？"

"茶泡，"桑嫣端坐着，"广西刚运过来的，太甜。"文娉笑说刚刚好。

桑嫣还没开口，文娉就先破题了，她问高处寒是什么时候搬过来的。明知故问，是为探底。

"哦哟，那我可不知道。"桑嫣呵呵笑。

毛文娉笑："什么都不知道，就请人来做客了。"

"就是找他帮忙，"桑嫣口气温和，"他找你了？"

"没有。"文娉否认得很坚决。

"那特地问？"桑嫣端起茶杯，却并没有要喝的意思。

"他住我楼上。"文娉直言。

"这么巧？"

"你要是知道什么情况，可得告诉我。"

"我知道的不会比你更多。"

"老高为什么离婚？"

"没听他提。"桑嫣身体前倾。看反应，不像装的。

"离婚官司在可凡那办的？"文娉压低声音。

"说因为什么了吗？"

"感情不和。"

桑嫣笑而不语。显然，她对这个理由持保留意见。毛文娉端起茶盏，喝了一口。喝完自己续水。

一时静默。

崔姐上来问晚上炖不炖鸽子。桑嫣叮嘱她不要放生姜。再回过头，她跟文娉提到御府嘉园风水的事。

文娉说："听宁红说北面楼死过人。"

桑嫣没问怎么死的，直接问："你不觉得那个香蕉皮有点奇怪吗？"

文娉盘算了一路，临了，还是不晓得怎么应答。

这才是老桑找她来的真正用意：协同破案。

当天别墅里就那么多人，从书房出去过的，范围更小。除了她和老桑自己，其余四个人，连带崔姐，都应该是被怀疑的对象。

看毛文娉不作声，桑嫣继续问："文娉，你要是知道什么，或者感觉到什么，一定要跟我说，咱俩永远是一头的。"桑嫣把文娉刚才的话回喂给她。

是，一头的，必须一头，从本科时代起，就注定了她跟桑嫣是一头。除了曼蔓是后来搬进寝室的，其余几个姐妹，都必须铁板一块。就连宁红和老桑别扭了这么多年，大面场上，依旧过得去。

她们是一条绳上的蚂蚱。

文娉为难，她觉得宁红有嫌疑，可没证据，不能搬弄是非。"可能是宁红吗？"桑嫣把毛文娉心里的揣测说出来了。

文娉理性分析："按说不应该。"

桑嫣问为什么。

毛文娉说老宁马上就要搬走了，要买房子。桑嫣不往下问了。杨盼和许可凡没被列为怀疑对象。

毛文娉说："也许就是曼蔓没撂准，丢在地上了。"

桑嫣道："那么大一个东西，那么多人进进出出，不可能看不到，最后一个进来的人嫌疑最大。"仔细回想，还是宁红。宁红最后出去接了个电话。

"如果是宁红，那她也太傻了。"文娉跟许可凡的分析一样。哪个凶手也不会那么着就把自己暴露出来。

桑嫣沉吟不语。

"家里有摄像头吗？"文娉问。

桑嫣说要装了就没那么多猜测了，刚搬过来，监视设备还没到位。

侦探工作不了了之。

"老高这人不错。"桑嫣换话题，口气立刻不一样了。

文娉感觉戏谑。

桑嫣陡然严肃："我要是你，绝对认真考虑。"文娉问考虑什么。桑嫣笑道："你是真傻还是装糊涂。"文娉不说话了。桑嫣继续说："虽然离过婚，但好歹也算同龄人，这个年纪的男人，一张白纸，不切实际。"

文娉嗫嚅说哪至于，才见一面。她不好意思。这明还没修栈道，暗里早就度了陈仓。说句不好听的，她跟高处寒，没有关系，却有了……肉体关系……这算怎么回事儿。文娉忽然感觉自己太不了解自己。

"需要我帮忙吗？"桑嫣直接提出来。事实上，高处寒的确跟刘宪魁说过，对文娉有好感，"再摆一桌，就请你和老高。"

毛文娉连忙说不用。

桑嫣再下一城："上次聚会，主角是伊若，也是为爸爸妈妈分忧。"嫁到刘家后，不论人前人后，桑嫣称呼二老永远是爸爸妈妈，或者我妈妈、我爸爸，再或者就是我父亲、我母亲，弄得听众偶尔会有错觉，分不清到底是娘家妈还是婆婆。毕竟，背过脸去，还一个劲儿叫婆婆为妈的人不多。

文娉说分忧是应该的。她理解桑嫣的汲汲。

桑嫣又叹："他俩真要成了，老高算立了一功。"文娉笑笑，不点评。桑嫣补充："娉，真的，考虑考虑。"文娉却说聊聊看。桑嫣微笑着。毛文娉看着桑嫣这古怪的笑容，怀疑高处寒是不是跟刘宪魁炫耀过。而桑嫣，也已经知道她跟老高的激情一刻，只是给她保留面子，隐忍不说罢了。

"你车号摇到了吗？"桑嫣突然问这茬。

文娉说没有。

"驾照呢？"

"有。"

"你要不先开我那辆旧的。"桑嫣家的车不止一部。她那辆旧的白色奔驰，有年头了。文娉连忙推辞，不是她不想开，是她不想欠人情，而且，实话实说，虽然有驾照，她对自己的驾驶技术并没有信心。而且也限号不是？不如地铁准时、方便。

搬到五环外后，文娉的通勤时间，地铁加走路，单程要一个钟头。来回就是两小时。通勤时间长了，文娉尽量多安排阅读，在地铁上看书，是她的惯例，而且她喜欢看纸书。纸书里又尤其喜欢看理论书。

每天地铁上下班，毛文娉还有个意外收获——跟同事的交流增加了。平日里在社里见，多半点头之交，尤其是别的部门的同事，根本没有机会交流，也懒得交流。但要在地铁里遇到情况就不一样了。小空间，恰巧遇着，总得说点什么。

社里的年轻人多半住在五环甚至以外，还有跟杨盼一样，每天从燕郊赶来的。就比如文娉经常遇到的那个外文部男编辑。齐齐哈尔人，又高又瘦，但名字里偏偏有个"壮"字。壮是日本留学回来的，看上去总有点神神道道。文娉发现他每天都背着个大双肩包。

"都是稿子？"文娉拍拍他的包。

"不是。"壮否认，然后就不往下解释了。文娉也不好再问。后来从另一个同事那得知，壮的包里，装的都是些应急玩意儿，扳手、钳子。"他怕地震，或者有什么突发事故，留着能救命。"

文娉大开眼界。

壮租住在神盘"北京像素"，据说床底下还囤了不少压缩饼干、矿泉水什么的，以备不时之需。

偶尔还能遇到旁边编辑室的新晋主任，女的，姓褚。结婚两年了，一直没孩子。她自己倒不忌讳，开口就是："真不是我不想要，我想要，可没机会呀。"文娉不理解，问为什么。褚主任痛心疾首："根本遇不到！我晚上十点睡了，他十点半才到家，"褚主任的爱人在互联网企业，"我早上七点起床，他九点才睁眼，我周六肯定更是要在外面活动的，他在家，周日我在家了，他又加班……"

文娉笑说那真跟牛郎织女差不多了。

褚主任嚷："比牛郎织女还不如，人家一年还能碰到一回，而且，提前把孩子生了。"说到这儿，她忍不住点文娉，"文娉，我跟你的烦恼一样，孩子问题，头疼。"

文娉想解释，她没孩子问题烦恼，大不了就一辈子不生。可又觉得一解释就多了。文娉笑盈盈的，此处无声。从褚主任不经意的一句话里，就能辨查出她在社内群众心目中的人物形象了——不结婚，没孩子的老姑娘。文娉想逃。

听同事吐槽也是个乐趣。平时瞧不出来，壮竟然还有点少年意气，他两手抓着扶手，直眉瞪眼道："日本文学就那么点东西，大的选题拿不着，偶尔从代理那发现几个小的，报上去，人立刻给我半路截和！——什么东西！他找代理买版权去了。我编的书，他要跟着署名，我怎么活，这是北京，我要吃饭呀，永远租房子吗？我敢谈恋爱吗？就那么点工资……"

实话。别说壮，就是毛文娉这种混了不少年的编辑，都抓不到什么资源，还在做"死人"的书呢。在世的作家，根本轮不到他们碰。

壮继续道:"编辑这行,现在真不适合男的做,尤其在北京这种地方。"

文娉对着地铁一面的玻璃苦笑,她是女的,她也觉得做不下去呀。前途,看不到前途。老编辑会说:"现在年轻人不行,不懂什么叫板凳一坐十年冷,我们刚来社那会儿,那什么条件,多么艰苦。"文娉听了都懒得反驳,你条件再苦,也是住在城里。那时候房子什么价?现在什么价?全社的年轻编辑,有几个住在五环以里。上回有个女同事全款在大兴买了套房,其他同事恨不得写出一部推理小说来,结论是,她爸一定贪污了。不过是个地方小公务员的女儿,哪里来的实力全款呢。

"你打算买房吗?"文娉问壮这个尖锐话题。

"想买,没钱。"

"家里支持点呢?"

"去日本都是勤工俭学的。"

"找个本地姑娘。"

"人能看上我吗?"

"你不赖。"

"谢谢。"大壮一脸惨相,跟文娉道别,随着人流,下车了。

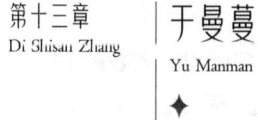

第十三章 于曼蔓
Di Shisan Zhang　Yu Manman

◆

过去几年,换工作对于曼蔓来说,就像换馆子一样轻松。某种意义上,她还乐在其中。不过,唐胖子去世后,曼蔓的生活有所转变,她失去了"混"的资格,她甚至发现自己连朋友都没有了。曾经,唐胖子的朋友就是她的朋友,如今,人走茶凉,唐胖子的老婆全面接手了他的物质遗产,至于各种社会关系,则突然鸟兽散。

曼蔓上一份工作是画家经纪，把宋庄一些画家的画发到香港的画廊去卖，大家当初看唐胖子的面子，现在，没人愿意找她了。好在曼蔓跟某过气纪录片导演学过一点做纪录片的技能，也跟过几部片子。一阵海投过后，她终于在双桥附近的一家民营纪录片公司，谋到个策划职位。

老板是个四十多岁的男人，跟各大纪录片频道有点关系，主做内容供应。公司员工十来个，基本是年轻人，曼蔓进去，立刻成为"老大姐"。不过，她总是一派天真，乐观向上，所以还算能跟同事们打成一片。坐在她工位前面的，是个叫王百味的男的，戴着个黑框眼镜，比她晚进公司。河南人，本科毕业，刚北漂没多久，没女朋友。他跟曼蔓基本谈不到一块儿，说话总是犯冲。比如，午饭时段，于曼蔓会拿着紫菜饭团，在阳台上一边啃一边感慨："郁闷死了，孤独死了，好沮丧，好想哭……"

"怎么了？"都是"新人"，作为唯一观众，王百味不得不过问。

"为什么我就成不了爱情喜剧的女主角呢？"曼蔓眨巴眼，嘴角还粘着几粒饭粘子。

"首先你得像样。"王百味一本正经。

曼蔓一听，端着饭盒子走了。这人说话全是屁味儿。

好在王百味和曼蔓还算有个共同的爱好：吃。两个人做过最伟大的事，就是一起翘班去吃麻辣烫。在吃里，于曼蔓和王百味得到了最大的暂时性满足。

房子买不起，吃还能吃不起吗？

他俩有个约定：无论吃什么，都AA。

金九银十，老板催片子。王百味牵头一个项目，接连几个中午都没顾上去小街吃饭。曼蔓好心，分了饭团给他。那可不是普通饭团，是于曼蔓亲手放了糖桂花、肉松再用紫菜包起来的饭团。吃人嘴短。项目有眉目后，王百味开始"知恩图报"了。

"想吃什么？"又是阳台上。他假装豪气。

"你请不起。"

"你说什么我请什么。"

"京兆尹。"

"素的？"他知道这家餐厅，明星老去。

"高端人士都吃素，吃的就是环境。"

"你不是无肉不欢吗？"

"你错了。"

"有一家鸡煲馆子特别棒。"

"什么鸡煲？"曼蔓立刻来了兴趣。素食主义，只是她包装自己的外衣，随时可以脱掉那种。王百味伸出魔爪，开始手舞足蹈描述鸡煲的做法、味道，绘声绘色，声情并茂，于曼蔓按捺不住："行了！就鸡煲吧。"这天下班，王百味和于曼蔓直奔鸡煲而去，走路到双桥，再向南，眼看进了个城中村。

曼蔓不乐意："不会是苍蝇馆子吧。"

王百味拉着她胳膊："好吃就行，你还挺挑。"

曼蔓不愿意继续前进。

百味吆喝一声："还有几步路！"又道，"需要我背你吗？"

曼蔓自己迈腿："我怕你背不动。"

王百味三两步赶上，在前面领路。进了个小胡同，周围一片黑，除了两边民居发散出来的灯光，没其他照明。

曼蔓更觉奇怪："黑店吗？"

"马上。"

"拐卖人口？我报警了啊。"

"拐你干吗，还得给你饭吃，马上到了。"王百味领着于曼蔓进了个大杂院，里头人的纷纷跟百味打招呼。

曼蔓拉住百味："什么情况？"

"就楼上。"百味一派自然。

两个人上了自建的筒子楼，在起首的一个开间门口停住脚步。于曼蔓终于明白了，她压住火气："不会是你家吧？"百味笑不嗤嗤地说："算是吧，我姨家，我姨做，放心，手艺一流。"

于曼蔓顾不上馋虫在肚子里搅闹，一把将小王拉到楼梯口，用审讯的口气问道："你说实话，是不是跟你姨说了，我是你……那啥？"

"真没有。"百味失笑。

"我可跟你说，我清清白白一个人，别给我扣屎盆子。"

"就是朋友、同事，"王百味恨不得发誓，"再说了，我多大，你多大，也不合适呀，不用有负担，敞开了吃。"

"那我叫你姨什么？"

"爱叫什么叫什么，大姐，阿姨，随便。"

于曼蔓急中生智："你就说我是你领导，你是请领导吃饭。"

百味无奈："行，领导，请。"

铺垫做好了，于曼蔓这才拿出领导的架势，踱着步子走到开间门口。王百味果然配合，他姨一抬头，说笑没笑间，他就抢着介绍："姨，这是我们领导，于副总。"

他姨连忙笑着叫于副总。一抬头，曼蔓愣住，面熟。还没等她反应过来，百味姨先认出来了。于曼蔓窘得不晓得说什么好。王百味的姨，就是桑嫣家的保姆崔姐。百味诧异："你们认识？"

曼蔓竟感觉在这屋里站不住，犹豫了三秒，匆忙跑下楼。

风驰电掣地回到了住处，冷静下来，于曼蔓才开始反思自己的临阵脱逃。为什么呢？就因为之前见过，熟人见面太尴尬？曼蔓口问心，心问口，终于问出个所以然。恐怕还是因为崔姐在桑嫣家做保姆，她不能同时拥有保姆和别墅女主人两拨朋友。可是，这样一来，不就跟平日里自己叫嚣的平等背道而驰了吗？她觉得自己对不住王百味，皇帝还有三门子穷亲戚，何况崔姐只是个同事的姨。她又能去桑嫣那说什么呢？所以，这次落跑，于曼蔓重新发现自己的"自尊"。

她曾经以为，这个东西她早就抛到一边了，她现在要做的，不过是享受生活，吃好喝好睡好……可随着年龄的增长，任谁也避免不了世故。人往高处走，她这个年纪，实在没必要往贫民窟里扎。不过第二天上班，她还是带了个饭团给百味。

百味不收。

"怪你，"于曼蔓说，"自家请饭，起码应该先打个招呼，本来是惊喜，弄成惊吓了。"

"哪吓着你啦？"王百味不客气。

"突然。"

"知道，你混上流社会的。"

"啥上流。"于曼蔓不好意思地笑，掩饰尴尬。

"我姨是保姆，住贫民窟，不配你落脚，不配当你朋友，那饭有毒。"

"随你怎么想。"于曼蔓不理睬，剪片子去了。

尽管曼蔓嘴上一百个不在意，心里还是不舒服。她只好打电话给文娉——能聊天的只有她。用提问的方式，其间夹杂着一些臆想。

"问你个问题。"曼蔓嗲声嗲气。

"说。"毛文娉在打扫卫生，戴着耳机。

"记得那个崔姐吗？"

毛文娉没想起来，问哪个崔姐。于曼蔓提示了一下。文娉反应过来了，说记得，桑嫣家阿姨。

"如果，"曼蔓说话一骨节一骨节的，"我是说如果，崔姐想把你介绍给她外甥，你什么反应？"

毛文娉一头雾水。

"就是说如果。"

"不同意。"

"看吧。"

"不过也得看她外甥啥样。"

"她外甥，"于曼蔓立刻来劲，"方脸，皮肤黑，矮胖，能吃。"她描述王百味的样子。

"你认识？"文娉反问。

"不认识。"曼蔓撒谎。

"人不可貌相，也许崔姐只是闲不住，跟好多出租车司机一样，人家里拆迁好几套房呢。"

"河南人。"于曼蔓强调。

"不是安徽的吗？"毛文娉反问，"到底哪儿人？"

好像是，记不清了。曼蔓不理解崔姐为什么要在籍贯问题上模棱两可。文娉顺势问她想找什么样的。曼蔓道："总得找个比我强的吧。"话虽简陋，但却说到毛文娉心里。这么多年，她挑来选去，也不就是想找个强者。毛文娉在电话里问曼蔓那天香蕉皮的事。

于曼蔓警觉，不接受冤枉："老桑问你了？"

"没问。"

"那你问我。"

"就是觉得硌硬。"

"真不是我——"曼蔓调子拉得老长，"那要是我，也太明显了吧，我有那么傻吗，特地买一把香蕉过去，又特地让老桑踩香蕉皮滑倒。"

"你真没丢错地方?"

"是个三分球,稳稳落进垃圾桶里的,我记得清清楚楚,"于曼蔓着急,"可不能冤枉好人。"

"那就奇怪了。"

"怎么不怀疑宁红?"

"她没法证明自己。"

"她认了?"

"没有。"文娉说。

"反正不会是香蕉皮自己长腿跑出来的。"

文娉没往下说。

"许可凡呢,杨盼呢?"曼蔓着急,"走廊里灯光暗,香蕉皮又是那个颜色,就算提前放那儿,也没人发现,有可能早就放那儿了。"

"老桑不提了,咱们也就别提了。"

曼蔓道:"反正,干这事儿的人,就在当天那些人当中,这人,肯定跟桑嫣有仇,至少是嫉妒。"曼蔓老觉得是宁红,但文娉不往下说,她也就不说了。

第十四章 许可凡
Di Shisi Zhang Xu Kefan

♦

处理完手头的案子,许可凡重重靠在椅背上,伸了个懒腰。判决写得手都酸了。同事进来跟她道别,笑说许姐该下班了。许可凡照例问了问案子的事情,然后跟同事说周末愉快。

礼拜六加班。礼拜天也不能休息——她是妈妈,有义务带女儿去游玩。可凡在潮白河附近租了一块菜地,从四月到十一月,当地菜农托管,这回是入冬前最后一次采摘。

在外人看来，许可凡的前半生足够励志。她是老家人口中的"榜样"。县里出身，现在北京当法官，社会地位有了，又摇中经适房，大问题解决。结了婚，生了娃，作为一个女人，她的人生任务已经完成了一大半。老家人都劝她，"工作嘛，混着好了"。许可凡总觉得不满足。她一路拼杀，走到这个地步，可不是来混的。她追求事业有成、出人头地，跟性别没关系。谁说女人就不能干事业？各凭本事。男女平等。

无奈的是，许可凡隐隐觉得，就在她借着努力加好运气迅速完成一系列人生大事之后，生活陡然进入一个平原期，无论她怎么发力，也不往前推进，甚至倒退。许可凡这才赫然发现，生活的质变跟个人的奋斗不完全有关系。

就比如工作吧。

走过了新人阶段，许可凡现在是法官了。然后呢，前面的路怎么走？许可凡迷茫。没有抵实的背景，没有天赐的机遇，她就想再往前挪半步都费劲。现在整个系统实行扁平化管理，纵向的层级被削减，这意味着，上升的通道变狭窄了。再做个十年八年，恐怕也未必能升职。

许可凡考虑过内招，往系统内更大的机关走，可是，一来没有足够的复习时间；二来，往上走也需要领导赏识，她整天在基层趴着，领导根本没有机会了解她。莽莽撞撞去考，十之八九铩羽而归，落人笑柄。

最近一段时间，许可凡开始认真思考辞职创业，或者去企业里做法务、当律师。不过，这一动，就是大动，等于从体制里出来了，丢掉了铁饭碗，走到市场上，那就是全凭本事。她还是有点吃不准。眼下的工作，虽看不到前景，好歹旱涝保收，走出去呢……巨大的未知，她还有房贷要还，孩子要养……

都怪尉迟不给力。

如果他有足够的实力，让小家没有后顾之忧，那她许可凡或许已放下包袱、放手一搏。

哼，他自己还考虑辞职呢。用尉迟的话说，他必须在欢视这艘大船下沉之前找到个小舢板。可凡一听就没好气："怎么你上哪船哪船就沉呢，到底是船的问题，还是你的问题？"尉迟申辩，说互联网企业就这样。许可凡啐道："还马云刘强东呢，这辈子不指望！"

收拾桌面材料，许可凡突然看到她当初帮高处寒拟的判决书。呵呵，老高不够意思。搬到一个小区（虽然隔着墙头），招呼都不打。可人家跟桑嫣家的刘宪魁走得近，尉迟始终贴不上去。看看，人就是这样，拜高踩低，在所难免。怪只怪他们家尉迟不上道儿，不会拉关系社交，跟刘宪魁尿不到一个壶里。

许可凡给高处寒打了个电话，揶揄两句。高处寒及时认错，说忙得没顾上，又说，回头请她跟尉迟吃饭，他要跟尉迟玩《王者荣耀》。高处寒还提到，他现在跟毛文娉是邻居，就住楼上楼下。许可凡听到这个消息不大舒服。这话，该文娉告诉她，故意瞒着什么意思？又或是文娉心虚，垂涎老高。

真是可笑。

不过，虽然老高的离婚案子是许可凡走的，可她到了也没弄清楚两口子究竟因为什么离的婚，女方很决绝，男方净身出户。朱佩芸恨高处寒恨得要死。道理上说，是高处寒有错误。只是这个错误恐怕难以启齿。

下班到家，女儿在做作业。现在的孩子，刚上幼儿园就开始有课业负担。难得尉迟比她先到家。许可凡问他线路安排好没有。尉迟说都设计好了。她婆婆端饭上桌，又去里屋叫孙女菲菲吃饭。吃完饭，婆婆带菲菲去河边散步。尉迟寅觍着脸到许可凡跟前。

"帮我按按。"许可凡伸脖子。杨盼总说实诚帮他按摩，可凡听在耳朵里，记住了，偶尔也麻烦尉迟。

尉迟第一时间伸出他那写代码的双手，帮许可凡揉搓了一会儿。"你都能创业了。"许可凡夸丈夫。尉迟没理解。许可凡追加一句："你这手，最适合当推拿师。"

尉迟笑而不语，又揉了一会儿，他才虚下姿态，躲在许可凡背后说："跟你说个事。"

许可凡闭着眼："行啦，这个月奖金别上交了。"

尉迟寅错愕。

许可凡又说："我也有个事跟你说。"

尉迟诧异："好事坏事？"

"你先说，好事坏事？"许可凡转过脸，"好的说不好的不说，我耳朵现在只能听好消息。"

尉迟肢体僵硬，手停在那儿："不好不坏。"

"那别说了。"许可凡沉下脸来。她感觉不妙。

"你说你的。"他敦促。

"算了不说了，没意思。"许可凡本来想放高处寒的料，却被丈夫磨磨叽叽弄得有点扫兴。

尉迟不吭气儿。许可凡让他别按了，沉默在夫妻之间僵持了。过了好一会儿，许可凡没好气："说呀！别回头憋到妈回来再说，显得我欺负你似的。"

尉迟战战兢兢："我打算……"

"辞职？"许可凡没等他开口就猜到了谜底，小手一挥，"我不同意。"

尉迟吃瘪，嘴紧紧闭着。

"工作要熬长。"许可凡拿出法官的架子。

"行业不一样。"尉迟平静申辩。

"辞职去哪儿，"许可凡站起来，"找好下家了吗，是给刘强东当高管还是去做马云的总助？"顿一下，"一把年纪，还是那么冲动，反正我的态度很明确，不同意不支持。"

尉迟半低着头，看凳子："是……裁员……"

许可凡盯住了他，目光如箭，嗖嗖嗖嗖。

"公司出问题……我被裁了。"尉迟只能说实话。

许可凡沉默几秒，突然惊叫："这都什么公司呀这今天有明天无的全他妈泡沫！这不扒瞎嘛！"

生气归生气。在婆婆带女儿回来之前，哪怕两口子有分歧，也必须"恢复原貌"。这是许可凡和尉迟寅的共识。生活已经足够艰难，他们不能把负面情绪带给女儿，不能让婆婆惊慌，进而失去在大城市奋斗的信心。

只是，有了头天晚上这场不愉快垫底，第二天的采摘之旅，就没那么愉快了。主要是许可凡兴致不高。女儿菲菲要拍照，多半是尉迟代劳。尤其是在农场里不小心看到杨盼、杨实诚两口子的身影后，许可凡就更不愿意在此处逗留，在她看来，她跟杨盼不是一个阶层，不应该在一个地方玩耍。大老远开车跑到潮白河附近的田地里，纯属找不愉快。尉迟过来要给可凡拍照，可凡不耐烦。手机振动，是毛文娉打来的。据文娉说，曼蔓从崔姐那得知，桑嫣住院了，好像是流产。可凡连忙问什么时候过去看看，文娉说还在联系宁红，等都齐了，在群里招呼一声。

老桑流产是个大事。桑嫣彻底没玩儿的心思了。从潮白河回来，她直接去文娉那点卯。文娉在看稿子。许可凡佩服她的镇定。文娉说："时间还没定。"她给可凡拿了一瓶水。可凡问："跟上次摔个屁股蹲儿有关吗？"

文娉说不知道。

可凡心想,要是那一跤给孩子摔没了,事情就复杂了。许可凡倒不觉得是宁红干的——她希望是宁红,但宁红的可能性最小,她自认还算识人,宁红虽然好强,惹人讨厌,但绝对不是个使阴招的人。她害人也会害在面儿上。"老桑找过你吗?"许可凡问。她料到老桑应该会找文娉这个"最大公约数"。

"找什么?"文娉明知故问。

"香蕉皮。"

"问了两句,"毛文娉说,"不过老桑倒没多心,不觉得是我们中的人干的。"

"宁红找过你吗?"许可凡陡然问。

"找过。"

"她怎么说?"

"她也觉得奇怪,"文娉说,"还说要去……"欲言又止。可凡追问,文娉只好说宁红建议去烧纸。

可凡大惊。这个问题上,宁红倒跟她想到一块儿去了。虽然都是唯物主义者,但这些老传统,宁信其有,莫信其无。文娉解释:"我没让她去。"

许可凡幽幽地道:"那天……屋里没准还有人。"

"崔姐?"

"除了崔姐。"

"你的意思是小偷,或者埋伏在家里的人?"文娉顺着分析下去,"可那人怎么会知道于曼蔓会买香蕉来呢?"

"香蕉只是工具,随机应变的。"可凡这么解释。文娉也没话说了。许可凡又道:"明年办校庆,到时候一起回去看看。"她留下半句话没说,但从文娉的眼神里,她能看出,毛文娉懂她的意思。这些年,那个名字就仿佛《哈利·波特》里的"伏地魔"一样,没人提。青春的梦魇,一觉醒来到中年,梦魇还在。

次日上班,可凡办的一个民事官司第一次开庭。是租房纠纷。房东收房要卖,租户提前搬出,房东不肯按照合同赔付一个月租金。可凡让助理法官去协调。一个小姑娘,刚进院两年。一会儿,闹开了。电话打过来,可凡只能自己去协调。现在年轻人根本指望不上。走到门厅,入口处,高处寒站在那儿。怀里抱着一堆材料,估计在代客户出庭。可凡还为老高不打招呼的事恼火,她装作没看见,直接走入第二法厅。进门问了原告,又问被告。"被告在加拿大。"助理法官道。

可凡问打电话沟通了吗？"沟通了，他不愿意让步。"助理法官嗫嚅。原告是一对小情侣，听到这儿，突然激动。可凡又连忙安抚，道："真不至于为这点小事，年轻人时间多宝贵，干吗耗在这上面？"

跟着，可凡又仔细了解情况，做原告的工作，核心意思是，只要被告愿意支付一部分，他们是否可以让步。对于这种民事案件，可凡的原则是，能调节尽量调节，争取撤诉。不然到年底，案子都堆在那儿，影响他们的工作考核。

忙了一天，快下班，许可凡接到文娉电话，说方便的话，一起去医院看看老桑。可凡给尉迟打电话，让他开车过来接她，一起去市里一趟。可凡上班近，不开车，而且尉迟失业在家，闲着也是闲着，她恨不得让他去开滴滴。

到医院门口，尉迟问他要不要跟着进去。可凡说不用。一来，他帮不上什么忙，而且小产，男的去本来也不合适。二来，可凡下意识总不太愿意丈夫曝光。尉迟有个硬伤，个子矮，不到一米七，跟可凡站在一块儿，总显得不那么般配。

老桑情绪还好。但这次探病，可凡有个新发现。她觉得杨盼的表现有点不正常，太过积极、热心、周到，甚至有点愧疚感。老杨在赎罪？可凡凭借职业敏感这么判断。

第十五章 刘伊若
Di Shiwu Zhang　Liu Yiruo

◆

嫂子脚踩香蕉皮的事，刘伊若一直不确定要不要跟老哥说。刚开始看嫂子没事，忘了说，现在桑嫣流了产，她又不忍心说。嫂子活得小心，不能再给她增添心理负担。在医院住了几天，桑嫣回家了，公婆来看了她两次，又让她请最好的月嫂。小月子也要仔细坐。

伊若看出来了，这么大的事，桑嫣都没告诉娘家。大事也当成小事办，这样才能把负面影响降到最低。这两年，桑嫣吃了多少苦受了多少罪，打针吃药、吃药打针，中的西的，反反复复，外人不清楚，刘伊若都在旁边看着。看得她都有心理阴影。将来她要结了婚，要是这么着还生不出孩，干脆丁克，如果婆家不同意，那就离婚。不过，伊若站在爸妈的角度考虑，又觉得嫂子实在背负着家族的众望。

她记得一个区"人大"的叔叔来家里说过："刘家没后，那不能！"好笑，跟他有啥关系，可这就是现实。刘家得有后人，不论男女，家里几代人积累的财富、人脉关系，需要传承。所以，桑嫣只许成功，不许失败。刘伊若不晓得怎么安慰桑嫣，于是只能跟崔姐交代，多做嫂子爱吃的。她呢，但凡在家，鞍前马后，陪着顾着。

桑嫣到家。客人们跟着也到了。

她那些同学，住在御府嘉园那几位，先是集体去医院一次，后来又分别来。伊若最看不上宁红，她甚至觉得，嫂子流产，宁红是有点高兴的。人一进门就拖着腔调，"妹妹呀……没事没事没事……"

分明看热闹不嫌事大。在伊若眼里，宁红就是个事儿妈，见面第一次就要给她介绍对象，动不动就问人家的隐私，不是没眼力见儿，就是犯贱！她谄媚起桑嫣来，也是毫无底线。她说桑嫣从本科时代就是系里的"名媛"，说这话的时候宁红笑得露牙花子，"现在晋级了，成'大媛'了。"

末尾还一拐弯，大媛儿。

伊若还算喜欢文娉，为人低调，话不多，眼神里透露的是真担心、真烦恼，不那么绿茶。伊若还看出来，上次，文娉似乎就对高律师感兴趣。但这个女人太克制，放不开。伊若都替她着急。

杨盼也来了，送了一个偏方，四只青蛙眼睛。她一看就知道嫂子根本不会吃，多少名医都看过，谁会把希望寄托在河北农村的土方子上。上回杨盼送的化妆品，桑嫣给伊若了。伊若问过桑嫣："杨老师是不是有事求你？"桑嫣一笑："一点小事，举手之劳。"刘伊若不用猜也知道，杨盼想来北京想疯了，可她就不明白，就算来北京了，又能怎么着，还不是底层？还不是一天三顿过苦日子？不如在老家，轻轻松松快快乐乐，非把北京挤得爆炸，哪儿舒服？！

还有那个于曼蔓，也来了。又带吃的，这回高级点，榴梿。她也属于伊若理解不了的类型，听嫂子说了，曼蔓混艺术圈，在宋庄待了许多年，可是看她的穿着打扮谈吐就能判断出来，不管混多少年，反正，于曼蔓是没混出什么门道，除了一对大胸，挺得高高的——也许中年油腻直男喜欢，反正在她刘伊若看来，于曼蔓胸前那对皮球，特别不上档次，她还给于曼蔓取了个外号，叫"凹凸蔓"。告诉桑嫣后，桑嫣哈哈大笑。是凹凸。刘伊若还讨厌曼蔓身上那种混合着"绿茶"和"白莲"的气质。多大了，还一副烧不熟的样子，自己的危机自己不知道？除了身材长相（也在衰老）你还有什么？家庭没家庭，事业没事业，再北漂个几年，过了三十五，谁要？怎么过日子？这样的女的，只能回老家找人接盘。

高律师最晚到，带了燕窝，聊表问候。刘伊若能理解，高跟她哥关系好。她听刘宪魁说过，公司好几个案子，都是高律师经手，办得不错。

毕家锁来，她就有点不理解了。那天见面过后，她跟毕家锁加了微信，天却没聊几句。她发现这人说话特别干巴，没闲话，天一聊就死。伊若认为，这种情况，里面包含着三重意思：一，他对她不感兴趣；二，他就是这样的人，大直男；三，他工作太忙——他跟她道歉过，说一直在忙。但道歉过后，返回头，又没话聊了。

毕家锁问："你想了解我什么情况，给我个单子，肯定实话实说。"

单子？伊若抱着手机发笑，倒有点古怪的幽默，查户口吗，还是写毕业纪念册。伊若当然没傻到真要列单子。她不急，有工作，有家庭，有长相，她还愁没人要吗？你毕家锁不感兴趣没问题，老娘继续等。不过，等这天毕家锁跟在高律师屁股后头上门，刘伊若才意识到，看桑嫣只是借口，毕家锁醉翁之意不在酒。

刘宪魁从楼上下来，对妹妹道："伊若，"又转向小毕，"家锁，你们出去转转，年轻人，别老搁家待着。"

意思很明显了。

毕家锁很绅士，请教女士："出去转转？"

"走。"谁怕谁。

车上环路了。

毕家锁偏头看了伊若一下，问："去哪儿？"

"你安排。"伊若说。她不喜欢没主见的男人。

"去我家吗？"

这个目的地令伊若意外。去他家，目的是？上床？伊若忍不住往这方面想，念头刚冒出来，又被打压下去，太龌龊。

兵来将挡。伊若一笑："去那儿干吗？"

毕家锁解释："见我爸妈。"

歧义更大了。这是什么招数？伊若愣在那儿。她哪里知道，毕家锁学的是高处寒的恋爱法则，跟希特勒用兵似的，闪电战。讲究的是八字心法：开门见山，单刀直入。以结果为导向。

见伊若发愣，毕家锁又解释说："我笨，但有些事情，有必要一开始就让你知道。"

刘伊若憋住笑，等着他的表演。

毕家锁把车速放慢，从后视镜里看伊若："我跟你交往的态度非常认真，"他停在这儿。

交往。谁说在交往？单方面宣布建交，无效。伊若微微点头，鼓励他说下去，愣话也当作情话听。

"我的目标就是结婚，找个一起走一辈子的人。"

伊若口气俏皮："好巧，我目标跟你一样。"呵呵，逗逗他。老实人有老实人的趣味。

毕家锁跟着道："我知道，这么说有点幼稚，但这就是我的态度，我买衣服也这么干。"

跟买衣服有什么关系？伊若一脸疑惑。

哦，妻子如衣服。

"我不逛街，喜欢哪个，到商店拿了就走。"毕家锁继续解释。

伊若失笑，问："问题是，挑都不挑，怎么知道喜不喜欢。"

"看一眼就知道，"毕家锁空出右手，在太阳穴边绕了绕，"直觉。"

"人可比衣服复杂。"

"那也相信直觉。"

"日久见人心。"

"没关系，我说的是我的感觉，你不用有压力，今天也可以不去见我爸妈，我只是阐述我的办事风格。"

办事。听听这用词。伊若不语，她有闺秀的矜持。

毕家锁又说："我最欣赏钱学森的恋爱方式。"

"哦？"

"光速。"

"真快。"刘伊若打趣。

"去不去？"毕家锁又绕回最初的问题。

"先不去。"刘伊若不喜欢突然袭击，而且，她今天状态不好。

下了环路，直接开去三里屯，选了一家云南菜，吃得痛快。伊若觉得这小子有意思，继续逗他。

"你相信爱情吗？"

"相信。"毕家锁不假思索。

"哦？"

毕家锁想了想，说："爱情就是，我身上只有十块钱，也都给你。"

刘伊若不禁笑了。

"都给我，你吃什么？"

毕家锁耸耸肩："饿一顿没什么吧，或者你分我一点。"

"你谈过几个？"伊若继续问。

"两个。"

"说实话。"

"是实话，"毕家锁道，"大学一个，研究生一个。"

"分布还挺均匀。"

"你呢？"

"一个。"伊若撒谎。她其实没正式谈过恋爱，说出来太丢脸。

"为什么分手？"

"问那么多。"

"你也可以问我嘛。"

"你为什么分手？"

"因为不是爱情。"

怎么又绕回来了。伊若还没反应过来，毕家锁就跟着道："爱情就是不结婚很难收场。"

刘伊若头皮发麻，她觉得这是一晚上毕家锁说的最有道理的一句话。

吃完晚餐，毕问伊若还要不要逛逛。伊若笑说："你不喜欢逛，不勉强。"毕家锁连忙说可以逛。伊若却说累了，想早点回家。御府太远，这晚，伊若到父母那住。车开到门口，刘伊若没邀请毕加锁上楼。还没到那步。不过一到家，伊若却把处男朋友的事跟爸妈说了。伊若妈喜得跟什么似的,女儿挑剔,能找到一个瞅得上眼的不容易。两口子仔仔细细把男方家的基本情况问了,得知是桑嫣介绍,又特地去了个电话。

最后得出结论:小毕可以相处。但伊若妈反反复复提醒女儿注意,谈恋爱可以,但千万不要吃亏。伊若理解老妈的意思,打趣道:"知道,晚上十点半,肯定回家。"

第十六章 宁红
Di Shiliu Zhang Ning Hong

♦

办了几年的会,宁红是部门领头羊了。

名校毕业,社交能力强,办会嘛,主要看沟通,迎来送往,牵线搭桥,合作谈判,必须具备极强的沟通能力——这是宁红的专长。

大数据这行,宁红算摸透了。她还得了个虚名,《信息与软件工程》杂志社主编。别小看这名头,虚名也是名,有了这头衔,在外行走更方便了。因为大数据正在势头上,很多公司宁红都有接触,商业圈,宁红算有了点积累。

当然,她是要帮吴冠军创业的。比如老吴公司最近开发的 AI 地图旅游项目,宁红就帮了不少忙。不过,宁红觉得自己还有短板。商业需求她找到线索了,政界这边,她究竟是外行。这也是她不肯失去桑嫣这条线索的原因。刘家在政界扎根多年,路子广,关系深,是个大宝藏。而且近来宁红还发现一门无本儿的买卖。她无意中为一个朋友牵线了福建某市的环保局副局长——也是办会认识的。朋友项目谈下来,她直接吃了三十万回扣。因为这事,硬逼着宁红成立了一家皮包公司,走账用。

法律层面,她托吴冠军咨询高处寒。高还算给力,一分钱没收,把事儿办了,明明白白。

宁红过意不去，让老吴请客。

高处寒却说："嫂子太客气，咱们来日方长。"

宁红只好先按兵不动，太上赶着，好像自己一点恩都受不起似的。不过，前一阵，宁红在京西宾馆办会，遇到某投资集团主管AI开发的副总左豪，她正愁没切口认识，高处寒恰好也在，轻松引荐："左总，这是《信息与软件工程》杂志社的宁主编，有好几个我经手的项目，宁老师都给了非常专业的意见，"顿一下，又说，"有宁老师护航，保证不翻车。"

宁红连忙送上双手，笑容可掬："宁红，多多关照。"

左豪笑着说："这么年轻就当主编了。"

宁红连忙低头说都是虚的。

左豪的手很热，厚实，握着也很有力，关键是干脆。反正宁红一接触到他的手掌，就感觉这个人不一般。呵呵，何止左豪不一般，更不一般的是他的家族，他表哥是少壮派，是某条线上的红人，他表妹在河北某重镇当宣传口一把手。最吃重的是他大伯父，那丰功伟绩，可要追溯到抗日战争那会儿去了。

根基。这种人家，才算有根基。

哪像她跟老吴，混了十年，还在五环外，这两年才看到上流社会长什么样子。五光十色呀！因此，宁红更感谢高处寒。不过她倒没把认识左豪的事告诉老吴，她怕他多想，误会，反正暂时无合作，没必要找那麻烦。

有手机号，微信加上了。是宁红加的左豪。加上了先观察几天。她想给左总点赞，但又害怕有共同的朋友，那样就显得她太巴结，不好。那就展示自己吧，宁红给左豪单独分了一个组。

专门展示风采。

宁红制定了朋友圈发布节奏。一周发三次，每次展示的内容不一样。工作成绩肯定是要展示的，这代表她专业。比如，最近办的"新基建"大数据产业大会，就是宁红重点展示的。周三是展示自己的生活，以及反复修过的照片，周末偶尔发发自己写过的稿子——大学时代写的小说，宁红都转到了美篇上保存。不过，朋友圈发出去，一点动静没有，左没给她点赞，看没看都不知道。宁红有点沮丧，不过更沮丧的是，她一点都窥探不到左的世界。他压根儿不发朋友圈。尽管如此，宁红还是从侧面隐隐约约听到了关于左的一点八卦。他爱人生病多年，基本不露面，但威慑力似乎还在，因为左的风评很好，好丈夫人设矗立多年不倒。

宁红感觉左太太就像是《蝴蝶梦》里的瑞贝卡，人不在，却时时制造着恐怖氛围。不过，很快，宁红的郁闷就一扫而光了。国庆节前去清华开会，左豪也在。会场上没看到人，在电梯里却遇见了。

左一见宁红，开口便说："《末代王妃》。"

那是宁红的大作。看来左不是不看朋友圈。

宁红连忙说："乱写的。"

"很有才华。"左豪点评完，就大踏步走出了电梯。

这天过后，宁红接到了左的秘书的电话，说左总有点大数据方面的问题想要咨询。宁红当仁不让。秘书发邮件过来，宁红第一时间亲自书面解答。

很好，这样就建立联系了。生意就是这么来的。发财发财。

事情完成后，宁红小心翼翼给左总发了条微信：问题解决了。

左豪回复：感谢。

贵人语迟，惜字如金。

国庆节，吴冠军和刘宪魁、高处寒等一帮子男人滑雪去了。宁红对雪不感兴趣。她算过命，命理缺火，不能再要水。最忌雪。吴冠军建议她带乃心去看奶奶，宁红阳奉阴违，一放假，先搁床上躺一天，傍晚，才施施然起床，到毛文娉那转转。

宁红问文娉桑嫣的近况。

"还不错吧。"文娉说。

"刘宪魁心也是大，老婆刚小产，人滑雪去了。"

文娉笑："那也不能代她受。"

"高律师还找你吗？"宁红话锋一转，突然袭击，笑容诡秘。

"没有。"

"我看他对你有点意思。"

"你多想了。"

宁红不喜欢文娉的矜持，觉得完全是假的，在装，属龙井的——高级绿茶，"你就是太保守，被社会上那些思想洗脑，要女人专一。要我看，你就应该同时考察多个人，比较优劣，然后才做选择。"

文娉抬杠："你的意思是不要专一？"

"确定关系之前，专一就是限制自己，真结婚过日子了，那要专一。"

文娉不说话。

宁红猜到她心思:"你嫌高律师没房子?离过婚?"吸一口气,"他业务那么好,还愁以后来不了钱?做律师的,那都赚的是黑钱,海着呢。"

文娉笑:"还是遵纪守法比较好。"

"是遵纪守法呀,"宁红来劲,"可怕就可怕在,他懂法!知道钻空子,处处守法,赚着黑心钱。"

"行啦,"文娉终于不耐烦,"不是我看不上人家,是人家看不上我,我有什么?工作?家底?还是外貌?"

文娉气馁,宁红反倒要鼓励她:"你有气质。"

"有用吗?"

"当然,男人吃这一套。"

文娉笑而不语。

宁红又问许可凡、杨盼和于曼蔓的情况,文娉说可凡好像回老家了,杨盼和曼蔓没联系。宁红见挖不出什么料来,又坐了一会儿,便告辞了。

国庆第二天,宁红本打算带女儿去自然历史博物馆转转,可头天晚上左豪来电话,问她有没有空,说二号有个局,如果方便,一起过去。宁红头皮一紧。有空,当然有空。求之不得。可表面上,她还得绷住了。

"左总,稍等我给您回消息。"

挂断电话,宁红等了十分钟,果断给左豪回了条微信,八个字:等你地址,不见不散。

一晚上没睡好。机会,这铁定是个机会。可不可以理解为,左豪这是邀请她进入他的圈子?宁红想给高处寒打个电话,问问他明天有没有安排。万一撞了呢。思来想去又觉得多余。问得太多,就显得低了。高处寒在不在,对她有什么影响吗?上下天光,坦坦荡荡,她宁红行端坐正,单刀赴会也没问题。

选衣服是个麻烦事。金秋十月,穿裙子肯定是不合适了。裤子呢,紧身也不合适。宁红选择高腰甩裤。上半身就紧身一些了。胸前得有饰品,挂一块大蜜蜡,刘晓庆同款。昂头挺胸,虎虎生威。

老吴三号才返程,正好,用不着解释了。二号一早,宁红安顿好女儿一天的学习、饮食,静等左豪的通知。上午十一点前,左发定位来了。聚会地点在东单附近。宁红开车过去,才发现是欧美同学会附近的一处四合院,极其隐蔽。停好车,宁红先去茶室,会了左豪,两个人说了几句闲话,再往宴会厅去。

房间门一打开，一个矮胖的中年男人上前打招呼。宁红突然发现味道不对了。

"豪哥，嫂子。"矮胖男人这么称呼左豪和宁红。

上头，瞬间上头。宁红否认也不是不否认也不是。她看看左，左却很平静，把包和衣服交给服务人员，在矮胖男人的招呼下落了首座。

忐忑入局。一会儿工夫，人上满了，全桌就她一个女人。从谈话中得知，这并不是商务局，而是商务加狐朋狗友局。再听下去，宁红大概明白，这些人奉承的未必是左豪，他们怕的是左总的表哥，那可是个得罪不起的大人物。

宁红面带微笑，察言观色，等菜都上齐的时候，她终于明白这场局左总并不是主角，他是矮胖男人请来压场子的。矮胖男人跟一位东北的高胖男人有生意往来，吃饭为联络感情。

菜上齐，矮胖男人来了个开场白。众人插科打诨一番，跟着就进入关键环节：敬酒。

喝酒，宁红是不怕的。七岁去小卖部给老爸打黄酒，她就偷着喝过。成年后，宁红长于豪饮，一桌子人都醉了，她还独醒着。近几年岁数见长，身体不如从前，宁红喝得少了，但她的酒量跟普通人比，依旧是魔王级。何况她来之前已经提前服用了解酒药。

宁红明白，左豪肝不大好（多方打听得知），极少喝酒，带她来，就是为了在酒桌冲锋陷阵。她不能让左总失望。不过，这次是别人的主场，她不主动进攻，但只要谁来"进犯"，她便立刻施展拳脚。

主意定了，宁红端然坐着。

矮胖子敬了一圈酒，到左豪这儿，是宁红代饮的。跟着轮到东北壮汉敬。只见他端着酒杯，下了座位，挨个敬，每到一处，还总有一番说辞。他嘴巴巧，夸人也会夸，被敬的那个人听了他的奉承，笑逐颜开。不过这位东北壮汉，也是带眼识人。一桌十几个人，他不是都敬。重要的，他敬。至于那些小弟和陪客，他自然过滤，当作没这人，走过路过轻松错过。

酒仗打到宁红这儿。宁红准备好了，手已经捏住杯子。谁知壮汉却直接往下一个去了。

宁红呆在那儿，不明白状况。

左豪微笑着，摸摸下巴。

矮胖子立刻站起来道："二伟，怎么不敬嫂子呀！"

壮汉这才回过神来。嫂子。他行走江湖那么多年，从来看走眼过，宁红是左总的……夫人？肯定不是原配，年纪对不上。也不是中年男人喜欢的那种网红小姑娘。这位女士年纪不上不下，他还以为就是个姘头，没想到却是"嫂子"。

阴沟里翻船。

矮胖子话音刚落，壮汉便连忙折回头。酒杯微颤。宁红毫不怯场，端起杯子，轻轻一碰，一饮而尽。壮汉也连忙喝了，又把酒搁到桌面上。跟着，手臂挥起，噼里啪啦自己打自己耳光。

事情发生得太突然。

宁红吓得差点一屁股跌回椅子。左豪扶着她胳膊，她这才缓缓坐下。

自扇耳光的表演还在继续，啪啪响。真肯下劲儿。好戏一场。

一桌子人看着，都不吭声。

打了有十几个，左豪才慢悠悠道："不知者无罪。"

声音停止了。壮汉满上酒，双手持酒杯，对宁红作揖："嫂子随意，我自罚三杯！"

暴风骤雨过去，酒桌上又有说笑声了。

局散了，会所门口，左豪倒是不失时机跟宁红解释了一下，说你别往心里去。宁红忙说没有没有，她表现得很大度。可是内心的风暴却一直到她回到家、洗完澡、窝在沙发上都没能平息。

细品品，今儿这局，内涵太丰富了。

首先，矮胖子搞错人物关系，叫她嫂子，左为什么不第一时间否认？是他经常这样操作，还是说，否认又要解释，更麻烦？可是，怕麻烦，何必叫她出来呢？显然，左豪对这个"便宜"，占得很舒心。

其次，虽然当了个假的"左太太"，宁红还是体会到了这个虚名的巨大威力。东北壮汉就因为没认出"左太太"，便自赏耳光，恨不得一张脸打得跟发面馒头似的。可见左的威信有多高，能当左太太多尊荣。那么，进一步说，左豪是不是就对她宁红有意思呢？

想到这儿，宁红又觉得自己有点对不住吴冠军似的。人家去滑雪了，她呢，偷偷摸摸顶替了别人老婆。这算咋回事儿？！乃心进屋，嚷一声："妈，我饿！"宁红回过神，看看手机，快十点了。"吃点饼干。"她打发女儿。手机屏幕上，左豪的微信页面开着，宁红想跟他说点什么，但又不晓得从何说起。"妈你喝酒了？"

乃心捏着饼干，一边吃一边说。宁红笑道："你文婶阿姨过生日，帮她庆祝庆祝。"

国庆第三天，吴冠军回来了。宁红打起精神，点了外卖，又去厨房看看，冰箱里还有老公爱吃的耗儿鱼，她打算做两个可口的小菜，算对吴冠军的补偿。

鱼刚下油锅，冠军伸头到厨房瞅瞅，打趣道："怎么，妈又批评你啦？"油烟机噪音大，宁红回头，皱着鼻子："先别说话！听不见！"

第十七章 许可凡
Di Shiqi Zhang　Xu Kefan

左转进入化工桥，直行，车进五环了。

尉迟小心翼翼开车，可凡坐在副驾驶位子上，脸耷拉着。一路断断续续睡了好几觉，气都没消。

这趟老家之旅，她不愉快。

核心矛盾是：她看中老家一套房，认为有升值空间，想买。尉迟坚决反对。

许可凡觉着，尉迟这样保守下去，小家永远翻不了身，永远只能在五环外的经适房里趴着，瞧着吧，女儿的人生，可能还不如他们。她许可凡还能赶上经济适用房，等女儿大了，这种福利还有吗？如果女儿开了倒车，那她的奋斗还有什么意义？

许可凡还气尉迟当着售楼小姐和二姨的面不给她面子。她许可凡在老家的人设可是北京回来的大法官！能这么轻松就被老家那点可怜的房价打败吗？能表现得抠抠搜搜畏首畏尾吗？能混得比那些个在县城趴着的同学还不如吗？不能！绝对不能！她不接受！

回程几百公里，许可凡除了假寐，就是叹气，且叹得很粗。叹给尉迟听。进了北京城，尉迟寅也意识到，安抚工作必须做，路上做不好，到家还得加班。

"小地方的房子,将来肯定过剩,根本没有升值空间,买就被套,再卖,难!"尉迟摆事实,讲道理。

"所以要选地段。"

"别听售楼那些人忽悠,就那小县城,十八线开外,哪怕你住到县政府去,能咋着?地段也分城市,在北京,三环肯定比五环好。"

"老家也一样。"

"绝对值不一样呀。"尉迟扯皮,"老家的房价,有天花板,接盘的人少,都只愿意买新房。"

"买的就是新房。"

"过两年不就成旧房了吗?"

"这不是问题的关键。"许可凡摆摆手。她觉得跟尉迟这种人,永远说不清。他缺乏远见。

"啥是关键?"尉迟试图找到病灶。

"关键就是,我们的家庭财富必须增长,起码要跑赢通胀。想跑赢通胀,最简便最轻松最好的办法,就是投资房地产。"

"那是过去,现在是房住不炒。"

"没炒。"

"你这就是炒。"尉迟指出。

许可凡侧过身子:"尉迟我问你,你想把日子过成像于曼蔓那样吗?"

"她怎么了?"

"吃干耗尽,过了今天不想明天。"

"不想。"尉迟只能入套。

"所以呀,"许可凡掰扯,"我们家庭财富的配置,需要长远考虑,只靠工资,永远只会是个穷人!你现在出卖的,是你最宝贵的时间,没有其他收入,手停口停,时间不留给自己,就等于失去了弯道超车的机会!"可凡唾沫横飞,痛心疾首。

女儿菲菲在后座听得发愣。

尉迟这才听明白,老婆还在怨他,怨他"抢先一步"失业,导致她不敢、不能辞职,失去了到广阔天地奋斗的机会。沉默了片刻,他才转头对可凡说:"要不这样,等我工作落实,你就辞职。"

许可凡显然没料到尉迟竟"出此下策"。可丈夫一让步,她的心也瞬间软了。

"谁说我要辞职。"她抢白。

"怪我,"尉迟换策略,"怪我没本事,没办法给你一个坚强的后盾。"

许可凡气顿时消了大半。她的烦恼,老公何尝不知道呢,都是没办法。茫茫人海,偌大的城市,他们还是夫妻,还是队友。尉迟能有句话,她就不应继续生气。事实上,每次回老家,尉迟都会被可凡爸妈"收拾"一番,尉迟的个头,他们能笑一辈子。

老爸说"都说矮子心眼多,未必",老妈说"我生你还生一米六五呢"。回她老家,尉迟成小媳妇了,烧饭刷碗样样干,就差洗衣服了。这回尉迟更起劲儿,可凡的理解是,他愧疚。对自己的"无能"愧疚,想用多干活儿补偿。可尉迟越这样,可凡越心疼,也越恼火,她真希望尉迟能冲冠一怒,冲出去,干!挺直腰杆子,哪怕到了乌江边上也不自刎,过了江咱还是一条好汉!尉迟现在,就是没自信!这就是症结,这就是弊病,男人,没什么也不能没自信呀!

尉迟现在连夫妻生活都畏畏缩缩。可凡平躺好了,他还请示:"我开始了?"好不好笑。这还问她?到了这时候,许可凡真希望自己丈夫是猛虎下山,霸气,霸道,带领她欲仙欲死。这时候咱就不要请示汇报啦!"算了。"可凡兴致大减,一转身,睡觉了。

尉迟还扭头看她,等回答。

"看路!"可凡惊呼。

尉迟连忙把稳方向盘。

"慢慢来吧。"许可凡态度缓和,日子还得继续过,"回头我问问老桑,看她有没有什么路子。"

尉迟道:"她就一研究所秘书,能有啥路子。"

许可凡冷笑:"你以为那秘书谁都能当?那是一般的秘书吗?老桑的婆家,往上数几辈,都是积累。人家那人面儿广的……"可凡啧啧两声。

尉迟点醒她:"人家人面儿广,凭啥帮咱?"

"这不老同学嘛。"

尉迟呵呵一声:"就算是亲弟兄,没有交换价值,也白瞎,社交的本质是什么,"顿一下,扭头瞅他老婆,"互相利用。"

许可凡被说得有点发毛,没好气地道:"那你说怎么办。"尉迟道:"这不找着呢嘛,互联网这行,关系作用不大,考验的是眼光,你要能踩到点儿上,猪也能飞起来。"

许可凡道："我等你飞起来。"

尉迟没接话。

可凡继续："就怕还没飞起来，倒先成猪了。"

女儿菲菲也笑了。

长久以来，许可凡对尉迟的事业发展，都怀抱一种矛盾心态。一方面，她是望夫成龙的，希望尉迟做大做强，飞黄腾达，能在这北京城里，出人头地；另一方面，太多成功了就离婚的案例，又令她忐忑，多少夫妻是能共患难不能共富贵啊！现在尉迟听话，等真事业有成，就难说了。

她许可凡又是个眼睛里不揉沙子的。

偶尔开玩笑时，许可凡会敲打尉迟，诸如："你要敢有二心，我告死你！"靠山吃山，她别的路子没有，打官司方便。

回到家，歇一天，隔日傍晚，可凡拎着两袋红果出门。家乡特产，桑嫣一包，文娉一包。尉迟敲打她："要给就都给，别有的给有的不给，落埋怨。"可凡听出尉迟是指没带给宁红。哼，她的红果，想给谁给谁，废什么话。而且桑嫣、文娉也不是那种差心眼的人。不理他，大踏步出门，绕过墙头，进"隔壁"小区。

可凡一直厌恶这点，都叫"御府嘉园"，一道墙头，怎么就成两个小区了呢。那边绿树茵茵，这边人稠地满，福利房就没尊严了吗？她更讨厌宁红那种瞧不起人的架势，动不动就说，你那边，我这边。人家桑嫣还住别墅呢，也没她那矫情。真有钱，就不显摆了。

到五号别墅，桑嫣不在家，可凡直接把红果交给崔姐，又交代几句保存方法，顺带问："先生和太太哪儿去了？"崔姐答："太太和小姐回市里了，先生跟高先生、吴先生他们去滑雪了。"许可凡没深问，转身走了。她想给尉迟打个电话，责怪他不争气。瞧瞧，人家吴冠军、高处寒怎么混的，怎么就能跟刘宪魁称兄道弟、你来我往，你尉迟寅呢，除了会写代码、打游戏，还会啥？马云刘强东也不是写代码混出来的！走了两步，可凡的气稍微消了点，她打算回家再掰扯。

文娉不在家。可凡在门口等了一会儿，文娉拎着购物袋回来了。可凡和文娉是老乡，她大概知道，一到年节，文娉很少回老家。回去，不但贴钱，还要听许多废话，得不偿失。一进屋可凡就提房子。

"老家那房子，你不知道抢手成什么样了，"可凡道，"跟不要钱似的，抢，哄哄的。"

文娉笑："几十年后都空在那儿。"

可凡伸着脖子："老的、偏的空，新房、好地段、学区，还是抢手！你要不着急在北京买房，回老家弄两套，放个一两年再出手，北京的房款也齐全了。"

文娉道："你咋不买？"

可凡恨："我恨不得光脚跑回去买！我们家那货不给力！"

文娉笑说关尉迟什么事。

可凡丧气："刚被裁了！房贷，每个月吃喝，孩子教育费，"她揉太阳穴，"头疼。"她跟文娉还能有两句实话说。

文娉接话道："不错了，分了房子，大难题解决了，我这还水深火热跟房东打交道呢。"

"只能这么安慰自己，"许可凡叹息，"房子有了，可日子还得往前奔呀，"她右手齐眉毛比着，"说老不算老，就撞着天花板了，体制内，真不是你想干就能干的，熬到什么时候不知道，能不能熬出花啊朵啊不知道。"

文娉随手拿起茶几上的书："不都在熬嘛。"

可凡道："做编辑，好歹轻松，还能搞搞副业，我是想搞都没时间搞。"

文娉反驳："轻松？夜里一点还被主任拉到群里讨论文案的时候你是没见过。"

"都累，心累。"可凡皱眉。

"没办法，这可是北京，"文娉道，"你就是什么都不做，压力都自动在你头上挂着，逆水行舟，不进则退。"

可凡激动："其实谁都不好过，其实谁都是一头包，我是这么安慰自己的。跟谁说谁能理解？我要敢说辞职二字，爹妈先把我劈了，又是那话，公务员，稳定，待遇好，实际呢，继续耗，二十年后我指定还在五环外趴着呢。"

文娉劝："两个人一起努力，总有盼头。"

"我还羡慕你呢，"许可凡道，"船小好掉头，想往哪儿开往哪儿开，想辞职辞职。"

"辞了职干吗？"

"干吗不行呀，上天、入地，怎么着也能折腾出点花来吧，我还能干得不如那谁。"可凡想说宁红，可名字到嘴边又改掉，"我这前半辈子，真的是只靠自己。"

"你是挺伟大的。"

"伟大得我都想哭，"许可凡拉住毛文娉，"毛毛，真的，结婚就是找队友，千万找一个能配合好的。"

"那也得有感情吧。"

"感情有，"许可凡说，"配合也得打好。"

"你跟尉迟挺好。"

"说不上来。"

"你说老高为啥离婚？"文娉不继续她和尉迟的话题。

许可凡一愣，她没想到毛文娉突然转到这上面来。不是第一次问了，难道对老高有兴趣？呵呵，不意外，客观说，老高除了暂时没房子，没其他毛病。至于离婚原因，她作为经手法官，也没看出所以然。高处寒是律师，驾轻就熟。而且他愿意净身出户，还有什么话说。想到这儿，可凡笑盈盈道："就是性格不合。"

文娉沉默。

可凡又道："他找你了？"

"没有。"

"穷不怕，要看长远，选潜力股。"

"他老婆是做什么的？"

"护士。"许可凡照实说，"莆田系医院的护士。"可凡为文娉考虑，"这些都不是重点。"

"那什么是重点？"

"他有女儿。"

"嗯。"

可凡换个角度："倒不是说不能当后妈。"

"嗯？"

"找这种情况的男人，一定要搞清楚一个问题，他还打不打算要孩子，"可凡头头是道，她办案多，经验丰富，"他自己有孩子，很可能不愿再生，毕竟北京不像地方，生一个孩子，压力一下就上来了，不过老高倒是有一点好，前头那个是女儿，没准还想要儿子。"

文娉打趣："这你都知道。"

许可凡道："男人，十个有八个想要儿子、孙子。"

文娉说："尉迟催你没？"

"他倒想,他妈也想,没用,能把女儿养好就不错了,再添个儿子,我这辈子啥也别干了。"

闺密俩正说得火热,有人敲门。毛文娉起身去开,于曼蔓左手一只包,右手一个箱子,圆睁两眼,无辜状。许可凡一看就知道曼蔓又无家可归了,她没问什么事,眼珠子向天,露出眼白来,说了句尉迟找她,便匆匆离开"逃荒现场"。

第十八章 于曼蔓
Di Shiba Zhang　Yu Manman

◆

朋友要出国,把房子卖了,卖家霸道,一把付清,迅速交割,于曼蔓没法儿再住,流离失所了。

摆在她眼前的四条去路:一,住公司,太跌份儿,她是公司的老大姐,怎么能树立盲流人设。二,住宾馆,太贵,不划算。一个月才挣几个钱,去那等于祸祸钱。三,让王百味在城中村给她找个单间,先住下来。可行是可行,但曼蔓认为,到了自己这岁数,不能去住那种地方了,万一遇到崔姐也不好。四,再找房,跟人合租。

思来想去,只能是四。自力更生。曼蔓委托中介寻觅房源。过渡时期,她打算死皮赖脸在文娉家沙发上凑合凑合。文娉单身,怎么都好对付。

没想到许可凡那一记白眼伤害了她。

大门一关,曼蔓就跟文娉嚷嚷起来:"吃她家饭了还是住她家房了?狗屁羊眼啥意思?!不就是个公务员嘛,优越感都快崩出地球了,贪污腐败迟早被抓……"

文娉连忙解释,说可凡家里真有事,误会。

曼蔓不解气,变着法儿道:"她就占个丑。"

文娉诧异,唔了一声。

曼蔓道："但凡长得好看点，也不至于那么早结婚，那么早定下来，她就占了结婚早的便宜。"

文娉干笑，不附和。

曼蔓又说："毛毛你放心，我就住一夜，明儿中介找到地方，立马搬走。"

毛文娉不好意思："没事儿……"

于曼蔓忽然带感情了："毛毛……这么多年……我知道你……你也知道我……我真心感谢……真的……锦上添花容易……雪中送炭难……你今儿可是给我送了炭了。"

曼蔓要哭。文娉没给她多愁善感的机会，转身倒了水，递到曼蔓手上，又问她朋友的情况。曼蔓把人卖房子的事说了。文娉又问她怎么打算。

曼蔓说："还是跟人合租，两房三房都行。"

她怕孤单，不愿意像文娉这样独居。

文娉问她想找哪儿的房。

曼蔓说就这附近，离公司也不远。然后又扯到自己身上："我开窍晚……本来是个凤凰命……现在成落水鸡了……耽误什么都别耽误时间……真要能倒退十年……我也学老桑……我也住别墅。"

"学不来的。"文娉苦笑。

"咱真等不起了，得突破。"曼蔓打鸡血。也为给许可凡这种丑女一点颜色看看。

"咋突？"

曼蔓伸出后三根手指，支棱着，跟孔雀开屏似的："三个口儿。"

文娉愿闻其详。

"长相，家庭，事业。"

"长相变不了，"文娉摸自己的脸，"基本越来越难看。"

曼蔓觉得文娉太悲观："不能变的是家庭，爸妈改不了，咱就是小地方来的姑娘，没有山可靠。"顿一下，继续，"长相可以调，钱花到位了，还是有希望的。"

"调完以后呢？"

"调完就走老桑的路呀。"曼蔓挺起胸。

文娉赞叹："这身材。"

曼蔓叹息："脸不够，身材凑。"

文娉笑着说："我就不理解你们这种魔干级的女生。"

曼蔓立刻明白，文娉在特指她的胸。她这对美胸，从学生时代就是统治级。

"不理解啥？"曼蔓明知故问，两手箍在副乳边，跟随时要发射炮弹似的。

"你怎么吃都不胖。"

"遗传。"

"该胖的地方又胖了。"文娉莞尔。

"也是遗传。"

"像你们这种人又瘦胸又大的，累不累，天天把胸举起来，就跟做了多大运动似的。"

"外行！"曼蔓不好意思了，"这是原装的，一体的，又不是后天植入的，很轻松。"她蹦跳了两下，瞬间波涛汹涌。曼蔓盯着文娉的前胸。

文娉连忙护着："别看我，我没有。"

曼蔓伸出一根手指："不过你可以走第三条路，事业。"

"啥事业？"文娉丧气，"就是糊口。"

"换呀！"曼蔓鼓励道，"现在还有机会，等过了三十五，想动就难了。"

趁放假，于曼蔓跟着中介狠看了几套房，但都不满意。不是价钱不满意，就是对合租对象有意见。中介小哥劝曼蔓："姐，咱这是合租，不是找对象，丑俊不是主要问题吧。"曼蔓道："谁说我看丑俊来着，我看的是面相，遇到坏人你负责？"

中介讪讪地道："姐，您来北京多少年了？这什么地界儿，坏人来这不是找死？都不用警察，朝阳大妈就给他治了！"

曼蔓不屑："我来北京的时候，你还穿开裆裤呢。"

中介加快步子，跟上曼蔓："姐，要不你就拿下个三居，当二房东，没准还能挣点儿。"

曼蔓觉得是个法子。

节后上班，曼蔓没带饭，中午也没见她动弹。

王百味凑过来问："不吃了？"

曼蔓没抬头："不饿。"

王百味问："现在租房子，是一居室好还是跟人合租好呢？"曼蔓脑中丁零一下，下意识，她觉得王百味知道她租房的事了。这小子消息灵通着呢。不对，他是怎么知道的呢？也许听到她跟中介打电话了？存心看笑话？门儿都没有。曼蔓不动声色,依旧在忙着找视频素材:"这话该问中介。"

三天一过,中介跟曼蔓联系,说他找到个三居室,据说价钱全区最低,两间卧室朝南,唯一的缺点是:紧挨着高压线。曼蔓咨询再三,认为高压线也不是什么大问题。她要求中介必须在三天之内找到至少一名租客,保证房间不空置。

中介道:"姐,你这不是给我上咒嘛。"

曼蔓拍掉手上的灰:"能干干,不能干我换人。"

中介立即道:"别介!姐!等我!"用不了三天,两天,就两天,中介小哥果然给曼蔓领来个人。女生,二十出头,黑龙江人,哈尔滨末流本科毕业,刚来北京混,叫房燕。曼蔓让中介出面谈了价格,又说了注意事项,房燕一一应允。曼蔓看小孩真心不错,给了卡号,钱打进来,就能搬了。

搬家这天于曼蔓没让文娉帮忙,她就两个箱子,轻装上阵。房东有床,一屋一张,不用她麻烦了。其余电器、家具,一应俱全。曼蔓觉得这房子租得舒坦。

适应了一个礼拜。曼蔓觉得房燕这姑娘真心不错,她刚入职,客户不多,五六日在外面跑,周一到周四清闲点儿。门店就在楼下,中午这顿,房燕基本自己做。偶尔做多了,曼蔓晚上也能蹭点。房燕不计较,曼蔓愿意跟她多说几句。

在房燕面前,曼蔓是有优越感的,她资历深呀——资深北漂。而且房燕是从黑龙江来的,她是周边省份来的——还是她靠近北京。她自认对北京的了解、理解,要比房燕深得多。所幸,于曼蔓有心当老师,房燕也乐于做个学生。一说起北京来,曼蔓总是那种曾经沧海难为水的架势,"我刚来北京那会儿,地铁只有三条线,天上还吹沙尘暴呢。""那时候我多瘦,腰一尺九,配上两条大长腿,那回头率!""我当人体模特那会儿,那身段,对着画的直接流鼻血……"

房燕接话:"姐现在身材也好。"

曼蔓放下抓在手里的玫瑰香葡萄:"不行啦,老啦,我跟你说燕儿,姐姐这都是经验教训,千万别学姐。"

房燕谦虚:"我到姐这岁数,能有姐这成就,就知足了。"曼蔓心里高兴,嘴上却说:"啥成就?也就混混艺术圈,做的片子在电视上播播,有啥用?记住了,来北京,工作是一方面,更重要的一方面,是要遇人。"

"教书育人?"房燕眨巴眼,没懂她的意思。

"啥教书育人,"曼蔓嘚吧,"遇人不淑懂吗,那个遇人,你要争取遇人淑。"

"咋叫淑?"

于曼蔓不想把话说得那么赤裸，换个角度道："一个人想要成功，是不是得有人帮，光靠自己不行吧？"

"那是。"

"那一个女人要成功，光靠自己，是不是有点费劲？"

"估计费劲。"

"但凡成功的女人，都有男人托着，"曼蔓手心向上，平举，"当然董明珠那样的除外。"

房燕若有所思："姐的意思是不是，得找个好男人嫁了。"曼蔓一拍手："聪明，一点就透！你想呀，你要跟朱家庄庄主的儿子在一块儿了，你还干啥中介？直接当包租婆。腾出手，想干点啥干点啥，自在。就跟你们店长似的，家里拆迁，有房有别墅，出来干活纯属精神需求。你别看这五环外，五环外的本地人，比二环里的还有钱。二环里不拆迁。"

房燕直问："姐你咋没找？"

曼蔓愣了一下，又装腔作势说："想来着，就缺一个十年前能点拨我的姐姐。"

房燕笑说谢谢姐。

曼蔓又说："以后你就知道了，北京的竞争，不光是物质上的，还有精神上的，这一环一环，太直接，人与人的差距，"手指天花板，又指地板，"天上地下。"

房燕沉默不语。

曼蔓继续："北京有十万精神病人。"

房燕啊了一声。这是大新闻，真的假的不可考。

"压力太大！"曼蔓嘴里的葡萄皮飞出来一片。

房子挂出来一个礼拜，先后来了俩姑娘，曼蔓都不太满意，第一个，她嫌没有稳定工作，搞不好付不出房租；第二个，价格谈不下来。曼蔓跟中介说："上点心！"中介道："姐！要不您少挣点，要不就别挑租客。"又过了一个礼拜，房子还是无人问津。于曼蔓有点着急，里外里损失了半个月房租。她催中介。

这天傍晚，曼蔓刚下班回来，中介打电话来说要带人来家看房。房燕还没回来，曼蔓一个人把客厅简单收拾了一下，等着租客上门。约定时间，人到楼下了，中介打电话来，很客气。曼蔓摁门禁，又把大门打开，站在玄关处等，谁知中介却领了个男的来。

竟还是个老熟人——王百味站在她家门口。

于曼蔓又窘又气，当场冲中介道："屋里住俩女的，你领一男的来，合适吗？"中介慌乱。

王百味戏谑："男的按时给房租不就得了。"

中介说："姐，这位先生是做传媒的，正经人，能接受您提的价格。"

"那也不租！"曼蔓转身，关门。她就是没狗，但凡家里养条狗，她一定放出去咬王百味。这不存心恶心她吗？！天底下哪有那么巧的事，她租房，他承租，打听好的？他不是跟他老姨住一起，用得着玩这种把戏吗。曼蔓往深了想，又觉得王百味是对她图谋不轨，也是，她于曼蔓身材曼妙，风情万种。王百味没准掉坑里了。那也不能租给他。她于曼蔓下定决心在感情上打个翻身仗，怎么能在王百味这种小阴沟里翻船。

又上班了。于曼蔓没给王百味好脸。

王百味却不觉得难为情："小于，"公司文化，同事之间一律以小×相称，"是不是有什么误会，我是真要租房。"

曼蔓道："房多呢，用不着挤一块儿。"

"怎么是挤一块儿，你那不是有个单间嘛。"

"为什么？"曼蔓问。

"什么为什么？"

"城中村那么多房。"

王百味嗤一声："人往高处走，总不能窝那儿一辈子，人民群众也有日益增长的物质文化需求。"

曼蔓保持严肃："男女不能混住。"

"哎哟，"王百味道，"我真没那想法，我这人直接，如果真有想法，肯定直抒胸臆。"

曼蔓眼皮子抬抬。其实头天晚上，她也算了笔账，与其拒绝王百味，不如骑驴找马，先让他入住，有合适租客，一个月后，再将其扫地出门。

"不是我不让你住，是合租的小姑娘担心，人家刚出社会，胆儿小。"

"她胆小，这不有你把门呢嘛。"

"房租两千五。"曼蔓报价，面带微笑。

"不是两千吗？"

"两千是针对女的，你是男的。"

"哎哟，这五百多在哪儿呀，就因为性别？"

"答对了。"曼蔓不客气。

"行，"王百味还算爽快，"客厅、洗手间，公用的吧？"

"分时段用。"于曼蔓怪笑。

"可。"

"不许对公司人说，"曼蔓追加，"必须讲究卫生，守规矩。"

晚上到家，她跟房燕把情况说了。房燕干中介，对混租不太在乎，当即同意。她只是叮嘱曼蔓，合同要签明白，都整利索。不日，王百味果然搬了进来。为表态度，他主动买了菜，张罗一桌子，也算秀了一把厨艺。曼蔓不失时机小声在一旁点评："他姨是保姆。"房燕哦了一声，说味道还不错。

吃完饭，曼蔓拉房燕进屋，千叮咛万嘱咐："这种男的，特别具有迷惑性。"

房燕问迷惑啥。

曼蔓语重心长："他就是一万米深的大坑，掉进去，爬都怕爬不出来！这种男人在北京，是标准娶不到老婆的，人没人钱没钱家庭没家庭，能做几个菜就冒充暖男骗小姑娘了？跟他在一块儿，不但要给他生孩子，还得伺候他，伺候他爹妈，还倒贴钱。"

房燕呆若木鸡。

于曼蔓继续说："如果咱们是 B 女，他就是 C 男，咱不能往下找，明白不。"

房燕若有所思，点了点头。

第十九章 杨盼
Di Shijiu Zhang　Yang Pan

♦

国庆后调了个校区，杨盼通勤难度更大了。过去，她只需要坐城际公交，从燕郊出发，到国贸下车。现在不成，她得先坐公交到草房，然后转 6 号线，再转

10号线,呵呵,转两趟车,要人亲命!下班还好,大不了晚一点。上班就不那么乐观了,尤其早班。她一周三次值早班,两次迟到,放在包里的白煮蛋,三次都被挤得扁扁的,一打开,那个味儿呀!同事都捏鼻子。

这样下去不是办法。

国庆过后,实诚老家有人从东北过来打工,杨盼和实诚要尽地主之谊。杨盼感觉好笑。她住燕郊,却要尽北京的"谊"——她自己还没处落脚呢。实诚偏要打肿脸充胖子,她只能勉为其难配合。

一群人在市里吃了饭,实诚叫车送他们去丁各庄。这个五环外的村落,是外来人口的大本营,跟老乡联系好了,以后就搁那住。

送到地方,实诚还跟人称兄道弟。为首的秃头大哥提议出去吃点东西。杨盼烦厌,中午刚吃过,这才几点,又饿了?又不是牲口。她微笑着说:"山子哥,忙了一天了,你们也累,好好休息,我跟实诚回了,路且不近呢。"

山子大哥知进退,忙道:"赶紧回吧,都忘了,你们住河北省。"

一句玩笑话,杨盼脸嘟噜老长。

河北就河北,何必强调?你贫民窟住着,比我河北高级在哪儿。

步子加快,杨盼往车站去,实诚追,让她悠着点。

杨盼突然停住脚步,转头对丈夫道:"要不叫车?"

实诚诧异:"这不快到了嘛,几步路。"他遥指了指车站。

杨盼冲他道:"就对别人大方,对自己个儿咋恁抠。"说罢,不看丈夫,提着步子走,跟飞似的。

车刚巧进站,杨盼不招呼实诚,迅速上车,刷卡。实诚小跑着赶来,好歹赶上了。

车向东开。杨盼望向窗外,不理丈夫。实诚明白妻子的不爽之处,他带着笑。他这个老婆,在外面是个老好人,跟谁都和气,"真实面目"只有他知道,也只有他受着。

实诚扳了杨盼胳膊一下。

胳膊抵抗,反弹,又恢复本来姿势。

再扒拉一下。

杨盼转头了,噜噜个脸,跟谁欠她三百万似的。

实诚憨乎乎地哄道:"好歹就一回。"

杨盼放大音量:"一回?连这趟三回了!杨实诚,咱能不那么实诚吗,你不是驻京办，没人给你发工资，咱还搁北京外头漂着呢，什么时候轮到咱充大。"

"这不都老乡嘛。"实诚两手一摊，无可奈何的样子。

"整个东北三省都是你老乡！"

实诚憋气不出。突然有屁，憋着，气流回转，肚子咕噜一下。

杨盼长吁，凝望窗外，天慢慢黑了，灯火闪烁，惆怅突然袭击了她："孩儿不管，课没背，家里一嘟噜事，明儿一早还要赶车，挤地铁……"她自怜。这日子，真不是人造的！她杨盼不努力吗？为什么全她受？就是命不好。

"早饭我包了，"实诚连忙表态，"葱油饼、白煮蛋。"他早上出门晚，商场十点开门。

"别提你那个白煮蛋！"杨盼鼻涕眼泪一起出来了，"次次压得扁扁的！次次压得扁扁的！人吃还是猪吃！"

旧话重提，老泪纵横。杨盼就是这样，只要有点什么小矛盾或者不愉快，她立刻把过去的委屈拿出来说一遍，而这些委屈，归根到底就一条：她不是北京的人，她不住在北京。

这是"原罪"。

实诚一咬牙："要不搬，搬里头来。"

杨盼两眼呆滞："钱呢？"

"我挣，我出，多修俩手机的事儿。"实诚拍胸脯。

他必须像个男人。

老公愿意撑，杨盼肚子里的气顿时消下去几分。是她真要闹吗，她要的就是个态度，她嫁给实诚，没后悔过。她图的就是他"实诚"。她始终相信，夫妻齐心，其利断金。可这些年过去，生活实在把人压得喘不过气来，她向实诚撒气，哪怕无理取闹，只要他一表态，表示愿意承担，不管真的假的，能不能做到，她一定会松口，一定能释然。能咋办呢，继续努力呗。不过，往里搬这事儿，的确该提上日程了。

娃儿要上学，西城、海淀够不上，朝阳、通州也行啊，她希望女儿在北京受教育，而不是委屈巴巴混在燕郊。也有人提醒过杨盼，就算能在北京读书又咋地，没户口，将来不还是要回河北参加高考。过去，杨盼寄希望于燕郊能合并到北京去，现在她不乱想了。她不敢奢望自己能有北京户口，但她想试试看，让女儿在北京读书，暂时不管高考的麻烦，她还在期待奇迹。

"工作咋办？"杨盼才想起来问。实诚有跑快递的打算，做京东，需要入手一辆五菱。他看了好几家车行，新车嫌贵，二手的又太旧了。一旦搬进北京，做快递就不切实际了，而且杨盼也不希望老公在北京也做这个。

杨实诚道："干老本行，或者趸摸着干点别的，反正，肯定有办法。"

杨盼面带愁容。

实诚说："房租我来解决，你别想那么多，开始找房吧。"

国庆过后，杨盼还想着去芳姐那一趟。她担心知芳的情绪。姐夫已经开始找下家了，芳姐呢，没准也在努力，可是，在杨盼的视域里，她实在想不到芳姐还能去哪儿像姐夫这般有实力的丈夫。是，芳姐是漂亮，可那是过去呀，现在三十好几，虽然看着还是比同龄人年轻，比一般人美，可终究也是三十多岁的女人了。再漂亮，能漂亮上天去？！长江后浪推前浪，小姑娘大把，男人们不瞎。

杨盼认为，现在才是知芳人生中最难的时候。

周一没课，上午值班，下午她约知芳出来。知芳却让她直接到家去。杨盼按时赶到，知芳正躺在床上。

杨盼放下手中的水果，问："姐，病啦？"

"没有。"

"那咋着，没精打采。"

"刚回来。"

床头旁立着个行李箱。

"哪儿回？"

"澳门。"

"旅游吗？"

"玩玩。"知芳沉着脸。

杨盼脑子转了一下，问："看到大三巴牌坊了吗？"

"没去。"

"那玩什么了？"

"赌场。"知芳毫不遮掩。

杨盼顿时花容失色，这两个字在她的世界是不存在的，尤其是赌字，她从小接受的教育是，它永远夹在黄和毒之间。

杨盼立刻劝道："姐，你可别想不开，那玩意儿沾上，倾家荡产！"

知芳不以为意:"几个朋友,过去散散心。"

杨盼又问:"姐夫真铁了心?我怎么就不信呢……这么多年……不都好好的……咋个就……"

知芳打断她:"不说这。"

杨盼坐下,柔声细气道:"姐,退一万步,哪怕真离了,咱也要好好过,房子咱肯定要,不然不能签字,反正有套房,日常花销不大,再找个工作,稳稳当当的,以后的日子,照样万马奔腾……"

这是杨盼的逻辑。

知芳笑笑,跟着起身,坐到化妆镜前,收拾脸。杨盼要请芳姐吃饭。知芳拒绝了,她说她不饿,而且晚上跟朋友还有约。

粉色缎面睡衣下,知芳的曲线依旧玲珑,她皮肤细腻,妆容精致,生活讲究……这些还是其次,关键是观念,脑子里的想法,杨盼感觉她似乎有点不认识芳姐了。小时候,那个和她一起在田间地头玩耍的芳姐不见了,取而代之的,是北京历练出来的芳姐。

这个芳姐,大气,凝重,深不见底,其实她也不知道知芳这些年经历了什么,心里咋想。反正,要搁她,杨实诚要敢跟她提离婚,她立马把刀旋光他的毛!可芳姐这呢,愁是愁,但人家有定力,看上去都不像离婚,像换工作、跳槽,两个人都骑驴找马找下家。过去的感情都不算了吗?真想得开!临走,杨盼倒不忘仗义地对芳姐说:"反正姐,你要有啥事,我随叫随到。"

从芳姐那出来,学校来电话,说下午的课临时取消了,杨盼落得个自在。回去还早,她打算去老桑那儿打个照面。桑嫣流产过后,她跟着大部队去医院看,来了一次,私下单独去家里一次。看一次,是抹不开面子;看两次,是人情;看三次五次,那就不是一般的关系了。杨盼觉着,人和人的交往,交换价值是一方面,另一方面,是你的态度,你得真诚。丁书苗不就靠洗衣服把刘志军拿下了吗,当然,那是负面的,要批评。杨盼告诉自己,她要扬弃,糟粕丢掉,精华吸收。

她买了山竹,直接上门。进门,崔姐在。杨盼问太太呢。崔姐指了指楼上,又小声:"太太心情不好。"杨盼问怎么了。崔姐比了比肚子。杨盼叹了口气:"真没办法。"崔姐道:"太太就在想别的办法呢。"杨盼问什么办法。崔姐犹豫,欲言又止。

杨盼突然意识到,如果能把崔姐收买了,更方便对老桑投其所好,她随即道:

"姐你放心,我跟太太,那是铁杆儿,我和你的心是一样样儿的,都是为太太好。"

崔姐道:"太太这……就怕生不了。"

杨盼错愕,她没料到这么严重:"确定了?"

"没敢问,"崔姐慌乱摆手,"你也别问。"

杨盼连忙表示不会问。

崔姐感叹:"所以说,万事没有完美,老天爷给你一样东西,总会收回一点别的。"

心里有数了。

杨盼提着步子上楼,到卧室门口,她轻轻敲了敲。里头传出声音,是桑嫣,让她进来。杨盼推门进去,桑嫣正躺在贵妃榻上。没化妆,整个人像被抽了魂。见杨盼来,她挣扎着起来,又问这回怎么来了。杨盼连忙让她坐下。桑嫣斜躺着,杨盼坐在她旁边,跟大丫鬟似的。杨盼无言,桑嫣也没说话。她很少向人暴露脆弱的一面,今儿在杨盼跟前,算一览无余了。

杨盼小声:"老桑,你去算过吗?"

"算什么?"桑嫣有气无力。

杨盼摸着心口:"老觉得这些个事,怪。"

桑嫣叹气。

"回头我帮你去大庙问问。"杨盼又说。

"哪个大庙?"

"娘娘庙。"

桑嫣道:"随喜我来,你别帮我出。"

"肯定有办法的。"杨盼抓着桑嫣的手。好多话,没法说在明面儿上。她知道桑嫣的当务之急。老桑需要孩子,不仅是生物学意义上的想"要",而且是社会学意义上的"需"。没有孩子,老桑的头顶上总飘着几片云。杨盼能感觉到,桑嫣的手微微动了一下。老桑需要朋友。

杨盼很笃定:"你放心,反正只要是你的心愿,想八个办法,我也得帮你达成。"

桑嫣嘴唇微微颤动。

楼下崔姐喊了一嗓子:"先生回来了!"桑嫣立刻起来,走到梳妆台前,简单补了补妆。杨盼有点恍惚,几个小时之前,她也是这样看着芳姐的背影。那感觉似乎是，十年过去了，女人的命运，似乎并没有多少变化。

前浪的路，后浪还在接着走。

第二十章 桑嫣
Di Ershi Zhang　Sang Yan

◆

桑嫣比同龄人成熟得早。很小她就知道自己要什么，且懂得取舍。她的成熟，是一种该出手时就出手的果决，也是一种该忍耐时就忍耐的隐忍。

她的厉害之处，更在于对周围信息的充分读取。

文娉说这叫情商。

宁红说这叫鸡贼。

可凡说这叫格局。

杨盼说这叫福分。

曼蔓说这叫运气。

反正不管怎么样吧，结果就是，桑嫣看上去总是比别人幸运。她做什么事情都给人感觉，"举重若轻"。

考研，别人都考文科类院校，桑嫣另辟蹊径，去工科院校学文化产业管理；找对象，一个不行，立刻换另一个，轻松花落刘家，省了不晓得多少力气。当然这些只是从表面看。关起门来的事，只有桑嫣自己知道——她到底费了多少工夫，下了多少本钱，每一步看似关山飞跃，实则如履薄冰，桑嫣看的可不是眼前这么一点点，她要为一辈子打算。

当务之急，是要在婆家站稳脚跟，也是为自己后半辈子的幸福夯实基础。桑嫣打心眼里觉得，女人，最好先成家，后立业。而且像她们这种外地杀来北京的女子，就算像许可凡、宁红那种比较能干的，也难免有职场天花板，毛文娉呢，遭遇的是职场的"死海效应",单位一堆老员工,"盐"高到寸草不生。别说文娉这种新人,就是空降个领导,都可能水土不服。所以,桑嫣认为自己应该先藏一藏,积蓄能量,后程发力。

当然,这些想法,桑嫣从来没跟宪魁提过,心照不宣。真说出口,就显得低了。何况自打她进了刘家门,公婆确确实实把她当自己人。工作是公公安排的,婆婆有什么机会第一个想到她,前几日还带她去区"妇联"帮忙,招待某国元首夫人,顺带认识"妇联"里的那些挂职的各界精英。桑嫣明白,婆婆这是在"带"她,"带"她走入社交界,那个原本她根本够不着的圈子;"带"她提升见解、增长见识;"带"她慢慢飞升,从一个阶层跨越到另一个阶层。

桑嫣看得清,虽然公公出身名门,但这个家,是婆婆在撑。人老几辈都是女人当家。宪魁也是,看似风光,实则什么都不管。宪魁跟桑嫣不是头婚,前头还有一个,没生孩子,离了。桑嫣的理解是,不生孩子是一方面,更多的因素,是因为宪魁的前妻承担不了刘家儿媳妇这个角色。这不仅是个家庭角色,还是个政治角色。桑嫣没见过宪魁前妻,但说实话,她感谢她,要没有前妻的磨难,桑嫣跟婆婆可能不会相处那么融洽。吃一堑,长一智,她婆婆现在是把她当接班人来培养,将来要接手家里的资源的。正因为如此,桑嫣才更加觉得对不住公婆。投桃报李,她肚子得争气呀!她也只有拿这个报"恩"。

这一两年,桑嫣成天在公婆跟前晃荡,心理压力太大。压力一大,更难怀上。所以,伊若一说去五环外住,桑嫣和宪魁立刻申请做"监护人"。而且桑嫣要来五环外,还有个不可告人的小秘密。她在宪魁的通话记录里,发现他跟一个叫李红芳的女人往来甚密。

她没细查,只是大概知道,李某人是附近某健身房教练。发现就发现了,不追讨,不声张,桑嫣明白,眼下的主要矛盾就一个,生孩子。搬到五环外,距离上拉开,她再提防着点,相信宪魁不会有大差池。毕竟是世家,凡事有尺度。桃色事件就算有,不过是过眼云烟。

所幸伊若的婚事,桑嫣算立功了。

只是连她也没想到进展会那么快。国庆一过,高处寒传来消息,说男方家有提亲意愿。桑嫣问宪魁:"滑雪的时候,他跟你提了吗?"宪魁说没有。桑嫣约老高到家里聊,她要先摸摸底。工作日,下班时间,老高到了。桑嫣不虚客气,并没有让崔姐看茶,直接问男方那边的意思。

高处寒笑道:"还能咋着,看对眼了,就唠呗。"

桑嫣道:"流程不对。"

高处寒说:"不都见过家长了吗?"

桑嫣愣住。

高处寒解释:"家锁爸妈把伊若夸得跟花似的,伊若父母把家锁赞得跟朵似的,见面唠得都特别好。"

桑嫣顿时不愉快了。

毕家锁和刘家二老见面了?她怎么不知道?国庆期间,她除了中间有两天在外面会朋友,其余都在公婆跟前孝敬。偏这两天人家见了?故意避开她?她成外人了?桑嫣还是稳住,一点没露出来,随即道:"爸妈能说不喜欢吗,这事先别着急,等等家里和伊若的意思,稳妥了,咱再行动,别毛毛躁躁,好事变坏事。"

高处寒当然说没问题。

高律师一走,桑嫣就先给婆婆打了个电话,把男方的基本诉求说了,问她老人家的意见。婆婆道:"我跟你爸都开明,主要看伊若。"

宪魁到家,桑嫣又跟他讲。刘宪魁是大哥,对妹妹的婚事,有建议权。宪魁听了道:"小妹喜欢最重要,她要不向心,以后且折腾。"

桑嫣心里有数了。

约莫晚八点,刘伊若才到家。洗完澡,桑嫣轻轻敲伊若的门。伊若正在打坐,桑嫣忙回身要出去。刘伊若喊了声嫂子。桑嫣笑呵呵迎过去,坐在伊若跟前,拉住她的手,盯着她看。

伊若有点发毛。

桑嫣还是面带微笑,问:"这么快呀?"

伊若立刻领悟了她话里的意思,仍旧假装不知道。

桑嫣点破了:"毕家要提亲。"

刘伊若婉转无言。

桑嫣又问:"小毕的家庭,跟咱家不能比,但好歹也算有点根底,工作努力,模样正,为人处世还算惷厚,唯一就一点。"她欲言又止。

"什么?"刘伊若耐不住,问出口。

"你喜不喜欢。"

"嫂子——"伊若拉长声调。桑嫣明白了,小妹是真喜欢,她甚至怀疑,俩小孩已经发生关系了。父母首肯，小妹喜欢，桑嫣这桩媒，做得空前成功。不过，桑嫣很快就遇到了个小难题。高处寒向男方父母传达女方态度之后，自然就开始谈条件了。按照男方老家的规矩，彩礼五十万。老高提了，桑嫣转达给公婆。婆婆虽然嫌少，但也没坚决反对。高处寒又表示，办酒席连带首饰拍照旅游等等，加起来六十万。女方家也没异议。

桑嫣关心的是最大头——婚房的准备情况。

高处寒在中间来回传话，最后刘家接到的确定消息，男方家在四环边上有个"老破小"，做婚房，有点磕碜。所以男方妈建议把这个"老破小"卖掉，估计能有六百万，然后男方出两百万，女方出一百万，加起来九百万，再贷款三百万，总共一千两百万，能买个稍微宽敞点的次新房。

高处寒转达。桑嫣第一个不高兴。结婚买房子，理应男方全包，还让女方出钱是什么道理。

桑嫣问："写伊若名字吗？"

高处寒答："名字肯定要写的。"

那也不愿意放一百万进去。这明摆着是融资嘛，利用女方的钱，提高自己的生活质量。

桑嫣跟公婆回话。她婆婆也不愿意垫资，并且明确指示："老破小"结婚可以，如果男方实在不愿意，女方有房，也属于次新，结了婚，住女方的房子。

桑嫣跟宪魁商量。宪魁还是那话，看小妹的意思。桑嫣道："妈不同意，小妹同意也没用，而且这家那么难缠，先开始就低头了，以后嫁过去，估计也是受气。"宪魁建议让老高再去做做工作。桑嫣给高打电话，说明情况，请他斡旋，并叮嘱他说得柔缓点，尽量不要激化矛盾。高处寒领了命就说去办，结果一连几天没动静。

桑嫣叫他到家里来，直接问到他脸上："说了吗？"

"说了。"高处寒赔着笑脸。

"然后呢？"

"估计正在考虑。"

"这还考虑什么，"桑嫣冷笑，"也太不尊重人了吧。"吸一口气，继续，"老高，有些话说出来就不好听了，但你是两边的朋友，所以我能跟你掏心窝子，伊若找小毕，算高攀吗？"

高处寒嬉皮笑脸："那不能够，是下嫁。"顿一下，又劝道，"按照寻常路数房子,就该男方包了,可这不是北京嘛,别说买房子,就是换房子,难度都挺大的。你这不肯合买,那人家可能多心,就想啦,哦,不肯合资,那就是不肯做利益捆绑,那是不是为方便离婚……"

话还没说完,桑嫣便冷笑抢白:"可能吗,我们什么家庭?结婚是闹着玩儿的?"

高处寒连忙迭声说那是。

桑嫣又道:"你要方便,就侧面问问,要是不方便就算了,上赶着不是买卖,我们伊若真不愁嫁。"真字加重音。桑嫣痛心疾首。高处寒跟着骂了男方那边几句,便告辞了。晚上伊若回来,桑嫣想跟她露点风儿,又不知从何说起。要是因为房子、钱的事,把姻缘搅没了,实在可惜。但这不单单是房子和钱的事呀,这是眼界,是格局,是胸襟。如果男方父母这点都弄不明白,就不配跟他们刘家结亲。

桑嫣当然理解婆婆的用心,她还是怕女儿嫁低了,嫁亏了,嫁坏了。还有一层,这么多年,婆婆给伊若找的都是官宦子弟,目的很明显,强强联合。伊若一个没看上。毕家锁这倒顺利。伊若看脸。桑嫣分得清,内心深处,婆婆谈不上满意,只是女儿大了,总留在身边也不好,总要生孩子吧。所以只能捏着鼻子吃棵葱。反过来说,万一黄了,婆婆应该不会怪罪。

好在也就是相亲认识的,桑嫣坚信,哪怕有意外,伊若也不至于伤得太深。

第二十一章 毛文娉
Di Ershiyi Zhang Mao Wenping

✦

毛文娉想跳槽,原因有二:一方面,在出版社做编辑收入实在太低;二,桑嫣帮她分析过,她所在的出版社,"死海效应"太严重。有能力的早就走了,留下的都是能力不强的老员工。满瓶子不响半瓶子晃荡,这些人"盐"度极高,很难相处，新人来了根本没法适应，就算是那些空降的领导到了出版社，十个有八个也会被折磨得够呛。

文娉三十出头，还能动。

再不动，将来她会跟这些人一模一样，只能在这孤独终老。关键是，老员工赶上了低房价的好时代，吃到了红利，耗得起。她没有。2008年之前，手里没钱，就没动过买房的念头；2013、2014年，念头是有了，手里也有俩钱，可她那时候还考虑出国留学，一犹豫，又没买；再往后，她手里那点钱，连首付都够呛了。

国庆前老爸办了退休，一把拿了公积金，虽然不多，但集腋成裘，能帮上文娉点儿。女儿大了，老不结婚，在北京又没自己的窝，父母不踏实。在文娉爸妈看来，女儿结不成婚，自己没房也是原因之一。有房子，才有底气，才能理直气壮跟人恋爱。

毛文娉准备看房子了。她没有经验，想找人帮忙长眼，思来想去，只有许可凡合适。宁红懂房，但文娉有点不喜欢她的压迫感。宁老大口气也大。文娉要买的房，必然是宁红看不上的。桑嫣就更不合适了，刚小产。杨盼住得远。于曼蔓倒是近，但她是无产阶级，找她等于给人找刺激。

文娉跟许可凡提了。可凡比她还兴奋。可凡住的是福利房，没得挑，给什么就是什么，所以才落得个奇奇怪怪的房型。商品房就不一样了，能挑。可凡喋喋不休着，一个劲儿恭喜文娉。最后才问："打算买哪儿？"

"就这片儿吧。"

"子弹多少？"

"一百左右。"

"户型呢。"

"一居可以了。"

"考虑新房吗？"

"等着住呢。"

"那也只能考虑2000年之后的，"可凡头头是道，"五环外了，'老破小'不能要，除非是不错的学区。"

文娉在手机上记录着。真没找错人。

许可凡继续说："五环外，咱就尽量不找塔楼了，你要求南北通吗？"

"最好是……"

"厕所得有窗，如果能找到全明户型就更棒了。"

"那是。"文娉赞道。

许可凡又说："也得考虑学区，太差的学区不能要，不然以后孩子上学麻烦，还得换。"

文娉苦笑，她可没考虑那么多，孩子在哪儿呢，她现在最主要的是顾好自己。可凡这么说，她倒乐得自嘲，还是那句老话："一个人吃饱全家不饿……"

可凡拉她一把："这些你都得考虑在里头，我跟你说买了房，结婚生孩子就指日可待了，这都是连带着的，买房能转运你信不？"

"真的？"文娉的表情是不信。

可凡继续说："不动产都属土，如果你命理缺土，或者喜土，或者以土为财，一买房，我跟你说不用半年，效果就出来了。"

毛文娉笑。她算过命，忌土。

可凡叮嘱："你一定要相信，一定要相信。"连说两遍。文娉说："我信，没说不信。"

许可凡才想起来："那你不等福利房啦？"

"等不了，一次没摇到过，这辈子就没中奖的运。"

可凡又拿出手机，帮文娉算贷款利息、首付金额以及月供金额。

文娉提到自己想跳槽。

"跳去哪儿？"可凡问。

毛文娉说打算参加北京市的公务员招考。有户口，难得能用一次。

许可凡连忙道："可别往坑里跳，"苦口婆心地，"你说你这都要自力更生买房了，还考什么公务员呀，要么你考中组部那种，中央的，福利好的，市里的有什么好待遇呀，以后搬躺老远去，比五环外还外，我们这都想着能不能逃出去呢，你还往里钻，你看我这天天忙的，比兔子还兔子。"

"那我也不能老在出版社耗着。"文娉微笑。

"你朝里有人吗？"

"没有。"

"那做什么官。"

"不指望当官，就是找点有意义的事情做做。"

许可凡恨铁不成钢："有意义的事情，都在工作之外，你啊，踏踏实实把房子买了，然后男人就自动送上门了，结个婚，生个娃儿，拼事业，让男人去做吧。"

文婳柔中带刚:"那你咋还奔着,咋不交给尉迟呢?"可凡愤然:"我倒想一把交,真的,我宁愿当小女人,小鸟依人楚楚可怜,问题是他能行吗?自己都扒不上饭碗子,我当初怎么就看上他了。"

文婳打趣:"实话实话,人尉迟五官端端正正,人也好。"

"我不端正?我不好?"

"不是那意思。"

"就他那一小嘎儿。"可凡打击尉迟的短板。

"浓缩的都是精华。"文婳只能这么说。

可凡突然想起来:"我听以前一同事说,宁红跟吴冠军离婚了。"文婳心一沉。到底是许可凡,在体制内混,有点小道消息。文婳故作惊诧:"不是吧,前阵看还好好的。"许可凡道:"两种可能,一,离婚不离家;二,假离婚。"

文婳不作声。

可凡又说:"我要是宁红,我都得时刻警惕着。"

文婳不理解她是什么意思。

许可凡笑不嗤嗤:"你觉得宁红,降得住吴冠军不?"

文婳想了想,道:"没问题吧,她那么厉害。"

可凡不屑,哼了一声:"你不看看老吴是什么人,玩高尔夫、抽雪茄、玩滑雪、品红酒,玩那个什么老碑残片,宁红跟得上吗?"文婳头皮发麻,不得不说,可凡直觉敏锐,文婳听说几个男人玩这些东西的时候,也本能地觉得不舒服,但可凡这么一点出来,她甚至觉得有点油腻了。典型有几个臭钱肆无忌惮爱作的中年男人。

"老吴那公司现在怎么样?"可凡问文婳。

"好像还不错,在开发VR旅游项目,跟地方政府也有合作。"毛文婳略微知道一点,都跟可凡说了。

许可凡说:"这话也就咱俩关起门来说,我要是宁红,都得再接再厉,追一胎,前头一丫头,老吴生意越做越大,圈得住啊?一个丫头,一个小子,才牢靠。"

平地一个惊雷。文婳佩服可凡的远见,她就没想到那么多。一来,她还没结婚;二来,她没有可凡的职业历练。没吃过猪肉也看过猪跑,许可凡日日过手的案子,那经验、教训多了。她太清楚什么叫男人有钱就变坏。但毛文婳还是愿意往好处想:"老吴不至于吧,大肚弥勒佛似的,而且宁红对他不错。"

可凡接过话:"何止不错,宁红找他,那是下嫁,可此一时彼一时,看着吧,他吴冠军要真成功了,有钱了,不折腾出幺蛾子,我'许'字腿朝天。"

毛文婳深呼吸:"说得我都不敢结婚了。"

许可凡笑笑,反过头来劝:"人和人不一样,这对男人,也跟中医看病似的,得按方抓药,这话上次聚会的时候我就侧面提醒过宁红,人家不当回事,忙事业呢。"

"那你呢,还要二子吗?"

"想要,没条件,关键是穷。"

文婳叹息。

可凡手指天花板:"楼上那个,没动静吧。"

文婳心里又咯噔一下,她没想到可凡突然提高处寒。她稳住了,说:"井水不犯河水。"

许可凡呵呵道:"老高,一般人也降不住,模样可人疼,又是律师,一副纵横四海的架势,我就不明白,这样人儿,怎么到这岁数还没混到一套房。"

文婳一直好奇老高离婚的事,顺着问:"不是给他老婆了吗?"

"是给他老婆了,但好像房子本来就不在他名下。"

"是夫妻共同财产吗?"文婳问。

"那就不知道了。"可凡答得很快。

文婳怀疑可凡知道,故意不说。

"他女儿你见过吗?"文婳探问。

"见过,个头不矮。"许可凡有一说一,说到这儿,突然警觉,"干吗,真走心啦?"

"什么呀。"文婳又不好意思了。

高处寒国庆后也没来找她。毛文婳不适应。这就说明,先前的一盆火炭,或许只是表演。呵呵,这种男人,暴风骤雨,激情说来就来,哪里懂得女人要的是细水长流,水滴石穿。他要真磨下去,也许她一感动就答应了,反正房子都是婚前财产,她有,两个人有地方住就是了。

可惜他又撤退了。潮起潮落的,没个准头。

这些天,文婳几乎听不到楼上有什么动静。偶尔有,也是半夜,丁零咣啷的。脚步声也很重,文婳怀疑他带女人回来过夜。

这天晚上十点多，高处寒突然下来了。文娉堵在门口不让他进来。

"有事。"他着急。

"明天说。"文娉铁面。

"明天就来不及了。"

高处寒推搡着，好歹进来了。呵呵，文娉猜了个八九不离十，失婚男人，没准把她当免费妓女。她下定决心不跟他苟且。

"帮我个忙。"高处寒说。

真不要脸。是不是接下来就要说，这忙需要进里屋帮。文娉硬着脖子，宁死不屈。

"你家有没有那个？"高处寒语焉不详。

"什么？"避孕套？恶不恶心。

"卫生巾。"高直言。

文娉吓了一跳。不过一会儿工夫，她跟高上楼，终于弄清楚搞明白，卫生巾不是他用（当然不是），是他女儿高初夏用。初夏今儿在他这儿，突然来了例假……他缺乏经验，下楼求助……文娉无奈。事发突然，出于人道主义，她只能施以援手。她没有妈的名分，却承担了妈的责任。

陪初夏收拾干净，文娉又简单给她上了堂生理卫生课。难为初夏认真听。文娉原本以为，孩子会对她十分抵触，她想好了，但凡高初夏有一点反弹，她就立刻表明身份，说自己是楼下的阿姨，上楼纯属帮忙，她不是高处寒的女朋友，也没有做后妈的打算。务必请她放心……呵呵，真快成长篇小说了。好在初夏倒不算叛逆。

好不容易，初夏安睡了。

毛文娉走出卧室，随手抹汗。高处寒连忙去厕所拿毛巾。不过等他回到客厅，刚想说谢谢，毛文娉已经离开了。

高处寒走到门口，对楼下说："谢谢你。"

楼下门里头，文娉一笑。她说不清心里是什么滋味。她原本以为自己会讨厌他的孩子，结果竟然没有。而且，高的手忙脚乱也让他增添了一点"人味"。人模狗样的大律师原来也有狼狈的时候。

第二十二章 宁红
Di Ershier Zhang　Ning Hong

跟吴冠军离婚后，宁红发现，无论是老吴，还是她自己，事业上都有往上迈一个台阶的迹象。除了3D旅游项目，老吴的公司开始做超快激光。连续激光器、准连续激光器、脉冲激光器，超快激光器复合增速远高于激光器整体增速。激光设备运用广泛，工业、信息、商业、医学、科研领域都有增长点。

科研的事宁红不懂，她只能通俗地理解为：老吴有发家迹象，她当年押对宝了。这样一来，宁红及时决断，她必须立刻跟吴冠军复婚。为了一套房子，一直保持这样的离婚状态，太危险。何况她自己也开始挣钱了呢。整个上半年，宁红挣了八十万。其中三十万是工资，五十万是外快。她摸到个挣钱的路子——当"掮客"，俗称"中间人"。甲有需求，乙有资源，那她就把甲介绍给乙，她从中抽成。三方合作。就比如这次白酒的项目，她把一个想做纪念酒的客户介绍给左豪，左再牵线大酒厂，她一次就抽了四十万。不过，这事她没跟吴冠军提。四十万，权作自己的私房钱，她打算有机会带女儿乃心到巴黎看看。乃心就算成不了"名媛"，起码也得成"碧玉"。

吴冠军又要出差，去杭州。他走之前，宁红把去巴黎的事提了出来。老吴当即同意，并表示赞助。

"干吗，你不去？"宁红吊着眉角。

"你们主要就是买东西，我去纯属累赘。"

"那不一样，女儿需要爸爸。"

"信用卡贡献出来行不行？"吴冠军讨价还价，"项目干到一半，真走不开。"

宁红又问冠军公司目前的情况。冠军笑呵呵道："旅游项目没挣钱，激光的项目的确开始盈利了，全托夫人的福，转运了。"

"老刘不说找人放款子给你们吗？"

"贷下来了。"

"利率多少？"

"按最低的走。"

"老刘人不错,"宁红很少夸人,"找高处寒看合同了吗?"

"一个字一个字抠的。"

"以后干脆聘老高做法律顾问算了。"宁红提议。吴冠军说那是下一步的事了。

宁红又说:"大师说了,我旺你。"

"那肯定的。"

宁红拍吴冠军一下:"你不是明儿晚上的飞机吗?"

吴冠军说是。

"白天咱们去民政局一趟。"

"干吗?"冠军诧异。

"把婚复了。"

吴冠军脱口而出:"这不折腾嘛。"

宁红理直气壮道:"过去为省钱,离婚,现在眼看着要发财,没准明后年第二套直接全款拿下,或者御府这套卖了,直接去市里整大的了。"

"都没准,"吴冠军劝,"就算赚钱,也不能浪费,头几个月都白过了?"

味道不对。宁红听出来了,必须给他下马威。于是她气沉丹田,双手叉腰,声如洪钟:"吴冠军你什么意思?"这是她的惯用句式。反问。逼宫。碾压。

冠军连忙讨饶:"复,明儿就复,没说不复,急啥嘛,只要夫人高兴、夫人喜欢,结了离离了结,整它个十次八次都没问题。"

一口一个夫人,他当牛魔王,她可不做铁扇公主。

宁红乘胜道:"吴冠军,我嫁给你的时候你什么样?"

冠军嘀咕,说知道。他心虚,他那时候是骑自行车的人。

"现在你什么样?"宁红挑开了。

现在他开大G。

吴冠军最怕别人提他的历史。他自己说可以,那是成功者的自嘲,是幽默,别人说,就是抠老底,揭伤疤,老大没趣。就算是宁红也不可原谅。

吴冠军带着气:"夫人,咱是患难夫妻,我怎么能忘了你呢,在这个宇宙当中,我吴冠军忘了谁也不会忘了你呀……"瞧瞧,扩大到宇宙了,"家里家外,人前人后,我哪样不依着你……跟你那几个同学比,小许工作不错,老公不争气,刘宪魁有家底,桑嫣又没生出孩子,毛文娉没结婚,杨盼、于曼蔓就更不用说了,有比你过得如意的吗?"

都是实话。宁红不禁骄矜。

吴冠军剖白完毕。宁红不追究了，她还有事求他。

"等你出差回来，银杏也黄得差不多了，咱们去香山或慕田峪、雁栖湖玩一趟，把大家都叫上。"

"干吗，有好事？"

"老刘帮了你那么多忙，你不得答谢人家呀。"

"已经答了。"

"私下是私下，得有仪式感，以家庭为单位，"宁红一口气说，"老刘为什么帮你，还不是看老桑面子，老桑那是看我面子，朋友就得走往。"

吴冠军不想听老婆再啰唆下去，连忙同意了。

事实上，宁红对桑嫣的态度向来微妙。从学生时代起，宁红就觉得她跟桑嫣有"瑜亮之争"。虽然环肥燕瘦都是美，但她不得不承认，桑嫣属于"北人南相"，婷婷袅袅，刚好长在时代审美潮流的点上。而她宁红的美，则像北方的早点，过于结实了。

宁红对桑嫣一直不服，工作、学习、能力，她觉得自己样样比桑嫣高一筹，没想到桑嫣在婚恋上发力，跳上了巨人的肩膀，一下在同学群里睥睨众生了。

同学聚会，桑嫣是绝对焦点。看着故旧们举着酒杯对桑嫣的奉承样，宁红心里不是滋味。她是宿舍老大，能力最强者，站在中心位置指点江山的不应该是她吗？不过，宁红对桑嫣的这种羡慕嫉妒恨到了最近有所转变。首先桑嫣大气，能服众，宁红不敢跳脚；其次从利益层面，宁红也认为从桑嫣这是能得到好处的。人在屋檐下，干吗不低头，有了五斗米，随时可折腰。桑嫣的人际圈蔚为壮观，谁不想迫切加入进去，你看杨盼、许可凡，包括成日里人淡如菊的毛文娉，哪个不是明里暗里巴着喝着蝇营狗苟，她为什么要落人后。

都是老同学，在这个茫茫都市，就应该抱团。不对，是抱大腿。抱稳了大腿，才能向内环突进。就比如"妇联"那摊子，桑嫣在婆婆带领下，经常走动。她侧面听说，有一次桑嫣还叫上了毛文娉。带谁是人家的自由，但宁红不痛快。她打算趁这次聚会，夯实基础，她要让老桑知道，自己才是她可以倚重的左膀右臂。

"与会人员"要慎重考虑。仅仅是两对夫妻，不大合适，显得她太低太巴结了。但范围太大，一来费用要增加；二来，一不小心等于为别人做嫁衣裳。她知道许可凡也一门心思想把她老公尉迟推到刘家的圈子里来。所以许家肯定是不能请的。

杨盼呢,有点上不了台面。住在郊区,却从未去郊区高档场所享受过。她那个老公也同样抽抽。

剩下的只有毛文娉和于曼蔓了。

宁红给毛文娉打电话,简单说了出去玩儿的事。文娉说要加班。宁红二次游说,文娉依旧婉拒。她看文娉态度坚决,便不再强求。

哼,不识抬举。

她就是没说老桑也去,如果提了,保证毛文娉脱了鞋往那赶。这些同学里,宁红虽然跟文娉关系最平稳,但私下里,她也嫌文娉太装。就比如老桑搬来以后,她好几次看到文娉出入五号别墅,还有老桑家里那套《鲁迅全集》,也是文娉送的。呵呵,巴结就巴结,还硬要表现出一副云淡风轻的样子,绿不绿茶?于曼蔓就不这样。曼蔓是那种什么都写在脸上的人。

婊也婊得光明正大。

宁红给曼蔓打电话,说周末去慕田峪、雁栖湖,于曼蔓都没问同行的有谁就同意了,反正,不用她付钱就行。

从民政局出来,宁红塞给吴冠军一张结婚证。冠军说:"你收着就行。"宁红来个矫情的:"往后余生,请多指教。"吴冠军提醒她别忘了给老桑打电话,问问人数。

宁红当然记得。不过,电话打过去,桑嫣却反客为主,建议去清河打高尔夫球。"还有几个朋友,一块儿聚聚。"桑嫣这么说,宁红就不好拒绝了。她上赶着说要去问场地。桑嫣却告诉她,已经安排人去约了,老刘是那儿的VIP。

差距。

桑嫣的云淡风轻,在宁红看来,透着一股高级。圈层不一样。刘家祖上有德,吴家、宁家却是赤手空拳,几代下来,差距就很明显了。还有件糟糕事。宁红不会打高尔夫。她得现学。看资料,学术语,看视频,学动作,弄得女儿乃心诧异:"妈你干吗呢?"

宁红不想说出真相,太狼狈,急中生智道:"你爸公司要开发新产品。"

乃心问:"AI?"

宁红肯定:"3D加AI。"听上去够高级。

清河湾集合。吴冠军赶回来了,胖头大脸的。宁红估摸着他出差喝了不少酒,可老吴坚称滴酒未沾。宁红责怪冠军:"天天练高尔夫,也不知道传授点经验。"

老吴道:"你不是不喜欢晒太阳吗?"

"不是有站在房檐底下打的嘛,"宁红抢白,"好多东西,不是非得喜欢才学,不喜欢,有用,也得学。"吴冠军笑呵呵说夫人说得对。

远远地,刘宪魁打头阵,旁边是桑嫣。于曼蔓从洗手间出来,问人到了没有。宁红抬眼看,才看清楚桑嫣旁边走着的是毛文娉。

氛围立刻不太愉快了。

女文人就是矫情,什么意思呀,她请,不来,桑嫣带着,立刻屁颠屁颠。看人下菜,毛文娉当第二没人敢认第一。可人来都来了,照样得笑脸相迎。

宁红过去挽着桑嫣的胳膊:"我来早了。"

桑嫣笑着不说话。

毛文娉伸着脖子说:"社里的活动,临时让小年轻去了。"有这句解释,宁红只能顾全大局。真的假的放一边,好歹是句话。

桑嫣看到于曼蔓,对宁红说:"曼蔓也来啦。"

宁红说她没事,就叫上了。

桑嫣又道:"把可凡、杨盼叫上就又齐整了。"说完就过,没人真当回事儿。直到一行人换好装入了场,刘家的朋友们才姗姗来迟。有高处寒。宁红冷眼看着,毛文娉有点不自在。她怀疑他们之间八成有故事。还有左豪。宁红深感意外,真是千丝万缕啊。她没想到左豪跟刘家关系也不错。吴冠军在,宁红只能跟左点了点头,就算招呼过了。

其余几位男士,有两个是年轻人,看样子是跟着高处寒来混个脸熟。另外一个都叫他濮厅长。高高的个子,一身旧西装,中分头,双目圆睁,跟被踩过一脚似的。如果不是出现在高尔夫球场,你会以为他不过就是个落魄的中年男子。但宁红发现连刘宪魁都跟他很热络,估计也是个重要人物。

各就各位,男人女人们合在一起说笑了一番。很快,男人们就杀入草坪,比赛去了。女人聚在房檐下。她们原本就不是高尔夫的拥趸,拿着球杆,戴着球帽,穿着球裤,只是一种姿态。再冷点,就不适合出来了。

毛文娉和于曼蔓在研究打球姿势。桑嫣过去教了几招,曼蔓一个劲儿夸她标准。等桑嫣折回头,宁红单独跟她站到一块儿,才问:"老桑,今儿你做慈善呢?"

桑嫣不懂她的意思,歪头看。

"几位男士都单身。"宁红咯咯笑。她故意把左豪也放在里头,显得自己跟他不熟,不知道他的婚恋状况。

桑嫣莞尔:"都有太太。"

宁红哎哟了一声。

桑嫣又说:"那俩年轻的没有,老高也没有。"

宁红道:"老高倒是合适,不过咱这俩丫头,哪个能降得住他?"

桑嫣说老高也是老实人。

既然桑嫣这么说了,宁红也不好继续说高处寒不老实。毕竟,老高跟刘宪魁的关系很近。她换个角度刺探:"左总家世不得了。"

桑嫣说左总家跟他们家老太爷那辈儿就是老朋友。

"他太太啥来头?"

桑嫣想了想,说:"身体不好,我都没见过几次。"宁红说怎么闹得跟《蝴蝶梦》似的。桑嫣没接茬,改说濮总。她说濮总过去还捧女歌手呢。

宁红感兴趣,问情况。

桑嫣道:"唱民歌的,老濮迷得不行,送了辆车,砸了不少钱。"

宁红惊诧:"他太太不管?"

桑嫣嗤笑:"兴趣爱好,也就迷一阵,约等于追星。"

谈完男人,又谈孩子。宁红原本以为桑嫣忌讳说这个,但没想到人家心量大,又肯面对现实,照样谈笑风生。桑嫣的观点是,两个最好,一儿一女。宁红直言生不动,还说,孩子这玩意儿,跟老公一样,有一个就行。

聊了一会儿,宁红开始秀自己的学习成果。桑嫣问她学过没有。宁红谦虚,讪笑:"皮毛。"桑嫣又说:"下午喝茶把老杨叫着,好像离她单位不远。"

宁红嘴上答应,心里呵呵,看到了吧,这就是区别,毛文娉能来玩球,杨盼就只配喝一杯茶。

第二十三章 于曼蔓

Di Ershisan Zhang Yu Manman

✦

于曼蔓坐在飘窗旁。

窗台上放着曲奇饼干。

透明玻璃小碗盛着圣女果。

最打眼的要数那套迷你茶具：故宫宫廷文化联名小泡蛋国潮茶具。自带高倍数吸水茶布，一秒迅速吸干抹净。杯子设计源于开元通宝纹路镜，有升官发财、万事亨通的美意。有食品级硅胶保护套，防烫防滑防撞。茶盖设计源于古代皇冠，三排 27 个 CNC 滤孔，倒茶出汤快，寓意升职发财，步步高升。

茶壶用的是 99.9% 高浓度贺利氏纯金水手工描金。

曼蔓端起杯子，脸四十五度角朝窗外："怎么样，好了没有？"房燕连忙说好了，换个角度，又说再拍一张。

于曼蔓摆好姿势，她是个称职的模特。拍照完毕，曼蔓接过手机，仔细放大看了看，确认有修图空间后，才邀房燕坐下喝茶。

"静下心来喝茶的感觉真好，我都好长时间没喝下午茶了。"曼蔓拎起茶壶，加了点儿水。

水声潺潺。

于曼蔓悠然道："听听。"

房燕侧着耳朵，不晓得听什么。

曼蔓发笑："水声儿！听听这声儿，多治愈。"

房燕明白了，虎头虎脑。

曼蔓觉得房燕哪儿都好，就是，土。还是黑土地那个味儿。这哪儿行呀，你可是来北京混了呀。曼蔓觉得自己有义务给房燕上一课。她拿出 Kindle，点了点，页面出来，书叫《向前一步》。

曼蔓也不看，她点播放键，听书。然后才对房燕说："女人，千万不要委屈自己，来北京混，你就记住一点。"曼蔓停在这儿，伸出食指。

房燕放下茶盏，身体微微前倾。她是好学生。

"房子，是租来的，生活，是自己的，"曼蔓一字一顿，"哪怕咱现在漂着，也要好好生活。"

房燕点点头。上班一个月了，她一单还没签。曼蔓劝她不要急。

"什么味儿？"于曼蔓突然闻到点不一样的。具体说不清，反正跟她的悠悠茶香格格不入。

"闻到没有？"曼蔓又说。

"好像有点。"房燕动动鼻子。

曼蔓站起来，到沙发边上，跟警犬似的朝缝隙里闻，又翻了翻，没有，她嘀咕着："以后光着脚不能坐这沙发，都臭脚丫子味儿。"她又往洗手间去。

推开门，破案了。地上放着个盆，盆里有袜子、内裤。不用说，罪犯是王百味。

"接盆水来！"曼蔓大嚷。房燕连忙照办，几秒钟后，水来了。"给倒进去。"她指挥房燕。房燕连忙倒了进去，棉织物都浸没在水里了。曼蔓还在鼻子前扇风："这都盖不住，我跟你说有些人就是不自觉，我怎么就想不开租给他了呢。"

房燕抿嘴笑，道："王哥挺大方，请了咱不少顿。"

于曼蔓立刻抢白："我还不想吃他那饭呢！都是没质量的饭！全北京的饭店，有几家我没吃过，关键不是吃你懂吗，是品位，不怕你是脏摊，你得有品啊！"她两手比画着，一只手高，一只手低，"就不在一个层面上，什么人啊都，走哪儿臭哪儿。"

房燕道："要不我提醒王哥一下？"

"不用，你跟他也不熟，我来解决。"

事实上，即便王百味已经搬进来了，于曼蔓也不是完全理解百味的选择。住在这儿，房租贵，价值观又有冲突，搞不好还贴钱——他王百味是吃亏的人吗？没有便宜，他愿意吃亏吗？思来想去，曼蔓的理解是，王百味搞不好想钓大鱼。而那个大鱼，十之八九就是她于曼蔓。呵呵，没门儿。虽然现在落魄了，可那纯属是意外事件，唐胖子要不死，她现在估计都是画廊的女主人了。

想到这儿，她又有点恨唐胖子了。明年清明，她绝不会去墓地献花。当男女朋友那么多年，他怎么就不为她想想。你看人家那诗人，自杀之前，好歹还知道给小女友买个三百万的房子，虽然人死了之后，原配还是打官司把房子要回去了，可法律是法律，态度是态度，人有态度！唐胖子呢，要真有这个心给她 套房了，

119

她于曼蔓也愿意披麻戴孝。

哼，毛儿都没有！

王百味回来，曼蔓把他叫到厨房。门关好，曼蔓说："小王，要不你搬走吧。"她现在一律叫小王。

王百味不知是计，诧异："房租都交了。"

曼蔓又说："你不适合住楼房。"

"咋了，我是脚上长根儿，还非得接地气，"王百味道，"有话就直说呗，咱不磨叨。"

于曼蔓指了指窗外，问："外头是什么？"

百味道："天。"

曼蔓纠正："那是雾霾。"跟着语速变快，"外头有雾霾，家里天天空气净化器抽着，你还搁这放毒。"

"啥毒，冤枉。"百味斜着眼，申辩。

于曼蔓抱着两臂一口气说："你要还想搁这住你就以后那些个臭袜子裤头子都泡在你屋头别拿出来行不，房燕人家小姑娘往马桶上一坐就看到这些个也不合适呀，小王你说句实话你为什么要搁这租房？"

"住呀。"

"天大地大，怎么就刚好落在这个枝头上了呢？"

"巧了，缘分。"

"你是不是对小房有意思？"

"被你看出来啦？"王百味咧着嘴，泼皮无赖相。

于曼蔓指着他，带笑不笑："小王，我要是你，就踏踏实实地，回老家找个普普通通的本地土姑娘。"

"小房咋又不普通了呢？"

"人来北京，不是为找你这样人的，人是有志向的，明白不？"

"明白。"王百味没脾气，还是笑。

于曼蔓觉得小王就这么点好，怎么说都不生气。其实算上来，她虽然一口一个小王，他俩岁数差距并不大，只不过，她于曼蔓出道早罢了。据说王百味在深圳、广州还有江苏都混过。那就更不能原谅了。一个男人，混了这么多年还没出头，说明能力有问题。

自从跟着桑嫣打了高尔夫，曼蔓感觉自己在择偶问题上有个矛盾。左豪那样的男人她是没有信心拿下的，感觉不好沟通，太老奸巨猾；高处寒那样的也不是她的菜。高也是想往上爬的人，他刚从失败的婚姻里走出来，再婚铁定要找个对自己有帮助的女人。她能帮他什么？没有。曼蔓觉得自己骨子里还是喜欢老实人。比如唐胖子那样的——至少要看上去老实。可放眼四周，老实人有，老实又成功的人，没有。到了这个年纪，必须落地了。王百味这样的"老实人"，鸡肋，只能做个退路。曼蔓现在的要求不高，只要能五环外有套房，身心健康，她就嫁。

　　周六晚上《新闻联播》结束后，是于曼蔓固定的表演时间，她得跟老妈通视频。过去是通电话，曼蔓还能扯谎。现在不光要扯谎，周围环境也得注意了。这也是曼蔓一直不肯住贫民窟的原因——她不想让老妈觉得自己过得太惨。

　　在老家那帮子人眼里，她于曼蔓可成功可成功了。头多少年就住上了大别墅（唐胖子的画室），在北京搞艺术，指不定哪天就能成名成家。曼蔓妈总喜欢问女儿一句："啥时候能在电视上瞅见你？"曼蔓总答："快了。"进入纪录片公司后，曼蔓策划的片子在某东北电视台播出，她让老妈关注。老妈看是看了，但却问："咋没看着你？"曼蔓说不清："那是纪录片。"她妈又道："不是记录你呀？"曼蔓无言。她妈跟毛文娉的父母不同。文娉的父母，是知道女儿艰苦，所以不好意思多问。她妈呢，可能是不知道艰苦，或者知道，也装不知道。曼蔓报喜，她就真以为（装以为）是喜。反正，只要曼蔓别丢她的脸就行。

　　聊着天，曼蔓起身拿水杯，摄像头抖了一下。正好扫到门外经过的王百味。

　　曼蔓妈跟见了鬼似的："谁呀！"

　　声音尖厉。曼蔓手抖，马克杯差点翻地上，"这一惊一乍的。"

　　"你背后有人。"

　　于曼蔓回头："没人。"

　　"绝对有。"曼蔓妈肯定。

　　"看见鬼了？"

　　"你把那门开大点儿，"曼蔓妈遥控，"摄像头对准了，别是来小偷了吧？"

　　于曼蔓起身，拉开门，王百味的屁股对着摄像头。曼蔓恨，这人，不是让他下去散步了吗？曼蔓对百味瞪眼。百味立刻明白了，他小声道："憋不住了……"情势危急，曼蔓一转脸，进屋，关上门，给老妈一个大笑脸："妈，今儿不周末嘛，来了个朋友。"

"啥朋友？"

"普通朋友。"

"普通朋友待到这个点儿？"曼蔓妈明察秋毫着呢。

不行，得换策略。

"没跟您说，这不正处呢嘛。"

"拉来看看。"

"妈——"

"咋着，迟早要见。"

于曼蔓虽然一万个不情愿，可也不得不临时请王百味当演员。她快步走到王百味屋跟前，门也不敲，直接冲进去，语速快极了："你惹的祸，你自己擦屁股。"

"咋就祸上了？"百味嬉皮笑脸。

"跟男的合租我家教根本不允许！"

百味表情严肃，"那咋办？"

"我妈现在误会了。"

"那我去解释一下，我就说我是你同事，来家里玩的。"王百味给对策。于曼蔓立刻说："不能说同事，你就说，你是我一朋友，金融街上班，搞金融的，年入两百万，独生子女，家庭没什么负担，有独立住房，明白了吗？"

"不明白。"

"不明白照着说。"于曼蔓可不是来商量的。

"欧了。"王百味嗷嗷。曼蔓怎么说，他就怎么做。"临时演员有盒饭领不？"王百味又嬉皮笑脸了。

"一顿椒屋。"曼蔓爽快。

王百味打了个OK的手势，把圈儿比在右眼眶上。

第二十四章
Di Ershisi Zhang

桑嫣
Sang Yan

◆

"和睦家"打电话来让桑嫣过去一趟，说诊断结果出来了。桑嫣觉得不妙。她没告诉宪魁，一个人开车过去了。

医生说得很委婉，用了不少专业术语，还说了很多鼓励的话。桑嫣听得明白，核心意思是，她目前的身体状况，不适合孕育孩子，如果强行生育，无论对她，还是对孩子，都有危险。

震惊，失落。桑嫣流过两次产，但还没放弃希望。在生育这条路上，她已经做好了千难万阻的准备，她相信只要自己一步一步走稳了，做好了，万里长征总有结束那天，一定可以到达解放区。

结果呢，医生直接宣判死刑。

不行。

私立医院还是不行，桑嫣打算再去协和看看。她总觉得还有希望。从医院到家，开车四十分钟，桑嫣走了两个小时。她头晕，只能开一会儿，在路边停一会儿。

桑嫣没哭。自从十三岁她父亲去世，她跟老妈相依为命，就没哭过。不是不想哭，是哭也不解决问题，她必须坚强。

崔姐打电话来问晚上的菜量。桑嫣说先生和伊若都不回来，又补充："把上次同仁堂抓回来的药煮了，引子是青蛙眼睛那副。"西医不行，就试试中医。死马当作活马医。回到家，桑嫣把车钥匙丢在茶几上，一个人坐在客厅沙发上愣神。

宪魁打电话来，说还在天津，合作伙伴非要留，他明早回来。桑嫣叮嘱他别忘了吃药。宪魁血压有点高，遗传。桑嫣叫崔姐，保姆应了一声，迈着小碎步快走过来："马上开饭。"

"药煮了吗？"桑嫣更关心这个。

"灶上呢，小火。"她记得桑嫣的话。

桑嫣不自觉叹气。

崔姐多嘴，问："太太，谁欺负你了，我帮你出气。"

桑嫣苦笑："没人欺负我。"

"为孩儿的事吗？"崔姐猜测。

桑嫣的心咯噔一下。这保姆不是凡角，察言观色的能力一流。事实上，崔姐能在家里做下来，也多亏她懂得人情世故。崔姐不是多嘴的人，可今儿却一语中的。要在平时，桑嫣故意一笑而过，不会接茬儿。或者心情不好，生气也可能。这不哪壶不开提哪壶嘛。可眼下她受的打击太大，又没人倾诉，崔姐破开个口子，桑嫣便道："年纪大了。"

崔姐顺着说："说大也不大，咱们村，四十多岁还有拼儿子的呢。"

"农村妇女身体底子好。"

"慢慢调理，总有办法的。"

"那要是没办法呢？"桑嫣反问。

崔姐愣了一下，转而说："我大外甥找了个老婆就是没办法，后来一查，说是输卵管不通，做了好几次手术，还是生不出个毛毛，最后用试管，得了个孩儿。"

"要是试管也不行呢？"桑嫣继续问。

真是为难人了。桑嫣凝望着这个上了年纪的女人。

"试管不行，"崔姐迟疑道，"只要种子行，也不是完全没办法。"

"哦？"桑嫣好奇她的"办法"。

崔姐靠近了："得看哪儿不行，地行，种子不行，那就得借种子；要是种子行，地不行，那就换一块地，种子还是那个种子。"跟绕口令似的。

桑嫣当然明白。地行，种子不行，是借种；种子行，地不行，那是代孕。国外有，美国、泰国、乌克兰……她从没往这方面想过，一来，代孕出来的孩子，要在外国出生，拿外国户口，她不喜欢。家里也不允许。刘家在政界摸爬，孙子是外国人，传出去有点不像话。

"在中国，这算违法。"桑嫣严肃道。

"也有偷着做的。"

"哦？"桑嫣兴趣被调起来了。

"我们旁边村就有。"

桑嫣来兴趣了，坐直了，问："然后呢？"

"然后就生下来了。"

"孩子怎么样？"

"白白胖胖一小子。"

"真有这事儿……"桑嫣嘀咕,脑子却已经开始转了。崔姐继续说:"灰色地带,就是钱的事儿,只要谈得拢,给得到位,肚子借就借了。而且听说好像成胎了才放进去,生出来,该是谁的孩儿还是谁的孩儿。"

桑嫣假笑道:"你们那儿人胆儿真大,违法的事,我们是绝对不会碰的,中药好没好,去看看。"

崔姐听罢,小跑着往厨房去。

晚上刘宪魁到家,桑嫣没提去过"和睦家"。这是大事,她打算先沉淀沉淀,她对中医还抱一线希望。吃完饭,刘伊若还没回来。桑嫣问宪魁要不要给她打个电话。宪魁说:"她又不是孩子。"

桑嫣顺势问:"老高传话了没有?"

"传什么?"

"跟毕家。"

"好像通气了。"

"然后呢?"

"他没跟你说吗?"宪魁反问桑嫣。

"没有,"桑嫣两手搓着,着急,"成不成总有个话,停在这算怎么回事儿。"

宪魁脾气上来:"不行算了,一点小钱,磨磨叽叽,也不是什么有头有脸的人家。"又补充,"你说现在的人怎么整天就想好事呢,有房不住,要买大的,买就买吧,还让女方出钱,妈能高兴吗,钱倒是小事,关键是格局。"

桑嫣劝:"这事得分开来看。"

宪魁坐下,玩打火机,啪嗒啪嗒的。

桑嫣委婉道:"这事儿,得分两头看,妈不同意是妈不同意,房子本来就是婚前财产,搅和到一块儿,实在没必要,但归根到底还得看小妹的意思。小妹要真心喜欢,吃点亏,没什么,过了这村,就没这店。"

宪魁本能地不高兴:"我妹还愁嫁?"话说出口才往脑子里过,又嘀咕,"还真有点愁。"

他问桑嫣打算怎么处理。

桑嫣道:"指望老高在中间传话估计不行。"宪魁说:"那你去说。"桑嫣说她打算请老高把小毕叫过来,她当面问问,只要两个年轻人态度坚决了,家长总归得让步。

宪魁朗声:"得有点技巧,看看他到底是看上人了,还是看上……"桑嫣拦话道:"看上啥,不怕,家庭条件本来就是伊若的一部分,只要真心相爱,愿意踏踏实实过日子就行。"宪魁放下打火机,歪在沙发上。崔姐来问要不要给伊若留饭,桑嫣让温着。

等崔姐出去,她又对丈夫道:"宁红私下还联系老濮呢。"

"干吗?"宪魁对宁红的事兴趣不大。

"东拉西扯,她从中抽头。"

"宁红说的?"

"老濮说的。"

"事办了吗?"

"办了就不会说了。"

宪魁冷笑:"老濮就一副厅长,上头还有正职,自己还没混明白呢,给她办事?"

桑嫣笑说:"谁说不是呢。"宪魁问还说什么了。桑嫣说其他没什么,又说:"就是管老濮叫濮哥哥。"

"哥还是哥哥?"

"两个字。"桑嫣强调。

夫妻俩都笑了。

宪魁说:"你这几个同学,没一个省油的。"

"文娉不挺好。"

宪魁想了想,说:"她倒是不错。"

"跟老高合适吗?"

"老高刚解放,谁还上赶着找约束。"

"那可不一定,我看老高对文娉有点意思。"

"哪儿看出来的?"

"眼神。"

"你该去公安局上班了,搞刑侦。"

桑嫣换话题:"老吴那公司,现在到底怎么样?"

宪魁道:"赚了点钱,"顿一下,反问桑嫣,"你们那茶馆没什么人好像。"

上次打高尔夫回来——临时叫杨盼，去的是桑嫣跟几个朋友合开的茶楼。开业两年，一直没热起来。桑嫣无奈，说西边文化人不多，这种店，还是得在北面、东面开。

次日，桑嫣给老高打电话。第三天，毕家锁就又来家里拜访。宪魁、伊若都不在，崔姐在花园里忙，桑嫣邀小毕坐，亲自给他倒茶。小毕弯腰两手掬着。

桑嫣单刀直入："家锁，就不跟你绕弯子了，今儿请你来，是想问问你跟伊若进展到什么程度了。"

毕家锁一愣，又迅速调整好状态，站起来道："我是认真的。"

桑嫣手往下压，示意他坐下："知道你认真，结婚是大事，大主意还得你自己拿。"

毕家锁微微垂头，不语。

桑嫣又说："你跟伊若结婚，意味着什么你明白吗？"

毕家锁茫然。

桑嫣道："房子家里不缺，伊若有自己的房子，包括这栋别墅，将来也不会是我跟宪魁独得，肯定有伊若一份，这是家里的传统、规矩。"

毕家锁忙说明白。

桑嫣又说："喜欢一个人，说起来是凭感觉，但实际上呢，你以为你喜欢伊若，就是喜欢她那么简单？"毕家锁尴尬，一时无法领会深意。桑嫣继续："伊若之所以是伊若，跟她的成长环境、家庭条件都有关系，说句不该说的，你父母是商人，你是商人家庭出来的，伊若呢，根正苗红，你跟伊若在一起，对你只有加分，没有减分，当然，这都是后话，我看你是老实、可靠，才私下跟你说这些。两个人在一块儿，前提条件是相互看得上眼，相互欣赏、喜欢。你是男人，有些事情，要往大了看，要看长看远。"

桑嫣一席话，毕家锁又站起来了，这回表态很坚决，但透着鲁莽："实在不行，我跟伊若先把证领了。"

哎哟老天！这憨包子！桑嫣笑。她现在大约明白了，小姑子可能就喜欢毕家锁这个愣劲儿。

"饭要一口一口地吃，"桑嫣起立，端着两臂，"该软的时候软，该硬的时候要硬，大主意自己拿。"说完，又觉得这话像开黄腔，转而笑着说，"伊若今天加班，我就不留你了。"

两个人走到门口，崔姐上前，拎了两盒茶叶、一盒风干牛肉、一盒奶片来。

客人空着手来可以,但不能空着手回,这是家教,是规格。桑嫣觉着,小姑子这事,为今之计,只能是指望毕家锁从内部攻破。

公公冬天生日,马上又到寿诞了,自从桑嫣嫁进来,连续几年都是大办,今年逢大日子,更要仔细操持。桑嫣问崔姐酒送来了没有。崔姐说没人联系。桑嫣只好又给酒庄打电话。寿宴的红酒,是定制的,酒瓶子上面要贴老太爷的照片,两手叉后腰,意气风发那种。桑嫣当然明白,有公公在一天,这个家在圈子里的分量就不一样。她衷心希望公公长命百岁。

第二十五章 毛文娉
Di Ershiwu Zhang　Mao Wenping

找对象的事,现在只有曼蔓还肯来跟文娉正儿八经地研讨。她们目标一致,找另一半组建家庭,过下半生。星巴克,于曼蔓刚喝到咖啡就开始抱怨,说自己这些年白忙。

文娉笑道:"你主要不是要体验吗?"

"体验到什么时候?"曼蔓对毛文娉和对房燕是两种话风。文娉低头喝咖啡,每次跟曼蔓见面,她把握一点,多听,少说。曼蔓又说自己加入了几个高端人才相亲群。文娉问什么来路,曼蔓说绝对可靠,是一个朋友介绍的,里面全是土著和中产。

文娉说算了。

曼蔓着急:"你真不找了?"

"等等。"毛文娉胸有丘壑。等到什么时候,她自己也不知道。这么多年,毛文娉的择偶标准一直比较"模糊",她想找个懂自己的人。

这就难了。

太虚,一个懂字,能翻出多少花来。有人没能力懂,有人有能力却不肯懂,有人不懂装懂,有人是懂了却没有行动。说来说去,精神要求"害"了她。

曼蔓握着手机,问文娉:"我这么写个人介绍行不行,"她用朗读腔,"本人:女,80后,162/54,北方人,未婚。学历本科,目前就职于一家创业公司,小忙但基本上不出差也不加班,乐观向上,温婉直爽。"

"温婉和直爽有点矛盾。"文娉一针见血。

"那改个词儿。"

"温婉大方。"文娉脱口而出。

于曼蔓打了个响指,连忙修改。

毛文娉问:"你的要求呢?"

于曼蔓道:"女方要求属于暗的,不用填,私下交流才能亮底牌。"曼蔓经验丰富。毛文娉伸头过去看,曼蔓在备忘录里修改着。

"加个标题。"曼蔓看文娉。

文娉想了想,说:"'有你才有家',80后未婚女寻知心男士。"于曼蔓琢磨了一会儿,改了几个字,变成:80后未婚女寻一男闪婚。文娉又是笑又是叹:"过去你不是最反对闪婚?"曼蔓道:"过去不懂事,傻,现在遇到现实了,摆在我面前的就两条路,一条是,结婚,留在北京;另外一条,滚蛋。"

文娉惆怅,她的情况比曼蔓好点,即使不结婚,暂时也不用滚蛋。她工作稳定,最近开始看房子,她打算在北京生根。毛文娉鼓励闺密:"好好工作,靠自己。"曼蔓惆怅:"倒退十年行,"又改口,"不用十年,八年,五年也行,毛毛,你说我这些年到底干什么了,好像什么都没干就过来了,只顾着吃了。"

毛文娉道:"你还没干什么?做了那么多工作。"

"多有什么用,没有一份大的,"于曼蔓感叹,"我们公司的小孩,都比我小,我现在才明白,自己青春期、职业窗口期,都他妈过去了。"她摊手,"没我啥事了。"

"没关系,还有更年期等着咱们。"毛文娉自嘲。文娉没跟曼蔓说自己要买房子,这对曼蔓会是个刺激。文娉为曼蔓担忧,她也承认,许可凡私下对于曼蔓的点评有几分道理。可凡叫曼蔓"过了气的交际花",是被北京这座城市榨干了的甘蔗,就差往外吐那一口渣子。

末了,文娉还是用小号进了曼蔓推荐的婚恋群。有群主加她,视频验证,然后填写资料。有意思的是,毛文娉竟然发现高处寒也在里头。她问曼蔓知道这人是谁吗？曼蔓说不知道。文娉这才意识到，高处寒有多个号。狡兔三窟。进群的，可能是小号。毛文娉不理解，高为什么用不同的号加她和于曼蔓。

群里平时基本不闲聊天，要么是群成员自己发的征婚交友帖，要么就是群主招呼。有一次线下活动，让报名，文娉才没兴趣。不过，高处寒发的个人介绍却让她仔细咂摸了半天：

〔80后男征女友〕

北方人，硕士，178cm，70kg，不吸烟喝酒。

撒谎。喝酒不清楚，但他是吸烟的，括弧，还是雪茄。当然，不排除目前正在戒。

目前做律师，合伙人，年税前30～40万。

因价值观、性格不合离异，有孩子归前妻抚养。

有五环外房产一套，无较大经济负担。车摇号中，久未中。

爱好踢球，打羽毛球。

除了工作和没车是真的，其余全有水分。什么价值观？什么性格？结婚那么多年才知道不合？孩子归前妻？初夏怎么上门的？五环有房产，那租什么房子？他还没有户口，那号怎么摇？还是前妻帮他摇？

心目中的她：

年龄在84年以后，离异未婚均可。身高不限，体重不限，喜欢皮肤白净的。有稳定工作，学历本科以上；收入不限，有无房均可。身体健康，性格宽厚，原生家庭幸福。

如其他条件突出，年龄可放宽。

呵呵，的确，他喜欢皮肤白的。

上回打高尔夫球，高处寒故意表现得跟她不熟。当然，理智上文娉能理解，那种场合，如果看上去太过熟络，人物关系会产生"歧义"，大家都尴尬。可情感上，毛文娉又认为高这么做，就是要把她的角色锁定在"炮友"上。是，高说过结婚不结婚的话，可她能同意吗，离婚她不介意，可他一没房子，二还有个正准备冲入青春期的女儿，她不想把自己的生活弄得那么复杂。

文娉眼下生活的重点还是事业。她必须突破当前的困境，不能在出版社这么一天天混下去。文娉早已下定决心不当高处寒的炮友，这并不是因为她清高、洁身自好，或者高没有吸引力，而是算来算去，她都觉得是自己吃亏。这就是男和女的差别。

一个天一个地。

男人是天，女人是地。天可以随时变，地却不能崩了。她绝对不能自己送上门。亏本买卖，她不做。

主意定了，从清河回来，文娉就把高处寒的微信删了。不是拉黑，是删。拉黑还能恢复，删就没有回头路了。市考她准备报名，紧锣密鼓复习中。

桑嫣周末要去红螺寺，问文娉能不能开车。毛文娉如临大敌，她几年没碰车了。可老桑提，她只好硬着头皮上，这个时候，老桑需要抚慰、支持。去红螺寺是拜观音，不用说，祈求送子。刘宪魁估计有事。跟婆婆一起压力太大。叫上伊若也不合适，关系再好，人家姓刘，不得不防。几个同学，有家有业的忙，没家的曼蔓，桑嫣看不上。

文娉必须顶上。

车开出小区，上路了。

文娉紧握方向盘，双肩微微耸着。她紧张。

桑嫣拍拍她胳膊："放松。"

文娉幽默地道："我自己摔沟里没事，可得保住少奶奶。"桑嫣两手捂在丹田上，笑道："你以为，少奶奶也是份工作，干得好，是少奶奶；干得不好，少奶奶就给别人当了。"文娉当然理解老桑话里的话，她不晓得怎么安慰。一安慰，显得桑嫣特别困难，反倒伤了人家的自尊。

过了收费站，桑嫣突然问文娉是不是打算考公务员。文娉诧异。这事儿，她没跟任何人提过，跟家里都没提。她的做事风格是，成之前不张扬。老桑怎么知道的？文娉应承了一下。桑嫣又问："打算报哪个区？"文娉说没想好。实际上，她想往昌平或者通州区报。桑嫣直接说："你听我的，就报市里的，我婆婆在哪个区，你就报哪个区。"文娉扭头看了看闺密。桑嫣笑说："进门都凭真本事，但进去了之后，离得近，多少能相互照应。"

文娉恍然大悟，她一方面感谢老桑能为她考虑这么多；另一方面，又责怪自己太过鲁钝，之前怎么就没想到这层呢。公务员系统，更需要网络、圈子，更需要人脉。她想问老桑怎么知道她有这个意愿，但话到嘴边又咽了下去。桑嫣有她的路子。

文娉认真开车。

桑嫣又说："老高可关心你呢。"

文婙故作冷漠："跟他有啥关系。"

哦，明白了，或许是老高看到了她放在客厅茶几上的申论辅导书。这个密探。

"别小看老高，"桑嫣道，"这个社会上，人脉最广的职业除了医生，就是律师，好多事儿，我和宪魁都不知道，还是老高告诉我们的。"

文婙不想把话题放在自己身上，她转而问伊若和毕家锁的事。桑嫣顿时来气："还没动静呢。"又说，"黄了都不要紧，就怕伊若动真格的了。"

"伊若跟你说了？"

"没说。"

"那你怎么知道动真格？"

"哭了两场。"

文婙倒抽凉气。她想象不出来刘伊若哭是什么样子。桑嫣继续道："她就喜欢这种。"

"哪种？"

"长得不错，然后人呆呆笨笨的，呆萌气质。"

"哎哟，人家可是高学历。"

"所以我说，小毕是扮猪吃老虎。"

"是不是老高没把你们家庭情况说清楚？"文婙顺着问。桑嫣叹一口气："谁说不是呢，明明是个宝贝，人家当你一棵草，不是我说句大话，老刘家这家境，真没什么可挑的，房子不房子，重要吗，留得青山在，还怕没柴烧？"

文婙想了想，说："也许人家要的是平等。"

"不是平等，"桑嫣纠正，"是想占便宜。"

过了怀柔市区，进山了。沿路不时看到半山腰有小型别墅。桑嫣提了一句，说他们也打算在昌平的牛蹄岭租一块地。文婙问干吗。桑嫣说，打算集资建个农家别墅，种地、赏花、喝茶，作为一个小据点。文婙没向下问，有别墅当然好，但她现在可没这个钱往里投。归根到底，那不是穷人的游戏。

第二十六章 许可凡
Di Ershiliu Zhang　Xu Kefan

◆

高处寒请许可凡吃饭，以表对她在离婚官司上"帮忙"的感谢。可凡没带尉迟。她觉得尉迟一在，就没意思了。尉迟抠搜，小里小气，她嫌他上不了台面。尉迟失业在家，整个人又颓又丧，跟块被生活炸老了的肉似的，不适合外出会客。

老高大气，上来就拿出中山音乐堂的两张票，话说得朴朴实实："我没时间带孩子去，你要有空，带菲菲过去，熏陶熏陶。"又说，"也是一个朋友给的，我借花献佛。"可凡心里舒服，高处寒话还没说完，她就又在心里叨咕老高前妻，这女人怎么就这么没眼光呢。论长相，论能力，论为人处世，方方面面，高处寒哪里配不上她呢？蒜头鼻子朱佩芸，咋恁不知足。

饭桌上，许可凡难得笑得舒畅："这顿我请。"

"那不能够。"高处寒撇着腔调。

"真的抱歉，"许可凡说理由，"实在没帮上忙，光顾着铁面无私了，一分钱家产没帮你捞着。"在老高面前，可凡难得露出几分俏皮。

高处寒呵呵一笑，自嘲："是，该我前妻请，她得那么多。"许可凡也笑了。瞧吧，这就是男人的幽默感，含着泪的事情也能笑着说。尉迟就不行，捣屎槌子一个。

可凡给自己盛了一碗鸡汤，低头喝了一口："文娉可是打听你好几次了啊。"

高律师哦了一声，问："打听我什么？"

"方方面面。"

高律师笑。

"你就不想知道文娉的事？"

"不想，"高处寒道，"都是朋友，对我来说，你，还有毛编辑，都是那种兄弟姐妹一样的朋友，跟你可能还更熟悉一点。"

"你跟毛毛，那是邻居，远亲不如近邻。"许可凡下定决心套出点干货来。可老高铁齿铜牙，她兵来，他就将挡，周旋几个回合，什么也没问出来。不过，许可凡高兴的一点是，按老高的说法，在他心目中，她许可凡是要比毛文娉优先级高。

这就对了。

她是先来，文娉后到，除非毛文娉真跟老高有实质性关系，否则，她就应该属于"更重要的朋友"。呵呵，眼下，许可凡的心态连她自己都摸不清，她总是撺掇老高和文娉，但这种撺掇类似于引蛇出洞，人家要真在一块儿了，她又不乐意了。就是没在一块儿，才需要制造这么个话题，以证明自己的魅力——你看，老高对那种没什么历练的单身女子根本不感兴趣，反倒是她这种风风雨雨都看透的妇女，才有种格外的馨香。

两杯酒下肚，老高来话了："毛编辑要考公务员。"

可凡恨铁不成钢："这丫头，非往马蜂窝里钻。"高处寒叮嘱："你可别问她，是老刘提了一嘴。"可凡请他放心，又说："文娉什么都好，就是轴。"

"说不定人家就想着为人民服务呢。"

"可以，没问题，"可凡放下筷子，"问题是，你要想服务，也早点弄呀，现在入行，又是女的，什么时候能混出名堂。"顿一下，又说，"选男人也是，非要找啥灵魂伴侣，能搭伙过日子不得了？能跟得上她灵魂的男的，不是别人的丈夫，就是别人的爹。"

"毛编辑当过三儿？"高处寒随口问。

"不是……"许可凡道，"泛指。"又说，"文娉骨子里想当大哥的女人。"

高处寒一愣。

可凡才意识到自己话说多了："比喻不恰当，反正，她喜欢成熟型的。"

"成熟和油腻，可是一线之隔。"老高打趣。

许可凡笑说："谁说不是呢。"

"尉迟最近怎么样？"老高换话题。

怎么样？失业，在家，无所事事……能说得出口吗？许可凡不愿意跌面子，她敷衍地一言以蔽之："还那样。"

"回头找他钓鱼。"

"赶紧找他，"许可凡道，"一个男人，怎么能完全没社交。"说起来就是恨，就是恼，"成功，百分之三十的能力，百分之七十的人际关系。"

高处寒一笑，没往下接话："你啥时候出来？"他问可凡。乍一听，搞得跟她在坐牢似的。

"哪儿出来?"

"从单位呀。"

可凡叹气、不语。高处寒道:"就你这能力,不出来干可惜了,你要一年没挣一百万,都不算正常发挥。"

"不一样。"可凡突然温婉起来。

"啥不一样?"

"男人跟女人不一样。"可凡正话反说,她始终认为一样。可在老高面前,她喜欢装作符合传统思维。

"是不一样,"高处寒说,"对普通女人来说,肯定不一样,但对有才能有抱负的女人来说,那就得一样,搞不好,比男人还强,咱来北京干吗的呀。"

一句话说到许可凡心坎上了。

对啊,她来北京干吗的,赚钱?发财?升官?都不尽然。她追求的,是自我价值的实现。当然现在也不能说没实现,只是太慢,束缚太多,许可凡觉得自己身体里藏着老大能量,就是没处释放。她真怕再过个几年,这些能量就会慢慢被消磨掉——这辈子就这样了,没盼头了,不成长了。多可怕!可是,即便老高猜到了她的心,可凡还是要藏一藏,她微笑着说:"处寒,你也是从婚姻里出来的,你肯定明白,这结了婚的人,跟独一个单身的人,状态是不一样的。现在对我来说,就是积蓄能量,男人没倒下,咱女人还是蛰伏,真要有那天,杨宗保都战死了,穆桂英就该挂帅了。"

高处寒似乎被可凡的话打动了,他当即举杯:"敬穆桂英。"

一路上憋着气,可凡不痛快。没有老高对比,她觉得尉迟还算过得去,一比较起来,尉迟就显得乏味窝囊多了。可凡怕回家婆婆闻到自己喝酒,半路钻进超市买了瓶漱口水,清理干净,才进家门。谁知婆婆并不在家,可凡问尉迟:"妈呢?"

尉迟道:"老家有急事。"

"啥事儿?"可凡问。

"说是死了个表舅。"

"哪个表舅?"可凡追根究底。

"我都闹不清。"

许可凡去洗手间卸妆,洗好弄好,关上门,给婆婆打了个电话,问情况。婆婆却说,她回来是为喝喜酒。可凡瞬间明白了。自从尉迟失业后,他妈一直有点不自在,儿子不挣钱,她这个妈当得似乎也不理直气壮。可凡的理解是,婆婆是不想在这儿待了。哼哼,就算要走,也起码正儿八经打个招呼吧,这算什么。明儿菲菲谁接?哦对了,尉迟在家。他现在是不合格的家庭主男,烧饭不会,接孩子总还成。

许可凡没打算戳破丈夫,她从洗手间走出来,尉迟还在客厅沙发窝着,抱着个手机,仿佛在研究世界大事。

可凡问:"菲菲作业做了吗?"

"做了。"

"灵通算术?"

"对。"

"诗词抄了吗?"

"这个……"尉迟抬头了。不用问,没抄。可凡只好进女儿屋,一检查,果然空白。无奈。爸不尽责,她这个当妈的总得尽责任。台灯开着,菲菲端正坐好,描红一遍。她又让读,读完背诵,菲菲记不住,那就反复多来几遍,弄到快十点,终于背利索了:"敕勒川,阴山下。天似穹庐,笼盖四野。天苍苍,野茫茫。风吹草低见牛羊。"可凡为了向尉迟示威,故意用小尺子敲击桌面:"大点声儿!"女儿连忙调整声量。她哪里能明白,妈妈这是借她向爸爸示威呢。

女儿睡下,可凡才回卧室。

战争开始了。起头一句:"我是不锈钢的。"可凡没看丈夫。尉迟啊了一声,嘴巴微微张开,他似乎没听明白可凡的话。许可凡这才转过身,拉起被子,钻进被筒:"我就是不锈钢做的,嫁到你们家也能被使坏了!"

"老婆子……"尉迟温柔以对。

可凡又问:"你是不是特想要儿子?"

尉迟还是不懂可凡卖的什么药。

可凡吊着嗓子:"儿子才金贵,培养起来才精心,女儿,随便养养。"

绕了好大一个圈子,尉迟寅终于明白了老婆生气的缘由,他隔着被子抱住她:"我真不知道还有古诗词。"

许可凡再下一城:"还有,妈回去是喝喜酒,不是奔丧。"

"是吗?"尉迟一头雾水。

可凡冷笑一声："知道妈为啥走吗？"

"喝喜酒？"明摆着的答案。

"妈要强了半辈子，就见不得自己儿子整天在家吃闲饭，所以才让出了岗位，给你找点事做，工作干不好，老妈子总会当吧。"可凡不客气。

话说出口，她才意识到似乎重了。说出去的话，犹如泼出去的水，无法收回。尉迟的脸终于耷拉下来，说他失败可以，说他窝囊也行，说他吃闲饭，那不是事实。他有存款。他吃的是自己过去的劳动所得，哪里是什么闲饭呢。而且现在仅仅是蛰伏。蛰伏，懂吗？！

尉迟撩开被子。

"哪儿去？！"可凡又有点心疼丈夫。

"沙发。"

"能不能来点新鲜的，说你两句怎么啦？"可凡找补。

尉迟道："李安老婆养了他六年。"

可凡失笑，真会举例子。她又不怒了，转而用那种戏谑的口吻："你要是李安，我养你八年。问题你是吗？"

"你怎么知道不是。"

"我还想做李安呢。"许可凡拧了尉迟胳肢窝的肉一下。虽是戏言，但可凡没撒谎，她的确不想做培养李安的人，而想自己成为李安。靠自己，安全，方便；靠别人，总有失去靠山的一天。

不过，可凡和尉迟的这场气，压根儿没生几个小时。前脚婆婆刚走，后脚丈母娘又来了，可凡妈来北京做胃部检查，顺理成章住进了女儿家。

第二十七章 杨盼
Di Ershiqi Zhang　Yang Pan

◆

杨盼搬到北京来了,也在五环外,御府嘉园旁边的东方名筑。杨盼没声张,租个房子就大肆宣扬,未免显得自己太低了。等到在超市遇到桑嫣的小姑子刘伊若,消息才传了出去。

于曼蔓第一个在群里嚷:"盼姐,不够意思啊,来了也不请客。"杨盼无奈,曼蔓就知道吃。她倒想摆一桌,租的是一室一厅,实在局促;出去吃吧,又是一番耗费。

还是老桑给面子,在宁红、文娉、可凡都表示祝贺后,她才在群里发了短短一行字:"周末到我这聚聚。"杨盼受宠若惊,回头跟实诚说:"瞧瞧,还是得靠近组织。"实诚问:"我去不,孩儿去不?"

杨盼指着群里说:"老桑说了,都带家属。"

消息放出去了。聚会之前,杨盼少不得去各家坐坐,算拜码头。这次就不带礼物了。第一站去文娉那儿,她家最没压力。这是杨盼第一次涉足毛文娉的出租屋,老实说,有点出乎意料。她估摸着能在文娉这儿发现点男人的痕迹,结果呢,不但没有,连女人的痕迹都不多。文娉奉行断舍离,同样是一室一厅,她家满满当当,毛文娉这却空空如也,除了书,还是书。看这样子,文娉真打算青灯古佛了。

杨盼随手拿起桌子上摊开的辅导书,上面都是笔迹。

"打算考公务员?"杨盼问。

文娉说随便试试。

杨盼了解文娉,她的随便,总是全力以赴。"真佩服你,一直在进步。"

文娉打趣:"你不也在进步吗?"

听着像双关,杨盼笑道:"勉强进步了吧。"

文娉问她燕郊的房子怎么处理。杨盼说租还是卖没想好,关键现在也卖不上价。

杨盼假装不经意:"高律师是不是住这楼上?"

文娉道:"没关注,单门独户,对面是谁我都不清楚。"杨盼见文娉不肯多言,便不再多问,转而叹息:"读书的时候,我就觉得老桑办事大气。"

文娉唔了一声。

"还怪别人能嫁得好过得好吗,"杨盼夸赞,"厚德才能载物,人德到了。不管大人物小人物,人都以礼相待。"文娉笑说都是姐妹。

好了,可以了,背后夸人环节结束。不管文娉去不去跟桑嫣学话,杨盼的目的暂时达到了。

第二站去许可凡那儿。齐可凡入住新屋,杨盼这是第二次来。她知道,许可凡有点瞧不上她。但既然进北京了,少不得搞好关系,而且可凡在法院,以后万一有官司,还得用到人家。

杨盼多了个心眼,这次去,带着女儿秀秀。菲菲和秀秀年纪相仿,算发小,一见面就很谈得来。孩子们能玩到一块儿,大人们似乎也没那么多矫情了。刚巧可凡妈也在,杨盼一口一个阿姨叫着,又夸可凡妈妈显年轻,三下五除二,她成了个受欢迎的客人。

杨盼主要跟可凡谈一个话题,二胎。躲在厨房里谈。杨盼跟许可凡推心置腹:"还打算要不?"

可凡环顾:"咋要?"

她嫌房子小。

"上下铺呗,"杨盼出主意,"那真人秀里,明星家也都好小,几个小孩挤一屋。"

许可凡反问:"实诚催你了?"

"没有,"杨盼说,"没户口没房子,拿什么生,不像你,命好,早就拿到船票了,我还在这费劲划水呢。"

许可凡向来不太把杨盼放眼里,但不得不说,杨盼说话,听着舒服,她总是能看出别人的"闪光点"。进而,连许可凡都对杨盼生出几分同情来。

"你婆婆呢?"杨盼又问。

"回老家了。"

"咋着?"

"住不惯。"可凡口气很轻。

杨盼又说:"自己妈总比别人的妈贴心,我想让我妈来,行吗?"

可凡大致知道杨盼家的情况。她爸妈的心都在她弟弟身上,杨盼这个女儿除了逢年过节得给钱,其他时间可有可无。"你婆婆呢?"

"可别。"杨盼摆手,"她来,是我伺候她,还是她伺候我?"

"实诚有兄弟姐妹吗?"

"有一姐姐,离婚了。"杨盼点到为止。她真心感谢大姑姐,离了婚,回娘家,好歹老人身边有人照看,她省多少心。谈完娘婆二家,杨盼说了去文娉那儿的情况,又说文娉考公务员。杨盼叹:"迷到哪儿是哪儿。"在这一点上,杨盼和许可凡高度一致,她们都认为,文娉现在主要任务应该是解决个人问题。用杨盼的话说就是:"女人这一辈子,要活出个先后次序。"这是老天规定的。不过闺密俩似乎都忘了曼蔓也是单身。于曼蔓结婚与否,暂不在她们的讨论范围。

实际上,在拜码头这件事上,杨盼同样忽略了曼蔓。一来,曼蔓是租房,且为合租,她上门,不方便;二来,她认为曼蔓也不在意。她私下跟曼蔓约了饭,去吃曼蔓看中的脏摊儿。曼蔓满口答应,跟着就没动静了。杨盼的理解是,于曼蔓自己都忘了。那她自然就坡下驴、顺水推舟。

最后一站是宁红家,也是杨盼最怵头的。宁红泼辣、彪悍、苛刻。上次送化妆品,她总感觉罪了宁大姐。因此,去拜访宁红,她没预约。因为不打算恋战。思来想去,还是觉得直接用送小礼物的方式。

实诚老家寄了点山蘑菇来,杨盼匀出一小袋给宁红。这天傍晚,风不算急,吃了晚饭,杨盼溜达到御府嘉园小区宁红家楼下。抬头看,灯亮着,她直接上楼。敲门之前,杨盼打定主意,给了东西就走。谁知敲了半天也没人答应,仔细听,房间内似乎有动静。

她刚准备给老宁打电话,门开了。吴冠军把门缝儿开得小小的,只露半个身子。

杨盼讪笑:"宁红在家吗?"

吴冠军道:"出去了。"

杨盼递上山蘑菇,老吴接了,她便要走。吴冠军连忙招呼:"进来坐坐。"杨盼忙说还有事。她怕看到什么不该看到的,而且宁红不在,她更不适合独自进别人家门。可越这样,吴冠军越要留客。

大门洞开了。

杨盼这会儿才看清楚,高处寒正坐在客厅里,跷着二郎腿。露了真容,高律师也站起来跟杨盼打招呼。屋子里香烟缭绕,味大得冲头。杨盼猛咳嗽几声,一边寒暄一边道别,好歹进了电梯。

电梯下行，杨盼的心也沉。那味道，说不清。是雪茄吗？她听说这些男人玩雪茄。实诚可玩不起。再往深了想，杨盼隐隐约约感觉他们在做坏事。她想给宁红打个电话，不明说，好歹暗点一下。等电梯运行到一楼，杨盼又否定了适才的想法。别人家的事，岂容外人置喙。何况这事儿，不光事关吴冠军，还牵扯到高律师的面子。索性装没看见，不提也罢。

周末到老桑家聚，宁红当面感谢了杨盼，说她的山蘑菇比超市里买的好吃。实诚听闻，连忙上前给宁红解说，仔仔细细讲述了山蘑菇的历史和种类。宁红保持微笑。杨盼却看出老同学的不耐烦，对实诚道："你到那边待会儿。"男人们一堆，女人们一堆。实诚只好靠过去。

吴冠军在说他的浮潜三件套，脚蹼、防水镜、呼吸管，都是新的。他说打算挂到闲鱼上卖掉。"我现在这体形，也不适合浮潜，"老吴懂得自嘲，"掉进去，只能浮，没法潜。"他现如今满身肥肉。

刘宪魁哈哈笑。

高处寒摸着下巴。

尉迟凑趣："老吴，你这还算肥呀。"杨实诚插不上话，在一旁干笑。他从未玩过浮潜，连带雪茄、滑雪也都没玩过。

杨盼一边在女人堆里应付，一边还要注意男人堆里的实诚。她怕实诚多说多错，露怯，来之前就交代了，让他多听，少说。实在不行，在旁边当孩子王。乃心、秀秀和菲菲三个女孩聚到一块儿，乃心是大姐。

这次聚会，不能算正经聚餐，顶多是下午茶。名义上，是为欢迎杨盼举办的，但杨盼来了才感觉到，她绝对不是主角儿。桑嫣趁机把要在牛蹄岭租地建房子的事提了。宁红第一个响应，要入股。许可凡也入。两个单身的，曼蔓肯定不入，文娉也没吭声儿。

杨盼有点犹豫，按理说，她算已婚阵营，但实际上，她跟文娉、曼蔓一样穷。聚会尾声，杨盼故意没走，给崔姐搭把手，收拾东西。

桑嫣走过来，让她放着，别忙了。杨盼才想起来问伊若呢。

"去巴黎了。"桑嫣说。

杨盼还想问为什么去，念头在脑子里转了个弯，又闭嘴了。她换个角度问："怎么没见那个小毕？"问完才意识到是废话。伊若不在，小毕来干吗，也许人家陪着伊若一起出国了呢。

谁知桑嫣却说："以后不要提这个人。"

杨盼连忙闭嘴。踌躇了一会儿，她又问："牛蹄岭那事，我能参加不？"

"当然。"

"我的意思是……我能入股不？"

桑嫣愣了一下，然后才走到杨盼身边，抓住她的手："钱你就别出了，有其他花钱的地方，以后盖好了，暑假你记得带孩子过来玩就行了，都是自己人。"

桑嫣一席话，杨盼心里暖暖的，什么叫自己人？自己人就是能设身处地为你考虑，有一份同理心。桑嫣厉害就厉害在这儿，自己走上去了，但却不端着抬着，还能体恤她这种苦瓠子，实在难得。杨盼还在那儿百感交集着，桑嫣又问："实诚还在东单干呢？"杨盼点头说是。

桑嫣说："上次那茶楼，就我们打完高尔夫去喝茶做美体那个。"杨盼说记得。桑嫣说："现在缺个管事的，实诚要能来帮忙，我最放心。"

杨盼激动。那茶楼可是不错。

听听，明明是她伸出援手，还说成是请别人帮忙，这就是大家气度。杨盼心绪一起伏，差点热泪盈眶了。

第二十八章 房燕
Di Ershiba Zhang Fang Yan

✦

冷不丁，房燕有点闹心。

两件事。

第一件事，门店店长祁二发，似乎对她有点意思。她刚到店，客源不多，起初店长给她分配单子，房燕以为，这是上级对下级的关怀，慢慢地，她发现新人里，只有她得到了特殊照顾,才觉得不对劲。她虽然恋爱经验不多,但没吃过猪肉,也见过猪跑。店长的心,她懂。可是,她又怎么能接受店长呢。

店长黑、瘦,看上去比实际年龄老,做过心脏搭桥。不爱吃饭,爱喝可乐。不过正因为瘦,反倒不太油腻。他有老婆、有孩子,老婆跟他一样,也是本地人、拆迁户,两口子靠拆迁获得了财务自由。他老婆正职是医院会计,业余活在麻将里。

店长上班,用曼蔓姐的话说,那纯粹是找点事做,是精神需要。往更深了说,或许为了逃避老婆,找点人生乐子。包括她房燕,很有可能也是他人生乐趣的一部分。有一回,店长趁着送合同之便,上门来了,幸亏百味和曼蔓不在家。店长打量着房燕的小屋,微微皱眉:"挤不挤?"房燕微笑不语。店长豪气:"等约满了,我给你租个好的。"房燕连忙说不用。店长意气风发:"干的就是这行,还能租不到好房?"

没过多久,店长居然还对房燕表白了,特别直接:"燕儿,真的,我对你有感觉。"房燕一时不知道怎么回答。店长上前,企图捉住她胸前一对小燕儿。房燕吓得连忙闪躲。店长止步:"放心,你不同意,我就不前进。"房燕原本以为,店长会报复她,给她穿小鞋,谁知人家却一如既往地对她"好",给她单子,照顾她。

房燕忐忑。事实上,她心里一直藏着个人。

姓王,名百味。

这秘密百味和曼蔓都不知晓。

自打王百味搬进来,给她和于曼蔓做第一次饭起,房燕就对王百味有好感。他热情、大方、勤奋、幽默、温暖、周到……长得不丑也不帅,能给人安全感。最关键的是,基本可以确定,王百味是单身。房燕甚至连百味的名字都很喜欢——虽然于曼蔓解读为,"没去十厨子真可惜了",可房燕却理解成,人生不就是百种滋味掺和在一块儿吗?

房燕从未对王百味表明心迹,一来,还不算熟。二来,她不能确定,王百味是不是对曼蔓姐感兴趣。八成有。否则,他为什么总是巴结、讨好、容忍于曼蔓。除了喜欢,似乎没有别的恰当理由。如果王百味钟情曼蔓姐姐,那她房燕最好还是不开口。第三,房燕也觉得没必要开口。有意义吗?都是过客,天南海北来了,还会天南海北散去,房燕虽然来的时间不长,但她却把现实看得透透的,进而对人生有了短期规划——她来北京,就是见识见识,两年?三年?顶多三年,她还是回东北,过她的安稳人生。

第二件闹心事儿，是房燕感觉曼蔓找了份新工作，或许是做微商，也不排除传销。于曼蔓经常晚上出去应酬，还经常提到一个叫蒯姐的人。蒯这个字，她弄了好久才明白写法。

于曼蔓更注重生活品质了。某天晚上，她还指出了房燕的问题："你去带看，化这个妆就不合适。"房燕不解。于曼蔓让她坐下，苦口婆心，"首先太浓，其次太低龄，你要了解客户的心理期待，他们当然希望自己的中介是稳重、干练，但又透着质朴，你这么一化妆，太轻飘啦。"房燕听后大惊，立刻虚心请教，曼蔓勉为其难施以援手，帮房燕改了妆容。别说，那天还真签出去一单。

得空，于曼蔓又给房燕进一步上课，她管这叫"对症下药"，说这话的时候曼蔓正坐在窗台前，还是摆弄她那个故宫联名款茶壶："就比如去喝茶吧，对吧，喝茶也要有喝茶的妆。"

妆盘拿出来了。

房燕不得不奉上自己的脸做试验品，化茶艺妆。于曼蔓拿着刷子，把脸当画板，笔走龙蛇："色号不能太白，也不能太深，整个人看着比较干净就可以了，要自然"，"修容棒也要用起来了，要有轮廓"，"鼻侧影就要用到浅一个色号，就要像你本身的颜色"，"自然懂吗，千万不能刻意，没有目的，纯粹交朋友"，"遮瑕也不要都遮，像你这个痦子，咱不遮着掩着，有瑕疵才显得真实……"

画好了。镜子推到跟前，房燕睁开眼，吓了一跳。好了，的确是好了，镜子中的她，焕然一新。变了，但又说不出哪里变了。

妙！

于曼蔓得意："记住，化妆，不是要塑造一个完美的另外一个人，而只是要把你自己升级百分之二十到三十。"曼蔓手心朝上，提气。房燕的气仿佛也立刻被提了起来。

祁二发第一个发现了房燕的变化。糟糕，没准店长还以为，女为悦己者容，认为她是在勾搭他呢。房燕躲着店长，到小会议室整理材料去。不大会儿，祁二发轻轻推开会议室的门，伸着脖子道："小房，周六有个带看，你安排一下。"是店长的老客户。他愿意资源倾斜，房燕自然不能往外推："没问题。"她站起来，对店长微笑着。

周六忙了一天。

房燕从没这么累过。客户的刚需是地铁沿线，6号线、5号线都可以。上午看

6号线,从郝家府到常营。中午下午看5号线,从天通苑到宋家庄,房燕走得腿都细了,结果呢,一套没看中。晚上六点,房燕往回走,到店门口,快七点了。她打算回店一趟,把资料捋捋。刚到小区门口,肚子突然剧痛。几秒钟之内,疼得只能蹲着了。

不行,得叫人。找曼蔓姐。额头上汗珠子老大,房燕挣扎着打曼蔓电话:"姐……我小房……我在小区门口呢……肚子疼……不行了……可能要去医院……"

于曼蔓仗义:"别急……没事儿……有姐呢。"挂了电话,曼蔓一阵手忙脚乱,她一时不晓得穿哪件衣服出去好。

两条裤管立在房燕跟前。

"小房。"是店长的声音。

房燕抬起头,她疼得眼睛都快睁不开了。

"等会儿!"店长反应迅速。半分钟之内,车开过来,他扶着房燕上后座,一阵风驰电掣,往医院急诊开去。一路上,房燕只觉得天地昏暗,她疼得恨不得咬舌。

手机响个不停。是曼蔓。房燕接了,说了目前的情况。曼蔓说她马上到。

送进医院,房燕快疼晕了。医生建议先吊水,手术得明天。祁二发征求房燕意见,房燕点点头。为今之计,只能先保守治疗,过了这一夜再说。

"你是?"曼蔓的声音飘过来。房燕躺在床上,想挣扎着起来,可全身一点力气也没有。

"我是小房的领导。"店长声音里带着笑意。

"领导?店长吗?"

"对,我是店长。"

跟着就没声音了。止痛针吊上,房燕慢慢平静了,过了一会儿,她几乎睡着了。凭空一个炸雷。

"祁——"是个女人的声音。

"你怎么来了?"祁二发回应。

"怕我来?"女人不示弱,"若要人不知,除非己莫为!偷吃你也擦擦嘴!"

明白了,是店长老婆。她在医院系统工作,姐妹遍天下,没准接到"线报"了。人捉奸来了。不行,得起来,房燕信念坚定。

"你回去。"祁二发要面子。

145

"你不要脸,今儿索性抓破喽!"女人气壮声高。

"这位大姐,是不是有什么误会?"是曼蔓姐的声音。

"你哪儿冒出来的?!轮得到你放屁!"

于曼蔓苦口婆心:"大姐,你放心,我这人别的优点没有,就是道德底线高,要是那事儿,不用你动手,我第一个帮你把坏人的脸抓破了,"顿一下,"可关键是没有呀,小房得急性阑尾炎,店长是她领导,在店里犯病了,领导能不管吗,见死不救那也配做领导?店长这属于见义勇为……"铁齿铜牙一掰扯,女人虽然直觉不对,可大面儿上,终究挑不出什么理来。

曼蔓又对二发挤眼:"店长,回吧,我看着。"

好一番折腾,人终于走了。房燕欠起身子,一脸委屈。刚要开口,曼蔓却摁住她,道:"你先好好休息,什么都别说。"

房燕慢慢睁开眼,天花板上吊着个玩偶小熊。她这才确认,到"家"了。小腹上的伤口还提醒着她那场手术的"惨烈"——肚子上挨一刀她不怕,她怕的是心口挨刀。房门开了,于曼蔓端着碗进来。房燕身子虚,她炖了点鸡汤。

见曼蔓来,房燕胳膊撑着要起。

曼蔓连忙道:"躺着!别动。"她走到床前,放下汤碗,又拿起勺子喂了房燕两口。

"你妈来电话了。"曼蔓轻声说。

房燕脸色稍变。她向来报喜不报忧,她不想让家人担心。

曼蔓又说:"我说你在加班。"

还是蔓姐有经验。

曼蔓拿个枕头给房燕靠着,然后,端详她半天。

"姐——"房燕心里也发毛。

"什么时候开始的?"拷问开始了,曼蔓不含糊。

"没有。"房燕小声。

"没有他老婆说的那样儿?"曼蔓不信。

"误会。"房燕悄悄瞟曼蔓。曼蔓眼睛里,有无限内容。糟糕,她肯定把她房燕看成是那种女人了。有人敲门,还没等答应,王百味探了个头:"想吃什么?"

他也关心房燕。

曼蔓不耐烦："你看着买。"

头又缩回去了。今儿百味是专职厨师。

看到王大哥，房燕心里更不是滋味，或许，曼蔓姐已经跟王哥通气儿。现如今，王百味指定也认为她是那种女人了。真心冤枉！谁埋汰她都行，可王百味不能错看了她呀！房燕希望自己在百味哥心中的形象，如白莲般纯洁。

脑海中千头万绪，房燕呆在那儿。曼蔓一把抓住她的手："你怎么就那么糊涂！姐教你的那几招，你也得分人使，你说你跟那货掺和啥，真闹出来，磕不磕碜？他这种拆迁户，钱都在明面儿上，全被老婆把着，他能为了你离婚吗……"

越说越离谱，房燕急得要落泪："姐……不是……"浑身是嘴也说不清。

曼蔓又骂："看他那尿样儿，咱紧溜儿地撤，不沾！"想了想，又说，"他要真能给你在燕郊置办套房，也行。"

房燕汗都激出来了："姐，我跟店长真没啥！"

曼蔓说自己的，她抓着房燕的小手，揉搓着："姐知道你是聪明孩儿，真要走这条路，也不能从这进，入口就不对，姐带你别地儿闹去。"

"闹啥？"

曼蔓笑："我这用词不当，不是闹，是读书，喝茶，进步，你放心，姐绝对把你带出来，像你这小年轻，就是适合去蒯姐那上上课。"

房燕一时辨不清人物关系。于曼蔓的话，只听一半，心是好的。能力，不好说。如果她真有本事，为啥自己现在还租着房呢。房燕呆呆坐着，思绪万千，眼前于曼蔓一张嘴上下唇翻飞，耳边回荡于曼蔓的絮叨，跟咒语似的，都是感慨："男人弯路走多了那叫历练，女人呢，弯路走多了人就叫你破鞋，要快准狠知道不……"不知道怎么地，房燕突然心疼自己，也心疼起曼蔓姐来。

第二十九章 宁红
Di Eeshijiu Zhang　Ning Hong

◆

宁红发现个"秘密",第一时间跟吴冠军分享。

说话的时候,宁红正包着头发,做发膜,脸上还有一张面膜。她戳了一下老吴的肚子。老吴打了个挺儿,蹲坐好。宁红斜着眼:"我发现个事儿。"

老吴脸色有变化,不过宁红只顾着照镜子,没发现。老吴问:"好事坏事?"

宁红扭过脸:"咋着,你那俩窟窿被耳蚕堵了?只能听好事不能听坏事儿?"

老吴揉太阳穴,"我这见天地搁公司净听坏事了。"

宁红一笑:"对咱谈不上好坏,就一下饭菜。"

老吴动了动屁股,愿闻其详。

宁红款款道:"还记得老高给刘宪魁那妹介绍的对象不?"

"毕家锁。"吴冠军记忆力不错。

"吹了。"

"你咋知道?"

"拐弯儿听了一耳朵,"宁红撕下面膜,指腹在脸蛋上打圈儿,"才知道,人家毕家可比刘家有钱,谁嫌谁还不一定呢。"

吴冠军诧异:"你意思是,毕家锁蹬了刘小妹?"

宁红莞尔:"那不然呢?"随即起身,往洗手间走,边走边道,"也就你我,被刘家老太爷老太太唬住了,老太爷生孩子晚,宪魁还没起来,他自己都退居二线了,老太太倒是还在走动,问题是,她一介女流,混的又都是些边缘场合,能咋着?说不好听就是一破落户。"

吴冠军纠正:"瘦死的骆驼比马大。"

宁红道:"那人家也不要你这瘦骆驼,现在人要的都是真金白银,毕家那是新贵,是真有票子。小毕看着老实,八成也是善于伪装。房子不房子的事,也就是两家过招的小战场。人毕家一看,好家伙,没好处,谁娶你这大小姐回来供着。"

吴冠军不乐意:"照你这么说,这世上就没爱情了?"

"有，不多。"

"那我挺幸运，赶上了。"

突如其来的土味情话，宁红无福消受："你那点爱情，早成琥珀了。"

"啥意思？"冠军故意问。

宁红道："你一百十二斤我对你有爱情，你一百八十斤我还对你有爱情？我干吗呢，去买肉？"

冠军笑道："反正我不会变。"

宁红心里舒服，嘴硬："随你。"

冠军突然叹气："这一年又要过去了。"他两手交叠，放在后脑勺底下，人半躺在沙发上。宁红洗完脸，坐他旁边。老吴突然吐出一个字："愁。"

"愁啥？"

"公司。"

"咋，"宁红问，"遇到困难了？"

"上新三板……"老吴偏头瞅老婆，"没那么容易。"

"哪个环节出了问题？"

"资金。"

宁红沉默。硬通货，大问题。"缺多少？"

"算了不说这个。"老吴身子拱了拱，像个大肉虫子。

"不跟我说你跟谁说。"

"说了只有心烦。"

"多少？缺在哪块儿？"

"这不年底了嘛，有几笔款子要不回来，厂家这边又催款，循环账，还有员工年终奖，房租也要提前缴纳……"吴冠军一诉苦就停不住。

"周转不灵？"

"不灵。"

宁红喘一口气："老刘就不能努把力？人家不会连他的面子都不给吧。实在不行，请老太爷出面。"

"刚才还说人家是瘦骆驼呢。"老吴嘬嘴。

"你要不好说，我去找老桑。"

"找人家有什么用，老刘也只是个股东。"

"那你说咋办?"

"我想办法吧。"

"有思路了?"

"有,"老吴快速看了宁红一眼,"但不合适。"

"说说。"

"说了你也不会同意。"

"跟我有关?"

"跟我,"老吴反指自己,"跟你,跟咱家,都有关。"

"直接说吧。"宁红自认有心理承受能力。

老吴又瞟了瞟宁红,确定她情绪稳定,才说:"实在不行,只能先把这套房子抵押了。"

宁红愣在那儿。老吴提这种"要求",是她怎么也想不到的,她想不到蓬勃发展的公司,竟落到这一步,她更想不到老吴会"出此下策"。空气凝结。宁红脑子乱,这里头的问题太多,她必须理清楚。老吴却突然仿佛生气了一般:"当我没说,再想其他辙。"

宁红伸出一只手:"等会儿。"

吴冠军诧异地看着她。他都收兵了,她怎么还不依不饶。宁红道:"明儿我去趟公司。"

冠军蹙眉:"夫人您就别添乱啦。"

"抵押也得抵押个明白吧。"

"夫人……"老吴简直要泪眼婆娑了。

"放心,你跟我是一条船上的,我不帮你,谁帮你,等这个坎儿过去了,日子只能好不能坏,到时候正好把这套卖了,去市里整套新的。"

"夫人你太容易满足了,"吴冠军拦腰抱着她,"一套哪够,起码得两套。"躺在老吴怀里,不知怎么的,宁红竟很满足,将要到来的风险算什么,她陶醉的,是自己终于要做一把红拂。而他们家老吴,就是李靖。他们终将成就大业。趁着浓情蜜意,宁红跟老吴要了一次。老吴呢,自然勉力而为,方方面面都伺候舒服了,只是,多半因为体重和年龄因素,老吴活力下降了。全程不过两分钟,并不是宁红期待的马拉松。活动结束,吴冠军满头大汗,宁红靠在床上,冠军眼神充满愧疚,好在他还懂得自嘲:"我这辈子,就没有当冠军的命。"

宁红却换位思考，不当冠军也挺好，欲望小了，要真给她一个刘宪魁、高处寒那样的丈夫，她估计得提心吊胆——他们得多招人呀！

"老刘那牛蹄岭别墅，咱还入不入股？"宁红突然想起来这茬。

"入啊。"吴冠军说。

"哪还有钱？"

"那才几个钱，何况再没钱，也不能让人看出你没钱。"

宁红承认，老吴这话说得有道理。次日就去公司，看看账本，看看运营情况，有的是没看明白，看明白的，基本都能看出的确困难。公司正在做股权变更。有人退出，有人进来，办公室主管忙得颠儿颠儿的。有个股东闹别扭，在电子签字和纸质签字的问题上纠缠。宁红见状，毫不客气，直接打电话给这位股东："老牛，大家好聚好散，以后不是没机会再遇到，何必把路走绝，你要不方便电子签名，我带纸本去找你，住址没变吧。"宁红的冲脾气让吴冠军直摆手，他在旁边做唇语，让她少安毋躁。可偏偏宁红的一阵狂风暴雨，老牛迅速就范，签名很快搞定了。

宁红教育吴冠军："文的武的你都得会！"

跨年之前，宁红自认恢复了个好习惯，她又开始打羽毛球了，一冬的肉积在身上，她不想带着它们过年。球搭子，她本来考虑文娉，但毛文娉忙于公考复习，不便打扰。桑嫣、许可凡、杨盼都不合适。宁红只好向于曼蔓伸出橄榄枝。曼蔓受宠若惊，当即答应了。有一次她临时有事，还推优了一个小伙子王百味。宁红侧面观察，总觉得这人眼熟。可仔细想，又实在对不上号。宁红问曼蔓这人什么来头。

曼蔓倒不遮瞒："我同事，就一农村小孩儿。"

宁红道："这小孩儿眼里挺有水。"

王百味周到，打球从不尽全力，而是配合宁红，当宁红的陪练。这些宁红都清楚。不过有一次，宁红还是发现了"新大陆"。晚上七点多，毛文娉和高处寒也出现在体育馆，人家打乒乓球呢。宁红对曼蔓说："瞧见了吧？"

曼蔓气："老毛还跟我说她不找了。"

宁红道："说是这么说——没有目的，不找了，就是普通朋友，只顾事业——其实人啥都没落下。"

回到家，宁红便把这发现告诉了老吴，并问他，老高跟文娉进展到哪一步了。吴冠军道："这个我不管，我也不问，男女的事，我不感兴趣。"

哟嗬嗬，真成和尚了。宁红跟着说："谈恋爱也不是丑事，干吗遮着瞒着。"吴冠军突然侧过身来。看样子，宁红猜到老吴又有情况。

吴冠军看着宁红，欲言又止。

"有话说呀。"宁红耐不住，要谜底。

"我对不住你。"

"咋了。"宁红心抽抽。

吴冠军拿出手机，划拉几下，宁红的手机响了，是个短信通知。她收到五万元整。吴冠军随即说："这是过年费，今年……艰苦点儿。"

宁红释然。还当多大的事儿，往年过年，吴冠军起码给十万，今年萧条，费用减半，不是不能理解。反正宁红想清楚了，羊毛出在羊身上，以往，她都给公婆买高档货，今年钱少，改中档，但量要大。反正，她不吃亏。至于包，还有春节的旅游，只能取消了。

年底会多，还有各种总结，宁红忙得四脚朝天。好在有两个会，她跟左豪碰到了，饭没吃上，但只要能说上话，宁红就感觉跟打了氨基酸似的，一天精神都不一样。她现在看左豪，总是带着崇敬的目光。原因很简单，左豪走到哪儿都是焦点，鹅行鸭步，气势十足。而且左总一开口，那气度，那学识，那风采，更是没得挑了。不过，最后一次见面，宁红又感觉有点失落。因为左豪直接从她面前走过去了，目不斜视，似乎根本没把她宁红放在眼里。宁红难受，她还以为他们已经是朋友了呢。

圣诞节前，宁红接到个电话，是蒯姐打来的。宁红寒暄了好几秒钟，才弄明白人物关系，是刘宪魁他们经常去的读书会的召集人蒯姐。她们有过几面之缘。宁红单刀直入，问蒯姐什么事儿。蒯姐却要请她喝茶，还说在东方君悦订了包间。宁红警觉，无事不登三宝殿。但出于礼貌，她还是同意去喝她那顿下午茶。

不用说，蒯姐的局，一定是有目的的，多半是有求于她。宁红思忖着要不要告诉老吴，或者跟老桑通通气，她不想打无准备之仗。考虑一夜，还是觉得没必要咨询别人，她打算看看蒯姐出什么牌，再见招拆招。

下午茶是泰迪熊主题的。宁红有点意外，难得蒯姐这个年纪还有童趣。迟到十分钟，到地方，蒯姐让服务生加鸡尾酒。宁红照例寒暄，问了问读书会的事，又谈谈桑妈、刘宪魁，还有最近她们都受邀去的珍珠展，听说某著名女主持人也在。

蒯姐道："反正我不会买。"

宁红也笑："珍珠这东西，难分好坏，看看就得了。戴起来还特挑时候。"

能说的话都说完了，蒯姐切入正题，表情严肃了："红子，拜托你件事。"

宁红连忙放下叉子，坐好了。重头戏来了。

蒯姐笑着说："我有个外甥女，刚从澳洲回来，什么都不懂，学校规定，明年开春得找个地方实习，我想来想去，姐们儿里头，也就你算个正儿八经的职业女性，又干练，又稳妥。"停顿一秒，还没等宁红接话，蒯姐继续道，"放心，纯实习，没其他想法。"

宁红一听，毫不犹豫："我的老姐姐，这不就一个电话的事儿，还值得这么兴师动众。"

蒯姐也笑："事儿是小，但也要慎重，而且最主要不是想你了嘛。"

哎哟，这话比眼前的粉红马卡龙还油腻了。但宁红爱听，尤其是她那句，就你算个职业女性。呵呵，真真儿的实话。放眼周围，同龄人当中，比她还能干，还出色的有几个？宁红自得了一会儿，才发现蒯姐正捏着酒杯，盯着她看。

宁红伸手晃了晃，笑问："傻啦？"

"我在欣赏。"

"欣赏什么？"宁红明知故问。

"欣赏一位优秀的女人。"

"姐，别给我灌迷魂汤了，说多了我可真相信。"

"老吴还是年轻。"

啥意思？宁红开始听不懂了。"他还年轻？"她反问。

"你适合再大个十来岁的男人，"蒯姐道，"成熟，稳重，能镇得住场子，最好是大哥级别。"

宁红诧异。

蒯姐突然一声怪笑："你跟左总倒挺合适。"

左总？左豪。不可思议。

"左……豪？"宁红问。

"可不就他。"

"别开玩笑。"

"认真的。"蒯姐身体往前送了送，头也微微低下，一副窃窃私语的样子。她的眼神从下往上对准宁红。宁红呆了两秒，才带笑不笑道："姐，我结婚了。"

蒯姐小声："做不成夫妻，还能做情人嘛。"

说完又是一阵静默。宁红看着蒯姐，蒯姐也看着她。可以了，明白了，清楚了。这才是这场局的关键所在。蒯姐不是为自己的事而来，她是受人之托，忠人之事。宁红心里噼里啪啦一通炸，可表面上，还得装作镇定，她捏住鸡尾酒杯的细颈，把杯口送到嘴边，轻轻仰脖，抿了一小口。这对她来说，可是真正的大新闻。

蒯姐伸手过来，在宁红手背轻轻拍了两下："不着急，想好再告诉我。"

第三十章 桑嫣
Di Sanshi Zhang　Sang Yan

◆

年前事儿赶到一块儿了，桑嫣焦头烂额。头等大事是公公的寿宴，家里打算办，且规模不能小。虽然上头有规定，不应铺张，但一来公公退下来了，二来又是大岁数，婆婆虽没明说，但桑嫣能领会，家里也是想冲一冲。既是希望公公健康好转，也是做给外人看，展示家中实力。人在人情在，公公在一天，那就不一样，刘家人在外行走，方便许多，谁都得卖几分薄面给公公这张老脸。事实上，为了这场宴会，公公已经住了三个月的院——养精蓄锐。

自打桑嫣嫁进门，公公就是医院的常客，一年恨不得住半年，治疗、调理，老年人该有的病老人家几乎得了个齐全，婆婆的解释是，年轻时候干革命，不顾身体，老了受罪。这次公公出来更瘦了。糖尿病并发症，吃补品也没用。所以这次寿宴，也有点以喜气冲病气的意思。

小产过后，桑嫣去单位的次数更少了，新年前，她一周去个一次，点个卯，把事情处理一下。所里人知道她的"困难"，从上到下都很宽松。为了生孩子，桑嫣还在吃中药，这次是找国医堂的名医瞧的，大夫的意思是，她体寒，想要生育，首先要把体质调整过来。因此，这一向，书房里总是烟雾缭绕——桑嫣勤用艾灸。

宪魁闻不得这个味儿，躲到楼下去了。崔姐上前帮忙，还说他们村子里也有人为怀孩子，熏过艾，还吃艾米果。

桑嫣问什么是艾米果。她是北方人，没见识过这玩意儿。崔姐道："就是用新鲜艾草压汁做的糯米团子，等明年清明，我做给太太吃。"桑嫣夸崔姐见多识广，又道："以后别叫我太太了。"她是嫌太资产阶级，跟公婆崇尚的革命文化不符。

"那叫啥？"崔姐双手揉搓着。

"就叫小桑。"

"行吗？"

"当然行，"桑嫣说，"你跟我，跟小刘，还有伊若都是平等的。"

崔姐无措。

桑嫣指派："叫一句试试。"

"桑姑娘。"到崔姐嘴里又变了个叫法。

"别姑娘了，就小桑，或者直接叫大名，桑嫣。"

"那我还是叫小桑吧。"崔姐选了前一个。

元旦之前，刘伊若从巴黎回来了，没给任何人带礼物。很明显，小姑子还是没从失落中走出来。一下班，伊若就把自己关在小屋里，吃喝都不上心。桑嫣心里不好受，毕竟，毕家锁是她介绍的。跟宪魁说吧，他那火燎毛的脾气，估计又一通炸。桑嫣没处泻火，只好趁高处寒来家里谈事，偷偷埋汰了他几句。

"这种家庭，真少见，根本就不懂道理。"在老高面前，她不用客气。

"家锁都绝食了。"高处寒咧咧。

这倒是个新闻，好笑。桑嫣故意打趣："饿着了吗？"

"后来又吃了。"高处寒也笑，又说，"只能说没缘分，像你们这种家庭的结合，真得多考虑，好多话我几乎都说在明面儿上了，人家愣是听不懂。"

"听不懂算了。"桑嫣带气。

"缺了点政治觉悟，还得历练，"高处寒手指戳地，义愤填膺，"就他们家那样的，给他根藤儿，他都爬不到高枝儿上去。"哼哼两声，"咱们这地界儿上，你生意做得再大，背后没有人撑着，那是说翻车就翻车，说倒台就倒台……那些个钱，只能说在你手里过一下，能存得住吗……"

桑嫣揶揄："也许人家跑国外存钱去。"

高处寒嘟嘟："国外再好，也是别家的地盘儿，你一个外人跑过去，人待你那心能真吗？"

"难得你明白。"

"小毕也是，"高处寒叹息，"食绝都绝了，你就再撑个几天能咋着，大不了上医院，父母这毛病你得一次治到位了。"

桑嫣被逗乐了："高律师挺有经验。"呵呵，只可惜被前妻旋得一根毛儿都不剩。

"小毕还说终身不娶呢。"

桑嫣唾道："行啦，听听就得，他要真有这本事，不至于被父母控制成那样。"

可可地，元旦过后，消息从宁红那边传过来，说毕家锁订婚了，找的是个杭州老板的女儿，"强强"联合。桑嫣恨得牙根疼。刘宪魁得知，打电话把老高骂了一顿。桑嫣不敢声张，怕伊若知道受不了。结果，看样子，刘伊若还是第一时间得到了消息。接连三天，刘伊若早上起床那眼睛都跟刚被拳击手重捶过似的。

桑嫣心疼小姑子，让宪魁去安慰妹妹，做做思想工作。谁知宪魁是个武将，大门洞开，他对着妹妹用激将法："世上男人死绝了？！那棒槌还值得你掉'金豆'？！"

伊若瞬间停止抽噎，她不看哥哥。

宪魁又道："咱家军人出身，几辈儿闹革命，你要实在气不过，我去把他崩了！"

伊若吓得大叫哥。

桑嫣闻声赶来，好歹拽下丈夫高举的胳膊："宪魁……"必须冷静。伊若见嫂子，又要掉泪。宪魁呵斥："不许哭！笑！"

强权之下，刘伊若嘴角微微上扬，笑得比哭还难看。

桑嫣拉宪魁下楼。刘宪魁还不满足，不走，继续下令："笑，出声地笑！"刘伊若呆在那儿，慢慢转头，看着哥嫂，突然，仰天狂笑起来。

桑嫣轻拍宪魁，小跑着奔向妹妹，一把抱着她，刘伊若一边笑一边流泪。桑嫣明白妹妹的心，有些话跟谁说谁都不会信。跟家锁这一场，竟然是伊若的初恋……

桑嫣劝："爸爸生日，你眼睛别肿了……"

红酒从酒庄订，饭店选了钓鱼台。宾客名单拟定，报给婆婆过目。方方面面刚消停，闺密们又走马灯似的来找桑嫣。许可凡是最先来的。她妈病了，说刚查出十个胃息肉。可凡都疯了。

"不是大病。"桑嫣安慰可凡，"医生怎么说？"

"建议割掉。"

"那得听医生的。"

"在二甲做，不放心……"许可凡道。桑嫣瞬间明白了，闺密来，是找她摸路子的。协和排不上号，小医院可凡又觉得不可靠。其实桑嫣真想告诉她，胃息肉，小手术，在哪儿做都一样，关键是活检，看看有没有其他情况，大概率没事，根本没必要大惊小怪。

可不行啊，那不是她妈，是可凡妈。可凡把这事看得天大，必须万无一失。许可凡做法官，向来冷面冷心。从学生时代起，桑嫣就没怎么看她掉过眼泪，这次好，许可凡一来就挤眼泪，弄得她不帮忙也不好意思。

桑嫣只能四处打电话，动用婆婆的关系，几经辗转，终于找了个部队医院的专家。她让许可凡正常挂号去找人家。电话里，可凡哽咽："嫣儿，谢谢！"

可凡过了是杨盼。

杨实诚现在是茶楼经理——这份工是托他老婆的福找到的。上任之后，实诚有心表现，打算大干一场。杨盼这次来，就是跟桑嫣商量对策。"趁着新年，可以办一点活动，举办主题茶会……"

杨盼说得手舞足蹈。桑嫣一个字也没听进去，茶楼在西边，马上又是新年了，谁有心情喝茶？她不好点破杨盼的热情，道："日常经营，你们看着来就行，大的动作，还是要跟股东们商量。"

"地下室可不可以利用起来？"杨盼又问。

"怎么利用？"桑嫣问。

杨盼建议改成一个按摩推拿的休闲房。

桑嫣打心眼里觉得不合适。好好的茶楼，配个按摩房，还在地下室，成什么了？可不可笑？但她不想直接否定闺密，只好说："人员呢？在职的几个小妹没技术。"

杨盼连忙说："人员不愁，实诚有好些个老乡做这个，还有好几个盲人呢。"

桑嫣听得头大，只好让她去试试，又叮嘱她看看营业执照的经营范围，万万不可非法经营。杨盼得了许可，欢天喜地走了。

然后是文娉。

她来商量公务员招考的事。投考的区定了，具体职位，她希望听听桑嫣的建议。说实话，大范围，桑嫣帮忙考虑，那是宏观规划，是为十年之后铺路，具体的执行细节，就不是桑嫣擅长的了。

每年招考计划不同，得根据区里有关部门的具体职位空缺情况，每个单位的情况又有不同。文娉问，桑嫣答不出，但又不想太跌面子。她当即把老高叫了来。高处寒人脉广，区里的情况，他比谁知道得都清楚。

叫他来，一则显自己的能耐；二则，桑嫣也想探究探究高和毛的真实关系。宪魁问过老高，老高说是君子之交。桑嫣也探过文娉的底，毛文娉每次都没反应。可凭直觉，桑嫣又觉得两个人上下楼住着，关系或许没那么简单。

老高来了。桑嫣冷眼看着，文娉似乎并没有什么情绪起伏。高处寒呢，也就专业谈专业，就情况谈情况，看不出一点儿女私情。

文娉拿个小本子认真记。职业习惯，毛文娉包里永远放着个小笔记本。末了，高处寒通过"大数据分析"得出结论：建议毛编辑报考区交通指挥中心。理由是，这个职位看着是个累活，其实并不算累，而且不起眼，竞争者不会太多。

桑嫣不语。

毛文娉点了点头。看样子，是打算采纳老高的建议。

最后是宁红和于曼蔓分别来找桑嫣。这两个人都没什么事立刻要办。宁红是问牛蹄岭的份子钱什么时候交，顺带提到了蒯姐。这名字在桑嫣脑子里停了一下，她才说："好久没去读书会了。"宁红问蒯姐以前是干什么的。桑嫣想了想，说："好像是记者还是编辑？"宁红道："那可比文娉厉害多了。"桑嫣问她是不是见了蒯姐。宁红又说没有。不过，等到于曼蔓也提到蒯姐，桑嫣有点警觉。曼蔓说她跟蒯姐配合得很愉快，几次读书会都特别成功，她还跟蒯姐去龙虎山办了一次活动。

桑嫣笑问都读了什么书。

曼蔓说这次主要读《庄子》。

桑嫣打趣，问："哪句话记在心里了？"

曼蔓摇头晃脑："人生天地之间，若白驹过隙，忽然而已。"

于曼蔓走后，桑嫣才想起来宴客名单里好像忘了蒯姐，晚饭之前，她特地给蒯姐打了个电话，告诉她日期地址，并感谢她捧场。

第三十一章 宁红
Di Sanshiyi Zhang　Ning Hong

◆

对于宁红来说,刘老太爷的生日宴,更像是个截止日期。这段日子,宁红失眠好几次。连吴冠军都看出她有心事,安抚道:"没事儿,公司能渡过难关。"

宁红只好顺势说:"全押你这儿了。"

她原本以为,不答复就是答复。她没给蒯姐打电话,蒯姐也没打回来。久而久之,这事儿就应该不了了之。可刘老太爷的生日宴,让一切问题又浮出水面了。左豪肯定要去。到时候,八成得碰面。碰面说啥?会是怎么一种情景?不敢想。关键老吴也要去,她真应付不了这种复杂局面。她还是不够"婊",她就是个纸老虎。

宁红跟吴冠军提议:"你要忙,就别去了,我过去就行。"吴冠军立刻说:"那不行,这是大事,我不去,宪魁怎么想,你没看许可凡老公多积极。"

宁红理解丈夫,老吴是怕别人抢了他刘宪魁挚友的位子。吴冠军又说:"老高可能不去。"宁红问为啥。吴冠军说老高要出差,尽量赶回来。日期临近,吴冠军又说:"要不我不去了,你代表我,公司还一疙瘩事儿。"老吴说不去,宁红也不同意,她反过来想明白了。老吴必须去,而且必须配合着秀恩爱,她宁红对外就是要树立一个贤良淑德的贤内助的人设。她估计蒯姐和左豪看到,就知难而退了。

她宁红,绝对是个只可远观而不可亵玩的女人。

左思量右考虑,自认为周全了。生日宴前一天,宁红接到老桑电话,说地方变了,不在钓鱼台了,改在西四一处四合院。宁红趁势问:"需要我提前过去帮忙吗?"桑嫣笑说:"你是专家,不敢劳动,有专门的服务人员,你来捧捧场就行。"

是日上午,吴冠军还是要去公司一趟,中午直接过去。女儿上学。宁红挑了件暗紫红色短皮草,兔子皮的。一冬没穿过,今儿拿去镇场。一早去单位打了一头,十点十五分,便往西四去。

宅子很隐蔽,藏在胡同里头,没有匾额,也没有门牌。旧旧的大红门很压得住场子。门口有人看着,宁红报了名姓,才被放行。主角还没到,场子已经热了。宁红撂眼瞧,男人都在东厢房,西厢房女客多,宁红便往西边去。这是个休息室。进门有服务人员在帮着挂衣服。宁红宽了皮草,拣了个椅子坐下,房间一角,七八个女人围着棵玉树瞧,宁红扫了一圈,发现一个都不认识。过了好一会儿,才有个面容苍老的妇人,大概是上厕所路过,抬头瞧见宁红,才问:"宁主编?"宁红在脑中快速检索,怎么也想不起来是谁。她微笑着。妇人又道:"上次那珍珠,你买了没有?"哦,原来是珍珠内销会上碰见的,好像是个女企业家。宁红说没有。妇人没多问,走过去了。

一个人在那坐着,热闹与她无关,宁红突然有点怨桑嫣。看看,家里这么多关系、路子、人脉,都是她不知道的。桑嫣还是有保留。她放出来的,仅仅是冰山一角,更多的资源掌控在自己手里。宁红气馁。她又想起"瘦死的骆驼比马大"的话,大感江湖水深。可不是嘛,光这些人脉,都不用做实业、真投入,倒腾来倒腾去,就是钱。由此可见,真富贵的人家,自然要四两拨千斤的。杨盼进来了,实诚也跟在她身后,她打开包,拿出一包茶叶,让服务员去泡,然后跟宁红打招呼。

宁红问她什么时候来的,杨盼笑着说:"早就过来了。"宁红在心里唾,来得早有什么用,也就是个泡茶的,要搁《红楼梦》里,充其量你就是个赖大家的。

院子里进来几个人。宁红透过窗户瞧,有男有女,一律带了妆,还都挺浓。杨盼跟实诚出去了,他们且忙。宁红问服务人员来者何人。服务人员道:"都是歌手。"说话间,这一群人朝北面小房间去。跟着,毛文娉进院子了。宁红赶紧要了皮草披着,忙不迭迎上去,抓着文娉的手问:"来了吗?"

文娉明白她意思,道:"就来了。"

宁红让文娉把包存一存,然后,闺密俩一起到门口迎老寿星。宾客上得勤了。高处寒竟然也到了,他对文娉和宁红点点头,进去了。宁红着急,给老吴打电话:"人呢?"吴冠军说马上就到,宁红这才作罢。

又一辆车停在门口。文娉和宁红迎上去,刚看到个影儿,宁红又后退了。是许可凡两口子。她懒得给她那么大面子。文娉过去开车门,可凡第一个下来。尉迟停好车,快步走到门口,说了一句怎么跟要进宫似的。可凡不让丈夫多言。她也要在外面等,宁红和文娉却打发她去找杨盼。

一辆红色轿车停在门口。第一个下来的,是位年轻女士。宁红看着有点熟。文娉愣在那儿。宁红用胳膊肘拐了她一下:"谁呀?"还没等文娉回答,车里又下来一位。这可是故知了。听那哇哇的声音,宁红脑子疼。于曼蔓上前就是两个大拥抱。小姑娘站在她身后,亭亭玉立。再一抬脸,宁红头皮瞬间发紧。螳螂捕蝉,黄雀在后。蒯姐跟在两个丫头后面,招呼了一声,曼蔓和年轻女生跟山羊回圈似的,立刻围绕在蒯姐身边。

蒯姐跟文娉握手。

宁红就没这个福气。她只在错身而过的时候问候宁红一句:"来啦。"

倒霉催!怕鬼偏遇鬼!宁红脸上一阵烧,可再一想,不要脸的事又不是她做的,凭什么她感到羞愧?不应该,她宁红要理直气壮呀!想到这儿,宁红又站直了。

毛文娉看她脸通红,问:"你热吗?"

宁红讪讪的,抬头看看天,才笑着说:"是热,估计要下雪。"又说,"要不你等会儿,我去个洗手间。"话音刚落,又一辆车驶来。宁红还没来得及躲闪,左豪便下来了。他也一身皮草,戴个大毛黑色帽子,跟要智取威虎山似的。外形上看,跟宁红活脱一对璧人。宁红暗叹该死,怎么想着穿皮草呢。

文娉招呼:"左总。"

宁红诧异,文娉也认识他?!正出神,左豪的声音传到耳边:"宁主编最近挺忙。"宁红看看文娉,又看看左豪,尴尬地说年底了,是有点忙。

刘家二老开席一刻钟前才到,一来就去贵宾室休息。小女儿伊若陪着。宪魁和桑嫣夫妇,则合体去东西厢房跟客人们打招呼。宁红怕见蒯姐和左豪,躲在洗手间,直到开席才出来。还好,她在第三桌,左豪在主桌,蒯姐在第二桌。

开始上菜了。刘宪魁作为家中流,先做了一段讲话,没提过寿,只说朋友们聚聚,感谢大家这么多年的帮助云云。接着,歌手轮番上场,男女插花着来,唱了三首歌,分别是《我爱五指山,我爱万泉河》《北京颂歌》《红星照我去战斗》。都是老爷子爱听的,唱到"砸碎万恶的旧世界,万里江山披锦绣",老爷子还有点激动,击节唱和。

演唱结束,进入敬酒环节。刚开始还有章法,渐渐地热闹成菜市场。宁红警告自己记住一点:跟紧吴冠军,夫妻合体出现,这样一来,就跟孙悟空给唐僧画了保护罩似的,蒯姐、左总等人就无法近前。她已经有正牌丈夫了,根本不需要情人。

老娘打根儿上正。

先去敬桑嫣的公婆。吴冠军笑呵呵:"叔叔阿姨,我祝您们,心想事成。"

宁红听着这"您们"总觉得别扭。她也跟着敬了,顺带说了几句好话。敬到刘宪魁那儿,吴冠军又说:"只要刘总一声令下,我吴冠军,两肋插刀,刀山火海,在所不辞!"宁红也跟桑嫣碰杯。女士们就含蓄多了,只是相视一笑,都在酒里了。

一转脸,老吴竟朝左豪所在的方向走去,宁红徘徊,她想逃,文娉凑过来,她立马抓住文娉,跟抓住根救命稻草似的。老吴却回头,小声道:"快点儿。"宁红只好夫唱妇随。也是,老吴跟左总打过高尔夫,私下估计也碰过面,已经是老相识了。可正因此,左豪才更可恨,朋友妻不可欺!道德底线在哪里?!宁红脑中纷乱,身子却跟着老吴站到了左豪面前。事实上,左豪看到他们,已经主动迎过来。

吴冠军举杯:"左总,以后多多关照。"

左豪敷衍了一句哪里,痛饮。旁边左的秘书又忙给满上。左随即道:"老弟,前途无量!"吴冠军猛喝。左又扫了一眼宁红,再对吴冠军:"妻子为财,你找了一位贤内助,必然要发财!"

吴冠军哈哈笑说借兄吉言。

宁红从脖子根红到头顶,她向来伶牙俐齿,可眼下,竟口笨舌拙不晓得说什么好,思虑再三,宁红举杯:"左总,我祝您跟夫人,白头到老。"

左豪的表情凝固了。跟着,又哈哈大笑。

吴冠军赔笑。宁红似乎也意识到不恰当。直到两个人走开,吴冠军才小声批评她:"白头啥,都快嗝儿屁了,他巴不得她早点见马克思。"一句话,宁红跟被打了一枪似的。他老婆快嗝儿屁了?老桑没提过,蒯姐也没说。左豪自己更不会说。那么,是否可以理解为,左豪目前正在偷偷物色下一位太太?再进一步,蒯姐所谓的"做情人",是不是有点储备太太的意味?

转瞬间,宁红心里的滋味又复杂了。她不敢想象,如果左豪直接向她求婚,她会不会动摇。走了一圈,宁红仿佛一个溺水的人游上了岸,稳稳当当坐到自己的座位上。四望望,蒯姐正带着曼蔓和那个小姑娘给左总敬酒。毛文娉和高处寒站在一处,似乎在说着什么。许可凡端坐在那儿,仿佛没什么胃口。尉迟寅傻了吧唧吃自己的。杨盼领着实诚,跟花蝴蝶似的,自从实诚当了茶楼经理,杨盼也兴头得不行,一门心思广结善缘。

有个女人往桑嫣和刘宪魁那去,桑嫣似乎要躲,宪魁挥挥手,背过脸。宁红没看懂怎么回事儿。毛文娉跑过来:"老宁,帮忙!"宁红不知道咋回事儿,但也连忙过去。两个人陪着那个女人到休息室,女人才放声大哭。

宁红看着文嫒,求谜底。毛文嫒道:"再大的事,也不适合今天说。"女人涕泪横流:"我老公还在里头,刘老师要不帮忙……"宁红和毛文嫒对看一眼。宁红上前道:"越是紧要关头,越要镇定,明白吗,你先等宴会顺顺利利结束,然后再说。"女人点点头。

三个人在休息室逗留了几分钟,宴会厅一阵骚动。跟着,杨盼、桑嫣和刘伊若一起跑进来。伊若找服务人员拿包。桑嫣拿老人的衣服。宁红拦住杨盼问怎么回事儿,杨盼低着头一脸急切:"老太爷咳得厉害。"

宁红跟着也不是不跟着也不是,一时进退失据。

左豪进来了。宁红一抬脸,两个人撞了个正着,躲都没处躲去。左豪站定了,跟个雕像似的。宁红收了怯色,也大大方方对着他。她提醒自己,占据道德高地的应该是她,没必要怕。左豪瞅了宁红两秒,诡秘一笑,转身又出去了。宁红长舒一口气,整个人像散了架似的,额头汗涔涔,仿佛刚被水洗过。

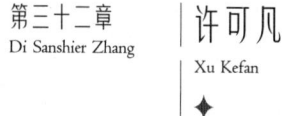

第三十二章
Di Sanshier Zhang

许可凡
Xu Kefan

◆

宴席还没结束,刘老太爷就先退场了。桑嫣、伊若和老太太陪着走,宪魁留下来待客。桑嫣一走,许可凡就觉得没有继续待的必要了。

文嫒说单位还有点事,过来跟可凡招呼了一声,第一个走了。于曼蔓还在敬酒。宁红和老吴两口子端坐着,似乎没有要走的意思。高处寒寸步不离刘宪魁。杨盼两口子巴结着。许可凡坐不下去,四处招呼了一遍,叫上尉迟,撤了。

老实话,这顿饭吃得可凡不大痛快。问题出在尉迟身上。明明是社交场合,他就只顾着吃,别说跟吴冠军、高处寒这样的江湖人士比,就是跟杨实诚这种大老粗比，尉迟都该自愧不如。屁股怎么就那么沉！一路开车，一路无话，快到家，许可凡才突然说："靠边停。"

尉迟不解："这不还没到吗？"

"靠边停！"可凡只下令，不解释。家里家外，她都是法官。尉迟只好靠边，停好，跟着下车。

许可凡往粥铺走。

尉迟明白了，连忙抢在前头，嘿嘿笑："早说嘛。"

可凡狠狠地说："不是自己亲妈，就永远考虑不到，饿死都没关系。"进了店，可凡也不往点餐台走。表现的机会留给尉迟。尉迟寅忙不迭去点了餐，丈母娘一份，女儿一份，都打包好，拎着到他老婆跟前："要不要加份小菜？"许可凡看都没看他，直接出去了。

车又发动了。尉迟寅意识到，老戏又重演，他必须在到家之前做好老婆的心理疏导工作。"我知道，我又表现不好，"尉迟瘪着嘴，"没给你挣面子。"

还算有点自知之明。

许可凡面向前方，余光都不赏他一绺。

尉迟继续："关键我谁也不认识。"

可凡跟机器人似的偏头："杨盼男人也谁都不认识，走出去，就谁都认识了。"

"那他不是有杨盼引路吗？"

"杨盼是谁我是谁？"许可凡快速反问。

高难度问题，跟雷劈下来似的。尉迟答不好。

"要像她那样点头哈腰，我还在不在法院混了？"她是公职人员，要时刻注意形象。

尉迟咽唾沫。

"怪我，"许可凡拖着腔调，"怪我脸皮薄，怪我太有知识分子的囊气，怪我不会给人当孙子，"她突然正面全转向尉迟寅，"我就不明白了，要是女人把啥事儿都干了，还要男人干吗，连个孩子都不会生，就知道吃。"

全面爆发。

尉迟只能沉默以对。他太清楚太明白，进展到这一步，但凡他嘚嘚一句，那就会是核武爆炸，法庭会直接搬到车里，许可凡就地就给他判了。括弧，死缓。

还没进家门，尉迟就喊妈。可凡妈做完手术没几天，出院了，正在家休养。

息肉不用动刀,直接激光打。但可凡妈息肉数量多,足足十个。许可凡心疼妈妈,问咋那么多。可凡妈道:"愁的。"可凡问愁啥。可凡妈欲言又止。她老觉得女儿在北京过得不顺心。

尉迟喊妈,可凡妈从卧室出来。菲菲站着看电视。尉迟献殷勤:"妈,喝粥。"许可凡嗷一嗓子:"才几点!先放那儿。"可凡妈道:"浪费。"

尉迟一抬眼,饭桌上的白粥糊塌塌的。可凡的锅,尉迟背了——丈母娘最讨厌浪费。

可凡洗澡出来,轮到尉迟了。尉迟洗好,他把所有换洗衣服归齐,塞到洗衣机里,刚要倒洗衣液,丈母娘走过来了:"就几件小衣服,不值当,放着吧,我来,刚买了透明皂,五块钱两块。"

许可凡听到了,一来护娘,二来也想给尉迟找点麻烦,于是放开嗓门:"妈,放那儿吧,一会儿我洗。"尉迟听了,领会精神,自觉自愿搬了小板凳,蹲坐在洗手间洗衣服。女儿菲菲来洗脸,见地上都是水,扭头就告状:"爸把干区弄湿了,姥儿怕滑。"

可凡腔子里堵着口气,三两步走到洗手间:"放那吧,干点活儿,排场大得跟要闹革命似的。"丈母娘也凑过来看,指挥着:"正面搓完,反面还得搓一遍。"尉迟心头有火,一使劲,刺啦一下,可怜许可凡新买的特殊材料的内衣裂了个大口子。

可凡顿时愤怒:"放那儿!检查孩子作业去!"

尉迟抱着气,去检查菲菲的作业,这小书房,原本是菲菲一个人住,丈母娘来了,她带着外孙女住。可凡妈讲究,换的内衣裤从来不晾在外头。女婿在,避嫌。菲菲屋有个烤灯,是许可凡做理疗用的,现如今成了丈母娘内衣裤尤其是文胸的栖息地。尉迟坐在文胸旁边,捧着女儿的作业本,履行家长的职责。

他本想查出个错儿,借机发火,再不济,他也是个爹,训女儿天经地义,谁知菲菲这天格外优秀,一个错误也没用。尉迟看得眼绿。菲菲拍手:"完美。"尉迟只好回自己屋,可凡伸头叮嘱一句:"少玩游戏!"

尉迟一个头两个大,转瞬之间,他忽然发现这个家全部房间,包括洗手间,都不适合他栖居。一赌气,他拿起门口的羽绒服。可凡妈眼尖,看到了,连忙去找女儿。可凡不怕,跟尉迟结婚这些年,离家出走的戏,都不晓得演了多少回了。尉迟每次都是自己开头,自己收尾,借人的北京城,除了这个家,他只有公司可待,现在好，公司都没了。她料定尉迟寅无处可去。

尉迟在门口磨蹭了一会儿，留时间给老婆周旋，谁知可凡正抱着两臂，看着他。尉迟一转头，吓了一跳。咬咬牙，终于还是出了门。

许可凡冷笑一声。

可凡妈上前拍女儿："外头下雪了！"

可凡道："正好，冻冻清醒。"

可凡妈怕女婿崩溃了她们就没人可欺负了，她对女儿施压："你不去，我去了。"可凡不耐烦："哎呀妈，别惹事了行不行，两分钟就回来了。"

过了五分钟，尉迟寅还没迷途知返，可凡没辙，只好披了衣服，拿了把伞出门。

几栋楼开外，路灯下站着个人。雪还在下。许可凡撑起伞，喊了一声尉迟。那人头似乎动了一下，面朝可凡，但并没有要过来的意思。许可凡只好小步快走，向他靠近。路程缩短一半，那人突然启动，朝小区外跑，许可凡大嚷一声："你想干什么？！"那人不停，继续前进。许可凡小跑着，到小区门口，只见那人绕过墙头，往御府嘉园商品房区域去。

可凡明白了，八成，尉迟是想去高处寒那躲风头——去刘宪魁的别墅不切实际，尉迟只有高处寒这半个朋友（高可能没把他当朋友）。可凡紧跟着，前头的人左拐右绕，果然往高的楼栋去。屋前头一拐，人不见了。

许可凡追得气喘，她暗下决心，抓到了一定一顿痛打。楼道单元门没锁，拉开进去，到电梯口，才发现电梯停止运行了。许可凡抬头望望，楼道黑咕隆咚，好在是感应灯，脚步声起，光线自己洒下来。

可凡侧着耳朵听。

上面有脚步声。一定是尉迟。她顺着楼梯追上去，追到四层。目标近了，前方人物步履沉重。可凡暴喝一声："你不要作！"

头顶灯亮。许可凡愣在那儿，几米开外的楼梯上站的，并不是尉迟寅，而是高处寒，更戏剧性的是，他还背着个人——可凡瞅了好几眼才确认，是毛文娉！她神色恍惚，两眼半闭。酒气袭来，可凡意识到，文娉和老高可能刚从另一个酒局下来。

许可凡浑身僵硬，舌头打结，进也不是，退也不是。倒是高律师一派自然，道："没看到尉迟。"

可凡哦了一声，就要往楼下逃。

高律师却清清嗓子："那个……"他欲言又止。

许可凡站住脚，回头，听候他发落。

高律师把身上的重物颠了颠，两手箍紧了，才说："我跟文娉在一起了。"

许可凡头顶像打了个炸雷，但表面上必须云淡风轻："啥时候的事？"

高处寒气沉丹田："就刚才。"

不像撒谎。

许可凡小声说了句恭喜便夺路而逃。跑出单元门，可凡大口呼吸，她要再在楼道里多待一分钟，指定能憋死！可凡脚下软软的，心里空落落的，顾不上打伞，任凭细小的雪粉子扑向头顶、眉毛。长久以来，可凡心里那个小秘密无人知晓——她对高处寒的情愫，填补了她大学时没有恋爱的空白。干着同一行，虽然处于不同位置，但她佩服高处寒的胆气。她在体制内憋憋屈屈，踯躅不前，他呢，却放手一搏，笑傲江湖。何况他还一表人才，是标准的妇女杀手。尉迟跟他比，差太多了。但可凡知道，她永远不会越矩，因为骨子里，她只能接受自己能掌控的事物。只是，当看到毛文娉趴在高处寒背上，许可凡突然意识到，这大梦彻底该醒了。

从单元楼下到小区门口，这一小段路可凡不知道走了多久，直到小区门岗旁，才碰到尉迟在抽烟。

她不喊他，只是狠狠剜了他一眼。

尉迟连忙上前，接过伞："怎么不打？"他把伞撑开，在她头顶上挡着。"我的错。"尉迟又及时道歉了，只要不在丈母娘面前没面子，他怎么都行。反正在可凡面前，他早就原形毕露了。

可凡走一小段路，才终于找回魂魄："有本事就永远别回来。"

尉迟讪讪地道："这不舍不得你嘛，毕竟这多年了，投资还没回本儿呢。"

许可凡恨道："你还没回本儿？血本无归的是我！"她不管尉迟的伞，加快脚步，先一程钻进楼道。

第三十三章 毛文娉

文娉相中一套房，打算复看，约可凡掌掌眼。许可凡先是说有事，临到时候，又突然打电话来说可以陪同。文娉没往心里去，许法官工作繁忙，可以理解。

房子在御府嘉园隔壁小区，叫格兰花园，2000年之后建的。按说不算太老，但因为小区外墙刷了灰色，所以显得有点沉闷。小区里没高楼，一律是六层板楼。文娉看中那套在二楼，小两居，据中介说，房主是个单身女博士。房子刚买两年，女博士要出国，所以"忍痛割爱"。

冬天天短，才五点多，天已经快黑透了。文娉和可凡跟着中介小哥——就是帮于曼蔓找房那位，换了鞋套，到房子又看了一下。优点是：价格还算便宜，小区停车位充裕，环境清幽安静。缺点是：房型是长条形，客厅夹在南北两个卧室中间，采光差，厕所没窗户，厨房过于狭长，不是集体供暖，得用煤气自己烧。

文娉多问了房主几句。房主彬彬有礼，除了头顶头发掉得有点多，身材有点胖，她真是个好女孩。毛文娉还看到客厅茶几上放着一叠书，有社科，有小说。

文娉笑道："您是传媒行业的吧？"

女博士笑说是。又轻描淡写夸了房子几句，无非是安静、价格公道、不用再装修、住着舒服，等等。

看完出来，中介走了。

文娉挽着可凡，问："怎么样？"

许可凡没评价房子，却针对女博士点评道："都这样了，咋还要出国呢？"

文娉失笑："人各有志。"

许可凡说："可能对国内男人绝望了。"

文娉说也许。

许可凡又说："国外男人也不能接受毛发那么稀少呀。"

"那就是去干事业。"文娉不想纠缠这个话题。

"做传媒，去国外干事业，你信吗？"

文娉深吸一口气。房子的缺点，她都可以接受，毕竟价格相对便宜。她银子有限，对价格敏感，何况还是个两室一厅。唯一怀疑的，就是房主的售卖理由。才买两年，就着急出手。虽然房主给出理由是要出国，可经许可凡这么一分析，文娉也觉得不太充分。但中介又反复保证过，说肯定不是凶宅，他们不会卖凶宅。

这是职业底线和操守。

许可凡又嘀咕："你说她那头，是住进来之后秃的吗？"文娉一边笑，一边让可凡留点口德。

到饭点儿了，文娉要请客。许可凡客气了一下，答应了。文娉问："要不把尉迟叫上，你妈呢，能正常吃东西了吗？"可凡忙说不用，他们在家估计都吃过了。

小区附近开了个新店，曼蔓在群里推荐过几次，说有成网红店的迹象，是卖小海鲜的。文娉、可凡过去，净吃海鲜怕受不住，天冷，文娉又在生理期，不宜太寒凉，瞧来瞧去，点了一份鲅鱼饺子、一份海肠饺子，外带一份温拌巴蛸。

饺子吃上，中介发来明细，他大概把价格以及各种税费还有文娉贷款的额度、期限，以及每个月还贷的情况都列出来。毛文娉发给许可凡。

可凡瞄了两眼，说："一个月还贷七千多，刨掉公积金，也差不多小五千，有点压力。"

文娉深以为是。一旦背上贷款，几十年，那就意味着，她的生活不能有任何差池，否则真有可能"弃房断供"。不过桑嫣给她说过这个理儿，贷款买房，就利用杠杆，你还得把通货膨胀的因素算在里头，所以其实就前几年艰苦点，慢慢地，压力就不是那么大了。毛文娉点点头。

许可凡说："一个人还有压力，两个人就不一样了。"说完，放下筷子，盯着文娉看。

毛文娉被看得发毛，问："哪来两个人？"

许可凡不说话，笑容里有无限深意，那眼神，在文娉看来简直就是"死亡凝视"。好一会儿，可凡才说："还瞒着？"

文娉一头雾水，不懂可凡卖的什么药。

许可凡诡秘地说："给你点提示，"顿一下，"你跟高律师……"欲言又止。

文娉停了一会儿，才接："我跟他怎么了？"

可凡坐正，厉声道："毛毛同学！太不够意思了！"

文娉着急："我跟他就是普通朋友外加邻居，马上邻居也做不成了，我房子一买，走人。"

可凡问道："你买房，他出钱吗？"

毛文娉着急，她伸手摸摸闺密额头，"你不是发烧烧糊涂了，我买房跟他有什么关系？"

"背后没有靠山，步子能迈那么大？"

文娉放下筷子："到底哪来的谣言？"

许可凡一股节一股节地，用一种略微戏谑的口气，说一段停一段："那天晚上，我散步，看到，高律师，背着你，在小区里走，你喝醉了，然后你们就上楼了，后面的事情我就不知道了，反正，高律师当面告诉我，他跟你在一起了。"

文娉跟被打了一闷棍似的。这个高处寒，这不胡扯嘛。是，那天桑嬷公公的生日宴上，文娉遇到个郁闷事儿，结束后她坐高律师的车回家，一不小心又一起去喝了点小酒。她断片了，但跟在一起也没关系呀。

她好声好气对可凡说："估计是醉话，开玩笑的。"

"也许是酒后吐真言呢。"

"根本就不可能！"文娉语速加快，更急，"在不在一起，总不能一个人说了算吧，总得两个人都承认才生效吧。"

许可凡往椅背上一靠："毛毛，要真在一起了，作为闺密，我就有义务提醒你一些事情；要是谣言，根本没在一起，那我就不能说了。我得有职业道德。"

毛文娉心痒，她当然想知道许可凡要提醒些什么，但又不想承认高处寒的"官宣"。就算他们发生过关系，可至少文娉这边认为，她和高律师，确实还不是男女朋友关系。"说吧。"文娉恳求。许可凡吃了一只海肠饺子，道："可得烂在肚子里。"

"烂稀碎。"

许可凡把椅子往前移，身子也跟着前倾："老高离婚，他是过错方。"文娉问什么过错。可凡道："据女方说，老高跟一个比他年纪还大的女的不清不楚。"

"有证据吗？"

"干吗，"可凡弹开，"这就维护上啦，想也是了，不然怎么会净身出户。"

毛文娉沉默不语。关于离婚原因，她的确没听高处寒解释过——他甚至提都没提。当然她也不会问。如果不打算有进一步的发展，人家是怎么离婚的，跟她有什么关系呢，不过是普通朋友。水至清则无鱼。只不过，许可凡忽然在这个节点提出这么个问题，令文娉心里有点打鼓。其实她也感觉到了，可凡对老高紧张，甚至稀罕。但这层窗户纸注定不能捅破。许可凡是有夫之妇，是大法官，是有社会身份的人，不可能卷入这种桃色新闻当中。她了解可凡的为人，就算有那么一丁点儿遐思，人家也注定会"发乎情，止乎礼"，处理得当。今天的"泄密"，或许只是吃醋罢了。

于是毛文娉大大方方说："清官难断家务事，两个人分开，真正的原因只有他们自己知道，外人再怎么分析，都是隔靴搔痒。"

"真没在一起？"许可凡又问。

"真，的，没，有。"文娉每个字都加重音。

"那你得原谅我。"可凡嬉皮笑脸。

"怎么着？"

"我还跟老桑求证了。"

文娉气得出大气。

许可凡连忙道："反正都是自己人，老桑肯定保密，这老高也是，还是个律师，怎么能信口雌黄呢，那说的每一句话，将来都可能成为呈堂证供！"可凡港剧上身。

晚餐终了，毛文娉才开始恨起高处寒来。是啊，这男的，啥居心？啥目的？玩笑不是这么开的！

一个墙头两条路，毛文娉跟许可凡道别了。回到家，稍微收拾一下，听到楼上有动静，估摸着高律师已经到家了。文娉一咬牙，上楼，敲门，她打算问个清楚。该敲警钟敲警钟，绝不姑息。

开门的是个小女孩，高初夏。文娉认识她。波涛汹涌的怒气，原本是朝高处寒一人去的，初夏则仿佛防波堤，挡了那么一下，潮水和缓了些，文娉问："你爸呢？"初夏朝里面看，高处寒穿着个旧睡衣，正在擦头发。他让她进来说。废话，当着孩子的面怎么说。毛文娉声音低沉："到我家来一下。"她还是希望主场作战。高处寒一声怪笑，说没问题。

没几分钟，高律师套了个旧袄子下来了，还是那么嬉皮笑脸："什么事儿？"他的油腔滑调里透着情色，文娉不看他，请他坐。

高处寒又说："有事赶紧办，别浪费时间。"

看看，八成又想着那事儿。必须斩断。

毛文娉清了清嗓子，说出这话，比她上选题报告会还为难："我们之间发生过一些错误的事情。"

"对我是美好的回忆。"高打断他。

毛文娉盯着他看了两秒,才重新找回节奏:"我本来不应该再说,因为已经表达过了,过去的就是过去了,但是你我之间,到此为止。"

终于说明白了。

"明白,你早就把我微信删了。"高处寒苦笑。

不傻嘛。文娉上前一步:"那你为什么跟许可凡那样说?"

高处寒道:"这就是你想跟我说的问题?"

文娉不理他的弯弯绕:"两国要建交,也得双方同意、双方表态,单方面宣布是无效的,你是律师,这点规矩都不懂吗?"

高处寒站起来。

呵呵,他坐不住了。文娉顺手把茶几上的书收在客厅的小书架上。高处寒站在她身后:"当时情况危急,许法官就那么出现了,我能怎么说?"

"实话实说!"

"你喝醉了,我背着你,这个画面怎么解释?"

"不需要解释。"文娉气足。

"而且这也是对你的保护。"

文娉听不懂他的话,歪着头瞅他。

高处寒用那种苦大仇深的腔调:"你遇到的那点事情,我都明白。"毛文娉头脑嗡的一下。他明白什么了?是她喝醉酒告诉他的?要命,酒真不是个好东西。她脸色有点变化。

高处寒继续:"我在这个圈子里混,能不清楚吗?"同样的话,他翻过来倒过去说。

文娉道:"这些都不是关键。"

"那什么是关键?"他问。

"关键就是,你不是我需要的那种人,我也不是你想象中的那种人。"文娉语速加快,似乎不打算给他留有余地。

"你是嫌我没独立住房是不是?"高处寒逼近了,文娉躲开,她不会再给他机会玩"霸总"那一套,"还是嫌我有女儿?嫌我没钱?"

文娉冷笑:"在群里你可不是那么说,五环外有独立住房一套。"高处寒立刻说:

"这是事实,你在买房,我也在看房,马上就要入手一套。"

"恭喜你。"

"我知道,你怀疑我离婚是因为出轨,"高处寒话锋一转,"我现在可以告诉你,不是,没人出轨,是两个人追求的人生目标不一致。"

文娉好奇,谈到人生目标上来了。"你的目标是什么,"她问,"发财、出人头地?"

"来北京混的,谁不这么想?你不是吗?"高处寒反问,"我前妻就想过简简单单的日子,她要回老家,我不同意。"

"然后呢?"文娉被他的故事吸引了,"回老家房子还给她了?"

"那就是个小产权,人家跟我那么多年,我总不能……"高处寒不往下说了。

其余内容,文娉自行在脑海中补全。

沉默拉锯在两人中间。

毛文娉又说:"你的这些故事,跟我没关系。"

高处寒急切:"不急着结婚,处男女朋友也行。"

呵呵,把找免费炮友说得这么冠冕堂皇。

"你以为我是找炮友?"高突然说。

文娉吓了一跳,他有读心术吗?轮到她苦口婆心了:"我是不喜欢那么多复杂的关系,更不想把这些复杂的关系传播到我的朋友圈子里去。"

"这怎么叫复杂的关系呢,这是对你的保护,"高处寒像在法庭辩护,"免得其他莫名其妙的人,对你有莫名其妙的想法,何况那些人你根本不喜欢。"

心抖了一下。

文娉绷着脸。他怎么知道的?蒯姐找过她,左豪也暗示过她——想让她做他的情人。文娉当场就拒绝了。高处寒是离婚的她都不愿意,何况左豪?他左某人还在婚姻中呀!难道真的是酒后失言,跟高说了那么多?文娉不得不自我怀疑。

高处寒道:"你以为他只钓你这一条鱼吗?"

"胡说什么!"文娉激动。

糟糕,一激动就暴露了,还是缺乏斗争经验。

高处寒用一种教导员的口吻道:"每个圈子有每个圈子的游戏规则。"

文娉拦话:"我不是你们那个圈子的。"

高处寒一笑:"马克思都说了,人的本质,是社会关系的总和,你跟老桑不是一个圈子？你不打算考公务员？往好了说，做这行，其实就是处理人的关系。就跟政治家治理国家一样，用阶级划分，就是方便处理关系，过去压迫的，一翻，成被压迫的，过去被压迫，又当家做主人了，工农也要当家，这也是大圈子……"

文娉听得头疼。

高处寒更进一步："情人只是一个说法，你以为人家是种马吗，到哪都撒播种子，找情人，有时候也是工作需要。"

文娉诧异，闻所未闻。

高处寒继续："男人在圈子里混，混到一定位置，自然需要有人陪着出来，那太太出不来，自然情人就顶替这个位置，说是情人，其实就约等于红颜知己。"

老天。文娉恍惚，她听着怎么觉得这光景仿佛像是她在学校修近代通俗小说课，课上研究《海上花列传》，那里头男人出来谈事，就需要找长三公寓的女子作陪……不不不，她不能做这种事。文娉随即凛然："我是正儿八经的妇女。"说完又懊悔，说妇女似乎太显老了。

高处寒笑呵呵道："你是正经人啊，所以啊，我才想要跟你处，你有了对象，哪还会有什么左总右总来烦你？而且，我不限制你，真的，处对象就是相处，跟产品试用一样，你要将来有更合适的，我不拦着，随时可以取消……方便，离婚还要打证呢，咱不需要……对你一点坏处没有。"

毛文娉看着高处寒，半个小时之前，她怎么也算不到，两个人的谈话会如此深入如此隐秘。她对高处寒有感觉吗？老实说，有的。不然就不会有当初的一夜风流。但顾虑有吗？也有的。刚才高的那些解释，很多都在解除她的顾虑。事实上，也的确解除了不少。最令文娉震撼的，是高处寒对于左豪求欢事件的解读，仿佛一下子帮她打开了一扇门，擦亮了一双眼，重新定义了她对男与女甚至对人与人之间关系的看法。眼下，毛文娉唯一纠结的，是她对他，还是少了一点感觉。或者说是，少了感动。毛文娉恍惚着。

高处寒靠近她，他声音很轻，像在吹气："你以为我仅仅是想找人上床？如果我想，真的不缺……真的……文娉……我对你有感情……我知道……我能感觉到……我们骨子里是一种人……都对这座城市有野心……都想要征服……无论你隐藏多深我能体会得到……一起吧……看看我们能走多远飞多高……"

哗啦一下，文娉感觉全身的血液瞬间集中到心脏，她被感动了，甚至有几分被征服，她这么多年像一头老黄牛一般矢志不渝默默努力，不正是希望有朝一日能征服这座城市,希望北京能记取她的身影。然而,这种愿望又恰恰被埋在心的最深最深处,深到有时候连她自己都快忘了这个初衷。现在,高处寒一下把它点燃了。文娉鼻子发酸、身体发软,搞文字工作那么多年,她一直提醒自己不要多愁善感,但在这个如冰水般凄寒的夜晚,她也免不了有几分自伤。

高处寒不失时机上前抱住她。

她的手圈在他腰部。

"继续在群里撒谎。"她讥诮道。

高处寒立刻掏手机:"退了。"

"加曼蔓和我还用两个号?"要问就问个明白。

"人满了,五千个。"高处寒出示手机,以证清白。毛文娉有点吃惊,这都什么人呀,好友能有五千个。她又说:"不许强迫我干任何事,不许到处说我们的关系。"

高处寒委屈地说:"许可凡不算,"又说,"她往外说可不怪我。"毛文娉深呼吸,可凡和桑嫣的工作,需要她亲自去做。她希望她们听到就了,不继续传播,这事儿,她暂时不希望宁红、杨盼、曼蔓她们知道。但估计也瞒不了多久,毕竟天下没有不透风的墙。一旦蒯姐和左豪知道,估计大家就都知道了。

算了,舍得一身剐,敢把浪子拉下马。不对比不知道,文娉发现相比过去那种没囊气的古典诗歌青年教师,高处寒这种"危险的男人",才更能戳中她内心柔软的地方。

第三十四章　房燕
Di Sanshisi Zhang　Fang Yan

✦

房燕要辞职,祁二发第一个来"兴师问罪",直接"杀"到家里。房门一开,祁二发低声说重话:"为什么?"房燕抵着门不让他进来,祁二发推推搡搡,房燕怕王百味听到,只好让他到小屋来谈。

周末,于曼蔓一早出门,王百味还没起床。进小屋,关好门,房燕镇定地叠着换洗衣服。

"你要离开北京?"祁店长关切地问。

"没有。"房燕背对着他。

"那为什么?"

"没什么。"房燕冷冷的。二发垫步上前,双手从背后扶住房燕的肩膀头。房燕一猫身,躲开了。祁二发随即道:"最近一段是考虑你少了一点……我都记着呢……你才刚开始做……不用太着急……饭要一口一口地吃……我十几年的经验也得慢慢传授是不……干得好一年也有三十几万……"

房燕不言声。行情她了解,三十几万,是市区店的老员工,轮得到他们这些郊区的店挣吗?五环外的房子总价低,水头不多,多半是刚需。至于他所谓十几年经验更是扯淡,他祁某人上班纯粹是精神需要。二发见房燕沉默,以为她心思转圜,于是再加一把火:"世上无难事,只要肯攀登,你还年轻,踏踏实实干下去,总有出头那天,明年的储备干部我推荐你。"

房燕还是不吭气儿。不干这行还好,干了这一行,她才彻底明白,北京的房价和这里的工资水平是不挂钩、不对等的。店长的房子是靠上班混到的吗?是,这两年,北京的房价因为政策的原因有所回调,但这并不是说,一线城市的房子没有吸引力。限购限售,就是让想买的人买不了,这样价格才能稍微下调。实体经济低迷,资金寻找出路,环顾所有的投资方向,首选肯定是一线城市的房子,那几乎是跟黄金一样的硬通货。一线城市的房子,已经成为一种财富符号。北上广深的房价,是全中国的老板一起努力的结果。如果现在开放限购,一线城市的房价很轻松又能翻上一倍。

一线城市上班错峰,买房也会错峰——有些人这辈子能买,有些人只能等到下辈子。房燕不想等,她的家境、她的能力都不允许她有太多幻想。她不想成为又一个于曼蔓。房燕盘算好了,她现在二十出头,还有资本,再拼几年,成功了,留下;不成功,二十八岁之前她就回老家,找个普通男人,过普通日子。时光如沙,分分秒秒都在流走,她年轻吗,还算年轻,但已经开始倒计时。

跟蒯姐出去旅行,房燕和曼蔓都拍了不少照片。这是蒯姐给她们安排的"必修课",对外展示用的。蒯姐有一句话说得够狠:"你现在不要把自己当人,要当商品,一件商品,不交换,就没有价值。"房燕还看到了曼蔓的尴尬。她化妆十分钟,于曼蔓呢,起码一个小时起跳。是,曼蔓姐身材好,凹凸有致,脸上多花点工夫也还行。但骗别人行,总不能骗自己!年龄,多少就是多少!实实在在的!

衣服叠好放进行李箱。这屋没柜子,行李箱就是她的衣柜。房燕转过身。

祁二发盯着她看,饱含深情。

"不走了?"他问。

房燕一笑。

他立刻明白了:"你到底要去干什么你告诉我,"顿一下,"漂亮不能当饭吃!"

听听,男人多自私。她要不是有点姿色,他能缠着她不放?房燕硬起心肠:"谢谢店长这段时间的照顾,以后如果我再回来,一定找你帮忙。"

"燕儿,"祁店长突然哀求,"别这样,真的。"

房燕瞧不上他这瘪咕样儿:"咱们都得顺其自然。"

"没你我活不下去。"

这句狠,可惜是假话。家里几套房,一栋别墅正在装修,有什么活不下去呢。房燕暗叹,要是你这样的人还活不下去,我们这种人,真就没什么活头了。

她定定地望着他。看穿他,却不揭破。

"你不能把我一个人丢这儿!"祁二发激动,"我得闷死!我得困死!我得……"他词穷,胳膊支棱着,跟斗败了的鸡似的,终于换了个说法,"不能给了我点活头,又把我掐死呀!"

房燕失笑,她偏要刺激刺激他,说几句离经叛道的话:"要实在过不下去,可以离婚的。"

祁二呆住,脸跟被人踩了一脚似的。

呵呵,不出所料。房燕看不起这种男人,一句大话不敢说。给他八个胆子,他也没那个尿性离婚!男人都是精算师,总想以最小的投入,获得最大的收益。但凡他敢放下一切,说句话,说燕儿,咱们走,你去哪儿我去哪儿,她房燕就敢为爱情奋不顾身一把!可惜,她对他没有爱情,只有交易。全是交易。

房燕拢了拢头发,往门的方向走了两步:"店长,我还有点事,咱们回头再聊。"她拉开门,显然要送客了。祁二发却屁股朝门一撞,咚的一声,大门关紧,房燕还没来得及躲避,他便把她扑倒在床。她想叫,他的手又捂了上来。胳膊被压住了，那就扑腾腿，房燕挣扎。祁二发看着瘦弱，可劲儿却不小。房燕挣扎了一会儿，实在没力气了。

"小房。"有人敲门，是王百味的声音。

祁二发瞪着眼，小声道："说没事。"房燕动了动头。祁二发慢慢放开手，房燕顿时喊救命。

"我操！"祁二发手忙脚乱。房燕奋力反击。门被撞开了，王百味出现了。也就一两秒，他就完成了好几个连续动作——把祁店长抓起来，丢出去，还赏他两记老拳。王百味还要报警，房燕及时阻止了。善缘恶缘，到此为止。祁店长跑了。小空间只剩百味和房燕两个人。房燕打心眼里感谢百味，要不是他及时出现，后果不堪设想……可她又感到羞愧，王百味撞见那么个画面……她成什么了？她还有形象吗？冤不冤？

百味也尴尬，他挠挠后脑勺："喝水吗？"

房燕连忙道："王哥……不是……"

王百味愤怒："这样人儿就他妈的应该到里头蹲着！"又换笑脸，"小房，你这是？"

房燕又说："我换工作了。"

王百味哦了一声，似乎并不意外。铁打的北京，谁又不是随波逐流。

"我可能近期得搬。"她追加一句。

王百味又哦。这个哦，比上个哦气长，像一记告别的眼神，目送背影那种。

他转身到客厅茶几上拿了房燕常用的马克杯，带勺带盖的那种。接了纯净水，房燕已经坐在客厅沙发了。他把水杯递过去。房燕说了声谢谢，又喊王大哥。

王百味靠在神龛旁，嗯了一声。

"能问你一个问题吗？"她平静下来。

"随便问。"

房燕深呼吸，道："如果有一个人……"停顿，喝了口水。王百味插话："什么人，男人还是女人？"

"女人，年纪不大，"房燕细致描绘，"没你大，但也是成年人了，二十出头，普通大学毕业。"

"一小姑娘。"

"差不多，"房燕气息逐渐平稳，"一小姑娘，很平凡很普通，没什么家世，外地来北京打工的那种。"

王百味微微颔首，若有所思。

房燕继续："如果有一天，你在北京奋斗累了，觉得想回老家去发展，这个小姑娘愿意跟你去老家，一起组建家庭，生个孩子，过平平淡淡的日子，"喉头哽了一下，"你愿意吗？"

王百味定在那儿，望着房燕。

他明白。他一定明白。

时间和心跳混在一道，嘀嗒嘀嗒。她在等他的答案。

"不愿意。"这三个字突然从王百味嘴里蹦出来，"我老家没人了，除了北京，我也没地儿去。"

房燕眼泪出来了，她告诉自己，再怎么也要憋回去。"明白。"她说得很铿锵。

于曼蔓开门进来，手里拎两个购物袋。她刚买了蛋糕回来。房燕怕曼蔓发现她的眼泪，连忙进屋了。王百味起身去外头抽烟。曼蔓放下蛋糕袋子，左边瞅瞅，右边瞅瞅："咋回事啊——"

没人答应。

过了两分钟，于曼蔓还是敲响了房燕的房门。

情绪平稳了。房燕正在玩手机，曼蔓进来，她礼貌站起。于曼蔓一把搂住她，贴心贴肺地问："咋回事儿，跟姐说说。"

怎么说。不能说。说了也是白说。

房燕挤出笑容："没事儿姐。"

"姐又不瞎！"曼蔓不乐意。

"真没事儿。"

"小王欺负你了？"

房燕连忙解释："没有——"

见义勇为还没表彰，不能背黑锅。

"那你们这个脸……"曼蔓疑惑。

"没有。"房燕无力。

曼蔓弯过来，脸对着房燕的脸："小燕儿，咱不能纵容作恶，咱女人不能忍知道不。"

"真没有——"房燕咬住了。

"你不说我问他去了。"曼蔓作势要走。房燕连忙拉住她:"姐——"

"咋着?"

"有个事一直没跟你说。"

"说吧。"

"我辞职了。"

"哦?"

"房子估计得退。"

"去哪儿?"

"不干这行了。"

"蒯姐帮你找到工作了?"

"没有。"

"那着急忙慌的。"

"家里人催我回去。"

"回老家啦?!"曼蔓嗓门明显大了,"这才哪儿到哪儿你就不搁北京混啦。"

"这块儿就不是我待的地方。"

于曼蔓一把搂住房燕的头:"哎哟我的燕儿呀,你着啥急呀着急,趟个趟个走咱慢慢来不行吗……"

头被卡在曼蔓姐的臂弯里,又疼痛,又温暖,眼泪才不争气地涌将出来。一个人的命运,就是一个人的选择,她房燕选了,就要勇敢走下去。

过了一会儿,头被解除禁锢,曼蔓又不停揉搓房燕的小脸。房燕终于泪中透着笑:"反正……姐……咱俩相识一场……你永远是我姐……"

曼蔓转脸叹息:"你这一走,我到哪儿找个清清爽爽的人填上这空房。"房燕刚说她可以多赔一个月的房租,于曼蔓又抢先道:"你别管了,回老家就好好回老家,踏踏实实地,找个事,找个人,日子铁定不柴……"

看着絮絮叨叨的曼蔓,房燕又有点愧疚,一瞬之间,她自己也闹不清这步棋是走对了,还是走错了。

第三十五章 毛文娉

组织上办摄影讲座,前期准备,桑嫣去了两趟,实在顾不过来,只好请文娉过去帮忙。活动结束,毛文娉来汇报情况。桑嫣且一听,然后问她公务员考试准备得咋样。文娉说已经报上了。

桑嫣笑说:"现在都全凭真本事。"

文娉一笑。她想得清楚,老桑帮忙,是锦上添花;不帮忙,也是情理之中。她今天来,主要想把跟高处寒的事交代一下。许可凡歪打正着,架不住桑嫣多想,不如她自己解释清楚。只是,怎么说,却是个技术活儿。

第一次是到五号别墅,文娉没找到切入点,谈完摄影讲座,桑嫣说家务事:公公住院,婆婆一个人在市里待着,她不放心,打算搬回去住。婆婆又不允许。无奈,她只好打发崔姐过去,先撑几天。马上到年,崔姐也提前告假,一定要回家。

第二次,是陪老桑去高碑店古典家具民俗文化村。牛蹄岭的"别野"(老桑他们故意这么叫)已经起墙了,老桑作为牵头人,打算淘点家具。文娉跟着,东看看,西看看,她随口问:"高律师也入股了吗?"

问者无心,桑嫣却听进去了。她微笑着不语,眼珠子像要长在文娉身上。文娉有点发毛。

桑嫣道:"还叫高律师?"

这就算点破了。

"可凡真是……"文娉尽量自然。

"她不提,你就不打算告诉我了?"桑嫣打趣。

"时候没到。"

"现在到了?"

"差不多。"文娉一本正经。

桑嫣突然笑出声。她轻抚着一件老旧家具的边沿:"早就跟你说老高人不错。"又说,"以前是没跟你通气儿,现在能说了,周围多少人惦记高大律师呢,要人才有人才，要钱财，"她迟疑一下，"以老高的能力，发富也是指日可待。"

文娉揶揄："赚的都是黑心钱。"

桑嫣立即说："黑心白心一颗红心，只要不犯法，没任何问题。"

毛文娉又叮嘱桑嫣保密。桑嫣诧异，问为什么，还搞地下工作。文娉道："小范围知道就行了，一把年纪，刚处，以后还不知道咋着呢，没有实质性进展，弄得满城皆知，反倒被动。"

桑嫣没再往下问，转而问文娉房子的事。文娉在手机上把房源信息发给她，又简单介绍了一下房主的情况、中介的意见，以及事情进展。目前核心矛盾还是价格，房主不愿意降价。

桑嫣问："首付够吗？"

文娉说凑得差不多了。

桑嫣又说："不够你说话，我给你备点儿，不着急还。"

文娉瞬间感动了，甭管真的假的，借或不借，人能说出这话，就属难得。桑嫣又研究了一番房子，道："你这事儿，差不多。"文娉问为什么。桑嫣说你看看这房子，挂了两年了，房主又有年纪了，再不卖，就怕有故事，你再挺一段，别涨钱，现在主要侧面打听打听，房子有没有其他毛病。

"哪方面？"文娉实在小白。

"有没有死过人，有没有漏过雨，前面几任房主都什么情况，有没有打过官司，或者发生任何不好的事情。"

"打官司也要问？"

"事关风水。"

"你还懂这个？"

"老许比我懂。"

桑嫣一提醒，文娉上心了。这日去可凡家串门，文娉打算提提。晚饭后，许可凡歪在沙发上，菲菲在洗碗。文娉问尉迟呢。许可凡说出去遛弯了。一会儿工夫，菲菲完成任务，径直走到可凡跟前："妈，好了。"许可凡拿手机，填了个红包，有气无力："过去了。"

菲菲欢天喜地进屋，忙自己的去了。

文娉诧异："都这样啦？"

许可凡一边翻白眼一边笑："你以为，养个孩子容易的？我要没公公没婆婆，绝对不要孩子。"

文娉不做评价。在她看来,可凡的话,有站着说话不腰疼的成分。她是单身,她都还没断了要孩子的念头。而且,只考虑公婆压力,尉迟呢?她把尉迟放在什么位置?结了婚不要孩子的,究竟是少数。她们都是传统地区出来的人。

文娉提房子。许可凡一骨碌坐起来,这是她最大的兴趣爱好。文娉问风水。可凡当即要了门牌号、小区方位图,又结合文娉的八字,在手机上一番鼓捣,然后才说:"注意到没有,这个房子,门牌号是幺幺幺幺,四个幺。"

"啥讲究?"文娉问。

"像不像四棵树?"许可凡说,"你日主天干属木,从命理上讲,这叫比劫林立。"

"不明觉厉"。文娉求教。

可凡继续说:"你的八字,偏印很重,偏印又叫枭神,是颗凶星,遇到命局里的食神,就会造成枭神夺食,灾祸连连。"

文娉惊得花容失色,脊椎都直了。

许可凡一笑,又说:"不过好在你比劫旺盛且日主强旺,有比劫通关,枭印非但不夺食,反而枭印生比劫,比劫又生食神,食神之源更长远,"打了个响指,"大吉。"

听到最后两个字,文娉又松懈下来,随即笑着:"看样子,这房子不买不行了。"

许可凡附和:"买了你就发达了。"

文娉趁机道:"感情呢,感情怎么样?"

许可凡故意:"这我可看不出来。"

文娉故作沮丧:"我知道,你是坏的不说好的说。"可凡连忙道:"行啦,子午酉卯四桃花你一个人占仨儿,且招人呢。"

文娉见火候差不多,便切入正题,她胳膊支在沙发扶手上,单手托着头:"烦。"

"咋了?"可凡上钩。

"遇到个麻烦。"

"啥麻烦,官司?"可凡惯性思维,"打呗。"

文娉放下手,单刀直入道:"老高想跟我处。"

许可凡顿时脸色有点变化,但不到一秒,又恢复正常。"好事儿。"可凡干笑笑。从这点微表情里,毛文娉已经摸透了许可凡的内心变化,这也是她这么着跟可凡透露的原因。自己的心上人被别人摘了,换你你什么感受。不过文娉相信,只要有策略,可凡还是个识大体的人。

毛文娉放下手,另一手伸过去抓许可凡手腕子:"你说我咋办?"

"你自己个儿的事,问我干吗?"可凡耷拉脸子。

毛文娉加一把火:"凡,你我之间,从读书的时候就没秘密,我心里有啥,全宿舍第一个跟你讲,因为我觉得你客观、公正,而且总是会站在我的角度为我考虑。"

许可凡有点发窘。

完全是策略。先捧起来,她就不好不识大体了。

文娉又说:"老高有意思,按说我不应该拒绝,我的处境也不容乐观,年纪大把,事业无成,可他到底离过婚、有孩子、没房子……"

本来不觉得,都从嘴里说出来,排排清楚,文娉也不免有点伤感。

"那你图他啥?"可凡直捣黄龙。

"我也不知道……"文娉故布迷阵。

可凡啧一声:"别不知道呀,感情这个东西你得知道你得明白,得想清楚了,现在处着,将来肯定也是往围城去的,不是说大家玩玩,十年八年,你耗得起吗?"

文娉一时语塞。可凡说的是人间真相,是她不愿意直面的,尤其是孩子,她这辈子还要孩子吗,什么时候要,跟谁要? 这个重大决定,也就这几年的事儿。可高处寒一来没钱,二来拖着个孩子,三来人家想不想再要孩子,也是个未知。他们从未就生育问题严肃地交谈过。文娉现在就是小马过河,蹚着走。

许可凡见文娉沉默,又叹息:"其他你都先放一边,你就问问你自己个儿的心,是喜欢还是不喜欢。"

"不讨厌。"文娉换个句式。

许可凡双唇紧紧抿着。

文娉把可凡的手捏紧了:"你要支持,我就试试;你要说不行,那就算了。"

许可凡连忙道:"别介,这个责任我可担不起。"

闺密俩正说着话,尉迟回来了。看他风尘仆仆的样子,不像出去遛弯。尉迟进门只顾着脱鞋、放包,没注意文娉在,他张口就来:"今儿不错,有小六百。"车钥匙撂在玄关处,啪一响。

好嘛——大概明白了,八成开滴滴去了。毛文娉扭头看看可凡。许可凡面子已经有点挂不住,嘴嚅着,眉头蹙着。文娉随即大声:"尉迟,走了多少步呀,这弯儿遛的,榜上该第一了。"尉迟讪讪笑。许可凡道:"水烧好了,洗去吧!"尉迟唉一声。还没等可凡再招呼,毛文娉便起身告辞了。

年前,文娉打算回老家一趟。她跟社里请了年假,也跟高处寒打了招呼。说也奇怪,当面锣对面鼓"确定关系"之前,高处寒还时不时撩她,偶尔"霸总"上身,或是说点土味情话。现在两人的关系有了阶段性标签,他反倒以礼相待了。文娉要买房,老高还提过要资助,大致意思是,免费给,不用还,也不写名字。

天下有免费的午餐吗?

文娉想了想,还是婉拒了。人生第一套房,她打算自力更生。万一将来跟他掰了,不至于扯皮。她这次回乡,一是看看父母;二是年前回过年就不回了;第三,便是回去跟老爸落实房款。不过老实说,老高有这个态度,文娉就满足了:起码说明这男的遇事不装鳖。

回家前头两天,高处寒说要请文娉吃个"送行饭",答应得好好的,临了,文娉又变卦了。于曼蔓临时找她,人都到跟前了,看上去浑身都是痛苦。文娉问怎么了。曼蔓道:"咱吃着说。"

文娉轻车熟路,带她去新开的小海鲜店,把请许可凡吃的重新点了一遍:饺子,鲅鱼、海肠两种馅儿,还拌巴蛸,外加了一壶贵腐酒。两个人喝上,于曼蔓情绪才上来,一副举杯邀明月的晃荡样子。

"毛毛你说说,咱比那些小丫头片子差哪儿了?就一个年龄?身材脸蛋能力咱哪儿顶不上?咱来北京混的时候,她们还不知道在哪儿玩呢!"

好了,明白了,八成被半路截和了。文娉不多问,好言劝慰。但劝来劝去,也是车轱辘话,无非是,你很棒很优秀哪都不差,到最后,那话说得,文娉自己都不信。是不差,论据呢?唯一的点:身材不差。实打实,凹凸有致。喝完了贵腐酒,曼蔓又要了一瓶牛二,加了一盘凉菜。跟着就是痛说历史,怎么来北京的,混得最好的那年赚了多少,以前在宋庄怎么怎么风光……

喝得七摇八晃,文娉扶她回家,是王百味开的门。两个人合力把曼蔓身上收拾干净,文娉才看着曼蔓问百味:"知道她有啥烦心事?"说了一个晚上,只知道有小妹惹事,具体啥事,还是不清楚。

王百味道:"中间屋这小妹,换工作,搬走了,小于有点舍不得。"当着外人,他叫她小于。

文娉这才想起房燕,在桑嫣公公生日宴上见着了。这就搬走了?呵呵,在北京就是这样，聚散无期，必须习惯。

年前到老家，文娉把房子的基本情况跟父母说了。她老爸干脆，直接下楼去银行把钱划了。趁父母高兴，文娉又提到高处寒。她爸没问什么，她妈有点激动，反反复复把男方方方面面的情况盘问一通。文娉本来想撒谎，遮盖遮盖，但话到嘴边又实在觉得麻烦。于是照实直说，包括高的婚史、高的孩子。

她原本以为老妈会不高兴。

谁知老太太却说："找个有经验的带带你，也是好事。"毛文娉听罢，一方面感谢父母的包容；另一方面又觉得，大概在父母眼中，她实在是个难题，如今有人肯接盘，离过婚根本就不是什么大不了的事情。

至于男方有个女儿，老妈也简单点评了："丫头好，不缠人。"又说，"先办孩子的事儿，孩子有影儿了，踏踏实实落地了，你们俩再办事儿。"文娉惊愕。这都什么事儿呀。倒序？！瞧着吧，在老爸老妈眼里，她这首歌，从头唱都不行，就必须直接唱副歌，唱高潮。可是，听过了副歌、高潮，谁还要听序曲呢。

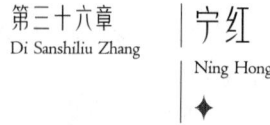

第三十六章　宁红

这个年，宁红注定过不愉快。

年前还好好的。公司那头，她忙着核准年终奖，旗袍会这边，有庆祝活动，还请了健身俱乐部的妇科专家来会里讲女性保健。她早早地张罗着去拜访这个那个要人，去哪些哪些地方——逢年过节，是联络感情的好时候。

可没想到，年还没到，她却住院了。

用她自己跟吴冠军抱怨的话说就是："人家过年，我过敏。"荨麻疹。吃药不行，只能住院，查过敏源，慢慢治疗。宁红都不记得自己上次住院是什么时候，怎么一个小小的过敏就把她打倒了呢。没办法，荨麻疹可不跟她客气，白天隐藏，一到傍晚，它就一大片一大片出现，属于游击战争，搞突然袭击，说句不好听的，屁股上都有。

人生突然充满了疙瘩。宁红害怕。

住院的单人间，是吴冠军一手安排的。宁红非常配合地做了过敏原检查，结论是：对鸡蛋、醋和香蕉过敏。追根溯源，属于免疫力下降。医生给宁红药，全是西药：法莫替丁片、复方甘草酸苷片、桂利嗪片、琥珀酸亚铁片、酮替芬片……每天吃一把，治疗了一个礼拜，到年前了，身上疙瘩却很顽固，一会儿好，一会儿坏，就是不肯撤退。

宁红问："大夫，能吃中药吗？"

大夫答："不能混着吃，一个疗程结束，可以尝试。"

宁红着急："大夫，有特效药吗，我等着回家过年。"

大夫答："用激素。"又说，"一般病人，估计早就用上激素治疗了，也就是宁老师您，我们才如此慎重。"

激素，宁红当然知道激素快。作用快，效果明显，但副作用大，轻则发胖，重则股骨头坏死。宁红不愿意面对发胖的自己，只能熬，跟坐牢似的。

吴冠军和乃心过年的行程宁红已经给安排好了：三十、初一，去婆家，初二回娘家，初三再回婆家，一直待到假期结束。除了年三十，宁红几乎没怎么跟老吴视频过。那边欢乐，这边凄清，一人间病房，只有包陪着她。宁红没在"六瓣花"小群里提自己的病情，她不想让人看笑话。皮肤科封闭式管理，宁红出不去，别人也没法儿进来，宁红申请去医院花园走走，大夫不同意，说怕疙瘩见风长，治疗会前功尽弃。

年三十晚上最难过，女儿和老吴拜过年了，视频关闭，宁红一个人对着电视看春晚。

群发了祝福短信——宁红也给左总发了一个。内容是独家供应的，写了删删了写，最终呈现出来的是：祝左总及夫人，阖家欢乐，白头到老。有点揶揄。左豪似乎并不在意，直接回了一段语音："宁主编，新年快乐，继续合作。"宁红捧着手机呆了一会儿，她不禁反思自己是不是有点太把那事儿当回事儿，人家只是有枣没枣打一竿子，逢场作戏，她呢，却真往心里走了。

宁红又给蒯姐发祝福。蒯姐也回复了，祝她发财，跟着给了个红包，一百六十六，弄得宁红不好意思，只能回了个一百八十八。宁红意识到，这个圈层的人，闹翻是不至于的，抬头不见低头见，以后还要合作，即便有一万个不愉快，也得忍住了。而且扪心自问，你宁红有什么不愉快呢，人家设套，你不是没往里钻吗，你不是一点亏没吃吗，何必生气？好笑。

"六瓣花"群里开始发红包了，桑嫣第一个，发了个大包，众人哄抢，连一贯矜持的毛文娉都点了。于曼蔓更是死皮赖脸求着再来一个。宁红也跟着发了。都抢完，她才想着给姐妹们挨个发祝福。

老桑是第一个，直接打电话过去的。桑嫣接了，宁红问了老太爷和老太太的情况，又说了一车吉利话；许可凡她不喜欢，直接发了四个字：新年快乐。许可凡礼尚往来，回了四个字：新年快乐。宁红觉着她根本就是复制粘贴。给文娉的是一段语音，内容为：亲爱的，新的一年，祝你岁月静好、事事顺心。文娉回复也是语音：亲爱的，一年一年，真快，感觉我们一起经历了好多好多，这份感情我很珍惜，好姐妹一辈子，真心希望你过得好。宁红一面感动一面气弱，瞧瞧，又被比下去了，她既没有人家的真诚，又没有人家的质朴。她怎么就脑残用了岁月静好这几个字呢，她又不是张爱玲的粉丝。

然后是杨盼。她发了一张新年快乐的动图过去。杨盼回复一段话文字：新年好老班长。宁红不屑，老杨也就这水平。亏得还盘踞在教育战线，没进公立学校不亏。谁知杨盼又补了一段：网络就是好，问个新年好，虽然不见面，永远忘不了，愿我们健康、快乐、永不老。

呵呵，什么档次。宁红懒得回复了。

最后是于曼蔓。若是平时，宁红可能会给曼蔓和杨盼一样的待遇，直接一张图片了事，看聊天记录，她跟曼蔓的上一次对话还是中秋节，她也是发了张图片。但此一时彼一时，她现在可无聊呢，除了文娉，恐怕就只有曼蔓能陪她聊天。于是乎，宁红拨了个语音电话过去，于曼蔓接了。

宁红热情地说："干啥呢？"

曼蔓答："躺着呢。"有气无力。

"回老家了不？"

"我敢回去吗？"

"搁北京哪？"

曼蔓嗯了一声，反问宁红在干吗。

宁红笑呵呵道："最怕过年，闹得头疼，以后你可得找个孤儿，不用那么多啰唆事。"

于曼蔓说："你这是身在福中不知福。"

宁红不恋战，话题转变，开启怀旧模式："真怀念咱们读书那会儿。"曼蔓说可不。

宁红继续："你记得那年吧，好像是入学第一年，你还没来我们寝室呢，过年咱都没回去，文娉、老桑、你，有没有可凡和杨盼不记得了。"

曼蔓道："还有陈烈香。"

宁红停顿，不深究："反正就有那么一年，咱在学校门口那音像店，跟那老板，那女老板记得不，短头发，有点像男人，她弹吉他，咱用那蜂窝煤炉子做烤肉吃。"曼蔓接话："你还把肉烤煳了。"宁红纠正："那是文娉，她不会烤。"说到这儿，闺密笑一阵，孤单寂寞似乎也减退了不少。

于曼蔓突然惆怅："好日子一去不复返喽。"

"别啊，"宁红鼓励她，"好日子还搁前头呢。"

曼蔓口气加重："老宁，我真羡慕你。"

宁红反倒要矜持："羡慕我啥，羡慕我累。"

"你啥都有了。"曼蔓落寞。

"都是虚的。"宁红真心心疼起曼蔓来。

"人可不就是为这些虚的活，"曼蔓突然有点哲学家的意思，"活来活去，就活一口气。"

宁红一时不晓得从何处安慰，混乱问道："你妈还催你呢？"曼蔓哼一声："且催呢。"

宁红问："这会儿屋头就你一人？"

曼蔓道："一个鬼影儿都没有。"

"合租的那俩货呢？"

"回老家一个，"曼蔓说，"还有一个，"她突然恼火，"哎哟别提了，那个提起来我都……我都不解恨！"看样子有故事。

宁红连忙问："咋的了这是，哪个让你不解恨呀，男的女的？"

"女的。"

"就上次跟你去老桑公公生日宴会那个？"

"就她。"

"她咋的了？"

曼蔓大喘气："我跟你说老桑，这人出了社会根本就处不到真心朋友，就没有，还是咱们这从小一起长大的真，你说那小房燕儿，就一小孩儿，我对她多好多好好，人背后给我摆一道。"宁红见话里有话，故意引逗她道："她一小孩，怎么跟你比。"于曼蔓愤然："我当玩了一场农夫与蛇，我就是那农夫。"

宁红继续问："是蒯姐介绍的？"

曼蔓支吾。

宁红更进一步："我可听人说，蒯姐最喜欢给人介绍对象。"能套一点是一点。有曼蔓这点"新闻"做佐料，突然这个年又有意思了。

于曼蔓纠正："不是对象，是工作，当助理。"

"当谁的助理？"

"蒯姐不让说。"

"咱们亲还是蒯姐亲？"

于曼蔓一咬牙："左总招人。"

宁红顿时头皮过电，荨麻疹都快被唤醒了。左豪啊左豪，这标准是一计不成又生一计，这边打不着枣子，又换一棵树打呀！看于曼蔓不明就里的样子，宁红只好拐着弯提醒她："有些工作，不做也好，你现在的主要工作是嫁人。"曼蔓瘪嘴道："红子，你可得帮我留意。"宁红说必须的。

挂了语音电话，宁红坐在病床上，护士来巡房，宁红吃了一天之中的最后一顿药。她有点失神。这江湖的水，比她料想的还要深。左太太不还没死吗，这就着急找下家了？曼蔓是真傻还是装傻，这个助理好做的？不过也许人家于曼蔓当真觉得是个机会，如果能当上左太太，或者哪怕当不上，就当个姘头，估计也能捞一票。再一想，宁红又替自己委屈，她也曾是候选人，她怎么就能跟干房产中介的燕儿平起平坐？是一个水平线上的人吗？她恨蒯姐有眼无珠，又恨左豪饥不择食。男人啊，有几个不渣的？就这么东想西想到十二点，吴冠军来电话了。开篇就是甜言蜜语："夫人，谢谢你。"宁红说了句少来。吴冠军又说："夫人受苦了。"

宁红心思不在腻歪上，直接道："老左招了个助理你知道吗？"

老吴笑说："这事儿哪能告诉我。"

"知道是谁吗？"

"不知道。"

"是跟于曼蔓合租的那个房产中介。"

"别不是要找房子吧？"老吴开玩笑。

宁红恨道："你需要吗？"

"什么？"

"助理。"

"我不是有助理嘛。"

宁红这才想起来，老吴有助理，秘书小张，男的。她转而感叹："你说这男人一到中年要不作点花儿出来，是不是都觉得自己白活？"

吴冠军劝说："夫人，咱不管别人，咱就管自己，别胡思乱想，你这病也有心理因素，想太多。"

宁红不肯罢休，追问："老吴，你是不是有事儿没告诉我？"吴冠军一下急了："夫人，这大过年的……要不这么着……我现在就回去……年也别过了。"

宁红呵呵笑，把吴冠军安抚住，然后才鬼头鬼脑问："你跟我说实话，老刘在外面有故事不？"

"哪个老刘？"

"刘宪魁。"

"哎呀……没有……"吴冠军急得恨不得自刎。宁红见状，只好打住，又问了几句接下来的行程，吴冠军不打磕巴报了，包括去她妈那，去七大姑八大姨那拜年。宁红叮嘱老吴把乃心的压岁钱把紧，别让孩子乱花。

第三十七章　杨盼

Di Sanshiqi Zhang

Yang Pan

✦

午下，杨盼没去婆家，娘家也只待了两天，年初一就回北京了。实诚和秀秀，要在东北过完一整个年。

毫无疑问,杨实诚对杨盼是有意见的。平时怎么由着她惯着她都行,可过年,在实诚和实诚老家人看来,是一年中最重要的事。

比天都大。

他是男人,是家里众星捧月的那个月,他过年不回家,整个家都会缺少生气。何况村里的那些走亲访友、婚丧嫁娶,还需要实诚去撑门面。他的出现,事关爹娘未来一年在村里的口碑和地位。杨盼不跟着回去,就是给他丢脸。于是实诚只好自己给自己台阶下,装老爷们儿:"平时甩手,过年了,店要开,她不管谁管?!她就该累!该吃点苦!"架势有点像发脾气。他爹妈一见儿子这样,只顾着劝他,就忘了杨盼的存在了。

年三十,统共两桌客人。杨盼跟实诚通气儿。实诚劝:"不如好好休息,明儿没准更少。"一语成谶,年初一,果然就来一桌。杨盼骂实诚净说破嘴话。桑妈委以重任,就是希望他两口子能力挽狂澜,把茶楼办起来,结果呢,一不小心关门大吉,怎么向人家交代。

"六瓣花"群里过年红包发到年初二。年初三,杨盼关门早了点,回家前拐去桑妈那探了一头。没人在家。杨盼给老桑打电话,拜年,连带问她公婆好。桑妈说她明天下午回御府,让杨盼过来坐坐,再过几天,她就要跟宪魁飞海南。又说让实诚和秀秀也跟着一起来。杨盼笑着解释,说他爷俩还在东北呢。

初四下午,杨盼到别墅去,桑妈一个人在家。她说宪魁还在市里陪妈,伊若去拉脱维亚了,崔姐也在市里。

杨盼问:"不说崔姐要回老家吗?"

桑妈道:"本来三十儿就要走,好歹留了几天。家里一堆事,她要走了,这年就别过了。最后加了钱,又允了多放几天假。实在对不住人家。"杨盼问她公公恢复得怎么样。桑妈说就三十儿搁家过的,初一又去住院了。杨盼安慰道:"慢性病,慢慢治。"

桑妈看着杨盼,叹了口气。

杨盼诧异:"咋着了?"她很少见老桑这么愁苦过。

桑妈沉默了一会儿,才说:"这事儿,伊若都不知道,就我和宪魁清楚。"杨盼忙问啥事儿,又说自己肯定保密。桑妈苦着脸:"告诉你也没关系。"话头停在那儿,桑妈说不出口。杨盼捉住她的手,握紧了:"没事儿!"桑妈眼眶发红,

"我妈得了……"吸一口气，声音小小的，"癌……"

杨盼惊得手抖，连忙说："那你还不赶紧回去。"

桑嫣解释："不是那个……"

杨盼恍然："你婆婆？"

桑嫣低眉婉转，默认了。

"老天……这……"杨盼语塞。

桑嫣继续："她自己还不知道，但估摸着，心里有数。"

"能治不，啥部位？"

桑嫣在胸口比了比，她不想说那恐怖的字眼。杨盼实诚，追着道："乳腺？！"桑嫣还是不吭声儿。过了一会儿，才说："如果做手术，怎么着也得年后，妈又有糖尿病，就算手术顺利，恐怕都得有后遗症……"叹口气，"走一步算一步。"

桑嫣两手在膝盖上揉搓。

天降横祸，作为闺密，杨盼也有点回不过神来，她为老桑担忧，公公住院，婆婆又病，什么都要老桑扛。她得多苦多累呀！杨盼道："桑，要有什么用得着我的地方，你尽管说话，要我过去吗？崔姐不在，跟前也得有人呀。"

"就这几天，还顶得住，"桑嫣反抓杨盼的手，"我们这个家，外头看着风光，里头的艰辛谁知道。"

杨盼口不择言："百足之虫，死而不僵……"说完又觉得不对，转而道，"我意思是，瘦死的骆驼……"好像也不对，亏得还是语文老师。她只好表态："反正，我们都支持你。"杨盼也明白，这是一句虚话，支持咋着，不支持咋着，她能干吗，茶楼都没管好。桑嫣又问实诚和秀秀几时回京，杨盼说了日子。桑嫣问今天干吗，杨盼说要看店。

桑嫣笑："还开着呢，往年都休到十五。"

杨盼叹息："能赚一分是一分。"

桑嫣推心置腹道："盼，茶楼你不用担心，干一天是一天，顺其自然，也不止我一个股东，大家都有心理准备，本来开这个店，就是个玩儿。"杨盼说那也得尽心尽力。桑嫣话锋一转："眼前有个事，比这店儿还急。"

杨盼问啥事。

桑嫣款款道："崔姐这次回去，一来是放放假，跟家里人团聚团聚；二来，也是到老家暗地里瞅摸看看有没有合适的保姆。等妈再住院，家里就崔姐一个，肯定忙不过来,现找哪有合适的,"停顿一秒,"就是这人,得瞅准了。"

杨盼领会得快:"要不我过去几天,帮着掌掌眼。"

"你能去最好,"桑嫣说完又迟疑,"就怕太麻烦你。"杨盼迭声说不麻烦。她欠着老桑的人情,巴不得找地方尽心力。桑嫣一提,杨盼恨不得当场立下军令状——保证完成任务。桑嫣又交代了一些选人的标准,包括年纪不要太大,最好是三十上下的妇女。杨盼问什么叫妇女,桑嫣说就是生过孩子的。还有就是要健康、性格要好——人要随和,等等。其余的,她拜托杨盼随机应变,仔细观察,有什么情况,随时沟通。

杨盼在手机备忘录上记得清清楚楚。桑嫣给崔姐打了电话,说明情况,又让崔姐晚些时候跟杨老师单线联系。都交代清楚,高处寒来了。杨盼感觉高律师跟老桑有话要单聊,便先回家准备去了。

天擦黑,崔姐来电话,说票太太已经买了,隔天一早,北京西站见。杨盼寒暄了几句,挂断电话,开始收拾衣服行李。都整理完毕,才给丈夫杨实诚通视频。实诚挂断,改成语音打过来。

杨盼当即明白了,她笑问:"玩牌呢?"

"搓几圈。"

"输了赢了?"

"今儿赢不少,"实诚笑呵呵,"店里怎么样?"

"关了。"

"咋关了?"

"说十五以后再开。"

"那正好歇歇,"实诚好声好气,"妈来电话了。"

"我妈?"

"是,你妈,咱妈。"

"又啥事儿,"杨盼没好气,她父母重男轻女,她在家一直没啥地位,"不打给我打给你,肯定没好事。"

"弟的事。"

"要钱?你没答应吧?"

"我说跟你商量商量。"

"到底啥事儿?"

"弟想买车。"

"咱有车吗?"杨盼来气,"你别管了,妈要再来电话,你就让找我!"

杨实诚劝:"不值当生气,有困难说呗,妈也会理解。"

杨盼道:"你永远是好人,我永远是坏人。"

"压岁钱散出去多少?"

"差不多了,就指着打牌赚回来。"实诚憨憨笑。杨盼只好打发他去。平时再抠,过年这段不能抠,对实诚来说,在老家人跟前的面子,比命还重要。回乡过年,就是花,就是造。杨盼由着他。憋屈一年了,总得有地方抻抻肠子。他玩他的,她干她的。

次日一早,杨盼跟崔姐在车站碰头,一路南下。这是杨盼第一次去河南,大别山。两个人唠家常,杨盼基本摸清了崔姐的家庭情况。她老公五年前去世,有三个女儿,一个在郑州,一个在上海,一个在石家庄。她原本跟着小女儿在石家庄过,受不了女婿的气,才到北京打工。老家的宅子是丈夫走之前建的,两层,七八个房间,女儿出嫁后,就她一个人住。现如今交给老家的小叔和妯娌打理。杨盼问崔姐怎么没什么河南口音。崔姐说祖上是河北这块的,她是嫁过去的。下了火车转大巴,又走了二三十里山路,才进入镇子。再往下走几里路,才见到村落。

崔姐家就在路东面,路西是一条河。

杨盼来,崔姐尽地主之谊,又是烧又是燎,让她入住楼上大房间,拿新被褥。一路颠簸,人困马乏,杨盼稍微擦洗便睡了。一觉到天亮,崔姐已经准备好早餐,胡辣汤、白馍馍,还炒了个土豆条条。

八点多钟,就有隔壁邻居来拜年。崔姐对外介绍,就说杨盼是她娘家的姨表妹妹。邻居瞅瞅,说漂亮话:"真俊!"上午去镇上买菜,中午还是崔姐做饭,有肉有菜,杨盼喜欢那大面圆子,崔姐也给蒸了一小碗。杨盼感叹:"还是村里头有年味。"崔姐道:"跟过去也不能比啦,村里平时都没啥人,就年里头还热闹些。"吃完饭躺了半个钟头,崔姐去小叔家借了电动车,带杨盼沿着小河,一路往上游开。

又是半个钟头,方瞧见房舍。小车一拐,停在一户院场门口,院子里一棵大柿子树。树旁卧着条黑狗,见人来,汪汪直叫。屋头跑出来个男孩子,拽着狗,一个老太太站在门槛边招手,让进来。

崔姐领着杨盼进屋。当门屋头的小方桌旁趴着个男孩,年纪比适才拉狗的小。

他正在看书。崔姐问老太太:"小的都这么大了?"

老太太道:"上学认字了。"

"大的呢?"

"大的快不读了。"

崔姐回身介绍,还是那套老话,说杨盼是她表妹。老太太也不多问,领着二人到屋里头坐。杨盼想起桑嫣的叮嘱,连忙东看西望,一双眼睛跟扫描仪似的,恨不得哪哪都记清楚。

不用说,这是个穷户,从陈设大抵能判断出。再者,这屋头除了两个娃娃,恐怕没其他男人。崔姐跟老太太唠了会儿家常,无非是哪里修路了,哪里死人了,哪里肉贵了,哪里孩儿考上大学了。杨盼一句不插嘴,只听。约莫过了二十分钟,进来个妇女。猛一看,有三十好几。但仔细瞧,杨盼发现她恐怕只有二十多岁。两个男孩赶着叫娘,应该是亲娘无疑。往回退,这女子估计十八九就生育了。老太太叫女子凤地儿。

杨盼不晓得是哪两个字,问崔姐。崔姐笑说,是凤凰的凤,庄稼地的地。凤地儿叫了声婶子,没其他话。跟着就是崔姐介绍自己在北京的工作和生活情况。都说完,她从包里拿出个信封,交到凤地儿手里:"这是定钱,你要愿意,出了十五,再安排。"

凤地儿抬头看看老太太。

老太太道:"拿着,我也豁出老命了,你这俩孩儿,吃人。"说完大家都笑了。

晚上村里有人办宴,崔姐带杨盼吃杀猪菜,喝本地腊酒。没喝几口,却很上头。夜半,外头风声呼啸,她老感觉窗户底下一闪一闪,不由得心颤,躺到十二点,她还是摸到崔姐那屋。崔姐睡得呼吭。杨盼嫌吵,推了她两下。崔姐醒了,见杨盼在,身子挪了挪,给她多少让了点地方。一时两个人都还没睡着。杨盼小声问:"这个凤地儿,是不是请去照顾刘家老太太的?"

崔姐嘴有点瓢,有酒气,她喝得多:"老太太我顾。"

"那凤地儿干啥?"

崔姐诡秘一笑。杨盼更好奇,追问。

"你可得保密。"崔姐说。杨盼立刻表态坚决保密。崔姐喷酒气,咬字都不清晰了:"凤地儿凤地儿……她就是块地……"

杨盼一头雾水,继续问。

崔姐突然唱起来。开口竟然是黄梅戏："丢下一粒籽，发了一棵芽，么秆子么叶，开的什么花，结的什么籽……"唱着唱着，她竟睡着了。杨盼平躺着琢磨崔姐的话，许久无法入睡。

第三十八章 许可凡
Di Sanshiba Zhang
Xu Kefan

✦

每到过年，许可凡都可烦可烦了。

首先是单位。开庭排到年二十九。没办法，工作不能耽搁，结案率有考核，劝撤不了，只能开庭。长途又堵，她恨不得年三十晚上才赶到娘家。年初一又要去婆家。

其次是尉迟。他每到过年也惹她生气。许可凡总觉得他做事太小气，比如去饭店订年夜饭，一桌子人，就那么几个菜。可凡爸妈脸色不好看。尉迟小声道："套餐。"许可凡不乐意了，套餐是死的，人也是死的？不知道单加菜？！有钱还怕买不到？！还有群里发红包，抢到最大金额的接着发，好几次尉迟都迟疑。可凡不满。干什么，这点小钱发不起？装什么孬？一怒之下，许可凡连发了五个大包。群里孩子们雀跃，一个劲儿说大姑牛。许可凡痛心疾首，她就不明白，一年就这一回，尉迟怎么就不能把场子给她撑起来。

尉迟父母更好笑。尤其他妈，总爱在饭桌上放话："虎子忙，家里你多担待点。"您儿子忙不忙您不知道？您是因为啥回来的？说实话，听到这儿，许可凡真想当场大吼一声："你儿子没上班！"可不行，她还得笑。这叫顾大面场，她充其量只能嘀咕一声："实在不行请保姆。"

还有她亲妈，也是毛病。上次去北京治病，可是抓到尉迟的短处了，回来想方设法埋汰。要么说"多动动，不然长肉"，要么说"人，还是那个啥……社会动物"。自家的男人,自己说行,可换别人说,可凡就不痛快,哪怕是她亲妈也不成。

年初二一过,三口子就驱车回京。照例,一路上,许可凡脸色阴沉,尉迟寅则照例打算把问题消灭在路上,好在回家后落个清静。尉迟老滋老味地说:"对不起,又让你失望了。"后座,女儿菲菲头朝后一靠,戴上耳机,闭眼。老爸的这些口头跪搓板的戏码,她早就懒得听懒得看。

许可凡一脸严肃,目视前方:"别这么说,尤其在外人面前,更不能这么着,好像我欺负你似的,你又没错,道什么歉。"

"让你不高兴就是错。"尉迟态度良好。

可凡伸手摆了摆,示意他打住:"你没错,我也没错,咱俩的分歧,是做人态度的分歧,是生活理念的错位,是对人生的看法不一样,追求也不大一样。"

"怪我,拖了你的后腿,"尉迟从后视镜里看女儿,菲菲的大耳机帮她暂时隔绝了世界。尉迟随即小声,"当初你要找一个有钱的、有能耐的,是吧。"

"现在说这些有用吗?"可凡脸冷得能结霜。

"跟你说个事。"尉迟笑呵呵。

有情况?可凡转过身子,直面丈夫的侧脸。她有感觉,多半是好事。只要他露出这种表情,八成是好事。

"好事坏事?好事说坏事别说。"许可凡语速很快。

"算好事吧。"尉迟沉稳。

可凡耐不住,摇他胳膊,车头哗一歪,尉迟连忙把紧:"不要命啦,"他埋怨,"我节后上班。"

"哪里?"

"小公司。"

"做什么。"

"还是网络工程,小银行的驻场。"

"工作地点呢?"

"三元桥。"

"待遇呢?"

"12K 到 15K。"

"晚上我做饭,帮你饯行。"

尉迟身子往后躲:"这排场……又不是去打仗……还饯行。"许可凡嚷嚷道:"你这就是出征就是打仗,生活就是一场战争,不是你死就是我活。"说罢,可凡回头,对女儿菲菲道:"爸爸好棒吧?"女儿摘掉耳机。可凡又说一遍:"爸爸好棒。"菲菲有气无力:"好棒,爸爸棒,棒……"

新年新气象,可凡舒坦。她现在看谁都觉得可爱,女儿要买漫画书,她爽快同意了。开班后第一个周末,文娉来电话,还是房子的事。她说合同签了,定金给了,明儿要盯着户主去迁户口。可凡问:"合同里写户口保障金了吗?"文娉说保了,但为保险起见,还是盯着签走为妙。可凡又问:"你户口不是在单位吗,你要是不结婚,不生孩子,不用着急迁过来。"文娉笑说:"是不着急,暂时不打算迁,房子上没户口占着,将来方便卖。"

哟嗬嗬,瞧瞧,还没买呢,就想着卖了。可凡真心觉得文娉这人野心极大,只不过善于隐藏罢了。就跟她对高处寒似的,不吱声不吱气儿就把人弄到手了。

可凡故意问:"老高呢?"

是啊,有对象,还找她干吗。今时不比往日。

"家里有事,还没回来呢,"文娉实话实说,"你要不方便就算了。"话到这地步,许可凡又感觉自己大可不必那么小气,木已成舟,她干吗不顺水推舟:"方便,明儿见。"在失去两个朋友和收获两个朋友之间,她选后者。

风很大,没太阳。毛文娉挽着许可凡,站在派出所门口的车棚底下。中介小哥一会儿进去,一会儿出来,房主已经到了,正在办事大厅等待。但要正式办手续,还要等她女儿来。户口要从五环外,迁到她女婿六环外的房子里。

中介赔笑:"姐,进去等吧,外头冷。"

可凡微笑:"没事,站会儿。"

进去干吗呢,跟房主没话说,无非是交易的关系,她看得出来毛文娉也懒得跟他们唠家常。许可凡简单问了问房主的情况,中介一一作答。等小哥去上厕所,可凡才对文娉道:"有些北京人,比咱还惨,二环里长大的,现在恨不得搬河北去了,啥感觉。"

文娉苦笑,不做评论。

可凡又说:"他们对外地人是有气的,可又没处撒,物竞天择适者生存,何况还是外地人接了他们的盘,这老房子才能卖掉,手里好歹几百万攥着。"

文娉紧张,抓了抓可凡的手。

说话间,中介陪一对夫妻进院了,女子的个子不高,男的倒恨不得有 米九,

199

女的头昂得高高的，气场吓人。不用说，一定是房主女儿了。可凡小声对文娉道："一会儿啥都别说，搁旁边站着就行。"文娉唉了一声。两个人跟在后头往里进。

办事大厅人不算多，领了号，一会儿就排到了。房主一家四口跟户籍警交接，文娉跟中介远远地站着，许可凡拿手机录像。办事过程中，四口人谈笑风生，多少有点没话找话，可凡能看出他们的虚。

叶落不归根，偏偏拔地而起，因为钱，被外地人盯着迁户口——跟押解流放似的，搁谁谁能好受。可凡理解、同情他们，但又忍不住生出一丝惬意。啊！这就是北京城，多少朝多少代多少个年头，谁又在这长长久久地站住脚了呢。

都弄齐整了。房主女儿转身，没好气地冲文娉："该拍照拍照啊！出了这门，我就不负责了！"

文娉讪讪笑。显然，她有点不好意思。

许可凡不客气，坚决上前，咔嚓一通拍，然后笑说："谢谢您，清了。"

迁完户口，中介再带着文娉和可凡，到户主的户籍原所在地，再查一遍，等听到户籍警说"没了！"，事情就算办完了——户主的户口已经在原所在派出所销户，迁到更远的地方去了。

全部完成，许可凡比文娉还高兴，一个劲儿说恭喜，又说："落定了！有窝了！"文娉喜不自禁，要请可凡吃饭。许可凡为给文娉省钱，挑来挑去，决定去小吊梨汤撮一顿。

饿了。菜上来，两个人直接风卷残云，正准备剔牙的时候，手机响了。是许可凡的。她拿起来看看，是老桑打来的。奇怪，老桑很少跟她单线联系。文娉低着头，拿指甲盖在桌子上划道道。许可凡接了。

桑嫣单刀直入，说要请她一起去国家大剧院听一个作曲家的讲座，讲柴可夫斯基。可凡受宠若惊，但她怕时间抹不开："我这……"桑嫣拦话："周五，我开车，下了班直接去单位接你。"服务做到这份上，再不答应就是不知趣儿，可凡应承着。她真心觉得，翻过旧年，一切都不一样了。

文娉看她笑得欢，问是哪个。

可凡道："一同事。"她怕文娉多想。大剧院座位有限，毛文娉不在受邀之列。

文娉道："也不知道老桑年下咋过的。"

怎么突然提老桑。可凡警觉，难道毛文娉看到来电号码了？为了避免尴尬，许可凡直攻文娉软肋："你见过老高女儿没有？"

"见过几次,孩儿挺老实。"

"朱佩芸呢?"

"我见她干吗?"

"房子买了,接下来就是终身大事了。"

"暂时不考虑。"

许可凡道:"你不考虑,男人可不会为你考虑,反正他不吃亏,就当是个不要钱的……"太难听,说不下去。

毛文娉完型填空得倒及时:"妓女?"

许可凡不好意思了:"啥妓女……保姆……"

文娉无奈地笑。可凡一边说一边把筷子的包装纸撕得碎碎的:"原来我也不懂,天天办案子,看也看懂了,这男人,骨子里是需要两个女人,"出口大气,"一个呢,给他生孩子带孩子当保姆,在家老老实实的;还有一个呢,是外头的。外头这个,主要功能——夸他,赞美他,我跟你说男人可享受这种感觉了,牛掰,厉害,爷们儿没白活……"

毛文娉道:"那完蛋了,我一个也不符合。"

许可凡提高音调:"你不符合,这个社会会逼着你符合,我们这个社会,对单身人士不友好,我一个同学毕业去上海了,没有上海户口又单身,不管交了多少年社保都不允许他买房……你说这闹的……有钱还买不上房了?北京好歹还好点儿,社保交够就能买,单身的人里头,女的比男的更难过,你是女的,你单身,年纪大了,人肯定认为你不正常。"

"装听不见就完了。"文娉立刻说。

许可凡手指敲击桌面:"那是在北京,你能装听不见,要在老家呢,三四线城市,试试看?"张开双臂,做包围状,"那个社会舆论……"

手机又响了。这次是宁红打来的。文娉看到了名字,可凡不再藏着掖着,直接开免提。

"哪儿呢?"宁红口气急促。

"跟同事吃饭呢。"可凡撒了个小谎。文娉在一旁笑。

"一会儿小区门口见。"

"咋的?"

"有事。"

201

"啥事儿呀，"许可凡追问，"神神秘秘的。"

可凡和文娉对看一眼，都抿嘴笑。

"急事儿。"宁红还是不松口。

"啥急事儿你给我漏点风儿，憋心头我难受。"

"就我一姐们儿，"宁红有点磕巴，"家里有点事儿，要咨询个法律问题。"

"哪个姐们儿？"可凡逗她。

"你不认识，不跟你说了，赶紧的咱一会儿见。"

许可凡挂掉电话，望着文娉，嘀咕："哪个姐们儿呀还急事儿。"毛文娉一边叫服务员结账，一边敦促可凡赴会。

第三十九章 宁红
Di Sanshijiu Zhang　Ning Hong

✦

天黑了，风小了。但跟白天比，这会儿更冷。路上几乎没人了。宁红开车从小区出来，当门口马路边的两棵白蜡树间站着个人。

宁红打双闪。

许可凡小跑过来，上车就问："咋，还出去？"

宁红笑道："做个脸，请你。"

许可凡瞅一眼手机："都几点了，你不说找我有事吗？"宁红不吭声，专注开车，上了大马路，往东开，直到一处未开通的道路入口才停住。宁红嘀咕着说还是得掉头。可凡着急："别慎着了，说吧，这儿没别人。"

宁红把暖风拧小点儿，才断断续续地说："我一姐们……是我以前同事……她怀疑他男人在外头有人……"

"要打官司？"

宁红苦笑:"最终可能要打,现在不还是怀疑阶段嘛,"又说,"所以找你咨询,首先就是这个流程,怎么做对我方有利,然后就是怎么做合适。"

许可凡一口气道:"调查,取证,谈判,谈判失败就上诉。"

宁红立即问:"你认识靠谱的侦探和律师吗?"

可凡想了想:"这事儿老高擅长。"

"别,最好是女的。"

"你那姐们儿现在是打算调查取证是不是?"

"是。"

"行,我帮着问问,"许可凡说,"这点事儿也至于开这么远。"

宁红故意憨笑,啧一声:"我这不是想跟你多唠唠嘛,"陡然严肃,"以前咱俩有矛盾,我知道,你不服我,我也不服你,但是说真的,真遇到事,我还就觉得你可靠,你要是不帮我了,我真是觉得这个世界……"

"行啦,"许可凡打断她,"煽情,鸡皮疙瘩都起来了,把那闺密基本情况给我,找到合适人儿我给你打电话。"

好了,大事委托出去了。宁红刚才说的是实话,她信不过高处寒。男人都是一伙儿的,还是女人帮女人。何况可凡还是她的老同学、老闺密。哪怕可凡最后知道了真相,顶多笑话几句,事儿,还是会认真办的。宁红想得远,现在是侦破,下一步搞不好是打官司,可凡全程在线,她安心。多少年前,因为那场"事故",她们就是一条绳子上的蚂蚱了。

在支付宝聊天记录上发现吴冠军和某个女人的肉麻对话的时候,宁红觉得自己的脑袋简直要原地爆炸!吴冠军,这个她多少年来都觉得自己吃得住拿得稳现在差点胖成二师兄永远笑呵呵在外堪称模范丈夫模范爸爸的男人,竟然……可能……出轨了。宁红接受不了。她突然觉得不认识老吴了。男人有钱就变坏。可问题是现在老吴也没啥钱啊!还在创业,欠债大把……这他妈的都能偷吃?!没脑充血死了便罢,她宁红但凡还活着,就不能让奸夫淫妇好过!

到小区门口,许可凡该下车了,她得往墙头那边去。宁红叮嘱她保密。可凡请她放心。宁红暂时还不想让家丑外扬。停好车,宁红到楼下了。她多站了十分钟,直到全身的血都平静下来才上楼。必须冷静,小不忍则乱大谋,她逼迫自己表现得比平时还正常,不能让老吴看出任何破绽,直到水落石出。

她搞不明白的是,老吴哪有作案时间?平时就是两点一线,公司家里家里公司，几乎都在她眼皮子底下，思来想去，唯一的漏洞，要么是去出差，那也有限，要么就是跟刘宪魁和高处寒他们出去玩儿的时候。如果是这样，那刘高二人根本就是同党，专门打掩护的。

再往深了想，如果刘宪魁高处寒早就知道老吴这事儿，那毛文娉知不知道？桑嫣知不知道？如果知道还不告诉她，那这姐妹真没法儿做了。再一想也为难。就算老桑知道，这种事怎么启齿呢？——可是不能明说可以暗示呀！总不能眼睁睁看着多年的姐儿们被当个傻子耍！当然，这笔账以后再算，当务之急，是撕破奸夫淫妇的脸。

进门面带微笑，宁红换鞋。吴冠军上前招呼，问吃了没有。

"吃了。"

"吃了啥？"

"焖面。"宁红随便扯小谎。

"有个快递，你的吧？"老吴朝玄关台子上努努嘴，又转身对女儿房间方向，"暖气修好了，孩儿作业做完了，衣服洗了，床单换了，"突然小声，"我自己也洗好了。"

最后半截话，宁红诧异。恶心！该洗！脏！洗秃噜皮都洗不尽你里里外外的污垢和那贱女人的气息！

宁红轻轻骇笑，随手大力拆快递。

是一把肯特的梳子。

老吴瞄了瞄，来一句："你这可是奢侈品。"

看吧，连肯特不便宜都知道了，还不是跟狐狸精那儿耳濡目染的！不行，不解气，宁红觉得自己快憋不住了。洗澡，先洗澡。站在花洒下，水从头顶冲下来，一拧，变成水柱，劈头盖脸。她要好好冷静冷静。可是，越往深了想，她就越觉得委屈，这里是北京呀，五光十色，什么人没有，出轨，实在太方便了，她就没人喜欢吗，连左豪那样的男人都对她青眼有加，你吴冠军还有什么不知足凭什么不懂得珍惜？水流凶猛，宁红的眼泪也凶猛，只可惜，看都没看到一滴，就随着水流奔下水道去了。

她不能哭，至少现在不能，她必须战斗。

包着浴巾走到客厅，宁红的脸上看不到任何内心变化，她走到茶几旁，捏提子吃。老吴正在看《潜伏》，这电视剧他少说看了有七八遍了，还不够，继续翻过来倒过去看,好像全世界只有这一部剧似的。过去宁红不明白,今儿却有新感悟,人家是跟着《潜伏》学潜伏哪!

女儿乃心从里屋出来,去玄关处找了根头绳,又进屋去了。宁红提醒:"该睡觉了。"

乃心隔着门拖着腔调说了句知道了。

宁红对吴冠军:"这就是你女儿。"

老吴道:"你装看不见不就得了。"

宁红来气:"骗谁呢,装看不见,一身毛病就不存在了?"吴冠军靠过来,"夫人,你就是太严格要求,对自己严格,对别人也严格,搞得大家都很累。"

"你累了吗?"宁红凝望着他。

"我不累,"老吴连忙解释,"我是说女儿。"

宁红不理他。屋子里静悄悄的。过了一会儿,她才开始问公司的事。吴冠军对答如流。看那样子,还没恢复过来。宁红突然叹一口气,叹给老吴听的。

"又咋了嘛,"吴冠军下巴朝下点,脖颈泛起好几层肉,"福气都给叹没了。"

"今儿听到个事,老觉得不舒服。"

"啥事儿?"老吴警觉。

"算了不说了。"

"别啊。"

"背后嚼舌根子不好。"

"关起门来不算。"老吴精神极了。

宁红叹息:"我也是听一个合作伙伴说了一嘴,"跟着揉心口,"我都不知道要不要跟老桑说。"

"跟老桑有关系?"

宁红停顿两秒,才说:"说宪魁现在外头有人。"

"不可能。"吴冠军不假思索。

呵呵,露马脚了吧。反应那么快,否定那么坚决,人家的事,你怎么就那么坚决,除非你们是同犯,相互包庇。

"你咋知道不可能?"

吴冠军拍胸脯:"老刘人品那没话说!"

宁红骇笑,不再多说,摸了根棉棒掏耳朵。

吴冠军补充道："会不会有误会？"

宁红哦了一声："什么误会呢？"

"这阵儿老刘跟他前妻倒是见得勤。"

宁红大惊。自家的雷还没爆，别家的雷倒炸开了。"不会旧情复燃吧，跟前妻那也算婚内出轨。"

吴冠军劝和："出啥轨，动不动就出轨，那是他前妻得病了，他出于人道主义，多关照关照，我跟你说老刘这人仁义。"

"人道主义，"宁红呵呵，"咋不能告诉老桑呢？"

"这不怕她多想嘛。"

"遮着瞒着，万一露出来，老桑不想得更多？"

"老桑没那么小心眼儿，"吴冠军下结论，"八成就是有人见不得老刘好。"

这话题到此为止，不谈了。

宁红又提到过年大姑姐在视频通话里问她还要不要二胎。大姑姐在小城市，刚生了老二。老吴一听就不高兴："别听她胡说，一点不了解情况，这是哪儿，北京！她闲着没事儿生孩子玩儿，我们能跟她比？我也不能让夫人受这劳累。"老吴激动，宁红却很冷静，她打了个哈欠，问睡不睡。吴冠军立刻也说困了，电视一关，进屋去了。

迷迷瞪瞪睡了一会儿，老吴起鼾了。宁红浑身燥热，可能地暖烧得有点大。她起来调温度，又去客厅倒水喝。走到茶几旁，老吴手机摆在那儿。她拿起来，划拉两下，锁上了。她输入密码手势，不对。此前，她正是猜中了密码才进了老吴的支付宝。难道他发现了，所以改了密码？一定是这样。那他所有的表现，也都是假的，都属于潜伏？她已经打草惊蛇了？妈的，男人，都是演员。

宁红拿着手机，一时无措。她原以为自己是先发制人，殊不知却已经被人反制。老吴或许已经打扫战场，她什么也发现不了了。当然，如果经此一役，老吴迷途知返也好，她的动作，起到了敲山震虎的作用。可是一旦偷上瘾了，他还能迷途知返吗？宁红没有信心。手机振了一下。有电话进来，只响了一下，就挂断了。可能是骚扰电话。宁红呆坐了几秒，脑子空白。手机又振，还是那个号码。宁红迅速记录，嘴里念念有词，然后用自己的手机打过去。通了，没人说话，她也不吭声。两端的人隔着空气对峙着。有感觉，宁红的第六感全面搜索，这个号码有问题，吴冠军有问题。

一瞬间，压抑了一晚上的情绪爆发，她恨，她恼，她怨！她恨老吴背叛了她！她恨自己这么多年的付出！她恨千刀万剐的三儿！她恨不得把老吴阉了！气冲脑门，猛拉茶几下的柜子，宁红一把摸到她妈传给她的大剪子，大大的剪口，过去裁布用的，用多少年没舍得丢，磨过几次，锋利无比。

宁红举着剪子，赤着脚，跟去执行什么秘密任务似的，一步一步朝卧室移动。反正被子一掀，直接下剪子，一了百了！宁红想清楚了。

小卧室门开了，女儿披头散发走出来。

"妈。"乃心抬头，呆在那儿。眼前的这一幕是她无法理解的，见鬼了吗？

宁红心里有事，吓得一声尖叫，剪子坠落，尖尖直扎到脚背，鲜血直喷。跟着就是玉山倾颓——她整个身子摔在地上。

"妈！"乃心赶紧跑过来。

吴冠军被惊醒了，他从卧室出来，揉揉眼睛，不敢相信眼前的画面。宁红一边痛得直哎哟，一边还得为自己找理由："指甲剪死都找不到，只能用大剪子……结果……"吴冠军依旧不解："睡得好好的非要剪你那指甲……"宁红气壮，"长歪了，不剪戳皮！"吴冠军无奈，只好迅速换衣服，送夫人去看急诊。

第四十章 于曼蔓
Di Sishi Zhang Yu Manman

♦

次卧空了一个礼拜没租出去，曼蔓不高兴。这晚百味在家请火锅，两杯红酒下肚，于曼蔓抱怨开了。

百味劝道："实在不行，我担一半儿。"

于曼蔓伸手喊停："别，一码归一码，我是二房东，该我负责。"吃人嘴短，她生扛。

百味憋住笑。

曼蔓痛心疾首："你说那小房，我对她多好，刚来北京，没着没落，我是又传授经验又介绍人脉，结果呢，教会徒弟没师父，过了桥人把板儿抽了。"

"你教她啥了？"

于曼蔓支吾。好多事，不好明说。

百味劝道："不就一工作嘛，没啥大不了，咱这工作也不错，先把东西学好，将来自己单干……"百味还没说完，曼蔓便抢白："单干？技术是一方面，更重要的是人脉，就咱那老总，他带你见过一次电视台的人吗，做这种片子最重要的是渠道，人把几个渠道全掐自己手里，你单干，干出来卖给谁？"

百味一笑："不一定就做纪录片。"

"那做啥？拍电影？你行吗？"

百味咳嗽一声，不表态。

于曼蔓再饮一杯。百味又给满上。曼蔓半举着："小王，今儿就冲你这顿走心饭，咱说点掏心窝子的。"

王百味反倒矜持了。

曼蔓身体微微前倾："你打算在北京买房吗？"

百味迟疑了一下，才点头："打算啊。"

"什么时候？"

"将来，某一天。"

曼蔓嘿嘿笑了。她就知道，小王还没这个实力。"考虑过北京周边吗？"

"哪里？"

"燕郊、大厂、固安。"

"没想那么多。"

曼蔓轻拍桌面，小碗儿震了一下："你得考虑了，我跟你说我最近愁得我……"一根手指竖在他两眼之间，"你知道石家庄房价都多少了？"深叹一口气，"我寻思着，北京买不起，老家的不想要，那走中间路线，怎么着也得在石家庄混一套，不然以后咋办……"

"先好好干，"王百味鼓励道，"干好了，将来直接北京买。"

曼蔓摇头："我跟你说小王，我比你来北京时间长，就咱这工作就是个糊口，根本干不到头儿……"

"没事儿,这不还有我给你垫底呢嘛。"

曼蔓发怔。百味说的是,房燕走了,在这间屋子里,王百味就是她的底儿,一想到自己比小王还强点儿——她是女的,嫁人能解决刚需问题,曼蔓的心多少安稳了些。她举杯:"你垫底儿?"

"垫着呢。"百味拿杯子跟她碰了一下。

于曼蔓一饮而尽,百味抿了一小口。曼蔓见了,不愿意:"干啥,养鱼呢,赶紧清了!"

王百味不再含糊,一仰脖子,干了。

曼蔓忽然惆怅:"哎呀,想吃火烧。"

"驴肉的?楼下有。"

"不是那种长的,要方的,滦县火烧。"

"那回头咱开车去。"

"车呢?"

"借一个呗。"

曼蔓撇嘴:"借车去滦县吃火烧,标准行为艺术。"又说,"清明后校庆,也许可以拐过去一趟。"

"我开车。"

"你去,啥身份?"

"宁大姐我都认识了。"王百味说。他跟宁红,是羽毛球球友。曼蔓正想反驳,有人敲门。百味起身去开。当门口站着个中年妇女,看上去五六十岁,染着黄头发,金耳环金项链齐备,左右手各一只包。百味还没来得及开口,妇女一条腿便迈进来了:"曼蔓住这吧?"

于曼蔓回头看,惊得连滚带爬站起:"妈!你怎么来了?!"

"我不能来?"妇女偏头笑,"你不是说想吃佘丸子吗,我来给你佘丸子。"

老妈来了,突然袭击。这是于曼蔓万万没料到的。多少年来,于曼蔓和老妈周半芹的关系都有点一言难尽。简单说,她们都觉得对方差心眼。尤其是选男人这个重大问题上,忒不着调。曼蔓认为老妈人生最大的错误就是嫁给于兴怀(曼蔓老爸),第二大错误就是在离婚之后,找了王安邦——曼蔓叫他叔。周半芹跟王安邦姘居多年,一直没领结婚证。过去,曼蔓恨王安邦,觉得他米饭锅里一粒沙,格格不入。这几年情况有变,她突然感觉王安邦也不是一无是处。至少,能跟周半芹做伴儿。否则，陪伴老妈的担子，只能落在她身上。曼蔓是独生子女，连个推脱的人都没有。不过，这回老妈从天而降，又是这么个风风火火的状态，于曼蔓本能地觉得不对。周半芹推开房燕那屋的门，打量一圈，道："我就住这。"

曼蔓肝颤儿："这得租出去，赚钱。"

"到哪天儿是哪天儿。"周半芹那股泼皮精神又上来了。于曼蔓只好把门关上，娘俩的话，她不想让王百味听到。

"妈您这是来干吗呢？"

周半芹若无其事："看看你。"

"这不添……"于曼蔓浑身难受。乱字还没说出口，周半芹便拦阻，啧一声："怎么叫添乱呢？我是来帮你的，没有你妈我，这么多年，你搁北京混明白了吗？"

一句话噎得于曼蔓顿时饱了。是亲妈吗，哪壶不开提哪壶。她是周半芹生的，她妈治她，一治一个准。

曼蔓耐下性子，赔着笑："妈，您不管叔啦？"

"管他呢。"半芹坐在床边上，一条腿已经放到床上去了。鞋脱掉，她抠脚指甲。

"他离了你可不能活。"曼蔓打趣。王安邦和周半芹轰轰烈烈过，缠缠绵绵永相随。

"地球离了谁不转？"周半芹已经开始捏床板上的纸头。

不对。态度不对。曼蔓有种不祥的预感。

"跟叔吵架啦？"

"没有。"周半芹不耐烦。

"到底怎么回事呀！"曼蔓故意大惊小怪。

周半芹转过脸对女儿："没事。"态度十分坚决。

曼蔓拿出手机："我给叔打电话。"

周半芹上前夺了，不许打。

于曼蔓呆在那儿，她一直以来的担忧似乎正在迫近，跟个鬼影似的。曼蔓想得明白，无论王安邦和周半芹吵成什么样，她也得把他们黏合起来。她妈妈的老年生活应该在老家而不是北京。于曼蔓望着她妈，眼里满是愤愤。死的活的，总得有个说法呀！

半天，周半芹才说："和平分手。"

来了这么个时髦词儿。

曼蔓心要炸了，她急得舌头打结："不是……怎么就……那个……哎呀妈……"

周半芹道："他回家给孙子当孙子去了！"

这绕口令。

曼蔓舌结。

周半芹又往窗边走了两步，猛一拉，冷风灌入，人都清醒了几分："反正，你要不让我待，我就跳下去。"

于曼蔓连忙去把窗户关好，低声："能不惹事吗？"

周半芹又恢复笑容："去弄点儿吃的，家里有啥？"说着就往门外走。王百味从厨房出来。周半芹问："小伙儿煮啥呢？"

她闻到味儿了。

"黏苞米。"百味如实答。

"来俩棒。"曼蔓妈毫不客气，嬉皮笑脸。

于曼蔓站在老妈身后，双手叉腰，无可奈何大喘气。

麻烦来了，没跑儿。老妈来京第一晚，于曼蔓的态度还是比较坚决的——周半芹不能住原房燕的房——住进去容易，搬出来就难了，一旦鸠占鹊巢，将来怎么租？不出租，就少了一份收入。于曼蔓安排老妈跟自己"倒腿"：一人睡一头。谁知周半芹惊天的呼噜声，逼得曼蔓第二天就不得不送客，把那间空房贡献出来了。这么个睡法儿，谁能跟她住到一块儿，还怪王安邦半路逃跑。不过，老妈来了有个好处，下了晚班，好歹能吃口热乎饭了，推开门就能闻到氽丸子的香味。周半芹说到做到，她就是来做氽丸子的。

曼蔓洗了手，坐到客厅桌子前就要开吃。周半芹打她手背："等会儿！"曼蔓不懂啥意思。半芹又说："等会儿小王。"曼蔓不解："只是合租，不用合吃，各家饭各家做。"周半芹较真："我还欠着人家俩苞米的人情呢。"

嚯，这倒摆得清楚。

周半芹伸着脖子道："蔓，你跟小王，啥关系？"

"没关系。"

"没关系能这样？"

曼蔓只好解释："妈，这是北京，住房紧张，跟你们那时候不一样，就是纯粹合租，又不住一间房。"

周半芹笑嘻嘻说："上次视频里那个，就说来做客的，是他吧？"曼蔓 个丸子含在嘴里，翻着眼睛想。周半芹继续："上次还是来玩，这次就搬到一块儿了，没点那意思，能这样吗？"

于曼蔓打断她："他有意思，我没意思，你说这话有意思吗？"老不正经。

周半芹道："你不是担心房租吗，我意思是，你要对小王有好感，干脆跟他一个屋，我一个人一个屋，还剩一个屋，租出去，各种不耽误。"

曼蔓气得放下筷子："你是我妈吗，我是你抱来的吧，哪有把自己女儿往男人屋里推的。"

周半芹摆手："我这不是有个大前提嘛，你们要谈了，那就住，没谈另说，你急啥……"

曼蔓恨得牙痒痒："你就不应该有这种假设，在你眼里，你女儿就这么……"她想说不值钱，可话到嘴边又觉得太赤裸，随即改口，"就这么低端，非要找这么个男人。我跟你说我要跟这种人在一块儿，你永远只能当个低端丈母娘，永远在北京只能住这种不属于自己的小房子……"曼蔓差点声泪俱下。周半芹只好劝道："我当然希望你飞黄腾达，能往天上去找，可问题是……"

她欲言又止。

这可激怒了曼蔓："问题是什么？你女儿大龄了，年老色衰，又没本事，活该贱卖是不是？"

"我可没说。"周半芹否认得坚决。

"妈，我把话撂这儿，我于曼蔓这辈子……"曼蔓发狠，可她自己都不清楚这辈子要干吗、能怎样，狠发到一半，没有去处，她只好来个虚指，"反正这辈子我肯定得在北京过得好。"

半芹笑着附和："我巴不得你过得好。"

正说着，王百味背着单肩包进门了，抬头喊了声阿姨。周半芹笑着让他赶紧洗手，过来尝尝余丸子。王百味还真不客气。于曼蔓讨厌看到老妈和王百味热热闹闹的嘴脸，拿起碗，胡乱拨了几个丸子，又迅速舀了点汤，屁股一转，端着进屋吃去了。

第四十一章 杨盼
Di Sishiyi Zhang　Yang Pan

◆

从崔姐老家回来之后,杨盼把见闻跟桑嫣说了。都是事实描述,却未必是真相。杨盼现在大概了解真相了,可越是了解,越不能说透,越要揣着明白装糊涂。她理解桑嫣,老桑太需要一个孩子。

无论从什么层面来说,都需要。她要当妈妈,老人需要孙子,刘家需要传人。老桑责任重大。因此,杨盼向桑嫣汇报凤地儿情况的时候,多半是说好的:"壮壮实实的,身体底子好","面相有福气,皮肤还挺白的,一点都不像农村的"……万语千言,跟打谜语似的,但全部信息都指向一个目标:凤地儿是个生育达人。

杨盼说,桑嫣就斜靠在躺椅上,眯缝着眼听。夕阳斜着照进来,桑嫣的半个身子跟镀了层金似的,在杨盼看来,很有一种华贵。

杨盼说多了,由着嘴道:"真要来,可得把协议签好了,一条一条整清楚。"说完才发觉失言。虽然是好心提醒,但越来越接近真相了。不不,不能说。她讪笑着,想要找补。桑嫣却睁开眼,笑着道:"正规用人,签正规合同。"话音刚落,刘伊若推门进来,满头大汗,叫了声嫂子,又跟杨盼点点头,出去了。

杨盼看桑嫣。

桑嫣说:"现在伊若是健身达人。"

"这个习惯好。"

"也是化悲愤为运动量。"

"还没走出来呢?"

"迷到哪儿是哪儿。"

杨盼重重感叹:"这么好的条件,真不知道她得找个啥样儿的。"

桑嫣叹息:"过年我妈给介绍了一个,人反弹得厉害。"

"为啥?"

"非说家里利用她搞政治联姻,"桑嫣声音转小,"她不要昭君出塞。"

"太敏感了。"

桑嫣语速加快:"就是一个家庭条件比较好的小伙子,爷爷辈立过功,她就不乐意了。"

"理解不了。"

桑嫣转而说:"我倒能理解,像伊若这样的丫头,找对象,不强调物质,强调的是情绪价值,她要找能把她哄好了的男人。"顿一下,继续,"我不明白的是那个毕家锁到底干什么了,怎么就把伊若弄得服服帖帖。"杨盼想说别是发生关系了,好在悬崖勒马,没说。这话既跟她老师的身份不符合,也跟桑嫣的家境不配比,不说为妙。

桑嫣问杨盼茶楼的经营情况。杨盼如实说了,上个月,茶楼改过一次名,原本叫"春竹",现在改为"小茶叙",收支基本平衡,但算上人工,还是有些许亏本。杨盼介绍完,桑嫣才说:"开春租约到期,几个股东都想退了。"杨盼大惊,茶楼没了,实诚又得失业。

她惊魂还未定,桑嫣跟着道:"你这样,你要觉得还能继续干,我就先盘下来,哪怕给个一年,就当我入股,房东也是多年的朋友,租金还是优惠。"端茶杯喝口水,"你要觉得干不了,那就退了,或者有别的项目可以干,也可以改。"

杨盼一时无措。别的项目,她哪里有什么别的项目呢。桑嫣没等杨盼回答便说:"或者你做个软装馆,做全屋窗帘那种,我婆婆认识几个人,还算有点渠道,宪魁这边也能帮着联系几个大企业,如果能从咱们这采购,开张能吃三年。租金和本儿就都回来了,将来业务做熟了,是愿意继续做还是关门大吉,随你。"

杨盼听罢又是惊又是喜,惊的是,从茶楼到软装馆,这跨度,堪比变脸;喜的是,老桑竟能为她考虑到这种地步,她杨盼何德何能?!老桑一句话,杨盼一整颗心瞬间就被温暖了。她激动得失语。

桑嫣又笑着说:"过去我是不太明白你怎么非要当这个老师,现在懂了,今年过年,家里在海南那房子的隔壁邻居,就是位老师,人家一待一个月,潇洒得跟什么似的,那才叫度假才叫日子呢,我们呢,跟打游击似的,我跟宪魁屁股都没坐热就回来了。"

杨盼低声:"那是公立学校老师,我们培训学校,放了假更忙。"

桑嫣顺着说:"我跟宪魁说了,他有个朋友,在教育系统,看能不能帮帮忙,你教学经验有了,又有资格证书,当个老师不成问题。"

什么?!老桑要帮忙?!杨盼快不能呼吸了。她恨不得立刻扑上去亲桑嫣几下。这么多年,她千盼万望,不就是想进公立,当个名正言顺的老师吗——呜呼,名正言顺,这四个字对她杨盼来说太重要了。买名正言顺的住宅,当名正言顺的老师,做名正言顺的北京人……杨盼追求来追求去,无非"名分"。老桑要真能帮她解决问题,那就是她的恩人、亲人!

"嫣儿……"杨盼捉住桑嫣的手有点颤抖,喊她小名,"我……"万语千言堵在嗓子眼儿说不出来,她太激动了。哪怕这事儿最后办不成,有这句话,那这就是真姐们儿!就值得她杨盼赴汤蹈火!

桑嫣莞尔:"你考虑过去天津吗?"

杨盼脑子轰一下。她跟不上桑嫣的节奏。

桑嫣款款地:"工作能安排,北京的户口可是难中难,论积分,且等呢,孩儿不得上学?"续一口气,"就算孩儿能搁这读,将来参加高考还不得回去?有啥意思?"随即笑笑,"我这周围听说好几个了,都成新天津人了,长在河北,漂在北京,定居天津,现在北京买房也没必要,不如去天津,买了,租出去,孩儿上学将来过去,你们还在北京打拼。"

还是老桑深谋远虑。可实际上,这些方案,杨盼不是没想过,但说一千道一万,两个字:没钱。难不成把燕郊的房子卖了?合适吗?老桑说,杨盼眉头紧锁,愁绪萦绕着她。桑嫣抓住她的手:"有空先去考察考察,让老高开车……"

杨盼嗫嚅着。

桑嫣秒懂:"钱你不用担心,等看好了,我帮你垫一点都行,不着急还,不是大事儿。"

杨盼顿时涕零。这铁杆儿!当年她真是没白帮她!人家老桑都记着呢!杨盼憋着气,准备把肚子里感谢的话倾倒而出。刘宪魁到家了。桑嫣站起来,要跟宪魁说话,杨盼不好再坐,招呼了一声,就朝外走。

小花园搭了个玻璃棚子,崔姐正忙着搬花。杨盼走到外头,上赶着帮忙。忙好弄好,崔姐把杨盼往院子门口送,边走边叙闲话。

杨盼问凤地儿啥时候过来。

"来过了。"崔姐小声,眼睛朝天上看,露出好大眼白。

杨盼问人呢。

"又走了。"崔姐一点点倒。

"咋回事儿?"杨盼诧异。

215

崔姐哀叹一声:"都怪她心高,非要把她和她的俩孩儿也办来,"摊开两手,急切切地说,"这不是要上天吗?"

"那黄了?"杨盼问结果。

"黄了。"

杨盼这才明白桑嫣适才为啥闭着眼睛不说话。灰色地带的事,灰色地带的人,提前谈崩了也好,免得将来扯皮。只是,杨盼可怜老桑,她真觉得老天爷咋恁不公平,老桑那么善的一个人,咋就不能赐她个孩儿呢。一路往家去,杨盼反复琢磨,又感觉凤地儿实在可恶,屁股上装火箭,她咋不上天呢!她杨盼混了半辈子,还是在五环外溜达呢,她一下就想来北京,还把两个泥蛋子带来,想啥呢?!人心不足蛇吞象!做人,别太贪!

走到小区主干道,一辆车飞驰而过,差点蹭到杨盼右胳膊。抬头看,驾驶座儿上是宁红。自己人,想骂也骂不出口了。杨盼跟着往宁红家那边去,她打算问问去牛蹄岭的注意事项,房子建好了,朋友们要去看,杨盼打算搭宁红的车。走到宁红家楼下,老远就听到哇哇声。宁红在打电话,面目狰狞。杨盼见情况不妙,转了个弯,从小路遁逃。有事明天说。

接手茶楼后,实诚基本十一点才能到家,有时候忙,干脆不回来。晚上,杨盼陪女儿做完作业,然后备自己的课。备到一半,实诚就回来了。回来两口子也无话,实诚吃饭,洗澡,连电视都不看。杨盼备完课也就爬上床,两个人顶多再讲会儿话。通常是交代白天发生的重要事,然后便酣然入睡。

不过这天,杨盼却多说了几句,情绪也有点激动。她把老桑的话转述给丈夫,然后道:"咱搬到北京来,真搬对了。"

杨实诚侧躺着,一时无言。

杨盼轻推了他一下:"咋,你不高兴?那么多好事。"

实诚翻身坐起来,盘着腿,跟在他老家炕上一样:"店子到期,我们可以自己盘下来,老桑要愿意帮忙谈价格最好,不方便谈,我去谈也行。"

杨盼撇着嘴:"你是谁?"

实诚道:"我意思是别让老桑夹在中间为难。"

"她自己都不觉得为难你觉得为难?"

实诚转而道:"去天津,不是小事,咱们再想想。"

杨盼不满:"等你想明白,黄花菜都凉了。"

实诚不理论，继续分析："你去公立学校的事，就怕没那么简单。"

"干吗，"杨盼猛翻身，"还害咱不成？"

"人凭什么帮咱？"实诚质问。

"你不懂。"

"人都是有来有回，谁干亏本的买卖。"

"我跟老桑是过命的交情。"

"啥叫过命，"实诚反问，"她要是你亲妹妹，你是她亲姐姐，一个娘胎里出来的，那行，问题是你不是，那人家帮了你，不要回报？"

杨盼哼哼道："有情后补，你急啥，咱这是要做一辈子朋友的，还怕还不了这人情？也就你，眼皮子恁浅，一点人情都担不住受不起，人生长着呢，谁都个高低起伏，只要有这个心，总能还掉。"

杨实诚才反应过来，问："过命的交情啥意思？"

杨盼不想多说，糊弄道："反正就是很好。"

实诚还想分辨，杨盼换话题问他过几天还去不去牛蹄岭。"大别野"建得差不多，小分队第一次活动。"你代表我吧。"实诚说。杨盼想起来说："刚在楼下看到宁红，打电话哇哇的。"

"她哪天不哇哇的。"实诚不屑，"也就老吴，旁人谁能跟她过到一块儿。"

杨盼啐道："人还不稀得要你呢。"

实诚扯被子蒙头，声音嗡嗡的："千万别要。"

第四十二章 毛文娉
Di Sishier Zhang Mao Wenping

✦

这个春天，毛文娉觉得自己跟房子有缘。

房产证办下来了。拿到红本本，文娉第一次有了归属感。她在北京有个家了。

一个自己的家，虽然暂时只有她一个人。可有什么关系呢，这里的一切她做主，没人能赶她出去，没人能要求她，她掌控、拿捏一切。文娉觉得有底气了。

拿到房本当天，她给高处寒打了个电话。老高立刻开车过来了，进屋就是一个吻，一贯的爆裂风格。

文娉推开了。新锅新灶的，不适合。

高处寒环顾四周，打趣："你不觉得今天这种好日子该发生点什么吗？"

呵呵，要发生也只能她一个人发生。她不想把这房子和人分享，哪怕是高处寒也不行。

奇怪，"确定关系"之前，高处寒还说买房子；确定了之后，就没声儿了。她毛文娉房子入手，老高也没动静。男人啊……一言难尽。反正他不说她也就不问。

"装修钱我出。"高处寒豪气地说道。

"不用，"文娉笑着说，"不打算装。"

"直接住？"

"拎包入住。"

"现在不装，以后想装可麻烦。"

"就喜欢旧的。"

"墙总要刷一下吧。"高处寒建议。

对头。不大动，小动还是有必要。刷个墙，地板就不换了，洗手间和厨房要换几样东西。高处寒参观了一通，提出几样方案，又说自己认识熟人，保证又快又好。毛文娉半信半疑。

老高兴致勃勃："明儿就开工，钱我出。"

老提钱。文娉硌硬："一码是一码，你介绍，我出钱。"高处寒啧一声："这是大事，我是你'名义上'的男朋友，大头贡献不了，小头总得让我尽尽心吧。"

看看，这张嘴，谁抵抗得了。

文娉干笑："还名义上的。"

高处寒拿手指在靠近文娉左胸处画了个心，吹着气道："因为你这儿还没完全有我。"又突然发声，"你放心，我不会住女方的房子的。"

文娉忍不住揶揄："也没打算给你住。"

两个人嘻嘻笑笑着，阳光从窗户透进来，匍匐在两人脚下。此情此景，很有点里程碑式的意义。连毛文娉都觉得，不发生点什么太过意不去，对他不礼貌，对自己也不礼貌。毕竟，有几个女人不爱浪漫呢。

她伸手背着朝后摸，摸到窗台，站稳了，微微闭上眼，等着眼前这个男人主动吻过来。高处寒似乎也捕捉到这种气氛，很懂事地站定了。刚靠前，手机响了。

扫兴。

他掏出来看看，无奈地挥了挥，说是老刘，他必须过去一趟。文娉苦笑，瞧吧，这就是男人。兄弟如手足，女友如衣服，何况还是刘宪魁这样的重要人物。

文娉放行。

不过第二天，老高倒是真带人来了。文娉要求不高，白墙就行。水电不改。她要求换马桶、浴缸。厨房吊柜维持原貌，只打算换油烟机和燃气热水器。等都跟工人交代清楚，高处寒把蘸了油漆的毛刷递给文娉。

"干吗？"文娉不懂他的意思。

"开工啊。"高耸耸肩。

"我？"

高处寒笑着往前走了半步："在墙上写，开工大吉。"

文娉明白了。

小仪式。

她的家，她的墙，她最有资格涂抹，这四个字该她写。于是她接过刷子，用蘸了蓝漆的刷子，横平竖直地在墙上书写着。

破坏也是一种快乐。

哦不，这不叫破坏，这叫重新开始，不破不立。

工人入屋工作那天，老桑他们在牛蹄岭的别墅也落成了。文娉清楚，婆婆刚做完癌症手术，老桑没什么心情。但刘宪魁和桑嫣作为牵头人，还是得过去参加启动仪式。好在有杨盼、宁红以及高处寒、吴冠军这些人前前后后忙着，桑嫣好歹能省点心。聚会当日，她直接过去就行。文娉问处寒刘家老太太怎么样。

高处寒忧心忡忡："说不好。"

文娉不解："什么叫说不好？"

高处寒道："她就是再也不好，也得顶着。"

文娉更不理解为什么。

高处寒铺开来说："刘家祖辈风光，到宪魁、伊若这一辈差多了，虽然老刘在几个公司都有股份，但究竟不是自己产业，说句不好听的，连毕家锁那种富二代都不如，人家虽然干着自己的工作，可一转身就能回家继承家业，宪魁、伊若有家业吗？就剩一点名声，连带一些人脉，"随即哼哼一声，叹息，"刘家二老在，那叫人脉，一旦不在了，就是另一种情况了，老爷子据说都昏迷两次了，老太太能不想？以后家里咋办，儿女咋办？谁顶门？谁把这一大摊子玩转了？所以说，得癌症还好，能有点时间安排，多带带宪魁老桑。"

这一番话深谋远虑，是毛文娉没考虑过的。如此看来，就连看似风光的桑嫣，也面临着大危机。祖辈的资源怎么才能有效地传递给下一辈是个难题。所以，桑嫣婆婆即便生着病，也要带桑嫣四处走动、露面，认识人，建立联系，夯实关系，刘老太太仿佛是一个武林高手，要把自己毕生绝学迅速传给弟子。她愿意给，弟子能拿过去多少，就看造化了。文娉替老桑忧心，老在科研院所当个行政秘书，终究非长久之计，迟早还是得出来。

周末去牛蹄岭，新房子由专门的设计师朋友打图，请人加急做出来的，屋内家具全部是桑嫣去高碑店挑的，力图营造出古香古色的氛围。文娉冷眼看着，桑嫣还像往常一样有活力，跟这个应酬，跟那个寒暄，根本瞧不出一点焦虑、慌张。

这就是历练，临危不乱，处变不惊。

暖房仪式结束，毛文娉挽着桑嫣，问她婆婆的情况。桑嫣扭头看她，定了一秒才说："遵医嘱，有病治病。"文娉看出她并不想多谈，便把话题往别处引。

桑嫣主动问文娉房子的情况。文娉说刷了个墙，估计还得放放味儿。桑嫣又说："家具我包几件，放心，不是特地为你买的，忙这儿的时候多入手了，原本想放家，可摆进去，又不是那味道了。你别嫌弃。"

文娉连忙感谢，又说老桑的东西，多少人抢呢。

两个人走到院场，杨盼还在忙应酬。高处寒帮着整理花盆。宁红、吴冠军两口子已经踱步出去，留下一双背影，想来应该是去欣赏岭上的风光。

桑嫣建议文娉出去走走："周围都不错，往远了看，放松放松眼睛。"文娉一听觉得也是，便拿了包，又要了一瓶水，沿着山路，信步走着。

这儿山不深，但山里蝴蝶不少，花开得黄嫩。文娉拿着手机，东拍拍，西拍拍，对什么都感兴趣。对花，文娉是有点研究的，她下了个 App，专门用于识别花卉。每次拍了图，她就识别一下，再记录到备忘录里。这个是山牵牛，那个是紫薇草，另一个是芝麻花，清清楚楚。

拍完一处，一抬脸，文娉僵住。不远处，草丛中，似乎——她一眼还不能确定——

有个狗一样的东西,全身黝黑,眼睛是柠檬黄色,又透又亮,正盯着她看。

文娉刚要动弹,那东西就亮出了獠牙。她不敢动了。

对峙。整整对峙一分钟。

是狗吗?野狗,还是狼?或者是豺?她闹不明白,她也不想明白,她害怕。毛文娉全身湿透,每个毛孔都在喊救命,每一分每一秒都过得那么艰难。她想叫,可又怕惊到了那野物,它个头跟金毛狗差不多大,但更瘦,更矫健。文娉不看它的眼睛,但又必须观测它的动向。她真后悔没叫高处寒一起出来,这种时刻就需要男人呀!

不行,只能自救。

毛文娉慢慢下蹲,半个身子逐渐隐没在草丛中。等到她呼吸均匀,汗液挥散,再往前看,那东西却不见了。左右观察,保证没埋伏,文娉提着步子,先走两步,这才启动双脚,快速朝来时的路奔去。

眼前恍惚。

前面山崖边有响动。

文娉本能避走,越过树丛,才看清悬崖边上站着的是人。背影她认出来了。离山崖较远的,是宁红。她的衣服她认得。靠近山崖松树边的,是吴冠军,圆圆胖胖的一个人。

文娉刚要喊宁红,却见宁红慢慢走向老吴,两只手却伸出来了,悬空。手掌对着吴冠军,像要发功似的。

什么意思?!她想把他推下去?!

文娉那一身汗又出来了。不光是汗,还有鸡皮疙瘩!宁红要……杀人?!这什么操作?!疯了吗?!

文娉恍惚。只有半秒,她就立刻逼迫自己清醒。宁红还在慢慢移动,跟电影里的慢动作似的。天地茫茫,她或许认为神不知鬼不觉,哪里晓得身后还有一双眼睛呀!该死的老宁,你要害人也隐蔽点,让人看到了算怎么回事?!眼不见为净,可如今见着了,这事儿就跟她毛文娉有关,总不能眼睁睁看着悲剧发生。

毛文娉心头跟长草似的,乱哄哄,情况危急,她顾不了那么多,只好躲远一点、藏在草丛里,装作没看见适才的一切,然后才喊:"老宁!那边景儿怎么样呀!"喊完,站住,过了两秒钟,才慢慢从草丛中走出。

她故意装得天真烂漫。手心潮透了,文娉明白自己不是个好演员。

一切恢复正常了。

宁红挽着吴冠军的胳膊，笑眯眯的。

又是一对恩爱的夫妻。

文娉走过去招呼着，若无其事问了一些有的没的，包括地质构造，等等。吴冠军心情竟颇佳，不失时机给文娉上了一课。宁红扶着悬崖边的树："这棵树不错，会挑地方长。"她还背了一首诗：大雪压青松，青松挺且直。要知松高洁，待到雪化时。文娉清楚，这些都只是宁红掩饰慌张的幌子罢了。

从牛蹄岭回去，毛文娉坐高处寒的车，她几次想跟老高说这事，又闭嘴了。事关重大，牵扯到宁红的未来，甚至安危。眼下，她最好以静制动，把秘密烂肚子里。她想去劝宁红，问问情况。可是，以什么立场劝呢，她总不能承认自己看到了老宁的行凶现场，那就太尴尬了。再往深了想，万一老宁发现了她知道，会不会找她麻烦呢……

思绪纷纷如密雪，覆盖了适才的凶景，毛文娉望着前方的路出神。高处寒在她面前挥挥手："怎么了，不舒服？"文娉叹一口气，撒了个小谎："老桑也够累的。"

高处寒道："在那个位置，能不累嘛。"

文娉接话："活着就是累。"

高处寒一笑："总比死了强。"

听到"死"字，文娉从后视镜里看到自己的额头又突然沁出一层汗来。

第四十三章 宁红
Di Sishisan Zhang　Ning Hong

♦

杀老吴的念头，一天能起几百遍。

不过真去实施，也就两次，一次被女儿看到，一次被文娉撞破。女儿好说，小孩子，糊弄几句就过去了。毛文娉可不好摆平。冷静下来，宁红认定了两件事：第一，杀吴冠军，实属非理性，奸夫淫妇，杀了又怎么样？死不足惜。可是，老吴没了，她坐牢，女儿怎么办，太冲动。第二，毛文娉想必是看到了，没看到，怎么会直接喊出她名字呢。

看到了就有点难办，她这属于杀人未遂呀。毛文娉会怎么想，她会不会告诉别人，起码告诉高处寒，然后呢，保不齐风漏到老吴那儿，打草惊蛇……当然这是最坏的情况，稍好一点的情况是，文娉装作不知道，这事儿就过去了。她也不可能再杀老吴。或者说，老吴这段时间必须活得好好的，因为一旦老吴出了什么差池，警方介入，文娉那肯定会成为一个突破口。

从牛蹄岭回来，宁红一直在等毛文娉电话，等她找自己谈。每次手机振动，宁红的神经都会绷起来一下。可是，从上班到下班，来电的不少，却没有一个是毛文娉。思来想去，宁红还是决定去找文娉一趟，探探底。

事实上，在走进文娉的房间之前，宁红已经有底了——实在不行，她不排斥把"丑闻"告诉文娉，圈子就那么大，现在不说，将来闹出来，大家还是会知道。眼下，她太需要帮手了。许可凡算一个。文娉最好也能被纳入其中。女人还是帮女人。

文娉的住处跟被打劫了似的，她要搬家，客厅里都是大纸箱子。宁红故意嗔道："咋也不提前说一声，我叫几个人来。"文娉说找了搬家公司。她让宁红坐会儿，转身去洗了手，又拿了矿泉水递过来。

"不开火了，"文娉笑笑，"凑合喝点儿。"

宁红把水拿在手里，并不打算饮用。三人沙发上，两个人一人坐一头，隔得有点远。毛文娉不说话。宁红从沉默中猜到，毛毛当天应该目睹了，于是不再寒暄，单刀直入问："你看到了吧？"

文娉跟被点中了穴道似的，停顿好几秒，才说："老宁，你听我一句，有问题解决问题，别做傻事。"

都是敞亮人儿。文娉这么一说，宁红心立刻软了。她不脆弱吗？脆弱极了！可她现在是在闹革命，家庭革命！谁犯了错，就必须付出代价！如今文娉交了底儿，宁红便化被动为主动，还是决定狡辩几句，她挪了挪屁股，更靠近文娉，语气柔缓，推心置腹："咳，不是你想的那样——"

文娉抓住她的手腕，不吭声，就那么盯着她看。

"你是不是觉得，我要谋害老吴？"宁红继续，笑脸相迎，"是他后肩膀有个虫子,我轰虫子呢。"

文娉还是不出声儿。

解释就是说故事,何况她的故事那么拙劣。

宁红一字一顿:"你放心,没事儿。"

毛文娉郑重:"反正,你就记住一点,无论发生什么事,咱们这帮姐们儿永远支持你,永远站在你这一边……"晴空一个霹雳,等的就是这句话。宁红的心涨满了,她太需要人理解,太需要宽慰了。她呆呆坐在那儿,怅然若失。毛文娉摇了她胳膊两下,宁红才回过神来:"吴冠军出轨了。"她嘴一秃噜,仿佛说着一件不相干的事。她不叫他老吴,就叫大名,吴冠军,她不为他伪饰,就称作出轨。她没跟他鱼死网破就已经算是念了多年夫妻的情分。

消息太大。

毛文娉无措,抓宁红的手更紧了。

宁红反过来头安慰她:"没事儿。"

"别做傻事儿!"文娉大声疾呼。还是那句话。

宁红拍拍她手背:"放心,已经在取证了。"

就这么说完了。两个人又静静坐了一会儿。毛文娉受的打击仿佛比宁红还大。宁红的理解是,文娉还没结婚,知道这事,难免有心理阴影。临走之前,她倒是送了文娉一句箴言:千万别走入婚姻。

回到家,一切如常。宁红必须维持原状,包括对老吴的态度,她还是一样的傲娇中带着压力。她不能让老吴觉察出一丝一毫变化,绝不。从文娉那回来,宁红才想起来忘了问文娉一件事,高处寒难道从来没跟你毛文娉提过老吴的事吗?看着不像提过。如果提过,毛文娉的第一反应不应该是那样。老桑呢,老吴跟宪魁走那么近,难道刘宪魁也一无所知?如果老桑知道,却瞒着不报,就太不够意思了。

推开书房的门,老吴和乃心坐在地板上,父女俩正在玩拼图。呵呵,亏得他还是个好父亲。恶不恶心?不久的将来,她必然跟老吴来一场抚养权争夺战。宁红想好了,无论怎么样,她都要抢到乃心的抚养权。她年龄不小了,这辈子注定只有乃心这么一个孩子,她不能失去女儿。她有胜算。侦探已经在行动了。等有了确切的眉目,她直接带律师过去,抓现行,现场取证。到时候,就算吴冠军有七十二般变化,她一个五指山下来,他也只能束手就擒。

见宁红进来，吴冠军站起来了，他聊了两句宪魁妈的病，还说下午刚跟几个朋友去看过。宁红敷衍几句，说该花的钱还是要花。

文娉打电话来，宁红出去接。

"没事吧？"文娉开口就是担忧。

宁红笑呵呵地回道："没事儿！心放肚子里。"

还是闺密贴心。遇到难事，才发现友情可贵。

"别冲动，"文娉反复叮嘱，"有事给我打电话，听到没？"宁红迭声说知道了。文娉又说她搬完家，打算在新房子里举办个暖房仪式，大家都去，也请宁红捧场。宁红答应了。挂了电话，她思忖着，送个什么礼给文娉。老吴走过来，问什么事儿。宁红把事情说了，问他的建议。

"要么送个扫地机器人。"老吴提议。

宁红一面说好，一面冷笑，从上次知道电吹风牌子她就觉得不对，现在呢，人家都晓得用扫地机器人了。不是在姘头那锻炼出来的是什么呢。还没等再讨论，老吴便说他在京东上下单。

第二天货到。周末，宁红带着乔迁礼物上门。黑色圆盘放在地上，宁红嬉笑着道："双手这下解放了。"

文娉立刻说好。

打一进门，宁红就感觉出文娉的热情。不用说，是因为那个"秘密"的缘故。看看，连文娉都觉得她可怜，需要格外关怀。许可凡还是一贯严肃。杨盼围着桑嫣。于曼蔓只顾吃。她们几个应该还不知道。今天这趴是姐妹们的聚会，没有男人。当然，许可凡带了女儿菲菲来——尉迟加班，小孩没处放。

菲菲嘴甜，见面就说："宁红阿姨真漂亮。"

假话。宁红这么判断。现在的她，一头疙瘩，谈何漂亮。于曼蔓嚷着要参观房子。宁红瞧不上她，统共就那么点地方，参观什么？又不是老桑的别墅。纯属给文娉难看。

文娉把糕点和水果端上来了。

许可凡开红酒。杨盼分好纸杯子。

茶几旁坐了一圈人。

老桑第一个举杯："让我们满饮此杯，敬毛毛，敬友谊，敬岁月！"

好一个祝词。

说到岁月，宁红眼眶都要红了。呜呼，她的岁月都被狗吃了。再看看周围，文娉在看她，许可凡仰脖子喝酒，于曼蔓苦着脸，杨盼对着老桑，可凡的女儿菲菲抱着个桃，跟小猴子似的。

饮毕，桑嫣感叹："一晃，都老了。"

杨盼附和："可不咋的。"

宁红伤感，她就是年华不再，老无所依。

文娉道："不说这些，老桑，过一阵校庆咱得去吧。"

桑嫣第一个举手说去。

许可凡说她去不了，院里案子太多，都堆那儿呢。

宁红道："我可能也去不了。"

文娉不干："老宁，没你可不成席，去散散心呗。"

说者无意，听者有心。看看，已经让她去散心了。

宁红狡辩："散啥心，公司一疙瘩事儿。"

杨盼接话道："我可能也去不了。"

大家都知道她忙，便不强求。于曼蔓跳出来说："哪几个人呀？就老桑、文娉、我，没啦？！谁开车？"她更关心这个。许可凡表示她的车可以出借。桑嫣对曼蔓说到时候看，不行让老高开车。一群人七嘴八舌，讨论得热闹。

大人眼皮底下，菲菲捧着许可凡的手机玩，她见微信上跳出来个语音条，随手点开，却是一个女人尖锐的声音："姐，事儿查清楚了，还是外头有人，我跟宁红姐说了，看她打算怎么办，随时跟您汇报。"

是那个女侦探。

空气陡然静默，跟被冰封了似的。

姐妹们看看可凡，又看看宁红。

可凡的愤怒迟了几秒，她要打菲菲："进屋去！"菲菲眨巴着眼，不太清楚自己犯了哪个天条。杨盼连忙把菲菲安排进卧室。

宁红脸色铁青。

桑嫣朝文娉看。文娉知道问题的严重性，只好站起来，说再洗点水果。都明白了，就不能再装糊涂。桑嫣把屁股挪了挪，更靠近宁红。宁红不看她。

桑嫣伸手挽宁红胳膊。

宁红抽开了，扭头道："老桑，你跟我说句实话，老吴的事儿，你是不是早就知道?"终于问出来了。这茬儿她早就好奇,索性破罐子破摔。

文娉从厨房出来。曼蔓还是蒙的状态,坐在那跟个木头雕像似的。杨盼站着。许可凡却坐下了。宁红和桑嫣对峙着。桑嫣也有点着急,语速加快:"知道啥,红子,你冷静点。"担心完全多余,宁红冷静着呢,她先打算内部清算,再结成统一战线,一致对外。

文娉把洗好的葡萄放到茶几上,手搓着。她用眼神向可凡求救。许可凡摆摆手,不让出声儿。

宁红声音低沉:"老桑,你,如果,"一字一顿地,"知道这事儿,没告诉我,咱俩这么多年就是白处。"

桑嫣委屈,低声快速:"你家的事儿我哪能知道。"

文娉点头。许可凡倒抽凉气。杨盼和曼蔓都停住了。

"你不知道,宪魁也不知道吗?"宁红直问。

桑嫣不含糊,当场拿出手机,平摆在茶几上,拨宪魁电话,通了之后开免提。众人屏息,都等着听桑嫣怎么说。桑嫣眼光扫了一圈,又着重跟宁红对了对眼神,才放大声量问:"宪魁,我。"

刘宪魁问她在哪儿,有啥事儿。

"做脸呢,"桑嫣努力保持自然,"哎,刚才我在定福庄那块看到老吴了。"

宪魁哦了一声。

桑嫣又抬眼看看大家,所有人都用眼神鼓励她问下去。桑嫣继续:"我怎么看有个女的挽着老吴呢。"

宪魁不打磕巴:"什么女的?"

"我不认识,就是一女的,长头发,中等个子。"故意说得有鼻子有眼的,仿真。

"是不是宁红?"宪魁反应快。

桑嫣故意失笑:"红子我还能不认识吗?"

"你啥意思?"

"我也在这犯嘀咕呢。"

"犯啥嘀咕,"刘宪魁道,"要有个女的挽着我,你才该犯嘀咕,挽老吴你不用嘀咕,一天天的能不能别净瞎想,肯定你眼花。"

宁红脸绿。曼蔓憋不住笑,杨盼掐了她一下。许可凡伸着脖子,细听。文娉摆手计曼蔓别出声儿。

桑嫣语重心长地问道:"我的意思是,老吴是不是以前就在外头有人。"刘宪魁立刻道:"没有……有啥人呀根本不可能……老吴多爱家呀,他还能有人?而且就他那样,他有啥?人啥人跟他……公司能开到哪天儿都说不好……"宪魁叨叨咕咕,桑嫣怕他话越说越难听,连忙说自己要做护理,挂了。

通话结束,桑嫣才对宁红:"红子,你要相信,我但凡知道一点都不可能不向着你,老吴也是我朋友,但是你跟老吴,我还是对你更真,说句不好听的,咱姐们儿都什么交情都怎么过来的,能一样吗?"

好了。桑嫣清白了。

宁红又把眼神望向文娉。

瞬间空气要爆炸。文娉看可凡,许可凡连忙上前敷衍道:"毛毛,要不你也打一个给处寒,看看他有什么情报。"

宁红望着文娉,等着看她接下来的动作。

毛文娉被逼得无处可逃,只好如法炮制,也把手机放到茶几上,拨高处寒电话,通了之后开免提。

"想我了?"老高开头油腻,他的一贯风格。

文娉顿时大窘,连忙道:"说正事。"

高处寒便收起戏谑,问是什么事。

文娉抬脸看看大家,然后才对着手机听筒:"我刚刚看到老吴了。"

"哪个老吴?"高处寒手机里有无数老吴。

"吴冠军。"

"咋了?"

"有个女的……挽着他胳膊……"文娉有点大舌头,她撒谎技术没有桑嫣自然。

"是不是他妹妹?"

"好像不是。"

"是不是你看错了,不是老吴。"

文娉抬头看看,姐妹们面色凝重,她直接冲话筒:"你要知道什么可得告诉我。"

高处寒笑着说:"知道肯定告诉你,别说老吴,就是我自己,有情况也肯定跟你通气呀。"

越说越不像了。

毛文娉赶忙挂断,又去抓宁红的手,言辞诚恳:"老宁你放心,咱们永远一头。"

桑嫣附和。杨盼舌拙，一脸的痛心疾首。于曼蔓还算自然，伸手捏葡萄吃。许可凡上前对宁红说："这事儿怪我，没做好保密工作，这探子也是咋能没职业操守呢，这种事情怎么能随便往外说，就算跟我也不能说呀……"

宁红伸出手掌示意她停，到此为止。姐妹们都是无辜的，可恶的是男人。

房间里一点声儿都没有，连于曼蔓都知趣儿地把捏出来的葡萄放回去。宁红眼神呆滞，连眼皮子都不眨，就盯着地板看。过了好一会儿，毛文娉刚开口要问宁红是否进屋躺一会儿，宁红的脸却突然抽搐，眼泪跟瀑布似的，哗啦啦流。

桑嫣一把抱住宁红的头。可凡抱住宁红的身子。杨盼握住宁红的手。毛文娉伸手摸着宁红的头发。于曼蔓见姐妹们都上了，不肯落后，可上半身没空地儿了，她只好抓住宁红的小腿肚，好像气功大师要发功似的。

人肉团子似的状态持续了好一会儿，宁红终于不哭了，她尖锐的声音又从嗓子眼儿发出来，力度大得像高射炮，随时能把文娉的新吊灯打下来："我他妈跟他斗到底！"姐妹们为了让宁红解气，纷纷附和："斗！必须斗！"

第四十四章 桑嫣
Di Sishisi Zhang　　Sang Yan

◆

宁红的"家丑"，在桑嫣的心海投了颗重磅炸弹。

她估计刘宪魁在电话里的那些陈述，未必是真话。否定得太及时，反倒露出破绽。宪魁毕竟在大户人家长大，这种事听得多，见怪不怪，想从他嘴里套出话来，比登天还难。可是桑嫣总觉得，既然是夫妻，她跟宪魁关起门来，还是应该有几句真话。

从市里搬出来，就牵扯到一个李红芳，现在老吴东窗事发，那宪魁呢？老吴还有孩子，她跟宪魁至今无子，刘宪魁就是跑出去搞点故事，想必二老都不会怪他。

桑嫣认为自己的处境十分危险。不过她认为宁红的反应有点过度，那眼睛里的杀气，鱼死网破的样子，实在没必要，有问题解决问题，何必杀红了眼。夫妻这么多年，能相互不讨厌已经算极大成功，怎么可能白璧无瑕？她当初发现"李红芳"的存在，要是硬闹将出来，没脸的是谁？被动的是谁？说得难听点，即便外面有人，只要不影响这个家的正常秩序，只要不做得太出格，睁一只眼闭一只眼又怎么样呢。

周末，桑嫣一整天都躺在床上，半下午起来，她给崔姐打了个电话——保姆暂时去老太太那伺候。确定老太太起了床，桑嫣才一个电话过去请安，又问要不要去跟前，晚上要不要带饭。老太太让她不用来回跑。

天色阴沉。桑嫣坐在二楼北面露台，点着女士香烟，她在等宪魁到家。她盘算着怎么开口问，是开门见山，还是婉转点儿。她甚至怀疑，宪魁已经跟老高通了气，那样的话，宁红就太被动了。

她必须把底儿摸清楚。

男人如果帮了男人的话，那女人就应该帮女人。

背后有人喊嫂子。她站起来，转身，伊若抱着盆多肉站在她面前。是一株老桩黑美人，气势冲天。

桑嫣走过去，用指甲点点："花儿不错。"

伊若把它放到窗台上，才说："嫂，跟你说个事。"

事儿？什么事儿？伊若好久"没事"了，除了上班、锻炼，就是旅游。跟毕家锁分手后，她成了个"森女"——阴森森的女人，这会儿怎么展现笑容了。桑嫣往屋里走，伊若跟着，到卧室，门关好。姑嫂俩一个坐沙发，一个坐贵妃榻，都端端正正的。

桑嫣笑问什么事这么高兴。

刘伊若脱口而出："我跟家锁复合了。"

桑嫣发蒙，脑子里那根筋一下没转过来："什么意思？"伊若把话重复一遍。桑嫣这才问："他不是结婚了吗？"

"离了。"伊若答得爽脆。

"因为你？"

"跟我没关系，离了之后我们才联系上的。"

"然后呢？"

"我们打算结婚。"

桑嫣脖子下意识往前探:"这进度是不是太快了点儿,爸妈知道吗?你哥知道吗?小妹,家锁虽然是嫂子介绍给你的,但上次的事你也清楚,那个家庭,复杂……现在刚离婚就要跟你结婚……咱们不着急行吗……慢一点,事缓则圆……不着急……"

伊若坚持:"错过一次,不能再错过第二次,嫂,我第一个跟你说,就是希望你支持我。"

桑嫣更急了:"小妹你放心……我肯定支持你……但是咱们一步一步来行不行……"

刘伊若不恋战,说完,便起身回屋了。

桑嫣算看明白了,小姑子就是来"通知"她一下,希望她做传声筒,再跟家里其他人沟通。可是,上次介绍时毕家锁还算个黄金单身汉,现在呢,离了婚,再娶,伊若非要飞蛾扑火,对刘家来说,实在有损颜面。桑嫣给高处寒打电话,问他掌握多少情况,高处寒表示目前他还不知情。

看来人家是私定终身了。

宪魁回来了,桑嫣能听出他脚步声。桑嫣站在门框边等,宪魁一上二楼,她就招手喊他。两口子进了屋,把门关好。

宪魁先发制人,问:"是不是又要问老吴的事?"

桑嫣道:"那是人家家的事,咱先管好自己家的事。"跟着,把伊若刚才的话跟宪魁说了。刘宪魁脾气暴,蹬腿就要去找妹妹。桑嫣连忙拉住:"别骂!越骂黏得越紧!"刘宪魁只有进的气儿没有出的气儿:"怎么就那么贱!"

桑嫣劝:"小点声儿!"

宪魁愤怒:"那小子给她下了什么迷药了。"

桑嫣道:"我看小妹,这次是铁了心了。"宪魁双手叉腰,鼻孔一张一翕,跟牛似的。桑嫣又说:"自己的人生,自己负责,可是小妹要是一意孤行,把爸妈气出个好歹咋办。"顿一下,又说,"谁去跟妈说,妈会同意吗?成什么了?"桑嫣大叹气。宪魁性子急:"不行,这事得谈开。"桑嫣道:"要谈也不是现在谈,而且不能从小妹这边谈。"宪魁理解了:"我给老高打电话。"

桑嫣话锋一转,跟着道:"老吴干坏事了你知道吧?"

"不知道。"否定得特别及时。

"你给他打电话了?"

"多久都没联系了。"

"宁红气得够呛。"桑嫣说罢,盯着宪魁看,她要捕捉他的微表情,嘴巴能撒谎,表情不会。谁知宪魁却很冷静,问:"坐实了吗?"

"估计是。"

宪魁跟着骂:"老吴也太不是东西,穷人一个,现在好不容易赚点钱了,整他妈这些东西,男人最重要的还是家庭,不重视家庭的男人,我都看不起。"

这回答令桑嫣意外,但不排除有表演的成分。桑嫣笑着说:"清官难断家务事,老吴搞这一出,以老宁的脾气,肯定要跟他干到底,你在老吴公司的那些股份,早点抽,别到时候死在里头。"

"有那么严重吗?"宪魁不太相信。

"老宁恨不得杀了他。"

"真的假的?"宪魁惊诧。

"真的。"

"然后呢?"

"没杀成。"

"演戏呢?"宪魁不信。

桑嫣提醒道:"反正最近,除了抽股份,你离老吴远点,宁红疯劲儿上来,一不留意就殃及池鱼。"又补充,"别给老吴通风报信。"

"知道,"宪魁保证,"谁去找这麻烦。"

"老吴也是。"

"又怎么了?"

"到底有没有把你们当哥们儿。"

"我们是谁?"

"你,老高,"桑嫣说,"外头有头绪,竟然瞒着你们。"

"这种事难道还大肆宣扬?"

"老吴这人不能交。"桑嫣下结论。

"会不会弄错了?"宪魁还是质疑。

"什么?"

"光说有,有证据吗?"

"等着吧,"桑嫣走到窗口,朝宁红家方向望,"有那天。"

桑嫣喊小毕见面，仍旧通过老高，不过这回不在家见了，改约咖啡厅。堵车，迟了几分钟。到地方，小毕已经在等着了。桑嫣放下包，要了杯咖啡，便单刀直入："家锁，怎么突然玩这一手，让我们家头疼啊。"话狠，却是笑着说的。

毕家锁连忙站起来。

桑嫣笑道："激动啥，坐呀。"

毕家锁又端端正正坐回去。

桑嫣呷了两口咖啡，才问："离了？"

毕家锁喉头颤动，嗯了一声。

"是你自己的意思，还是家里的意思？"

"我的意思。"

"那当初跟我们伊若，你自己怎么就没意思呢？"

小毕噎住，是他不够男人。

桑嫣不含糊："本来是好事，结果一点小钱，把两家都耽误了，这回想从头再来，没那么容易了。"

毕家锁连忙道："我对伊若是真心的。"

桑嫣痛心疾首："我一点儿都不怀疑你对伊若的真心，你对她真心，她对你也真心，要不然也不会吃这口回头草，现在的问题是，我爸爸妈妈身体不好，受不了这个刺激。"她本来想说侮辱，又觉得侮辱这词儿实在不好听，"小毕，你听我一句，先处着，想要谈婚论嫁，还要找个合适时机，"跟着叹一口气，"按说我不应该说这个话，这对我们伊若多么不公平！你都在围城里滚过一次了，我们伊若还是清清白白大姑娘，跟你玩地下情？"

"我会对伊若负责。"

桑嫣摆手，示意他不要说下去。男人的话，只能听一半，像毕家锁这种连自己的主都做不了的男人，更不能相信。桑嫣真心觉得伊若瞎了眼，爱情和婚姻，根本不是一回事儿，你刘伊若就算不为自己想，也得为家里想想，不说让你添柴了，总不能往小火堆上泼水吧。

手机振动，一条微信，是老高发来的。桑嫣划开瞅了一眼，顿时面色大变，她直接冲毕家锁道："你到底离了还是没离？！"

"正在离。"毕家锁嗫嚅。

"你浑蛋！"桑嫣站了起来，真骂人了。

一路愤怒。桑嫣没打给宪魁。不用说,告诉他,他指定一通炸,搞不好又把伊若骂哭了。伊若怎么就那么傻?她难道不知道小毕还没离掉?只要没离掉,那她刘伊若从法律层面说就是个三儿!刘家出三儿了!这……这不是要把二老活活气死吗?!

油门加大,风驰电掣回家,桑嫣打算跟小妹好好交交心,问问她到底怎么想的,为爱情,值得吗,毕竟小毕也不是什么伟大人物。给他当三儿,纯属脑子有病,跟于曼蔓当年一样愚蠢。刚进家门,桑嫣就开始喊人了,出门之前,伊若是在家的,正在侍弄花草。进门,一楼没人,二楼扫一圈,也没人。

桑嫣往伊若卧房走,门开着。她叫声了小妹,没人答应。又叫一声,还是没回音。站到卧室门前,桑嫣才赫然发现屋内一团乱,跟刚被打劫似的,衣服拉得到处都是,柜子门大开着,像要吃人。

出了叛徒了!

刘伊若这是离家出走了!桑嫣只好立刻打给宪魁,请他赶紧回来,这个烫手的山芋,不是她不想接,是接不住。

第四十五章　许可凡
Di Sishiwu Zhang　Xu Kefan

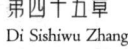

刚开始,许可凡对宁红家的那点事是不以为意的。她甚至没告诉尉迟。

太多了。平时见得太多了,不值得讨论。

经手的这些个案子,出轨的,离婚的,抢房产的……简直就是人间喜剧。老吴那点故事,并不新鲜。可自从听文娉提到老宁甚至动了杀心,许可凡才猛然抖擞,意识到问题的严重性。

更进一步,许可凡开始思考宁红和吴冠军婚姻悲剧的原因。是因为"痒"吗?

234

结婚那么多年，看也看厌了。何况宁红那么强势，老吴在家里恐怕得不到充分的赞美，自尊心没法满足，只好到外面找赞美去了。

还有就是，宁红在吴冠军面前，恐怕越来越没有性吸引力了——当然吴冠军也没有，可他有钱了呀。金钱是春药，自然有小姑娘前赴后继。

好了，闺密家翻车了。对比自己家，许可凡决定引以为鉴，防患于未然。开门第一条，她夸尉迟实在夸得太少，这样不对。回头想想，从年下到现在，哦不，除了尉迟再就业成功后，她摆了一桌，用实际行动给他鼓劲，其余好像完全没有口头夸奖。男人跟孩子一样，太需要被夸了。活来活去不就活一个感觉嘛，感觉好了，才能出去干活、赚钱，才能为家庭无私地付出同时又不背叛家庭，应该夸，大夸特夸。

其次，许可凡不太确定自己在尉迟眼里是什么形象，生孩子过后，两个人做爱的频次少多了，可凡自认不是美女，但随着年纪增长，尤其是进法院工作之后，她感觉自己慢慢有了一种气质，端正温雅，而且她颧骨高，抗老，比一般美女续航时间长，注定要胜在中年。仔细回想，尉迟的确没针对她的长相做过点评，至少近些年没有，更糟糕的是，他好像根本没怎么正眼瞧她。那种认真的端详、仔细的欣赏，许可凡压根没享受过。

这不对劲。

大方针定了，开始实施细节，第一天许可凡就下了一剂猛药，一赶气儿赏了尉迟八个"不错"。尉迟买了猪头肉，可凡说不错；尉迟把衣服泡进水池子，可凡说不错；尉迟检查了女儿作业，可凡说不错；尉迟吃完饭站着看电视，可凡说不错；没用车的时候，尉迟把遮光板铺起来了，可凡说不错；父亲节，尉迟提前给老丈人买了一条烟，可凡还是说不错……不过，这一连串不错下来，连尉迟都发毛，晚上上床，他终于忍不住问："老婆，有啥事吗？"

"没事啊。"可凡若无其事。

她眼镜摘掉了，素颜，眼睑下方贴着眼膜。

"咱妈要来了？"

"不来。"

"这个月钱不够了？"

"够。"

"你想买个啥大件？还是工作上有变动？"

"都没有，"许可凡侧过脸，用手戳了尉迟肚子一下，带点顽皮，"我就是想让你知道，你在我心中的形象是多么高大。"

尉迟寅受宠若惊，不好意思了，腿伸直了也没一米七："就我这……"他的身高，是老婆家永远的笑料。

可凡阐述："你还是你，是我看世界的眼光变了。"

尉迟歪着头，若有所思，愿闻其详。

可凡继续分析："职业惯性，我看待这个世界的人事物，容易用审视、批判的眼光，压根就不愿意去发现美，现在不一样了，心念一转，世界跟着变了，想当初咱俩处对象的时候，你对我也不错。"

尉迟插嘴："现在也很好。"

"就那意思，"可凡把脸别过去，"虽然你就那么一小嘎，"用手指比，"可你长得还算周正；虽然你没太大本事，但还算顾家；虽然家庭条件一般，但真要给我一个有钱的婆婆，估计我受不了那气，所以，知足。"

尉迟如释重负："这么想就对了。"

许可凡话锋一转，手拍在尉迟肚子上："你说，如果有朝一日，你发达了……"

"咋叫发达？"

"有钱有权了呗，当领导了呗，成人物了呗。"

三"呗"下肚，尉迟喜笑颜开："肯定得发达。"

许可凡摘掉眼膜，从床头柜摸了眼镜戴上，世界清晰了："然后周围肯定就有很多美女，小姑娘，鲜嫩嫩，水灵灵，"扭脖子直面尉迟，"那你怎么办？"

"跟我没关系。"

可凡掰扯："你跟人家没关系，人家要跟你有关系呀，你有资源，有钱有权，就有人往上冲，直接展开一段关系。"

"那我肯定划清界限。"

"话别说太早。"

尉迟动动脚趾："就我这一小嘎儿。"

"马云还一小嘎呢，你比他帅点儿。"

"杞人忧天。"

"你现在对我都没感觉了。"可凡带点抱怨。

"胡说。"

许可凡随即摘掉眼镜，以侧脸示人。尉迟不明白其中深意。实际上，自打今儿下班进了家门，许可凡已经多次向尉迟展示侧脸。原因无它：同事们都说她侧颜无敌，特别上镜。可晃荡了一晚上，尉迟竟然当她是空气，现在，可凡只能直接撑到他眼前。

"看出来了吗？"可凡问。

"什么？"尉迟木然，不懂她卖的什么药。

"欣赏，学会欣赏。"可凡着急。

尉迟靠近了，手伸到她右侧鼻翼旁边："有个黑头。"

许可凡绷不住了："你这眼睛就不能发现发现美吗！"

尉迟嘿嘿笑，连声说得发现。

可凡揭谜底："你难道不觉得我的侧脸特别有味道吗？"

"那必须。"尉迟很配合。

"一起过了那么多年，我哪儿好你都不知道。"

"知道，"尉迟哄着，"怎么可能不知道呢，"说着去摸手机，"我给拍一张。"

许可凡略带扭捏，她这个法官，也只有此时此刻才露出点小女儿姿态，她摆好姿势，又叮嘱："拍好点。"

"放心。"

焦点聚准了，尉迟点快门。超级大特写，可凡的脸被他拍得跟美容节目整容前的人似的。

"删掉！"许可凡踢被子。

尉迟自知不妥，连忙执行："灯光不好，明儿去外头拍，肯定行……"

"你就没有审美！"

尉迟搂着许可凡。好一会儿，可凡安静了。听着尉迟的心跳，许可凡突然觉得自己的确很幸福。幸福是个比较级，她不敢想象，像这种夜晚，宁红是怎么过的。同床共枕的人有了二心，那这床也就不是床了，是铁板，是监牢。更糟的是暂时还得演戏。

可凡翻了个身，跟尉迟面对面。尉迟也感觉到她目光变柔和了。

"怎么了？"他小声问。

可凡叹息："吴冠军外头有人。"

尉迟表情凝重，没说话。

可凡推了他一下："干吗？"

尉迟岿然。

"什么意思，"可凡有职业敏感，"你知道？"

"有那么一点点……感觉。"

许可凡睡意顿时全无："什么时候的事，你咋没说？"

尉迟道："人家的家事，少管为妙。"

"那是人家家的事儿，可我不是人家呀，怎么连我也不说。"

"我以为你不想听到这些。"

"我是不想听到，"许可凡坐正了，怀里抓了个抱枕，"天天上班都听够了，可这些情况我得掌握。"

"掌握咋着，你能告诉宁红吗？"

可凡立即道："不能明示我还不能暗示呀，你都不知道老宁现在多被动。"

尉迟寅躺好，闭眼，纯属假寐。

可凡追问："刘宪魁知道吗？"

"估计知道……"尉迟全招。

可凡恨不得手指戳他脑袋："我跟你说男人都会演，就互相包庇吧，若要人不知，除非己莫为！最后都得翻车！都得接受法律的严惩！"

尉迟缩在被子里，一动不动。

手机响，是尉迟的。他从被窝里伸出一只手，拿手机，接电话。接着接着，人从被窝里起来了。许可凡感觉不妙，她生平最怕的，就是尉迟夜里接到家里来的电话，十之八九有事发生，且不是好事。尉迟脸色有点难看，开始穿衣服。可凡问咋回事。

"妈在医院呢。"尉迟喉头发紧。

"咋了？"

"说不好，具体得明天查，我回去一趟。"尉迟言简意赅。婆婆的事是大事，她不敢阻拦。她问尉迟要不要她也跟着回去。尉迟条理清晰："你上班，带孩子，看好家，随时联系。"

从穿衣服到出门不到两分钟，尉迟从这个房间消失了。过了一会儿，许可凡手机收到一条消息，是尉迟发来的。一行小字：你那还有钱吗？许可凡抱着手机，长长地出了口气，然后迅速给他转过去两万，并说：不够再说，到了告诉我。

238

此时此刻,她必须扮演一个好儿媳。不,不叫扮演,她确实是。这么多年,虽然跟婆婆谈不上亲近,但在礼数上,她许可凡从未怠慢过。这是教养,是一个人的素质。只是,婆婆的突然倒下,让许可凡陷入巨大的不安。这不能说是意外,她一直有心理准备,知道这一天终究会到来,生老病死,自然现象。但等真来的时候,她又觉得一切来得太早了,还是措手不及,怎么准备都没用。

她和尉迟的生活刚恢复秩序,他们还没能完完全全在北京站住脚,婆婆这一病,这巨大的后坐力,至少要把这个小家的生活水平往回拉个好几年。可是,他们必须顶上啊。谁都有父母,现在是他的父母,将来可能就是她爸妈了。将心比心,互帮互助。

许可凡一夜没睡好。直到第二天早晨,尉迟也没来电话。她只好主动打过去,尉迟接了,嗓音嘶哑,说还在检查,应该是脑子里的问题。许可凡干劝了两句,又说周末带孩子过去。

尉迟突然大声:"不用过来,过来也是添乱!"

许可凡举着手机呆愣两秒,挂断了。关心不对不关心也不对,她真想痛骂他两句,可理智告诉她,现在还不是时候。

第四十六章　杨盼
Di Sishiliu Zhang　Yang Pan

◆

女儿在小茶桌上做作业,实诚正招待客人。茶楼营业倒计时,这几日不少客人来退款,也有老客户怀旧,赶在关门前来坐坐。每日实诚忙到十二点,杨盼笑说关门了反倒来生意了。

考虑来考虑去,杨盼两口子还是决定采纳桑嫣的建议,转型做软装。实诚去河北三河跑了一圈,他还有几个家居城的朋友,手上有打折家具,都可以带着卖,最主要,他和杨盼打算先挣了老桑介绍的那几笔对公业务的钱再说。

等有了第一桶金,后面就好办了。

送走最后一桌客人,正式打烊了,杨盼才跟实诚交代,让他晚上跟女儿就住茶楼。

"还折腾呢?"实诚问。

"闹腾。"杨盼道。她租的房子沿街,最近主干道翻建,夜里三点就开工,实诚和杨盼还行,倒头就睡,女儿被吵哭了好几回,白天没精神,学习受影响。租房、住酒店都太贵,杨盼还是打算让实诚带着丫头在店里凑合凑合。

"还得多久?"

"说到年底。"杨盼道。

"租约到期咱换一间。"

"还差三个月。"杨盼理性分析,停顿几秒,又说,"妈什么时候过来?"实诚道:"下个礼拜。"说完自顾自道,"到时候只能让妈也在店里凑合了。"

"去家也行,就怕影响妈休息。"杨盼说,"医生联系好了,主任、教授,老桑找了关系才安排上,他肯主刀,妈这病就好一半了。"杨盼婆婆一只眼视网膜脱落,在东北老家看没瞧好,最终还是决定到北京治疗。实诚嗯了一声。

杨盼又说:"让妈以后少看电视。"

她婆婆是电视爱好者,见天的,除了睡觉,但凡眼睛睁着,那一定是对着电视。实诚顶一句:"她不看电视干啥?"杨盼见她男人情绪不好,又问:"大姐也跟着过来吧?"

"妈自己来。"

"要不我去接一趟。"

"不用,又不是全瞎。"实诚心大。

杨盼道:"过几天老吴要过来。"

"哪个老吴?"

"宁红老公。"

"跟你约了?"

"宁红来电话说的。"

"他咋想到这儿来了?"

"到时候你盯着他点儿。"

"啥意思？"

"他在这喝茶，等人，等不到要走，你就拦着点。"杨盼解释。实诚还是不理解："他要走我怎么拦？"杨盼想了想说："拦不住你就给我打电话。"

实诚也觉察出不对："唱哪出呢？"

杨盼直言："宁红怀疑老吴在外头有人。"

"真有假有？"实诚略吃惊。

"估计是真的。"

实诚立刻反应过来："喝茶是调虎离山？"杨盼不语。实诚跟着道："咱干吗做那坏人？"杨盼说："我们什么都不知道，也不是我们请他来的，茶楼开门营业，客人来了咱就招待。"实诚不语，手头忙活着，他把茶罐封好，放进储物箱里。

杨盼感叹："女人啊，可怜。"

实诚还是不接话。

杨盼继续："我在想，这是宁红遇到了，要换成我遇到了呢，我怎么办。"

"放心，你遇不到。"实诚不得不开口，阻止她胡思乱想。杨盼兀自说："离吧，多年的积累，说句不好听的，都是共患难过的，离掉，两败俱伤，不离吧，那等于把苍蝇吃进肚子里了。"说到这儿，抬眼看看实诚，"何况还有孩子，孩子是无辜的。"

实诚及时表态："你放心，你老公别的本事没有，就是一个忠诚。"

杨盼打趣："瞧你紧张的，又没说你，对啥号入啥座。"实诚说："这不怕你多心嘛。"杨盼道："我不怕你有想法，反正，我就抱定一条，发展自己，自己优秀了，还怕吸不住另一半。"实诚想了想，道："宁红也不能说不优秀。"杨盼道："她就是太好强，太优秀，本事都让她占了，女人不要太强势。"这茬话谈完，杨实诚又折回头说："要不让妈住芳姐那儿？"

到底是亲儿子，还是关心妈，拐弯关系都想到了。杨盼有一阵没跟知芳联系，她那儿大倒是大，就是不知道家里成啥样了。离了吗？知芳还是每周跑澳门？实诚既然提，杨盼没一口拒绝，她打算隔日去知芳那儿看看。如果合适，能帮婆婆安排在那儿，一来省钱，二来能住到市里，她脸上也有光。

文娉想养只猫，不要蓝猫，不要波斯猫，不要加菲猫……外国猫都不要，她就想养一只本地的土猫，橘色或者橘白相间者最佳。她在小群里问了几次，杨盼主动把事儿揽下来。她认识小区收破烂的光头大哥，他有路子。杨盼去卖过几次纸盒瓶子，跟大哥还算熟络。

这大哥四十来岁，号称来京二十年。他最容易激动的点就是房子，谁都不能提房子，只要听到房子二字，十次有八次他会痛说历史："我来北京的时候，这儿刚建，三四千一平米，那会儿我手里就有三十万，能直接全款，结果呢，没买……"说到这儿的时候，如果是站着，旁边有树就拍树，有墙拍墙，如果是坐着，那多半是拍大腿了，狠劲儿地，好像只有这样，才能充分表达出情绪。

一楼小院，这地方是大哥租的。院子里满满废旧物，进门，崔姐竟也在，她正跟大哥为几个塑料瓶子讨价还价。崔姐的意思是，她的瓶子是油瓶子，不是矿泉水瓶子，大一些，所以理应价格高一些。大哥的意思是，油瓶子反倒便宜，价钱不能光看大小。杨盼站在旁边"观战"，掰扯到最后，大哥终于不耐烦，拿出手机："给你吧给你吧，三块，会讲价劲儿的，微还是宝。"

崔姐说用微。

大哥手起："过去了。"

崔姐转身看到杨盼，忙打招呼。难得遇到，杨盼把装瓶子的纸袋子放在一边，跟大哥点了点头，转脸先跟崔姐讲话。她问崔姐什么时候回来的，不是说在市里吗？崔姐笑说伊若回去了，她被指派到这边，还说市里可能请个新人。杨盼送她到院门口大槐树下，才问："凤地儿过后，还有人来吗？"

崔姐抬头，眼神里有诧异："什么人？"

杨盼继续："你们这个，是不是有个地下链条？"

崔姐装糊涂："老妹，你啥意思？"

杨盼假装严肃："老姐，你不是要给老桑找'肥沃的土地'吗？"她打谜语。

崔姐一脸惊诧，手摆得跟跳广场舞似的："别胡说……我的老妹妹……这哪能胡说呀。"

"不是你告诉我的吗。"杨盼装无辜。

崔姐还要分辨，杨盼声调拉高："哎呀我的老姐姐，我又不是外人，我要是外人老桑能让我跟你回去吗？你想想，而且也是你跟我说的，找块地儿，播个种，结个果……凤地儿也就是做生意。"

崔姐顿时异常严肃，纠正："老妹，你这么说就不对了，这不是做生意，不是搞批发，这叫志愿者，是愿意为孕育事业无私奉献的人，是能积德的。"

杨盼说那是那是，跟着追问近况。崔姐说没近况，她线索也不多。杨盼试探性地问:"这属于违法吧?"崔姐立刻说:"法律不许,但你偷偷做了,也没啥事,孩子生出来就是孩子,那是一条命,那就是祖国的花朵。"

杨盼嘻嘻笑,问这些都在哪里弄,是不是得做手术,感觉挺危险。崔姐道:"北京就有,就在五环外。"杨盼头皮发紧。崔姐补充:"不算手术,就弄个管子,把种子打进去,成了就成了。"说得很轻松,可杨盼一想到那个画面,还是觉得怪异。聊完这些,崔姐说赶着去买菜,跟杨盼道别。她千叮咛万嘱咐,让杨盼保密,还说:"妹妹,咱们都是自己人了,我也看得出来,太太最信任你。"虽然能听出是客套话,但杨盼还是觉得分外舒服。

折回头进院子,卖了一纸袋瓶子,杨盼一不小心提起房子,大哥没控制住,又感叹了一番。然后才提起附近有一只猫做了剖腹产手术,生了六个小猫,母猫没奶,被主人带走了,小猫在宠物店放着呢,问她要不要。

"是土猫吗?"杨盼问。文娉要求土猫。

"蓝猫,"光头大哥说,"有的有花色,带白。"

杨盼问:"有照片吗?"

光头大哥道:"直接过去看呗,两步路。"

杨盼当即打给文娉,说明情况,文娉正巧在家看稿子,事不宜迟,马上赴约,两个人在光头大哥的带领下,去宠物店看猫。

小猫真小啊。文娉伸着脖子,往保育箱里觑。那小东西,真比老鼠还小。一共两只,一只棕白相间,一只蓝白相间,属于蓝猫。小家伙一动不动,闭着眼。宠物店老板是个小伙子,他笑说不要钱,好好养就行。

文娉看杨盼,又问老板:"好养不?"

老板道:"注意保暖,按时喂就行。"

文娉为难:"这也太小了……"

老板道:"这才叫养猫呢,大了再养,跟你不亲。"

文娉似乎被说动了。杨盼看出闺密的心思,煽风点火道:"过了这个村可没这个店了。"老板又说:"生了六个,其他四个都领走了,再迟来两步,这两个也得没。"

标准抢手货。

文娉扭过头看着小猫,犹豫不决,她问杨盼选哪个。

杨盼笑呵呵:"喜欢哪个选哪个。"

文娉选择困难症:"哪个好看?"

"都好看。"光头大哥插话。

杨盼鼓励道:"要不都拿下吧,相互有个伴儿。"

文娉踌躇,但终于还是忍不住,干脆把两只都收了,放进双肩包里,小心翼翼。老板又说了一些注意事项,诸如放进纸盒子里,要保暖,每隔两个小时要喂一次奶。文娉问:"夜里也要喂?"老板说需要。杨盼道:"养小孩也要喂。"老板说坚持十多天,两个礼拜之后,夜里就不用喂了。

最后,文娉又从老板这拿了一盒进口羊奶粉,带着猫,欢天喜地回去了。杨盼感谢了大哥,又跟宠物店主寒暄几句,再到外面的店面考察一番,才悄悄离开。手机响,是知芳姐来了消息。杨盼问她借房子,说了婆婆的事,又说去看她。知芳回复,房子尽管住,没问题,但见面估计有困难。

知芳说她目前在天津居住。

杨盼回复:天津不怕,姐,哪天我去看你。

从北京到天津,这乾坤大挪移呢……杨盼隐约觉着,芳姐有大动作。

第四十七章 毛文娉
Di Sishiqi Zhang　Mao Wenping

♦

猫接回来了。

新家新猫新气象。

文娉对自己的未来生活是有期待的。这种期待甚至生发出一种画面感:坐在窗台边,拿着书,手边有两只猫。这是她的小天地。她甚至已经迫不及待抚养两个小东西长大。她买好了猫砂盆、猫砂、食盆、水盆和猫玩具。从此之后,与猫做伴——虽然跟高处寒已经是男女朋友,但说实话,文娉并不打算让他来常住——

偶尔过来可以，盘踞此处不切实际，他还有女儿，有各种朋友，根本不是那种居家男人。

而且文娉自认跟处寒的关系也还没到那一步。是，刚认识的时候，高处寒就求过婚，可那几乎是礼貌，不能当真。真要结婚，就得有各种准备，要有许多现实的考量，这些不拿出来，结结实实摆到桌面，那就不可能再进一步。

刘伊若的事听说了，毕家锁离婚，伊若来个非他不嫁。桑嫣痛心疾首，觉得这孩子怎么这么傻。可在文娉看来，伊若敢于出格，恰恰是良好的家庭条件给她的勇气。就算她再胡来，将来也有一份家底给她撑腰。她毛文娉就不行了。好不容易有房子，算暂时站住脚了，接下来的路，她必须如履薄冰步步为营。在这个城市里，感情是个变量，变化多端到不可掌控，有，享受，没有，文娉就继续低头奔事业。当务之急，是把公务员考了，破釜沉舟，拿下。

不得不说，这是一步险棋。这个年龄赤手空拳闯进去，能冲到什么地步，不好说。曾几何时，文娉也有过幻想，当作家，做编剧，她文笔不错，但几年历练，她看清楚，在北京，没钱不行，光有钱也不行，你还得有权，富而不贵，一不小心就摇摇欲坠。所以，当桑嫣和老高建议她考交通指挥中心的时候，文娉抵触——那儿离权力太远。或者说，那儿的权太小。

良禽择木而栖，贤臣择主而事，她得找个大山头。不过，高处寒一句话就把她说服了："先进门，你现在不要巴高，要降维打击，大部门水深，有你什么事？所以还不如从小地方切入，你笔头子又好，将来被领导看中，收去做秘书，路子就宽了。"

高瞻远瞩一语中的经验老到，就这么干。

所以，文娉的理想空间格局是，出门拼事业，回家撸猫。没男人什么事儿。可现实很残酷，两只猫没打算轻易放过她。来家第一天，每隔一会儿，小家伙便肆意嚎叫一通。文娉不明白这么一小嘎儿咋会有那么大嗓门。她几乎一夜没睡，喂奶，把尿，跟伺候孩子似的。第二天直接大黑眼圈上脸，导致高处寒第二天傍晚上门看她，第一句话就是："熬夜复习呢？"

文娉不答。

两只猫及时大叫揭示了谜底。

高处寒快速走到客厅一角，探头看看，又转身对文娉道："你还有这爱好？"

文娉赧颜："瞎弄。"

245

老高又伸出头瞄瞄:"这么小,还是得妈带。"

文娉道:"亲妈做了剖腹产手术,没奶,只能后妈喂了。"时至今日,她也顾不得里子面子。养猫这事儿她没告诉老高,就是怕不小心被揶揄"想当妈"。母爱爆棚,何必养猫,直接生小孩好了。幸亏老高还算懂事,看到猫,一个字儿没提。

文娉又说:"晚上闹得不行。"

高处寒去洗洗手,擦干,出来才问:"注射器呢?"

文娉立刻将所有器具奉上。

老高单手把棕色小猫捧着,另一只手持注射器,吸半管子羊奶,伸到小猫嘴边,慢慢推送。小猫吃得欢。吃完,他又用纸巾搓了个长条,轻轻点它的排泄口。瞬间,尿了。

"睡吧。"他把小猫放回去。一套动作行云流水。

文娉赞:"行啊你。"

高处寒说:"就这三五天是最难的,等睁眼了,能站住了,就好得多。"顿一下,又说,"要不我带回去先养着。"

真是好人,急人所急,雪中送炭。可文娉终究有点不大好意思:"别,"又说,"要么你就在我这儿。"

"怕影响你。"

"你在客厅,猫也在客厅,我在卧室,咱俩轮流看着。"

高处寒笑着同意。

文娉又说:"我负责做饭。"

高处寒看看羊奶罐子:"这不是有饭吗?"

"你不吃啊?"文娉笑得很美。

"吃,"高咧着嘴,一排牙很整齐,"你还会做饭?"

"只会下面条,吃不吃?"

"吃,"高立即说,"只要是你做的,生的我都吃。"

三天三夜,老高都守在小猫旁边,他请假了,律所的事放到一边,文娉的事是大事。说真的,这架势,这精神,这诚意,文娉感动得差点掉眼泪。老高是真累:每两个小时喂一次,夜里几乎不能睡;喂完还要把尿;偶尔睡着了,又被小猫的叫声惊醒。

午夜梦回,文娉起来上厕所,看到老高还忙碌着,她的心都会抽一下,多好的男人啊！她甚至想，假若高处寒现在求婚，她一激动恐怕都会答应。可恢复理性之后，又认为不能莽撞，往前走再说。

面条端上来了。说到做到。泡面煮一下，加了个鸡蛋、几根青菜。老高和文娉头对头，蹲在小茶几旁吃着。抬头的几个瞬间，文娉恍惚，这不就是她想要的生活吗？有猫有男人陪着，凑在一起吃面，一起抵抗冰冷的世界。她越想越远，老高的声音叫醒了她："看我干吗？"

回到现实世界，继续吃。

"口有点重，"高处寒点评，"小心以后血压高。"

"你还懂这个？"

"常识。"

"还有什么常识？"文娉顺着问。

"多了，你想知道什么？"

文娉想了想，说："什么是爱情？"要酸就酸到底。

高处寒不假思索："爱情就是自作自受。"

文娉笑道："怎么个作，怎么个受？"

老高放下筷子："自己选择的，自己承担，"吃干净了，再说，"找对象不是要找好的，尤其不要找最好的，要找合适的，相配的。"

"什么是婚姻？"文娉再下一城。第二关。

高处寒轻轻笑了一声："婚姻不是这辈子的事情，是累世的债，你欠我的债，我欠你的债。"

有意思。

文娉继续问："什么是生活？"

"自找苦吃，自得其乐，就是生活。"

三题问完，文娉看着处寒。她越来越喜欢眼前这个男人，不对，不能说喜欢，喜欢太浅，也不说是爱，爱又太深了，可以说：欣赏。就好像站在湖边看着水中的莲花那样。只不过，文娉同时又觉得老高深不可测，他的眼睛里，似乎总藏着些欲说还休。

猫又叫了，估计饿了。高处寒迅速操作，文娉帮忙，一会儿工夫，小猫吃饱喝足，安稳睡了。老高问文娉这两小只都叫啥名。文娉说还没想好，而且现在太小，都不知道男女。她问老高的意见。

"要不就一个文文一个娉娉。"高提议。

"土。"文娉当即否定。

"那你说？"高反问。

文娉想了想，指着棕色的那只道："文吉，"又指蓝色那只，"熊友。"高处寒问哪个熊。文娉说熊猫的熊。高处寒说："这个名字好，要不你也给我一个名字，私人专用，我这名字不好，高处不胜寒，太冷了。"

文娉批他胡闹。高处寒强烈要求，文娉只好再开动脑筋。想了一会儿，有了，她笑着道："叫，盖云。"高问哪个盖哪个云。文娉随即解释："你都爬那么高了，可不就是把云都盖住了。"高十足满意："这个好，以后你就叫我盖云，姓高，名处寒，字盖云，那我叫你什么呢？"

"毛病，就叫文娉。"

"那不行，咱俩得有暗号呀。"

"想不出来了。"文娉懒得再思考。

高处寒却说："姓毛，名文娉，字广婵。"

文娉问啥意思。

高处寒兴奋地说："我在高处，又寒，那你自然也在高处，你住在广寒宫，是一个美丽的女人，堪比婵娟，所以叫广婵。"文娉知道他在胡扯，可不得不说，听上去竟还不错。高道："这就是咱们的莫尔斯密码。"

"行啦。"文娉不耐烦。

高拥过来，脸靠近她："广婵。"他真叫了一声。文娉鸡皮疙瘩起来了。他双手抄过来，怀抱着她的腰，身子下压，她倒在沙发上了。还没等她反抗，他的嘴巴便贴上来，文娉转头，看角落里的箱子："不行。"

他歪头看她。

"猫在呢。"她说。

他笑说它们能听懂什么。文娉坚持："怎么听不懂，少儿不宜。"高处寒只好把她抱进屋，丢在床上，然后开始他的华丽表演。老高看着轻浮，可办起事来却很踏实，一个步骤不省，从头到尾，跟老农犁地似的，做得细致，文娉轻轻呻吟，她自己都不晓得时间怎么过去的，但她还保持清醒，他要求直接进，她拒绝了。必须有措施，不能弄出孩子来，养猫可以，养孩子她还没做好准备。

完事儿一身汗，两个人还没来得及洗澡，小猫又叫了。高处寒光着身子赤着脚去看。文娉叮嘱:"穿上点,别吓着它们。"高笑嘻嘻:"都还没睁眼呢。"

从卧室出去,好一会儿,高处寒都没动静。猫还一声声叫,只不过,声线单调。文娉坐在床上,喊他:"喂了吗?"几秒钟后,一个光溜溜的老高又回到卧室,面目略失落。文娉感觉出不对,问怎么了。

高还是不吭气儿。

文娉要下床。

"别去了。"高连忙说。

"怎么了?!"文娉心里乱,只会问这一句。

"熊友走了。"高还记得住名字。

这四个字跟蜜蜂似的,在毛文娉脑子中飞了一圈,她才完成了阅读理解,哦,走了,没了,死了。"不是……怎么会……为什么呀……"文娉激动。可她怎么着也不敢走出卧室门,她惧怕死亡,不愿看到熊友被死神夺走定格在那儿的惨状。不久之前,那还是个活生生充满朝气正打算展开猫生的小可爱,现在呢,一切都没了。文娉深感生命的虚妄。

高处寒拿被子遮住身子:"拿纸巾包好了,回头下去埋了。"他倒很冷静。男人就是理性。文娉哭都没眼泪,一个没了,照顾好另一个吧。

"是不是没准时喂奶呀!"文娉冲他嚷。

高无奈道:"真喂了,也把了尿了,这猫太小了,必须亲妈带……"算了,他说什么就是什么吧,没有功劳也有苦劳。文娉穿好衣服,孩子还是自己带,她打算今晚亲自驻扎在沙发,看护好文吉。

"先去埋了吧。"她对老高说。

入葬地点是月季花下,文娉钦点的。跟着这一夜,高处寒和文娉都在客厅栖息。文娉睡沙发,处寒打地铺,猫的纸盒子放在沙发旁边,文娉一起身就能看到。

熬吧。等着长大,分分秒秒熬。文娉不愿意去想那么多,醒了就喂,她跟高处寒,哦不,现在叫盖云了——齐心协力,照料一个小生命。文娉甚至觉得,这小猫文吉,就仿佛自己的缩影,无依无靠来到这座城市,想尽办法也要活下去。外头风刮了一夜,呼呼响,文娉睡着了又醒。一尺之外,老高平躺在地板上,两只手垫在后脑勺下面,脚从被子里露出来,一只叠在另一只上头。看上去却有点少年的轻倩。扭头看看盒子里的小猫,吃饱喝足了,趴在那儿,静静的。窗外隐隐约约有灯光亮起,四点了。文娉又闭上眼,她太累了,天亮之前,她打算再睡个回笼觉。

也不晓得睡了多久。再醒来,高处寒坐在她旁边。文娉睁眼,他看看她。文娉觉察出什么,问:"怎么了?"高处寒还来不及拦阻,文娉的手就扒到纸箱子旁,文吉躺在那儿,嘴巴微微张开,一动不动。

文娉惊异,回头问老高:"怎么了这是,嘴咋张着?"

老高长舒一口气:"没见过死人?断气都得张嘴。"

文娉脑中轰然。她又一次距离死亡那么近。

她终究不敢看第二眼。

入殓工作老高包办,地点还是月季花下。文吉和熊友在地下团聚了。文娉眼眶红红的。老高把最后一捧土添上,又用手拍了拍。文娉递上湿纸巾。手擦干净了,老高拍了拍文娉肩膀:"没事儿,这是见着的,没见着的,每天都有生命告别这个世界。"

文娉嚷嚷:"那也别让我看见!"

高处寒道:"怪我。"

文娉叹息:"跟你没关系,可凡也帮我算过,我就不适合养小孩,害怕,真的。"听到文娉这么说,老高也不晓得怎么安慰。过了一会儿,他才说:"不适合就不养,每个人来到这个世界的任务不一样。"

"我什么任务?"文娉苦笑。

"你就负责把你自己这辈子活精彩就行了。"高处寒温柔地说道。

第四十八章　于曼蔓
Di Sishiba Zhang　　Yu Manman

✦

蒯姐的读书会,曼蔓读完《国富论》就不打算去了。文章读不明白,还污了眼睛。房燕出现,陪着左豪,整个人焕然一新,人家还有了个新名字,不叫房燕,叫房大彦，产字头。于曼蔓听了，暗骂，产字下面三道撇，这小丫头就巴不得一口气生仨，后稳固江山，母仪天下。

唉，糟心。挤不进去的世界就别挤了，何必为难了别人还作践了自己。

于曼蔓忍不住跟蒯姐吐槽，不直接说，拐着弯："姐，我别当学员了，没那天分，还是直接教员吧。"蒯姐上下打量曼蔓，用手从上到下画 S 形，直接比画出曼蔓的凹凸，"你还没天分？"又说，"可再有天分你也得学呀，得用功，你这个 foundation 的东西都没做好，后面想上都上不去。"

曼蔓问 foundation 的东西是啥。

蒯姐幽然："素质，全面的素质，你以为左总那是找个……"欲言又止，及时找补，"当左总的助理，不是光漂亮就可以的，说句不好听，谁能帮到他，他就录用谁。"

曼蔓恨，她真是不晓得房燕能帮左豪什么，帮他找房子？呵呵。中介出身，能玩出大天来？曼蔓抬起头，腰板儿挺直了，恢复凹凸："姐，反正咱俩相识一场，不管以后搁不搁一块儿了，我永远叫你姐。"蒯姐笑得花枝乱颤，连忙道："哎哟我的好妹妹，姐心里能没你吗？"她拍拍曼蔓的前胸，于曼蔓知道，没准柳暗花明又一村了。

这次的任务是当濮厅长的地陪。人是熟人，在高尔夫球场见过。濮厅长退了下来，现在是濮总，听说在北京包了酒店，成立了公司，准备跑点项目。蒯姐一分配"任务"，曼蔓顿时头皮发麻。别看她平时张牙舞爪的，其实她特虚，标准纸老虎。一咬牙，曼蔓给自己心理按摩，都是成年人，就那么点事儿，她怕啥，只要卫生。一闭眼，她连濮总的半个光头都不介意。路子一旦打开，她就辞职，华丽转身，搭上人生最后一班快车……想到这儿，曼蔓又雀跃了，她觉得自己就是开窍太晚，如果像房燕那个年纪时就明白诸多道理，她绝不至于像现在这样，怀抱金碗讨饭吃。

下午去公司打了一头，王百味在忙片子，四脚朝天，曼蔓拜托他代工，说回头请他吃饭。傍晚，中介来电话，说有人看房。曼蔓紧赶慢赶回去，终于赶上了。租客是个小姑娘，跟房燕年纪差不多，于曼蔓有心理阴影，不大想租给她。她现在就是八字和母的不合。

等人走了，周半芹跟在曼蔓后头问："真要租呀？"

曼蔓耐不住，顿时一嗓子："妈，您多明白一个人，能不装糊涂吗？"

周半芹愣在那儿，等于曼蔓从冰箱那头折回来，她才说："你什么意思，妈妈就这么碍你的眼？妈妈想发挥余热还不行了？"

于曼蔓皱着鼻子："妈，女儿不孝，"她拿起手中的果汁喝了一口，"人真的需要自己的空间。"

"那这样，这间我拿下。"

曼蔓拖着腔调："我的老妈妈，不是那么回事儿……"

周半芹哭腔出来了，但没眼泪："我就知道……我就知道有这天……我生个丫头我指望不上……"一屁股坐在椅子上，光打雷不下雨，"从小就自私……啥都往怀里扒拉……我咋就没生个儿子呢我……"

曼蔓见老妈来横的，反倒要讲讲理，她锁好门，关上窗，拽着老妈到床边上坐下："妈，咱老娘们能不能支棱起来。"周半芹眨巴着眼，被女儿的气势吓到。于曼蔓道："妈，我真不是不愿意赡养您，哪个月我不打钱？您真到那步了吗？"曼蔓朝窗户边走了两步，又退回来，"真不能动不能行，我肯定给您接到身边来，汤汤水水一天三顿伺候。"

周半芹呆若木鸡。

于曼蔓再下一城："您在这儿，咱俩都定不下心，我就是趁着还不算太老，拼一把，成就成，不成北京就跟我没关系了。"

周半芹低声："我这不是来帮你的嘛，一个好汉还三个帮，咱娘俩……"

"帮得不好比不帮还可怕！"于曼蔓只好用大声量震慑，"王叔也是，搁一块儿过多少年了，说撂挑子就撂挑子，有这样的吗？"

"他不带孙子，他儿子就不给他养老，"周半芹道，"我是没孙子可带。"

这又怪她了，曼蔓突然有种负罪感。她没结婚，没孩子，给老妈带来了"麻烦"。

曼蔓只好打亲情牌："妈，真的，在这个世界上您是我最亲的人，可现在的情况就是，搁一块儿咱们都得完蛋，你先回去，踏踏实实的，等我干出名堂了，咱一起上天。"

上天，听着好像不太吉利。

周半芹道："就在那小公司干？"

曼蔓懒得解释，她能怎么说呢，告诉老妈小公司只是暂时，她马上要抄近路？说得出口吗？她只好说："小公司，大前途，关键得在风口上，反正就得拼命干，你看小王还没回来呢，加班呢。"

周半芹叹息:"你年纪也不小了,这么个累法……"

"只要有心,多大都不晚,那谁,七十多岁还上山种橙子呢。"

"再等两年,你还能找着吗?"

"找啥?"

"人,伴儿。"

"在找在找!没合适的咱也不凑合,妈,这是北京,有钱啥就都有了。"

"女的跟男的不一样,男的到四十都抢手,蔓,咱得认命!"

这话可触到于曼蔓的逆鳞了。她当即大吼:"我就不认命!"眼珠子快要弹出来,"我不破楼兰终不还,行吗?!我还就不信了,我就不能在这北京城站住脚!"

周半芹伸出两根手指,在半空做爬虫状:"这是两条线,"顿一下,又说,"你身边总得有个知冷知热的人吧。"曼蔓道:"妈您这一辈子都吃过几次亏了,还没大彻大悟呢,你得到什么了?跟我爸那样,跟王叔这样。"

曼蔓点到为止。周半芹却仿佛三魂被轰掉两魂。

曼蔓道:"妈,这样,一年,就一年,我要是还在北京混不出子丑寅卯来,我就回去,咱在石家庄,或者固安整套房,这辈子就什么都别想了,行吗?"又补充,"以前,妈,您以前都是活男人,什么时候能活活你自己,自己在哪儿呢,您有自我吗,有目标吗,说句不好听的,人这一辈子不就这些个天,您不打算活得精彩点儿?"

周半芹半晌不说话。

曼蔓道:"妈,您反过来看,王叔走了是好事,你撑开手脚了呀,我不是让可凡帮你算过吗?你是金,王叔是土,土大金埋,是他耽误了你,你空有一身本事一辈子没一点施展,别的不说,我这身材,这脸蛋,不都是遗传您吗,您善加利用了吗?您开个饭店也能挣钱呀,干吗非得天天给那姓王的做饭。"

周半芹被说得脸发白,终于,她抬头对曼蔓:"这样,你奋斗你的,我奋斗我的,咱们分开奋斗。"

哟嗬嗬,老太太还奋斗上了。曼蔓只好往回劝:"妈,您别奋斗了,您就稳稳当当搁老家待着,不惹事,吃好睡好生活好,就是帮忙了。"

周半芹站起来:"你别管我了,我干我的,你能挣钱,我也能。"曼蔓着急,这不矫枉过正嘛。周半芹道:"明儿我就走。"说着,小衣服叠上,开始收拾东西。

253

曼蔓不大好意思："妈您别急呀，我真不是赶你走……咱不赌气行吗？"周半芹道："你别说了，再说我改主意了。"

那糟糕，曼蔓赶紧闭嘴。

三下五除二，收拾完了。周半芹左右手各一只包，拎起来了。这闹哪出？曼蔓劝。半芹执意要坐晚班车回："快，一个小时就到了，不影响你休息。"曼蔓只好跟着出门，要送老妈去车站。半芹道："回吧，没事儿，北京我比你熟，没怀你的时候我就在这儿溜达。"

是事实。可那都啥时候了，时代早变了。

周半芹上车了，曼蔓给叫的。"回吧。"半芹招手，车子缓缓启动。车开远了，于曼蔓望着车屁股，配合四周阑珊的灯火，她竟有点感伤。她是希望老妈回老家，可没想着这么快，她本打算，怎么着也带妈妈吃点好吃的、洋气的、家乡没有的。再玩俩景点，才礼送回乡……谁知老妈直接来了个说走就走，迅雷不及掩耳。

老妈行事向来嘎嘣脆。

曼蔓落寞。

她何尝不愿意做个孝顺女儿，可眼下她既然决定破釜沉舟，豁出去，那就不适合让老妈知道、看到。她的人设不能倒，她必须成功，不成功那就真成仁了。于曼蔓在小街上溜达了一圈，才折回家。到门口，才发现钥匙忘带了。

看看时间，还早，王百味一时半会儿估计回不了。于曼蔓也不打电话给他，她下楼去小街上一家卖文具的小书店，随便买了本书。小说，叫《在路上》。然后转去一家小咖啡馆，找了个温暖的角落，有一搭没一搭翻着。

约莫晚间十点，濮总来电话，说太忙忘了联系，后天要在北京某酒店办一场论坛，谈大数据时代的经济形势，请她过来帮帮忙。于曼蔓爽快答应了。合上书，她意识到，轮到她上场了。十一点钟之前，老妈来消息，说她已经到家了。

第四十九章 刘伊若
Di Sishijiu Zhang　Liu Yiruo

从别墅搬回市里,伊若一直没跟老妈提毕家锁的事。她就是再任性,也明白现在不是时候。老爸住院,老妈刚做过手术,虽然医生说手术很成功,可因为老妈有糖尿病,右边腋下那条刀口,始终没法全然愈合。伊若帮妈妈换过两次纱布,差点没吐了。那黄色的烂肉……软乎乎的……她真佩服老妈的毅力,真有革命精神。老妈还是一如既往每天接电话,会客,让这个家运转起来。

伊若过去从来没想过这个家如果没有老妈会怎么样。现在,她偶尔会想,但念头跟蜗牛的触角一样,碰到这块就立刻缩回去了。

不敢想。

不能想。

老妈就是家里的主心骨呀!

周末,哥哥嫂子回来了。只要嫂子一到家,她就解放了,照顾爸妈,打理家里,桑嫣包办。伊若感谢嫂子,前一任嫂子跟她一样任性,结果,走了。桑嫣大气,包容,愿意担事儿,她刘伊若落得轻松,还做她的小公主。

她知道老妈在向嫂子传授理家经验,介绍人脉,好多组织机构的会,妈去不了的,嫂子去。传帮带,很好。唯一的遗憾是,嫂子至今都没有自己的孩子。

老妈从来没催过。

这一点伊若可以做证。但老妈的急切,所有人又都能感觉得到。这种急切,是不言自明的,是弥漫在空气中的。嫂子也急,可她不能露出急的样子,只能私下再接再厉。

吃完饭,老太太去屋里歪着了,宪魁出去办事了,桑嫣又跟伊若坐到一块儿。伊若有心理准备,微笑着望着嫂子。

桑嫣启朱唇开金口,笑问:"怎么样?"

"挺好。"

桑嫣没再多问,起身往屋里走。她让伊若跟着,伊若只好亦步亦趋。进了屋,桑嫣把门关好，打开电脑，调出来张图片，看上去是X光片。桑嫣从PS里打开，一点点地消除阴影。伊若忍不住问是什么，桑嫣让她等会儿。等都做完了，才转身说："妈的片子。"

"妈她……"伊若发蒙。

"我找医院要的，"桑嫣很冷静，"不能直接把片子出出来给妈看，妈那么聪明，明白了就麻烦了。"又叹息，眼睛斜着看伊若，"我估计妈都明白了，就是不问，也不说，现在，咱们都得装糊涂。"

"治呀——"伊若真着急了。

桑嫣安抚住她，才说："小妹，你是大人了，我不能跟你说假话，妈得的是癌症，切是切了，可……"哽咽，"所有能用的手段，名医、器械、药品，一个不会落下……但妈现在只能靠精神去顶。"

刘伊若失神。

怕什么来什么。她不敢想象老妈会倒下，那可是她最亲爱最强大能够处理一些难题面对一切困难的女强人妈妈啊！

姑嫂俩相对无言。过了好一会儿，桑嫣才继续道："咱现在不能给家里添乱。"

伊若顿时明白了，她跟家锁复合，就是添乱，是老妈不想看到也不想知道的。

"知道。"伊若像个战士，必须服从命令。

桑嫣用一种曾经沧海的口吻："小妹，你还年轻，以后你就知道了，感情，爱情，只是生活中很小很小的一部分，等你到了一定岁数，这部分甚至都可以忽略不计。"

伊若不晓得怎么应答。她该问：你和我哥呢，有爱情吗？可这话又实在伤人。有怎么样，没有又怎么样，事实就是，桑嫣现在就是她嫂子，是刘家的儿媳妇。这个职位她占了，所以以必须履行职责。

在嫂子眼中，所谓的婚姻，恐怕并不存在非你莫属，只是凑巧，匹配了家庭资源，然后搭伙过日子，是不同价值组合的复合交换。可是，此时此刻，刘伊若还是愿意相信爱情，相信一瞬间的感觉，她觉得她还是爱家锁的。所以，她可以等，她甚至根本不把婚姻那一张纸放在眼里，如果她想，她甚至可以直接跟家锁生孩子，她一个人就能负责到底。

她有这个家底，有这个底气。

只不过令伊若忧伤的是，也许等到她真的和家锁修成正果，老妈和老爸已经不在了，二选一，她的生命注定不完整。

"老濮那论坛你去一下。"桑嫣突然说。刘伊若回过神,同意了。过去她逍遥,现在家里人手不够,她必须顶上,何况老濮还是她妈的干儿子。伊若觉得好笑,年龄算着也不对,可人家硬攀上了,这么多年也就叫下来了。老濮的小舅子是个浙江的小地产商,每个月会给家里"补贴",哥嫂那边是两万,她这边是一万。因此,濮大哥的面子得给。

论坛设在酒店里,五星级,三层会议厅。头天晚上伊若跟老濮联系了,说自己外行,就是去学习,再一个见见他,不宜高调,千万别给她留前排位置。濮总忙,没顾上说话。等到第二天,伊若到现场,三个姑娘小伙坐在入口处管签到。一招眼,伊若看到嫂子的同学于曼蔓坐在那儿。

曼蔓热情招呼她,又让她签名。伊若连忙说不用。曼蔓递上水。伊若问:"濮总呢?"曼蔓道:"在休息室招待嘉宾呢。"伊若说她去看一眼,曼蔓连忙起身,带着过去。

到门口,刘伊若探头朝里看,只见濮总坐在右侧当中的位置,主位上,坐着个男人,意气风发,正在指点江山地聊着。伊若知道,那是左豪的表哥,当权派。他旁边左豪脚并拢坐着,很少看他如此收敛。再旁边几个人当中,伊若看到吴冠军和宁红两口子也在。她顿时不想进去了。

"厕所在哪儿?"伊若扭头问曼蔓。

于曼蔓指了指方向,伊若一猫身,过去了。临撤退前她又觉得有必要跟曼蔓寒暄几句,所以故意问:"你现在在这儿做?"曼蔓的笑容能把人融化了:"刚过来。"

"不错。"刘伊若及时鼓励。

每个嘉宾的发言伊若都不感兴趣,她给家锁发了消息,让他下了班来接她。家锁问:"去哪个餐厅?"伊若答:"不吃饭。"家锁道:"去看电影吧。"伊若不置可否,说见面再说。是啊,怎么吃饭呢,濮大哥上台当主持人前,千叮咛万嘱咐,一定留伊若吃饭,还说有朋友介绍认识。

只能等。

人家开会,她打游戏,好不容易挨到散会,用餐,刘伊若赶紧挑了个最偏僻的桌子坐下,打算菜上来,胡乱吃几口了事。嘉宾们纷纷入场了,老濮见伊若坐那么远,过来招呼:"小妹,到主桌来,来来来。"伊若嘴上答应,屁股就是不动。没办法,老濮招呼完人,才见缝插针推了个人来:"我侄子,濮杰,你们年龄差不多。"又对濮杰:"陪好若妹妹。"

伊若挤出点笑容，就算招呼了。

濮杰看上去文质彬彬，她一口气都能把他吹倒了，但一双眼睛却滴溜溜转。一看就是个聪明人，跟毕家锁那种木头是两种风格。家锁是参天大树，一根直接上去那种，实心眼儿；濮杰则是灌木，或者小花草，心眼儿是空的。

她不喜欢花草。

伊若提着屁股往旁边挪了三个座位，坐到一位女士身旁了。"你好。"女士跟她打招呼。伊若点点头，看着眼熟，但对不上号。伊若笑笑。女士自我介绍，说自己叫房大彦，上面一个产，下面三撇。

伊若尴尬："你是行业里的？"

大彦说："我是刘宪魁的亲戚。"

哟嗬嗬。亲戚？有意思，她怎么不认识。哪儿冒出来的亲戚。伊若哦了一声，懒得戳破。直到左豪走过来，跟伊若打招呼，那位大彦才意识到不妥，灰溜溜跟着左豪出去了。

再一抬头，濮杰正盯着她看。

伊若发毛，饭也不吃了，她打算去趟洗手间，然后便下楼去等小毕。

流水潺潺，处理好了。伊若正准备起身去补妆，却听到洗手台那边有人说话。于是她按兵不动，侧着耳朵听。声音耳熟，听到第三句，才意识到是嫂子的朋友宁红。跟她对话的，一时半会儿听不清是谁，但可以确定是个有岁数的女人。只听得宁红道："真不能这样，这么样做犯法你明白吗？"另一位女士说："妹妹，误会，百分之一千一万的误会，我不可能……就没有一点可能性……"翻过来倒过去，"可能性为零。"宁红道："我理解你，公司要盈利，要出成绩，但也不能……也不能把这一点点窝边草都吃得毛都不剩。"另一个女人几乎哀求："哎呀真不是……我根本都跟她不熟……"

宁红道："你的培训班，她上过吧？"

"这我得回去查查，都哪年的事了。"

"这个人是个惯犯！老吴这次算掉坑里了。"

"别着急别急真的别急……"

越听越糊涂，但也越发感兴趣。手机响，是小毕打来的，她连忙挂断。那俩女人一听不对头，火速撤了。伊若为确保安全，生等了五分钟，才左顾右盼，悄然逃窜，下楼找家锁。上车了，伊若系好安全带。毕家锁刚想说话，刘伊若果断下令:"开车!"

一路飞驰,两个人逃到一家咖啡店。等咖啡都上桌了,刘伊若还在擦头上的汗,嘀咕着:"真干不了这些事儿。"毕家锁这才试探性地开口:"伊若,有个事……"

伊若伸手让他打住:"先别说,让我喘口气儿。"

毕家锁果断闭嘴。过了好一会儿,刘伊若才主动问:"离不了是吧?"毕家锁忙说不是,说那事儿还在谈,是工作的事。

"工作什么事儿?"伊若端起咖啡杯。

"我把工作辞了。"

"裸辞?休息一阵也好。"

"家里那摊子事儿,还得我去做。"

伊若心里咔嗒一下,嘴上却逞强:"那不错,迟早也得你做。"毕家锁说:"我就是觉得对不起你。"刘伊若当然明白他说这话的缘故。在一起的这些日子,哦不,自打认识起,刘伊若就一直鼓励他勇敢追求自己的梦想。可现在呢,梦想放一边,他去做家里的企业去了。这是一种"背叛",更是父母对他的掌控。刘伊若怅然若失。毕家锁伸脖子:"你给我点时间。"

伊若故作轻松:"没关系,有的是时间。"脑门一热,她又改口,"我能等,但生孩子的事不能等。"

毕家锁啊了一声。这种提议,显然在他的料想之外。

"干吗,你不敢?"伊若激他。

"有什么不敢的。"毕家锁挺起胸脯,一副大无畏的架势。家锁挺起来了,伊若却有点后悔。这是大事儿,孩子生出来,那就是一辈子,没退路的。"要不趁热打铁咱就……"毕家锁支支吾吾。伊若镇定自若:"等会儿,我还没喝完咖啡呢。"

第五十章 许可凡
Di Wushi Zhang　Xu Kefan

◆

材料摆在桌子上，清清楚楚。对面坐着的，是几乎被气得脸部扭曲的宁红。许可凡借了个办公室招待她。

宁红突然杀过来，要咨询，要想辙，也要吐槽。她真恨呀！每说一个字都好像要把牙齿咬碎了。"我怎么觉得这姓鲍的就没几个好东西呢，鲍二家的，是吧，浪货！"

许可凡把身份证号码输入查询机。事主叫鲍燕。

宁红接着骂："叫燕的也都是难缠货，看到没有，中间有个嘴，到处吃人。"她成解字高手了。

许可凡仔细查看着。

宁红道："我跟你说这就是个惯犯，跟那站街的鸡没区别，也就老吴，傻不棱登上她的贼船，真不怕得病。"

基本情况查清楚了。鲍燕，北方人，身份证显示的还是某屯某组，是个村里出来的姑娘。

许可凡声音很稳："好像没什么前科。"

宁红啐道："那是没细查，搞信贷的，有几个干净的，看看她那骚样子！"

许可凡不太认可老同学的点评，适才宁红已经出示过照片，以她的眼光看，这个鲍燕，看上去甚至可以说很朴素，长得一般。虽然宁红发了胖，但光论姿色，这人还是不及老宁。老宁的解释是，这种人，看着正经，人家真功夫在床上，男人就迷这种。许可凡问宁红打算什么时候行动。宁红说："上次安排他去老杨那喝茶，还算配合，说明刘宪魁高处寒这帮人没反水，我等侦探通知，要抓就抓一双，等都齐了，我带着律师过去，可凡，你跟我一起吧。"

许可凡为难。这种乌七八糟的事，她平时在纸面上都看够了，现在居然还要她去目睹，活见鬼。可老宁张嘴，又是这么个危急关头，她不好驳老宁面子。"到时候你通知我。"说到这儿，许可凡站起来，绕过电脑，走到宁红跟前，好像她是法官、调解员，宁红是原告。

宁红仰着脸。

可凡拍拍她肩膀："老宁，这事，你要不要再想一想？"

"想什么？"宁红警觉。

"你跟老吴这么多年，瑕不掩瑜，大部分时间是好的，我们也看着你们一步一步走上来的，有今天的日子，不容易。"

宁红硬着脖子，跟随时准备挨一刀似的。

许可凡继续："我的意思是，如果老吴及时悔改，浪子回头，你愿意且行且珍惜吗？"

"老吴找你了？"宁红反问。

可凡色变："怎么可能呢，红子你要明白一点，我肯定站在你这边为你考虑为你筹划，可是你想过没有，一旦撕破脸，怎么收场？如果真离，不光孩子受伤害，你这个沉没成本也是不得了。"

"要你你离吗？"

可凡怔住。她没想到宁红会这么问。这种事情不好假设，没临到头上，谁也没办法全然感同身受。可凡只好靠理性帮忙，道："那得看对方是谁，如果是尉迟，穷人一个，要还干这种事，绝对就不可以原谅了，如果是老吴，就又是一种情况，红子，你十年种树，眼看这个大桃就长成了，哦——直接让别人摘了，你甘心吗？"

宁红诡异一笑："这个你放心，我不当这好人，我这么做，就是要把这桃碎尸万段，榨成汁儿，我就是要让他们知道什么是痛苦，让他们感受感受我所经历的一切，我要让他们身败名裂！"

鸡皮疙瘩起来了。

许可凡下意识撸了撸手臂，不得不说，宁红眼中的凶光让她害怕。她真不敢确定，如果事态肆意发展下去，老宁会不会直接给鲍燕一刀，再杀了老吴，然后自杀。可凡两手下压："亲爱的，冷静，放心，我不是劝你跟他过，咱要真过不下去，就离，对吧，争取最好的条件，多为自己考虑……"

不说不要紧，一说争取条件，宁红干脆怆然："你知道吗，咱还在考虑着手下留情退一步海阔天空，人是怎么对我的，他吴冠军还想着把现在这套房子抵押了，什么目的？什么居心？！人家早就开始想后路了！他给我留后路吗，他这是想赶尽杀绝呀……"

脑袋都嗡了。老吴这么狠？！一日夫妻还百日恩，宁红和他生活了那么多年，真的是从苦里熬过来的。为什么？！宁红的双唇翻飞着，拼命控诉……可凡茫然，一道闪电在她脑中划过，黑暗被刺破，事情好像清晰了，但还不能确定。吴冠军啊吴冠军，你是怎么上来的你自己不清楚吗？怎么能错到这个地步！

男人，真是个谜一般的物种。

如果硬要解释，那只能是，老吴在这个鲍燕面前找到了高高在上的感觉，这种感觉，在宁红面前享受不到。宁红啊宁红，多少次聚会，老桑也提醒过她，不要那么强势不要那么霸道……现在好，强势的女人输给了没用的女人，到了这一步，乾坤看来是无法扭转了。

宁红开始骂老蒯。许可凡一时没对上号。宁红道："整天干这些缺德事！也不怕生孩子没屁眼儿！"哦，想起来了，读书会的负责人，蒯姐。可凡不晓得怎么接话，蒯姐还生什么孩子……她只好耐下心来劝慰宁红，让她不要声张，眼下的短期目标，就是取证。"回去注意控制情绪，越接近胜利，咱也越要稳住。"同事来叫许法官，宁红这才离开。

一个案子问完。尉迟来电话，说他下午到北京，先去行里一趟。许可凡问妈的情况怎么样，尉迟说行里堆了不少事，见面再说。他的口气很轻，但可凡已然觉得不妙。回老家三趟，来了三次电话，要了三次钱。可凡识大体，每次虽然都很吃惊，但面儿上还是没打磕巴。

人命关天。真需要，那就得用钱顶。但她许可凡不是不心疼钱呀！这点老底儿，那可是她跟尉迟结婚后，一分钱一分钱抠出来的，是他们在北京生活的唯一底气！许可凡逼迫自己换位思考，谁一辈子不遇到点事儿，现在是婆婆出事，那要是她亲妈出事儿了呢，如果尉迟迟疑，她什么感受。只是尉迟在电话里的云淡风轻，又让她脑子里那根弦绷了起来。

两种可能：A，虚惊一场，老太太已经脱离危险；B，事态严重到只能见面再说。唉，十之八九是B。她太了解尉迟，如果是A，他早雀跃了。

晚上回家，可凡本来想点一份藤椒鸡，尉迟最爱吃的。想了想，算了，花钱的地方在后头，能省则省。煮点小米粥，配上大头菜，给女儿菲菲多配个香菇酱、牛奶、奥利奥，晚上这顿算打发了。

菲菲不乐意，直戳老妈痛点："妈，爸回来了，你就给他吃这个？"

可凡反击："做你作业去！"

十点差五分，尉迟寅回来了。胡子拉碴，憔悴不堪，整个人看上去起码老了十岁。可凡心疼丈夫，又是递拖鞋，又是盛饭，又是给他拥抱。尉迟坐在小饭桌旁，扒拉了两口，粥还在嘴里，言辞含混："一会还得过去，系统出了点问题，小王顶着呢。"

可凡问："明天弄不行吗？"

尉迟说："我就回来看看你。"又问，"菲呢？"

"睡了。"可凡心窝子暖。可她还是不敢问婆婆的情况，没消息就是好消息。

三五下吃完，尉迟放筷子了。他坐在那儿，嘴唇闭得紧紧的，好像在运气。可凡望着他，她感觉尉迟整个头周围萦绕着一股灰气。这是倒霉的象征。

"妈的情况不太好。"他终于开口了。

"到底怎么样了？"可凡的口气也很恳切。她是真关心，发自肺腑地。她祈盼婆婆健健康康长命百岁。

"颈部淋巴癌。"尉迟直给答案。

可凡跟被雷劈了似的。完蛋了，老底儿肯定保不住了。"那……"她嗓子堵了痰，喑哑不堪。

"还有希望，"尉迟双目炯炯，"有一种特效药，能提高治愈率，有人就吃这个药治好了。"

"要不接来北京……"许可凡声音都有点颤抖。

"家里还有钱吗？"尉迟不容她分析下去。

可凡呆在那儿。怕什么来什么。天降巨石，正中她脑袋，砸得她发晕。许可凡没回答，面目严肃得好像个即将慷慨赴死的战士。她四肢僵硬，好在还能站起来，然后，转身，穿过长长的畸形的走道，好像从阳间去阴间似的。她打开床头柜，从最底下垫着的牛皮纸的夹层里，拿出一张存单。跟着，又从阴间回到阳间，端端正正把存单摆到尉迟面前。

"北京银行那个账户，定期的解了，出了三次，清了，建设银行里还有点儿，不过这个月的房贷还得扣，工行里有三千，我支付宝里有三千五，再要活钱只能等下月工资，基金里剩一万，现在解，下一个工作日能到账，"她伸手把单子又推了推，"其余的只剩这个了。"

尉迟伸脖子看。

可凡随即道："我的私房钱，结婚前存的，明午到期，真要急用只能解出来，再多就没有了。"

说完,许可凡面无表情,就那么定定地坐着,也不看她丈夫。尉迟呆了三秒,才突然站起来,绕过桌子,走到可凡跟前,一把抱住了她。

可凡的头架在他肩膀上,跟刚被行刑完似的,她长叹一口气,闭上了眼。四大皆空,尽己所能,于情于理她只能这样。有肉,那就割吧。真到没肉那天,就剩个骨头架子,她觉得尉迟也不至于强人所难。都粉身碎骨了,日子咋办,孩子咋办?既然成家了,还是应该以自己的小家为重。

第五十一章 毛文娉
Di Wushiyi Zhang　Mao Wenping

✦

404宿舍的姐妹们有个不成文的约定,每隔五年,都要一起回学校一次,参加校庆,看看曾经生活过的地方。

今年却注定不能齐全了。

杨盼忙着上课,还要跟店面装修的事,她和实诚终于下定决心把茶楼改成软装馆;许可凡婆婆病成那样,她不愿意再出门花钱;宁红就更不用说了,水深火热中,随时都可能爆发。因此,清明过后,桑嫣、毛文娉、于曼蔓三人偕同前往。

五年前那次,人多,老桑包了车。现在人少了。老桑怕开长途,文娉技术不过硬,宪魁太忙,好在老高自告奋勇,愿意送她们一趟。可凡呢,将功补过,承诺出借车子。于曼蔓欣然接受,她打算让王百味当司机,走一趟,顺带拐去滦县,解解正宗火烧的馋。周六一大早,五个人,两辆车,一路向南。

车厢里,毛文娉严阵以待,这么小的空间,她跟老桑和老高摆在一块儿,不用说老桑都会拿他们开玩笑。果然,车没驶出多远,桑嫣就开始用那种戏谑的口吻说话,她跟文娉坐在后排,从后视镜里看老高:"高律师,还是积极性不够呀!"

文娉浑身难受，坐不住，不得不动动屁股。老高秒懂，也从后视镜里看后排的两位女士，笑说："我是随时准备着，但人家现在还在考验我呢。"

桑嫣看看文娉，又把头朝前："老高，是你不对，巢不筑好，哪能引来凤凰呢，一年挣那么多，花哪儿去了？"

说实话，老高的财务状况，文娉几乎可以说是一无所知。桑嫣显然比她了解得多。由此可见，老高不是没能力买房，是不想买，或者觉得，不值得买。呵呵，她毛文娉可不在乎，她自己有房，从来就没想过从老高那得到什么。他们俩，虽然处着，但其实是并行不悖，各自独立。

桑嫣又对文娉："老高现在可是抢手货。"

文娉讨厌桑嫣这样子，她原本以为，同学里，只有老桑一个人还算脱俗，现在看，终究还是脱不了那股庸俗的媒婆气。为了堵住老桑的嘴，文娉道："别人我不管，我就做好我自己。"

"给于曼蔓开车那人什么来头？"桑嫣转换话题。文娉说是合租对象。桑嫣道："看着身体不错。"

老高笑问："这什么思路？"

桑嫣说："我看这人估计对曼蔓有意思。"

"小于就该找身体不错的？"高处寒怪笑。

桑嫣伸出手指点点他："懂什么叫死在夫前一枝花吗，当然得找身体不错的，省得还要收拾残局。"

高尴尬笑笑。

文娉不吱声儿。

桑嫣继续："曼蔓这吭吭哧哧的，我看着都累，也不好劝，来北京混那么多年了，要能落着个知冷知热的愿意跟她回去，也算没白来，可人家呢，还不破楼兰终不还呢。"文娉问什么不破楼兰。桑嫣说："曼蔓现在是老濮的秘书，你知道吗？"文娉说不太清楚。高处寒问哪个老濮。桑嫣道："还能有几个老濮，厅长，南边来的，现在搁北京有据点了，开始招兵买马，曼蔓不知道怎么就过去了。"又说，"老濮前几天还带他侄子过来了。"

"什么意思？"老高问。

"惦记我们伊若呢。"

文娉错愕，这复杂的关系。

265

高处寒却击节叫好。桑嫣又道:"我们老太太还算喜欢,说白面书生,老实,可伊若不干呀,她就迷着毕家锁,宪魁恨得骂她怎么不去学画画。"

车厢里一阵哄笑,此毕家锁非彼毕加索。

高处寒又问:"老濮现在做什么生意?"

桑嫣呵呵道:"大数据?谁懂?瞎折腾。"

到服务区,桑嫣去洗手间了。车上就文娉和老高两个人。文娉批评老高:"有些事不能多,介绍毕家锁,现在好了。"高处寒打趣:"好了什么?"文娉直言:"找对象,第一还是看人品。"说得她好像经验丰富似的。

高处寒说:"小毕人品也没问题吧?"

"没问题那样?"

"他也是没办法。"

"什么叫没办法?"

"家族融合。"

"跟谁融合?"

高处寒展开说:"你以为小毕现在的老婆是因为爱他才跟他在一起的?两家生意难解难分,又都只有一个传人,最好的办法就是联姻。"文娉恍然大悟。高处寒把头往后靠:"你以为濮杰就是什么好人?他找伊若,本质上跟那女的找毕家锁有分别吗?"

"你意思是……"

高处寒声音变小:"濮家现在做的是能源生意,大数据只是幌子。"

"能源生意包括什么?"文娉这方面是小白。

"开矿。"他言简意赅。

文娉咋舌。

"濮家需要刘家的路子,刘家需要濮家的票子。"高说,"濮家现在每个月还供着老桑他们呢,都是价值交换,不过抱团取暖。"高处寒的口气拉长,生生拉出几分感慨。

桑嫣回来了。高处寒要去抽根烟,下车了。文娉把保温杯递给老桑。桑嫣嗓子不好,服了点龙角散,才说:"能结婚还是结婚。"

文娉嗯了一声。

桑嫣道:"老高现在可是不少赚。"文娉笑说她不关心。桑嫣语速加快:"现在的老高，跟你刚认识时候的老高，情况那可不一样了。"

文娉问有什么不一样。

桑嫣诡秘一笑："他现在既做公司并购，又打房地产官司，知道他一年挣多少吗？"文娉苦笑，说从来没问，也不感兴趣。桑嫣哼了一声："他一年挣你一套房你信吗？"文娉大惊。她怎么也想不到老高居然发达成这样。桑嫣戴上蒸汽眼罩，嘴上没闲着："所以，赶紧买票，赶紧上车，晚了，还有你的座位吗？"

文娉心有戚戚。可问题是，这种事情，也不适合她提。她除了等，没有别的办法。算了，还是先把工作的事弄明白再说。桑嫣眼睛有点痒，眼罩又摘掉了，她无意中朝外望，扭头对文娉："老高搁那干吗呢，吃药呢？"

文娉跟着瞧过去，高处寒的确在往嘴里塞东西，然后，喝水。

"他有啥病？"桑嫣问。

文娉也不晓得，只能嘲讽地猜道："神经病吧。"

又开了四十分钟，到学校门口了。高处寒、王百味去停车，女士们则在校门口怀旧，少不了有拍照环节。姐仨自拍了一通，嫌景儿没进去，又请两位男士掌镜，拍到满意为止。于曼蔓对王百味的摄影技术很是愤怒："不要从下往上拍，搞影视的怎么这个水平？反面人物或者小孩才这么拍。"

王百味只好调整策略。

片子出来，曼蔓还是不满："你要捕捉人物的表情，我这眼睛还往上翻着呢你拍啥，本来挺年轻，被你一丑化成大妈了。"

桑嫣见曼蔓批得太狠，帮百味解围道："随便拍，没关系，本来就是大妈，咱们这个年纪的女人，都是滚刀肉。"文娉抿嘴笑，她佩服桑嫣的自嘲精神，她就做不到。文娉接过高处寒递过来的相机，曼蔓伸脖子："老高这个就很好嘛！"

文娉道："一般。"她不愿意太夸老高。

校庆周，校园里很是热闹，到处都是条幅，还用那种俏皮的语言。走在梧桐树下，姐仨都有点放飞。曼蔓问："老桑，学校应该邀请你回来做讲座。"

桑嫣笑："邀请我？我是谁？"

曼蔓道："知名校友啊，没准你能捐点款呢。"

桑嫣叫了一声哎哟。言下之意，没钱。

高处寒不失时机地说："桑老师还助养三个孤儿呢。"

新鲜事，连文娉都不知道。几个人围着老高问，老高请示桑嫣。桑嫣点头，老高才说明原委，大致意思是：有一年水灾，安徽有个三个孤儿，老桑一直资助他们，现在都上大学了。曼蔓叹：“大好人！"毛文娉也不禁感叹，她们还在为立足北京奋斗，老桑都已经开始回馈社会做慈善了。

这就是差距。

王百味说："好人好事应该宣传、报道。"

桑嫣摆摆手："千万别，我做这些，是为了自己的心，不是为了宣传，不要让人知道。"

穿过小广场，一行人往宿舍区去。桑嫣提议先吃饭。曼蔓建议去吃食堂，怀旧，她最惦记第二食堂的板栗烧鸡。文娉和王百味都说随便。高处寒打趣曼蔓："桑老板都说请客了，你还给她省钱。"讨论到最后，一行人还是去学校招待所的餐厅，点了一桌子菜。于曼蔓吃得最欢。饭后，几个人又在咖啡馆里坐了一会儿。桑嫣接了几个电话，回来才说导师知道她回来了，一定邀她跟文娉去坐坐。文娉和桑嫣是同一个论文指导老师。

"老高，要不你先回吧。"桑嫣这么说。

高处寒看文娉。文娉晓得他在等她的意思，于是跟着说："回去吧，导师一说，话就长了。"

曼蔓问："哪个老师呀，王树周吗？"

桑嫣说是。曼蔓连忙说："我不去啊，教育心理学，他给我不及格。"呵呵，记得真清楚。当然，文娉理解，于曼蔓不肯去，过去是一方面，现在也是一方面，她混得实在惨淡，没面目去见老师。

桑嫣对王百味说："曼蔓交给你了，安全送到家。"王百味笑着说保证完成任务。于曼蔓若有所思："我记得校工合作社有卖黄龙绿豆糕的。"王百味附和："一会儿我们就去看看。"

饭后，人散了，桑嫣和毛文娉还留在校园。文娉发觉，只剩她们俩的时候，老桑的脸不一样了，平静得近乎凝重，眉头还萦绕着一丝忧伤。

尽在不言中。

文娉当然明白老桑跟她回来的真正用意，是凭吊。半下午，她们在学校招待所沁兰宾馆开了房间，标准间。晚上在食堂吃份饭，饭后去宿舍区散步。老宿舍区的两栋大楼依旧矗立，前排是男生楼，后排为女生楼。几乎每个窗户都亮着灯，一个一个小格子。桑嫣和文娉也曾经是这里的住户。两个人绕到女生宿舍背面，抬起头，看四层左起第四个房间。文娉问要不要上去，桑嫣连忙拉住她，表示在楼下看看就好。文娉理解她复杂幽深的心绪，十年之前，陈烈香就死在宿舍。谁也不想，可事情就是那么发生了。

站了大概五分钟，桑嫣长叹息："十年了。"

文娉扭头看她："该放下了。"

桑嫣没再说话。两个人就这么无声地又站了一会儿，才黯然回宾馆休息。洗完澡是姐妹卧谈时间，桑嫣问文娉怀不怀念读书时候的日子。

"你想听真话还是假话？"

"当然真话。"桑嫣侧躺着，像维纳斯。

"不想，"文娉说，"那时候没有自信。"

"你还没自信，学霸。"

文娉苦笑，她就是因为没自信，才努力要成为学霸。

"现在有自信了？"桑嫣问。

"一半一半吧。"文娉如实答。

桑嫣道："慢慢来，好多东西，经历了，也就有自信了。以前我不信命，现在才觉得，人这一辈子，大事都是靠老天决定，小事才由自己决定。老天爷给我们的时间就那么些，怎么去求上进，走到应有的位置，是每个人都要做的功课。"文娉听后沉吟，许久都睡不着，她的位置在哪里呢？

次日一早，文娉刚醒，桑嫣已经收拾好了。"给你二十分钟，餐厅见。"等文娉都拾掇好，赶到餐厅，桑嫣把车都叫好了。这才是此行的重头戏。桑嫣不提，文娉不问，两个人早就做好了规划。车往西开，到镇上下来，赶农历十六，碰着大集。小街上人来人往，她们却没心思闲逛，在小卖部拿了十刀草纸，叫了"小突突"往村里去。到村口，两个人下了车，给了双份钱，约好两个小时后还来这里接人。

按说这里是平原，但这村子，却挨着山隘。她们直穿过村落，朝村北面的隘口去。过了隘口，是个小山坡，她们必须翻过山坡，到山谷里去。桑嫣和文娉对望，用眼神给彼此鼓劲儿。

来都来了，爬吧。

翻过山顶，往下走遇到座小庙，庙门断壁颓垣的，似乎在施工。文娉不太想进。桑嫣却秉持着逢庙烧香，见佛拜佛的原则，硬领着毛文娉往里走。绕过山门，是一条长长的石阶。

"回吧。"文娉建议。

桑嫣却执意往上爬。佛音萦绕耳边,突然,念经声起,如林涛水流,潺潺入耳。两个人来到大雄宝殿前,方见殿内不少和尚居士,正齐声诵经。桑嫣听了一会儿,去功德箱前给两百,才带着文娉离开。

墓地就在寺庙脚下,小小的一座孤坟。文娉始终不理解陈家人为什么会把陈烈香埋骨此地。一块石碑立在坟前,上面的红字已经模糊,但依旧能看清碑文:爱女陈烈香之墓。烈香的父亲去世得早,碑应该是她母亲立的了。文娉和桑嫣把草纸点着。火熊熊烧起来,两个人站在火堆旁,桑嫣口中念念有词。

文娉忽然心里敞亮,从念词中明白了老桑执意要来的缘由——她恐怕是觉得死去的烈香阻碍了她的生育,故特来祷告、偿还。祭祀完毕,原路返回。两个人又去村里陈家大屋探访,桑嫣的意思是,如果有亲属健在,她希望能帮到一二。结果,邻居告诉她们:陈家五年前就已经没人了。大屋现属危房,村里已经通知陈家的远房亲戚。等到年下再没人来,房子就可能会被推平。

桑嫣问邻居:"他们家不是还有个儿子吗?"邻居说那个傻儿子呀,不知道死没死。桑嫣和文娉在村里溜达了半圈,时间差不多,"小突突"来了。两个人只好又一路颠簸,回宾馆歇息。文娉观察,返回路上,老桑心情似乎轻快了些。

到宾馆房间门口,桑嫣掏房卡,轻松刷开,推门进去。文娉紧跟着,还没进门,桑嫣就尖叫着退了出来。

"怎么啦!"文娉发慌。桑嫣脸色惨白。

"蝙蝠!"桑嫣惊叫。

"什么?"文娉不相信自己的耳朵。

"蝙蝠!蝙蝠!"桑嫣重复两遍。

文娉才确认,桑嫣指的,就是那种恐怖的小动物。"在里头乱飞呢。"桑嫣又说。房间里飞蝙蝠。她明明记得走的时候,门窗都关闭了。一往深了想,毛文娉汗毛都竖起来了。

第五十二章 于曼蔓
Di Wushier Zhang　　Yu Manman

◆

车往滦县方向开,音响轰鸣,于曼蔓坐在副驾驶室位子上跟着唱出声:"开,往城市边缘开,把车窗都摇下来。"一曲唱罢,曼蔓想起即将到嘴的美食,心血来潮问百味:"你吃啥长大的?"

百味诧异。

于曼蔓一怔,明白自己的话可能引起误会了,连忙解释:"我不是说你是吃屎长大的,认真地,你小时候吃啥长大的?"

王百味想了想,说:"奶。"

于曼蔓道:"我妈没奶,我是喝米汤、麦乳精长大的,"越说越来劲,"我跟你说我小时候家里人可怕我饿死了,啥都给我吃,一天到晚小肚子圆滚滚,我奶奶都说这孩子完蛋了,不是肝腹水就是胃积水。"

"结果呢?"百味感兴趣,问。

"结果啥事都没有,还把胃给撑大了,"曼蔓开始吃黄龙绿豆糕,"不过好在基因好,怎么吃都不胖。"又补充,"该有肉的地方咱也有肉。"曼蔓又感叹,"一龙生九子,九子各不同,你说我们宿舍这几个,就杨盼混得最差。"在曼蔓心中,自己永远不是垫底的那个。

王百味试探性问:"你就这么怕老师。"

曼蔓一怒:"怕个毛线!"头左右乱看,完全不受意识控制似的,"别老桑她们说什么你信什么,人家那叫委婉表达,都是表面现象,你以为她们真去见导师,就那小破校园,一个小时能打几个来回,有什么好逛的?"

王百味笑道:"那你还回来?"

曼蔓说:"这不是为了紧跟大部队嘛,完了以后吃吃喝喝,散散心,兜兜风。"

王百味折回原来的话题:"老桑文娉留那儿干吗?"

曼蔓由着嘴道:"有些事你不知道。"

"说说。"

"不能跟你说。"

"我又不是外人。"

曼蔓骇笑："真不把自己当外人。"

王百味道："算我没问，这车也白开。"

曼蔓哎一声，说："也不是啥秘密，但你也别往外说。"

王百味微微侧着头，准备好了，聆听状。

"以前我们宿舍发生过大事儿。"

王百味开得稳稳的，心态好。

"啥大事？"他问，"着火了，被水淹了？还是死过人？"

"对了。"

"啥？死过人？"百味口气吊起来了。

曼蔓忙解释："哎呀不是谋杀，是意外，有人从上铺摔下来了。"

"然后呢？"

"刚好碰上犯病。"

"等会儿，"王百味一只手脱离方向盘，"你意思是，摔下来的这个人有病？"

"有，遗传病。"

"什么病？"

"你就别问那么细了。"

"摔下来了，有病，"王百味总结，"那其他人呢？"

"都在睡觉。"

"没发现？"

"那不知道，"于曼蔓说，"反正第二天早晨起来，人已经死在地上了。"又补充，"不过跟我没关系，我以前不跟她们一个宿舍，后来才进去的。"

王百味停顿了两秒，车进高速，开稳了："你是后来进去的？"他重复一遍，等于又找回原来的话头，"你住那张死过人的床。"

曼蔓哎呀呀地说："那不是好生宿舍嘛，我也想进步呀，宁红和杨盼都劝我去，"又嘿嘿然，"我正气足，不怕，沾床就着。"王百味问他关心的部分，"那意思是，那个人的死，跟其他五个人都没关系？"

于曼蔓道："那人跟大家关系好像都不太好。"

"哦？怎么个不好法？"

"咱不说这个行吗，"曼蔓不耐烦了，"马上要去吃东西，老说死人的事，你干吗，什么意思，你是警察？这案子也早就盖棺论定了。"

百味笑呵呵："这不是瞎聊嘛。"

"聊聊吃，我的大火烧。"于曼蔓伸了个懒腰。

按图索骥，两个人找到一家火烧店。曼蔓一进门就嚷："老板，来八个火烧，纯肉的！"王百味紧跟着，曼蔓拣顶里头一张桌子坐下。片刻，火烧上来了，正正方方，符合曼蔓的审美。可当她抬头看墙上的价目表，立刻有点不乐，她直接冲前台站着的老板道："服务员，你这火烧，贵了点吧，二十块钱一个，夹的龙肉呀。"

老板是个中年女子，她扭过脸，假笑道："肉贵着呢现在。"曼蔓道："再贵也不能二十块钱一个呀。"王百味怕起冲突，连忙说他请。曼蔓来劲："北京都不敢要这个价，这鸟不拉屎的地方，宰人呀。"

老板还是假笑："北京哪有这正宗，北京那都是马肉、骡子肉，我们这是上等驴肉。"又说，"再说了，北京的好馆子比这还贵呢，算出口。"又笑嘻嘻问，"你是北京来的吗？"

这一句话可惹恼了曼蔓。她气冲脑门，不管不顾："我在北京混了十几年了！"

老板存心："十几年了还没闹清楚马肉驴肉？"

曼蔓一拍桌子，登时起立。王百味连忙拉住她，于曼蔓一边骂着，身子一边不由自主被百味拉出店门。老板不客气："吓唬谁呀！还北京来的，林子大了什么鸟都有！北京多的是盲流！"

于曼蔓气得脸歪。说她什么都可以，就是不能质疑她的北京经历。在别人看来一钱不值，在她看来，她的北京岁月，完全可歌可泣！直到两个人在另一家餐馆坐下，于曼蔓气还没全消，鼻孔喷着粗气，跟杀红眼的牛似的。百味劝道："跟她较啥真。"曼蔓道："就这还在网上做宣传？我真替他们愁得慌！"说完自己都笑了，"我愁啥，丫迟早倒闭！"越说她不是北京来的，她反倒要冒出点老北京人常用词。

王百味招手，服务员过来了，他问有没有驴火。曼蔓拦阻："别了，不想吃。"百味问那吃什么。曼蔓翻了一圈菜单，说："倒胃口，来两盘饺子吧，再来俩凉菜。"就这样，心心念念来吃正方形驴肉火烧的于曼蔓，竟然在异乡吃起了饺子，满满两盘，热气腾腾。

曼蔓问百味："要不要来点儿？"她比画了一下，喝酒状。

"开车呢。"百味说。

"晚上在这睡了，"曼蔓豪爽，"来点儿。"

百味对服务员招手："两瓶啤酒！"

曼蔓啧一声："别啤的了，清汤寡水，整白的。"

百味只好从命。

一人一瓶老白干拿手里了，曼蔓主动跟百味碰瓶儿，自顾自喝了一口："饺子配酒，越喝越有！"

王百味不理解她突然的放浪形骸，但也还算配合，小小喝了一口。曼蔓夹凉菜，大口吃："说说，你来北京最有意思的一件事是什么？"百味憨憨笑，想了想，才说："好像真没什么有意思的，都是苦日子、苦差事。"

筷子一放，曼蔓继续喝酒："苦日子你得笑着过，搁北京混的，有几个过的不是苦日子。"王百味反过头问她有什么有意思的事。曼蔓嘿嘿笑，指着自己："我啊，"打了个嗝儿，"那多了去了，"又喝一口酒，忽然小声，"我跟你说这个事儿你千万不要告诉别人。"

百味当即保证。

曼蔓手指敲桌面，形成节奏："我刚到北京住的那个大杂院儿里的那一间。"故意卖关子，暂停。

"闹鬼了？"百味接下茬儿。

曼蔓喝酒："闹什么鬼，那间儿，郭德纲住过。"

百味也觉得新鲜，伸着脖子，等下文。

曼蔓道："郭德纲从那儿发迹，明白不，我等于也是从那出来的，搞不好，也能大器晚成。"

百味嘿嘿道："那必须。"

曼蔓微醺了："知道在北京混得最好的是哪帮子人吗？"百味求教。曼蔓伸左手，大拇指小拇指支棱着："六种人，"吃口凉菜，"一，富二代，直接赢在起跑线上了；二，有人脉的人，关系就是生产力，跟老桑他们家似的，走官这条路；三，有口才的人，能说，是吧，用三寸不烂之舌把半壁江山拿下来……"停下来，喝一口酒，"我说到哪儿了？"曼蔓发晕。王百味提醒她到三了。曼蔓继续，"对，四，有独门技术、独特思想的人，是吧，卖点子、卖策划这些都属于；五，有毅力的人,搁天桥上贴膜一年赚好几十万的也有,只要能吃苦,这地儿能赚到钱;"又喝一口酒,"最后一种,有身体的人,是吧,女的,你身材好,长得美,男的,你身体好,长得帅,也行,也是一种,这叫稀缺资源懂不。"

王百味点头失笑。

曼蔓一口酒下肚,放下杯子,突然站起来,对着王百味:"我这身材咋样?"

百味比大拇指:"牛!"

"我咋就没混出来呢。"曼蔓快哭了。也只有在这异乡,借着这老白干的劲儿,于曼蔓才能痛痛快快流泪——今天是她生日,那可怕的数字提醒着她自己是多么蹉跎。也许老板娘的无心之言触动了她,是啊,她的北京生涯是多么失败,活脱脱一手好牌打稀烂,人家小网红混艺术圈,怎么最后都风生水起,水涨船高,她呢,唐胖子短命,鸡飞蛋打,空留岁月的痕迹在她脸上。她还有未来能翻盘吗?曼蔓没有信心。

王百味劝她慢慢来。

曼蔓糊里糊涂从对面墙上破旧的镜子里瞥见自己,那么憔悴,那么潦草,那么……乱七八糟……曼蔓警醒,她放下酒瓶子,长叹一口气:"不行了不行了,我得戒酒,"一秒钟后,又突然自暴自弃,"我他妈戒什么酒呀……不戒……就得把自己喝舒服了……"

她对着瓶子吹。王百味连忙伸手拽,服务员们看呆了。必须离开,高了,再喝要断片儿了。百味架着曼蔓走,于曼蔓手舞足蹈,还唱:"苍茫的天涯是我的爱,绵绵的青山脚下花正开……"好不容易,扶到车后座躺着了。于曼蔓笑一阵,哭一阵,她喃喃道:"今天我生日……"又自顾自唱生日快乐歌。

王百味坐在驾驶位上回头看她。

曼蔓说醉话:"来北京这么多年……我还没看过升旗呢……没人带我去……"她突然又唱起国歌。王百味静坐了一会儿,又回头看看曼蔓,他发动车子。车缓缓启动,一路往北开。

醒来头还在痛,眼前一片白亮。曼蔓揉揉眼,才发现是灯光。从下往上看,咦,有个男人站在旁边。曼蔓吓得坐了起来,视线上移,她才看清是王百味。

"你干吗?!"她对他不客气。

"你断片儿了。"王百味描述事实。

"你……"她开始脑补许多画面。

"你什么你,"王百味道,"你不是要看升旗吗,走啊。"

"这是哪儿?"

"宾馆。"

"去哪儿看升旗?"

"走,出去就是天安门。"王百味说明白了。于曼蔓这才记起此前的场景、画面,还有她自己的侃侃而谈。

对,升旗。她是说过看升旗。可这……王百味就带她来了?惊异混杂着感动,曼蔓带着对百味的复杂情绪出门了。穿过通道,往天安门广场走。王百味步子大,走在前面,于曼蔓深一脚浅一脚。

百味回头:"需要帮忙吗?"

曼蔓摆手,大声:"不用不用,你走,走,我慢点就行。"

百味道:"时间快到了。"

曼蔓小跑着。

天安门广场旗杆下,已经有人在等着了。东面的天泛出点淡淡的红黄,护卫国旗的战士们迈着整齐的步伐走来了。国旗升起的刹那,于曼蔓蓦地感动,只是,连她自己也不清楚,这感动是因为国旗升起的仪式,还是因为王百味。不过,只过了几秒,她又迅速逃开了这个念头,她不能感动,不能就这样被他感动,新的一天来了,她要战斗。于曼蔓跟逃似的,向百味说了声还有事,就匆匆忙忙往广场西边走。王百味不追,他只是望着曼蔓远去的背影,轻轻一笑。

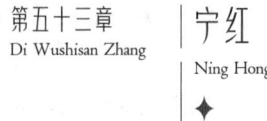

第五十三章 宁红
Di Wushisan Zhang　Ning Hong

◆

吴冠军的作案时间高低弄清楚了。礼拜六上午,他送女儿乃心去学芭蕾,然后,会拐到鲍燕那儿。礼拜天下午，乃心去学英语，还是他送。只要时间允许，他也会去。宁红终于理解了他的"勤劳"，吴冠军的话犹言在耳，"我送，没问题，谁让我孩子爸呢，成长的每一步我都不能缺席。"听听这话，谁会怀疑？他就是那么善于伪装！实际上呢，明修栈道，暗度陈仓，他坏事做尽！迟早有一天，她宁红会给他们来个一锅烩！一网打尽！

宁红对着大立面镜子里的自己走过去，这一向，她瘦多了，不用刻意减肥。可是，人一瘦，穿旗袍反倒没了那种韵味。宁红也说不清现在的自己是更好了还是更坏了。发现吴冠军的秘密后，她的价值观遭遇地震，摇晃得厉害。过去，她的人生追求或者说生活目标很明确，就是把日子往好里过，让小家越来越红火，从五环外突进到内环去，起码海淀，最好西城。她要尊严，要体面，这条路可以永无止尽，这辈子不行下辈子，开足马力，一直奔跑。

现在呢，吴冠军偷偷走开了。

走到另一条路上去了。

茫茫大路只剩她一个人。天地玄黄，宁红诧然。她根本没有动力把这马拉松跑下去。仔细想想，这么多年，她可不就是为家庭活着吗？别看她外表张牙舞爪，可实际上，她宁红真是传统得不能再传统，否则，像左豪那种咖位的人抛来的橄榄枝，她怎么可能不接？

宁红扪心自问：你为什么不能为自己活？可是，怎么才叫为自己活呢？努力工作，成就事业？她现在已经快触到天花板了。多保养，让自己显得年轻？有啥意思，究竟多少岁别人不知道自己还能不知道吗？把精力放在孩子身上，可乃心终究不也要离开她，组建自己的家庭，过自己的人生吗？她谁也留不住。

人生不过百年，终点都一样。进而，宁红感觉到一种巨大的虚无。这虚无无边无际，淹没了她。她再不自救，只能溺毙。她的支点就是家庭。靠这个支点，宁红恨不得能撬动地球。现在，支点没了，地球坠落，世界毁灭。太痛苦。

刚发现老吴的破事时，宁红恨不得杀了他，但现在不一样了，理性回来了。杀了他都不解恨，太便宜他了，宁红甚至都不太想跟他离婚，她要折磨他、虐待他，把他的肉片下来，在锅里涮了吃。哪怕这个过程对她来说同样是折磨。可是，有痛，总比麻木了好。

当然，宁红的内心深处还藏着一丝念头，这个念头是她自己都不太敢面对的——正如许可凡说的那样，她也在期盼着吴冠军浪子回头——虽然即便回了头也不能轻易放过他。宁红试图把自己的判断往回拉。一日夫妻百日恩,她跟老吴是一起苦过来的,就这玉石俱焚,是不是太鲁莽?换位思考,如果刘宪魁在外头有人,老桑会怎么做?不用说,直接头上顶把刀,忍了。可她宁红没练过这门忍者功夫!

因为老吴的事情,眼下的宁红,家里家外两副面孔,在家,她还得继续"潜伏",不乱大谋,在公司,她俨然成了一名暴君。下属们都怕她,私下说她是提前到了更年期。现在的宁红,讲话冲,吃饭快,开车猛,几天前还因为压了斑马线被扣三分。

她在家安装了录音笔、摄像头,老吴的一举一动,将来都有可能成为呈堂证供。只是,当吴冠军突然提出要庆祝结婚纪念日时,宁红的心震了一下。

光顾着复仇,她早就忘了这茬事儿。

是啊,他们结婚快十年了。他还爱她吗?还是说,这一切只是他全套戏码的一部分?宁红本能地想拒绝,再一想,何不看看他如何表演呢。

"去哪儿吃?"宁红问。

"王府井文华东方,"老吴笑嘻嘻,"订好了。"

倒是有心了。宁红忙着敷面膜,不看他。难得她还有心情照顾自己这张脸。

吴冠军又说:"把朋友们都叫上。"

宁红发怔,想了两秒,才转过头:"老桑文娉曼蔓出京了,杨盼忙店铺,只有可凡一个人估计有空。"

"那就请许大法官。"老吴笑呵呵。

请可凡来也好,当个见证人,见证老吴的丑态。宁红给许可凡打电话。可凡正为婆婆的事忧心,不太想去掺和别人的家事。可宁红一句"你帮帮我吧",又让她不好意思了。

"你可得稳住了。"可凡叮嘱。

宁红笑:"就吃个饭,你就当放松放松。"

是日,宁红安排女儿乃心下了课就去跟可凡女儿菲菲一道吃饭、做作业、休息。她怕现场发生意外,女儿不在为妙。老吴早早准备了一大捧红玫瑰,三个人刚坐下,服务员就拿过来了。"达令,谢谢你。"老吴站起来,很绅士地从怀里拿出个盒子,打开,是梵克雅宝的项链。恶不恶心,还达令。

宁红看看可凡,可凡轻轻鼓掌。宁红伸手接,老吴却让她别动。他打开盒子,绕过桌子，站到椅子背面。宁红下意识转头，老吴却说别动。他熟练地把项链戴到她脖子上了。许可凡满目感动，在旁边轻轻鼓掌。

宁红笑着说："没准我就是那个玛蒂尔德。"

老吴听懂了，立刻说："怎么可能，这绝对是真货，去世贸天阶现场买的，你看看这个鉴定书。"

宁红当然不会去看："开玩笑的。"

许可凡不失时机对宁红道："老吴对你真不错。"

宁红擎着笑，没接话。

吴冠军咧嘴，对许可凡道："我能找到红子当老婆，才是真正的三生有幸呢。"又对宁红："夫人，没有你，就没有我吴冠军的今天，你就是我的拐杖，离了你我一步路也走不了。"

宁红的心在抽搐。老吴的蜜语越甜，她就越觉得这个人虚伪、龌龊。不过，他说的也算实话，没有她，肯定没有他的今天。可凡凑趣道："老吴，那你可得加倍对红子好。"老吴连说了四个放心，宁红却一声长叹打断他："十年了，我们在一起都十年了，好多人七年就……"

老吴不让她说下去："别说十年，就是二十年、三十年、五十年，"又对许可凡，"将来我跟红子的金婚纪念，你还来。"

许可凡说那必须。

宁红插话进来："老吴，"停顿片刻，"当初选择你，到现在我都不后悔，因为觉得你聪明、能干，将来一定可以出人头地，咱俩联手，一定能在北京混出名堂。"看可凡，"我选的是个潜力股。"

许可凡微微点头，表示同意。

宁红继续说："咱们就是一个团队，"话锋一转，"但是，我相信人与人之间包括夫妻之间，时间长了都需要调整，这样才能更好地走下去，"假笑笑，"老吴，你要对我有什么意见，随时提出来，随时跟我沟通，这样才能携手继续走下一个十年，又一个十年。"

话音刚落，吴冠军突然站起来，膝盖一软。可凡坐他旁边，下意识去拉，可老吴巨大的体重还是让他的一只膝盖亲吻了地面，他的右手去捉宁红的左手。宁红不问，任由他捏着。吴冠军深情款款："夫人，今天许法官也在这儿，我就说一句，表个态，夫人在我心中的位置，比我自己还重要，无论世界变成啥样了，无论遇到多少困难,夫人永远排第一,好不好?"

装。你就装吧。

宁红冷眼看着这一切。等吴冠军说完,她才开玩笑般道:"那你把股份都给我吧。"

老吴愣了一秒,就立刻说:"没问题,夫人的就是我的,我的就是夫人的,我当穷光蛋都没问题。"

"敢发毒誓吗?"宁红轻声问。

许可凡左右都拦:"大好的日子……咱别这样……老吴起来……"

没用。人戏瘾大着呢。

吴冠军已经单手臂立,对天发誓:"我吴冠军对天发誓,永远爱宁红,永远把宁红摆在第一位,如若有违,天打雷劈不得好死碎尸万段挫骨扬灰永世不得超生。"

话太狠,比法院的判决都可怖。许可凡忙着打圆场,硬拉宁红去洗手间方便。可凡使劲晃宁红胳膊,仿佛要摇醒她:"你适可而止啊。"

宁红笑笑,对着镜子补妆:"没事儿。"

许可凡很认真地说:"我看老吴心里还是有你,这就说明还有回旋的余地,你可别把人往外推。"

宁红从镜子里盯着闺密的眼睛,问:"换你你受得了吗?"

可凡支吾。

宁红小声:"以前我也觉得这种事太多了,见怪不怪,最不济,各玩各的,"她转过身,直接面对可凡,"可真临到自己头上,我他妈的真是接受不了。"

许可凡拍拍她肩膀头:"那也别冲动。"

宁红笑:"没冲动,是他自己要发毒誓。"可凡喃喃说这种誓还是少发。宁红突然把牙齿咬得咔咔响,面目扭曲着,声量不大,但每一个字都加了重音:"我恨不得老天现在就把他收了!"许可凡吓得大喘气,一个劲儿让她别胡来。不过,一出洗手间的门,两个女人就笑盈盈了。服务员上小蛋糕,上面插着一根蜡烛。

蜡烛点着了。老吴说:"许个愿。"

宁红准备着。许可凡偷瞟她,戳了她胳膊一下。手机振动,是老吴的,他果断挂断。

又来了,还是挂断。

宁红道:"接啊,别是急事。"

"骚扰电话。"老吴说。

继续振动。这次,老吴不好意思了。

宁红道:"就在这接吧。"

吴冠军点开免提。电话那头传来推销的介绍,问他有没有养老保障需求。老吴啐道:"净他妈整这些。"挂断后,他索性关了机。

宁红探着身子,脸靠近了。一团烛光,照得她好美。吸一口气,猛然吐出,蜡烛瞬间熄灭。

周围掌声响起。丈夫和闺密都为她祝福。

老吴问:"许的什么愿?"

宁红笑答:"世界和平。"老吴愣了一下,说这个愿望好,大气。宁红牙关咬紧,看看可凡。她怀疑许可凡大抵能猜到她许的愿:她希望老吴,不得××。

第五十四章 杨盼
Di Wushisi Zhang　Yang Pan

◆

整周唯一的休息天,杨盼起了个大早,去天津看房,走了两处,房子都很好,但价格却不甚美丽。她买不起。过去买不起,现在买不起,将来……她希望可期。快到中午,杨盼按照芳姐发来的坐标,坐车前往。到地方,已经是下午一点多,她胡乱在路边找了个面馆吃了点东西,才往目的地去。走近了才发现,知芳现在住在五大道附近,楼宇带点洋味,高高的门楼还雕着花,楼前的院子老大,有天使雕塑。奇怪,这段日子没联系,知芳又鱼跃龙门了?怎么就混到这儿了呢?一定有大事。

杨盼揣着一颗惴惴的心敲响了门。开门的是个中年妇女,恐怕是保姆。见到杨盼，忙让进来，又朝屋里喊了一声："来了！"杨盼战战兢兢，感受着满屋子的金碧辉煌，还以为自己穿越了。

"这边请。"保姆阿姨的笑容专业。

杨盼连忙问要不要换鞋。保姆说不用，两个人穿过一条走廊，到客厅去。大大的波斯纹路地毯，窗台上摆满了多肉植物，靠墙是大大的鱼缸，红的蓝的黄的热带鱼在水里来回缓慢游动。杨盼忍不住站起来，凑过去瞧。知芳却冷不丁走进来了。

"饿了吗？"知芳问。

杨盼赶紧回身说不饿。

芳姐一身运动装。料子很特别，是那种很闪的款式，暗紫色，珠光宝气的样子。她整个人看起来容光焕发。杨盼一眼就瞧见她微微凸起的小腹。

瞬间明白了。

明白了也不敢多问。姐妹俩在沙发上面对面坐下。知芳让保姆去拿她的化妆包，又对杨盼道："那房子，随便住，他现在也不怎么过去。"杨盼唉了一声，两手放在膝盖上。她紧张，太多谜团。包拿过来了，知芳翻出钥匙，递给杨盼，又问她婆婆的情况怎么样。杨盼简单说了，她没想到，自己的事儿刚进门五分钟就办成了。

下面就是芳姐的故事了。

看气势，芳姐八成有第二春。杨盼提溜着屁股，身体微微前倾，双手接过钥匙，一边表示感谢，一边讪讪笑着。她想说点什么，但又不晓得从哪里切入合适。知芳率先道："以后，我就常驻天津了，北京户口难弄，在天津好些，你姐夫也是这个意思。"

杨盼心头一震。这架势，是没离？复合了？然后趁着热乎劲儿，又来了一胎？真行。

知芳似乎从杨盼脸上读出了疑惑，笑着道："已经离了。"杨盼懂了，上一个姐夫，出局；新的姐夫，接盘。杨盼低声说恭喜，仿佛怕被人听到似的。知芳倒落落大方："这几天你姐夫刚好不在家，等你再来天津，"她说话已经有点天津味儿了，"一块儿吃饭。"

杨盼满面堆笑，变着法儿地说着好话，看看这屋子，这阳光，这多肉，这热带鱼，岁月静好，可杨盼的心里却是一片风暴。她一辈子循规蹈矩，在北京混得连个窝都没有，芳姐呢，永远剑出奇招，一个人就是一支队伍，拿下了一个又一个山头，北京天津来来去去，跟玩儿似的。所以，条条大路通罗马。

知芳跟杨盼也不瞒着，简明扼要地说了她新任丈夫的情况：四十多岁，温州人，头婚，做房地产生意的，两个人在澳门赌场认识，本来没打算结婚，这个男人过去谈过不少女朋友，一直没成家，长期住酒店里。因为知芳怀了宝宝，才终于下定决心尘埃落定。

杨盼咋舌。

听听这些关键词，赌场、房地产、头婚、酒店、宝宝……每一个都跟火星撞地球般震撼着她。末了，杨盼强压镇定："姐，反正你过得好我就放心了，为你高兴，真的，"又背培训班里经常用到的一句话，"山重水复疑无路，柳暗花明又一村"。保姆端燕窝过来，一人一份，杨盼吃到嘴里也没觉出啥味儿。她只知道，这玩意儿不便宜。芳姐的美好生活，那是真金白银堆出来的呀！

回去的列车上，杨盼失神了一路。但她想得明白，人在北京漂，如果没有过硬的家世背景，那你就得有过人的头脑，如果没有过人的头脑，就得有过人的外貌。反正，你必须得有一样能赢过别人。否则，这个人山人海里，是轮不到你出头的。

止不住的落寞。

她有什么呢，一双勤劳的手？有啥用。杨盼走出火车站，她突然意识到，十年之前刚来北京的时候，她就住在火车站附近，跟三个女孩合租在地下室里。十年了，她似乎还在原地踏步。其中有个女孩，已经在东直门买了房子，是一个刚上市的创业公司的副总，手握原始股，身家几千万？人比人得死，还是过自己的日子吧。搭地铁向东，杨盼又回五环外了。到小区门口，她拐进京客隆买鸡蛋，在酸奶区遇到了许可凡。

可凡跟杨盼打招呼，问最近忙不忙。杨盼说自己刚从天津回来。可凡好奇，问去那干啥。

"我芳姐，记得不？"

可凡说记得，特漂亮那个。

"离了。"杨盼言简意赅。

可凡吓得啊了一下。

"又结了。"

虚惊一场。许可凡问细节。

杨盼带点炫耀似的解说新姐夫的情况："温州人，搞房地产的，在澳门赌场认识，以前谈过多少都没想结婚，后来遇到我姐了，那个迷呀，现在有宝宝了，尘埃落定了，北京户口难弄，所以去天津定居。"许可凡感叹说听着跟电影似的。杨盼神神秘秘地说："两个人在一块儿的时候，芳姐还没离婚呢，这才算办利索。"

许可凡诧然。

杨盼补充道："她跟前夫有个约定，两个人都找到下家，再离。"

可凡说："这样也行？"

杨盼笑："没办法呀，都不想单着，骑驴找马呗。"

可凡感叹玩艺术的就是不一样，又说："真要能落定，芳姐这半辈子也算圆满，两个孩子两个丈夫，经营着家庭，这活儿，一般女人也做不来。"

杨盼补充："关键咱没人家那脸蛋儿。"两个人随即哈哈大笑。说到这儿，杨盼才想起来打听宁红的近况。

"还潜伏着呢。"许可凡道。她又把老宁结婚纪念日的情形描述了一遍。杨盼啐骂："男人啊，没钱不行，太有钱，也不行，但是老吴也未见得不爱宁红。"

话说得有点绕。

许可凡道："他不是不爱，是爱的人太多了。鱼和熊掌他要兼得。"

杨盼哼了一声："毕竟是原配，苦日子过来的，能一样吗，外头女人，图的就是钱。"许可凡没再接话，两个人来到鸡蛋架子旁。杨盼拣便宜的拿，可凡则挑的更便宜的，几乎是快过期的打折货。杨盼提醒她这种不能买。可凡喟叹："我现在，连鸡蛋都快吃不起了。"杨盼问咋回事儿。许可凡把她婆婆生病要花钱的事说了。到底是什么个病，杨盼没听明白，但总而言之一句话：病很重，要花巨资。

杨盼说自己婆婆也要来看病，又说："如果将来我到那天，病了，花钱跟流水似的，我直接就一根数据线在床头吊死算了，别治了，没意思，还给儿女添负担添麻烦。"许可凡干笑："我们家那位，是个大孝子。"杨盼道："你放心，久病床前无孝子。"许可凡反驳："我放心什么，我是巴不得我婆婆能痊愈。"杨盼道："要痊愈就快点痊愈，真要耗到最后，尉迟找你要房，说我妈要用钱，咱把房子卖了，你咋办？"

许可凡顿时脸色大变："那不会。"

杨盼说："你还不错，还有个房子能卖，我连房子都没有，"停顿一秒，"其实我自己倒无所谓，我就是心疼我闺女，这马上要上学了，头疼。可凡，羡慕你，真的,女儿北京出生身份证号1字打头,北京上学北京长大。"

许可凡叹了口气:"有啥用呀,鸟不拉屎的学区,"哼哼一声,"北京户口也分三档,东西朝海,石景山丰台通州,其他。不看环,南三环都没有海淀五环外的房子贵,性价比高。当然,咱们这五环外,是标准的不毛了。"杨盼轻声附和着,但在她看来,许可凡虽然是诉苦,但里头还是夹杂着一点炫耀——何不食肉糜——跟她杨盼比,你许可凡已经算天大的幸运了。人哪,就是不知足。两个人超市结了账,杨盼不跟可凡唠叨了。她怕再说下去,没准许可凡都能找她借钱。

拎鸡蛋到家,老桑来电话。杨盼问她从学校回来没有。桑嫣说回来了,又问杨盼店铺装得怎么样,说企业这边的采购跟她联系了,希望找时间见面,聊聊具体情况。杨盼二话不说,脸都没洗,放下鸡蛋就抬腿。

这是大事儿,不敢怠慢。

到五号别墅院门口,崔姐在院子里捡拾落叶。一进院门,杨盼就觉得崔姐显得十分肃穆。看到杨盼,崔姐凑上前,神神秘秘:"太太心情不好。"

"怎么了?"杨盼也揪心。

"不知道,出差回来,一直不舒服。"

"去医院了吗?"

"才从医院回来。"

"啥病?"

"就是查不出病。"

杨盼重重吐一口气,关于病因,她心里已经有个答案。但不能说,跟老桑都不能说。反正,老桑对她有恩,只要是老桑的难,就是她的难,她杨盼怎么着也要搀扶老桑迈过人生的坎儿。

第五十五章 桑嫣
Di Wushiwu Zhang　Sang Yan

◆

从母校回来后,桑嫣连着做噩梦。蝙蝠事件让她和文娉百思不得其解。出去的时候门窗是关好的,回来之后,依旧紧闭。中央空调出气口狭窄,不容蝙蝠侧身。那么问题来了:蝙蝠是从哪里冒出来的呢?

推门那一瞬间的画面桑嫣估计永远都忘不掉,黑色的蝙蝠在两张床铺上方盘旋,跟手握钢叉的恶魔似的。酒店领班说,她在那儿工作九年,第一次遇到这种事情,而且,当地近些年很少看到蝙蝠,何况又是这么个季节。

无解。

唯二的可能性是,蝙蝠本来就住在那个房间,或者,是保洁在打扫卫生时,它偷偷飞了进来。如果是第一种情况,那就意味着,她和文娉已然跟蝙蝠共度了一个夜晚。

想想都后怕。

文娉为宽慰桑嫣,给出了一种解释,说蝙蝠是鼠仙,谁家进了蝙蝠,那是福到家门、福气满满,是天字第一号的大好事。可桑嫣还是觉得瘆得慌。不过返京后,这段遭遇她没跟刘宪魁提。一来,她不想给他不好的心理暗示;二来,包括返校的真正目的,她都没跟宪魁说过——她的这些过往,鸡毛蒜皮,摆不上台面,她不想说。她要给自己加分而非减分。谁知道,回来之后,生理有反应了。浑身无力,例假延迟。好不容易来了,又是一股黑水,吓得她连忙去医院检查。

西医的结论是:没器质性病变,考虑精神紧张。中医的结论是:七情内伤,脏腑失调,气血不足。开了七服中药,调养观察。老实说,桑嫣吃中药真是吃够了。她都怀疑再吃下去,没病也吃出病来。

杨盼进门,桑嫣正歪在贵妃榻上。她要起来,杨盼连忙让她躺好。杨盼问她回学校怎么样。桑嫣本想把蝙蝠的事说说,可又觉得实在小题大做,于是问了问店面的事儿。杨盼仔细汇报了。桑嫣听了个大概,她建议杨盼抓紧时间进货,说企业那边准备装修,近些天就让老高带采购过去,谈谈合作的事情。杨盼表示没问题。

正事儿说完，两个人聊闲话。杨盼为博老桑高兴，忙不迭把芳姐的新闻说了。桑嫣感慨："靠山吃山，还得是人漂亮。"杨盼道："没办法，就这一样绝活儿，不像你，又漂亮，又能干。"

桑嫣受用，精神似乎也好多了。"还有个事儿。"她随即道。

"你说。"杨盼仔细聆听。

"我老家有个亲戚，在教育系统工作，他一直建议办夏令营，在老家那边招生，把人拉到北京来，参观参观博物馆，再找几个大拿讲讲课，一个暑假也不少挣，我没时间弄这些，说了好几年都停着，你要有兴趣，我帮你牵牵线。"

杨盼赶忙表示有兴趣。

桑嫣感叹："我何尝不想做点事情，可这一天天，家里家外，鸡飞狗跳，变成哪吒都不够用，更别说跟外头做事了。"

杨盼笑说："能管好这么大个家，相当了不起，换了别人，估计没这能耐。"

桑嫣返回头问："去天津看房子了吗？"

杨盼说看了两套，还是偏，也不便宜。

桑嫣笑咯咯："上次我提议，也是想让你曲线救国，后来跟宪魁说，他还把我说了一顿，说现成的北京人不做，要去当天津人，说老高有个朋友就是这么操作的。"杨盼大睁两眼，坐等仙人指路。桑嫣继续："有的企业有指标，可从社会招聘走，那都得高级技术人才，难度太大，等积分又慢。"深呼吸，"还不如索性去考个研，两年出来了，有毕业生身份，再找个有指标的单位落进去，顺理成章是北京户籍，然后再考虑房子。"

杨盼听罢踌躇。一来，考研哪是容易的事；二来，就算考上了，两年后真能找到有户口指标的单位吗？桑嫣见她游移，又鼓励道："你就把政治、英语看看，专业课到时候找老师辅导辅导，也别考那种太难考太热门的学校、专业，到时候让老高带你去找，他轻车熟路，考个逻辑学或者政治学，上了这台阶，后面的路再想办法。"

话说到这儿，杨盼嘴唇都快颤抖了。她一时不知道怎么感谢好，要不是铁杆儿闺密，割头换颈的交情，谁为你谋深计远。

没等杨盼开口，桑嫣凝然叹道："盼，你的心愿我知道，这么多年你憋着口气儿，想在北京堂堂正正落下脚来，咱是往一辈子里处的，只要还有机会，我就帮你弄着。"

泪花花都要从杨盼眼睛里喷出来了。

桑嫣随手抽了张纸巾递过去:"盼,还有个事拜托你。"杨盼擦干眼泪,请她直言。桑嫣说:"你要有时间,就还跟崔姐走一趟。"

"回老家吗?"

"不,"桑嫣不好意思地笑笑,"就搁昌平那边。"沉吟几秒,鼓起好大勇气似的,"跟你就不瞒着了,家里的情况你也知道,我爸妈这个状态,唯一的心愿就是想看到孙子,我这儿一直使不上劲儿,着急,也去海外机构咨询过,总觉得不放心,前阵儿听说北京也有,"犹豫状,"按说我们家这种情况,不该沾这种事儿,可我实在是……"说到这儿,桑嫣鼻子发酸。杨盼身子往前探,道:"都理解,都正常。"

桑嫣继续:"我不好直接过去,说是规矩,委托人和志愿者最好不见面,再就是医院的环境,大夫的情况什么的,崔姐一个人过去我不放心,你帮忙盯着点,起码有个自己人掌眼。"

"保证完成任务。"杨盼打包票。

"这事儿,哪说哪了,"桑嫣叮嘱,"外头人都只觉得我风光,可我这心里头……"重重叹息,"谁知道……"

杨盼饱含深情,每一个字坚定得跟赌咒发誓似的:"嫣儿……你一定会有个宝宝……健康快乐的宝宝,你一定会幸福,反正,还是那句话,能用到我的地方,我杨盼义不容辞。"

大事交代完,闺密俩又说了会儿闲话,焦点是在宁红身上,都感叹。桑嫣的意思是,老宁自己也有责任,要是早点生个男孩,没准儿还能圈住老吴。

说话间,刘伊若回来了。跟家锁恢复交往后,在老妈眼皮子底下活动不太方便。她还是搬回郊区,老太太那新请了住家保姆,崔姐也跟着回来了。桑嫣把杨盼往外送,又让崔姐把美容院送的韩国进口美容棒和隔水炖锅拿来,让杨盼带上。

杨盼见锅小巧,问炖什么用的。

桑嫣又补给她一盒燕窝。杨盼不好意思,说为了这个锅,还得燕窝配着。桑嫣说你吃好了再来拿,有几个女企业家姐们儿就干这个的,老送,她吃不完。

杨盼走后,桑嫣心思又转到伊若身上。伊若和家锁现在让人头疼,等于大张旗鼓地搞婚外恋。过去,她跟伊若达成一致:低调、不能让爸妈知道。可现在情况有变。婆婆对老濮的侄子濮杰印象很不错,她跟桑嫣聊过,想让她把两个孩子往一起凑凑,还说这辈子能看到伊若成家立业有个人照顾,她也就闭眼了。桑嫣连忙纠正:"妈!您跟爸都会长命百岁!"婆婆跟桑嫣推心置腹:"人哪有不死的?孩子,这个家以后就交给你了。"

桑嫣头皮发麻,这话分量多重啊!她哪能辜负婆婆的期望,偌大个家,几代人的积累,一下都交到她手上,她何德何能?她还有什么理由不把一切操持好?要说知遇,这辈子,她婆婆是她最大的伯乐。拿什么报?不过鞠躬尽瘁肝脑涂地死而后已罢了。

说实话,婆婆选濮杰的考虑桑嫣能理解。老濮是她干儿子,濮杰跟伊若结合,那是知根知底亲上加亲,更重要的,是可以借助濮家的实力,把刘家这艘大船再撑着送一程。桑嫣认为婆婆这步棋是有远见的。前两辈人打下来的局面,到宪魁伊若这一辈,毫无疑问是在减弱的。环境在变,仕途这条路很难传承,说白了,宪魁伊若身边没有得力伙伴,像老高、老吴那种,做点生意可以,搞政治还差得远。恐怕婆婆也明白,她儿子女儿都不是走仕途的料。那么,如果能接上濮家这条线,三代以内,起码吃喝不愁生活无忧,物质上是保住了。婆婆对她说:"你做做伊若的工作,注意方式方法。"桑嫣急,老太太还不知道女儿跟毕家那小子偷偷复合,正打得火热。

桑嫣的脑子快速转着,生拆,不切实际,越拆越紧。如果直接提濮杰,伊若必然反弹——哼,那她不成昭君出塞了。桑嫣打算先探探路子,扇扇风。推开门,伊若正对着笔记本电脑。桑嫣叫了她一声。

伊若连忙把屏幕合上了。

"忙呢。"桑嫣的笑容和煦,她手里端着几只大桃。递过去,伊若接了。桑嫣道:"小妹,是小毕送你回来的吧?"伊若承认了。

"可得注意点。"她又说。

"妈知道了?"伊若怪笑。

桑嫣灵机一动,道:"妈知道都是次要的,别让小毕老婆知道了。"伊若满不在乎:"爱知道不知道。"桑嫣把宁红那事儿移花接木:"你宁红姐的事你听说了吧?"

伊若侧过身子,正对桑嫣:"她又什么事儿?"

桑嫣口气凝重:"她爱人出轨了。"

伊若立即道:"家锁跟吴胖子不是一回事儿。"

桑嫣笑道:"本质上,那就是一回事儿,都是在婚姻中的男人到婚姻之外寻找情感。"上前半步,"小妹,男人都是自私的,你真觉得小毕是那么那么爱你,非你不可吗?"伊若冷冷地说:"那是他的事,我必须尊重我自己的感觉。"桑嫣见她油盐不进,再下一城:"你这样会害了小毕你知不知道?"

伊若冷笑:"我害他什么?"

桑嫣说:"你就不怕女方报复?"

"她根本不爱他,两个人本来就是各玩各的。"

"她不爱他这个人,可未必不爱他家里的钱、不爱她的名分,伊若,你经历得少,好多事情看不透,你觉得他们会离婚吗?"

"我可以等。"

"等到什么时候,白发苍苍?还是把他老婆熬没了?"桑嫣身子后仰,"那可就……"轻蔑地笑,"猴年马月了。"

"也不叫等,"刘伊若纠正,"各过各的日子,我生我的孩子,非婚生子跟婚内生子享有同样的权利。"

桑嫣脑中响了个炸雷。老天爷!伊若竟然还有这种想法,一来离经叛道得离谱;再一个,她生个孩子,把她桑嫣置于何地——该生的不生,不该生的却生了。桑嫣控制不住自己,她上前扶住伊若的双肩:"小妹,别干傻事儿!生个孩子意味着什么你知道吗?你一辈子就毁了!"

伊若不客气:"生孩子就毁了?那你干吗还要生?"

桑嫣感觉自己像被打了一耳光,可还是得耐住性子:"不是不许你生,你得堂堂正正!爸妈能接受这个孩子吗,你怎么跟孩子解释?"

伊若凛然道:"妈生气也是一时,真见到孩子,自己的后代,就什么气都没了。"

刘伊若的一席话,看似出格,可其中却有着自己的逻辑,小妹胆子大,无知无畏的那种,一把火烧起来,桑嫣都不晓得怎么灭。她只好又把情况跟宪魁通气。刘宪魁还那样,要骂,要枪毙小毕。

桑嫣稳住他:"现在跟之前不一样了,小妹要真有了孩子,咱知情不报,妈怪的是咱们!"

宪魁愤然:"那你意思是现在告诉妈?!"

桑嫣大喘气,想了好半天,才说:"两条腿走路,一个是让老高去打听清楚毕家的情况，我们不反对，让毕家反对，或者可以先在毕家那边放放风，看看动静，坏人让他们做。实在不行再跟妈禀报，让她老人家出手。"

宪魁鼻孔喷火："要把妈气出个好歹！我就……"

桑嫣激动："再好歹那是她女儿，妈有权知道真相！小妹现在就是孙悟空，观音菩萨都镇不住，只能请如来佛祖！"

第五十六章 许可凡
Di Wushiliu Zhang　Xu Kefan

♦

尉迟又从老家回来了，还是"故伎重演"。问他他不说，要求面谈，可凡瞬间明白了丈夫的诉求。

婆婆的病，简直就是个无底洞。要钱，要钱，要钱。可是，家里除了待发的工资，实在没有多余的款项。她觉得尉迟但凡还想跟她过日子，也应该知道哪头轻哪头重，不至于开口要卖房子。

这可是以她的名义买到的福利房呀！

是她的根，她的命！

很明显，许可凡的态度不如以前了，再好的脾气，这么磨也好不了了。她直接从银行转账，两个人的短信通知同时抵达，嘀嘀两下，跟催命似的，许可凡义正词严："我问妈借了点，再多也没有了。"

尉迟嗫嚅："没跟妈说干什么的吧？"

瞧这臭德行！都啥时候了，还顾着面子呢。她当然没说，她都不好意思开口，问亲妈借钱，给婆婆看病，这算什么。而且她也不想让妈妈知道自己已经山穷水尽。

"谢谢老婆。"尉迟去捉可凡的手。

许可凡伶俐躲开了。她知道，尉迟已经向同学朋友借了一圈，实在没办法，才又找她开口。他是特效药加特效药，钱花得跟洪水淌的似的。她真想劝他放弃……可不能说。说出口日子就别过了。

最后一次。

谁知，回去两天，又没钱了。女儿菲菲坐在餐桌旁等看爸妈吵架。可凡冲她："进去做作业去！"菲菲道："做完了。"许可凡直接命令："进屋去。"

眼神能杀人。

菲菲只好从命。

可凡沉默一会儿，才突然摊开两手："不是我不给，是家里真没有了……咱家……我妈……全空了。"

尉迟叹气。

可凡最怕他这个样子，好声劝道："治得了病，治不了命。"

"我不信命！"尉迟爆吼。

可凡索性挑破了："你不是打这房子的主意吧？"

尉迟不吭气。

可凡道："这房子现在根本就没法儿卖，没满五，不许出售，而且谁会买一个福利房，就这房型，就这质量。"

尉迟道："没说卖房。"

门缝里一双眼睛，菲菲在观察。

可凡及时发现了，飙高音："关上！"

门乖乖合上了。

尉迟坐在沙发上，低着头，手扶着脑门，一动不动。过了好久，许可凡发现他的双肩微微颤抖。"干什么？"可凡走近了，她发现尉迟在哭。她的心顿时软了："咱再想办法。"她拍拍他的肩，抚慰道。

尉迟抬起脸："要不我去卖血。"

哎哟老天，可凡倒抽凉气，怎么就到这一步，卖血，干吗，演许三观卖血记呢？她真想问，你那血值几个钱，能救你妈的病吗？可是，看到丈夫这样，许可凡不禁动了恻隐之心，她必须力挽狂澜，好歹再努力一次，她蹲下来，扶住尉迟的肩膀："你觉得妈这病，还能治吗？"

尉迟猛地抬起脸，跟个革命者似的："肯定能治，就快治好了。"可凡又问："需要接到北京来吗？"尉迟说不用。可凡继续："那药靠谱吗？"尉迟说直接从正规渠道拿的，而且确实有效。

许可凡盯着丈夫看了好久："你是大孝子，我也将心比心。"尉迟眼里迸发希望："还有私房钱是不？"可凡头晕，看看，他还觉得她藏奸呢，她只好说："私房钱，我是一毛一分都没有了。"停顿片刻，"我出去借一圈吧，"又补充，"最后一次。"

许可凡觉得自己能做到这样，真仁至义尽了。

找同事借钱不切实际，都是些穷人，且关系复杂，可凡也不允许他们看到自己的窘迫样。思来想去，能张嘴的，也只有这帮姐们儿。毛杨于都不谈了，各有各用钱的地方，就算有存款，也未必肯拿出来。老桑有钱，但可凡打算把她当作最后一块骨头。眼下，最优解还是找老宁开口。

因为老吴的事，宁红欠她人情。虽然人家现在也是水深火热，但几万块，估计还是能拿得出来的。

事不宜迟，许可凡下楼了。她打算直接去找宁红一趟。小区花径，许大法官逡巡着，她实在想不好怎么跟宁红开口，或者发个短信呢？避免正面接触，她面子挂不住。可凡在马路旁边的木头椅子上坐下，放空，思考。她真不晓得自己怎么就走到了这一步。

"干啥呢？"一个声音从上方倾注下来。

抬头看。曼蔓拎着个大塑料袋，看样子，是刚从超市回来，大葱从袋子里探出头。

可凡反应快："你怎么绕到这来了？"

曼蔓住另一侧。

"搬了，"于曼蔓笑得爽朗，"换了一间。"

可凡没往心里去，哦了一声，依旧愁眉不展。

曼蔓看出闺密的愁闷："咋的了？出啥事儿了？"

"没事儿。"可凡别过脸，告诉她也没用。

曼蔓义薄云天："啥事儿呀，别憋着，这么多年的姐们儿，有啥不能说的呀。"

可凡还是不开口。

曼蔓咋呼："你不会也要离吧？"

可凡苦笑："真有可能。"

"我的个妈呀，中啥邪魔了咱姐儿几个。"

可凡连忙说没有。她怕再糊弄下去，曼蔓都能给她出去乱传，只好把婆婆的事包括缺钱的情况跟曼蔓说了。谁知于曼蔓一听就说好说,立刻拿出手机:"一万够不够,微还是宝,直接宝上给你转过去。"

可凡惊异,正要阻拦,钱已经到账了。士别三日,当刮目相看,她没想到曼蔓还有存款,过去于曼蔓女士可是出了名的月光族呢。曼蔓的仗义让可凡眼眶红了。于曼蔓又道:"不着急还,啥时候有啥时候再说。"可凡鼻子更酸了,她起身拥抱曼蔓,关键时刻,还是得姐们儿。

许可凡百感交集到了家,把钱转给尉迟,谁知人家别别扭扭来一句:"还差点儿。"可凡愣在那儿。菲菲又探头出来。可凡还是那话:"关门!"又冲丈夫,"你到底要多少?"

尉迟小声报了个数。

许可凡憋着泪,又下楼了。

还是那条花径,还是那张座椅,还是得找老宁。可凡抱着手机,真心觉得抹不开脸,别说当面跟宁红说了,就是打电话,她都觉得难为情。她可是骄傲的许可凡呀,行走江湖几十年,自力更生,万事不求人……要让她低下高傲的头颅,那比杀了她还难。

思来想去,还是决定给老宁发一条消息,如果同意,她就接着;如果为难,她立刻回家告诉尉迟,要钱没有,要命一条,你看着办。

措辞也是个大难题,怎么说呢?

手机屏幕的一行小字,一会儿打出来了,一会儿又删掉,长长短短,那是可凡犹豫的心:"红子,我婆婆现在病得厉害,要买特效药,还差两万……"不行,跟人家说婆婆的事干吗,还特效药,别人才不关心这些。

删掉。重来。

"红子,你手头宽裕吗,家里老人……"

不行,看着别扭。再删,再来。

"红子,你那儿有两万块钱吗?"

好吧,就这样吧,可凡一低头看到马路牙子边的地缝儿,恨不得脑袋一攮就钻进去。不管了,发送。消息过去了。可凡连忙锁上手机,静静坐着。十分钟过去了,还是没动静。许可凡万念俱灰,站起身来,大吐一口气,打算就此回家,跟尉迟抗衡。

手机响了。接通就是宁红活泼的声音:"是你吗?是你要钱吗?"宁红连声问。可凡刚从喉管发出个艰难的是字,宁红便说:"好嘞,等着。"半分钟之内,支付宝上，钱过来了。

可凡眼眶又湿润了。

来电话，是要确定是她而不是诈骗。不多言多语，是为了保全她的颜面。老宁甚至都没提还的事儿，而且，她要的是两万，人家翻倍，给了四万！可凡感慨得简直想背诵一首诗：桃花潭水深千尺，不及宁红送我情！她拿出手机，在输入栏打进去两个字：谢谢。轻轻一点，发送过去了。

宁红回复：啥谢不谢，不够再找我。

回家，交割清楚。这钱只是在可凡的账号里过了趟水。尉迟又开始收拾东西了。可凡不拦着他，但她觉得有必要跟尉迟说清楚，她一边帮丈夫拿东西，一边说："咱家现在，真是山穷水尽了，你可得有心理准备。"

"准备啥？"尉迟抬头，反问。婆婆的病让尉迟性格大变，过去他软，黏糊，习惯妥协，现在呢，比茅坑里的石头还硬。而且，一点就着。

他硬她就得软。可凡耐下心来："咱得实事求是。"

尉迟不含糊："实事求是就是，那是我妈，你可以不关心，我不能。"可凡愤慨："尉迟寅，你别拿到钱就变脸，是谁出去求爹爹告奶奶，这才几分钟，就成我不关心了。"

尉迟把箱子合上，站直了，企图拥抱可凡。

许可凡跳开了。

尉迟诚恳地说："我情绪不好，我道歉。"

"道歉有用吗？"可凡嘀咕。

尉迟如风如雨："那我给你跪下？"说话间，可凡还没反应过来，尉迟整个人就只有她一半高了。

哭笑不得。本来就一小嘎儿，还跪下。

可凡拉他起来。尉迟拧着脖子："反正，我这辈子是欠你的，还不起了，实在不行，只能下辈子还。"

"起来！"可凡拉扯。

小卧室门开了一条缝。一只眼睛猫在那儿，有滋有味地欣赏着尉迟的表演。可凡眼尖，看到了女儿，她直接冲过去把门带上。菲菲尖叫着跑回自己床上去了。可凡隔着门板嚷："十五分钟后检查你睡没睡着！"再一回头，客厅已经没有尉迟的身影。他又带着钱，回老家处理他亲妈的事去了。

第五十七章 毛文娉
Di Wushiqi Zhang　　Mao Wenping

◆

入夏之前,桑嫣叫大家去牛蹄岭小聚。这次人多,老吴、实诚没来,"六瓣花"来齐了。除此之外,还有老濮、左总,以及刘宪魁圈子里的一些老交情。文娉人逢喜事精神爽,趁着上山小聚,她打算公布一件新闻。她考上公务员了,政审走完,就去交通指挥中心报到。

其实这次也算走运。统共要一人,她初试第三,面试第二,总分第二,考第一那位没来,她自动递补,顺利进去了。上牛蹄岭之前,她谁都没说,包括高处寒、许可凡。文娉求稳,不到尘埃落定,都还有变数。

现在好了。

她为自己庆幸,三十五岁之前还能华丽转身一次。不过一上牛蹄岭,文娉就感觉气氛有点不对。人多,桑嫣和宪魁疲于应付。公婆身体不好,老桑平时没少忙、累。这次上山,虽然说定了吃烧烤,不用大烧大燎,她还是带了崔姐来帮忙。实诚没来,杨盼基本在小厨房给崔姐打下手,串肉钎子。宁红一家三口倒是来齐了,文娉冷眼观察,竟丝毫看不出人家夫妻间有什么矛盾。宁红挽着老吴的胳膊,跟出来度蜜月似的。文娉暗叹,老吴还优哉游哉呢,上回差点死在牛蹄岭。

相比之下,许可凡就愁苦多了。高处寒告诉她,许大法官现在缺钱,家里都快搬空了。文娉诧然,但也不好多问。她只问老高:"你怎么知道的?"高处寒道:"尉迟找过我,他妈那个病,中国的药就没有能治的,正好我有个客户的老婆在美国的大制药公司,帮牵了个线。"文娉问:"有希望吗?"高处寒直言:"希望肯定是有的,想完全治好有难度。"

文娉低声:"左总旁边那位呢?"

"他助理。"高处寒怪笑。

"看着面熟。"

"艺名房大彦,"高处寒摸着下巴,"本名,房燕。"

好家伙,对上号了。化了妆,有点不认识了。难怪房大彦百般不自在,她对面站着于曼蔓呢。这一对"师徒"的不痛快,文娉听曼蔓抱怨过。于曼蔓现在是濮总手下。曼蔓在文娉跟前点评:"左总那都是虚的,濮总这块才是真正的干实业。"难怪于曼蔓今天直接穿了一套高衩旗袍,摆明了来艳压群芳。

茶歇娱乐区,刘伊若站在窗台前,窗户打开,她抽着烟,看上去心情也不咋的。文娉努努嘴,朝伊若。

高处寒跟AI智能小伴侣一般:"大小姐也愁着呢。"

"愁啥?"

"多出一个人。"

"濮总那侄子?"文娉看濮杰,他老老实实坐在刘宪魁旁边。宪魁说什么他都认真听。

"不是,他还不算个人。"

"那多出什么人?"文娉好奇。

"能保密吗?"高处寒那标志性的坏笑又露出来了。文娉掐他胳膊上的小肉。处寒疼得叫,笑着说:"毕家锁没离掉。"文娉说早知道没那么容易离。高进一步:"而且,以后也没那么容易离了。"

"啥意思?"

"原配怀孕了。"老高促狭,怪笑。

文娉脑子嗡嗡的,右手捏眉头,左手示意打住:"等会儿。"过了好几秒钟,才勉强捋清了人物关系。核心意思是:伊若想当小三都没戏了?再往深了想,文娉似乎也理解了伊若的惆怅和愤怒——这小毕也不是东西,说好了一起闯天涯,你怎么又回去把老婆肚子搞大了,这不是摆明了不想离婚嘛。可怜的伊若。

男人们海阔天空聊,高处寒也得过去凑趣。杨盼、崔姐把烤炉支起来了。文娉过去帮拿钎子。炉子刚架起来,濮总建议来点音乐。桑嫣笑说:"哎哟,这儿还真没备音响。"濮总对濮杰:"你来一个。"宪魁笑问:"小杰还懂音乐呢?"

濮杰摸摸头。

濮总让曼蔓带路,去车里把他偶尔玩的萨克斯拿来。濮杰多少懂点儿。文娉明白,濮总有心让侄子秀一把。没几分钟,东西拿过来了。濮杰倒不怯场,当着所有人的面,直接来了一首《茉莉花》。濮总还嫌不尽兴,指示道:"再来个《回家》。"濮杰接到指示,立刻吸足了气,腮帮子鼓得跟青蛙似的。音调袅袅,果然是《回家》的曲子。吹到一半,站在烤台旁边的伊若把钎子一丢:"吵死了!"

297

濮杰耳朵尖，手一松，嘴巴泄了气，音乐停止了，好不尴尬。宪魁教训妹妹："伊若！"

桑嫣连忙去安抚。刘伊若道："我回去。"

宪魁质问："回去哪儿，谁送你下山？"

伊若不看哥嫂，硬着脖子："我自己开车回去。"

"不许回！"宪魁态度很坚决。

桑嫣连忙叫上杨盼，两个人一起把伊若领进屋，做思想工作去了。过了一会儿，人出来了，桑嫣快步走到濮杰跟前，问了几句。濮杰立刻起立，伊若走得飞快，濮杰转头跟伯伯和刘宪魁招呼，濮总挥挥手。濮杰忙跟着伊若去了。高处寒过来续杯，文娉问他："照这意思，伊若有可能跟濮杰？"处寒笑道："上次不是说了嘛，不是有可能，是肯定、一定。"

文娉怅然。

高处寒说："小伙子人不错。"

文娉道："没说他不好。"

高处寒继续："你以为这世上真有什么灵魂伴侣生死相依非你不可，都是排列组合而已，适合你的人，全世界可能有几十万个呢。"

文娉指着自己："你跟我说的？"

"打个比方。"老高嘿嘿笑。

这就是老高，骨子里有一种不可捉摸的东西。文娉甚至不敢伸手抓他。不抓，他可能还在你身边飘着，一抓，铁定跑。她甚至还觉得，在内心深处，老高比她还悲观，对待感情，他有时候是回避的，他宁愿把自己埋进肉欲里，也不要触碰易碎的情感。虽然老高说不是，但文娉坚持认为，这话也是说给她听的。不过没关系，她眼下生活的主题这就两字：工作。她扪心自问，工作带给她的满足感，确实要比感情多得多得多。

宪魁和老吴叫处寒。他们是铁三角。高处寒过去了，三个人男人商量着找时间去滑雪。文娉只好走开，到炭火炉子旁帮杨盼烤肉。毛文娉能明显感觉到，这次来，杨盼熟练多了，甚至有点像半个女主人……哦不，或者说是管家，地位比桑嫣低，但比崔姐是要高的。杨盼招呼着客人，谈笑风生，现在她是语文老师兼软装店店主。老桑好像还给她弄了个虚头衔，好像是个什么社会职务，递名片时好看些。相熟的人里头，只有杨盼是春风得意的。文娉走过去，问了问店里的近况。

杨盼道:"忙得脚都不沾地,完全是辛苦钱。"说完,她又帮桑嫣去酒窖拿酒去了。

说来奇怪,过去相互看不对眼,今天,可凡和宁红却好像惺惺相惜。一来就黏在一块儿,文娉过去打招呼,想要加入谈话,可她一上前,两个人反倒不说话了。文娉一时不晓得用什么话填补空白,尴尬。倒是宁红破开个新话题,她打趣道:"毛毛,什么时候跟老高办事?"文娉端着两臂,笑着,不置可否。这种问题,怎么答都不对,模糊处理最好。看宁红这样子,难道是老吴浪子回头,她大度原谅他了?

宁红又说:"最近,可是听说有几个有实力的姐姐倒追老高呢。"可凡诧异说还有这种事。文娉大度:"那我为他高兴。"宁红对可凡:"瞧瞧,老毛这驭人之术,抓得越紧,跑得越快,她不抓了,随你跑,老高反倒围着她团团转。"可凡叹道:"不结婚挺好,结了婚,随时能把你带沟里。"宁红抓住可凡的手:"你说咱当初怎么就被感情冲昏头脑了呢。"可凡嘀咕:"就是太重感情。"

姐俩一递一句,文娉感觉好笑。宁红突然抬头,朝着远处户外沙发上坐着的曼蔓:"像她那样倒好。"

文娉问曼蔓咋了。

宁红道:"老濮老婆早死了,曼蔓现在是他秘书,你说咋了。"嚯,这哑谜打的。许可凡对房大彦那边抬抬下巴:"那也没人家小姑娘厉害,直接擒贼擒王了。"

宁红摆手:"她没戏,老左才不会找个人管着自己。"

闺密仨又聊了一会儿,老桑叫可凡,老吴找宁红。老吴跟弥勒佛似的:"淑女们,不好意思,借夫人一用。"他用词就是别扭,啥淑女?文娉和可凡对看一眼,尽在不言中,交人。

分开过后,文娉尿急,她上楼找纸,翻了一大圈,才终于在崔姐的提醒下拿了一包,直接朝楼后面的厕所去。山里头一天刚下过小雨,地面泥土潮湿,人走上去,一步一个浅浅脚印。到厕所门口,只听到里头传来啪的一声。

声音清脆。

文娉怕又是蝙蝠。往前走半步,才发现厕所里于曼蔓和房大彦面对面站着。房大彦右手捂着右脸。看样子,刚才那响声是曼蔓赏她的巴掌。文娉叫苦不迭,她感觉自己跟牛蹄岭简直八字不合,上次来,看到宁红的丑事,这次来,碰到曼蔓赏巴掌,她只能提着步子,绕到厕所背面的墙下憋着。

很快,被打的那位出来了。

又过了一会儿，打人的那位也大摇大摆出来了。

人都走远了。文娉夹不住尿，匆匆忙忙方便了，然后，提起裤子往别墅去。她进屋，很多人跑出来，神色慌张。文娉逆大部队而动，不明就里。好容易抓到许可凡，她问到底怎么了。

可凡也着急，道："老宁摔沟里去了！"

晴空一个炸雷。文娉呆在那儿。跟着，她第一反应是，别是……别是……老吴把宁红推下去的吧……老天爷！难道老吴觉察到了？有人通风报信？文娉在内心祷告，盼着宁红能大难不死。

第五十八章 桑嫣
Di Wushiba Zhang　Sang Yan

✦

事出在牛蹄岭，桑嫣作为牵头人，有责任协助善后。宁红第一时间被拉到昌平医院去了。聚会办不下去，宾客们纷纷告辞，宪魁和高处寒留守，桑嫣让杨盼也跟着，和崔姐一起维护现场。桑嫣、许可凡、毛文娉三人跟去医院。当务之急，是弄清楚老宁摔成啥样了，有没有危险，如果有，必须迅速治疗。然后才是下一步打算。

急诊室门口，老吴来回乱走。桑许毛上前问情况，老吴说人已进手术室，初步诊断有三处骨折，腿、胸和前臂。桑嫣给可凡一个眼风，又看看文娉。

许可凡立刻上前，问："老吴，到底怎么回事儿？"

吴冠军道："我都不知道是怎么回事，我在前面走，她在后面，突然就叫了，然后就摔下去了。"

许可凡继续问："你觉得需要报案吗？"

"报什么案？"吴冠军的脸色有点变化，但不明显。

桑嫣、文娉、可凡都不说话。

老吴激动,脸转向桑嫣:"什么意思呀,你们怀疑我?不要开国际玩笑好不好,我对红子啥样,你们不清楚吗?苍天可鉴!"桑嫣见他孝毛,连忙安抚:"老吴,别激动,红子伤成这样,报不报案,警方肯定都是要介入的。"

吴冠军低头看地面,过了好一会儿,才说:"这就是个意外!"文娉双手合十:"希望没事。"桑嫣对许可凡:"可凡,你先回去,家里还有孩子,乃心你也接到家去,"又对老吴,"没问题吧?"老吴忙说拜托许法官。桑嫣又问文娉老高呢。文娉说估计还在别墅。桑嫣把文娉拉到一边,让她给老高打电话,说先报警,把宁红摔下去那条路保护起来,该取证取证,老高懂这些。毛文娉立刻去办。

桑嫣坐在医院走廊的长椅上,吴冠军跟她隔了好几个座位的距离。眼下,任何猜测都是无意义的,只有等宁红手术出来,听听她的说法。半个小时后,手术灯灭了,医生出来说病人已经脱离危险,主要是骨折,碎骨已经取出来了,其他就是软组织挫伤、中度脑震荡。当桑嫣看到宁红的时候,她整个人已经快被包成个木乃伊。

很奇怪,宁红不愿意见老吴,只让她一个人进病房。老吴跟护士的争吵声回荡在走廊:"我是家属……我是她丈夫……手术都是我签字的……让我进去!……凭什么我不能进呀……"可宁红的态度很坚决,暂时不见吴冠军。

桑嫣心里打鼓。

这一举动,已经说明问题。

等真跟老宁面对面,宁红的眼泪一下就下来了:"他推我……是他推了我……"看上去不像演戏。

桑嫣坐在床边上,一个劲儿跟宁红说没事。宁红激动,泪眼婆娑:"报警了吗?"桑嫣不晓得怎么回答。宁红恨不得坐起来,可她不具备这个条件,她痛苦挣扎着:"手机给我……我要报警……他是杀人犯……"

宁红泪崩了。

面对这样一个情绪饱满几近失控的宁红,凭直觉,桑嫣不倾向于老宁撒谎。她遵照宁红的意愿,立刻报了警。因宁红行动不便,警方派人到医院,给宁红做了笔录,并正式立案。吴冠军则被带去派出所做笔录,并配合相关调查。警察刚来的时候,老吴就已经快失控了,他在病房门口大嚷:"红子!你是不是疯了!你怎么能撒谎呢!红子!……"又对警察:"我是她丈夫……别碰我……冤案!……"

文娉和桑嫣站在病房门口，看着老吴被带走。桑嫣问文娉："老高他们去取证了吗？"文娉说已经都拍了照。老桑又问："那附近有摄像头吗？"文娉道："听老高说，好像是一个死角，摄像头都在别墅周围，那离别墅有一段距离。"

宁红要求人身保护。桑嫣和文娉走到花园里抽烟。老桑很久不抽了，文娉烟瘾较大。抽完一根，桑嫣把烟头往垃圾桶上方的小铁盘里一摁，对文娉道："谁在撒谎呢？"

"老吴是有动机的。"文娉说。

是啊。他当然有动机，如果老吴已经发现宁红在查他，出于彻底摆脱宁红，跟三儿双宿双飞的目的，的确有可能下毒手。或者说，即使吴冠军没有发现宁红在查他，他单纯地想要处理掉宁红，跟别的女人走，也可能会把她推下去。

"老宁也有动机。"文娉补充。

也是，宁红不是第一次想杀老吴了。自从得知老吴在外面瞎搞，她头回没杀掉，如今再来个苦肉计不是没可能。只不过，这种方法对待自己未免太残忍。

文娉摁灭烟头，继续分析："或者老宁就是不小心掉下去的，但她觉得可以利用这次机会。"

有道理。借力打力，顺水推舟，一箭双雕。摔了不白摔。老宁调查吴冠军有一阵了，始终没动手。她可能觉得无从下嘴，但这次意外给了她机会。桑嫣叹了一口气，说："不管怎么样，我们还是得站在红子这边。"文娉说那肯定的，具体等警方的调查。

桑嫣说："老宁要请律师。"

文娉理解老桑的意思："处寒不合适吧，两边都是朋友。"

桑嫣无心打趣，道："老吴咱不管，红子这儿，让可凡安排。"

天黑透了，高处寒来接文娉回市里。桑嫣给宪魁打电话，刘宪魁的意思是，警方已经来取证了。晚上杨盼和崔姐留在牛蹄岭，他打算回东面。桑嫣让他顺道接她，车刚出昌平，许可凡来电话了，说律师找好了，跟老宁之前找的那个侦探也对接上了。桑嫣交代了几句，挂了。

堵车。刘宪魁把音响打开。桑嫣嫌头疼，伸手关了。她侧过身，冷不丁问："你怎么看？"

"什么？"宪魁道。

"你们跟老吴漏风了吗？"

"我们是谁？"

"你，老高，或者其他朋友。"

"其他人我不知道，"刘宪魁正气十足，"我是不会去做这种事情，别人的事，跟我有啥关系。"

桑嫣叹息："这事儿归根到底还是怪老吴。"

前方疏通，车又启动了。宪魁迟疑："你意思是，老吴推的？"

"不管是不是他推的，他要不在外面乱搞，会有今天这事儿吗？"

宪魁怪笑："他乱不乱搞，老宁要是自己站不稳，那该摔还得摔。"

桑嫣语气加重："现在不管是不是老吴推的，宁红一口咬定就是他推的。"

宪魁道："你看，你也说是老宁一口咬定了，这事儿，我看八成是女方在闹脾气。"

"闹也正常。"桑嫣追问。

"问题老吴他根本没必要呀，"宪魁两手离开方向盘，又落回去，"不管他在外面有没人，宁红是他原配，是正房，是他人设的一部分，公司正谋求上市呢，他干吗给自己找这个麻烦？外面的女人，玩玩算了，他会当真吗？"吸一口气，"也就老宁，一点风吹草动就草木皆兵，任性的结果只能是毁了自己。"

扑通，桑嫣的心沉了又沉。宪魁说实话了。这才是男人的真实想法。桑嫣一方面觉得男人实在可怕；另一方面，又认为宪魁究竟还算明白人，知道主次，明白轻重缓急。桑嫣忍不住想，如果有朝一日，她遇到这种事，怎么办。闹？离？还是忍？……真说不清……许可凡来电话，说老吴从警局出来了，要来家里接乃心。桑嫣说知道了，挂了电话便跟宪魁通气。她问宪魁，要不要往老吴那拐一趟。宪魁想了想，赞同。

到了宁红家，老吴刚安顿好乃心。女儿睡了，他洗了澡，整个人看起来没那么颓丧了。为了不打扰女儿，吴冠军和宪魁、桑嫣窝在卧室里——借一步说话。宪魁用那种老大哥的口吻："到底怎么回事儿？！"吴冠军整个身子陷在单人沙发里，跟上了审判席似的，他有点激动："不论到哪儿、跟谁，我都这么说，事情非常简单，我就是我跟红子去散步，我在前面走，一回头发现她掉下去了。"

桑嫣追问："她怎么掉下去的呢？"

老吴站起来："大哥、嫂子，咱都是朋友，你们要是来审问我，那我只能送客了，说了一千遍一万遍，我就是一回头发现她人没了，就这么简单，一瞬间一秒钟一转身一眨眼的事儿，至于怎么掉下去的，我真不知道不清楚，当时那儿就我们两个人。"

桑嫣冷冷地说:"红子说你推了她。"

老吴道:"我不知道她为什么这么说,脑子摔坏了还是咋的。好,她说我推了她,有证据吗?怎么证明?"手捶床,又补充,"我根本没必要这么做,为什么呀?我疯了吗?杀人?这是违法!天网恢恢疏而不漏,我日子过得不好吗?我还想多活几天呢!"

桑嫣看看宪魁,才又面对老吴:"那假定你没有做这个动作,"比了个推的姿势,"老宁为什么非要说是你推了她呢?"

"我不知道。"吴冠军不假思索。

他不看对面二位。

桑嫣面无表情:"要是连你自己都不知道,那我们真是没法儿帮你了。"

宪魁拿出手机,把屏幕亮在老吴眼前:"圈里都炸了,冠军,舆论对你很不利,公司还打算上市吗?"

宪魁这画龙点睛的一句,才彻底让吴冠军的脸耷拉下来,跟魂魄被抽了似的。憋了半晌,吴冠军才呐喊般道:"我犯过错误,"僵在那儿,"可我也是知错就改呀!"

桑嫣看看吴冠军,又望望宪魁,大地裂了条缝儿,她觉得突破口出现了。

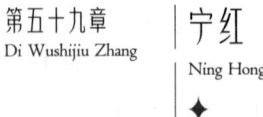

宁红
Ning Hong

躺在病房里,宁红哭一会儿,笑一会儿。哭是疼哭的,骨折好几处,能不哭嘛。笑是笑老天给她这个千载难逢的机会。是,是她自己不小心摔下去的,那又怎么样,把握好机会,"坏事"也能变成"好事"。

干脆来个斗转星移,把屎盆子扣在老吴头上。

这个办法她过去不是没想过。反向思考——她曾经想害吴冠军——那等于害了自己。转个角度，如果老吴害她呢。她是受害者。她可怜，她无辜，她受难，她博得同情，老吴就该千刀万剐！这剧情十分给力。

困难却是：她对自己下不了手。

现在好了，老天成全。宁红觉得自己英明极了。保险提前买了，还不止一份，受益人全是老吴，这更加佐证了他的动机。山上没有摄像头正好，真相盖在黑盒子里，她只要咬定了就行。

心一定，宁红就踏踏实实在病床上躺着了。次日一早，杨盼从牛蹄岭过来看她，带早饭，送换洗衣服，收拾东西，忙得飞起，宁红一副孱弱弱的样子，并不多言。她知道，在杨盼跟前，装可怜就够了。她认定老杨是相信吴冠军作了恶的，一提起来，杨盼恨不得全部五官都在表达情感："他怎么能下得去手！"转而又劝，"红子，你千万想开点儿，老天给你一条活路，那就肯定是大难不死，必有后福！"摔了一回，宁红嗓子都尖细了些，"我肯定比他活得好——"杨盼说那必须，说话的时候举起拳头。

半上午，毛文娉过来了。她跟领导请了假，带了大果篮。宁红挣扎着要起，但实在动弹不了，于是泪眼婆娑："娉……我……他……"一个字儿一个字儿蹦。文娉小声问："是不是被他知道了？"宁红翻白眼："知道什么？"文娉艰难地说："知道……你想对他……不利……"宁红气壮道："知道咋着，不知道咋着，我干吗了？都是蓝图，没有一次真行动，他倒好，先下手为强！我这是没摔死，真要摔死了……"说到这儿，宁红哽咽，说不下去了。剩余的部分，毛文娉自行体会。

在文娉面前，宁红必须做得真一点，文娉是上一次悬崖事件的目击者。闹腾了一会儿，宁红又说："我都原谅他和好如初了，结婚纪念日过得热热闹闹，又是赌咒又是发誓，可凡知道，我的天我真是老感动了……谁想到……八成是那个婊子吹枕头风……"泫然欲泣，"弄得我现在……人不人……鬼不鬼……跟裘千……"她想用金庸《神雕侠侣》的人物打比方，但一时想不起来名字，"就是那个裘千仞的妹妹，"转而大叹气，"人！没意思！夫妻当久了，也就是个同床异梦！"

毛文娉不晓得怎么安慰，干巴巴道："别这么想……也许没那么严重。"

宁红愤然："还要怎么严重？我还能跟他过下去吗？关到牢里最好。"

下午，许可凡来了，简单说了律师工作的进展，请宁红放心。许可凡的意思是，这桩案件的核心问题在于：事发现场只有宁红和老吴两个人，又没有摄像头，缺乏证据。宁红嚷嚷："有间接证据，他出轨，有动机，而且据说他刚给我买了好几份保险，受益人是他。"气得忘了骨头疼，"他蓄谋已久！"

许可凡道："先等警方的调查，然后该走程序走程序。"

宁红双眼看着天花板，无神："我要求不高，判他个无期就行。"

可凡沉默一会儿，才试探性地问："红子，我肯定是向着你这边儿的。"话头断开，迟疑了两秒，"当天到底怎么回事儿？"

"你也不相信我？"宁红反问。

"不是不相信……就是……还是想知道一些细节，"许可咽唾沫，"而且，他在前面走，你在后面走，对吧？"

"对。"

"他回身推你，你怎么会毫无觉察呢？"

"我正准备拍花，弯着腰呢，"宁红秒答，"根本没注意他过来，而且他走过来，我也不会提防啊，他是走近了，才突然出手，"宁红单手比了一下，"发生得非常快，我根本来不及反应，然后就跟风火轮似的……"说着说着，宁红又哭了。可凡见状，不再多问，反复表态正义肯定会得到伸张，请她放心，一定办妥帖。

宁红止住哭声，眼泪还在睫毛上，声音孱弱："你还是我这头的对不对？"

可凡笃定："当然，我永远跟你一头儿。"

傍晚，桑嫣来了，带着花。门锁着，打不开。她敲敲门，里头立刻发生尖叫。桑嫣找护士来开门才了解到，门是宁红让锁的，她怕有人来谋害她。

一见到老桑，宁红的眼又开始小河淌水了："老桑，你说，我是不是得雇俩保镖？"

桑嫣宽慰，半笑着："不用，哪能到那一步。"

宁红嘴上不让步："我跟你说以前我看新闻里有那些杀老婆的……我说这怎么可能……不信……现在才知道，"呜咽着，"都是真的……"眼泪瞬间充盈眼眶，"有第一次就有第二次……老桑……你说这个人要不进牢房……我日子还能过吗……"

桑嫣凝望着宁红，居高临下式。

宁红心里发毛，这些个闺密里头，宁红最怕桑嫣。一来，老桑城府深、沉稳；二来，桑嫣掌握的信息多，不容易被蒙蔽。太犀利，那一双眼，跟老鹰附体似的。宁红下意识躲开，不跟她对视，可再一想，躲开就不对了。她怕什么？她是受害者，她应该坦坦荡荡才没破绽。于是，宁红又把目光从天花板上拉回来，跟老桑对望着。

就这么看了有小半分钟。

老桑始终带着那种说不清道不明的蒙娜丽莎式的微笑，瘆得慌。宁红只好调动出泪水，又让桑嫣帮她胳膊挪个位置。

桑嫣乐得服务。都做好，她又恢复上帝视角，将宁红笼罩在目光中。酝酿了好一会儿，桑嫣才以一种无比沉稳又真切的口吻道："红子，我特别理解你，老吴该恨，该打，怎么惩罚都不过分，哪怕是他判了无期，也是罪有应得。"

宁红一怔，她没料到老桑会用这种开场白。还是老桑聪明、识时务。桑嫣眼神调整到宁红的被子上，那手指描着被面上印着的"医"字："但这种惩罚，得能得到法律的支持。"

"法律会支持的，"宁红声音微弱，态度却无比坚决，"是他把我推下去的。"

"他为什么要这么做？"桑嫣问。

"那得问他，"宁红敛着气，静水流深的样子，"是他不让我活。"

"现在是你不让他活。"桑嫣进一步。

宁红平躺在那儿，眼神却很厉："老桑，你这话什么意思，你知不知道，去牛蹄岭之前几个星期，他偷偷给我买了好几份保险，受益人都是他！"

桑嫣沉默。

宁红满意了。这招，通吃。

老桑起身去给花瓶灌水。回来把花插美了，搬到宁红床头。"老吴的公司正在谋求上市，如果上市成功，他的身家立马上亿，"停顿，"一个身价上亿的人，用得着在害人之前，故意买一些保险，这不等于搬起石头砸自己的脚吗？"随即笑笑，"老吴现在有钱，他不是那种穷男人，不会去做骗保的傻事。"

宁红呆在那儿，眼珠子还在转。老桑果然厉害。她意外摔下山后，第一时间想到借鉴新闻里那些杀妻故事，但事发紧急，她没考虑那么周全，老吴的自身条件，跟那些穷男人是不一样的。他是新锐企业家，"钱"途大好，一片光明。宁红还没想到对策。

桑嫣继续问："你打算怎么办？离婚？还是别的什么？红子，我不会害你，但你得跟我交个实底儿。"

"已经交了。"

"就是判刑？让老吴坐牢？"

"不是我让他坐牢，是他自己把自己玩到牢里去。"

"法律支持吗?"

"交给律师处理。"宁红咬紧了。她忽然怀疑老桑是吴冠军派来的,哼哼,好,无论你怎么说,反正我就这态度。宁红横下心,不看桑嫣,眼神又对准天花板:"恶人自有天收!"

桑嫣挪了挪屁股,更靠近宁红了。

"老宁,现在有两个情况,我这边掌握了,我想警方那边应该也掌握了。"

宁红头皮发紧。这才是正题。

桑嫣继续:"咱们上牛蹄岭前一天,山里下过小雨,到上山那天,还没完全干。"

宁红若有所思,好像是。她摔下山坡,身上沾了泥块。桑嫣拿出手机,调出照片:"你的脚印,集中在道路的南向,到摔下去的位置止,也就是说,你的确是从那个小豁口摔下去的。"

宁红脸色稍变,听着不妙。

"老吴的呢,集中在北面这条线,"桑嫣指着图片,"而且,老吴的脚印,喏,离你最近的这个也有三米远,"笑笑,"老吴也说了,他听到你的叫声之后,去坡边看了看,立刻就绕过山坡去下面找了,这就等于老吴根本不具备推你下去的距离。"桑嫣放下手机,"三米,怎么推?"又低声道,"他要真有这个心,干吗不找个悬崖,非在小山坡用力,滚下去和摔下去效果可不一样,滚下去大概率留活口。"

宁红脸煞白,还在狡辩:"反正,就是他把我推下去的,或许他把脚印清理掉了。"

桑嫣不接茬,转而说:"还有那份保险,售卖的时候,理财经理保存了录音,好像也不是老吴的意思。"

宁红脸色铁青,她大叫:"这都什么职业素质!"

暴露了。

桑嫣伸手轻轻握住宁红的胳膊:"老宁,你这就算跟老吴撕破脸了。"

"撕破就撕破!我怕谁!"宁红还强行横着,但气势已经下来了。

"你放心,老吴那边的工作我也会去做,他也说了,对不住你,但你这个谋杀官司,肯定是打不成了,你要打算离婚,那就是另一茬事儿,另一桩官司,咱再按照离婚的办,放心,过错方肯定是老吴,咱这帮姐们儿,怎么也不会让你吃亏。"停顿片刻,桑嫣继续,"红子,退一步海阔天空,放过别人,也等于放过自己。"

宁红气得把眼闭上了,本来想移花接木,却不得不断尾求生。过了好一会儿,她才终于睁开眼,眼珠子又对着桑嫣:"他怎么说?"宁红气鼓鼓问。事态发展至今,她必须面对现实。桑嫣说:"先冷一冷,把案子撤了,你回头先住我那儿,等气消了,大家坐下来好好谈。"宁红瘪着嘴,她感觉桑嫣不去搞外交真屈才了。

第六十章 刘伊若
Di Liushi Zhang　　Liu Yiruo

◆

车停在路边树荫下,坐在里头,刚好能看到大厦出口。副驾驶位置上,刘伊若隔着车窗往外望,又看看手机,时间差不多了。她转头对她的专属司机——濮杰:"准备好了吗?"

"好了。"濮杰双手抓着方向盘,似乎有点紧张。

"先说好,都是你自愿的。"

"完全自愿。"

伊若又把视线调向窗外。时间到,果不其然,毕家锁走出来了。一身暗蓝色西装,意气风发。自从老婆怀孕后,毕家锁消失了一段时间,伊若气愤得头发都快烧着了。是啥就是啥,就算要分,当面说清楚,玩啥消失!老娘缺你这一个?打你都脏了我的手!伊若想清楚了,让濮杰去打人,来个两败俱伤,完后她立马飞东欧去疗情伤。

濮杰下车了,赤手空拳。

伊若盯着他的背影远去。靠近了。嚯!他跟毕家锁差一个头。那瘦弱的身子骨,就那么一小嘎儿,跟许可凡的老公差不多,估计也扛不了小毕的三拳两脚。

伊若举着望远镜。她是有备而来,这场大戏,不能错过,得慢慢欣赏。

濮杰先动手了,直接给脸一拳。

打得好!伊若兴奋。

毕家锁还击。一拳，一脚，一个背摔，濮杰直接躺地上了。一个回合，结束战斗，比伊若料想的快。谁知濮杰不肯放弃，一把抱住小毕的腿。毕家锁失去平衡，摔倒在地。接下来的打斗就有点没章法了。

人围满了。

伊若怕打出人命，连忙下车，凑过去看。濮杰正处于下风，嘴角是血。毕家锁提着拳头，跟鲁智深要打镇关西似的。

"毕家锁！"伊若大喊。

小毕扭头看，说时迟那时快，伊若抬脚，一记助攻。鞋头正中目标人物臀部，毕家锁嗷嗷大叫。保安围过来。伊若拉起濮杰要逃，却已经来不及了。

派出所做笔录。按规定，濮杰会被拘留，鉴于伤势严重，先行送医。伊若跟着过去，做CT，做包扎，全部安排好。濮杰默默无言，似乎为自己的表现抱歉。桑嫣闯进门，面色惊惶。警方联系老濮，老濮又通知了她。"怎么回事儿？！"桑嫣问濮杰，又转向伊若，"谁打的？报警了吗？这还得了！"

濮杰没底气，小声："是我……打别人……"

"你……"桑嫣诧异。她只好把伊若拉到急诊室外，才问："到底怎么回事儿？"

伊若口气轻松："干了一架。"

"跟谁？"

"毕王八。"

"挨得着吗？"

伊若默不作声。

"人家也没错呀，"桑嫣道，"婚都结了生个孩子不很正常吗？"

这话戳到伊若心尖上了。她跟嫂子说不清，一说，桑嫣势必拿伦理道德社会公德女性美德来压她，可那些跟她所遭遇的根本不是一回事儿！她恨的，是毕家锁对她的背叛！

桑嫣继续："你有气，咱走正常途径，哪怕让高律师或者我，或者你哥去交涉，都行，你不能拿人家小濮当枪使呀。"

"他自愿的。"伊若说实话。

"那也不行……"正说着，手机响了，桑嫣慌忙接听，是婆婆打来的，她很关心干儿子的侄子的情况。伊若侧听。桑嫣别过脸，对听筒道："没事儿妈，放心，小濮是帮伊若出头呢……真是……感情进展太快了……谁让小妹魅力大呢……"刘伊若惊得不晓得怎么应对,这个嫂子,脑子转得倒快。呵呵,原本想鹬蚌相争,她渔翁得利,结果呢,濮杰倒成受益者了,情圣人设立起来了,搞得跟英雄救美似的。

挂断电话,桑嫣又面对伊若。老实说,伊若现在有点怕嫂子。她一张嘴就是铁打的,正话反话,人家都能说有理了。桑嫣单手叉腰:"打架就是不对,就不是文明人。"口音都出来了,喘口气儿,继续,"那小毕对你真的假的你心里得有数,"偏头望向屋内,"文文弱弱一书生,肯为你动手,眼珠子都快打爆了,说明啥?"

就知道兜兜转转还得说到这上头。

刘伊若心一横,嘴巴硬得像鸭子:"反正我想好了,这一辈子我就一个人过。"桑嫣不客气:"这话,你跟妈说去。"嫂子硬气,伊若不得不软下来:"嫂——不是我不想结婚,远的不说,就看看你周围这些个,宁红,是吧,半死不活,老吴那样,还有那个许法官,老公那样——开店的那个就更不用说了,一锉锉一对儿。"

桑嫣耐下心来,循循善诱:"你别光盯着不好的看,我跟你哥不挺好的嘛,还有爸爸妈妈,恩恩爱爱一辈子,再说了,每个人的情况不一样,你起点高,个人条件又好,你缺啥?怎么会不幸福?"

伊若一时没想好怎么反驳。

桑嫣继续:"现在好了,人打成这个样子,濮德庸回来还不晓得怎么着呢……"刘伊若听不下去,她怕再扯下去,老哥驾到,她又得挨批。三十六计走为上。她借口上厕所,溜了。

找到车,伊若下意识回头,她看嫂子有没有跟过来。去拉车门,糟糕,撞到个人。仔细瞧,车头上坐着的竟是毕家锁。王八蛋!找你你不在,现在送上门来了。伊若果断转身,快步走。家锁跟上,去拉她胳膊。

"你听我说好不好?"家锁哀求。

伊若被拽住了,她猛回头,眼神能杀人。嗖嗖。

"从头到尾,我对你,一丝一毫一分一秒都没变过。"

渣!还在狡辩。

伊若冷冷地问:"那你老婆怎么回事儿?"

家锁愣了下:"纯属意外。"

311

伊若扬手给了他左脸一巴掌:"意外?我可以不在乎名分,为了你我不顾一切我离经叛道我背叛所有,你呢,你是怎么做的?跟我在一起的时候还跟你老婆有性生活?"说得直白了,可话糙理不糙。

"那不是……"毕家锁又要辩解。

伊若咆哮:"还不戴套,还生孩子!这算什么,你这才叫出轨!法律是出轨,情感上你也出轨!法院应该叛你两次!数罪并罚直接枪毙!"她有她的法则。她只要纯洁的爱。

面对激动的伊若,家锁只好使出最后一招,他抱过来,天罗地网般,道:"就是个意外……完全是意外……"伊若不理他这一套:"你不愿意,她强奸不成?!"家锁终于憋不住,顿足:"他们说了,有孩子就离。"

晴天一个霹雳。刘伊若瞬间明了,这是毕家的套儿,很不幸,道高一尺魔高一丈,毕家锁入坑了。没孩子都离不了,有孩子还能离吗?!你大脑干什么去了?!我刘伊若为了爱情可以不顾世俗,可我的感情必须纯粹。孩子生下来可就塞不回去了,算什么?还搞起母凭子贵了。罢了,我放弃,我撤离,成全你们一大家子!

刘伊若拼命从家锁的怀抱中挣脱,家锁还要上前,伊若手指着他道:"别过来,再敢出现,见你一次打你一次。"转过脸,伊若泪水滔天,啊——这就是爱情——乌七八糟的爱情,结束了。没意思。她不想回家,只想逃到一个没人认识她的地方,号啕大哭。

嫂子来电话了,挂掉;哥哥来电话,同样挂掉;直到躺在酒店床上,老妈来电话,再也不能挂掉了。她调整声音,尽量不展现出难过,耐心跟老妈交流。妈妈正在生病,妈妈为这个家操心了半辈子,她不能惹老妈生气——也只有面对老妈,刘伊若才懂得周全,努力顾全大局。洗完澡,泪水跟着水流冲走了,刘伊若这才感觉到饿。她穿好衣服,没化妆,去楼下的西餐厅找吃的。角落的位置最安全。

点了三明治,刚吃第一口,却看见高处寒领着个女人走进来。那女人身材窈窕,戴着墨镜,伊若只瞥见侧面,等她落了座,背对着角落,就再也看不到正面了。高处寒谈笑风生。伊若蓦地为文娉姐不值,找这样的男人,又是个律师,能天长地久吗?不过,当这四个字从脑海里蹦出来,伊若又顿时觉得自己可笑。原来她是期待天长地久的人啊——可悲,可叹。

微信跳消息,这次是濮杰。发来四个字:你还好吧?

伊若眼泪一下就出来了。

倒是个好人。自己伤成那样,还问她好不好。

她回复:还好,你呢?

他答:歇着。

她又问:还在医院吗?

他答:说要住三天。

她问:我嫂子走了吗?

他答:就我一个人。

她回复:等着。

鬼使神差,伊若也不晓得怎么了,就想过去看看。那么口问心心问口地,伊若给了自己一个解释:车还在那儿呢,她得过去取车。

风驰电掣地去了,濮杰果然还躺在那儿。伊若开灯,濮杰嫌刺眼,只好又关上了。一个站着,一个躺着,就埋在黑暗里说话,唯一能凭借的,只有窗外的一点散射光。一会儿明了,一会儿又暗了。

说来奇怪,倒下的濮杰,伊若竟看着更顺眼了。

"想吃什么?"她笑容可掬。大小姐难得有这份心情。

"你给买吗?"

"当然。"

"麻小。"濮杰点菜。

伊若掏出手机,划拉几下,抬头:"都打烊了,欠你一顿。"

濮杰笑笑。

沉默了一会儿。为打破尴尬,伊若打趣道:"你这名字取得不好。"

濮杰问为什么。

"濮杰,扑街。"伊若解释。

濮杰又笑了。

伊若陡然认真道:"你真傻。"心里怎么想,嘴巴就怎么说了。

"我愿意。"濮杰很自然。

伊若气提到嗓子眼,许久,才释放出来:"其实我们都是牺牲品。"

濮杰哦了一声,是疑惑的口气。

"都要为家庭的利益,牺牲个人的情感选择。"

"我没牺牲。"濮杰快速地说,"我自己愿意的。"

这话在脑子里绕了一圈,伊若才大概明白其中意思。算表白吗?还好是晚上,还有夜色掩护,她火烫的双颊才不至于暴露出来。

第六十一章 于曼蔓
Di Liushiyi Zhang　Yu Manman

♦

老家的姐们儿来北京办事儿,完后非要去白云观摸猴。曼蔓觉得不年不节,摸了也没啥效用,还不如吃顿饭唠唠嗑来得实惠。可姐们儿坚持,曼蔓只好陪着去了。

到观里,各种参拜,一连气儿把猴都摸齐了。出来的时候,门口算命的老头从一堆人里挑出曼蔓——单对她喊:这位女士要发财。曼蔓一面说胡扯,一面乐开了花。是啊,就凭她这红光满面春风得意,别说算命的,就是寻常人,也能看出她于曼蔓正走着大运呢。

曼蔓真心觉着,自己到濮总这儿来,那是来对了!西三环,办公大楼里半层——地方是曼蔓租的。濮总现如今空降某集团老总——这公司凋敝许多年,就等着濮总这样能干的主儿来拯救呢。真进去了才知道,濮总做的,不光是能源生意,还有……呸呸呸,谁都不能说,曼蔓把秘密搁在心里,反正,踏踏实实干,快快乐乐发财就完了。曼蔓成了公司的元老,主观能动性也被充分调动出来了。除了租办公室,官网也是她搞定的,还有就是招聘,也必须曼蔓这大主管过第一道水。

公司要招俄语翻译。打开邮箱,瞧瞧,不是北大的,就是北外的,还都是博士。曼蔓给她们面试,感觉特别棒,呵呵,这就叫因缘际会。读到博士怎么样,没跟对人,照样吃土。她呢,上了濮总这班车,人生一下就按了快进键,肉眼可见地飞黄腾达了。

收入暴增后,曼蔓开始考虑换房。到市里租个一居室,一来上班方便,二来老妈偶尔也能来凑合几天。说实话,上次老妈匆忙返家,曼蔓心里不是滋味。说一千道一万,还是自己没本事,她要能像桑嫣那样,在北京有个大别墅,老妈还不是想怎么住就怎么住。

跟王百味开口是个问题。一起难过来的,现在自己好了,就把人甩了,不太地道。曼蔓考虑了一周,还是决定在礼拜五的晚上跟百味谈谈。下班了,姐妹们约好到老桑那碰头。宁红出院了,没回家,暂时住在五号别墅。她跟老吴,依旧处于博弈状态。二楼小书房,崔姐端水果上来,于曼蔓拿起挂在墙上的模型枪,学"陀枪师姐"的姿态,闭上一只眼,朝窗外射击。一转身,对文娉说:"要是活在战争年代就好了。"

文娉不懂她意思。

曼蔓道:"看谁不顺眼,一枪崩了他。"

许可凡嘀咕:"怎么跟宪魁一个毛病。"

曼蔓道:"老宁真就在这住一辈子呀?"可凡道:"估计得离,现在就看怎么离。"于曼蔓又嚷:"老吴是过错方呀!而且,也不能轻易便宜了那三儿!"

三个人七嘴八舌了一番,桑嫣进来,留大家吃饭。众人都怕跟宁红没话说,劝离劝和都不对,纷纷表示各回各家。杨盼和许可凡先走,毛文娉、于曼蔓殿后。曼蔓问文娉新工作感觉怎么样,文娉说还在熟悉阶段,比较闲。曼蔓激动:"就怕闲!忙点还踏实些。"文娉反过头问她的情况。于曼蔓没直接回答,她问:"你现在一个月拿多少?"文娉报了个数,再问她。曼蔓小声:"一个月挣你半年。"文娉惊叹,连忙恭喜。曼蔓声音放大了:"做人要像水!三十年河东,三十年河西,谁也不要看不起谁……"

楼道里都是纸盒皮,王百味正奋力踩扁它们,灰尘扑扑。曼蔓不得不捏着鼻子:"你这干吗呢?"

百味嘿嘿一笑,继续劳动。

于曼蔓侧过身,从门缝儿挤进屋去,把门关严实了。这男人,忒不争气,还跟老头老太太抢工作,捡上纸盒了?靠这个,啥时候能在北京混出头?曼蔓卸了妆,给自己点了一份九十八元的鳗鱼饭。她不亏待自己。挣钱了,一部分存好,这是经验教训,其他的,都花在自己身上。她看不惯王百味。他总喜欢一大早去附近的野摊早市,买一块钱两根的茄子,几毛钱一个的土豆,两块钱一口袋的西红柿,还有那种头破血流的烂鸡蛋   他要健身,必须吃鸡蛋。可吃这种烂鸡蛋,能长出什么好肉来。

好大一会儿，百味汗津津进屋了。

"卖了？"于曼蔓端着饭盒问。

"卖了。"百味如实答。

"都跟谁学的？"曼蔓不屑。

百味道："杨实诚带的路。"

"杨盼老公？"

百味嗯了一声。

"你怎么不跟好的学。"

"谁是好的。"

"我呀。"

百味呵呵一笑："没办法。"

"咋没办法，你得上进。"曼蔓差点喷饭。

"我明天不用去上班了。"

"周末不加班？"

"我被裁了。"王百味吐露真言。

曼蔓愣神，好半天才说："裁员？"

"裁员。"

"凭啥？"

"有年轻人进来了。"

"这老吕真他妈驴！"曼蔓骂前老板，她多少有点物伤其类，"年轻人能跟你比吗，大萝卜坐飞机，就能冒充进口大苹果？"

百味失笑，摆摆手："正常。"

曼蔓动了恻隐之心："喏，这还有一份米粉，我还没动呢。"

百味哎哟一声，说谢谢赏饭。

于曼蔓又去帮他拿了下饭菜。倒霉催，看来今天是没法开口谈退租的事了。

王百味叉开腿，坐在茶几跟前了。曼蔓坐在沙发上，正对着他。百味起身，不晓得从哪里摸出来一瓶白酒。曼蔓看那架势，今儿晚上，老伙计要借酒浇愁了。她只好以安慰为主："没事儿！多大事儿呀！简历投起来，你不愁。"

王百味对着瓶口吹："是没事儿，我单干。"

"干啥？"

"试试自媒体呗，"他又来一口，"先把这个月房租给挣了。"曼蔓本想充好人，说她包这个月的租子，可话到嘴边又变异了，她教育百味："你得规划你得阅读。"

"阅读？读啥？"百味眼神从下往上，有点愣。

"阅读社会阅读你周围所有的信息，机会来了要抓住，是坑千万别往里跳，我跟你说在北京真的是步步惊心你一步走错几年都缓不过来，那要走错几步十年啪地过去了你还有啥。"曼蔓不断句，气息特别悠长。

"有道理。"百味嘿嘿笑，"还是你厉害，有办法。"

别人真夸了，曼蔓反倒自谦："有啥办法，苦干呗。"

百味连吹几口，很快，从头到脖子都红了。"你升职了？"

"不算，本来就是主管。"

"那我可得敬主管一杯。"说着，百味又来一口。曼蔓啧啧，让他悠着点儿。

百味微醺，舌头有点大："主管，咋不喝呀？"

"我戒酒了。"

"看在我失业的份上，你也得喝一杯。"说罢，百味开始唱汪峰的歌，《存在》，唱又唱不上去，荒腔走板的，更显凄凉。曼蔓抹不开脸面，只好去拿了一只开口杯，倒了一点底儿，举杯："我祝你，"停顿，"活得，"再停顿，"越来越好。"

百味嘿嘿笑："那必须，"他拍拍自己胸脯，"只要哥们儿还有一口气，就不认输！"话音刚落，他把酒瓶一撒，竟然在地板上做起俯卧撑来。连做三十几个后，正面朝下，轰然倒地。曼蔓吓得大叫，又是摇又是晃又是把手指放到他鼻子底下，万幸，还有气儿。

这臭老爷们儿！

曼蔓用尽全力给他翻了个身，再想往屋里送，没辙了。王百味这一身肉，曼蔓是掰不动。她只好拽着他肩窝窝上的衣服，把他往沙发边上拖，一用劲儿，T恤破了，一道大口子划到胸前。百味的胸肌不失时机地展现在曼蔓眼前。"哎呀妈！"曼蔓叫了一声，别过脸，又转过头，不看白不看。搁一块儿住那么久，她跟百味，真就是清汤寡水，她没料到，王百味竟是这么一块大宝藏。

好一番周折，人被挪到沙发上了，曼蔓拿了条毛巾被。走到跟前，他那半边胸肌还袒露着，一颗小乳头，粉白粉白，在一片黑土地上显得格外触目。曼蔓东看看，西看看，终于下定决心——九阴白骨爪，欸！她抓了黑土地一把。然后，毛巾被一盖，迅速逃离作案现场。

刚回自己屋，手机响了。老妈来电话，曼蔓接听，传来的却是周半芹女士惊惶的声音："蔓，你搬家啦？怎么不告诉我呀，哪儿去啦？"曼蔓错愕："不是……妈……"周半芹嚷嚷，"我搁北京呢。"曼蔓头晕。每次都是这样，不请自来，突然上门，跟鬼子进村似的。"妈你能不能……"曼蔓本能地抱怨，但刚说了两句，又闭嘴了。她能说什么呢，自己亲妈，她只好让老妈别动，她穿好衣服，亲自去接。

到家了。周半芹探头探脑，曼蔓不想让她看到王百味，一进门，就把人往卧室拉。包刚放下，于曼蔓就噼里啪啦抱怨开了："都几点了？要来也白天来，天都黑透了。"周半芹不理女儿，她要水。于曼蔓出去倒了一杯。半芹才想起来从包里翻手机，拿出来，关机。

曼蔓狐疑，问："妈，你这逃债呢？还是杀了人了？"

半芹嗫嚅："没有。"

曼蔓道："跟叔儿复合了？"

"不是。"

"那咋了？"

"没咋。"

"不说实话，回头人来我不救你。"

周半芹急赤白脸："哎呀，我摊上事儿了，行了吧。"

"啥事儿？"曼蔓更不理解了，这么大年纪了，能捅啥娄子，"你做啥错事了？妈我可跟您说，您要真犯了案，我可立刻就大义灭亲。"曼蔓舌头发直。

"你是我生的吗？"

"说事儿！"

周半芹缩着脖子，跟鹌鹑似的："我把人古董地板给泡了。"

"啥？"

"地板，古董地板。"半芹重复。曼蔓还是没办法把古董、地板和她老娘三者之间挂钩。且得半芹又补充了几个关键词，曼蔓才终于搞清状况。她老妈去给人当保姆，一不小心，把主顾家给淹了。她怕赔不起，才逃将过来。"怎么没听你说呀！"曼蔓责怪。半芹道："你搬家不也没跟我说嘛……本来是各过各的日子……"曼蔓又要骂。半芹拦在头里："反正我赔不起，要不你直接把我送派出所算了。"

手机再次响起，这回是濮总。曼蔓不敢怠慢，连忙到旁边接了。最新指示，濮总要去哈尔滨出差，让曼蔓给订机票。要两张，他和曼蔓各一张。"我也去？"曼蔓紧张。老濮问："有什么困难吗？"

"没……没困难。"电话里，于曼蔓尴尬地笑了。第一次陪濮总出差，曼蔓有种预感，这次将有大事要发生。

第六十二章 许可凡
Di Liushier Zhang　Xu Kefan

♦

尉迟快天亮才到家。许可凡听到卧室外客厅里窸窸窣窣，心就提溜起来了。不用说，他是开夜车回来的，看这种小心翼翼的状态，情况多半不妙。

该起来了。

每天早晨，许可凡都摸黑起床，洗漱，做早饭，回复消息，偶尔在厨台上还要翻两页专业书——电饭锅旁边的书立是专门为她准备的，她相信日积月累、水滴石穿，一定会进步的。然而没想到，她跟尉迟的婚姻却在日积月累中腐坏。

可凡走出卧室，尉迟抬头看她，用那种小鹿式的眼神，虽然疲惫，但因为瘦，所以显得眼睛更大。

她不问婆婆的事，直接开忙，上个礼拜她带菲菲去看过老人。婆婆精神状态还算好，全家人也还乐观，看来特效药多少有点作用，婆婆死死抓住可凡的手，嘴里都是感谢，她想跑都跑不掉，于是只能担这份情。"妈，您放宽心，大有希望，要我看，还是去北京找专家瞧瞧。"婆婆抵死不从。尉迟也说，省城坐诊的大夫，就是北京过来的，已经给了最佳治疗方案。人家有主意了，许可凡不便多言。倒是家里亲戚多嘴，偷偷对可凡说："还是怕麻烦你们，老人，心重！"

呵呵，可不可笑，钱都榨干了，现在来个怕麻烦，好人都让他们做了。人之将死，心狠手辣。许可凡在心里呐喊：真要怕麻烦，就放弃治疗呀！可惜这话是坚决不能从她嘴巴里说出来的，谁说谁是千古罪人。

从厨房出来，尉迟正在飘窗前抽烟，背对着她。空气中弥漫着忧伤的情绪，全是尉迟散发出来的。许可凡能捕捉到，但她却宁愿视而不见。不能理，不能睬，一旦理睬，连她也会被吸进去。尉迟现在就是个黑洞。家里已经有一个人不正常了，她必须保持正常，不然菲菲怎么办，日子还是要过。

"洗了吗，准备吃饭。"碗端上来了。清粥小菜，馒头花卷，配个咸鸭蛋。尉迟把烟头搁花盆摁灭了，转过身，迅速走到饭桌旁，却不拿筷子。

菲菲起来了，喊了声爸爸，钻进洗手间。

"吃啊。"可凡拿筷头点了点。

"要不我们分开吧。"尉迟掷地有声。

许可凡感觉心被打了一拳，脑子也被马桶刷涮了。耳鸣，眼花，头晕。这都什么鬼操作！

"啥意思？"可凡问。

"我对不住你。"

"行啦！"她看透了他。

尉迟突然哭了，咧着嘴，一副丑样。

可凡看不惯这哭哭啼啼的样子，恨道："你是男人吗？"

尉迟哽咽："我不配做你的丈夫……我不配做个人……"屎头混子般，"可妈的病还得治啊……"可凡早就料到这一出，她绷着脸，咬紧牙，绝不松口。尉迟突然收泪，"分开就好了……分开你就没这义务……良心上也不会过不去了……怪我……你不是我老婆……妈就跟你没关系……你就装不知道……过自己的好日子……我不能再连累你了。"

这叫什么话？欲擒故纵？引蛇出洞？奇怪，明明知道是苦肉计，许可凡还是心软了。尉迟不是不懂事理，人清楚明白着呢。但可凡又不得不逼迫自己把心硬起来，她已经被逼到悬崖边上，再后退一步，就是万劫不复，就等于宣布她北京奋斗生涯的破产……可是，那就真的像尉迟说的那样，分开吗……她许可凡又不想背负一个不仁不义的骂名。

可凡放下筷子，把碗一推。菲菲出来了，坐在饭桌旁。"进去吃去。"可凡命令。菲菲见惯了大场面，很懂进退，哎哟一声，夹了点菜，拿了个咸鸭蛋，匆匆进屋去了。

"你啥意思？"可凡直接问。

"不知道。"尉迟装鳖。

呵呵,还想让她说出来呢。没问题,她许可凡顶天立地,所有的官司都会有个结局,她婆婆这事儿同样是。可凡把天扯破了,净说亮堂话:"要么就借高利贷。"

尉迟不吭气儿。这路子,显然不可取。借是能借,拿什么还。利滚利不得了,到最后真可能是家破人亡。

可凡又说:"家里值钱的,就剩这套房子,问题是,它根本就不符合买卖条件,找中介人都不给你卖去。"

尉迟猛抬头:"能卖。"

就两个字,许可凡却感觉五雷轰顶。什么?她这房子不能卖啊,没到售卖年限,起码还得等一年半,救不上婆婆的急。可等尉迟三下五除二一交代,可凡直接快坐不住了。他说朋友说了,这种情况以前不是没遇到过,如果能找到买家,相互信得过,价格上打点折扣,先拟合同做交易,等年限够了再过户就行。

妈的!还是下毒手了!根本就是处心积虑!她真想撕碎了他、锤扁了他、捣烂了他、掐灭了他、生吞了他、炒爆了他!许可凡几近目盲,过了好一会儿才恢复视力。不行,得缓冲一下,她真怕自己一激动做出傻事来。"回头再说。"可凡抛下这句,匆匆上班去了。

开庭过后,原告被告撤离现场,书记官也收拾东西走了,许可凡把门反锁上,一个人坐在法官席上。她好歹得哭一会儿,再不哭,她能憋死!要知道,那可不仅仅是一套房子,那是她的自尊她的骄傲!是她赤手空拳闯北京的纪念碑!真卖了,她就啥都没有了。可是,她如果阻拦,婚姻还要不要?真要分开了吗?分开倒不可怕,还是那句话,她不想被人说闲话……转过头想,千金散尽还复来,她又怕什么呢……许可凡这么翻过来倒过去想了一个多小时,脑袋都想破了,下班之前,她终于下定决心,回家她就告诉尉迟,你想办法卖吧。可凡怀抱一线希望——她希望房子找不到买家,那样的话,她既当了好人,又保住了房子。天灾人祸,不是她不帮忙。

单位群里一阵热闹,发月饼了。许可凡这才意识到,中秋节快到了。好嘛,人家都是月圆人团圆,她呢,有什么面目回老家?别说老家,就是自己家,马上都要被打包贩卖了。下了班,许可凡骑着旧电动车,晃晃悠悠往家去。到小区门口,她又突然不想进去了——她不想回去那么早——踏进那个家门,她就要跟尉迟交代了房子,贡献了房产证——人家正守株待兔呢。

多耗一秒是一秒。

于是可凡拎着月饼盒,到小区旁的肯德基枯坐。她逼迫自己放空,可脑子里还是跳出各种念头。她想到了最坏的情况,那就是:房子卖了,钱花了,人死了,然后呢,她最后还是跟尉迟离了婚。孝子贤孙做了,她不欠任何人的,那就一个人大踏步潇洒往前走。可是,那样的话,这钱不等于白花了吗?

唉!前世的孽债!

毛文娉和高处寒走进来,迎面对了个大着,可凡躲都没处躲,只好笑笑。文娉上前跟可凡招呼,她着急上厕所。高处寒在可凡对面坐下,看了看桌子上的月饼盒子,跟着道:"放心,已经托朋友留意了。"

可凡的心顿时裂开了,什么意思,老高知道了?尉迟说的?这算怎么回事儿?妈的她还没同意,人家就先斩后奏了,她在这个家还有地位吗,房产证上可是她的名字!当着老高的面,可凡不好发作,只能干笑笑,又说多费心。高处寒道:"这种情况,最好得有德高望重的人担保,做中间人,买家才可能放心。"

许可凡不晓得怎么接话,她恨不得钻地里去。

好不容易,文娉出来了,换老高去方便。文娉接替老高的座位,也跟可凡面对面。毛文娉不说话,许可凡索性说破了:"老高跟你说了?"

文娉点点头,说:"我真佩服你。"

可凡诧异:"佩服我什么?"

"你对尉迟,情深义重。"毛文娉真诚地说。

"换你你咋做?"

"我还没打算结婚呢。"

可凡叹一口气:"说句实在话,我现在是真后悔那么早结婚,这个婚对我起到啥作用了?"

文娉抓住她的手:"别这么说,有个人陪,有个家,有自己的孩子,工作稳定,多少女人梦寐以求。"

可凡激动得屁股都脱离凳子了:"我不在那多少女人之列,文娉,咱们来北京一场,总得活出自己吧。"

毛文娉沉默。说话间,老高从洗手间出来。文娉不打算恋战,跟可凡交代几句,两个人走了。许可凡又坐了一会儿,终究还是得回家。进了家门,没人,给尉迟打电话,才知道爷俩正在路上。菲菲辅导班不能落下,车在尉迟那,他还是个接女儿放学的好爸爸。

许可凡一个人坐在饭桌旁,饭桌上有个书立,就是她经常在厨房用的那个,上头还架着她的法律专业书。可凡不禁感慨,别人家的案子她断了无数,却断不了自己家这笔糊涂账。她环顾四周,这房子虽然畸形,可却是她在北京的窝呀,算命的还说,这将会是她的发迹屋,结果呢,人生不如意十之八九……

门响了。诀别的时刻到了。

菲菲欢跳着。孩子小,哪里懂得现实的严酷。

尉迟叫了一声可凡。许可凡起身去厨房。

"买了藤椒鸡。"尉迟连忙说。

是可凡喜欢的。

看到了吧,讨好开始了。

"主食呢?"

"馒头,"尉迟道,"山东饸面高庄大馒头。"

一顿饭吃得无声。连女儿都能看出妈妈脸色不好,啃完了一个馒头,赶紧进屋躲灾去了。尉迟收拾完碗筷,又坐回饭桌旁。夫妻沉默良久,终于还是许可凡先说话:"既然都开始找买家了,就按你的意思办吧。"

尉迟自知犯错,连忙找补:"不是……就是先打听打听……没别的意思……"

既然选择了做好人,可凡索性凛然道:"父母之恩,涌泉相报,咱俩是夫妻,你的难处就是我的难处,房子、钱都是身外之物,如果舍掉这些,能换回妈的阳寿,也算值。"

尉迟涕零。

许可凡伸手示意停,又道:"现在要考虑三件事,一,找买家,同时要有能主事的中间人,愿意担保,毕竟现在卖,房产证也不能立刻过户,不是容易的;二,如果卖了,咱住哪儿,得提前筹划;三,将来菲菲上学怎么办?好学区就不指望了,但我们起码要让孩子在合适的年纪进入学校,不能落后,你要对你妈负责,我是菲菲的妈,我也必须对她负责。"

尉迟忙说那是肯定的,都在考虑,一定安排好。

可凡开始收拾碗筷了,端到厨房,一股脑丢进洗碗池,碗盘似乎也发出抗议,当啷一声。尉迟跟着进来了,关好厨房门。可凡懂,又是老伎俩,不是苦肉计,就是美男计。她打开水龙头。尉识从背后拘住她,嘴巴伸到她耳后头,呢喃:"千金散尽还复来……我辈岂是蓬蒿人……老婆……你相信我……以后我一定给你挣回来……我就是拼了命我都得对你好……"

听听,这都啥词语。你辈岂是蓬蒿人?屁!就是!能干早干出来了,谁会把希望寄托在三十好几的程序员身上。倒是四个字正扎到她心上,对啊,真是"千金散尽"啊!许可凡闭上眼睛,四大皆空。

尉迟又吻她脖子。

许可凡推开了,实在没心情。她纠正他道:"你不是为我挣,你是为你自己、为你女儿、为这个家挣。"

尉迟脖子缩回去,沉默以对。

可凡又说:"中秋我就不跟你回去了。"

尉迟当然、只能、必须同意。

遇到这么大难事儿,可凡想家了。可是,她心里清楚,这事儿不能跟老爸老妈讲明。一旦挑明了,二老没准会让她跟这一小嘎儿离婚。只是有些事爸妈都不清楚,这世上恐怕只有毛文媚等几个闺密晓得,尉迟寅,不但是可凡的原配丈夫,还是她的初恋。因为样貌欠缺,大学乃至研究生期间,许可凡的情感世界一片空白,堪称不毛之地。某种意义上,她觉得是尉迟拯救了她。他是一滴水,让大地长出了苗,仅凭这一点,许可凡也不肯轻易放手。她一直以为骂归骂,嫌归嫌,她跟尉迟,还是会白头到老的。尉迟寅刚走出厨房,客厅手机响,他第一时间去看,并转头告诉许可凡,说是桑嫣打来的。

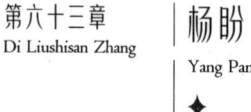

第六十三章 杨盼
Di Liushisan Zhang · Yang Pan

杨盼敲了一下收银台桌面。

实诚问:"你去哪儿了呀?"

杨盼道:"跟崔姐走了一趟。"

她要水。实诚把茶杯递给她。杨盼牛饮了几口,两眼放光。实诚看出来不对,问:"咋回事儿呀,别慎着了!说吧。"

杨盼重重出气:"愁。"

实诚问:"宁红跟老吴掰了?"

杨盼一怔,转而道:"谁有空管他们。"

"到底啥事儿?"实诚着急。

"好事儿。"杨盼还卖关子。

实诚要忙别的去,杨盼偏叫住他,笑呵呵地说:"我得感谢老天。"

"咋?"

"老天给了我一个好婆婆。"她美滋滋的。

实诚错愕。他老妈做了眼睛手术,已经送回老家。杨盼继续:"或者说,有一个身体健康的婆婆,那等于积了八辈子的福德。"

"妈身体也不好。"实诚实话实说。

"没大病就是好。"

"那是。"实诚承认。

"假如,"杨盼切入畅想,"我是说假如,"吸一口气,"妈得了不治之症。"

"瞎咒啥呢。"实诚朝地面啐道。

"就打个比方。"杨盼两手叉腰。

"说重点。"实诚有点不耐烦。

杨盼继续:"假如你妈病了,很重,治疗必须用特效药,国外进口的,很贵。"

"然后呢?"

"然后你没钱,"杨盼语速加快,"我也没钱,家里所有的钱都使上了,山穷水尽毛儿都没有了,就剩一套房。"

"哪儿的房?"实诚问。

"你别管哪儿的房,反正就一套房。"

"归谁?"

"废话,归咱俩。"杨盼斥道。

实诚顺着说:"然后就必须卖房?"

"答对了！"杨盼激动。

"这又不是啥好事儿，房子卖了，住哪儿？"

杨盼忽然小声，有点偷偷摸摸地说："可凡婆婆现在就病到这地步了。"

"她要卖房？"实诚反应快。

杨盼微笑，点头。

"她那房能卖吗？"

"咋不能卖？"

"本身就是福利房，上次听尉迟说，好像还没到年限。"

杨盼手指敲桌面："死脑筋，没到年限卖期房呀！"

"啥期房？"

杨盼说开了："比如，先付一部分，等年限到了，房产证转过来了，再付一部分，跟中介卖房一样。"

"谁当这个中介，链家接吗？根本就不合规。"

杨盼急："找能说得上话，德高望重的人担保呀，而且还有法律手段呀，合同都拟好，一条条一款款，清楚明白了就行，何况又是熟人，可凡是公家的人，还怕她跑了不成？"

"咋个，你想买？"实诚吊着口气，把手中的计算器推远了。

"怎么，不许啊？"

"钱呢？"实诚直问到她脸上。

"钱的事儿你别管。"杨盼有底气。

"许可凡找你了？"

"你别管。"

实诚啧一下："什么都不让管，那你说了干吗？"

杨盼道："我这不是跟你分享喜悦嘛。"

实诚憋了一会儿，才说："反正，燕郊那套不能卖。"

杨盼直言："我也没打算动。"

"那哪来的钱？"又绕回来了。

"凑呀，我的大老爷，你不动弹，钱不会长腿跑你跟前吧。"

"去哪儿凑？"实诚问到底。

"这么多朋友，都白处的？"杨盼意气风发，"不是跟你吹，我扫手就能借到一百万现钱你信不信？"

实诚望着老婆，像不认识似的，半晌不说话。

"不信。"

杨盼哎呀一声，掰着手指头算："软装项目是不是要进一笔？"实诚接话："那还得维持运营呢。"杨盼不容他多说："老桑那儿，老高那儿，濮总那儿，还有那么多朋友，都可以凑一点，可凡那房子是降价卖，比她当初买的时候贵不了多少。"

实诚还是踌躇。

杨盼用指甲盖戳了一下他胳膊："我可跟你说，这可是一千年一万年都遇不着的好事，是捡一个大漏！必须下手快！"翻白眼，"万一还没成交她婆婆就翘蹄子了，那立马就没戏，咱就错过了在北京买房的大好时机！你不瞅瞅现在这房价涨的，跟坐火箭似的，现在不下手，只能等下辈子了。"

"能行吗？"实诚苦着一张脸。

"咋不行？"杨盼很有信心。事实上，老桑给她来电话说这件事的时候，她第一感觉就是：有戏。关键老桑靠谱，又有高律师在其中斡旋，手续只是时间问题，到时候找老桑公婆还有刘宪魁作保，她暂时只需要付一半的钱。她手头的存款当然不够，但老桑还说了，她也帮忙想想办法，那就更有戏了。杨盼打心眼里觉得，当初帮老桑隐瞒了一点小情况，真值！滴水之恩，人家当涌泉相报，处处为她考虑。

秀秀做完作业，从储藏间出来，杨盼问吃了什么。秀秀说爸爸买了炒饼。杨盼对实诚说："也稍微弄点有营养的，孩子长身体呢。"道路施工，日夜吵嚷，秀秀还是跟着实诚住在店里，杨盼一个人回家。不过，今儿步子都比往日轻快些。谁能想到会有这种机缘呢，真算她杨盼走了大运了。老桑说得对，房子买了，心就定了，将来再考个什么逻辑学、政治学的研究生，出来看能否混个户口，再不济，没户口，工作上也能再上层楼。她在北京的日子，就好过了。

哎呀！美！

哎呀！乐！

哎呀！她杨盼怎么还能有这光景！回到家，杨盼就稀饭，胡乱吃了两块肉龙，桑嫣来电话找她。她二话不说，到楼下超市买了一盒最贵的月饼，便往五号别墅去。

崔姐开院门，说太太在二楼。杨盼递过月饼，又问先生呢，崔姐说先生和伊若都还没回来。杨盼急忙往二楼去，桑嫣正歪在贵妃榻上敷面膜，人来了，她便起身揭了，又去洗了洗脸。

老实讲，连杨盼都很少看到桑嫣素颜的样子。冷不防撞见，她还是有点吃惊，素颜的桑嫣，苍白，憔悴，也有点显老了。她发现桑嫣几乎没什么眉毛，黑眼圈也比较严重。卧蚕是梅婷式，多少有点金鱼眼。不知道为什么，不带妆的老桑竟显得有点凶，像鬼片里的一号反派。

杨盼坐过去，靠近了。桑嫣坐榻，她就坐小椅子，视线比老桑高，杨盼要稍微弓着腰才方便说话。桑嫣开口："钱的事你别着急，我再帮着想想办法，家里老人病，现金也紧，不然我直接拿给你就完了。"杨盼忙说不着急。桑嫣叮嘱："可别说是我借的，两边都是亲。"杨盼表态说对外就说是老家人凑的。桑嫣道："其实是好事儿，她要卖，你打算买，都解决了难题，低调点儿，主要是保护可凡的自尊心。"杨盼迭声说是。

桑嫣感慨："真是，你心愿要达成了，有个窝，就算在北京落了脚生了根儿了，盼，为你高兴。"

杨盼整个人微微颤抖着，桑嫣身居高位，还能认她这个朋友，还愿意两肋插刀，真不枉相识一场。

桑嫣再加一把火："像咱这样，一起长大知根知底的铁杆儿，以后真没有了，什么是朋友，可不就是相互搀扶着往前走嘛。"

杨盼要哭了。一直以来，她钻窟窿打眼地想帮桑嫣的忙。就生宝宝这事儿，她陪崔姐去五环外的私人医院看过，也见过志愿者，但后续都没声音了。杨盼还去蓟县帮老桑找过名中医，开了方子，药吃着。她真期望有朝一日能听到老桑有喜的消息。杨盼在心里默默祷告，老桑这么个好人，老天爷，你就开开眼吧。

崔姐上楼，手里什么也没拿。杨盼记得，往日来，每回崔姐出现手里都会端着个东西，要么是茶碗，要么是汤碗。

桑嫣问什么事。

"许法官来了。"崔姐答。

"哪儿呢？"她问。

"楼下等着呢。"崔姐又说。

桑嫣没让带上来，又让崔姐先下去，说她一会儿就到。杨盼张皇，这个微妙时刻，在老桑这儿碰到可凡总不太好。她当然清楚房子在老许心中的分量。人家这次卖房，等于壮士断腕，心情不会好。杨盼刚要开口，桑嫣转身道："你搁楼上待会儿，她走了你再走。"

还是老桑周全。

桑嫣简单描了几下眉，下去了。杨盼坐在房里，门开了条缝儿，出门就是楼梯，她侧着耳朵，好歹能听到楼下客厅里的谈话。先传来的是老桑跟可凡的寒暄。听声音，老桑对可凡比对她杨盼热情。

能理解，策略性的。许可凡正伤心着呢，老桑是用热情把人稳住。

桑嫣随即叹息，道："让你再等等你非不干，到年底，家里的账都收回来，怎么也能弄一点给你。"

可凡声调沉稳："决定了的事，不等了。"

桑嫣说："知道你好强，真怕伤了你的面子。"

可凡苦歪歪："都到这步了，还什么里子面子，我现在只图给钱爽快，是正经买家，担保人可靠，合同规范，其余的不多想。"

桑嫣提气："别人的事，我绝对不会多，你的事，我豁出去，找我婆婆担保一把，让老高也盯紧点，给你办利索了，"又笑，掩饰尴尬，"你自己就是法官，就在法院工作，还怕人跟你打官司呀。"

可凡道："我又不是法。"

话停在这儿，跟着就没声音了。杨盼竖着耳朵听了好久，以为可凡已经离开，她悄悄走出房门，在二楼楼梯口探头看看，却发现老桑和可凡还坐在那儿。

一声不响。

杨盼赶紧回缩，到房间里等。瞧这意思，许可凡还不知道买家会是她杨盼。唉，多少有些尴尬。不过有老桑在中间周全，好歹放心。送客到院门口，老桑折回头，上楼通告杨盼。

杨盼已经迎出来了。

桑嫣刚踏上二楼楼板，突然尖叫，样子跟世界名画《呐喊》似的。杨盼吓得差点没站稳。崔姐连忙上来了，问怎么回事。

桑嫣指着楼道尽头方向："趴了个蝙蝠！"

杨盼听得一愣一愣的。

崔姐倒不怕，大刺刺走过去，推开窗，那东西果然扑啦啦飞走了，好像是蝙蝠。"北京怎么会有蝙蝠呢？"杨盼错愕。多少年没见过这东西了，真见了鬼了。

第六十四章
Di Liushisi Zhang

桑嫣
Sang Yan

◆

过节像过关。

对桑嫣来说，过去如此，现在尤其是。

今年中秋，家外的一切事务她都必须放下，就忙家里。节前两三天，她跟宪魁就搬回了市区，严阵以待。留了崔姐在五环外陪宁红。老宁伤势一天天好转，但情绪很不稳定，身边缺不了人。走之前，桑嫣又叮嘱文娉、杨盼多照看点。"别出事。"她留下这个三个字。对，就是这三个字，这就是她的中秋愿望了。

公公从医院接回来了，几乎不怎么认人。大夫说老爷子小脑萎缩得厉害。不过不管家里人还是外头人，却几乎没人点破，老爷子一到家，就是一派热闹景象，繁花着锦烈火烹油。座机响个不停，访客来个不停，她婆婆恨不得一天招待两三拨客人。就连老爷子在外地的老战友，都坐着轮椅来京探访，和桑嫣婆婆畅谈往昔。

宪魁、伊若偶尔配合着出现，寒暄几句就撤退了，桑嫣不行，她必须全程陪同。她现在是婆婆的左膀右臂。她能感觉出来，趁着大节，婆婆在给她"输血"，家里的这些人脉，能拿多少拿多少，冷不防，桑嫣竟还感觉到一丝托孤的意味。宪魁鲁莽，伊若任性，将来老人走了，这个家的掌舵人只能是她。

有客人对着老太太夸她："优秀！大气！能干！"也有人嘴巴说歪了，偶尔蹦出一句："就差个孙子了。"婆婆顿时脸上飘过一丝阴云，但仅仅过了零点零一秒就云开雾散了。客人看不出来，桑嫣却能捕捉得到。说真的，她真心觉得愧对婆婆。可是，这种事，只能做，不好说，是结果导向的。没有结果，说什么都是徒劳。

老太太在书架前理书，桑嫣跟身后站着，毕恭毕敬。婆婆爱书，说读书不但能增长智慧，还能积累福德。时常耳提面命，教育儿女。桑嫣受到熏染，婆婆推荐的书，她是肯定要读的，摆在床头，时不时就要读上几段。公公祖上是安徽人，大别山出来的。婆婆祖上河南，世居南阳。婆婆尤其喜欢读南阳的地方志，大到市志，小到区志，她都爱不释手。

老太太还有个观点，她始终认为自己是商朝人的后代，血统纯正："全中国只剩两个地方属于古人种，不是混血人，一个在胶东，一个就是南阳。"每当说到这个，婆婆表情总是很骄傲。桑嫣只敢听，不敢接话。这明显是个雷。血统纯正，结果呢，没人传宗接代，那不很尴尬嘛。

住家保姆说银耳粥准备好了，老太太放下书，挺直腰板子，走到卧房去。

桑嫣跟紧了。

粥已经摆在床头柜上，桑嫣不敢自告奋勇。给公公喂饭是个光荣职责，婆婆乐得承担。桑嫣呢，只能站在一旁，负责递个纸，送个水，说说话什么的。不得不说，看喂饭的架势就能看出，婆婆对公公那是真有感情呀！老太太半蹲着，勺子送得高高的，不让老头费一点力，她自己胳膊却夹得紧紧的——要知道，老太太也是癌症病人！化疗几次，腋窝下的伤疤始终难以痊愈。可是，面对更加衰弱的公公，老太太就立刻坚强起来。稳住，挺住，撑住！她就是全家的定海神针。那眼神，深情凝望，那是真有感情啊！夫妻几十年，夫唱妇随，他们早已经融为一体。

桑嫣羡慕，她和宪魁暂时还做不到这样，宪魁是好，可她总感觉他们之间还隔着点什么。喂完粥，老太太又转回书房。难得上午家里没人，她让保姆把电话线掐断，多少年，刘府用的都是那个幸运的座机号码。

桑嫣垂手而侍。老太太转过身，递过来一本《慈禧传》。桑嫣赶忙接了。老太太说："家里这一摊子，你要尽快管起来。"桑嫣头皮过电，注意用词，过去是说"慢慢"管起来，现在变成"尽快"了。她唉了一声。老太太继续说："不过慈禧就是再能干，也不能自己坐到前头去，一个家，老娘们再泼辣，也不能没个爷们儿。"

"妈，您放心，我肯定好好辅佐宪魁。"桑嫣毕恭毕敬。老太太一笑："他我是不指望，"间隔一秒，"只要能安安稳稳有口饭吃，踏踏实实本本分分过日子就行，"伸出一根手指，对着桑嫣所在方向，"到什么时候都要夹着尾巴做人。"

桑嫣悄声说记住了。不过，婆婆明着说是说宪魁，暗着，最终意图恐怕还是落在第三代上，不指望宪魁，那肯定是指望孙子了。桑嫣难受。但眼下又不适合表忠心，这玩意儿，就算你立了军令状，肚子不争气，还是白瞎。她只好静静站着，当一个听话的好儿媳。

老太太又递过来一本《历史深处的忧虑》，桑嫣接了。老太太话锋一转："回头德庸来，你再跟他沟通沟通。"

德庸就是老濮，是老太太的干儿子。桑嫣明白，跟老濮沟通，自然是伊若和小濮的事了。只是，小妹的脾气……她自己如果想不通，那这事儿就实在难办……桑嫣笑着说："妈，小妹这边儿……"欲言又止，"最好还是水到渠成。"

老太太陡然发急："等她水到，渠都拆了！"

桑嫣连忙闭嘴，她很少见到婆婆这样——老太太一贯优雅、从容，她讲究的是内功，狠劲不能狠着使。雷电一闪，老太太及时收功，雨并没有下来，她轻声道："你爸爸的情况，你也看到了。"

"是……"桑嫣声音更小。

婆媳俩跟做情报工作似的。桑嫣明白，老太太更明白：老爷子恐怕没有多少光景了。催促伊若出嫁，一是让长辈放心，二也是冲冲喜气。换句话说，等老爷子不在了，濮家还愿不愿意跟刘家结亲，都未可知。桑嫣脑中纷乱，看着书架出神。

婆婆递过来一只大信封。桑嫣忙接过来，没立刻打开，她看出婆婆有话要说。老太太声调低沉，嗓音却十分悠远，有穿透力："给你们仨一人上了一份年金保险，保到一百零六岁。"什么？！桑嫣顿时血冲脑门，心肝肺肾都好像绞在一起，一句妈妈刚叫出声，眼眶就已经红了。什么手笔，什么胸襟，什么眼光，相比之下，她送给婆婆的包包就显得小气和不用心了。

桑嫣竭力稳定情绪。

她婆婆道："你到了这个家，我就把你当女儿看，宪魁心大，伊若任性，家里以后还是要看你。"

桑嫣哽咽应答，一方面感觉欣慰；另一方面，又觉得责任重大压力暴增。她在心中默默祈祷，孩儿，你快来到妈妈身边吧……这个家，需要你。她嘴巴里刚吐出个我字，她婆婆便说："没事儿。"逼得桑嫣更是不得不表态了："妈，为了咱家，我什么苦都能吃。"

保姆轻轻叩门说客人到了，老太太拍了拍桑嫣手背，挺直腰杆子，强打精神，出去了。客厅传来喧闹声，客人见了老太太激动。桑嫣跟上，旁观着这份热闹，总觉得其中暗含着忧愁。

老爷子上桌也不大吃饭，中午这顿，老太太的意思是从简。伊若跟宪魁去拜会几个重要朋友，在外头忙了一天。所以，全天的重点落在晚上。年年中秋月夜，只要天气条件允许，一家多半会去颐和园赏月。今年赶得巧，晴空万里，月亮是铁定露面了。桑嫣早早安排好了行程，天一黑，就开车往颐和园去，先在旁侧别院会所落脚,吃些茶点,等月亮升起来了,便进园赏月。

老太太向来好客,年年中秋,都必然邀请三五好友一起。今年也不例外,只是她重病在身,不能再玩摄影,拍月亮的活儿,只能让给朋友们了。伊若没朋友,只叫了濮杰——她不叫,桑嫣也得叫。宪魁带了处寒。濮德庸还在哈尔滨出差,赶不回来。空出几个名额,桑嫣叫了文娉、杨盼两个人。叫杨盼,是因为崔姐不在,杨盼办事周全,好歹能照看点。叫文娉,一来给老高面子;二来,毛文娉现在是公务员了,进了这个圈子,这天来的人里头,有区里的要员,桑嫣也有心引荐,把人脉盘活。

吃好月饼,喝完茶,月亮上来了。

桑嫣、宪魁招呼大家进园,往湖边长廊去。桑嫣扶着婆婆,宪魁推轮椅,全程护卫老爸,杨盼紧跟在桑嫣后头,提着宫灯,宪魁文娉伊若濮杰等人尾随。到长廊,长枪短炮架好,摄影爱好者们开始大显其能了。

月亮愈发升得高了,清辉漫洒,落在湖面上,好不清雅。众人拿手机照了一通。风从湖面吹来,些微发冷。老太太连忙让人把毯子拿出来,给老爷子盖上。

抬头望月,没有人说话。终于,老太太感叹:"太快了。"逝者如斯夫。她走过去,微微弯腰,牵着老头子的手,桑嫣从后背望,蓦地感动,几十年如一日相濡以沫,一辈子就这么过来了,贫穷也好,富贵也罢,有个人这么守着,似乎这一辈子就很值得。凝望着公婆的背影,她忽然理解了什么是夫妻。夫妻相当于战友。流水般的日子磨掉了激情,甚至爱情,但留下的,却是恩义深情。这辈子,你搭救我,我搭救你,共同度过。

右肩一沉。桑嫣转头看,一只手搭在她肩上,再一转头,哦——是宪魁靠近了。他搂着她。桑嫣心头一暖,往日的所有委屈似乎都瞬间雪融冰消,不存在了。她跟宪魁,虽然谈不上多么相爱,可是,还有公婆这条路可走,能相互扶持一生,谁又能说这不是爱呢。

慢慢来吧。

往旁边望望,伊若正对着月亮,双手合十。桑嫣笑问:"小妹,许的什么愿?"

伊若忸怩。

婆婆接话:"不用说,肯定是希望自由自在没人管。"

伊若笑道:"还是妈了解我。"老太太呵呵笑,又转向濮杰,"小濮也许一个。"濮杰慌忙对月鞠了一躬,手握胸前许了。

333

没人问他的愿望。

老高提醒:"小濮,箫呢?"老太太问什么箫。高处寒解释说小濮带了箫来,伴着这月夜吹最好。老太太来了兴致,连忙让濮杰表演。桑嫣只知道濮杰会吹萨克斯,没想到还懂箫,呵呵,仅凭这一点,就不晓得比那个毕家锁好多少倍。

少顷,濮杰果然从背包里拿出一支箫来,表演一曲《桃叶渡》,曲子本身有点小忧伤,再配上这月夜景致,一行人都有些心神摇晃。还没吹完,老太爷连打了三个喷嚏,桑嫣怕老人吹着风,老太太也说有点疲乏,赏月活动便结束了。

第六十五章 宁红
Di Liushiwu Zhang　Ning Hong

◆

宁红又过敏了,突如其来的,西药怎么都不管用。去针灸拔罐吧,她这个样子,断壁颓垣的,条件实在不具备。崔姐建议打120,宁红不同意,一来,医院去够了,没用;二来,上次住院也是过节,这次再去,实在没好彩头;三来,这回复发得不算严重,尚且可以忍。从上午挨到中午,没严重也没减轻,崔姐想了个辙,拿艾草煮水,帮她擦拭。别说,立竿见影!果然舒适些。

望着满头汗的崔姐,宁红一面感激,一面又觉得老桑实在幸运,从哪儿找这么个保姆,各种周全。

她笑着问:"老桑一个月给你开多少工资?"

崔姐打太极:"钱不是主要的,关键太太人好,知道体恤,我干了多少家了,没几个能比上太太的。"

宁红过去不服桑嫣,如今遇到事,老桑忙前忙后,她出院后更是直接请到家里过渡,宁红打心眼儿里感激,听崔姐这么说,她也感叹:"要不怎么说老桑有福气呢,都是自己积的。"话赶话到这儿,两个人竟你一句我一句又夸了桑嫣几分钟,跟演戏似的。

好话说完,宁红才换话题,问崔姐家里还有什么人,过节怎么也不回去。崔姐把家里的情况说了,包括三个女儿各自成家,北京的亲戚偶尔走动,等等。宁红心有戚戚,叹:"养孩子有什么用?我摔成这样,女儿来看我几眼?"崔姐劝说小孩子还不是听大人的。宁红顿时紧张,她真怕老吴把乃心夺走,恨道:"反正,大人走可以,孩子得留我这儿。"

崔姐轻描淡写:"有妈肯定跟妈,宁要要饭的娘,不随做官的爹。"

宁红惨然:"你都听说了吧。"

崔姐小声说了解得不多,只是大概知道。

宁红正准备诉苦,有人按门铃,崔姐起身出去,过了一会儿,拎了盒月饼回来。宁红问是不是个男的,打窗口望下去,感觉有点面熟。崔姐说是她娘家外甥,过来看看她,她有事,就没留。宁红问什么事。崔姐笑说:"受人之托,忠人之事,八月十五我把你照顾好就行了。"宁红感动得眼眶都要红了。

崔姐问她想吃什么,宁红想了想,说馋小眼睛带鱼。

崔姐笑道:"真是不一样,带鱼还分大眼睛小眼睛呀。"宁红说小眼睛的肉细些。崔姐却不建议吃,说海鱼是发的,她正过敏。宁红笑道:"那就只能你做什么我吃什么了。"崔姐问莜面鱼鱼吃不吃。宁红说:"那不是张家口特色吗?"崔姐敷衍说也不晓得是哪儿的特色,走南闯北那么多年,自己都快成没故乡的人了,胡做胡有理。

月亮爬上来了,又大又亮,跟宇宙的吸顶灯似的。宁红坐在轮椅上,桌子上摆着莜面鱼鱼,还有大菜锅里煮的饺子,一锅出那种,闻着都香。月饼切好了,上面插着牙签儿。宁红感叹,将来自己发了财,一定要请个崔姐这样的老嬷嬷陪着——丈夫没了,女儿走了,好歹还能有个人在左右。心里想多了,从嘴巴里溢出来,宁红声调悠长:"男人有啥用,娃儿有啥用,到最后,还不是剩自己个儿,偏偏女的都活得长。"

崔姐笑,把莜面鱼鱼夹到宁红碗里:"能有还是有,实在没有了,再说没有的话。我命苦,你们跟我不一样,你们都是有自己的事情,有自己的奔头,我是过一天算一天。"

宁红抬头看看窗外的月亮,捏一小块月饼送嘴里,嚼吧嚼吧:"还是过去过节好,以前那月饼,带青红丝的。"崔姐补充说还有冰糖。宁红忙说对对,又说:

"以前过节，不管有月亮没月亮……"

说不下去了，她不想提老吴，可连她自己都没办法否认，在她过去几十年的生命中，吴冠军愣是占了老大篇幅。躲都躲不掉。崔姐却跟能看透人心似的，顺着说："十年修得同船渡，百年修得共枕眠，既然成了夫妻，将来不管咋样，都念着点彼此的好就完了。"

宁红苦嵗嵗地说："都这样了，我还念着他的好？"

崔姐沉吟片刻，才道："姐不是劝和，"咂吧一下嘴，"这种事儿怎么说呢，就得想开，"她放下汤勺，"男人就是个钥匙，一把钥匙，有时候能开好几把锁；女人就是个锁，一把锁，只能配自己那把钥匙，要是什么钥匙都能开，那就不叫锁了。"

宁红反驳："你这是老思想，陈旧，两个人在一块儿，忠诚是第一位的，这个没得商量。"

崔姐笑笑："那你打算咋着？"

宁红沉默。

崔姐继续："就算河边走路湿了鞋，那也分好多种情况，哪能一棒子打死，如果是露水缘分，天一亮太阳一出来那就没有了，散了就是散了；要是有一点感情，也还是能回头；如果感情比较深了，也还有办法扳回来；要是两个人已经到合二为一……"她把两根手指比在一起，"糖稀跌进面盆里，那就……"

宁红懒得听下去，拦话道："随便吧！爱咋咋的，只要他愿意净身出户，我随时签字！"

门铃又响。崔姐起身去开，这次来的却是个熟人。许可凡空着手来了，她来找老桑。宁红邀她坐，崔姐收拾碗筷，把空间让给她们。

宁红问："尉迟呢？"

"回老家了。"

"菲呢？"

"也跟着去了。"

宁红猜到许可凡多半因为婆婆的事不痛快，便不往那上面问。谁知可凡自己却道："有什么别有病，没什么别没钱。"宁红凝望着许可凡，这一向，她瘦多了。双颊没肉，脸抠抠着，眼窝子也凹，本来就不算美女，现在竟有点穷苦相。

她打心眼里心疼可凡，安慰道："只能顺其自然，别想太多，你看看我，就会觉得自己还算不错了。"

许可凡拉着宁红的手道："你说女人结婚生孩子干吗？"宁红笑，巧了，她刚跟崔姐讨论过这个话题。"犯贱！"宁红总结。许可凡双目黯淡，跟窗外天上的圆月形成巨大反差，她把宁红的手捉紧了，像溺水的人抓住绳索似的，然后一字一顿地说："我准备卖房。"

宁红怔住。五个字，信息量巨大。她得过一阵才能回过味来。卖房，那肯定是缺钱；问题是，她那房子能卖吗？宁红有心帮忙，紧着说缺钱找她。可凡婉拒。宁红又问售卖资格的问题。可凡把具体情况跟她说了，包括解决办法，以及老桑和刘家做居间人。

宁红不吭声。既然老桑肯出手，那想必稳妥。她不好再说什么。许可凡又道："你猜买家是谁？"

"谁？"宁红问。

"认识你。"

"哦？"

"也认识我。"可凡吞吞吐吐。

"直接说名字。"

可凡又别扭了一会儿，老大困难似的，最后才终于说出那两个字：杨盼。宁红吓了一跳。可凡卖房，已经令人错愕，杨盼接盘，那简直是小说了。

"你确定？"宁红反问。

许可凡说确定，老高说的。

再度沉默。

半晌，宁红才说："你要卖，她能买，也是好事。"可凡苦笑笑。宁红眼见着，当然能理解许可凡的那种百感交集。过去，在"六瓣花"里，老桑是第一梯队，这个不用说了，她跟许可凡，属于第二梯队，毛文娉第三梯队，杨盼和于曼蔓当属末流。现在好，才多长时间，杨盼竟不知不觉翻上来了，三十年河东，三十年河西呀！不不，都不用三十年，三年，天就已经变了。

就这么快！

可凡叹："要男人有什么用，离掉算了。"

宁红劝："既然决定卖房了，那尉迟就欠你个大人情，后半辈子,他只会对你好。"顿一下，又补充，"我才应该离。"

可凡惊："想好了？能不折腾还是别折腾，换一个，有分别吗，天下乌鸦一般黑。"

宁红快速接道："我这不叫折腾，叫自卫反击。"

咚的一声，一楼西边窗户响，像有人砸什么东西过来。宁红忙喊崔姐。崔姐洗了手过去看，许可凡也跟着，打开窗，窗台上躺着一只蝙蝠，已经没气儿了。可凡不敢看第二眼，崔姐连忙拿簸箕扫帚处理。等告诉宁红，宁红脸色惨白。她问可凡："听说老桑她们回学校的事儿了吗？"可凡说听说了，也是遇到蝙蝠。

崔姐又道："前一阵，家里也来过一只。"宁红忙问怎么回事儿。崔姐把家里进蝙蝠的情况说了。等崔姐出去勘查院子，放老鼠药，宁红才问可凡："你不觉得有点奇怪吗？"可凡两手抱胳膊，缩着。

宁红继续分析："来了好几次了，而且你看看咱们一个个的，曼蔓那画家男人，死在饭桌上，老桑怀不上孩子，我遇到这事儿，你要卖房子，下一个估计该轮到文娉或者老杨了……"

可凡嫌瘆人，让她别再说下去。

宁红道："我就怀疑是不是有人给咱们下咒或者干吗了。"

可凡反问："下降头？"

宁红惊叫，说真有可能。可凡猛咳嗽，又说见怪不怪，其怪自败。

许是因为受了惊吓，当天夜里，宁红的过敏症发得厉害，崔姐半夜起来用艾草水帮她擦拭，她说宁红这是湿毒大，建议用拍打法排毒。宁红抱着试一试的心态，让崔姐给她治疗。崔姐不含糊，她让宁红拍在床上，她呢，拿起经络拍痧棒，跟行刑似的，一下一下朝宁红背部膀胱经猛砸，好像舒坦点儿了。宁红轻轻呻吟着，说不清是痛苦，还是享受。

第六十六章 于曼蔓
Di Liushiliu Zhang　Yu Manman

◆

房开好了,一人一间。

曼蔓刚洗完澡,濮德庸就打来了。他让曼蔓到他房间一下。于曼蔓神经立刻就紧绷起来了。出差这一路,谈合作,搞参观,忙得快要飞起,她跟濮德庸,始终"相安无事"。不过曼蔓总觉得会有事发生,不然,怎么会只带她一个人来呢。

现在嘛,时间到了。她不是小孩,又在江湖上飘过,当然知道江湖的规矩,说白了,男女之间,不就那点事儿嘛。她怕啥,自打进公司第一天,她于曼蔓就准备好了"献祭"。曼蔓对着镜子,快速收拾了一下头脸——要有讲究,看上去是素颜,但实际上还是装饰了的,曼蔓感觉自己看上去有点老,当然,也可以说是成熟。分跟谁比,跟那些年轻小姑娘比,她当然要老一些,但跟濮总这个年龄段的人比,她还是一朵花呢。不打无准备之仗,出门之前,于曼蔓甚至揣了两只避孕套在兜里。

硬着头皮敲门,心也跟着咚咚响。

濮德庸应了一声。

门开了,曼蔓叫了声濮总。濮德庸叫她进来。他走到电视机前面靠墙的长条桌子旁,拉出张椅子坐下。曼蔓就站在床边。

"一路辛苦了。"

"不辛苦。"曼蔓羞涩。装的,必须装,假亦真时真亦假。

"怎么样,在公司工作,还适应吗?"假模假式的关怀,她懂。

这是序曲。

"承蒙濮总照顾。"于曼蔓很上道。只不过这种绿茶味的声音,她自己听着都难受。

"小于,我发现你能力很强。"

进入第二阶段。

"尽力而为。"曼蔓扬手,捋了一下头发。

"濮杰我不指望,"濮德庸道,"公司日常全靠你。"

"鞠躬尽瘁。"

于曼蔓觉得自己词汇量快不够用了。

"合同呢?"濮德庸问。

什么,曼蔓愣了一下,搞半天才反应过来,哦,合同,他在关心合同。于曼蔓屁滚尿流回自己屋,拿了合同过来——这是他们出差的成果,然后,濮总听,曼蔓读,一条一条过,有存疑或者要改的地方,濮德庸就让曼蔓暂停,标注,两个人协作到快十点才收工。

濮德庸又问曼蔓,季度奖金发了没有,曼蔓连忙说发了。然后就没话了。濮德庸去了趟洗手间,出来,于曼蔓坐在床边,两手摆在膝盖上。

每个动作都是设计好的。

曼蔓猜测,像濮德庸这样有经验的男人,估计直接进入正题了。她打算表现得羞涩一点,男人都喜欢这样。

老濮靠近了。她不看他。说实话,在公司工作这一段时间,她深深地体会到,男无丑相,一个成功男人,看久了,总归会顺眼。就像濮德庸,初看跟江南七怪似的,但仔细品味,竟有点怪味豆般的悠长滋味。

吃的就是这口土菜。

老濮更近了,一股老男人的气息。曼蔓憋着气,她想着万一他扑上来,她究竟是顺水推舟倒在床上好,还是小小地反抗两下,增添情趣。

"还有事吗?"濮德庸问。

曼蔓抬头,老濮居高临下一张脸,长辈式的微笑。曼蔓无措,手都不晓得往哪里放,她匆促起立,眼睛望向地面:"没事儿。"她尴尬笑笑,又指了指窗外,"外面月亮挺圆的哦。"

老濮转头看,窗帘紧闭,根本看不到月亮的身影。

于曼蔓操起合同,夹在胳膊底下,落荒而逃。第一感觉,她觉得自己蠢毙了!是她误会了吗?还是老毕根本就是个正人君子坐怀不乱?又或者,是她凹凸蔓的凹凸根本吸引不了他?人到中年魅力丧失?哦——老天,真他妈该死!曼蔓失魂落魄回到自己屋,先是呆了一会儿,然后扑在床上,把头埋在枕头底下,不行,越想越不是滋味,今儿个不挤掉"金豆豆"下来,她都觉得没法排解心中的惆怅……哭吧……哭……她于曼蔓……怎么就……怎么就把自己活成了个贱女人呢。

王百味来电话了。于曼蔓不肯接，她不想让百味听出自己的狼狈样。可人家偏偏接连打。无奈，曼蔓接了，对面传来老妈的声音。周半芹为躲避主顾，长期关机，只能用王百味的手机跟女儿联系。中秋夜，千里共婵娟，半芹想女儿了。可能是月亮作祟，曼蔓也有点想妈妈。

"咋啦，还哭啦？那边不能待吧，冷嗖的……"半芹道。

曼蔓控制情绪，问："吃月饼了吗？"

"小王给买了。"

"晚上吃的啥？"

"小王做的饭，豆芽炖排骨。"

怎么全是小王。

曼蔓问："妈，我老了吗？"

半芹嘴里好像还吃着东西："跟你妈提老？"

曼蔓又说："想要啥土特产，我给捎回去。"

半芹一时想不起来，让她跟小王说。王百味接过电话，还是那种老干部腔调，问她出差累不累，顺不顺利，跟领导相处愉不愉快。一提到跟领导相处，曼蔓又要哭了，可她必须控制住，呼吸，呼吸，顺气，顺气，她觉得自己别扭都没处说去！濮德庸这么做，就是对她的极大不尊重！孤男寡女同处一室，她这么一个尤物摆眼面前，他怎么能无动于衷呢。

他就应该酒色财气一起来。

她可以拒绝，但他不能心如止水呀！

曼蔓不禁感叹，现在男人都咋了，一点男人味儿都没有。

节后回京，曼蔓调休两天，躺床上一天一夜没起来。周半芹抱怨："不就出个差，坐飞机去滴又不是走路去滴，咋累成这样？"曼蔓答："心累。"第二天，三人围一桌吃火锅，曼蔓精神头才回来点儿。她带回来的大列巴，差点硌掉老娘的牙。

当着老妈和百味的面，曼蔓宣布了一个重要消息，她升职了，现在是副总监，主管公司行政。半芹咧着嘴，一个劲儿说曼蔓能干。王百味有点不好意思，他现在仍处于失业中，一面忙着做自媒体，天天录视频啥的，一面还跑着外卖，辛苦。

曼蔓感叹："也得命里有，我就说我的八字神煞里，有四个太极贵人，天乙贵人、国印贵人，我迟早得翻身，看看，准吧。"

半芹往自己身上揽功劳："还不是我会生。"

曼蔓又说:"我这一步步走的,也是个心惊胆战,中年人的职场退路,就那么几条。"半芹求教。曼蔓乐得上课,道:"要么你就创业,自己当老板;要么就当高管,跟我似的;要么就当自由职业者,像老王这样;要么就干点小买卖,卖个早点啥的;要么干脆退居二线,去后勤啥的干干,那也得有关系;要么就干体力活儿,送个快递,当个保姆,打打零工;要么就在家啃老,胡吃等死,那也得有老的给你啃,人到中年,难呀。"

老家亲戚给她发微信,说要找芹姨。曼蔓才反应过来,问:"妈,您手机还闭着呢?"周半芹说没开。王百味憋住笑。曼蔓看看百味,又对半芹:"要抓早抓了,还等到现在?实在不行,偶尔开开,看看有没有人跟你联系也行呀,干吗搞得跟闭关修炼似的。"

半芹经不住女儿和小王撺掇,终于把手机从包拐角里掏了出来,递给曼蔓。曼蔓开机,信号恢复。周半芹又要重返社交界了。跟着,手机嘀嘀嘀嘀响个不停,定睛看,全是短信息。曼蔓以为是垃圾短信,点开了才晓得,竟全是一个号码发来的,顺着翻,曼蔓惊问:"妈,您是去当保姆还是给人当情人去了,这不对劲儿呀!"

肉麻,深情,掏心窝子,很有点生死相许的味道,这哪里是短信,根本就是情书。这要放过去,曼蔓可能当笑话看看得了,可现在,她刚受过刺激,对老妈的行为那是不满极了——怎么回事儿,她进攻五十多岁的男人一无所获,她老妈却在七十多岁的男人那儿横扫、平蹚?这不成三革驴下蚂蚱,一辈儿不如一辈儿了嘛。

有些话,曼蔓看一遍都能背下来:小周,我离不了你,离了你我就过不好,咱们不能分开,咱就得搀扶着一起往前走……曼蔓也看出来了,老妈似乎也感动了,要不怎么第二天就要去交涉了呢。曼蔓本想阻拦,可百味劝她,别做那棒打鸳鸯的事儿。出于甩包袱的心态,于曼蔓放行,临别前,她赠了老妈一句话:"妈,悠着点儿,感情的事,不能当真。"周半芹口气欢快,透着自信:"哎呀放心,我这行走江湖几十年啥情况应付不来。"

开班之前,曼蔓发现件趣事儿,高处寒到她这儿一趟,却不是找她。他找王百味,说宁红有请。百味颠儿颠儿地去了。回来,曼蔓问他啥事儿。百味道:"雇我当摄影师。"曼蔓问:"拍啥?"百味说:"拍他老公。"

"吴冠军?拍他啥?"

"取证。"

"为啥找你?"

"可能老吴对我印象不深?"

"你接了?"

"有钱赚干吗不接。"

曼蔓好奇,但没直接问宁红。她问毛文娉,文娉说她也不太清楚,估计两方都在取证。明斗告一段落,现在是暗斗。曼蔓问老宁和老吴究竟到什么阶段了。文娉道:"《史密斯夫妇》看过吗?"曼蔓说看过。

"到电影的后半段了。"文娉说。

言下之意,打得一塌糊涂。

开班之后,曼蔓还遇到个有意思的事:她跟房燕又狭路相逢了。一个会,曼蔓去得迟了点,已经开讲了,她猫着身子,找了全会场唯一的座位,屁股刚落到凳子上,一转脸,旁边竟然是房燕。

房燕对她笑了笑,礼貌性的。

于曼蔓笑不出来,牛蹄岭掌掴事件后,曼蔓觉得自己这辈子都不想再见到这个女人了。

背叛。她最不能忍的就是背叛。事实上,曼蔓对房燕的感情有点复杂。刚开始肯定是姐妹情深了,谁知青出于蓝,曼蔓始终觉得是房燕暗度陈仓撬了左总,虽然她后来跟了濮总,也算上船了,但这口气一直出不来。她于曼蔓凭什么就被后浪拍在沙滩上了?老娘还能再战五百年!

当然,于曼蔓更深的怨念在于那种优越感的迅速消失。房燕成长得太快了,快到不符合"职业伦理",她搁北京漂了这么些年才好不容易走到今天,房燕呢,大学毕业才几年,突然就飞黄腾达了。凭啥?!就得教育教育她。

会议结束,于曼蔓还是一脸气愤,她在想着怎么折磨折磨旁边这位,谁知房燕倒先开口了,声音不大,但刚好能传达到曼蔓耳朵里:"打也打了骂也骂了还没消气呢?"

哟嗬嗬。这招狠。打在棉花堆上了是吧。

"别以为粘上几根毛就能飞到枝头当凤凰了,鸡永远是鸡。"曼蔓说话难听。

"姐,我不怪你。"

"我怪你——"于曼蔓咬牙切齿。感觉两个人练的是两种门派的武功。

"怪我什么?"

"江湖有江湖的道义。"

"我有选择吗？"房燕反问。

这一句把曼蔓问住了。

"如果是你你怎么选？"

于曼蔓气吸足了："你可以走，你可以做你的选择，但没必要偷偷摸摸。"

房燕苦笑："还要光明正大的是吗？"

"我就光明正大。"

"您是老江湖了。"

"别，"于曼蔓赶紧否认，"咱俩不一样，"对啊，她跟老濮清清白白，房燕跟左总就大不同了，"我卖的是才华，是能力。"

"谁不是呢。"房燕很稳。

"行啦啊，燕儿，这个圈子谁是什么人谁有什么喜好都是公开的秘密。"于曼蔓道，"真的，燕儿，我希望你好，我希望你长长久久地站在高枝儿上，我希望你有朝一日能在左总旁边捞到个身份。"哼哼笑两声，"别以为自己年轻，有资本，过不了两年就老啦，到时候小心别被扫地出门。"

"谢谢姐提醒。"房燕态度虚下来，"说白了，人各有命，不过将来见面的时候多着呢，姐，我也奉劝您一句，别把路竖起来，咱们也算老相识，比那完全不认识的人总要强点儿，多个朋友，总好过多个敌人。"

"对，咱们是朋友，只要有钱赚，谁都是我的朋友，但是，我的朋友那都走正道儿。"

"我走的就是正道儿。"房燕伸出手，要跟于曼蔓来个握手言和。

曼蔓摇头晃脑，捏了捏她四根手指，迅速回撤。

"回见。"房燕轻轻点头，转身离开。于曼蔓等她走远了，朝她的背影狠狠啐了一口："什么玩意儿，卖×的货！"

第六十七章 许可凡
Di Liushiqi Zhang　Xu Kefan

◆

说也奇怪，这一阵儿，可凡的大脚指甲老往肉里长，她自己不敢剪，只好叫文娉一起去修脚。合同拟得差不多了，是老高经手、可凡审读的。大主意定了，心反倒没那么乱了，跟法院判案子似的，只要判了，就得执行，时间到了你不执行，那就强制。

可凡恨尉迟，可那种恨，又多少有些缥缈，不落地，理性上分析，尉迟是别无选择。她呢，嫁给了他，就跟他绑在了一块儿，必须承担责任；可从感性上论，这责任未免太重！许可凡躺在那儿，脑子放空，师傅说，她这脚指甲发展下去，铁定甲沟炎。

瞧瞧，人倒霉了，指甲盖儿都跟你对着干。

可凡下意识叹气。旁边座儿，文娉侧过脸："运气都给叹没了。"

"我还有运气吗？"可凡颓丧。

"你自己不是说自己还有三十年大红运。"

"有运无命也白搭。"

文娉变着法儿地安慰道："你就想，这是老天爷在考验你们呢。"

"未免太大了些。"

"这就是个共患难的机会。"

许可凡摆摆手："你指望男人能记住你的好呢？宁红啥下场，那可是标准的共患难。"

"所以我不结婚，"毛文娉说，"不结婚，那我就只需要负担自己爸妈，不用负担别人的爸妈。"

许可凡立即道："你想负担也没有，老高爸妈都不在了吧，他唯一的负担，就是个女儿。"又啧啧，"多好啊，父母双亡，有车有房。"

"没房。"文娉较真。

"他那赚钱速度，还愁吗？"

文娉不想谈这个话题，于是继续安慰："反正你就想，留得青山在，不怕没柴烧，"又呵呵道，"你呀，平时铁面无私，轮到自己就心软了。"

"我就是个纸老虎。"

"你就硬是撑着不给，能咋着？"文娉试探道。

"咋着？离呗。"

"不会吧。"

"给了也是离，"许可凡补充，"不给，是他要离；给了，是我要离，反正感觉快过不下去了，等他妈这事儿落定，不管是死是活，我都得让他走人。"

"别赌气。"

"不是赌气，是我心里就过不去，"许可凡发狠，"一夜回到解放前。"

文娉问："他走，谁来？"

"没人来。"脚修完了，可凡蹲坐在卧榻上。

"单着？"

"咋着，你单了那么多年，我就不能单？"

"你跟我不一样。"

"咋不一样？"可凡提着气。

"你有孩儿我没有，孩子得有爸爸。"

"人又没死，离不离她爸不都在那儿，也成不了别人爸，没那么大影响。"

"你就嘴硬。"文娉探着身子轻拍可凡一下。可凡头疼，想加个推拿，主要揉头。文娉说她请。等师傅去倒水、洗手，可凡又迟疑，觉得刚捏过脚，又揉头，是不是有点本末倒置，脚上的晦气上头了。

师傅过来了，许可凡躺好，闭上眼睛。文娉坐在一旁吃水果。许可凡道："我就是没想到，接盘的人是杨盼。"

"是有点意外。"文娉附和。

"乾坤倒转。"可凡声调沧桑。文娉不吱声。可凡又说："娉，这话我也只跟你说。"

"啥？"

"你不觉得老杨有点不对吗？"

"啥不对？"

"走得太快了，这两年，一步一步地，从燕郊挪过来，这都快买房了。"

"是起得快。"

"啥原因？"

"换大运了？"文娉从玄学角度，"走了好运了。"

可凡叹："你不看看老桑帮她都帮成啥样了，又是开店，又是作保，又是介绍人脉、路子。"文娉笑说老桑也帮了她不少。可凡眼睛睁开了："帮你那是顺手，帮老杨那是硬提溜。"文娉说是有点，可能因为看老杨实在困难。

许可凡又道："也许老桑在还老杨人情。"

"她能欠老杨什么人情。"

许可凡猛然歪过头，眼睛直勾勾看看文娉，什么话都没说，却仿佛说了许多似的。文娉缩着脖子，牙签也放下了："不会吧。"可凡突然问："上次你跟老桑回学校怎么样？"

文娉道："还算正常。"

可凡幽幽地问："那天晚上，究竟谁第一个醒的？"

文娉怔了一下，搪塞："都过去那么多年了，谁还记得。"许可凡认为当年老桑可能在这个问题上撒了谎，而杨盼帮老桑做了伪证。所以，才有了老桑如今的"涌泉相报"。可是，案子早结了呀。

许可凡凝望着毛文娉，在几个同学里，她最信任文娉，但那是过去，现在呢，文娉进入公务员系统，没准也成老桑的嫡系了。她这么问，只是想探探口风。文娉又开始拿牙签扎哈密瓜了。许可凡感叹："老桑帮忙，老杨也真敢接着，要我我都不敢。"

文娉问为啥。

可凡说："拿什么还？"

文娉道："也许人家不求回报呢。"

许可凡说："可能吗？不求回报的人这个世界上压根儿就没有。"又问，"老桑现在最愁什么？"

毛文娉低头看瓜，不回答这个问题。过了一会儿，才又跟许可凡对视了一下。两个人都不往下说了，心照不宣——有些事，心里明白就行，嘴巴说出来，就是你不对了。不过许可凡多少又有点佩服杨盼，如果真像她猜测的那样，那老杨可真是能豁得出去。

从按摩店回家，可凡懒得吃了。三块饼干配白水，晚上这顿对付了。她给尉迟打了个电话，中秋结束，爷俩还没回来。不过从菲菲的情绪看，她在奶奶家似乎过得还算愉快。尉迟在电话里什么也没提，可凡明白，这是尉迟的策略。人机灵着呢，带女儿回家，那是战略转移，等到她这边处理好房子的问题，保准人就班师回朝，拿钱，去救他亲娘。

所有体验都太刻骨，可凡觉得自己都快把男人看透了。

房间里都是箱子，二十个大的，十个小的，估计都不够。过渡时期的房子，不对，不能算过渡了，以后，他们一家三口都只能租房——老桑帮忙找好了，也在这个小区。可即便近，那也是连根拔起啊！痛是真痛呀！她的北京生涯，眼看一败涂地！

晚上七点多，高处寒来电话，说要过来一趟。可凡同意了。她明白，老高是送合同来了。她急着要钱，杨盼那急着得房，两边都不想耽误。

老高进门就问要不要帮忙。

可凡爽利，直奔主题："拿来吧。"

高处寒什么也没说，从手提包里拿出合同，道："那边已经签了，你再看看。"他不提杨盼，说那边。这是老高的周全。她现在的确不想听到这个名字。

许可凡道："手头事多，先放我这儿，你明儿一早来，我再看看。"高处寒当即表示没问题，转身走了。防盗门关闭的刹那，许可凡才真觉得上头了，这一纸合同，仿佛是一道符咒，死死把她压在山下……配着这荒凉的夜色，可凡忍不住自怜，她鼻子发酸了。几家欢喜几家愁，杨盼那边，说不定正在庆祝呢。

许可凡瘫坐在沙发上，脑中跟过电影似的，从考研，到工作，到结婚，到买房，她光荣而又艰苦卓绝的奋斗史……全部被打翻了。她觉得自己可能一辈子都再买不起房，除非，她从体制内出来闯，或者尉迟发财……但从眼下看，这两件事的可能性都极低。

迷迷糊糊，许可凡在沙发上睡着了，再醒来，看看手机，才半夜三点，倒头继续睡，却怎么也无法入眠。可凡干脆起来，洗了澡，就在客厅里从天黑坐到天亮，跟等着上刑场似的。清晨六点，洗了澡，又做了早餐，像是跟家用电器还有灶台道别。早上八点十分，高处寒电话来了。

看看，人家已经急不可待了。

可凡让老高上门，她拿起签字笔，唰唰唰签上自己的大名。"行了吧？"可凡问高处寒。"最好摁个手印。"高处寒提醒。正待可凡犹豫，人家已经把印泥捧到跟前了,许可凡心一横,摁吧,杨白劳也就当这一回。

手续齐全,就等着房子到期过户了。老高把合同留给可凡一份,匆匆走了。许可凡感觉自己的心在滴血。力气瞬间没了,她又在沙发上靠了好一会儿,才挣扎着起来,准备上班。

尉迟来电话。可凡接通却不吭声。尉迟一个劲儿叫老婆,许可凡嗯了一声,算作回应。尉迟明白了,试探性问:"卖了?"许可凡反问:"啥时候回来?"尉迟巴结:"马上,等急了吧……"又灌迷魂汤,"老婆你放心,我这辈子肯定对你好,我只对你一个人好……"

许可凡静静听着,她卖了一套房,听点甜言蜜语,不过分吧。她相信现在就算她当场攮尉迟一刀,他也愿意受着。收拾好东西,许可凡准备出门,毛文娉电话打过来。不用说,她是从老高那得到最新消息了。"没事儿吧?"文娉关切地问。可凡心暖,也只有毛文娉关心她了。

她必须坚强,哪怕是装,也得装到底。

"没事儿。"许可凡尽量控制语气。

"面向未来,你没问题。"毛文娉鼓励。

许可凡道了谢,跨上电动车,发动,前进!她许可凡不能被生活打败。

小区外正在修路,机器轰鸣,一大早,外卖员骑着车四处钻。可凡的小车出小区,左拐,斜刺里冲出个穿黄衣服的小哥。可凡刚意识到危险,想躲,那小哥就连人带车直撞上来。她甚至来不及惊叫,便天旋地转地,在半空做了个托马斯全旋,终于正面朝下,摔地上了。

有人围上来了。

可凡还有意识,她能听到声音,能感觉到疼。死了算了,某个瞬间,许可凡竟这样想。永远闭上眼,就不用为房子、为生活、为老公孩子……还有婆婆的病……愁了。

第六十八章 杨盼
Di Liushiba Zhang　Yang Pan

◆

一夜睡得惊惊乍乍，天还没亮，杨盼就起来了。眼睛似铜铃，耳朵像天线，手机放在旁边，她生怕铃声一响，高处寒来电话，告诉她房子不卖了。

好在，早上八点多，老高准时上门，杨盼顾不上邀请他进来，在门口就直接问："咋样？！"老高面无表情："签了。"

猛击掌！成了！

老高递上合同。杨盼看到红手印才想起来客气，说要请老高吃饭。高处寒没接茬儿，他把该交代的事情简单交代了一下，又叮嘱几条注意事项便先撤了。杨盼高兴得道儿都走不稳了，她站在门口给老桑打电话，跟报喜似的："桑……妥了……对……都签了……是啊……开心……多亏你帮忙……太谢谢了……老爷子怎么样……成……我明儿就去看他……"

挂了电话，进屋，女儿秀秀站在门口，抬头看着妈妈。杨盼一把抱起女儿，狠狠地在小脸蛋上啄了一口："秀儿，咱们有新家啦。"

她要把喜悦传递给周围所有人。

秀秀问："妈妈，什么是新家？"杨盼压扁嗓子，用童言童语道，"新家就是咱们自己的没人能赶咱们出来想住多久就住多久的北京的房子。"

这长长的定语，满满的幸福。

实诚起来了。杨盼让秀秀去刷牙，她转头问实诚："想吃什么？"实诚说炸馒头片，又问："行了？"

杨盼晃了晃手中的合同。

"能行吗？"实诚还是忐忑。

"咋不行？"杨盼口气很硬。

"到底合不合法？"

"咋不合法，"杨盼不乐意，"可凡自己就是法官，不合法的事她能做吗，何况不还有老桑一家子在那儿镇着呢嘛，还怕她拿了钱跑路呀？"

"不是这意思……"实诚说不明白。

"你就是抬杠,穷人心态,给你个元宝你都不敢捡,"杨盼强势,"什么叫当机立断,什么叫快刀斩乱麻,一辈子这种机会不会超过三次,都像你,"缩着脖子,蹑手蹑脚,"这犹豫,那彷徨,瞻前顾后举棋不定优柔寡断,那机会,嗖——"手指在半空划过,"一眨眼那就过去了。"

实诚声音小小地说:"就没听过这样卖房的……"

杨盼不乐意了:"合同都拿到手了说这话有意思吗?这不特殊情况特殊对待嘛,一言既出驷马难追的事,咋到你这那个费劲儿。"

实诚换个角度:"不是那意思……"

"那啥意思?"

"咱会不会有点……趁火打劫……"

杨盼气提到嗓子眼儿:"有文化不?懂成语不?知道趁火打劫啥意思不?她不愿意,我们硬来,那叫打劫,现在是人心甘情愿,一个卖,一个买,愿打愿挨,那不叫打劫那叫帮忙!"哼一声,"就那房子,除了知根知底的,外人谁买?卖不掉,尉迟他妈就是个死,我们这是救人一命胜造七级浮屠。"

"你不怕可凡心里不舒服?"

杨盼单手叉腰:"舒服咋着,不舒服咋着,形势比人强,人往高处走,我也不可能永远是人下人,她们也未必就能做一辈子的人上人,谁规定我就永远住燕郊?"说着,杨盼随手拿起玄关旁的痒痒挠,朝实诚背部拍,"挺直了,"翻白眼,"别整天勾头哈腰的,也该咱扬眉吐气了!"

正得意着,文嬥电话打过来了。杨盼觉得奇怪,一大早,文嬥找她干吗,莫非是从老高那得到消息了,来恭喜的?那高处寒的嘴也未免太快。杨盼笑吟吟接了,却得到一个令人错愕的消息,文嬥说许可凡被车撞了,现在在医院,家里没人,如果方便,希望她过去一趟。

挂了电话,立刻换衣服,杨盼飞也似的赶到医院。可凡已扫过 CT,初步诊断,内脏没事儿。杨盼感觉似曾相识,这段时间,宁红摔,可凡撞……这都中了啥邪,到医院竟成常事儿。可凡歪坐在那儿,脸上都是痛苦。旁边站着个穿黄色外卖服的年轻男子,神色慌张。

没有钱场有人场,杨盼上前嚷嚷:"撞哪儿啦?!怎么回事儿呀?!还得了,必须全赔!"一低头,神色顿时柔和,她蹲在可凡腿跟前,"怎么样了,哪儿不对?"

又抬头，啧一声，对外卖小哥，"看把人撞的！"

可凡摆摆手，示意杨盼别对人太凶。护士叫人，医生上班了。经诊断，许可凡前小臂轻度骨折，打石膏挂吊带，建议休息。说实话，这一向，杨盼多少有点躲着可凡，签合同，也是"后不见后"，避免尴尬。现在好，许可凡摔了，她到跟前儿，有些话，杨盼觉得应该明了说。

打好石膏，可凡还要去单位。

杨盼劝："哎呀我的小祖奶奶，就歇两天能咋着。"

可凡说还有案子等着判。

杨盼嚷："你就让那些个犯了事的多蹦跶几天，跑不了。"

可凡苦笑。

杨盼继续说："凡，你这摔了，走动都不方便，要不你就缓缓再搬，放心，钱下午就到账，不耽误你用。"

可凡愣怔怔，好一会儿才道："没事儿，按原计划进行。"

杨盼又大包大揽地说："对家房子，不用请保洁，我就去帮着收拾得好好的，搬家也不用请人，实诚老乡好多就干这个的。"

可凡苦笑："太麻烦人家了。"

杨盼装恼，轻驳："啥人家，人家是人家，我不是人家，跟我还见外。"

可凡面色阴沉，杨盼扶着她往外走。外卖小哥押了身份证，又忙着送餐去了，已经折了本儿，更要奋力挣回来。杨盼叫车，把许可凡送回家。进门，杨盼感觉浑身打了个激灵，不敢相信，这马上就要成自己家了。这小玄关，这小客厅，这小卧室，这小厨房，这小厕所，这小灯，这小画儿，这小地板儿，这小粉墙儿……哪看哪舒服。杨盼还想把话说漂亮点儿，人情做足了，她把许可凡扶着靠在沙发上，又忙着去烧水，自在得跟在自己家似的。

一杯绿茶奉上，杨盼这才敞开了说："可凡，咱姐们儿这么多年，一直热热乎乎，"停顿一秒，"有啥说啥，你要觉得我买这房子你心里不受用，我撤。"

可凡忙解释："瞎想啥。"

杨盼直白白地说："你咋想我不知道，说实话，我是不好意思，所以这一阵我特怕见你，老觉得自己好像是那个鸠占鹊巢了。"

可凡有气无力："千万别这么想。"

杨盼又道："我怕你为难，按说你家有难，我该伸把手，结果呢，咋就还……"

可凡摆手，示意别说这个。

杨盼加重音调："你那个婆婆，真是上辈子拯救银河系了，遇到你这么个孝顺懂事周全善良的儿媳妇。"杨盼还在喂好话，高处寒来了。不用说，应该是毛文娉指派的。杨盼和可凡都叫高律师。

老高让杨盼去上班，他说这儿他能看着。

当天下午，杨盼就把钱付了，根据约定，先付一半，那也是大几十万。她打电话通知可凡。可凡带着笑说谢谢。杨盼听得出来，这笑声有点假。不过她才不管呢，眼下，她最关心的，是可凡两口子啥时候搬。

实诚劝："哪儿就恁着急。"

杨盼反驳："知道啥叫夜长梦多不，老许摔了，万一屁股一沉，变钉子户了，咱咋办。"

实诚道："这不有合同嘛。"

杨盼说："那是你太不了解人性。"不行，她决定再添把火。周末，她找老高要了许可凡新租的家的钥匙，也在这个小区，她打前站，先把房间收拾得窗明几净，然后发图片跟可凡汇报战果。可凡也没让她失望，回复了四个字：这周就搬。都是明白人。到周五，杨盼要让实诚那些个力工老乡来帮忙，许可凡说已经约了搬家公司，婉拒了，杨盼心想，不让帮忙正好，省了人情。

周六上午，可凡家来了个"一锅端"，杨盼、文娉、曼蔓都去帮忙。曼蔓还不了解情况，问文娉："老许什么时候换的房子？房价降了吗？抄底呀！"

文娉说不太清楚。

杨盼也不吭气儿。呵呵，跟于曼蔓，她都懒得解释，反正房子一落定，她在"六瓣花"里的位置就大不同喽，那个老末屎的位子，就永永远远给于曼蔓坐了。她杨盼则跟其他几位并驾齐驱，稳居次把交椅——仅仅比老桑差一点。山不转水还转，也该她杨盼扬眉吐气啦！

上午房子一清，下午杨盼就开始动手了。实诚的老乡们齐上门，找了个翻斗车，两车解决问题。杨盼心情大好，亲自下厨招待——别说，搬家还搬出几瓶老酒来，杨盼看着都喜欢——米酒、红酒、啤酒、白酒，摆成一排，今儿个，她要一醉方休！

都是有量的，一喝气氛就热起来了。老乡们嘴甜，识时务，上赶着把杨盼一顿夸。这个说："嫂，不得了呀，能在北京站住了，这他妈小母牛坐火车，牛烘烘！"那个道："我哥能找到我嫂，八辈子种了大德，妈呀这大房子，你这是小母牛拿

353

大顶，牛气冲天了！"

杨盼笑靥如花，乡亲们的意思，她都明白，不过就是没有一个人说到她心上去，这些人，都是大老粗，张嘴就是牛，缺乏理论高度。杨盼有心给他们上一课，于是她放下酒杯子，款款道："不是所有人都配得上这北京城的，这个你必须承认吧。"

实诚怕老婆牛吹大了，想拿酒堵她。可听众们不愿意，四下起哄，拱杨盼继续。

杨盼伸出手指头："北上广深四个城市，总共一亿人，对吧，"吸一下牙缝，"外地人、租房子的大概一半儿，也就是五千万人，另外一半儿那是真真正正留下来的人，在留下的人里头，还有一半是本地人，对吧，出生在这儿，祖上就有房子留下来的，"摇头晃脑，"那也就是说，真正从外地到一线城市去的，能买房子留下来的，也就是两千五百万人撑死了。"

众人听得愣神。

杨盼醉醺醺的："这两千五百万人里头呢，有一半以上是靠父母买的房子，剩下那一小撮，才是从外地来，靠自己，真正买房子买车，留在这里，那个优秀程度，放到十四亿人里头，就是绝对的前百分之零点五！那就是万里挑一的人才！能进北京站住了，那你在这个社会的总排名，一定是靠前的！"

众人喝彩，敬酒，为排名，为靠前。杨盼还要喝，实诚劝阻。杨盼支棱着胳膊，对着丈夫嚷："我就痛快一把怎么了？！今儿谁不让我痛快，我就叫谁不痛快！"老乡们见状，又是一轮敬酒，一时之间，"牛"声四起，整个小家，热闹得仿佛过年了。

第六十九章　刘伊若
Di Liushijiu Zhang　　Liu Yiruo

✦

小濮刚出院，老爸就住院了，伊若突然感觉焦头烂额。虽然这几年老爸基本一年有半年在医院里，可像这回那么危重，还是头一遭。住院两天，呼吸就不畅了，跟着是无法吞咽。打了几天营养液，院方建议鼻饲，老太太第一个反对，她丈夫革命一辈子，怎么可能不会用嘴吃饭了呢。可耗了几天，伊若妈还是妥协了，人是铁，饭是钢，能鼻饲，总比打营养液强。

逢着国庆假期，哥哥宪魁在外面开会、应酬，嫂子桑嫣要照顾爸爸和妈妈，还要处理别墅那边的事儿。伊若对宁红不满，骨头好得也差不多了，拄着拐杖都能走个十来米了，为什么还要赖在她家？但她没好意思跟嫂子说，天天看到宁红，想起她跟老吴的那点破事，都影响她对婚姻的看法，心理阴影面积有几百万平方公里那么大。

伊若想为家里出力，可不行啊，她得上班。请假，老妈不许。在老妈眼里，工作（革命）永远是第一位的。

所幸，小濮过来伸了把手。

濮德庸到医院看老爷子——伊若妈是他干妈，伊若爸自然就是他干爹了。他对小濮下达指令："你现在就在这儿看着，尽尽孝。"

伊若听了好笑，濮德庸算她哥哥，那小濮呢，就得叫她阿姨了。中午这顿去医院外头的吉野家凑合，刘伊若想要弄小濮，她拿筷子头敲敲他快餐盒边缘："叫阿姨。"

濮杰抬头，蒙怔，一片肥牛还在嘴里。

"辈分，"伊若往详细了说，"咱俩差着辈分呢。"

濮杰想了想，说："那也得叫姑姑。"

"反正我是你长辈。"

"刘姑姑。"他给加了个姓。

听着别扭，怎么感觉像宫斗戏里伺候娘娘的那种人。

"别加姓。"

"姑。"

"两个字儿。"

"姑姑。"

"好大侄儿。"伊若满意了。

濮杰补充："杨过也叫小龙女姑姑。"

"得了吧。"伊若不认这茬儿，"我可没那么老，不过你得尊敬我。"

"绝对尊敬。"濮杰敬了个礼。

拳打毕家锁事件过后，伊若对濮杰，必然是朋友以上，但又铁定是恋人未满。仔细分析，刘伊若觉着，小濮是在硬件上没达到她的标准。个子不高，长得不帅。小濮面嫩，虽然跟她近乎同龄，可看上去比她小。说白了，在伊若眼里，濮杰是缺乏性吸引力的。

是，这次老爸生病，还有对付小毕的问题上，小濮表现得不错，可她总不能一点点感动就以身相许呀。过去，老妈没少给伊若灌输一种观念：找自己喜欢的，不如找喜欢自己的。直白点说就是，女人，还是应该享受追求、享受服务。可她刘伊若不需要，她要以自己为主导，自己满意最重要。

国庆过了就是老妈生日。以往，嫂子肯定要大肆操办，但今年不合适了。伊若妈不许，她甚至连包间都不许订，生日蛋糕也不要。寿辰当日，从医院看完老爸，她老妈就带着伊若、桑嫣还有濮杰到路边小饭店吃个便饭。宪魁在外开会，只能电话祝贺。

刘伊若大概能理解老妈的意图：越是艰难时刻，非常时期，越要营造一种"平常"：若无其事，自然过渡，好像这样就可以避开凶神的袭击。

坐定了，菜单奉上。老太太道："小濮点。"

濮杰连忙接过去，四个热菜，三个凉菜，一份汤。桑嫣又叮嘱服务员，别放葱，不要辣。跟着就是漫长的沉默。伊若为活跃气氛，率先举杯："妈，我以茶代酒，祝您长命百岁。"

老太太苦笑笑，似乎高兴不起来。这个愿望太难实现，听着更加刺心。

桑嫣忙打岔，道："今年也没送妈礼物。"

老太太环顾，道："你们都好好的，就是最好的礼物了。"伊若难受，爸爸病危后，老妈连催她结婚的心情都没有了——可能是觉得太难达成？伊若想让老妈快乐。菜上来，又是沉默，老太太没心情，连桑嫣都不敢说笑。

吃了几口，老太太放下筷子，喝了口水，叹息道："人活一辈子，不是只有一生一死那么简单。"伊若不懂其中深意，也放下勺，等着听下文。她老妈又说："缘分缘分，缘是上辈子的事，不是这辈子的事，分才是这辈子的事情，有缘，才会似曾相识，才会有缘千里来相会。"突然鼻酸，"我跟你爸的缘分，估计快到头了。"

桑嫣哀哀地叫了声妈。

小濮面目严肃得仿佛结了霜。

伊若呆在那儿，还没来得及劝，她老妈已经打起精神："不过我这一辈子，也算功德圆满。"桑嫣把椅子拉了拉，靠近婆婆，挽住她胳膊。伊若插话："妈，您不但功德圆满，还劳苦功高，老刘家列祖列宗都要谢谢您。"

伊若妈又笑了，捏起茶杯抿了一口，润润嗓子："我年轻的时候，就给过自己一个限定。"

伊若急性子，问什么限定。

老太太柔声说："我这一辈子，只恋爱一次，只结婚一次。"

桑嫣立即说："妈，您做到了。"

老太太继续："因为只有一次机会，怎么可能不慎重？怎么可能还去乱做？不可能。"她看看桑嫣，又看看伊若，"为了婚姻而去恋爱，找到那份感情，然后转化为婚姻，延续一生，才是最大的浪漫。"

三个人听得入神，都不发表看法。

老太太又说："男人希望一辈子不愉快，娶个差劲的老婆就可以了，她能搞得你天翻地覆，永不安宁；女人找个不负责任的男人，也注定一辈子不会幸福到哪里去，我跟你爸爸，最光荣的就是做到了善始善终，因为既然我们要承受一切的结果，那就一定要慎始，慎始不一定善终，但不慎始，一定不会善终。"

老妈这一席话，在刘伊若脑海中晃来荡去，久久无法散去。这段剖白，太过直面，太过认真，十分精华，是她从未从老妈嘴里听到过的。又是慎始又是善终，好像是在为自己这一辈子，为她和老爸的婚姻做总结，盖棺论定了似的。刘伊若一方面感动；另一方面，又嗅到了包藏在话里的危险的气息。

老妈去洗手间了，濮杰上赶着去前台付账，伊若才小声问嫂子："妈没什么事儿吧？"

桑嫣耷拉着脸，神色落寞，不吭声儿。

伊若着急："嫂，有事可得跟我说。"

桑嫣抬起头，吸气吐气两下，才终于鼓足勇气似的："妈情况不太好。"

"什么意思？"伊若眼神发直，脑袋轰然。

"妈不让说。"

"为什么不住院？"

"妈的事儿，什么时候轮到我们做主，"桑嫣鼻子发酸了，"咱们现在就是要想方设法让妈舒心让妈高兴。"

357

"到那步了吗？"伊若震惊。

桑嫣眼睛朝上看，竭力不让眼泪掉下来："妈现在……全靠意志力撑着……"

脑袋后头跟挨了一拳似的，刘伊若感觉世界在崩塌。这一天她想过，但没想到来得这么突然——根本是突然袭击。好像定时炸弹倒计时了……嫂子说得对，她必须加倍对老妈好，让老妈开心。

濮杰回来了，笑着说竟然打了八八折。

又过了一会儿，还不见老太太回来。桑嫣起身，说去洗手间看看。五分钟后，她扶着婆婆落座，伊若发现老妈额头上都是汗。

"没事儿吧？"伊若问。

桑嫣结巴。

老太太却笑呵呵地说："女厕所永远排大队。"再仔细看，伊若发现老妈右胳臂夹着，鼓鼓囊囊，她瞬间明白了，老妈这是去换纱布啊！这一年多来，她右边腋下的疮就没好透过！伊若心疼，可在妈妈面前，她必须强颜欢笑。对，欢笑，要让妈妈开心。欢笑。她看看老妈，又看看嫂子，再看看濮杰。突然，一个大胆的想法在脑中生成。

生成了就要说出来。

"妈，嫂，有个事儿，想听听你们的意见。"

老妈抬头看她，显然有点意外。

"有事儿就说。"嫂子还是那么温婉。

伊若偏头看看身边的小濮，又把脸朝向桌对面的妈妈和嫂子，粲然一笑："我和濮杰，打算结婚。"

濮杰一口水差点呛着。

桑嫣皱眉头。

老太太却当了真，激动得身子晃了晃，地动山摇。

伊若看濮杰，眼神所到之处，就是命令了。她相信濮杰是聪明人。濮杰慌乱道："阿姨……那个……姑奶奶……"怎么叫都不对，"反正我对伊若是真心的……"

"真心的好——"老太太把手抚在胸口，大出两口气。舒坦，比吃了太上老君的仙丹都管用。"德庸知道了吗？"她问。小濮忙说："知道了，在等您这边的意思。"老太太叫了一声哎哟，又对桑嫣："怎么不早说。"

桑嫣尴尬，委屈地笑："妈，小妹保密到现在。"

"般配！"老太太大声说。

消息一宣布，接下来的半天都是喜庆了。伊若妈兴奋得到了家还不肯休息，敦促桑嫣跟老濮联系，商议进展，又亲自打给宪魁，告知儿子这桩喜事。濮杰在家里喝完茶，才由伊若送出门。小区楼下，风很大，伊若裹紧风衣，缩着脖子。两个人都不说话，直到濮杰即将告别，刘伊若才突然说对不起。

"没事儿！"濮杰装出大刺刺的样子。

"怎么办？"伊若苦恼，为博娘亲一笑，事情闹大了。

濮杰道："反正无论怎么样，我都陪你。"

伊若失笑："陪我什么？"

"陪你结婚。"

呜呼。陪结婚，又不是演戏。

伊若小声，半低着头不看他："关键你也不爱我，我也不爱你。"

"我爱你。"嘴一秃噜，说出来了，他又委屈地说，"你不爱我倒是真的。"

"要不这样，你出个价？"

"干吗？"

"我妈身体不好，将来……"伊若说不下去，她不想说出任何跟死有关的字眼，"反正将来到了大结局，我会给你补偿，你还是自由的，当然，在这个过程中，你也是自由的。"跟小学生似的。

濮杰深情地说："你太傻了。"

"嗯？"伊若扬起脸。好美。

"应该我给你钱。"

"为什么？"

"白捡一老婆。"

"没有实质内容的。"

"有形式也行。"濮杰一脸认真。

"咱俩过家家呢？"那么严重的事儿，伊若忽然感觉有点喜剧色彩。

"陪你到最后一集。"说罢，濮杰利落转身，上了车，迅速开走了。刘伊若看着那蓝色的车屁股，自言自语道："真谢谢了。"

不知怎么的，在天色陡然黯淡下去的刹那，刘伊若突地有种天荒地老的感觉。她觉得自己似乎很年轻，年轻到刚从妈妈的怀抱里出来，但与此同时，她又感觉自己仿佛有几百岁那么老,老到人世间的沧桑,她都可以不在乎。刘伊若提着步子上楼,回到自己屋,她关上门,又关掉灯,就那么静静坐在黑暗里,蓦地,朝后一倒,彻头彻尾融入苍茫之中。

第七十章　毛文娉
Di Qishi Zhang　Mao Wenping

◆

放假文娉哪儿都没去。

两天值班,她主动多要了一天,新单位,新气象,新表现。完后也没回老家。说来奇怪,这两年,尤其是买了房子之后,她慢慢把北京当成自己的家了。她怕老爸老妈催她跟高处寒"修成正果"——她跟老高的关系,仿佛静止了般,就停顿在男女朋友阶段,老高再没求过婚。前一阵忙换工作,文娉没多想,她觉得自己和老高之间缺少契机,能把关系向前推进的契机。

放大假,文娉没联系他。

心照不宣。

他还有女儿需要照看,文娉不想掺和进去,虽然跟高初夏相处得还算愉快,可文娉自认不太适合当妈。

何况还是后妈。

假期文娉去看宁红。老宁跟吴冠军还在冷战,案子是撤了,可两人还没破冰。跟着,老桑那又爆出一件事儿,她小姑子刘伊若突然订婚了。文娉深感意外。但细想想,又觉得在情理之中。用巴尔扎克《人间喜剧》的读后感说就是,资产阶级发迹了,贵族们没落了,社会因此变动了。不过刘家似乎终究还是力挽狂澜了,老一辈在发挥余热,宪魁、老桑这一代掌门人在迅速成长,也算能扛起门头。

许可凡搬家,文娉去帮了忙。尉迟不在,文娉帮可凡收拾屋子,过去她没觉得可凡家沙发破，如今换了个屋子，扶手上几个洞格外触目，可凡吊着胳膊，斜歪在那儿，蓬头垢面，跟难民似的。倒是她女儿菲菲镇定，搬了新家，来不及拾掇，就在饭桌上做作业，一副风雨无阻的样子。文娉苦笑，孩子就是孩子，她还不知道这次搬家，搞不好都能扭转她命运的航道。

文娉安慰可凡："除了生死，其余都是小事儿。"

可凡面如泥塑木雕："我现在谁也不欠。"

文娉笑道："好人都做了，你就担着这份情吧。"

"命！"许可凡叹息，"今年我换大运，一直我就是怕就是担心，千小心万小心，结果还是没躲过去，伤官见官，为祸百端，女逢伤官须再嫁，男逢伤官必坐牢，又碰上流年七杀，我还能喘气都是命大。"

文娉拉住她的手："不都过去了嘛。"

可凡惨然："谁知道呢。"又说，"老杨估计走着大运呢。"文娉问怎么说，她搬过去没有。可凡说："你没去她那儿？"文娉说还没来得及，只打了个电话。

可凡再提老话："瞧着吧，老桑是吃亏的人吗？"

文娉讪讪笑笑，她很少在人前评价老桑，当了公务员之后，她更是谨遵规则，对人、事，都少作评价。可凡突然怪笑："老桑不会是想让她帮忙生个孩子吧？"

顿时，文娉头皮跟有千万只虫子爬过似的。她跟可凡想到一块儿去了，只是她不说。

"不会吧。"文娉道。

"别说法律不支持，就是真生下来，法律也只认生物学意义上的母亲。"

文娉问什么意思。

可凡道："不管是谁的卵子，从谁肚皮里生出来的，那法律就认定谁是孩子的妈，她就拥有孩子的监护权。"

文娉深以为怖。不行，谈得太深入了，危险，她得往回拉拉。于是毛文娉笑着说哪至于到这一步。

可凡换话题："你跟老高到哪步了？"

"不咸不淡。"文娉答得模糊。

"不打算结婚？"可凡追问。

老妈没来得及问的，许可凡问了。不过毛文娉已然刀枪不入百毒不侵，她笑着道："不是我不想结，是没信心。"

可凡问啥意思。

文娉说:"我做不了三合一的女人。"

可凡更疑惑。

文娉慨然:"你不觉得对许多男人来说,尤其是成功男人,一夫一妻制已经名存实亡了吗?"

可凡错愕,脖子回缩,头都显得大了。

文娉分解道:"他们需要一个妻子帮忙打理好家务,生个孩子;需要一个情人在性上相互契合;需要一个知己在精神上相互交流。"呵呵一下,"我做不到,以我目前的状态,顶多只能做个知己,床上床下的体力活儿,咱都负担不了,我还不知道谁伺候我呢。"

可凡听罢沉吟,不得不承认文娉的话有几分道理。

毛文娉又说:"老宁不就是例子嘛,她就是有三头六臂,也满足不了老吴的需要。"

可凡掉回头问:"老高呢,放假干啥去了?"

文娉实话实说:"不太清楚。"

可凡道:"万一跟前妻复合了呢。"

文娉哎哟一声,说那可拦不住。说完,两个人都笑了。事实上,老高没失踪,假期一结束,他就又出现了。他提出周末去京郊玩儿,文娉问哪儿,牛蹄岭她坚决不去。高处寒考虑再三,提出去潭柘寺,说这个季节,那儿的风景正好。文娉同意了。她理解是,这是老高对其"假期失踪"的补偿。

一路平顺。到了寺里,两个人去拜了庙,看了山,又去帝王树上挂了红绳,百事如意树旁上了铜锁,然后就坐在寺内矮石上休息。文娉问起伊若的事。老高说这估计是刘伊若从小到大做的唯一一件牺牲小我、成全大我的事。

文娉不喜欢这种论调,反驳:"你怎么知道人家没感情,搞不好是真爱呢。"

"小濮就不是她的菜。"

"你又知道了。"

高处寒促狭:"你想啊,毕家锁,高大帅气,小濮,"他把食指和大拇指靠近,对着树头缝隙里的阳光,怪笑,"怎么比。"说着又牵过她的手,放在他腹肌上,"你不也喜欢这样的吗?"

文娉默然。

老高又道:"小姑娘也该长大了,家里需要她。"

文娉问为什么。

高处寒说:"老爷子已经鼻饲了,再往下发展就是切气管,上呼吸机,能撑过冬天都算命大,老太太本来就有病,多活一天是一天。"

文娉叹息,她跟老高想的差不多。

高处寒继续:"你知道人老太太现在多忙吗,一天会好几拨客,老桑全程陪,这就算在为以后铺路了。"理智上,文娉不得不承认高处寒的判断,可情感上,她还是不能接受政治联姻,她换个角度分析:"老濮能看不到这些?"高处寒笑笑:"一个侄子总输得起吧,何况老濮现在还拥着刘家的关系呢,而且,人家濮德庸也不是一条腿走路,好几个地方都押了宝。"

文娉意外。

高处寒把嘴巴伸到文娉耳边,跟吹气似的:"过节送出去两千万。"文娉吓得差点从石头上掉下去。这个数字,远远超出了她的日常识别范围。文娉嗓音有点不自然,沙哑:"这算……行贿?"老高说:"应该不算,只是在周边打点,没好处谁为你办事。"停顿一下,"非亲非故,凭什么帮你,这个世界上除了有血缘关系之外的其他关系,维护的成本都很高。"

"工作忙不忙?"高处寒冷不丁问。

"还行。"

"人好不好处?"

"不争就好处。"文娉故意说。

"这可不像你。"

文娉苦笑,眼下的状况,她早有预料,但没想到进去之后依旧始料未及。指挥中心,是个事务性的单位,她的职位,不需要做太多决策,给她发挥的空间不多。而且,更糟糕的是,毛文娉感觉她的顶头上司吕姐对她颇有些敌意。她已经刻意伏低做小,格外低调,可架不住她终究还是个名牌大学的毕业生,年轻,有能力,光给领导写了一次发言稿就"技惊四座"。

吕姐呢,靠家里老头子的关系来的,过去是打字员。越缺什么越在意什么,吕姐处处要显得比文娉高明。这就比较累了。当然,这些情况文娉都没跟老高说,刚进去不久,还在适应阶段,她必须忍耐。毛文娉甚至做好了板凳一坐十年冷的准备。

文娉凝神远望，枯枝败叶飘零，人世苍茫。

高处寒又说："老宁的事，估计得你去协调。"

"我协调得着吗？"

"老桑家里一堆事，可凡是婆婆的事，老杨、曼蔓，谁能干？只有你。"

"要我协调，我直接一个建议，离。"

老高道："劝和不劝离，第一步肯定是劝和。"

文娉不置可否，她还是等老桑电话。宁红在别墅住了有一阵了，搬出来的前提是：人物关系有变化。转到中午，两个人随便吃了点饼干，下午两点多钟，开车回城。高处寒提醒文娉，马上区里有个摄影展，让她过去。"我去干吗？"文娉不理解，她对摄影没兴趣。

老高道："区政协的领导过去。"

"然后呢，"文娉道，"我去舔？"

"瞧你说的。"

"你这就是拍马屁，"文娉不屑，"小心别拍到马蹄子上，伤了自己。"

"拍马屁当然要不得。"高处寒顺着说，"但是……"他说不下去了，"给你说个小故事吧。"

文娉洗耳恭听。

老高把车速放慢，开得稳稳的，"过去潭柘寺里有个老和尚，还有三个小和尚。"

"三个和尚没水吃？"文娉插嘴。

高处寒说不是，继续讲："三个小和尚都是刚来的，老和尚就挨个问，他问第一个，你为什么要来这里，第一个小和尚就说，我爸让我来的。"

"然后呢？"文娉有点兴趣。

"然后老和尚就大怒，人生大事，自己都不过脑子，你爸让你来你就来呀，孺子不可教！"

文娉咯咯笑，说："老和尚跟你有点像，苛刻。"

高处寒目视前方："问完第一个，第二个小和尚一听，说老爸让来不行了，得变策略，老和尚问了同样的问题，小和尚就说，我自己要来的。"

"老和尚又大怒。"文娉摸出规律了。

"对，"高处寒偏头笑，"他又大怒，说这么大的事，都不跟父母商量，独断独行，孺子不可教也！"

"第三个怎么答?"文娉直接问。

高说:"同一个问题,老和尚问,第三个小和尚就答,我是受了师父您的感召,然后咨询老爸的意见,自己又考虑了好久,终于决定上山修行。老和尚听了之后非常满意,觉得这第三个小和尚是个可造之材。"

文娉听后默默无言。

高处寒总结道:"在中国,你要是个马屁精,人家一定会提防你,领导不会真正用你,但如果你是个连马屁味都不会营造的人,那也一定是没前途的。"毛文娉茅塞顿开,伸出手掌,示意他停,"我去摄影展。"老高说:"去就对了,让领导认识你,后面的事,慢慢再说。"

说实话,交往得越深入,文娉发现自己愈发佩服处寒,他的高明,不是小聪明,而是聪明得不露痕迹,一个人到底经历过什么才能历练得如此通达圆融?文娉还没来得及深想,桑嫣来电话了,她说宁红正在别墅闹腾,让文娉赶紧过去一趟。挂了电话,文娉转述给老高。高处寒目视前方,眼神凌厉,幽幽道:"该进入下一章了。"

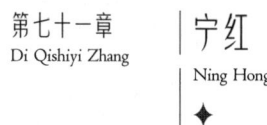

第七十一章 宁红
Di Qishiyi Zhang　Ning Hong

♦

恢复到能拄着拐杖走,宁红开始谋划"回宫"的事儿了。伊若要结婚,桑嫣这儿忙,老寄住着不是办法。宁红把想法跟桑嫣说了。桑嫣当即道:"这么想就对了,浪子回头金不换,还是应该给老吴一个机会。"

宁红道:"都到这步了,给不给机会重要吗,而且我也不可能轻易回去。"

桑嫣劝:"那你想怎么回?让老吴来接你?赔礼道歉负荆请罪,好办。"

"用不着。"宁红说反话。

"你咋就不明白呢,这就是个人民内部矛盾,震慑的目的已经达到,总不能把人往外推吧。"

"咱都不知道人家啥态度。"

"态度特别良好,"桑嫣上赶着,"宪魁也知道,当面都表过态,也认了错。"

"那这些天没见来。"

"人敢来吗?"桑嫣靠近宁红,把她脚上缠着的胶带贴紧了,"去逛个山,差点没整个无期徒刑,你也得允许人家有心理阴影。"

宁红不说话。

桑嫣更进一步:"乃心还小,日子还是应该往简单里过,稳定压倒一切。"

宁红哼了一声:"我跟老吴都到这一步了,不离婚,过得下去吗?好嘛,就算我心大,原谅,他能原谅我吗,他枕头旁边那个贱货能放过我吗,我现在回去,搞不好,不是我杀他,是该他杀我了。"桑嫣连忙说别把杀不杀的挂在嘴上。两个人静默了一会儿,桑嫣道:"那你想咋着,我去做老吴的工作。"

宁红方才款款道:"我的诉求就两点,"又改口,比出三根手指,"三点。"不容商量的口吻,"要我回家可以,第一,先把乃心给我送过来;第二,我回去的时候不希望看到他;第三,如果他愿意,咱俩现在就可以离,他净身出户。"

桑嫣着急:"红子,你真要走这步呀!"

"还有别的路可走吗,"宁红也激动,吊着的胳膊乱摆,"人都已经背叛我了,心都不在我这儿了,留他干啥,恶不恶心。"

"那等于把人往外送了。"

"只要净身出户,我成全他们。"

桑嫣没办法,当晚,她叫来文娉、老高,把重任转移,宁红在屋里侧耳听,大概了解老桑的打法。老桑还是精明,她不想当臭头,所以叫来文娉、老高顶包,冲到最前线。说实话,眼下的状况,谁也估不透。老吴心里到底咋想的,宁红觉着,一般人拿不到真章。老吴那颗心,深得跟马里亚纳大海沟似的,她跟他过了那么多年,认清了吗?!没有。她不敢相信平日里那么五好的一个男人,竟然变得如此……如此……狡猾!卑鄙!龌龊!下贱!不要脸!

还算顺利。文娉老高交涉后,女儿乃心被送来了。其余的,说还在谈。"你爸最近怎么样?"宁红问乃心。乃心直言:"忙呢,经常不在家。"看看,是吧,肯定已经投敌了!拦是拦不住的,只能壮士断腕,舍掉算了。

宁红靠在床上，盯着女儿算算术。

乃心转头："妈，你别盯着我，都算不出来了。"宁红说以前不也这么做嘛。乃心说以前是以前，现在不习惯。

"哪里不习惯？"

"我怕有人从背后害我。"

"有人"是谁？那不明摆着指她嘛。宁红登时弹起，这是孩子说的话，不用问，肯定是吴冠军洗脑的，他在孩子面前，一定没少抹她烂药！写完字，崔姐送来燕窝。宁红和乃心分吃了，娘俩准备睡觉。灯关了，宁红轻轻拍着乃心的屁股。乃心不适应，把她手拎走。宁红问："乃心，将来，万一，我是说万一。"话还没说完，乃心就说："万一你跟我爸分开了，问我跟谁是不是？"

宁红傻了，真不能把孩子当孩子。

乃心道："我谁都不跟，反正，你们都得把钱留给我，算我的教育基金，家里的房子，过到我名下，免得以后你们再婚，被另一半骗了去。"

宁红惊得呼吸急促，女儿比她明白，她只好说："谁说妈妈要再婚，妈妈和你相依为命。"

乃心推开她："别，妈，你跟我相依为命，那我压力太大了。"又说，"如果实在要我选，我还是选我爸。"

心痛得无法呼吸，连女儿都抛弃她了？乃心自顾自阐释："我爸起码不啰唆，你老管着我。"怒气上冲，宁红坐起，惊叫："我那是为你好！"乃心连忙侧躺，背对老妈，脸对墙，身子弓着，好像只有这样，才能抵挡老妈的冲击波。

宁红感觉特别孤立无援。

文娉和老高去交涉了两天，没回音。宁红心里硌硬，咋着，你吴冠军还揭竿而起了？第三天，许可凡来了。可凡直接，问她现在究竟怎么想的。

宁红问："你的建议呢？"

可凡道："看站在什么立场。"

"还分立场了。"

"从大局角度，如果你能忍，他愿意悔改，当然是双赢；要是你坚持离，那现在也得暂时和好，取证还没完成呢。"

"他净身出户就行。"

"老吴能同意吗？"

"不同意也得同意。"

"关键得法院支持。"

"让那侦探继续整、拍。"

宁红心炸。其实事情发展到今天这个地步，到底离还是不离，她自己也是乱的。感觉都有可能。一切都在一念之间，需要一个契机，一件小事，或者一种情绪，哪怕是几句吵嘴，或者她的骨折好了，直接能去民政局办理。十载婚姻，一团混沌，宁红现在真想变成盘古，举着斧子，三下五除二，把迷雾劈开，天成了天，地也变成地，免得这么悬浮着，难受！

结果这天晚上，桑嫣又进老宁屋了。她说老吴明儿来负荆请罪，让她压着点火。宁红骇笑："既然是请罪，不就摆明着让我发火的嘛，火不出来，这趟等于白来。"桑嫣道："发火可以，你得自己有底儿，我说话你别不爱听，你就是再不满意，或者再想离，现在也得忍着点，等老吴的公司上了市，你想咋闹都行。"

宁红盯着老桑，突然觉得老桑这么劝导，全是为自己的利益。可再一想，也是，如果能多赚点钱，不也是成全自己嘛。她这段婚姻，只剩钱了。想到钱，宁红不禁又往前考虑半步——将来她怎么办，带着女儿过？女儿肯定是不贴心了，她也不敢指望。再找个人？找谁呢？跟谁打交道不累？宁红想到了左豪。嘻，就算能成为左豪的太太，又咋着！宁红现在不想讨好任何男人！那就奔事业吧！只有这条路了。

呵呵，看在钱的份上，她就等着看老吴的表演。

天慢慢黑了。时间是宁红选的，她要晚上谈，晚上见。她要等老桑和文娉都下班回来，做她的左右护法。宁红没化妆，桑嫣要帮她描一点，她拒绝了。她现在不需要美化自己，是什么样，就什么样，凶神恶煞才好，震慑敌人。

吴冠军走进书房之前，宁红就已经被挪到沙发上，坐在正中间，桑嫣在左，文娉在右，跟三堂会审似的。时间到，老吴就在宠魁和处寒的陪同下，进屋了。

"坐吧。"桑嫣尽地主之谊，招呼着。

宁红直面吴冠军。呵呵，他瘦了。便宜这个王八蛋了，过去想减减不下来，一场闹腾，倒收获了些意外之喜。三个男人在对面的椅子上坐下。

宁红眼睛里飞刀子。文娉看看老桑。

桑嫣随即笑道："老吴，表个态吧。"

吴冠军接到指令，一秒钟变脸，又是那种谄媚的姿态："红子，咱俩这么多年了,真不能分开,你要还不解气,打我骂我都行,不用法院给我判无期,你直接用家法判,让我一辈子为你效力,也来个无期,哦不,死缓都行。"

众人笑。宁红笑不出来,老吴这张嘴,厉害着呢,很会自嘲反讽,争取同情。宪魁帮腔,对宁红:"人非圣贤,孰能无过,老吴就是一时糊涂。"

高处寒不作声,端起茶杯,悠然喝茶。

文娉见状,也端茶喝。

桑嫣用胳膊肘碰碰宁红:"红子也说两句。"

宁红坐正了,正气凛然:"要我说,我就两个字:原谅。"

老吴顿时喜不自禁。

宪魁笑呵呵地说:"就这对啦,内部矛盾,内部消化,有多大仇多大怨不能解……"

宁红不让他说下去,插话补充:"还有四个字:净身出户。"

老吴慌乱。

宪魁道:"老宁,冠军心里是真有你呀,在外头从来都是说你好。"桑嫣着急,对宪魁挤眼。宁红冷笑道:"他说我好,那是因为我本来就好,我做到了,我问心无愧,家里家外不用操心,安安心心出去嫖,他怎么会不说我好呢。"

宪魁道:"家丑不可外扬。"

桑嫣接过话,劝:"红子,要不这样,留校察看。"

老吴随即道:"夫人,你要还不解气,你也出去玩一次,咱俩扯平。"

宁红顿时气炸,环顾众人:"听听,这叫什么话,"朗声骂,"你愿意当绿头王八,我可当不了那荡妇!"吴冠军嘀咕:"蒯姐又不是没给你介绍过……"宁红被点到关键处,扎得更厉害,她委屈呀,蒯姐介绍过,看她宁死不屈坚决不从呀,早知如此,还不如……还不如真就跟左豪弄出点风流事儿,免得现在担名不担利!算什么!

宁红气得几乎歪倒。桑嫣连忙跳出来:"老吴,你少说两句!让你来赔不是的,怎么还挑起人家的毛病了,红子清清白白一个人,容不得你乱扣屎盆子!"安抚宁红两下,继续对老吴,"你这样,把家腾出来,你出去住酒店。"

老吴嗫嚅着同意。

文娉不得不说几句,免得显得自己毫无作用:"都冷静冷静,把问题交给时间。"

宁红实在觉得文娉说的是屁话，这事儿，抢的就是时间，快刀斩乱麻才好。老吴半开玩笑，揶揄说："让我住我也不敢，别回头又说我谋害人，告我个无期。"

宁红一把拽过拐杖，直接朝老吴扔过去："害人我比不上你！抵押房子怎么回事儿？！过年就给五万？吴冠军我跟你说你这人你杀人你都不见血，狠着呢……"说着，她又要把另一根拐杖奉上。宪魁和处寒连忙把老吴拉出去。

本来是负荆请罪的，说着说着，变成捉放曹了。男人们走了，桑嫣和文娉好歹把老宁的气劝下来点儿。桑嫣埋怨："你也好歹给人一点面子。"

宁红气冲牛斗："面子是自己挣的！"

桑嫣怕宁红回去出事，说要不还在她这住着。宁红不肯，怎么着也要回去了。桑嫣又说让崔姐跟着去看两天，找到合适的保姆，再撤。

都安顿好，桑嫣对着文娉和宁红："这样也好，让他出去晃荡几天，吃吃苦，才知道家好。"发了一场气，宁红的思路似乎清晰了。把老吴赶出家门，他如果去找鲍燕，侦探正好行动。如果真断了，那就像老桑说的，让他吃吃苦。想到这儿，宁红恨道："就让他当那没家的野狗！"

第七十二章 许可凡
Di Qishier Zhang Xu Kefan

✦

钱给了药续了，婆婆的情况明显好转。

尉迟依旧老家北京两边跑，情绪似乎好多了，他觉得老妈的康复只是时间问题。相应地，他对可凡的态度也有变化，以前是忽冷忽热，现在是持续高温，他还常常一盆炭火地叫可凡"夫人"。

瘆不瘆人？这可是吴冠军给宁红的专属称谓。结果呢，现在两口子闹成这个样子。可见夫人不是个好名词，搞不好还是个诅咒。尉迟盛情邀请可凡元旦一起回老家，可凡说院里事儿多，估计破不开时间。

尉迟摇头晃脑："你可得去呀，你是大功臣。"

可凡啐道："给钱就是功臣，不给钱就是千古罪人，对吧。"尉迟又说左邻右舍都夸她，许可凡请他打住。

说什么屁话呢，她才不稀罕什么左邻右舍的美言。她现在已经面对现实了，小房子她也住习惯了，同时，她再度确定了人生小目标——跟多年前一样——拿下北京的一套房子。

呜呼。她许可凡，再度白手起家了。那感觉仿佛是修炼多年突然被打回原形，十几年功力毁于一旦，惨哪！雄关漫道真如铁，而今迈步从头越。

她卖房子的事没告诉同事。耻辱。不过，更糟的是，不仅在房子的事上失意，她职场似乎也得意不起来。院里要提干，因为架构扁平，十几个人抢一个名额。可凡排在中段，虽然她自认能力强，可架不住前面那么多老资历，呵呵，她算看清楚了，在这个地方，永远轮不到她出头。更何况，抢到了，升了，又如何呢？根本就是个鸡肋。

看院里那些同事日日处心积虑算计来算计去，可凡都觉得可笑，就那么一点小利益，还值得费一部宫斗剧的脑子？悲哀！许可凡静极思动了。时势而逼，她不得不动，把希望寄托在尉迟身上是没有用的，她只能自行发力，救自己于水火。

许可凡又开始看房了，偷偷摸摸地，她不希望被同事们看到，免得引发不必要的联想。看房的搭子，多半还是文娉。过去，自己陪她看房；现在，她来陪着自己。只不过，有产无产颠了个儿。好在，在文娉面前，可凡不必装，都是苦人，谁嫌弃谁呀。

许可凡现在看的，多半是两百万左右的入门级，属于落户北京的刚需房，有的还临着铁道。从土桥看到马驹桥，有的还不错，但核心问题是，太偏。都在六环外了，在马驹桥，她还碰到了老家来做力工的大爷，她也住那儿去？成啥了？而且，买了那块儿，等于去了远郊，菲菲上学呢？西城海淀不敢想，可咱也别弄到啥村里学校去上呀！唉！说一千道一万，可凡看明白了，还是缺钱。

看完房，可凡要请小海鲜。文娉制止了："艰苦朴素。"文娉说，她请可凡回家吃，她做。可凡问做什么，文娉说下个面她还是可以的。楼下小街新开了家服装店，灯火辉煌，文娉硬拉着可凡进去看。

许可凡笑道："没钱吃饭，倒有钱买衣服。"

文娉说看了也不一定要买,还说自己现在是公务人员,穿时装的场合也少。许可凡说:"我更少,天天工作服。"文娉打趣:"那更得看看,免得自己都忘了自己是女人了。"许可凡本来不想看,毛文娉这句话一出来,她反倒想要进去瞅瞅了。是啊,什么是女人?社会要求女人温柔贤淑,柔弱细腻,可她呢,硬是活成了生活的狙击手,必须快准狠,解决人生的一个又一个大难题。

站到镜子跟前了,许可凡和毛文娉一人一双马丁靴试着。文娉动动脚:"就这个好,咔咔的,战场都能上。"老板推荐老爹鞋,文娉和可凡都拒绝了,嫌走路别得慌。

试完鞋,文娉又撺掇可凡试裤子。许可凡想挑肥点儿的,冬天来了,衬里衣服多,但文娉却建议可凡买高腰的紧身裤,说肚子不会着凉,配上马丁靴,走起路来特别利落。

许可凡试了好几条,裤腰都大,可凡怅然,她知道自己瘦,却没想到瘦到这个地步。再这样下去,要成鬼了。

到了文娉家,老高也在。说到做饭,老高要露一手。文娉坚决不许,说今天这顿,好赖都是她做,她要扭转自己在可凡心中不善持家的形象。客厅里,老高把窗开条小缝,站着抽烟。他跟可凡有一搭没一搭说着话。可凡谈到职业上的苦恼,老高鼓励她出来。他认为以可凡的资历、能力,出来起码是合伙人级别的:"不出几年,挣套房子没问题。"

许可凡微笑着,反问:"那你呢?"她要将他一军。

"我什么?"老高朝窗外弹了弹烟灰。

"没见你买房。"

"房子对我不是刚需。"

"对文娉是刚需。"许可凡突然想为闺密抱不平。

"她不是有房子嘛。"

"那是她的。"可凡较真。

高处寒微笑着,短暂沉默,但似乎并不觉得为难。过了一会儿,才道:"老许,咱们都是自己人,我跟你肯定是掏实话,我是打算,只要结婚那肯定买房,问题是,文娉没有这个意思,我都提了好几回了,没用。"

可凡诧异,是文娉不愿意?这么大的姑娘,耗啥呢?或者是老高撒谎?转而她又觉得自己可笑,自家城门都失着火呢,还管别人结不结婚。不多会儿,文娉喊老高进去盛面。可凡也想过去帮忙,但走到厨房跟前,又止步了。透过厨房门半片玻璃,她看到老高和文娉正在拌嘴打闹,笑着,叫着,这份温情感染了她,她忍不住联想到自己,曾几何时,她跟尉迟也有这般甜蜜……还是恋爱好啊……结婚了,柴米油盐,还有不省心的婆婆、叛逆的娃儿……可凡忽然不知道自己活了这半辈子图的是啥,她做错了吗?不对啊,她的每一步,都是按照社会的要求走的,该读书的时候读书,该嫁人的时候嫁人,该生孩子生孩子,该找工作,她工作也找得杠杠的,她在这一批人里头,不说最拔尖,怎么也算前列,可是,她的日子为啥就过得不如意了呢?

脆弱啊!

许可凡站在小餐厅出神,文娉端面出来,笑着说给可凡加了个鸡蛋,还有火腿。许可凡伸头瞧,问:"过水了吗?"文娉说没有。高处寒上前接话:"别问她,她不懂。"文娉反驳:"过水的筋道,不过水的坨坨,我就喜欢吃坨坨的。"可凡和老高相视一笑,不较真。三个人坐到桌子前了,老高却突然起身,去包里拿了个小药盒,迅速打开,朝嘴里一撂。可凡用眼神向文娉发问。文娉道:"维生素,别管他,他是老年人。"

"老干部。"许可凡跟着打趣。

周末尉迟又回老家了。于曼蔓来电话,叫可凡到家吃饭,说她妈也在。许可凡理解,曼蔓妈可能听说了她的事,有点惜老怜贫。

要在过去,可凡是肯定不去的,可现在,穷也穷了,没什么放不下的,曼蔓叫她,那她就带着菲菲欣然前往。一进门,可凡就把借曼蔓的钱还了。于曼蔓道:"这干啥呢,你以为我叫你来还钱的?"可凡笑说,有了就给,没刻意。曼蔓又问她婆婆怎么样。

许可凡言简意赅:活了。

王百味从厨房出来,跟可凡打了个招呼。可凡对菲菲说:"叫人。"菲菲敞开喉咙:"哥哥好。"曼蔓骇笑:"啥哥哥,叫叔叔,"又纠正,"叔叔都不对,叫大伯。"

菲菲果然叫了。

百味嘿嘿笑。可凡打圆场:"小王面嫩。"半芹回来了,拎着百味鸡,又是让可凡坐,又是疼菲菲。两句说完,她就进厨房忙,可凡怕尴尬,也钻进厨房给周半芹打下手。

百味也要进，半芹打发他："今天你休息，我来。"

门关上，周半芹才对可凡说："天天都是小王累，曼蔓懒得屁眼生蛆。"嚯！这用词，可凡忍住笑。半芹手上麻利忙着，不耽误跟可凡说话："你孩儿都这么大了，曼蔓呢，一个毛影儿都没有，自己也不知道愁。"

可凡安慰："事业型的。"

"忙出啥了，搁北京这么多年，是忙出房子了还是忙出男人了？别的不说，总得有个窝吧。"

有口无心，可凡被刺了一下，她刚被一窝端。但面儿上，可凡还是有说有笑："我看小王挺好。"

半芹快速接道："人是挺好，就是，"她转头对可凡，"穷。"这个字特别咬牙切齿，又解释，"不是阿姨势利，这是现实问题，你说搁着北京，没点粥垫底儿，你不饿死？"

好嘛，又成功戳到可凡痛处了。她现在就是一穷二白，还粥呢，只能喝西北风。

周半芹继续分析："要说对曼蔓好，那是真不错，我看过多少回了，只要吃鸡，鸡皮人包了，鸡肉给曼蔓。"

可凡尴尬笑，鸡皮疙瘩都快起来了。很不幸，再度中标。他们家尉迟，还有菲菲，永远抢着吃鸡肉，她是鸡皮专业户。

饭做好，人围在小桌旁。菲菲嚷嚷着要吃猪蹄。可凡呵斥："文明点儿。"周半芹道："搁奶奶这儿，不用文明，上手。"菲菲这才伸出小手。曼蔓要上酒，百味不建议，半芹却支持女儿。可凡见状，也投赞成票。于是开了一瓶干红，除了菲菲，一人来一点，举杯了。

于曼蔓道："这高脚杯不错吧？"

可凡说上档次。

曼蔓来劲："这酒，还有这杯子，都是我们濮总送大人物的。"可凡刚想问濮总的情况，于曼蔓又让百味放点音乐。王百味起身去拿小音箱，连上手机，很快，周华健的声音出来了。沧桑，感慨，适合聚会听。

吃完饭，曼蔓又要喝茶。

吃人家嘴短，可凡不好立刻撤，少不得陪着。

于曼蔓朝窗外看看："哎呀，还没来得及去香山、钓鱼台、北大看银杏呢，这秋天就快过去了。"

百味纠正,说香山是红叶。

曼蔓白他一眼:"就那意思。"又对可凡,"还记得上学那会儿,咱们的秋天朗诵会。"

可凡夸:"你读得最有感情。"

曼蔓道:"现在不行了,嗓子倒了。"

可凡识趣,撺掇曼蔓来一段。

"来一段?"曼蔓问老妈。半芹没兴趣,吃完了困,她要去歪一会儿。菲菲也不感兴趣,坐在那打盹儿。半芹见了,带着菲菲一起进屋了。"没人听。"曼蔓深感扫兴。可凡鼓励她:"我和小王听着呢。"

王百味勉强鼓掌。

曼蔓在手机上搜文章。有了:"《故都的秋》怎么样,郁达夫的。"许可凡说好。曼蔓让百味给她录像。调出文章,她真开始读了,声音悠扬,表情夸张,弄得跟主持春晚似的:"秋天,无论在什么地方的秋天,总是好的;可是啊,北国的秋,却特别地来得清,来得静,来得悲凉……"

许可凡坐在沙发上,手掌撑着下巴,不知怎么的,她竟然有点听进去了。人生几度秋凉,她感觉自己的生命,似乎也走进了秋天——马上就要入冬了。

手机响,许可凡回过神,是尉迟打来的。她没多想,迅速接了。尉迟口气非常严肃,他要求可凡立刻马上带菲菲回他老家去。"咋了?"可凡觉不妙。

"回来再说。"尉迟说完,便挂了电话。

第七十三章 桑嫣

Di Qishisan Zhang

Sang Yan

♦

桑嫣最近是真忙。

婆婆"托孤"后,她似乎真就成了家里的承重墙,万事,婆婆都会说一句"找桑嫣"。说实话,桑嫣很满足,她第一次真真正正觉得,这个家彻底接受她了。哪怕她暂时无生育、没立功,刘家还是一样需要她。那就更应该加油干,鞠躬尽瘁死而后已,不辜负这份信任。

只不过,桑嫣也觉得难度大。

入了冬,一面要忙着高兴:伊若大婚在即,大事小情都由她张罗;一面又要忙着忧伤:老爷子健康状况一路走低,鼻饲过后,险些要切开气管,最后找了五个专家会诊,拿出新方案,才终于稳住了病情,桑嫣祈祷公公怎么着也要挺过伊若大婚。

这个家需要这场仪式,她婆婆需要这场仪式,来给老一辈人的人生画上圆满的句号。

好在有文娉和杨盼两个帮手。

文娉帮着忙婚礼这边,杨盼帮着忙病人。濮家当然积极配合,于曼蔓作为濮德庸指派来的"助理",则负责协调小濮那边的事。还好,宁红搬回家了,可凡那边也没有新情况。全家都在为这场婚礼冲刺。

有"规定"压着,刘家也不敢铺张。小濮的房子在北面,伊若的也是,为了接亲方便,桑嫣跟婆婆商量,打算把婚礼地点定在北四环的紫玉山庄。会所前有湖,湖上有黑天鹅,湖边是大片草坪,即便入了冬,依旧碧草萋萋,只要选对日子,天气晴好,必定是个办婚礼的好地方。婆婆没意见。桑嫣又问宪魁,宪魁让她定。她只好再问伊若的意思,刘伊若只说怎么方便怎么来。

最后问濮杰,濮杰立刻要转钱。为了这场婚礼,小濮爸妈早早就过来等待。两家对了一下,日子选好,婚庆公司就该安排上了。桑嫣不放心,她打算亲自去紫玉山庄一趟,踩好点儿,万无一失。这天,婚庆公司那边,她委托文娉和老高去协调,她跟曼蔓,一个是女方代表,一个是男方代表,去紫玉山庄瞧瞧。

富人住的地方,一溜别墅名车,找经理定好日期,说了注意事项,又给了婚庆那边对接人的电话,两个人到湖边转悠。于曼蔓忍不住"望洋兴叹",说有钱就是好。桑嫣微笑不语,这话没必要接。曼蔓还是小气,张口闭口钱。曼蔓又说:"能在这办一场婚礼,这辈子值了!"

桑嫣呵呵道:"你还有机会。"

曼蔓道:"我是别想了。"

376

桑嫣打趣道:"别啊,没准咱们还能做亲戚呢。"

曼蔓脑子转不过来,呆望着她。

桑嫣补充:"德庸不是单着呢?"

"扯!"于曼蔓差点跳起来,"老桑,你咋会这么觉得,是听到什么了吗?"

桑嫣更来兴趣了,调侃:"我应该听到什么吗?"

曼蔓义愤填膺,指天画地说:"一个女人,只要她凭自己的能力干出点成绩,那不用说,人家肯定会怀疑她跟某些男人有某种不正当关系。"

"有怎么样,没有又怎么样,"桑嫣漫步着,"你只需要对自己负责,男未婚,女未嫁,于情于理都没问题。"

曼蔓着急:"问题是确实没有呀!"

桑嫣见她着急,便点到为止,不再往下讨论。谁知曼蔓却不肯善罢甘休:"濮总一个人也有一阵了吧?"

桑嫣明白她在套话,不过无所谓,告诉她也无妨:"分开四五年了,才办了手续,"又补充,"离了第二次了。"

曼蔓又问:"不是说他追过民歌手吗?"

"那是兴趣爱好。"

曼蔓哦了一声。

桑嫣直接问:"老蔓,我说话直,你别介意。"

"怎么会呢。"

"你跟老濮,到底进展到哪一步了?"

"就是上下级关系,没别的。"

桑嫣打量曼蔓的身材,依旧凹凸有致。于曼蔓感受到老桑的目光,也有点不好意思。

"按说不应该。"桑嫣狐疑,停顿一下,又说,"记得那个小房吗?"

曼蔓当然记得。她恨她。

"现在老左到哪儿都带着她,都有人叫嫂子了。"桑嫣又说。曼蔓的脸色有点变化。于是桑嫣又往回拉:"不过你这样也好,赚个辛苦钱,但未来怎么走,你得提前打算。"于曼蔓说走一步算一步。桑嫣猛然说:"小王要是年长十岁,或许适合你。"曼蔓笑:"干吗,我就配老男人呀?"桑嫣哎哟一声,说:"你还要找小的吗?"曼蔓自嘲,说没准就老树开花了。

婚礼前两天，桑嫣为方便调度，搬到紫玉山庄附近的酒店住。宪魁白天忙，傍晚有空才过来找她，晚上则去老妈那儿。别墅那块，崔姐陪着伊若。

宪魁一进门就说老吴可能来不了了。桑嫣刚洗完澡，正擦着头发，笑问什么来不了。宪魁道："伊若结婚，老吴钱到，人不到。"桑嫣表示理解，宁红也不到，这两口子现在是圈里的焦点人物，没法儿露面。

"老吴也给钱了？"桑嫣过了一会儿才反应过来。

"两万。"宪魁说。

"老宁给了一万。"

"咋还分开给了？"宪魁皱眉。

桑嫣叹息："分开是迟早的事儿。"

"要不老宁那份退回去？"

"拿都拿了，哪有退的。"

宪魁问桑嫣准备得怎么样。桑嫣说一切按原计划进行，她叮嘱宪魁，要注意三个方面：第一，老爸的身体状态，她当天直接去紫玉山庄，不能去医院接，必须宪魁亲自操心，最好有个随行医生，随时关注，在大厅办完仪式，老爷子就要送回医院。第二，伊若那边的情况。虽然有崔姐陪着，随时观察随时汇报，但伊若的情绪必须稳定。宪魁作为哥哥，还是应该去敲敲警钟，不能出岔子，婚礼前夜，请伊若到酒店跟她住，半夜就要起来梳化。第三，濮家的亲戚，不要怠慢，一切按最高规格接待。

宪魁听罢，夸赞道："你不去做将军可惜了。"桑嫣问他几点回，宪魁说洗个澡就走。

谁知澡洗出来，宪魁又不走了。

"不去妈那了？"桑嫣问。

宪魁拍拍床，桑嫣不懂他意思。宪魁开始脱衣服。桑嫣诧异，老实说，两个人有一阵没有夫妻生活，再想想日子，终于明白了。人家刘宪魁算着时候呢，她的排卵期前后，他必然会安排一次"活动"。"还想着呢。"桑嫣呵呵。"革命尚未成功，同志仍须努力。"宪魁口气也有点俏皮了。桑嫣不再多言，迅速脱了衣服，钻进被褥里。

"换个姿势。"宪魁提议。桑嫣问他怎么样好，宪魁提议站着。桑嫣觉得冷。可既然丈夫兴致高昂，她不得不配合着，好在快，没有几分钟，两个人便完成了全套动作。回到床上，刘宪魁似乎还没打算睡，他要抽烟被桑嫣制止了。

宪魁突然道："跟你说个事。"

选在这时候说，桑嫣警惕。

"你那工作，辞了吧。"

一下没反应过来。什么意思？桑嫣看着他。

"妈的意思，"宪魁解释，"不赚钱还耗时间，老濮那边投资，准备做个公益基金会，妈希望你来管。"

这可是个大新闻。婆婆没亲口说，而让宪魁转达。这就是区别，儿媳妇怎么可能越过儿子呢。但这的确又是资源的下放。她熬了这么多年，终于拿到大头了。伊若这婚没白结。桑嫣欣喜，可面儿上，她还得矜持："能行吗，我没经验，又年轻。"

宪魁道："谁没个第一次。"说完这话，他似乎并不打算跟桑嫣讨论，倒头睡了。

婚礼倒数一天。毛文娉请了假，到酒店陪桑嫣。杨盼那边，实诚已经确定了发出去的请柬、宾客到位人数。杨盼在医院蹲着，随时联系。文娉跟着桑嫣忙了一天，婚庆公司的布置，桑嫣不满意。

花弄得不对。

伊若点名要粉澳梅，他们给弄成了白澳梅。玫瑰选的是黄色的金枝玉叶，结果弄了个香槟色的蜜桃雪山。

那不行，坚决不答应。换，必须换。所以当天下午，婚庆公司的人基本全北京找花去，直到傍晚才全部到位。都忙完，桑嫣和文娉回到酒店，顾不上洗澡，胡乱叫客服部送了点吃的来。

再过一会儿，伊若就该来了，她今晚住酒店。老太太经不起折腾，必须睡个好觉，伊若明早在酒店化妆，都齐全了，再拉回家，等着濮家接亲。

吃完饭，文娉帮桑嫣按肩膀。她笑着说："你这嫂子，比亲姐姐都管用。"

桑嫣自嘲："累命。"

文娉说："再坚持坚持，忙完这阵儿，好好歇歇。"

"就怕一天也歇不了。"

文娉思忖了一会儿，才问她公公情况怎么样。

桑嫣掏实话："情况要好，能跟打仗似的吗？"

文娉叹息。半晌，才说："人一走，茶就凉。"

桑嫣道："现在哪还能等到人走，人没走，茶就开始凉了。"别人不清楚，她知道，这次请人，竟有不少熟人只是钱到，人不到，已经开始躲着他们了。

文娉安抚："所以趁着人还在，能喝几杯是几杯。"桑嫣说就是这个意思。聊完这茬，桑嫣本想问问文娉上回去区里参加摄影展的事儿，她侧面听说，区政协领导对她印象不错，怎奈伊若已经到了，桑嫣只好让文娉先回自己屋，她要下去接伊若上来。

大步流星地，刘伊若来了。桑嫣侧面看，小姑子心情不错，这段时间以来，她跟濮杰似乎也融到一块儿去了。刚进屋，伊若就嚷嚷着说困。桑嫣让她快睡，随手把灯调暗了。伊若脱了衣服，钻进被褥里："嫂，跟你说个事儿。"桑嫣一愣，这兄妹俩怎么了，一来她这儿，都有事儿要说。

桑嫣坐到床边上，拉住伊若的手："好事坏事，别吓我。"

刘伊若嘿嘿一笑，直接道："毕家锁离婚了。"

惊得心快跳出来！搞什么东西！这个节骨眼上，可不能有什么变化，桑嫣随即把伊若手抓紧了："小妹……咱正常点咱不惹事……他结婚离婚跟咱一点关系没有……"

直接语无伦次了。

刘伊若看嫂子慌成这样，便又来了个大转弯："说着玩儿的……"桑嫣愣神，然后，猛拍伊若一下："坏丫头！给我好好的！"心放回肚子里，这个婚礼，桑嫣不允许出任何差错。

第七十四章 杨盼
Di Qishisi Zhang Yang Pan

✦

刘伊若大婚，杨盼没想到自己却忙出点主人翁的感觉。可凡、宁红都没来，文娉跟着老桑，基本是摆设，只有她，忙前忙后，堪称股肱。一大早，她跟着美美地化了个妆，然后就去紫玉山庄忙，俨然娘家人。

从宴会厅的玻璃窗往外望，湖面烟波浩渺，杨盼意气风发，买了房，下一步，就是结交人脉，在北京进一步打开局面。今天是个好机会。

她唯一不舒服的是曼蔓。曼蔓成濮家的代表了，穿礼服，一对胸恨不得飞出来，比新娘都要抢风头，那自然比她杨盼厉害了。呵呵，这个凹凸蔓，原本她是垫底儿的，现在好，跟她杨盼几乎同时期逆袭、飞升，成为姐们儿里的黑马。可她杨盼却没做好准备跟你曼蔓并驾齐驱呀！算了，随她去吧，花开两朵，各表一枝，杨盼懒得计较。

今儿个，实诚把店关了，他们夫妇都太忙，怕顾不过来孩子，因此早早把秀秀送到穷亲戚那儿，劳烦他们照看一天。实诚负责接送濮家的宾客。开工之前，老桑简单介绍了每个人的身份情况，方便实诚应对。在杨盼看来，这也是个机会，濮家产业多，如果能结交几个，而且是以刘家亲信的身份，没准改日也能捞到个差事，赚点小钱。

时间到了。天公作美，阳光普照，户外似乎都不那么冷了。可能湖水加了温，天鹅都不肯飞走，三两只徜徉着。会所大厅，刘宪魁推着轮椅，缓缓带刘老爷子入场，全场起立。老太太上前，站在丈夫身边，她拿过话筒，发表感言。不用说，那自然是催人泪下感人肺腑，场上不少女士潸然泪下。

杨盼观察，老桑眼睛最红。她是真哭真感动。是啊，要没有这个婆婆，没有这个家庭，她老桑能有今天吗，小镇姑娘，一穷二白，凭借三分容貌、七分耐心、十分努力才终于走到如今的位置。说句不好听的，伊若不出嫁，还有人跟她争，如今嫁了人，二老身体又那样，将来这个家，还不是老桑说了算。那真叫大权在握啊！

也是熬出来的。

杨盼恍恍惚惚，也掉了几颗泪。实诚问她哭啥，杨盼哽咽着："以后咱们嫁女儿，不知道会是啥样。"实诚失笑："哪百年的事儿呢。"

仪式结束，老太爷该回医院了。桑妈过来让杨盼两口子跟车，又塞红包："麻烦你了。"杨盼虽然不大愿意错过婚宴，可老桑如此重托，又有钱顶着，她只能跟着走一趟。

上车了。老太爷闭着眼，崔姐和杨盼在后座护着。堵车的时候，杨实诚回回头，忍不住感叹:"要那么多钱干吗,生不带来死不带去的。"

崔姐憨笑。

杨盼反驳:"先等你有钱再说吧。"

一路顺利开到医院。护士来安排鼻饲,该吃饭了。杨盼看不了这画面,简直酷刑,连忙出去。杨实诚脖子硬,在一旁看。崔姐跟出来,杨盼对她撇撇嘴:"也就他家,换了旁人,估计早放弃治疗了。"

崔姐附和:"早死早超生。"

杨盼起鸡皮疙瘩。

崔姐又说:"太太有你这个朋友,真是福气。"

杨盼舒坦,但免不了谦虚一下:"老桑对人,就一个字,真。"

崔姐突然叹:"这老天爷怎么就不长眼呢。"

杨盼晓得她指孩子的事儿,于是顺着问:"上次咱俩去过之后,那医院给消息了不?"崔姐说没。杨盼问为啥,崔姐道:"还是没合适人儿。"杨盼说那只能再等等。崔姐又说:"太太心里苦。"杨盼不言声。崔姐跟着道:"现在伊若出嫁了,她年轻,估计很快就有个一儿半女,等孩子露头,你说太太压力大不大。"

杨盼唏嘘。是啊,如果小姑子生了孩子,做嫂子的还没动静,面子上终究难看。可这玩意儿,别人也是使不上劲呀。说实话,有那么几个瞬间,杨盼也想过,要不干脆她上,帮老桑代一个拉倒。可这个念头,只在脑中浮现一秒钟就消失了。太艰难太复杂太牵扯……就算刘家同意,实诚能同意吗?何况她年纪不小了,冒这个险……唉……要让她借肚子,那真是破天荒……难度太大……杨盼惆怅地望着崔姐:"能不能再找找名医或者偏方?"崔姐道:"啥都找了,中国的,美国的,土的,洋的,就是不长苗苗。"

说话间,实诚出来了,他去外头抽烟。崔姐见状,打发他两口子去,说医院这儿她看着就行。杨盼还要坚守岗位,可架不住崔姐盛情,只好说有情况随时打电话。临了,崔姐还夸:"你今儿做得够周到啦,真是,漂亮的人一认真,啥事儿做得都漂亮。"有这句话垫底,走出医院的杨盼,心里美滋滋的。

事都清了,杨盼才觉得饿。夫妻二人去接了秀秀,便往家去。杨盼要下饭店。实诚道:"回家吃吧。"杨盼坚持,实诚只能应允。进了馆子,杨盼点了宫保鸡丁、回锅肉外加西湖牛肉羹。实诚埋怨:"就吃这,那不跟家里差不多嘛。"

"不一样。"杨盼抬杠。

"哪儿不一样,不就是鸡丁儿,肉,炒炒。"

杨盼道:"搁这儿是别人做,我吃,回家是我做。"

"我可以做呀。"

杨盼不耐烦:"行啦,对自己好点能咋着,累得腿肿,老桑又不是没给补贴。"实诚虎着脸。杨盼知道他心思,一直以来,杨实诚都觉得她太巴结桑嫣,可问题是,巴结真有效果呀,人不都得往高处走嘛,哦,放着达官显贵不结交,非要跟于曼蔓那种下九流混一块儿?合适吗?想到这儿,杨盼打算劝劝丈夫,她拖着腔调:"知道你抵触,问题是老桑确实帮咱不少。"实诚不配合:"是,咱就该给她当小舍儿。"杨盼放下筷子,厉声道:"不许你这么想。"

手机振动。杨盼看桌面,是老高打来的。

杨盼接了,问啥事儿,老高却问她在哪儿。杨盼报了位置,老高说就来找她。饭吃完了,女儿要做作业,实诚先带秀秀回家,杨盼一个人,要了杯水,在饭店坐着等。

晚高峰,堵,高处寒来了两个电话,说可能还要十分钟,结果,等了快一个小时人才到。老高一走进来杨盼就起身迎接,高处寒压了压手掌示意她坐下。杨盼问啥急事儿,老高却说要不要换个地方说话。

杨盼等不及:"都是自己人,没那么多讲究,说吧。"

高处寒面露难色。

"婚礼出岔子了吗?"杨盼问。

"没有。"

"老桑让你来的?有啥需要帮忙的尽管说。"

"不是。"

"别慎着了。"

高处寒依旧沉着脸,表情跟他的名字似的,发寒。

"说话!"杨盼真急了。

高处寒抬起脸,直视杨盼:"老许来了个电话。"

"哪个老许?"杨盼没反应过来。

"许可凡。"

老高话音刚落,杨盼脑子开始转了。她怕听到这三个字,可凡走着霉运呢,谁沾谁倒霉。"她找你啥事儿?"

老高欲言又止。

"跟我有关吗?"杨盼问。等于明知故问。

"有关。"

靠!杨盼大觉不妙。她甚至隐隐约约猜到了几分。

"她反悔了?!"杨盼激动,起立。

高处寒只好把她摁坐下:"没说反悔,就说商量商量。"

"商量啥?"

"她婆婆去世了。"

跟一颗扫把星砸头上似的,杨盼两眼都是星星,逻辑链条清晰了,可凡婆婆去世了,钱用不着了,所以她反悔了,想退款,重新拿回房子。开国际玩笑!杨盼嘴唇闭得紧紧的,过了好一会儿,才说:"她明说了?她让你来的?"

高处寒为难地说:"也没说一定,就是先来问问。"

杨盼果决:"不用问了,我不同意,"她气焰上来,"那就没有一点儿的可能性,"出一口气,"白纸黑字合同都签了手印都按了,有法律效应的,而且还有刘家老桑他们担保,哦,要钱的时候需要咱,现在老婆婆突然翘蹄子,又不想卖了?过家家呢?这是小事儿吗,谁跟你闹着玩儿?变不了,别想了。"

高处寒连忙安抚:"老杨,你先别着急。"

杨盼嗷嗷:"我能不急吗?!这都啥事儿呀这都!"又骂,"这老婆婆也真会挑时候,也不知道选个良辰吉日再走,这不坑人嘛!"

高处寒竭力安抚,让她平静,可杨盼却怎么都平静不下来。"我去协调。"高处寒表态。杨盼声高气壮:"高律师,按说两边都是朋友,但这事儿你也得有个立场,你得帮理不帮亲呀!你就不该来问我,她提,你咋不挡回去?这根本就是个不着调儿的事儿。"高处寒说他明白他清楚,正因为都是朋友,人家总有表达态度的权利。

杨盼拦话:"现在好了,表达清楚了,结束,没戏。"

一路生气,到家了。过去许可凡的家,现在是她的。杨盼还带着火。秀秀睡了,实诚一个人坐在沙发上看球赛。杨盼把包一丢,一屁股陷进沙发里。实诚发现老婆气场不对,忙问情况。杨盼不遮瞒,径直道:"许可凡婆婆死了。"

实诚消化了几秒钟,才问:"然后呢?"

"然后房子不想卖了,"杨盼大喘气,"我给挡回去了。"实诚着急:"当初我就说这房子不能买。"杨盼怒:"说这些有用吗,现在的问题是,一,她婆婆死得不是时候;二,她老许忒不地道,我要是她,我都不会张这个嘴,泼出去的水能收回来的?用人朝前不用人朝后?有没有一点诚信?"实诚给她拍背,让她熄火,又说,这房子还没过户呢,将来都是问题。杨盼一横到底:"我管她什么问题!到时间就得给我过户!不然我去她单位找她,光脚的不怕穿鞋的,我怕谁。"

实诚道:"看到了吧,这就是人,什么闺密。"

杨盼哎哟一声:"跟闺密没关系,我能理解,利益当前,就是亲姐妹亲兄弟亲娘亲老子都有反目的,不过这事儿没商量。"

"你也别太硬。"

杨盼换一副态度:"让老高去协调吧,实在不行,还有老桑,等明儿我去找她,这哪能让老许胡来呀,啥事儿张嘴就来,世界都围着你转呀,还法官呢,自己就不明个理。"

第七十五章 毛文娉
Di Qshiwu Zhang　　Mao Wenping

♦

文娉遇到件奇事儿,她手机打不开了。

礼拜六中午,她刚睡觉起来,觉得手机运行太慢,于是重启。过去,都是用指纹开锁,重启之后必须输入密码。她输了六次都不对,系统提示,一分钟后重试。

时间到,试了,还是不对。然后是五分钟后,半小时后,最后变成一个小时后,文娉紧张得一头汗,这是得老年痴呆了吗,她的开机密码,多少年没换过。她盘坐在床上,最后一次输入密码,六个数字,小心翼翼,点开锁,还是不对。

屏幕上出现一行小字:您的 iPhone 已停用。

疯了！

这怎么弄，全部联系方式，几万张照片，各种文件都在里头！她赶忙去维修点处理，结果工作人员告诉她，这种情况，如果ID信息知道，可以去iCloud恢复资料，但想要开机，只能刷机。

崩溃！

她是不能关机的呀！领导随时找她。她需要一部备用手机，至少先把手机开了再说。文娉只能求助许可凡。老高的手机号码她记不住，许可凡的电话号却十几年来没换过。可凡拿来一部备用老机子，文娉还不能用，卡的尺寸不对。许可凡让她别着急，两个人回到家，对着电脑弄了半天，终于选择"抹掉"——手机刷机，一片空白，重新开始。

文娉心疼："三万多张照片呀！"

许可凡叹息："人生就是这样，过去的一切随时都可能不算数，随时都要准备好推翻重来。"文娉理解，可凡又在为房子的事闹心了。晚饭时间了，文娉说要请可凡吃饭。她问菲菲呢，可凡说还在老家。"我请客，想吃什么都行。"文娉说，许可凡说没胃口。

最后还是文娉做主，两个人去吃麻辣香锅。等锅子上来，许可凡突然说有个事要跟文娉讲。文娉抬起头，可凡的脸色不好看，她又瘦了。

"你婆婆的病怎么样了？"毛文娉随口问。

许可凡盯着她，眼神触碰，文娉有点发毛。

"老高没跟你说？"可凡口气很平静。

"说什么？"

"我婆婆走了。"

筷子拿不稳，韭菜盒子摔在桌面上，嘴里韭菜差点喷出来。文娉惊愕。短短几个字，信息量太大了。可凡婆婆去世了，她可是刚卖了房子呀。然后呢，人没了，钱不需要了，房子也没了……高处寒知道？他怎么不说呀。毛文娉带着气："老高号码告诉我一下。"许可凡连忙说别问他了。文娉不答应，坚持。许可凡只能调出来给她。文娉直接打过去，开免提，问："可凡婆婆去世你知道吗？"老高说知道。文娉没好气："那怎么不说。"老高说这几天事多，没来得及。

好了，明白了。可凡来帮她，也是无事不登三宝殿，为了不让老许为难，毛文娉主动问："要我去找老杨说说吗？"可凡说不太好吧。文娉又说："都是姐们儿，没什么不好意思的。"

"利益面前,就没有姐们儿了。"可凡忧心忡忡。

"没事儿,我先去问问情况。"

在许可凡和杨盼之间,文娉肯定向着可凡,当年她们一起考研,有过革命友谊,而且又是同乡,能谈得来。吃完晚饭,毛文娉和许可凡一起回小区,到岔路,一个向东,一个向西,可凡回出租屋,文娉往杨盼家去。敲门,是实诚开的门。"老杨在家吗?"文娉问。实诚说还在店里,他一会儿去接她。他又问文娉有没有事,文娉忙说没事。她打算直接去店里一趟,不当着实诚的面儿谈最好。

大冷天,路上几乎没人了。从家里到店里不算远,文娉叫了车,很快抵达目的地。杨盼见文娉来显然有点意外,这个时间造访,多半不是主顾,路过也不大可能。

"这会儿怎么来了?"杨盼笑着问。

"没事儿,路过。"文娉谎撒得不太高明。当然,她也懒得在这上面费心思。

杨盼随即道:"文娉,咱们这么多年的同学、姐们儿,你一碗水可要端平。"

头皮发紧,文娉心里咯噔一下。杨盼太聪明了,她还没说,人家就有了应对。毛文娉只好耐下性子,继续往下说:"老许现在是真有困难。"

杨盼不含糊,但笑容还在:"谁不困难,我还有一屁股外债呢。"

"那不一样。"

"哪儿不一样,不都是钱的事嘛。"

文娉推心置腹:"这房子的事要处理不好,可凡和尉迟都能离婚。"

杨盼身子微微后仰,像被冲击了一下似的:"他婆婆走之前,这些问题都没考虑?"清嗓子,抽纸巾,把痰吐出来,才说,"现在突然走了,才说要离婚,如果真要离,我相信老许肯定是有心理准备的,咱别操这个心。"呵呵一下,"都说好了的事儿,变来变去,法律也不允许。"

文娉好声劝道:"盼,我不是来劝你的,也不是来跟你讲法的,我来这趟,谁都不为,就为天理人情,咱都在北京混都不容易,能相互扶持还是相互扶持。"

杨盼大声,依旧用开玩笑口吻:"好笑了,她婆婆有病,要卖房,我凑的钱,我就是在支持在扶持,怎么搞到最后好像我成坏人了……"文娉怕杨盼太过激动,只能先安抚住她。她能理解可凡,也能理解杨盼,这事儿,怪就怪可凡婆婆死得不是时候,早死点儿,不用卖房了;晚死点儿,钱耗尽了,也就没别的想法。又

387

娉没办法,只好先回家。第二天,她才把高处寒叫来。

文娉责怪处寒没第一时间告诉她。高处寒道:"这几天所里事多,老宁也闹腾,她这事也是刚发生,正准备跟你说,一忙,忘了。"文娉问老宁什么事。老高说老宁搬回去之后,老吴搬出来,他在帮老吴找房子。

"你还跟老吴沾?"文娉反问。

"不都还是朋友嘛。"高处寒无可奈何。

文娉又问他对可凡这事什么看法。

"没看法,只要两家愿意,息事宁人就行。"

"你找过杨盼吗?"

"见过一次。"

"她什么态度?"文娉问。

"很强硬。"

文娉叹气。杨盼现在对谁都那态度。

高处寒问:"要是你是杨盼,你怎么办?"

"肯定退房。"

"你心善。"

"不是心善,关键这么一闹,那房子还能住得安吗?"

"有啥不安的,"高处寒从茶几上拿了根牙签,剔了两下,"明年过户,将来再转手,没准还能赚一笔呢。"

文娉愁得直接把右手背往左手心里砸。

高处寒道:"这事儿,还是得找宪魁和老桑,他们是担保人,也只有他们能说上话。"

"老桑知道吗?"文娉问。

"我还没说。"处寒答。文娉觉得,为今之计,也只有去找老桑想想办法,而且事不宜迟。她希望自己跟老桑的私人关系,多少能为许可凡加加成。老高问要不要他陪着一起去。文娉想了想,觉得女人们说话,男人跟着反倒可能抻不开。她让处寒去找宪魁,先透透风。高处寒说:"宪魁对这事儿才不感兴趣呢。"文娉道:"是,对他来说是小事,但总得知道。"老高问:"你一个人去?"文娉说那可不。老高提醒她,说一个人去,倾向太明显,得罪了老杨也没必要。文娉考虑再三,还是决定叫上事主许可凡,一起找桑嫣评理。

婚礼过后，刘伊若从五号别墅搬了出去，桑嫣和宪魁在市里陪了老人几天才回到五环外。她已经正式向单位提出辞职，等待批复。濮家这边，也开始运作基金会相关事宜，很多细节，老桑都要参与。文娉打电话跟她约时间，桑嫣白天没空，要见只能晚上。

入夜，宪魁还没到家。文娉和许可凡坐在二楼书房等老桑。桑嫣到了家，没来得及卸妆、洗澡，就匆忙会客。崔姐把水果端上来后，轻轻合上门。书房只剩三个女人了。"什么事那么急？"桑嫣问。文娉向许可凡使眼色，可凡倒大方，直接把婆婆那边的情况说了。

桑嫣一下就明白了。她微微颔首，过了一会儿，才问："可凡，你是什么意思？"许可凡道："按说已经成交了，就不应该反悔，可关键没想到老人走得那么急，等于这边刚卖，那边人就没了，就这么快。如果是这种情况，这房子就没有必要卖了，就几天工夫。"

"可是已经卖了。"桑嫣说。

毛文娉帮腔："好多合同，也都有反悔期。"

"老杨知道了吗？"老桑问。

"简单交涉了。"文娉插话。

"她不同意？"桑嫣猜出来。

"是的。"许可凡说。

"我是担保人，我肯定会协调，"桑嫣先把事揽了，然后才说，"但我也只能尽量做老杨的工作，结果不能保证。"文娉和可凡齐声说知道。

崔姐敲门，桑嫣说进。门开了，崔姐身后却站着杨盼。一时间，屋内的人都有些尴尬。老杨是不请自来，恐怕也是担心夜长梦多。文娉怕可凡面子掉地上，跟着便起身道别，对可凡看了一眼，示意撤退。杨盼往门里站了站，脸上挂着笑，声音缥缥缈缈的："不坐会儿？"

文娉和可凡硬着头皮出去了。刚走到一楼，就听到二楼陡然传来好大哭声。是杨盼在哭，她也来找老桑诉苦了。文娉太阳穴突突直跳，很显然，这事儿，没那么容易处理。

第七十六章 于曼蔓
Di Qishiliu Zhang　Yu Manman

◆

周末去雍和宫，曼蔓拉上百味。这次拜佛的心愿很简单：希望早日在北京买房。起了个大早，烧了香，两个人在庙里转了一圈，出来之后，于曼蔓请百味吃马三洋芋片。好容易摸到地儿，点了餐，刚坐下，就有人过来跟曼蔓打招呼。

"小于，逛呢？"是位同事。中年妇女，脸上永远带着虚伪笑容的那种。濮德庸开公司，属于借壳，她直接空降，公司原本有几个多年的老员工、关系户，这位大姐就是其中之一。她对濮总不服，自然也不把曼蔓放在眼里。于曼蔓愣神，大姐却跟着说："濮总呢？"

曼蔓还是慢半拍。等大姐已经笑得脸快僵了，她才回复："今天周末。"大姐老练地说："还以为你周末也要加班呢。"说完又是笑，这回是有点嘲笑了。曼蔓忍住气，百味走过来了，她一把捉住，直接对大姐道："冯姐，介绍一下，我男朋友，小王。"

冯姐转身，仔仔细细打量，那眼神跟要吃了百味似的。百味还算配合，讪笑着点头。中年妇女没再说什么，讪讪回座，但依旧面朝曼蔓这桌，盯着百味的屁股看。事实上，公司里一直有传言，说曼蔓是濮总的蜜。伊若和濮杰的婚礼过后，照片传出来，情况俨然更加坐实——于曼蔓太出风头了，夸张的礼服，浓重的妆容，显然已把自己当成濮家人。看来，当副总监还不过瘾，人家的目标是要当小濮总的后婶儿。

在冯姐的目光笼罩之下，曼蔓这顿饭没法儿吃得舒服。洋芋片还没上来，曼蔓就冲百味："走。"

"啊——"百味微微张嘴。

"不好吃，换别家。"

百味劝："打个包吧。"

曼蔓不管，风也似的出门了，百味没办法，只能跟上。出了门，于曼蔓才得自在，她请百味吃门框锅贴。吃完，两个人往五道营胡同去，找了个咖啡店钻了进去。店面很小，统共不到二十个平方，进门是操作台，一位员工站在里头做咖啡。

店里已经有四位顾客,靠墙的是一对情侣,两臂交缠,旁若无人。靠操作台这边,是个长头发的文艺男青年,双肩包放在一旁,他在摆弄笔记本电脑。顶里头有个外国白人,双目无神,傻坐着。

曼蔓要了一杯清咖,百味要了拿铁,两个人在靠墙的简易长条凳上坐下。等咖啡到手,于曼蔓喝了一口,才小声叹道:"做人难,做女人难,做一个漂亮女人更难,做一个漂亮又事业有成的女人难乎其难!"

百味差点呛着。

曼蔓继续:"你说,像我这样的,但凡做出点成绩了,人家肯定说,不是你自己的能力,一定是你背后有人,而且必然是男人。"

王百味想了想,道:"大概率事件。"

曼蔓急赤白脸:"问题是我他妈的就是不在这个概率里头呀!"颠过来倒过去,"那压根儿就不是我,我可是艰苦奋斗筚路蓝缕饱经风霜含辛茹苦干出来累出来的呀!"吸一口气,继续,"我跟濮总,那就是清清白白一张白纸啥都没有,濮总是那样人儿吗,我是那样人儿吗,人家从浙江过来,就是为了干事业,我的目标也是很明确,发展,进步,赚钱,定居,哪有闲心整天搞那些男女关系,我要有那个心,"大拇指盖儿顶着小指甲盖儿,"哪怕是就这一点点念头,什么人我拿不下来?关键是没有必要,也不符合我的价值观。"

王百味放下咖啡杯:"我相信,我绝对相信。"

于曼蔓感动。甭管真的假的,就冲百味这种无条件的相信,这个朋友就值得交。

"刚才不好意思。"缓过劲儿,曼蔓才想起来道歉。

"懂。"百味大剌剌的。

"真是没办法,"曼蔓小嘴叭叭的,"不竖个招牌,他们就永远嚼舌根子。"

"竖,没问题,免费的。"王百味嘿嘿,又说,"不过就是有点耽误你。"

"耽误啥?"

"耽误别人追求你。"

"瞎!"曼蔓轻轻拍案,"我现在就根本不想这事儿,要男人有啥用呀,那宁红,那可凡,那老桑,不都是例子,一个字,累,还是得靠自己。"停顿,嘬一口咖啡,"再过几年,我也买房,我也落脚,地方我都看好了,就选天宫院,那边便宜,现在主要难题是没到五年社保。"于曼蔓说着说着,突然发现王百味正拿手机给她录像,她轻轻推了一下,问干吗呢,不许录。百味听话,收了手机,问:"我当招牌,有啥好处?"

曼蔓说:"多请你吃顿饭呗。"

旁侧,那对情侣开始热情拥吻,旁若无人。曼蔓动了动屁股,她不舒服。按说她也是洞庭湖里老麻雀,啥大风大浪没见过,可这么当众生啃,她还真受不住,又坐了一会儿,曼蔓叫上百味撤了。一出门她就抱怨:"一点儿没公德,还有趴台子上那个,几天没洗头了,还有那外国人,我看是洗多少遍澡都没用。"

两个人顺着胡同走到底,曼蔓怅然。过去,她是热爱这种网红打卡地的,曾经的后海,如今的五道营,可现在,一圈逛下来,她的感觉就两个字:矫情。说实话,心思一转到事业上,曼蔓跟换了个人似的,她觉得过去的自己简直可笑,什么故宫联名款茶壶,什么茶歇妆,见鬼去吧。她现在就图个简单、实用,效率高。当然,她于曼蔓对自己有信心,哪怕她不雕琢,也注定是天生丽质难自弃。要不,怎么会一场别人的婚礼,她成焦点呢。逛完胡同,时间还早,曼蔓和百味不想回家,一时没定好去哪儿。可巧曼蔓妈来电话,让女儿去她那坐坐。曼蔓问:"又换地方了?"

周半芹道:"还是那家。"

曼蔓诧异:"那怎么过去?"

半芹说家里没人。曼蔓听老妈夸过几次这家人的房子,早就想见识见识,今儿正好。于是乎两个人叫了车,按照半芹发来的定位,一路顺行到了旧北大红楼附近。那小楼藏在居民区里,二层,红砖墙,是曼蔓最喜欢的风格。她暗叹老妈有福,当个保姆,竟混到这个区域。

进了屋,曼蔓和百味跟刘姥姥进大观园似的,满屋子的塑像、挂画,厚厚的地毯铺着,走上去一点声儿没有。曼蔓东张西望,周半芹冷不丁从后面靠近,曼蔓被吓了一跳:"妈!"半芹却落落大方,一面让他们坐,一面说要去煮咖啡。

曼蔓戏谑地说:"哟,洋气,都会煮咖啡啦!"又对百味嘀咕,"今晚上别睡了。"

少顷,咖啡端过来了。香是真香。

曼蔓不敢多喝,品咂了一小口。周半芹又端来一碟小圆饼干,率先示范着丢进杯子里,泡:"这么吃好吃。"曼蔓和百味也就有样学样。

半芹说:"余教授跟郎平学的。"

百味激动:"教授还认识郎平?"

半芹笑道："他认识郎平，郎平不认识他，是纪录片看到的，学的，意大利小圆饼干泡咖啡。"

曼蔓逗趣儿："妈，您真跟姓于的有缘。"

半芹纠正："不是一个余，你们那是干勾于，人家是人字头的余。"

曼蔓问："是上次给你发消息那个吗？"半芹承认了。曼蔓扭头对百味："我妈的桃花运我咋就没遗传上呢？"半芹说别胡扯，人家余教授有心上人。曼蔓追问什么情况。半芹说："就是这个小区的老太太，也是教授。"曼蔓一听，说那老妈估计没戏了，只能给两个教授当保姆。

"饿了。"曼蔓转换话题，"晚上吃什么？"

周半芹说和了面，准备包饺子，到时候她跟百味还能带回去点儿。都安排好，王百味跟半芹去厨房忙了，于曼蔓开始仔仔细细参观这套房子，二层，五六个房间。这种地段，是她这辈子也不敢想的。正欣赏着，有人敲门，曼蔓开的门。西装领带，是个房产中介打扮的男人。半芹洗手出来，说余教授不在家。中介笑说房子挂出去了，就跟教授说一声。

曼蔓问："这房子多少钱？"

中介说三千五百万。

曼蔓咋舌。

半芹出来，伸脖子介绍中介："小丁可能干呢，在北京有四套房。"曼蔓再次惊呼。她问小丁年纪，小丁答了，几乎跟她同龄。

"你咋就能买四套房呢？"曼蔓急需科普。

中介小丁带着曼蔓走到小楼前面的长椅上坐下，一副细说从头的样子："都是运气。"

"第一套啥时候买的？"

"2009年。"

"也不算早呀。"

小丁来了兴致，娓娓道来："北京这房子，2006年之前都还不值钱，到2006年之后，才开始有了大涨的准备，不过当时涨幅还是很小的，因为商业化程度没有那么高。"曼蔓听住了。小丁继续："2008年奥运会结束，当时绝大多数人都觉得经济会下行，所以都不看好房地产，2009年我去回龙观看房子，班车上就我一个人，所以2009年等于是北京房地产市场的一个冰点。"说着他掏出烟，问曼蔓介不介意,曼蔓摆了摆手,小丁点上烟,"我当时也是借钱,家里所有钱都拿出来,凑首付,贷款,买了回龙观的小三居。"

曼蔓问然后呢,第二套咋回事儿。

小丁道:"第二套买的商住,2010年了,买在沙河,算我运气好,又便宜,不限购,而且买完之后好多大学像北航外交学院都在那儿建分校区,所以很容易就租出去了。"

"第三套呢?"

"第三套在大兴,也是商住,一百万,现在租金四五千。"

"还是商住。"

"商住不限购。"

"但不是很难再出手吗?"

"那时候还能出手,而且北京的房子不存在贬值,是肯定保值的,包括商住。"

"第四套呢?"

"第四套在东四,也是商住,也租出去了。"

"你现在都不用上班了。"曼蔓羡慕。

"确实,上班是爱好。"小丁得意。

两个人正说着,王百味出来了。衣服都穿好了,看样子要出去。曼蔓以为他出去买醋,招呼了一下,谁知百味却说有任务。曼蔓问什么任务。百味道:"宁红要跟拍。"

"拍啥?"

"你忘了,拍老吴。"

"侦探呢?"

"侦探不干了。"

"律师呢?"

"律师跟不上。"

曼蔓当机立断,说:"等会儿,我跟你一起。"

王百味说:"你不陪你妈吃饺子啦?"于曼蔓却说饺子啥时候不能吃,好戏却不是天天能看到的。王百味反驳:"啥好戏?"曼蔓促狭:"最好捉奸在床。"百味问:"还在床,你咋进的门?"曼蔓说:"真想进还能没办法?"又问,"老宁给你多少钱?"王百味不理她,迅速朝外走,他已经开始叫车了。

第七十七章 宁红
Di Qishiqi Zhang　Ning Hong

◆

"残疾人"当熟练了,宁红现在拄着拐杖也能健步如飞。小区气象站在一楼,这天风大,宁红本来站在屋檐底下,站里大爷见她可怜,让她到屋里避风。于是宁红便矗立在窗户后头,大阴天还戴着墨镜。大爷问她咋还戴墨镜,宁红随口说:"眼睛不好,怕光。"大爷的目光更怜悯了。

又瞎,又瘸。

不多会儿,律师小张过来了。她是个助理律师,出外勤的那种。她被分配做宁红的"贴身"助理,特来协同捉奸。不过,小张和宁红都有点担心,老吴毕竟是男的,她们两个女流,宁红腿又不方便,万一开撕,吃亏不说,取证不利索那可是大事儿,所以才又特地聘了王百味。

宁红原本是想让可凡也来,只是,可凡家现在这个样子,她实在不好叨扰。好在等王百味过来的时候,宁红发现还多了个外援。

于曼蔓也来了。

来了好。曼蔓没心没肺,又能打又咋呼,是个好敢死队队员。人聚齐了,宁红方才从气象站出来。宁红对曼蔓说:"一会儿你挡我前头。"

曼蔓义薄云天:"老宁你放心,有我在,谁也动不了你一根寒毛。"

这一次,宁红也是下定决心了。她"班师回朝"后,原本以为老吴虽然暂时搬走,但怎么也应该早请示晚汇报,积极求表现,那没准还有复合的可能。结果呢,人家直接来个人间蒸发。请了个保姆来家伺候,没几天人便辞职了。从那以后,宁红只能自己照顾自己。宁红算看明白了,对付反动派,只有一个办法:打到底!她在老吴的车子上安了追踪器,这下好,有定位了。顺藤摸瓜,找到通州这个小区。看看地图,距离她家直线距离不过十来公里,这估计就是他的小爱巢了。

抓贼抓赃,捉奸捉双。宁红有信心。

从气象站出来,一行四人在小区里徘徊,似乎太过招摇。小张建议去小区里的邮政所避一避,商量出对策再行动。于曼蔓还是虎了吧唧,她挽住宁红的胳膊:

"你说咋办就咋办,你要说踹门,我直接一脚我就上去。"

王百味干咳。

律师小张对曼蔓说:"你那属于私闯民宅,破坏私人财产,人家可以直接报警。"宁红对律师道:"小张,你生面孔,你去打个前站,摸摸情况。"小张领了命,出去了。房子在一楼,还算容易探看。过了五分钟,人回来了,说听到屋里好像有人在打麻将。

"几个人?"曼蔓抢先问。

"打麻将还不就四个……"王百味说。

宁红直问:"都男的女的?"

小张说是从北窗下看,四个都是男的。

"南窗看了吗?"

"南窗是阳台,里面看不到。"小张说。

于曼蔓自告奋勇要去二次探查,她个子高,实在不行,她能站到电工房旁边的水泥台子上观察。宁红叮嘱她小心点,放行了。五六分钟后,于曼蔓回来了,情绪激动:"有问题,绝对有问题,阳台上晒着女人的秋裤呢。"

实锤。

宁红脑中轰然。好了,今天一定要把这个鲍燕捉出来。她憋不住,操起拐杖就往外走。小张跟紧了,劝:"姐,现在出击,会不会不利,他们有四个男的呢。"

宁红嗷嗷:"我一个人就能打四个!"

嘴上痛快。

敌众我寡,不能贸然出击。四个人正踌躇着,小区小门进来个老婶儿,直接往一单元走,她见一行四人在楼洞前站着,眼神甚是诧异。律师小张经验丰富,眼见着老婶儿进了老吴那套房,她估摸着,十之八九是保姆。大家耐心等,一个小时后,老婶儿出来,小张迎上去问:"大姐,还找活儿不?"

老婶儿站住了。

宁红几个人猫在楼梯间偷听。小张问:"现在做一顿饭,多少钱?"老婶儿报了个价格。小张又问:"像这家人呢,按人头算吗,一顿饭几个人吃,要多少菜钱?"老婶儿道:"就俩人,吃不了多少。"小张又多问了几句,又留了联系方式,放人了。

天黑得早,外头已经有点冷了。四个人潜伏在一楼楼梯间。曼蔓闲着无聊,跟宁红有一搭没一搭说话。

宁红教育于曼蔓："男人，信不过。"

于曼蔓叹："真伤着了。"

宁红讲经验之谈："不管你找啥样男人，有钱的没钱的，老实的滑头的，丑的俊的，那最后都能给你整出事儿来。"

"那咋整，"曼蔓问，"不找了？"

"找还是找，但你得有随时离开的准备，"宁红恨恨地说，"我就是咽不下去这口气！你说那……贱货，哪点比我强！"

曼蔓连忙："都说了不是你的问题。"

"就因为我强势？"宁红难得反省。

"绝对不是。"曼蔓附和。

"我不强势，这个家怎么往前走，怎么在北京站住脚？我为他为他们家我付出多少我落着什么好了我……"一说又要声泪俱下。苦大仇深。宁红反思过，可是，即便她强势，偶尔不讲道理，可她还是全都在为这个家呀。

"有动静了。"小张侧耳，回头。

一楼东面那户门响了，是老吴的老巢。四个人眼见着麻将搭子们散了伙，鱼贯而出，宁红才跟百味、小张、曼蔓交代，说一会儿咱就去敲门。她安排百味当排头兵，叩门，如果里头问，就说有东西忘拿了，门只要一开，就挤进去。后面大家跟上，进了屋，小王和曼蔓双管齐下，都负责拍视频。

王百味背靠三个后盾去敲门了。

开门的是吴冠军，两个人还没来得及确认身份，百味便直接往里顶。天破了个口，雨水洒进来。宁红曼蔓和小张都是欢快的雨点，宁红架势最大，她还有拐杖护体。进了客厅，还没等老吴反抗，她就开始指挥下一场战斗了："小王，拖住他，"又对曼蔓和小张，"我们进屋！"

老吴胖胖的身子被王百味拖住了。他大叫着让他撒手，又说要报警，可根本没用。宁红一扫手给了老吴一拐杖。曼蔓高举手机在拍视频。

宁红道："别拍他，进去拍！"

曼蔓得令，坚决前进。

"谁啊！怎么啦！"是个女人的声音。是鲍燕无疑了。

宁红恨得牙根儿痒痒，带拐前行，到卧室门口，她直接用拐杖头把门冲开。

是鲍燕。她盘踞在床上，吓得直捂被子。情况危急，老吴也不晓得哪来的力气，竟然拼死挣脱了百味的束缚，跑得快飞起来，然后，一个横跃，跟一头猪飞上天似的，然后迅速下落，在宁红的拐杖打到鲍燕之前，充当了人肉防波堤。

"他妈的！"宁红对曼蔓和小张，"给我录！"

吴冠军扭头大嚷："你干点人事儿！"又对百味、曼蔓，"不许拍！谁拍我弄死谁！"

宁红两眼暴凸着："你还弄别人！"拐杖再次高高举起，竟跟个铁拐李或柯镇恶似的，使的就是这样兵器，一边乱砸一边骂，"你个不要脸的……王八蛋跟我玩这套……你十八代祖宗……"打老吴打累了，又从侧面袭击鲍燕，"偷别人老公有意思是吧……干什么不好，非要当贱货……"

凭空传来一道清亮的哭声。

时间仿佛静止了，众人停住，都下意识寻找哭声的来源。大床边靠近阳台的地方，停着张可移动式小床，床里躺着个孩子，他刚被大人们吵醒，正在放肆宣泄不满。宁红跟被闪电劈了似的，过了好几秒，才突然回了魂，惊叫着挥动拐杖朝吴冠军厚实的背劈过去："我今天跟你！同！归！于！尽！"

白色水流飞来。一大片，迅雷不及掩耳。

那是小家伙的口粮——喝剩的牛奶——鲍燕急中生智，随手拿来当武器。宁红没来得及躲避，直接来了个奶水喷头。拐杖没抓稳，她失去了平衡，身子前倾，扑在老吴身上。鲍燕吓得去护孩子。曼蔓、百味和小张忙着营救宁红，房间内一时乱得仿佛刚被偷袭过的珍珠港。

"先撤！"小张还算清醒，主帅倒下了，她临危受命，代为主持大局。曼蔓和百味，一个在左，一个在右，费了九牛二虎之力，终于把宁红架了出去。

从捉奸现场到酒店套房，宁红不晓得自己一路是怎么过来的。她心里就一个念头，希望立刻消失，希望躲到一个谁也见不着谁也管不着的地方，痛痛快快哭一场。进了房间，她就把曼蔓、百味和小张赶了出去，立马哭得昏天暗地。曼蔓敲门："老宁，开开门，咱不能倒下，咱继续斗！斗她个披头散发！"

还斗啥斗。唉！她宁红现在就算是条龙，那也是条被抽了筋的龙，战斗力烂成渣。宁红不睬，继续哭。过了好大一会儿，门口又传来老桑的声音："红子，别怕，没事儿！……有问题解决问题……咱不伤害自己行吗？"

老桑来了，不得不给面子。

宁红声嘶力竭:"我没事儿!"鼻涕出来了,再吸溜回去。

"你先开门。"老桑还是劝。

宁红依旧不从,她没脸见人。

跟着是毛文娉的声音:"老宁,别做令亲者痛仇者快的傻事儿!"傻丫头,她怎么会做傻事儿呢,她只是觉得……觉得自己太失败。她原本以为,吴冠军只是出去玩女人,结果呢,人家还玩出了孩子!看来当真了,没有回头路了,到悬崖边上了……不是他吴冠军,就是她宁红,反正有一个人要跳下去……而且看那孩子,应该是男孩……老吴不可能放手,宁红突然感觉自己幼稚极了,她总想着惩罚惩罚老吴,他领了错或许就还有破镜重圆的一天,她就是在恶作剧……结果呢,老吴却来个既成事实,永不回头……她宁红就是再强势、再跋扈,面对那个孩子,她瞬间缴械。

许可凡来了,在门口劝。宁红却一个字也听不进去。最后杨盼也来了,同劝,还是没用。宁红迷迷糊糊躺着,哭累了,魂丢了,她感觉自己好像在奈河桥附近游荡,看透了今生,那就要把它忘掉。蓦地一声巨响,跟着,耳边都是声音了,而后,眼前都是姐妹们的脸。

姐妹们找前台开了门。她又回到阳间了。

她腿不方便,胳膊还能动,她伸出胳膊,姐妹们一把拉住了她,好像要把她从河里拽上来似的。

宁红哭嚷着。山洪二次暴发,泥石流奔涌。六个女人抱在一处,都哭了。王百味站在旁边,静静看着女儿国最悲伤的一出戏,他参与不进去。律师小张领着高处寒进门。百味摆摆手,老高暂不上前。

老高小声问百味:"你搅和进去干吗?"

百味不出声,抬眼瞧瞧老高。

老高又道:"不会真产生感情了吧?"他望向曼蔓。

百味不客气:"管好你自己。"

服务员在门口伸着脖子看,她没见过这场面,只好小声问:"需要报警吗?"高处寒快速走出去,挥挥手:"没事儿,喝高了。"

第七十八章 毛文娉

◆

哭完了就回家。

宁红终究没在酒店过夜，乃心还在杨盼那儿。桑嫣、文娉、曼蔓、可凡陪宁红到家，桑嫣又叫崔姐过来顾着老宁，不管怎么说，先把这个冲击力极强的夜晚度过去。她们都怕老宁想不开，出事。王百味也先撤了，曼蔓作为唯一的现场见证人，还在绘声绘色地描述着当时的情景，桑嫣打断她："能不说了吗？"

仅从这一句话里，文娉就能感觉出老桑的担忧。是啊，连吴冠军这么个人，都能神不知鬼不觉在外头生个孩子，那刘宪魁呢？他更有本事，也更有理由在外面寻找生育机会。文娉突然为桑嫣担心：如今公婆还在，老桑暂时安全，一旦公婆撒手，谁还能拢住宪魁这匹野马？

交代完善后事宜，老桑催促大家回去休息。文娉和可凡结伴，夜深了，外头风急天高，只有武圣羊杂割还没打烊。两个人在路灯下行走，跟两个时不时显形的鬼似的，文娉问可凡婆婆那边的事儿。

可凡说，尉迟还没回来，还在当孝子。

文娉站住脚，道："也没来得及问老桑情况。"许可凡迟疑一下，说："不用问了，她不提，就已经说明态度了，"手拢在嘴边，呵呵暖气，"事情是她担保的，她总不会自己打自己脸，何况她跟老杨现在走得那么近。"

文娉问可凡打算怎么办。

许可凡长叹一声："要怪就怪我命不好，但自己的事儿，最终还是得自己去处理，哪天我去找老杨一下。"

"她能吐口吗？"

"按违约走，给违约金。"

"那她要还不同意呢？"

可凡凄凄地说："还不同意，那就只能法院见了。"

"你不怕她去你单位闹？"

可凡道:"到那时候,我还在不在法院都两说。"文娉见可凡心事重重,怕再说下去晚上得失眠,便及时道别。她回到家,老高正歪在沙发上看电视。毛文娉洗了澡,老高抱过来,文娉没心情,推开他。

"什么感受?"文娉从肩膀朝后看。

老高道:"见怪不怪。"

文娉转过身:"是见怪不怪,还是你早就知道?"

"又来了。"

"那是孩子,活生生的人,"文娉语速加快,"你们天天在一块儿玩儿,老吴在外面制造活人,一点风儿都没透?我不相信。"

"宪魁知道不知道我不清楚,反正我不知道,"高处寒并不慌张,"这都是生意伙伴酒肉朋友,这种大事,能告诉我吗,我跟老吴的关系真没到那步,他上次有个案子还偷给别的律所呢,给我气的。"

文娉不作声,倒热水喝。

"要不要冲杯牛奶?"高处寒贴心。

文娉还是忧心忡忡。

高处寒双臂从后头拢住她:"行啦,咱们过好就行了,管别人呢。"

"怎么才叫过得好?"

"你爱我我爱你,谈得来,在一起舒服。"

"就这样一辈子吗?"文娉突然发问。老实说,她也没料到自己会这么问,听上去有点像逼婚。只是,她不得不面对自己内心的不安。她总觉得高处寒是庐山,永远看不清真面目。

"那你说怎么办,"老高不含糊,"你提一个方案,咱就按方案走。"

"如果我说要结婚呢?"

"那就结,"高处寒雄赳赳的,"第一次见面我就想跟你结婚,是你不同意。"

"你永远不会背叛我?"

"永远,forever。"英文都转上了。

"不开玩笑。"文娉道。

"认真的。"

"怎么保证。"

"项上人头。"

"没用。"

高处寒发急："那你说这种事情，我说我保证，你说你不相信，那就成死局了哇，而且说老实话这个东西谁也不能给你保证，老天都不能，你说万一哪天我没变你变了呢，或者我死了，死在你前头，或者……"

文娉打断他："所以还是不结婚。"

高处寒扶住她双肩："我问你个问题，你老实回答。"

毛文娉眨巴着眼，不晓得他又搞什么鬼。

"你想不想要孩子？"老高双眸清澈。

"什么？"文娉没反应过来。

高处寒笑："我说的是中国话嘛，"深呼吸一次，"你这辈子，想不想要一个自己的孩子？"

"不知道。"文娉答。实话。这件事，她一直以来都很踌躇。不要，别人都有了，她感到有压力，而且近半年，她感觉生理上似乎起了点变化，遇到那种小小的萌萌的东西，立刻母爱爆棚；要，她同样有压力，她主要认为自己现在一没能力对孩子负责，二，她也需要对自己负责——她自己发展尚且不充分，一旦要了孩子，北京的奋斗生涯等于立刻宣告结束——一入妈门深似海，少说也就七八年下来了。可是，现在老高这么问她什么意思呢？一时间，毛文娉心乱如麻。高处寒追着说："要不这样，把命运交给老天，如果有孩子了，咱们就结婚。"

文娉发蒙。

老高要跟她生孩子？没听错吧。不不不，她没法儿那么快决断，交给老天也是不靠谱的。

"咱先不谈这个。"文娉只能用缓兵之计。

高处寒说那谈什么。

"什么都不谈，睡觉。"毛文娉跳上床，钻进被窝。屁股底下暖暖的。哦，他提前把电热毯打开了。她火力不壮，一冬天都嫌暖气不给力，习惯了睡前开会儿电热毯。他竟都记得，文娉有点感动。"真不要？"老高光着身子上来了。

"累了。"文娉说。

"睡吧。"高也钻进被窝。

"你不睡？"文娉问。

"等你睡着我再睡。"高处寒道。

"为什么？"文娉不理解。

"习惯了。"他笑笑说。

次日是周末，天阴得很。一起来就跟打仗似的。文娉赶到宁红家，除了许可凡，人到齐了。于曼蔓正拿着个煎饼啃，王百味帮她拎包。杨盼挽着老桑。律师小张也来了。崔姐从卧室出来，桑嫣问情况怎么样。崔姐说昨晚睡了几个小时，早晨喝了点粥。

桑嫣环顾众人，然后推卧室门，率先走了进去。文娉等人连忙跟上。宁红坐在床上，面目棕黄，头发凌乱，一双眼袋大得能养小鱼。文娉不禁感叹，一场家变，老宁瘦多了，真成黄脸婆了。

宁红见人来，倒格外理智，她立刻吩咐小张和百味，把视频导到她电脑里，保存证据。等法律层面的事安顿好，桑嫣和杨盼才坐到床边去。老桑问宁红打算怎么办，又说坚决做她的后盾。

宁红沉默。

文娉换位思考，如果她是老宁，她估计做不到这样，她没那个心劲斗。

杨盼道："首先一点，离不离？"

文娉心想这不废话嘛，这样还不离，留着过年？谁知道杨盼继续说："红，我给你举个例子，之前实诚有个客户，长三角那边的，也是个大老板，有钱，他就在外头生了个孩子，最后是给了那女的一笔钱，孩子带回来给原配养了。"

宁红表情像听天书："我还给他养孩子？"

曼蔓道："老杨，你这都是民国的打法了，白崇禧的老婆这么干，问题是那是白崇禧，也值当牺牲一回，就那个孩子，那样，带回来，那不恶心自己嘛。"

桑嫣拉住杨盼的胳膊，示意她别说话："老宁，你的脾气我知道，这日子肯定是没法过，但现在的难题是，他既然在外头有了娃儿，肯定不愿意净身走。"

"那不行，"宁红坚决，"不愿意就打官司。"

"有胜算吗？"桑嫣回头看小张。

小张气弱："净身……有难度……"

桑嫣又对宁红："撕破了脸，现在就是硬碰硬了，保不齐老吴也正在调查你。"

"调查我什么，"宁红坐直了，"随便查，查他姥姥个腿儿！"一激动，宁红又开始丢枕头。文娉不幸中弹，一行人吓得连忙退出卧室，老桑还是安排崔姐做服务工作。小张走了。老桑让百味跟曼蔓也忙自己的去。客厅内，只剩文娉、桑嫣和杨盼三个人。

杨盼道："就怪老宁没听老桑的。"

桑嫣和文婢都看她。

杨盼继续："要是几年前老宁把嫣儿的话听进去，好歹再生个男孩，还有今天这事儿吗？"

桑嫣不语。

文婢不屑，她没想到杨盼竟然把老宁和吴冠军的闹剧的根源，归结到宁红没及时生儿子上，可是，再一想，文婢又不得不承认从客观效果上说，宁红如果真生了个儿子，或许还真能挽救这段婚姻——儿子就是有这种魔力。哪怕老吴在外头玩女人，看在儿子的分上，他也会稍微收敛。唉，可悲。女人永远在防守吗，她不，她毛文婢要掌握主动权，所以更加不能傻傻走入婚姻。

看着桑嫣凝重的神色，文婢能感觉到她的不安。还是那话，老宁好歹还有个女儿，尚且如此，老桑膝下却连个一儿半女都没有。"要不先等律师出方案，"桑嫣突然抬头，又对文婢，"你回头问问可凡，让她帮着把把关，关键时刻，老宁也只能靠咱们这帮姐们儿。"

文婢应答着，她理解，老桑现在见可凡也尴尬。再看杨盼，老桑提到可凡，老杨似乎也毫无愧色。看来可凡那房子，人家杨盼是要定了。商量好了，桑嫣又把崔姐叫出来交代几句，正准备离开，有人直接开门进来。

人没走出玄关，声音就来了："红子啊——"是个老者的声音。两秒钟后，却见一个老太太挽着个老头。老头是个大光头，胖；老太太头发花白，干瘦。文婢确认，不是宁红家人，那十之八九是她公婆了。

杨盼上前招呼，介绍了身份，两个老人也自我介绍了，果然是吴冠军父母。老头问乃心呢，杨盼道："在我家做作业呢，离得不远。"老太太也叫红子。没几秒钟，宁红拄着拐杖从屋里出来了。老头一见就说要打死吴冠军，老太太默不作声。

宁红叫："爸！妈！"跟着就是哭。

老头骂："红子！你放心，这个不孝子我直接给他打死……"宁红哭嚷："我要不是还有个乃心，我直接就……我就从楼上跳下去算了……"二老又连忙说不值当。三个闺密在旁边看着，都不敢插话。看了一会儿戏，文婢算看明白了，这二老，没准早就知道儿子已经给他们喜添孙儿，话里话外，明着向着宁红，暗着，可都想着人自己儿自己孙呢。眼前闹剧剧热闹,文娉却不由得一股悲哀再度涌上心头,说到底,孙女就是没孙子重要,只要有孙子打底,那外头的姘头,似乎也就有了合法性。

清官难断家务事,闺密仨又站了一会儿,不得不提前退场。杨盼叹息,说公婆到底是外人。

桑嫣道:"那个鲍燕,说是个惯犯。"

文娉问查到了吗?

桑嫣撇嘴说:"拐弯问了。"文娉不问从哪儿拐弯,她更关心查到什么了。

桑嫣继续:"说不是第一回了,过去跟别的男的,人家没上当,老吴傻,进坑了,孩子一出来,吃得死死的,跑都跑不掉。"

文娉叹:"还是色迷心窍。"

桑嫣又补充:"说给了那女的一千多万。"

杨盼下巴差点掉地上:"我老天爷!"

文娉也吃了一惊。差距太大。不是说房子都买不起吗,不是过年只能给五万吗……鲍燕生了个儿子,就奖励一千多万?还是说真就是真爱?走心了?魔幻人间……整个头涨涨的。文娉先是替宁红不值,进而又在心里为全体女同胞打抱不平起来。

第七十九章 许可凡
Di Qishijiu Zhang　Xu Kefan

◆

办完丧事,尉迟从老家回来了。

婆婆下葬了,尉迟守过了头七。过后逢七,他都还得回去,直到五七。返京后,尉迟有两件事办得让可凡窝火:一是戴孝问题,尉迟坚持要让可凡和菲菲戴一年,那黑色的布圈，在胳膊上圈一年？活着是拖累，死了还要大张旗鼓。她用不着再向谁证明自己是个孝顺儿媳。搞搞清楚，这里是北京，你尉迟寅做给谁看呢。过去她奶奶去世，可凡都没戴那么久孝。菲菲戴着孝去幼儿园，小朋友们纷纷发问，弄得孩子不堪其扰。

许可凡偷偷把黑布摘掉。第二天，尉迟又给送回来了，放在她衣服堆的最显眼处，无声抗议。可凡跟他理论，人家说得有鼻子有眼，这事关他老妈在阴间的"积分"，戴孝的人越多，积分越高，积分高了才能早登极乐。许可凡哭笑不得，跟北京积分落户一样是吗？一个受过高等教育的人，居然如此愚昧、荒谬！

还有，尉迟寅把他那小银行的工作给辞了，没跟她商量。可凡严重怀疑，是他请假太多公司把他开了，为了挽尊，他谎称主动辞职。罢了，许可凡现在对丈夫不抱希望，一切都要靠自己。

这个周末，两口子履行做爹娘的责任，带菲菲去图书馆还书。十本书，超期十五天，需要罚款。完了之后再借十本。可凡心疼女儿，如果家里有钱，何须来图书馆借书看。那些书本，多少人摸过，压根就不卫生。消毒柜前，许可凡一股脑儿把十本书都插了进去，摁下开关，机器开始运作了。紫外线照射书本，柜内风力大作，菲菲凑到柜门前看。可凡大喊："离远点儿！"一次完毕，再来一次，结束后还一次。

后面排队的妈妈不耐烦了。"有必要吗？"她小声嘀咕。可凡本来就不痛快，听到之后，立刻转脸："生病了你负责？"那妈妈也不示弱："规定是消毒一次，你来这么多次，浪费别人时间。"

"谁规定？"许可凡要撸袖子了。

要不是尉迟好声劝和，硬拉她走，保不齐许可凡就要跟那人干一架。上了车，尉迟还在叨咕："咱不跟那低素质人计较。"可凡来火，索性旧账新账一起算："你就会窝里横！老婆女儿被欺负，你就这态度？"

菲菲不敢说话，坐在车后座，眨巴着小眼。

尉迟也不耐烦："那我怎么办，我去跟人打？把事情闹大？"可凡更气了，她觉得这个男人永远听不懂她的话，永远摸不到她的痛点，她在乎的是态度、态度，懂吗？！他们是夫妻，她跟人吵架，他就应该不假思索义不容辞跟她统一战线好吗？"怎么办？"可凡继续发问。要聊就聊透了。

尉迟把车靠路边，停稳了："什么怎么办？"

"生活。"

"不就这么过嘛。"

"怎么过,租房子?被人像狗一样到处赶?"

尉迟皱眉:"别当着女儿面说这些。"

可凡大吐一口气,沉默。她也不知道自己现在跟尉迟发火的目的是啥,反正就是憋得慌。

尉迟寅转过身:"慢慢来,工作会有的,你不用有压力,我来负担家里,行吗?"

"你负担?你凭什么负担,你要能负担,家里就不会变成这样。"许可凡全面失控,面目狰狞起来。

尉迟终于爆发:"那你啥意思,你是嫌我妈走早了?还是走晚了?这些问题又不是今天才出现,我们早就应该有心理准备不是吗?"他鼻孔喷气,"要不我去找实诚谈?"

这是可凡关心的。"怎么谈?"她问。

"动之以情晓之以理,希望他能做做杨盼的工作。"

"没用。"

"那怎么办,你说个办法,反正你让我干吗我干吗,行不行?"

"咱俩八字不合。"许可凡觉得跟这男人无法沟通。更关键的是,她在乎的事情,他好像压根不在乎。就比如这套房,那是她的命,可他呢,舍出去就舍出去了,没压力,呵呵,还是来得太容易,不是他自己奋斗的他不心疼。"菲,下车。"可凡命令女儿。

好在女儿还愿意跟她同进退。

回家就是冷战。可凡不想,可她就是控制不了,她觉得委屈。老天对她不公。尉迟又回老家履行孝子义务了。这趟回去,他留了两条消息:第一条是,回来请你看李健的演唱会。可凡迷李健,一直想去现场听。第二条,要不我搬出去几天,你消消气。第一条,她想笑纳但却不能。看演唱会不要钱?那还不是从家庭的总支出里扣?他一个失业中年,装什么大方。第二条,她觉得理解不了。公司沙发是不能住了,在北京又没什么朋友,他总不至于去酒店寄宿吧,那她绝对不能答应。

还是老高的来电解除了她的疑惑。

尉迟去老高那挤几天。

可凡道:"麻烦你了。"

高处寒道:"没事儿,我这也没人。"又说,"老吴也在这呢。"天!看看,乌龟王八凑一块儿了。可凡可不想尉迟跟老吴凑一块儿,腥臊烂臭,无法忍受。

这日下班,文娉约可凡去看宁红。两个人拎了水果上门,发现宁红已经能独立行走。崔姐回刘家了。宁红说,有保姆当然好,可她不能耽误人家的事,刘家现在也是一团乱麻。文娉问怎么了,宁红诧异:"老高没跟你说吗?"文娉说没有。许可凡追问具体情况,宁红道:"我也是听一个姐们儿说,刘家老太爷,已经切开气管上呼吸机了。"文娉可凡都咋舌。

可凡又问宁红律师小张材料准备的情况。宁红说,进展顺利。可凡侧面观察,她发现宁红现在完全冷静了,按部就班,准备拿下重要山头。

宁红侃侃而谈:"第一,老吴属于婚内出轨;第二,鲍燕跟他鬼混的时候,我还没从部队退下来呢,所以她属于破坏军婚。"

可凡当然明白,一旦确认,这是大罪。

得进班房。

宁红恨恨,又诡异地笑:"既然要整,那就得整到位。"她现在全靠仇恨活下去。可凡看到宁红眼里的寒光都发怵,这女人一旦疯狂起来,谁也挡不住。为了调节氛围,许可凡又把话题引到于曼蔓身上。宁红也说,这次多亏小王帮忙。文娉说感觉小王跟曼蔓很配。几个人闲扯了一会儿,文娉和可凡才道别。

快到路的分岔口,文娉才问可凡去找杨盼没有。"再等两天。"许可凡说。"现在这个情况,找老桑斡旋也不合适了。"文娉分析。可凡当然知道,那次见面后,她压根儿就没指望过老桑。自己的事,自己解决。许可凡笑说实在不行就打官司。

文娉叹息:"伤筋动骨,但愿别到那一步。"

尉迟刚走两天,可凡妈来了,她来北京办事(可能是喝喜酒,她没说)。这次到访,毫无预警,许可凡也吓了一跳。下了班,领着菲菲,匆匆忙忙到小区假山旁的长椅那块接老妈。"新家",她老妈不认识,她直接摸到老家去,应该是杨实诚开的门。在电话里,可凡妈说还以为女儿换男人了呢。许可凡怯生生走到跟前。可凡妈穿得棉墩墩的,围着大围巾。

"妈,这边。"许可凡指路。

菲菲蹦蹦跳跳走在前头。

可凡妈给女儿一个犀利眼神,不说话,快步走。

到家门口,可凡颤抖着掏钥匙开门,可凡妈第一个进去。跟着就是一场艰难的打量。这地方比可凡家差多了，装修古旧，家具凌乱。许可凡认定老妈的第一印象一定糟糕透顶，连带着，也会可怜她。

可怜她来京十载，一无所有。

婆婆去世的事，可凡跟老妈说，房子交易则没说。她没脸告诉父母，也怕他们担心。

"他人呢？"可凡妈转过身问。

"回老家了。"许可凡小声。

"你打算瞒到什么时候？"可凡妈跟许可凡在电话里交涉了几句，许可凡已经招了。

"就是最近的事。"

"不听老人言，吃亏在眼前！"可凡妈越说越激动，"矮子心眼多，看到了吧，当初我跟你爸就不同意，不听，他非你不娶，你非他不嫁，现在果不其然吧。"

可凡沉默应对。说什么都是错，不如闭嘴。

可凡妈摊开了说："就他那个家，妈呀那些个人，蘑菇屯穷亲戚成片，一腔饥荒……父母这辈没上过五险一金……我跟你说当初你领他回家你爸直接瘦了七斤……穷不怕，那你健康点儿呀……这些年你也看到了……什么怪病都能得……那要说基因没有问题你信吗……搞不好都影响下一代……"

许可凡头皮发麻，连忙把菲菲打发进屋，才说："现在说这些还有啥用。"

"悬崖勒马，为时未晚！"

"啥意思？"可凡问。

"你还不明白，两个人过日子，得交心得走心，咱不怕房子没有，怕的是他心里压根儿就没你！你自己想想，这日子过得有意思吗？"

老妈的话，仿佛给了许可凡当头一棒。此前，她总是从自己的角度考虑，她自认心里有尉迟，是原配，已经成习惯了，但她从未反向思考：尉迟心里有她吗？把她排在第几位？这个实在是太重要了。

可凡妈又说："日子是自己过的，是冷是热自己知道，骗别人可以，真的，凡凡，别骗自己，别委屈自己，"她举头环顾这小破房，"你要觉得你过得满意，妈妈肯定支持你，但你爸心疼你，这事儿他还不知道呢，我都不确定回去要不要跟他说。"

"别说！"可凡立即阻止。

她不想让爸爸失望,更不希望他担心。

可凡妈悲凄凄地说:"女儿,你何苦,你何必!"几乎哽咽,"现在是他妈要死,让你捐房,那要换成你妈我逢着大难了,他手里有房他会捐吗?"哼哼一声,自问自答了,"未必。"

该说的说完,不管可凡怎么留,可凡妈也要当天回家,理由是,住不了这屋子。老妈的敲打,让那个问题重新被摆到许可凡的视野前:离婚。可凡问自己,要离,为什么?因为不爱了?彼此讨厌?彼此束缚?那么继续过呢?为什么?因为女儿?因为惯性?还是因为仍有感情?天平两端来回摆荡,一时之间,许可凡认为两头都还没法说服自己。

第八十章 于曼蔓
Di Bashi Zhang　Yu Manman

♦

婚礼出风头,葬礼也出风头,于曼蔓认为自己是焦点。不过,当焦点是需要费尽力气的。濮总下令,让她全程配合刘家,办好老太爷的葬礼,二十四小时开机,不得有误。没办法,她必须顶上,现如今濮总视她为股肱。

曼蔓是真忙啊,她跟王百味打趣,说自己现在属八爪鱼的,顾完东面顾西面——王百味也被请来录像,葬礼的纪念短片,桑嫣交给他制作。在告别仪式前,桑嫣就跟曼蔓叮嘱了,活动当天,最重要的是人物的协调:人都得来,但有些人注定不能碰面,不宜安排在一个时间,不宜出现在同一个休息室。于曼蔓小本子记着,小心行事。其实,何止那些有头有脸的人物有忌讳,就连她们小集团内部也是如此。

曼蔓站在入口处,眼观六路耳听八方。老吴和宁红是不能碰面的,他们一个作为宠魁的朋友,一个作为桑嫣的朋友,都早早给了钱;再比如,许可凡和杨盼最好也不要遇着,房子的"公案"还没结束,老桑也说了,不是急茬儿,等这阵忙过去,再做协调。毛文娉和高处寒倒不用分着处理,只是,于曼蔓对文娉不满——她老人家全程跟个稻草人似的,就搁老桑背后站着——巧活儿都让她挑了,脏活儿累活儿都让她于曼蔓来。罢了,能者多劳,谁她有超多办会经验呢,一场葬礼,她就当成个画展来办。

上午十点,吊唁宾客不绝,遗像前,桑嫣扶着婆婆伫立,两个人早就哭得没了声息,只剩一张沧桑的脸。孝子刘宪魁和孝女刘伊若以及女婿小濮跪在蒲团上。宪魁神色凝重,伊若哭,小濮眼眶红红的。刘老太爷一走,刘家何止失去半壁江山。宾客们哭声起起伏伏,曼蔓在当门口站着,崔姐坐在长条桌后面,帮忙盯着。百味过来跟曼蔓说菊花不够了。于曼蔓立刻走出去,找工作人员问情况。问到后,让百味跟进。她自己重新回到门口,坚守工作岗位。

抬头瞧见个熟人。呵,可是老长时间没碰到了。蒯姐一身素黑,瘦了不少。早前曼蔓就听说了,蒯姐的读书会已经解散。也是,几个关键的大佬不在,出国的出国,双规的双规,周围那些苍蝇蜜蜂蝴蝶,也没了读书的兴致。人家转战旗袍会,还有《易经》研究会,曼蔓听说,蒯姐现在懂算命。难怪,老蒯本来就到了知天命的年纪嘛,懂点识人看相,实属正常。

曼蔓微笑着,亭亭玉立,她的身材还是凹凸有致,不过等蒯姐一靠近,曼蔓又把笑容收了。这种场合,不适合笑,还是严肃点儿好。蒯姐招呼了一声,曼蔓点头,随手递上一枝菊花。

蒯姐先说话:"大红人。"

曼蔓打趣:"今儿说红不合适吧。"

蒯姐身体微微后仰:"还在怨我。"

曼蔓连忙:"我感谢您还来不及呢。"

蒯姐感叹:"要不是老太爷走,我都怕来这种地方,"说着下意识捂了一下眼睛,但瞬间重见光明,"我自己都是土埋脖颈的人了,"又来点文绉绉的,"今日葬花人笑痴,他日葬侬知是谁。"曼蔓顺势道:"您没给自己算算?"蒯姐摊开手:"算有用吗?命自己立,福自己求,说到底,还是得修,决定一个人命好不好的不是老天,是人本身。"

曼蔓道:"哟,我都快听不懂了。"

蒯姐难得遇到听众,于是拆开来说:"《易经》六十四卦,每卦六爻,每一卦每一爻都是人生的一种剧本,你的每种选择,会产生什么结果,它早就帮你推演完了。"曼蔓好奇,问:"那我现在是什么剧本?"

蒯姐说:"你随便说个数字。"

曼蔓报了一个。蒯姐让说长一点,至少三位数。曼蔓又随口报了一个。蒯姐眼睛朝下看,嘴里念念有词,抬起头才道:"是风天小畜,目前你受人牵制,还需要积蓄能量。"曼蔓笑而不语,心里却骂了好几个脏字儿,这不废话嘛,人活着,谁不受牵制,谁不需要积蓄能量。她不想继续这个话题,于是道:"有日子没见左总出来了。"这是实话。于曼蔓跟着濮德庸在外面应酬,是好久没见到左豪。

蒯姐突然小声:"好像准备出国。"

听着话里有话,曼蔓哦了一声,是个疑问句。

"你不知道?"

"什么?"

"左总的表哥,被抓了。"声音小得几乎像喘气。

曼蔓惊诧。新闻。大新闻。重磅大新闻。重磅头条大新闻。咋没人告诉她。濮总嘴一向严,老桑也没提过。左家人同气连枝,上头有人出事,左豪想去国外躲躲可以理解。"那燕儿呢?"曼蔓下意识问。

蒯姐没回答,却面向入口处,于曼蔓顺着她的眼光看过去,却见房燕黑衣黑裤走来。蒯姐机灵,随着吊唁的人群走了。曼蔓明白,老蒯八成是怕三个人见面尴尬。一山不容二虎,何况是两只母老虎。曼蔓随即挺直了腰背,该凹的凹,该凸的凸,在房燕面前,她从来没输过。

走近了。房燕签了字——签了左豪。于曼蔓盯着她看,眼珠子恨不得长到她肉里。说也奇怪,过去燕儿得意之时,曼蔓恨她恨得牙根疼。如今她落了难,曼蔓偏偏物伤其类,忍不住生出几分怜悯。签完字,房燕直起身子,正对着曼蔓。

于曼蔓把话撂过去:"人,不可能一辈子都是顺风船。"

房燕倒冷静:"顺风逆风,该走还得走。"

曼蔓被顶得气闷,再下一城:"识时务者为俊杰。"

"路选好了,就不能后悔。"

"真就一条道走到黑了?"曼蔓替她着急。这小丫头还不懂问题的严重性。

"谁知道呢。"房燕落寞。曼蔓觉得有必要再给她上一课:"你就是来挣钱的,要知道自己本分。"房燕抬头问:"换你你怎么做?"曼蔓不假思索:"有钱挣就做,没钱挣拍屁股走人。"房燕苦笑。王百味把大批量黄菊花连桶抱过来，房燕一怔，百味也向她点头。

"给我一枝。"房燕对百味说。

王百味递上一枝，竟是百感交集的一张脸。

房燕捏在手里，朝灵堂看，口气悠长："人这一辈子，又有谁真正赢了呢。"

崔姐叫曼蔓过去。曼蔓把摊子托给百味。两个人匆匆进了休息室。刘伊若靠在椅背上坐着，额头都是汗，眉头紧蹙，似乎很难受。曼蔓问怎么了，要不要去医院。崔姐着急。伊若摆摆手。许可凡跑进来，说找到速效救心丸了。伊若却不肯吃。

可凡道："吃了舒服点。"

崔姐代伊若拒绝。可凡问怎么了。曼蔓也诧异。崔姐在肚子上比画一下。

好了，明白了。可凡不深问，只是帮伊若擦汗，又问要不要去医院。刘伊若坚持不去。曼蔓把崔姐拉到一边，问几个月了。崔姐说没到仨月，又说家里不让说。曼蔓道："最危险的时候，哪能这么跪着。"

崔姐道："还是太重感情。"

宁红进来了，风风火火的。她腿好多了，但走起路来还有点不正常，可她偏要大踏步。因此，视觉上有点奇怪，跟铁拐李发功似的。"没事儿吧？"宁红问。曼蔓和崔姐欲言又止。曼蔓从宁红的肩膀望过去，杨盼在门口探了一头，但又迅速缩回去了，大概是介意跟可凡同处一室。

宁红见曼蔓表情有点奇怪，问怎么了。

"没事儿。"曼蔓安抚她。

"他来了？"宁红问。

曼蔓反应了两秒钟，才意识到宁红指的是老吴，她谨记老桑的叮嘱，连忙拦着："别出去。"

宁红愈发来劲："咋着，我不能见人？该丑的是他。"说着，夺路而去，曼蔓拦不住，只能跟着。

遗像前，吴冠军静静站着，神色哀凄，手举黄花。一鞠躬，二鞠躬，第三次鞠躬还没完成，宁红却一个箭步上前，用她那条老腿，轻轻一弯，膝盖顶到屁股。老吴打了个趔趄，正面朝下，摔了个狗啃地。好在他倒懂得自己给自己台阶，跟着，就跪在地上拜了三拜，然后，号啕大哭。危机化解了。众人听到他哭，也都跟着呜咽，灵堂里气氛又一阵高潮。

濮总来了。曼蔓凑过去，简单汇报了情况。濮总没应答，直接朝他干妈走过去。哭是真哭，难受是真难受。曼蔓理解濮总的忧伤。是啊！大树底下好乘凉，没有刘家这棵树，哪有他濮德庸的阴凉。

曼蔓搀扶着濮总。正面朝入口处，无意中看到王百味正盯着她看。刹那之间，她似乎看到百味眼神中复杂的意味。可是，她又必须偏过头，装作没看见。她给百味的定位很明确：好朋友，不能再多了。

反正她想清楚了，只要她在北京混一天，就拉着百味往前走一天。她于曼蔓，不是那种不讲义气的人。恍惚中，曼蔓出神，世界跟暂时散了焦似的，再对上焦点，曼蔓吓了一跳。吊唁队伍里，竟然站着她老妈周半芹！

什么鬼？！哪出戏？！

她快速走过去，救火。周半芹也吓了一跳。母女同时问："你怎么在这儿？"好半天，于曼蔓才闹清楚，老妈是陪着她的东家——余教授，来送老朋友最后一程。曼蔓叮嘱老妈少说话，说不是一般场合。

半芹不满："你才见过几个死人。"

曼蔓没时间跟老妈拌嘴，又去濮总旁边候着。外厅里一阵喧嚣，有女士的尖叫声。老桑跪在那儿，不能动，她朝曼蔓和文娉抬下巴，让她们去看看。两个人赶到外厅，才知道大厅里飞进来一只蝙蝠。保安正追着捉，保洁阿姨站在墙根边，畏畏缩缩。曼蔓大胆，夺过笤帚，那蝙蝠刚好落在一只花圈顶上。曼蔓大叫一声"我来"，手起刀落，蝙蝠瞬间被她斩落马下。"福到，福来，福满堂，"曼蔓像在谢幕，"是好事，好事……"

第八十一章 杨盼
Di Bashiyi Zhang Yang Pan

◆

吊唁活动结束，杨盼刚走出大厅，后面声音就追过来了。那人喊"老杨"。杨盼浑身不舒服，她听出来了，是可凡。没办法，阎王好见，小鬼难当，左躲右躲，人家还是打上门来。

不回头，假装没听见，溜了溜了。杨盼低着头，跟兔子躲鹰似的。许可凡小跑着绕到她眼前。

杨盼抬头微笑："老许，你走哪条路呀？"又呵呵的，"人太多，也没顾着跟你说话。"

许可凡不含糊，脸似霜冻："咱们聊聊。"

搞笑，聊啥，躲你就是不想聊，也没必要聊，杨盼在心里抱怨，这年头，怎么欠债的还追着债主。她稳住了，说："不好意思，我还有点急事。"

许可凡不让路，直接破题："老杨，坦诚点儿，我觉得都是可以谈的。"

这就把那层温情脉脉模模糊糊的东西撕开了。

既然人家都说了亮话，杨盼也不好装糊涂了，她面露难色道："老许，你这就有点强人所难了，我的态度你应该知道了吧。"

许可凡不卑不亢："你的态度我知道了，我的态度你可能还不太知道。"

杨盼低头，快速道："没事儿，不用知道。"说完又要溜。许可凡一把拉住她前小臂："老杨，咱们这么多年闺密、铁杆儿，几句话都说不了了吗？"

杨盼鼻子都皱起来了："不是说不了……"

可凡横插进来道："首先，我要向你道歉，我知道对你事关重大，所以更加需要充分的沟通。"

沟通啥，沟通的目的不过是你要出尔反尔。杨盼手摆得跟拨浪鼓似的："老许，你咋就不明白呢，你没错，我没错，周瑜打黄盖，一个愿打，一个愿挨，如果硬要说错，错的是命运，可既然是命运，那咱们都必须接受。"

许可凡见有余地，便拉着杨盼到路边的奶茶店坐下。店里统共就一张小茶桌，可凡问杨盼喝什么。杨盼说不想喝，希望有话快说。

许可凡耐心道："老杨，我知道咱们有协议，可是现在不具备当初的前提条件了，我和尉迟都没想到我婆婆会走得那么快。"

"谁都没长前后眼，"杨盼不让她说下去，"这个世界上没有如果，现在的情况就是，你们做了决定，房子是在你婆婆去世之前卖掉的，这么简单的事还需要我反复告诉你吗？"

话说得太直白，气氛有点尴尬，成扯皮了。

许可凡道："时间点，前后就那么几天，这个我不想再陈述了，老杨，我现在不跟你讲法，咱们讲情好不好？"

好嘛，开始打感情牌了。杨盼可不吃这套，她硬着心肠毫不客气地说："老许，你是法官，怎么可以不讲法呢？"许可凡说："如果真讲法，这份协议就是无效的，等到明年，我完全可以不过户房子。"

杨盼一听要炸，开什么国际玩笑？她果然要走这步。吓唬人不是？她杨盼可不是吃稀饭长大的，火来水灭，乞丐来了她就放狗，谁怕谁？！她刚想说"你不过户我就去闹"，许可凡又说："所以咱们就讲情，这事儿是我不对，决策失误，应该履行违约责任，缴纳违约金作为你损失的赔偿，你提个数，"杨盼刚要插话，许可凡打了个停的手势，"不用着急告诉我，你回去跟实诚商量商量，多少我们都能接受。"

杨盼大喘气，终于把话插进去了："老许你说我咋就跟你说不通呢？这事儿已经翻篇了，你就该往前看，你这样叫我非常为难。说实话，咱们这么多年姐妹，看到你被婆婆坑成这样，我也于心不忍，我也是有婆婆的人。"深呼吸，继续，"怪只怪你们没早点给老人买好重大疾病险，但凡早做点准备，也不至于到现在这个地步。"伸手捉住可凡的手，"老许，我非常非常非常非常同情你，可是我也无能为力，为了买这个房子，我和实诚那是东拼西借承受了巨大的压力，现在你说房子不卖了，推翻了，于情于理都说不过去。"

可凡屁股动了动，似乎要站起来。杨盼赶紧先发制人："老许，别说了，我心里真的过不去这道坎儿，家里还有点事儿，咱们回头再聊。"说完，不等许可凡答话，杨盼便拿起包，匆匆离开了奶茶店。

危险啊！这一番过招，杨盼脑袋都嗡嗡了。她原本以为用一个"拖"字诀就能把许可凡的信心拖垮，木已成舟、生米煮成熟饭，她也就不挣扎了。何况，这事儿，她许可凡根本不占理儿！现在看，可凡比她想象中还要难对付多。人家就是要反攻，要重新占领山头。而且许可凡还威胁性地释放了两个信号：第一，协议无效；第二，明年不过户。这才是打到杨盼七寸上了。是啊，如果许可凡死拖着，就是不去办手续，那这房子不还等于没成自己的资产嘛。杨盼头痛，她觉得这事儿还是要找老桑协调。上回去找，老桑的态度也是息事宁人。但刚好赶上家里几件大事，斡旋暂时搁置。现在不行了，老桑既然是担保人，那就必须出来说句话。杨盼思路很清晰，要争取更多的盟友，组成统一战线，对抗许可凡的反扑。

今天肯定是不合适了。

老桑公公这才刚走，杨盼打了个电话给实诚。丧礼结束，实诚就直接去店里了。杨盼让实诚早点接秀秀，早点回家。

实诚带回来了牛肉板面，大份儿，宽的，面塞得满满的。杨盼给分成三碗，三口子胡乱吃了。等秀秀进屋看书，杨盼才提许可凡找她的事。

实诚比他老婆还急："她啥意思？"

"还能啥意思。"

"那是啥意思？"

"还是那意思。"

实诚一跺脚："要不还她算了，不该咱得的东西，得了也是麻烦。"杨盼一听这论调就来气："啥叫不该得？该得！大大的该得！老天爷让咱得的！她想卖，咱要买，成交了就不能反悔。"

"可她是法官，她懂里面的门道儿。"实诚劝。

杨盼说："她今天就是来吓唬我的，"又说，"不过我不怕，文的武的，奉陪到底。"

"你咋陪？"

"等过几天，我再去找老桑，上次她也说协调，碰着公公的事推后了。"杨盼跷着二郎腿，"还有文娉。"

"她咋了？"

"我得去找她。"

"找她做啥？"

"做她的工作。"

"跟她有啥关系？"实诚不理解。

杨盼放下腿："周围的人的工作，咱都要做。"

"毛文娉能向着你？"实诚怀疑。杨盼立即说："她可以不向着我，她只要闭嘴，不拱火、不表态就行。"又说，"还有宁红，也得争取，包括曼蔓，能团结的都要团结。"

实诚说你这是在搞"统战"。

杨盼还是那话："这事儿，许可凡她本来就不占理儿。"

两口子就这么愁了两日。第三天，杨盼去五号别墅找桑嫣。崔姐开的院门，说太太在二楼休息。杨盼说："累着了。"崔姐说这些天可是没日没夜地忙。

崔姐要上楼叫，杨盼让她等会儿，两个人站在房檐下说话。杨盼问了老太太那边的情况，崔姐说，老太太跟着伊若住几天，高兴高兴。又说："太太的压力就太大了。"

杨盼秒懂。听闻伊若怀孕，她就估摸着老桑要受刺激。楼上有响动，崔姐转身回屋，不大会儿就下来说太太醒了，让杨盼上楼。好几天没见太阳，大地阴沉，桑嫣的房间没开灯，杨盼走进去，只觉得清凉。

桑嫣没化妆，眼睛似乎小了一圈，没什么神。房间里行李箱张着嘴，杨盼问她打算去哪儿。桑嫣说准备去巴黎一趟，陪婆婆去散散心。杨盼大概明白了几分，她侧面听旗袍会的人冒过几句，说刘家在海外有房产。这次她们选在老头子去世后去，或许是做个盘点。

杨盼不藏着掖着，把许可凡找她谈判的事说了。桑嫣是明白人，道："这样吧，赶在走之前，我把可凡叫来。你也知道，我是帮理不帮亲，当初说好的，大走向还是按照协议上办。"

杨盼着急："她要是一意孤行、谁的面子也不给呢？"

"不至于吧。"桑嫣道。

有老桑这句话垫底，杨盼觉得自己仿佛汪洋中迷途的小船靠了岸，安泰多了。许可凡可以得罪她杨盼，但没必要跟老桑、跟刘家过不去。

杨盼一时神游。桑嫣又说："盼，这话咱关起门来说。"杨盼伸着脖子聆听。桑嫣继续："对可凡，我肯定也关心，但你跟可凡之间，我还是向着你多一点，你来北京不容易，一步一步，我都是看着过来的，真的，心疼你。"

不说不要紧，这话一出，杨盼那颗心直接被融化了。知我者，桑嫣也。人生得一知己足矣。杨盼鼻子发酸，眼眶也红了，她真想去拥抱老桑，世上有好人，老桑是头一个。说完正经事，杨盼跟老桑又聊了几句家里的近况，她看桑嫣精神不大好，便起身道别。

桑嫣叫来崔姐，让给杨盼带两盒黑枸杞、一盒普洱茶回去。杨盼老大不好意思，但还是拎着了。走到院门口，杨盼对崔姐客气道："等家里人出去，你也能休息了。"崔姐道："休不了，还得看宅子呢。"

杨盼问："大概走多久？"

崔姐掐指："且有日子呢，要去欧洲，还要去美国。"杨盼只听说去巴黎，没听说去美国，于是便问美国的情况。

崔姐突然小声："说还要去加拿大，找'地儿'。"

杨盼一下没理解。过了两秒，才反应过来。这是她跟崔姐的暗号，"找地"，就是为长"苗苗"。"能行吗？"杨盼真心担忧。崔姐道："那咋办，她现在压力多大啊，不敢想。"又说，"小宁那事儿，对太太也有影响。"

杨盼又是一怔。兔死狐悲，她也往脑子里过过，老吴能在外头生孩子，刘宪魁就不能吗？孩子对老桑，现在是刚需的刚需。两个人又感叹几句，道别了。出了院门，杨盼在门口大松树底下站了几分钟。她脑子乱。有时候，心一横，她不是没想过帮老桑代孕一胎，可她又觉得多少有点天方夜谭。看吧，如果老桑能帮她搞定房子的事，或许她一激动，真就毛遂自荐了，反正就一年，一闭眼就过去了。而且，从长远考虑，如果刘家能欠她一个如此巨大的人情，是非常有利于她在北京发展的。

又踌躇了一会儿，天开始有点落雨，杨盼匆忙起步往家里赶。哦——那个家，过去属于许可凡，现在，将来，她坚信都会是她的。

第八十二章 刘伊若

Di Bshier Zhang　　Liu Yiruo

♦

刚结婚时，伊若不适应。从小到大，她不是跟爸妈住，就是跟哥嫂凑合，她还没独立生活过。如今有了自己的"家"，单门独户，又跟一个男人同处一室，伊若反而不大自在。不得不承认，关起门来的濮杰，跟在外头的濮杰差别不大，刘伊若判定，这男人人品还是不错的。只不过，脱了衣服那差别就有点大了。

尽管如此，伊若还是糊里糊涂有了孩子。有了就生，一来让老妈高兴；二来，也是为自己种下福德。这话是老妈灌输给她的，说这话的时候老妈语重心长："你别以为孩子是为家里生的，其实最大的受益者是你自己，人都会老的，等你到我这个岁数，就知道有孩子、没孩子，那是两种状态。"伊若笑嘻嘻道："你不是挺烦我和我哥的吗？"老妈轻拍她，说烦那是假的，烦也是爱。

有身孕后，濮杰就什么都不让伊若干了——她本来也不干，现在更成了享受型。老爸去世对她打击很大，她需要安静、休息，稳住胎象。上头老人走了一个，伊若方才从心理上成熟了。过去知道有这天，她有心理准备，但真到了这天，感受还是不一样。她眼看就要成为"上有老，下有小"的人，成为家里的中流砥柱。

最近伊若也有点忙。老爸去世，家里的资产需要清点，就比如这趟老妈跟嫂子去巴黎，名为旅游，实际是去看看房子。家里在法国巴黎的那套房，除了伊若每隔几年去住一阵，其余时间，都委托华人地产中介租出去。老妈厌烦出国，当初买房子，她就坚决反对。不过现在看，巴黎的房子还是保值的。老爸去世，老妈也把她跟宪魁叫到一块儿，巴黎这套将来大概率给哥哥，多伦多那套留给她。当然，这些话她没跟濮杰说过，这属于婚前财产，而且结婚的时候，她跟濮杰也签过协议，婚后收入相互不干涉。

但令刘伊若稍感意外的是：嫂子桑嫣竟不知道家里在海外的资产。看看，女儿和儿媳妇，终究还是有分别。她把嫂子当自己人，可她老妈呢，多少还是防着点。还有老爸这些年户头上存款、股票、保险，老妈去巴黎之前，都交代给伊若，由她清点。老太太介绍了个理财经理给她，让她找时间见个面，尤其保险，好几份买到105岁的，都需要清算。

伊若问:"清算了放哪儿?"

老妈建议先放她那儿。微信名片推过来,那人叫华夏鲍燕,感觉眼熟,研究了好一阵,刘伊若才豁然开朗,这个鲍燕,跟吴冠军的相好名字重叠。

这就有意思了。

伊若侧面问宪魁:"老吴那妍头做什么的?"宪魁表示不清楚。伊若又跟濮杰说。濮杰说了实话,说听他德庸伯提过,说她过去搞信贷,现在是理财经理。

呵呵,对上了。世界就是这么小。

约了时间,地点在丽都饭店附近的餐厅,刘伊若跟闺密谈了点事情,下午三点左右,鲍燕来了。点头,微笑,伊若仔仔细细打量眼前这个女人。看上去三十多岁,个子不高,微微有点小肚子,瘦条脸,肤色苍白,五官总体来说比较平淡,没什么记忆点,一看就是那种特别没有攻击性的长相。

这样的女人才厉害呢。

鲍燕要了杯柠檬水,开始说正题了。她显然是有备而来的,带了一套方案,旨在让刘家的资产不断增值。伊若侧耳听,许多都很有道理,她提了几点疑问,又告诉鲍燕她的诉求。鲍燕记在小本子上,说尽快给新方案。

公事就算谈完了。

鲍燕喝一口水,很自然地问:"宝宝几个月了?"

伊若答了。反问:"你呢,结婚了还是?"

"离了。"鲍燕答。

"有宝宝吗?"

"两岁半了。"

伊若凝望着鲍燕,这个话题戛然而止。

"跟家里几年了?"伊若又问。

"和老太太认识有年头了,"鲍燕说,"我帮忙打理是这几年的事。"

"你住哪儿?"

"通州。"鲍燕有一说一。

点到为止,伊若不深入了。她本来也不擅长挖人隐私,话里有话的那套她玩不转。见完鲍燕,伊若给老妈打了个电话,汇报了情况,这事就算告一段落。不过,熊熊燃烧的八卦魂并没有消停,等桑嫣和老妈来看她,伊若又悄悄把嫂子拉到一边,笑不嗤嗤地说:"前两天我见到个人。"

"啥人？"桑嫣如临大敌。

伊若看嫂子那紧张样，没准认为她刘伊若又去见了毕家锁。"不是毕家锁。"她消除桑嫣的顾虑。

"不是最好。"

"跟你有关系。"

"我？"桑嫣嘴巴呈O形。

伊若眼睛上翻，动脑筋，道："是你闺密的丈夫的小三儿。"桑嫣反应快："不会是吴……"只说出一个姓。

"对了。"伊若打了个响指。

"见她干吗？"桑嫣下嘴唇往上努。

"这话说的，"伊若道，"她是理财经理，我找她理财呀。"

"换一个吧，咱不惹麻烦。"

"妈介绍的。"

"跟妈有什么关系？"

"她跟妈认识好多年了。"

桑嫣闭嘴了，婆婆她必须尊敬。停顿片刻才说："反正小心，高风险的不要买，咱现在求稳。"叹一口气，"这种人你说能叫人放心吗，别人老公都敢抢，什么事她做不出来……"

"我对她第一印象还不错。"

"装的！"桑嫣啐。这个八卦爆出来后，桑嫣一天情绪都不高。刘伊若多少有点后悔，可是，这么大个事，她不跟嫂子分享跟谁分享呢？只有嫂子跟当事人有点关系呀，她总不能跟宁红说去吧。

晚上，伊若把情况跟濮杰提了。濮杰最近忙，濮德庸那儿好几个项目启动，都让他跟着，因此回家晚多了。濮杰一边脱衣服一边说："你就不该跟嫂子说。"伊若不屑，说又不是什么大事。濮杰问："哥知道这事儿吗？"

"刘宪魁？"伊若直呼其名，"不知道，他说他不认识。"濮杰点了一句："他说不认识就真的不认识了？"伊若这才反应过来，不排除老哥撒谎。

濮杰追一句："你这是给宪哥添麻烦。"

伊若说哪至于。不过虽然嘴巴硬，伊若还是跟刘宪魁透风了，还问："你到底认不认识？"宪魁道："我都没听过这名儿。"伊若直白地说道："她都跟妈跟了那么多年了,你能不认识?"宪魁咬死了:"妈的那些路子,我能知道三分之一就不得了了。"

伊若没好气:"反正我给你通风报信了啊,嫂子找你麻烦别怪我。"说完挂了。

按理说这事就算过去了,可伊若一直挂着心,直到几天后再见到哥哥,她还记得问嫂子提了这事儿没有。宪魁说一个字都没提。伊若佩服桑嫣——这是个能藏事儿的女人。

灯光调暗,刘伊若准备休息了。有开门声,濮杰这时候才回来。奇怪,他一直没进屋。伊若喊了一声。过了好一会儿,濮杰才钻进来,洗漱好了,伊若能闻出来,他还喷了空气清新剂。濮杰自觉,一上床就抱着枕头到另一头。伊若好笑,拍拍被子:"到这头吧,作什么怪。"

"怕熏着你。"濮杰嘿嘿笑道。

"不是睡前都要看几页书吗,那头没灯。"

濮杰掉了头,果然拿着书看。最近他在读《第二次世界大战回忆录》,伊若抽空也瞅过两眼,文笔不错,内容她不喜欢。濮杰刚看了一页,便撒开手,冷不丁说:"今天碰到毕家锁了。"

伊若一怔。她不明白他怎么突然提这个人。结婚之后,毕家锁三个字是禁忌。伊若不屑提,濮杰多半不愿意提,今天有故事。"然后呢?"伊若装作大度。

"毕家败了。"濮杰言简意赅。

伊若哦了一声,倒头要睡。她明白濮杰的兴奋,他可能一直想要证明自己,要打败情敌。毕家锁倒了大霉他才高兴呢。伊若讨厌这样的濮杰。

"我瞧不起他。"

"行了。"伊若耐不住性子,掀开被子一角,"你能瞧得起谁呀?"这句有点无理取闹了。不过刘伊若的目的,就是要用无理取闹尽快结束这场尴尬的讨论。

濮杰却不徐不疾,拿出手机,翻出张新闻图片。上面是个扛包袱的人,嘴上叼着根烟,一只手拽着儿子。伊若知道,这是个重庆的"棒棒"。

"你瞧得起他?"她问。

"对,"濮杰解释,"这个男人,伟大。"

"是,伟大。"伊若拖着腔调,明着同意,暗着却不赞同。这就是个下层劳动者,伟大在哪儿?濮杰侧过身道:"知道男人出社会,第一个要觉悟的是什么吗?"

这个真不太清楚，她当他说醉话。伊若躺着不动，肚子已经有点挺了。濮杰继续说："我是个男人，他也是个男人，我的地位虽然不如他高，但我的价值不会比他低，我只要把我该做的工作做好，守本分，我就有价值，而不是说赚多少钱的问题。"

伊若看着濮杰，突然觉得身边这个男人在发光。

濮杰继续阐述："有的人，虽然赚很多钱，但在外面乱花，都没有去养家，这种行为很卑鄙；我赚的钱不多，可我不乱花，一分一厘我都奉献给家庭，我比他伟大。"

听到这儿，刘伊若也笑了："的确，你伟大。"

濮杰转身去摸沙发上的外套，跟变魔术似的变出个钥匙。伊若肚子缩了一下，不会是……车展上的那辆冰莓粉……她半年前提过一句，说喜欢……这就安排上了？那个价格她都有点下不去手。

"冰莓粉。"他嘴里果然说出这三个字。

伊若微微发抖，该死，今晚上，这男人摆明不想让她睡个好觉。刘伊若接过钥匙，心里滋味异常复杂，她现在自己都有点搞不明白，她究竟是在为这辆车感动，还是在为濮杰的用心沾沾自喜。

第八十三章 桑嫣
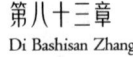
Di Bashisan Zhang　Sang Yan

♦

去巴黎之前，桑嫣有三件事闹心。

确切地说是四件事，只不过其中一件是老事了。虱子多了不痒，疤癞大了不疼，桑嫣生扛。第一件事跟去巴黎有关。公公去世，婆婆要去巴黎走一趟，桑嫣才赫然发现，原来家里在海外也有房产。这事儿，是她嫁进来这么多年闻所未闻的。

婆婆安排行程，假作无意说出来，桑嫣的表情管理没做好，但婆婆也没打算解释。也许在老太太看来，这事儿根本没必要向她解释。

桑嫣感觉婆婆还是没把她当自己人。这个家，水深着呢。呵呵，公婆没提，宪魁没提，伊若更没提。

桑嫣认定，刘宪魁是知道这房子的。睡觉前，她若无其事地问："打算重新装修吗？"宪魁答："欧洲的房子住的就是个旧。"桑嫣追问："多久前买的？"宪魁不看她："有年头了，记不清了。"

第二件事跟宪魁有关。

伊若来分享理财经理鲍燕的趣闻，桑嫣立刻就紧张起来了。鲍燕给家里做顾问有日子了，要说宪魁不认识她，桑嫣打死也不信。甚至也不排除，鲍燕和老吴，有可能是宪魁有意无意牵的线。真要那样，可是罪大恶极了。

进一步，桑嫣又想起了曾经的那个健身教练李红芳。当初为了躲她，桑嫣跟宪魁搬到五环外，现在，他是不是可能还跟类似李红芳这样的女人有关联呢？现如今滑雪团奔溃了，宪魁偶尔去打球，桑嫣多少有点不放心，偶尔让老高跟着，好歹有个照看。一般撩骚她都不怕，怕就怕，万一发展到老吴那一步，再无转圜的余地。

很显然，婆婆现在已经开始按人头分家产了。于是乎，桑嫣心头那件大事，分量再度增重，压得她喘不过气来。她还没孩子，这太危险。她对要孩子这件事的心态，这两年也走过了一个复杂的过程：刚开始是单纯想要一个，生理性的、社会性的，结了婚，头一件事自然是要孩子；后来变成想报恩，想为家里传宗接代；到现在，除了这些想法外，桑嫣还有一重考虑，孩子可是将来遗产分配的重要砝码。

虽然说刘家就一个男丁——刘宪魁，可桑嫣感觉伊若也在努力。呵呵，小丫头精着呢，开始说对濮杰没感觉，现在好，哗啦一下，孩子都有了。一方面固然是想讨母亲欢心；另一方面，不是没有财产方面的考量吧。

更进一步说，桑嫣真心觉得自己的位置不是不可替代的。比如前面那一任，不就被她替代了吗？相应地，她如果做得不到位，真有可能被鸠占鹊巢，不用大动干戈，直接在外头生个孩子就把她挤掉了。因此，桑嫣又开始喝中药了。去巴黎之前，她都让崔姐帮忙煮好、包装好。药不能停。

最后一件，就是杨盼和可凡纠纷的事了。实际上，桑嫣拉拢杨盼是个长线过程。首先杨盼最困难、最容易拉拢。其次,她有个想法从未跟人说过,在内心深处,她想过最坏的情况,下策的下策……如果到最后实在没办法,是不是可以考虑让杨盼……她也觉得这个想法太大胆,然而,找一个能在眼跟前全程可控的,她多少放心些……当然,这是最无奈、最无奈的情况,尽量避免。不过,人情是提前就要做了。

其次,在陈烈香那件事上,杨盼也确实帮她隐瞒过关键信息。陈烈香从床铺掉下来,桑嫣是知道的。但她跟警方说她不知道,杨盼帮她作了证。这一点,老桑永远感谢杨盼。实际上,这么多年过去,桑嫣心中一直怀愧疚,如果当年……唉……不想了……人生没有如果,往前看吧。

至于许可凡,桑嫣倒觉得跟她的关系不是"刚需",法律层面的事,交给老高就好。她也确实没有那么多官司要打。何况,客观地说,这事儿确实是可凡不占理儿。卖都卖了,哪能随便反悔?因为这,桑嫣多少有点瞧不起可凡。人生是个大赌场,只要你上牌桌,你就要有心理准备随时可能一败涂地。说白了,输不起,就赢不起。

处理这事需要一定技巧。

桑嫣盘算了几天,在临走之前约上可凡和杨盼。她有把握。她打算分三步走,先直接做许可凡的工作,如果她很快想通了,那甚至都用不着让杨盼上场。第二步,让杨盼和许可凡碰面,最好让毛文娉也来,有个见证人。她提前跟杨盼打好招呼,她打算把杨盼"痛骂一顿",演一出苦肉计。如果许可凡心软了,这事也就了了;如果还是不行,那就实行C方案,她再找许可凡谈,抛出撒手锏。

主意定了。

桑嫣先做铺垫,让崔姐给杨盼打电话,让她来家里一趟。人叫来了,桑嫣单刀直入:"老杨,我打算安排你跟老许见一面。"杨盼如临大敌。桑嫣继续:"还是得说开,不说开后面的事都难办。"

杨盼坐在那儿,微微低着头。

桑嫣鼓励她:"别怕,这事儿咱占理儿。"

杨盼苦笑:"就怕遇着不讲理的。"

桑嫣不扯皮,直接道:"你要有点心理准备,到时候,我可能会把你骂一顿,骂得特别狠。"

杨盼愣了一下,又豁然开朗:"明白。"

"你得让人解气。"

"解，尽管骂，"杨盼道，"只要能办成事儿，当一回孙子又能咋的。"

桑嫣劝解："老杨，这事儿我既然担保了，放心，肯定帮你走到底，我妈身体不好，就不过来了，宪魁出差，到时候再找个德高望重的人来，两边调停着，总能办成，说白了，就是钱的事，没什么大不了。"

杨盼感动："嫣儿……"

桑嫣笑呵呵："行啦，眼泪留着那天再使吧。"又说，"不过咱们也要有心理准备，最后实在不行，那就拿违约金，这一笔，加上房钱那一笔，足够买个小套了，别在一棵树上吊死，姐妹们该处还得处，你在北京站住脚，那是迟早的事。"

杨盼感动得无以复加。

桑嫣再加一把火："考研你还没复习吧？"

杨盼忙说惭愧，整天忙得像陀螺，摸不着辅导书。

桑嫣道："人过三十不学艺，不考也罢，现在有积分落户，等宪魁回来，看是你积，还是实诚积，想想办法。"

杨盼眼泪出来了。

桑嫣补充："等户口拿下，房子拿下，你是不是打算要个二胎？"杨盼脸微微有点僵。桑嫣又交代了几句，便起身送客了。

做好杨盼的工作，桑嫣给濮德庸打了个电话，简单说明情况，问他能不能来主持大局。濮德庸说是小事儿："不就一套房子嘛。"桑嫣说："对你是小事，对别人可能就是大事。"

然后她又跟毛文娉联系。文娉在加班，摄影活动后不久，她就被借调去区政协，暂做领导秘书，整天写材料。桑嫣打过去的时候，文娉正在闭关呢。但听说是可凡和杨盼的事，她当即同意到场，又不无担忧地问："老桑，你打算怎么协调？"

桑嫣听这话觉得文娉可能还是站在可凡那边，于是打了个太极："一时糊涂，惹了个事在身上，没办法，手心手背都是肉，先看看两方的意见再说。"

跟文娉交代完，桑嫣开车直接去法院一趟。她上门总比叫可凡过来有诚意。许可凡出来接她，两个人找了个空置的办公室说话。

桑嫣环顾，感叹："最怕来这个地方，真希望一辈子都不用来。"

可凡揶揄："我是天天来。"

桑嫣又问可凡最近怎么样，租的那房子有什么困难。

可凡也直，不藏着掖着："老杨让你来的？"

"我自己要来的。"

可凡转而叹息："来也应当，你是中间人。"

桑嫣上前一步，屁股半靠在长条木桌子上："可凡，说句不好听的，咱们都是有点身份、讲点脸面的人，凡事能给自己留点面子，那一定要留。"

可凡苦崴崴地说："都到这步了，还有那必要吗？"

桑嫣匆促地道："那必须呀，"捏住法官的手，"人生起起落落很正常，你现在只是一时困难，说句不好听的，有婆婆这么拖累着你，你都没倒下，眼看着那就是触底反弹。"

可凡苦笑："还能弹哪儿去。"

桑嫣追着说："情感上，我肯定跟你更近，可这一次，从道义上讲，要回房子那就是师出无名。"

许可凡不作声，眼珠子朝向别处。

桑嫣再下一城："法不法的，我就不说了，你比我懂，退一万步，这房子收回，你违约，赔一大笔，名誉也受损，伤筋动骨，得不偿失。"

许可凡道："就算赔，也是赚，房子到期后，没准价格上还能往上走。"

桑嫣较真："能涨哪儿去，本来就是福利房，说句不好听的，建的时候那就是偷工减料，将来就算能够上'满五唯一'，正儿八经卖了，也高不了多少。"

可凡又闷气儿了。

桑嫣嘴叭叭地说："你应该这么想，谁都别怪，危机危机，是危也是机，这就是你婆婆留给你们的换房子的大好机会，你拿了这些钱，到时候大不了再找人借点，我帮你出面，最近老濮那情况不错，不像过去了，怎么着也能抠出点儿，逼他个无息，你再入一套，就别在这五环外憋闷啦，怎么着也往里挪挪，十里堡、甘露园都行，我帮你留意着，真的老许，旧的不去新的不来，咱别迷到哪儿是哪儿，该往前走啦。"

许可凡被说得一愣一愣的。桑嫣见火候差不多，便收尾，她让可凡有情况随时找她，又约定周末几方见面谈开，该是好姐妹还是好姐妹。

桑嫣还提了马上要陪婆婆去巴黎散心的事，她跟可凡保证，一定给她带个正宗法国名牌包。可凡忙说太贵重，不能收。桑嫣假作不悦，打趣："要什么牌子？随便选。"

第八十四章 许可凡
Di Bashisi Zhang　Xu Kefan

✦

院里体检，可凡甲状腺情况不太好，医生让加查甲功五项，结果出来，游离三碘甲状腺原氨酸徘徊在正常参考值附近。西医问诊："有什么不舒服吗？"可凡道："心烦，入睡时间长，容易出汗。"诊断结果是，没有大问题，建议看中医调理。

可凡把这事儿跟文娉说了，文娉立刻给她推荐了医生。自从进入公务员系统，毛文娉在看病这件事上，眼界开阔多了，她周围那些同事，尤其是那些个老大姐，个个久病成医，对哪个医院的哪个医生看哪个病好如数家珍。许可凡担忧，问："不是定点医院怎么办？"她怕不能走医保。文娉道："你还没弄清楚呢，三甲和专科不用选，自己就是定点。"可凡恍然，看看，亏自己还是公务员，还是看病少了。果断约号。周三上午，文娉和许可凡早早从五环外出发，去东二环看病。到地点，人不多，挂的是个老专家，前面就一个人等。上午九点，许可凡看上病了。专家有七十岁，属于院里返聘的传承人，头发近乎全白，脸色却很红润。可凡毕恭毕敬坐着，文娉站在一旁。

照例是望闻问切。可凡强调一到晚上就烦，睡觉甚至不能盖被子。专家道："灯笼病。"可凡第一次听，忙问究竟。专家声音沉稳："身外凉，心里热，像灯笼一样，你是内有血瘀，这是个闹心的病。"

可凡不禁小声嘀咕："可不就是个闹心。"

大夫又问："是不是容易急躁，爱生气？"

可凡说过去还好，最近有点。

大夫继续问："是不是夜里梦多？"

可凡说特别多，还都是武打的。大夫道："吃点中成药看看效果。"文娉忙说："不开汤药啊？"大夫道："情况不算太严重，吃吃看，不行再来。"于是乎，开了五盒中药，半个月的量，从药房拿出来，许可凡低头看看，叫血府逐瘀丸。揣在包里，回家用红糖水带下去两包。

尉迟接菲菲到家，在饭桌上看到药盒子，直接交给女儿，让她念来听听。离开小银行后，尉迟找到一家刚创业不久的短视频公司，在里面做技术。刚上班，据说还算愉快。许可凡倒在沙发上，无精打采。

菲菲跟读课文似的："功能主治：活血祛……"有一个字不认识。尉迟歪头看看："瘀。"他指点女儿。菲菲继续念："祛瘀，行气止痛。用于瘀血内阻，头痛或胸痛，内热……"又一个字不认识，尉迟再次低头看，这下好，他也不懂这个字念啥，只好说："放着，继续往下念。"菲菲领命，念下去："失眠多梦，心悸……"尉迟懒得看了："念。"菲菲抬头看爸爸一眼："急躁善怒。"放下药盒子，"没了。"

尉迟低头查那个字，终于查到了："瞀，读 mào，瞀闷，混乱的意思，《聊斋志异》里用到过，'如是年余，女忽病，瞀闷懊憹，恍惚如见鬼状。'"

许可凡越听越来气，她就是见鬼了，活见鬼！

"进屋去。"可凡命令女儿。菲菲知道爸妈的老节目又要上演，连忙躲进去了。尉迟感觉出危险，觍着脸道："都瞀闷了，咱不发火行吗？"

火山休眠，可凡憋着。

尉迟继续："你就是小心眼，我这也工作了，工资比以前还高，将来日子肯定越来越好，你愁啥。"

可凡还是沉默——瞀闷着。

尉迟上前，半搂住他老婆："过去的就让它过去吧，别想了。"

可凡从下巴的方向看他："你是不是对别人都这么大方？"

尉迟道："不是我大方，咱不都讨论无数遍了吗，改变不了的事情，再想只能是瞀闷了自己。"

好家伙，今天瞀闷这个词开始派上用场了。

许可凡道："老桑约周末见。"尉迟问干吗，可凡说调解。尉迟大无畏地说："我跟你一块儿过去。"可凡道："女人们谈事，你一个男的过去干啥，杨盼老公也不去。"尉迟说那好，停顿三秒，又道："反正，不管调解的结果怎么样，你别生气，行不行？"

可凡嘴上答应了。

药吃了两天，晚上出汗少点，周六一早，文娉来电话，问要不要一起过去。可凡怕老桑多想，便让文娉先去，她说家里有点事儿。文娉问："准备好了吗？"

可凡道:"不用准备,兵来将挡,水来土掩。"

事实上,那天老桑找她谈话后,许可凡心里就有数了。桑嫣是站在杨盼那边的。但就她来说,态度依旧坚决:退钱,要房子。

快过年了,门口的罗马柱旁挂着红灯笼,院子里一枝蜡梅花开得香,崔姐来开门,说太太已经在二楼等了。杨盼和毛文娉都到了。桑嫣还坐她的贵妃榻,可凡一进门,她便笑着说:"喝点茶,再等会儿,老濮堵车,还有几分钟。"

许可凡挑文娉这边坐了,不看杨盼。崔姐奉茶,许可凡捏着细细的杯把儿,小心喝着。少顷,濮德庸到了,风尘仆仆的。桑嫣出去迎,小声打趣:"曼蔓没跟着?"濮德庸认真回答:"公司事情多,加班呢。"

进门之后,濮德庸立刻换上一张笑脸,跟诸位打招呼。崔姐端上六安瓜片——濮德庸最喜欢的茶叶品种,老濮润润喉咙。桑嫣便开金喉,调解会正式开始了。

"我先说两句,"桑嫣笑吟吟,她今儿特地化了淡妆,美得不动声色,"沟通之前,定个调儿,咱们这属于人民内部矛盾,一定是可以解决好的。"看看可凡,再看看杨盼,"事情的前因我就不复述了,大家都清楚,现在没有是非,没有对错,只有诉求,只要诉求能协调好,这事儿就算了了。"说着,直面杨盼,"老杨,你表个态,你希望怎么样?"

杨盼只看桑嫣,言简意赅:"按协议走。"

桑嫣又问可凡:"老许,你呢?"许可凡是三个字:"要房子。"

桑嫣端然坐好,继续:"我咨询了老高,"她点点桌子上的协议复印件,"当初拟定协议没写违约责任,其实这跟去当铺当东西一样,当初低价当的,如今要赎回,按理说,就得按照市场价走。"

杨盼接话道:"按市场价也行,就按照旁边小区商品房的标准,一平米五万。"

许可凡不答应,立即道:"问题是它就不是商品房。"

桑嫣跟川剧变脸似的,对着杨盼:"老杨,这我就得说你几句了,再怎么着,你也不能赚老许的钱呀,都是姐们儿,你这就属于亏心钱了……"一开口就停不住,桑嫣愣是说了杨盼三四分钟。杨盼面子挂不住,眼眶红了。崔姐上来递纸巾,杨盼擤了个大鼻涕。

此情此景,许可凡迷惑,这是演哪出儿呢。骂到最后,桑嫣道:"老杨,你也别市场价了,低一点,打个八折,"又对许可凡,"老许,你就当折了 点本儿,咱们再找房子。"

好了,明白了,老桑是这个意思。许可凡用眼神向文娉求救。毛文娉无措,呆坐着不言声。濮德庸跳出来道:"我说几句,"抬头挺胸,叉开两腿,两手扶着膝盖,"这事儿本来跟我没关系,但涉及老太太,那就跟我有关系了。依我看,这事说复杂也复杂,说简单那也很简单,"他看杨盼,"既然已经成交了,再赎回去,不地道,大家都难看。小杨,当初小许卖房是急着卖,价格上,确实有点低了,你这样,再追加一点钱给小许,把当时的急茬儿忘掉,就按正常买卖来。"又对可凡:"小许,你听我的,拿了小杨补的钱,我有几个线索,都是开厂子的朋友因为那地方厂子难办、急着出手的好房,有大有小,价钱好说,你给个首付,踏踏实实的,就有新家了。"

桑嫣双手合十:"德庸,还是你周到。"她看看杨盼,又看可凡,"怎么样?"许可凡一百个不乐意。濮德庸的办法,听上去不错,可又是厂子又是朋友又是让杨盼补钱,听着就够艰难险阻,桑嫣可没信心,但当着这么多人的面,又不好立刻驳人面子。

文娉这时候打了个圆场,道:"都想一会儿,给点时间。"桑嫣立刻安排:"文娉,你陪杨盼到一楼小屋,"又说,"老许,咱们在二楼考虑。"再喊崔姐给濮德庸续茶,濮总喝不了冷茶。

都安排好了。毛文娉不得不从命,跟着杨盼去了。许可凡明白,老桑这是步步为营,逼她跟文娉分开。少了文娉,她许可凡等于少了个军师,一不小心就会"瞀闷"。

门关好,桑嫣婷婷袅袅走过来了,看着温柔,实则可凡把她当钱塘江大潮看。"怎么样,感觉不错吧?"桑嫣坐到可凡旁边。许可凡挪了挪屁股,尴尬地说:"太麻烦了吧。"桑嫣笑道:"只要主意定了,有方向了,那就不麻烦。"许可凡道:"我还得跟尉迟商量商量。"桑嫣说:"你们家的事儿,你说了还不算呀。"

许可凡沉默以对。

桑嫣收起笑容:"可凡,我这可是最大限度为你争取利益了,濮总也不是什么人都给面子的。"

"我知道,我明白。"可凡迭声道。濮总的面子不能不给,但她不想全给。

"要不就这么着吧。"

"等会儿。"许可凡拉住她。

桑嫣故作着急:"老许,你平时挺爽快一个人,怎么现在也纠结了。"

"不是……"

桑嫣叹了口一气,拉住可凡的手:"你肯定认为我在帮老杨,对不对?"

"没有。"老桑这么说话,可凡反倒不好讲了。

"你在法院也做了那么久了,"桑嫣摊开来说,"任何事情,那最好都是大事化小,小事化了,对不对。"抬头看窗外,"怪我,家里当时困难,不然好歹让一点钱出来,也不至于有今天的麻烦,可问题是现在事情它就是发生了,你想过没有,如果这事不能合理解决,咱们不占理,那老杨气能平吗?她气不平,去你单位一闹,你怎么过?还做不做人?"

可凡道:"得按法来,闹是不行的。"

桑嫣突然小声快速地说:"你知不知道陈烈香从床上掉下来那天晚上……老杨她其实一直没睡,她就是没起来……你、我、文娉起来的事她都知道……人家就是没说,跟谁都没说,跟警察都没说……"一声长叹,"要是现在因为这房子,她一怒之下把那点陈芝麻烂谷子的事都抖搂出来,万一再追查下去你我吃得消吗……是……跟咱们都没有直接关系……可说到底算不算是……见死不救……"

最后四个字桑嫣说得艰难,许可凡听得更艰难,跟刺扎到肉里似的。她没想到,沉渣泛起,旧事重提,杨盼竟然还有这一招。几乎一瞬间,许可凡就考虑到后果的严重性,一旦案子重新被翻出,搞不好,她跟老桑、文娉等人都可能受到牵连,那日子究竟成什么样,事态会不会失控,真就不好说了……

可凡发怔。

桑嫣又道:"反正我这辈子就这样了,没什么事业要奔,将来大概率要出去,图个清静,你呢,文娉呢?老许,你考虑过没有,别牵一发而动全身,咱们做任何事都要有个通盘考虑……"

桑嫣话还没说完,许可凡就果断地回道:"要不就按照濮总的意思办吧。"

第八十五章 宁红
Di Bashiwu Zhang Ning Hong

◆

老吴现在轻易不跟宁红见面。

几个来回,都是双方律师沟通。吴冠军搬家了,通州那套房子租出去,他继续狡兔三窟。小张来汇报情况,宁红还是老态度:"先让那女的把那一千多万吐出来,再谈离婚条件。这是前提,否则免谈。"

过年,宁红注定又形单影只了。乃心想去东京迪士尼,宁红问:"去上海的不行吗?"乃心非要去日本,女儿喜欢日本文化,都是吴冠军惯的。为拉拢女儿,宁红病腿未痊愈,不能远走,只好放行,给老吴机会做好爸爸去了。

不过当律师小张来提到乃心抚养权的问题,宁红感觉当头一棒,清醒了——现在绝不能让老吴多接触乃心,那不等于送羊入虎口,认婊做妈吗?谁能保证吴冠军和鲍燕不给孩子洗脑?可是,站在她的角度,她又不想让乃心了解太多大人们之间的丑恶故事。这些个乌七八糟的事情,宁红都还没来得及跟乃心细说,也没必要说,长辈的恩怨,不必牵扯到晚辈。只是律师小张一分析,宁红又觉得现在不牵扯是不可能了。

铁打的事实就是:她吴乃心现在已经有了一个同父异母的弟弟呀!这个弟弟,是板上钉钉要跟她抢夺资源的!是一辈子的竞争对手。因此,作为妈妈,宁红现在不仅仅是为自己而战,更是为自己的后代出战!

宁红想到了娘家那些人,叫上几个,陪着一起去日本,那么,她就能跟着女儿一起游逛了。但这个念头只在宁红脑子里停留了三秒就立刻打消了。不行。虽然她现在跟老吴闹得满城风雨,可那也仅限于在北京,老家人还不知道她这档子事儿。她的人设不能倒,在老家人面前,宁红还是个成功的女子,事业有成,家庭幸福,孩子聪明伶俐,生活是个大写的圆满。她要让这份圆满继续,哪怕是海市蜃楼,虚无缥缈,那也是多一天是一天。

其余人呢,这些老姐们儿桑嫣是肯定不可能的,她哪是伺候人的人,况且人还在欧洲猫着呢。文娉呢,可能性也不大,让文娉照顾孩子,对人家是刺激,何必呢,她还有老高要陪,过年保不齐也要回老家。杨盼也不行,宁红现在提到杨盼就有点硌硬,许可凡那事儿,宁红在场不多,但每次听到,她都感觉杨盼在玩"瓮中捉鳖"。加之,可凡在她跟老吴的斗争中堪称左膀右臂,宁红"知恩图报",更加要站在可凡这边。所以,找杨盼陪自己去日本,绝无可能。她那个抠相,也不会愿意花这个钱。

打内心深处,宁红觉得,杨盼还有个说不出的令人反感的地方——她爬得太快了。不经一番寒彻骨,怎得梅花扑鼻香,她有什么资格跟她们这些人平起平坐?那么找可凡呢,也不行。她倒愿意给可凡出钱,带乃心、菲菲两个孩子一起去,可估计许可凡没那心情,玩也玩不畅快。

曼蔓吧,宁红直接打了电话。凹凸蔓拒绝了,她有公事,过年要陪濮总回浙江老家。凹凸蔓强调是出差,宁红也就不深问了。一时想不到合适的人,宁红决定再考虑考虑,实在不行,只能斩断女儿的行程,狠下心当个"坏妈妈"。

年前,集团开大会,宁红竟意外受到表彰。有荣誉了,她不得不出席。要在过去,她没准干脆利落就辞职了。现在不行,她跟老吴迟早要掰,这份工作、这个职位,好歹是她安身立命的饭碗,必须保住。不过回公司的感受却非常不好。宁红受不了那种眼光,走进办公大厅,喧哗声戛然而止,所有人都向她行注目礼。

目光中饱含同情。

这不是她要的。不,不要同情。她是受害者,但她不做弱者,她还在战斗。

然后是发表获奖感言,她感觉所有人都等着她落泪。她偏不。她偏要意气风发,指点江山,活出女人的风采来!

等下了会,回到自己那间小办公室,宁红才跟被抽了魂似的,一个人面对着白墙。助理敲门,宁红让她进来。助理递上来访记录,包括这天打电话来或者上门拜访的客人,以及她代收的快递明细。宁红叫她放在桌子上,等助理阖门而出,她才随意翻看。

猛然间,一个名字跳入她眼帘。

左豪。他连续来电话五次,每次都打到她办公室。有意思了,左豪找她做什么?宁红把助理叫进来,问左总来电说了什么没有,助理说没什么特别的。那就更奇怪了,左豪有她的号码,也有微信,为什么不直接联系呢?呵呵。宁红靠在椅背上,办公椅打了个转,她举着手机,找到左豪的微信,发过去四个字:小年快乐。

结果,对话框显示,左豪已经把她删除或者拉黑了。

什么情况！宁红背直起来了。她第一时间想到，会不会是左豪听说她跟老吴的婚姻出了问题，所以想要"趁火打劫"、对她"下毒手"呢？毕竟，左总对她表示过兴趣。当然，要在过去，宁红是坚决不从的，但现在的情况不一样了。她就差离婚手续要走，基本跟单身没分别，她有权利跟任何男人恋爱。

再往深了想，左豪会不会是老吴派来的搞"美男计"的呢。不对，不对不对，以左总的咖位，又怎么会被老吴这种下三烂的人驱使呢。可是，左豪为什么又把她拉黑了呢？宁红突然生出一种不好的想法：会不会是朋友们得知老吴和她的战争后迅速站队了呢？公司有个小妹离婚，她老公就拉黑了她所有朋友。

算了，试试。握着手机，编辑内容。

内容简单，就一行字：小年快乐，幸福安康。宁红。

群发出去，回应者众。但也有发不过去的，那些未来就不是朋友了。这其中，果然有不少是老吴的关系。桑嫣没回复，估计有时差。许可凡最关心她，回道：没事吧？一定要好好的。宁红直接回了张自拍照过去。毛文娉回了个表情，又追加三个字：在加班。于曼蔓在老妈那儿团圆。杨盼过了许久才回道：小年快乐，幸福安康，一年更比一年强。前半句是复制粘贴她的，后半句是自己编的。

好了，清楚了。唯独左豪这儿，有点纠结，宁红想给左总打个电话，起码问问什么事儿，但又觉得跌面子，等到晚上，她终于忍不住，电话打过去了。

左豪感慨："哎呀，宁主编，找你可真困难。"

宁红将他一军："老吴那不是有我联系方式吗？"

"是有，那个……"

"真想找，不难，"宁红留出一秒空白做过渡，"左总有啥指示？"

"有个学术问题想请教。"

哟嗬嗬，还谈上学术了。宁红的经验是，男人越跟你谈正经的，搞不好越不正经。

"请说。"她落落大方道。

"今儿太晚了，要不这样，明儿你到这儿来，咱们单聊。"

真直接。

宁红见招拆招："我都不知道你那门在哪儿。"

左豪不含糊："你给我发个定位，我让司机去接你。"

可以了，这就算定下了。安顿好乃心，宁红一个人躺在双人床上。还是跟那年过年她在医院一样,只有包陪着她,包不会变心。她不禁浮想,左豪找她做什么呢?最激烈的情况,无非是想跟她睡一觉,了却宿怨。他没准料准了她的心理变化,过去,她是铁了心要立贞节牌坊的,现在没必要了,所以,他可以堂而皇之请她上床。如果真是这样,她是不答应,还是顺水推舟答应了呢?

骨子里,宁红觉得自己是个良家妇女,虽然跟老吴情感破裂了,可终究还没离婚,如果现在跟左豪有了故事……天下没有不透风的墙……不不不,宁红决定明儿无论如何也要管住自己。虽然不能有"实际行动",但宁红认为,暧昧还是可以有的,一大意,她甚至愿意接受左豪的追求。奇妙奇妙真奇妙,上天给你关了一扇门,必然会给你打开另一扇窗。

左豪是不是那扇窗,天一亮见真章。

结果等天亮了,左豪的司机还没到,老吴的律师却打电话来了。他说他的委托人吴冠军吴总希望跟她见面聊聊。宁红下意识吼:"不见!"律师很耐心道:"有些问题,吴总觉得还是当面跟您沟通比较合适。"宁红有起床气:"你跟我律师联系!再打来我告你骚扰!"

虽然嘴上逞强,但宁红知道,经过之前的闪电战、目前的持久战,她跟吴冠军也该走到和平谈判的环节了。剩下要谈的,没有感情,只有利益。她给律师小张打了个电话,让她跟老吴的律师沟通,又叮嘱:"选一个稳妥的地方。"她必须避免吴冠军突然发狂、行凶。都交代好,宁红送乃心去辅导班,跟着,左总的司机就到了。

宁红对着一楼的玻璃看看自己,出来得急,都忘记整理,不过她今天这身穿搭,条顺盘亮,自信满满。

"去哪儿?"宁红上车问。

司机道:"左总家。"

宁红头皮发麻,直接就去家里了。行吧,走着,她现在就是块滚刀肉,来什么她都不怕。

第八十六章 房燕
Di Bashiliu Zhang　Fang Yan

◆

房燕陪左豪去国外晃了一阵,快到年才回来。显然,这趟海外之旅,不是去度假,左豪压根儿就没那份心情。房燕没问过,但她从各种蛛丝马迹中早就判断出来,自从家里的带头大哥被"双规",整个家族的气氛就不对了,彼此联络也少。

状态是:鸟兽散。

左太太身体不好,留守国内。左总这一路,从香港到印尼,到日本、温哥华,房燕全程陪着。呵呵,那真跟避难似的,不游山,不玩水,基本全窝在酒店,而且是一人一间房。左总每日生活的主要内容就是:打电话。时而低语,时而咆哮。房燕在前线,就是再不敏感,也感觉到那种季候的变化了。加拿大的冰天雪地,完美诠释了左豪的心境。至于什么时候春暖花开,不知道,房燕只能陪着熬。

有一天,吃完晚饭,左总来电话,让她去他屋里一趟。她去了,他交代她给濮德庸打个电话,问云南的货到了没有,如果没有,什么时候有货。房燕领了命,要回屋去打,左豪连忙说:"就在这儿打。"房燕愣了一下,快速拿手机,开免提。

电话通了,她就按左豪交代的问。濮德庸语气有点急躁:"现在哪还有货呀,全国都没货。"房燕看左豪,左朝她努努下巴,示意按原计划问下去。房燕声音轻灵:"那请问什么时候能有货呢?"濮德庸道:"有货我会联系你的,好吧。"说完就挂了。

一句没货,抽光了左总的精气神。房燕一开始没理解,后来才琢磨明白,所谓"有货没货",其实是一句暗语。有货,可能就是情况好转;没货,等于没好转。显然,左豪是期待有货的。

房燕陪左总走到温哥华,国内再度传来一个不妙的消息,左豪的表妹、某地市宣传口的一把手被"留置"了。房燕不懂什么是留置,这两个字是濮德庸要求她转达给左豪的。左豪听到消息,晚饭都没吃。连带着房燕心情也不大好。她在左总房间待到十点半,左豪一直在跟她谈玄学,谈人生道理,房燕在心里感叹,男人都一样,这不跟娱乐报道里某些男星一个套路、一个德行吗?

行,反正她准备好了。既然走了这条路,她房燕就没想过干干净净出来。聊到快十二点,该睡觉了。左豪穿着睡衣,在房间里慢慢逡巡,房燕矜持,从椅子上站起,道:"左总,那我过去了。"

"别走。"左豪几乎第一时间蹦出这俩字。

好嘛,还是来了。静默横亘在两人之间,房燕"嗯"了一声,转头看他。左豪突然有点尴尬,他这个风月场上的老手,竟笨拙地放下杯子,又笨拙地走到床边坐下。房燕还是那么站着,居高临下望着他。

"你就住这儿。"左豪又说。这下口气有点硬,带了些命令的意味。但就是这微妙的转变,房燕还是捕捉到了。是的,几秒钟之前,左豪展现了他的脆弱,尽管他迅速又在心外披上了铠甲,可房燕看到了,明白了,理解了,体味了——既然知道了,她就不能置身事外。她现在愈发感觉,像左豪这样的人,看似什么都有了,但其实他的灵魂是灰色的,他对什么都不感兴趣,所以才游戏人间,他就是要用这些热闹来填补生活、生命苍凉的底色。

现在热闹没有了,生命如严冬的旷野,一片荒芜。他能抓住的只有她,她是他最后一根救命稻草。房燕大无畏地迎了上去,此时此刻,她觉得自己就仿佛一个志愿者,自愿奉上鲜活的肉体,去拯救那古老传说中即将渴死饿死的吸血鬼。她忽然感觉自己很伟大,伟大到俨然大地之母,包容他所有的软弱,修复他的伤痕。

脱了衣服,房燕赤裸裸坐在床边,她背对着他。她感到一丝凉意。"进来。"左豪掀开被角。她钻了进去。有意思的是,接下来什么也没发生,或者说,没有按照她料想的发生。左豪只让她睡在自己旁边,胳膊碰胳膊,并排靠着。这一夜,左豪在床上翻来覆去好久,房燕问他要不要吃安眠药。左豪怕上瘾,不吃。

房燕笑:"不会上瘾的,你要不放心,我陪你一起吃一粒。"就冲这份陪着一起吃药的仗义,房燕感觉自己到这一步,才算彻底把左豪拿下了。是那种原始的、女人对男人的拿下。过了这晚,左豪不再高高在上,房燕也不仅仅是个小助理,她终于从心理层面成为左豪身边的女人了。

从温哥华回来之后,房燕就被"通知"搬到左豪家去住了。她原本以为,左豪给她弄了个"小公馆"。谁知道,她入住的却是左家大宅。她从东面搬到了北面,据说这别墅区里住了不少明星。不过,更令房燕意外的是,左太太已经离开了。看别墅里陈设就知道,过去不是这样,动过的痕迹很明显,左太太的巨幅画像也没有了。

房燕豁然开朗，彻底明白了什么叫大难临头各自飞。看来左豪是真大江东去了。左太太抱病多年，能够忍受在外面拈花惹草绯闻不断的左豪，却不愿意包容一个在政治上丧失前途基本宣布社会学死亡的左豪。

这就是现实。残酷的现实。

那么她呢？房子着火了，别人都躲，她还要往里跳？跳也要有跳的价值，房燕犹豫。经过这些日子历练，天上一天，地上一年般，房燕早就不是那个从东北来的刚毕业的小女孩了。现在的她，见缝插针，步步为营，果敢、干练、敢为，豁得出去，收得回来。她唯一的困惑不是左豪能不能东山再起，而是他对她究竟有没有一点点真心——但凡有，哪怕不多都行，也值当她赴汤蹈火一回了。

听说宁红要来，房燕本能地警觉。

宁红的"家丑"她大概听说了。她觉得宁红这半辈子简直像在扶贫，几乎是一败涂地了。可人家终究还是有老本的，职业光鲜、历练丰富、相貌不俗，是个强有力的竞争对手。虽然她并不能认定左豪找宁红来是为发展罗曼史的，但还是不得不防。

时间到了，人物聚齐了。左豪去楼下见宁红。房燕一个人站在二楼台阶上，躲在暗处打量。瞧瞧宁红今天这一身装束，显然是用过心的。男人看不出来，女人一眼就明白了。

好了，轮到她上战场了。

转身回屋，换上那套粉色真丝睡衣，在香港买的。然后，脚插进拖鞋里，头发披散开，姿态跟要走T台似的，一步一步朝楼下去。

人还没到，声音先过去了："左总，红糖在哪儿？"

等她真站在这栋房子的主人和客人面前时，果然精准收割了他们的惊讶表情。左豪尴尬笑笑，他是情场老手，但却是措手不及。宁红倒稳得住，落落大方："小房，在呢。"房燕连忙说你们忙你们忙，然后便飘然而去了。

房燕精心策划的画面迅速起了效果，宁红一走，左豪就找到了她。他果然把太古红糖递过来了。这是道具，房燕在心里苦笑。她抛出个引子，他还就真演起来。

接过红糖，放进咖啡里。她喜欢这种喝法，中西合璧。左豪上前半步，声音低沉："我不值得你这样做。"

房燕沉默。

她知道，在他面前，最好的应对就是沉默。偶尔发声，也要充分满足他男人的自尊心。

"要不我辞职。"房燕及时插入。

"不是……怎么……"左豪结舌了，"小房，你这是要把我往死路上逼。"房燕不吭声儿。左豪继续："你不知道现在的情况……也许明天你就见不到我……明天我就被人带走……一辈子失去自由……"那点破事，颠过来倒过去说。

房燕声音微弱，但态度坚定："那就好好珍惜今天。"

左豪怔住。隔了好一会儿，才问："你不怕吗？"

"谁怕谁孙子。"

"你图啥？"

"图你这人，行吗？"

左豪有点激动，逡巡着："不行，"面对房燕，"小房你听我说……你这样绝对不行……要不这样……你走吧……别管我了……我给你一笔钱……你走得越远越好。"

"我不要钱。"房燕咬牙。这话说得她自己都有点被自己感动——她不要钱，老天爷，说什么胡话呢。正确的陈述应该是：钱也要，人也要。

"你真要往火里钻？"左豪声音变大了。

"那是你的事……就算你被带走……也不会带走我，"房燕直面左豪，"反正……你自由一天……我就陪你一天……你不自由了……我就在外头等你……只要你知道……我知道……说好了就不变。"

左豪面目凝重。二月下雪，把他冻住了。

"我数三下，"房燕道，"你不愿意我就走。"

弓拉满了，最后一击。

左豪目光温柔，众叛亲离之时，他又怎么会愿意放弃她呢。这个曾经"百花丛中过，片叶不沾身"的男人，终于在这一汪小水池中翻了船，老老实实缴械投降，沦陷了。

房燕旋风式的突袭，毫无疑问获得了巨大成功。她觉得择偶也像买房子，你要学会抄底。低价买入，高位持有，坐吃一辈子。她并不是天真无邪、误打误撞，老左的境况，她是找人评估过的。从高处寒那儿，她得到了最新消息，这轮风暴已过，老左大概率平安着陆。除了太太拿走的大头，他剩余的身价不会受太大影响。

441

就算跟他签订婚前协议,她仅仅从大树上剥一片树皮,也够吃一辈子了。最关键的是,成为左夫人后,世界一下就打开了。

还有一点最最核心:房燕扪心自问,她还是爱左豪的,虽然他一身的毛病,可是,这个男人是可爱的。从人生危机中活过来的左豪,最有资格被年轻女生叫一声"大叔"——看起来年轻、长得不错又具有成熟男人风度、体贴包容、有经济基础的中年男人。

反观濮德庸,那是大爷。大爷留给曼蔓。

一切发生得迅雷不及掩耳。房燕越过山丘,在危机中打捞出转机,于左豪的人生中立了个山头。

过年前,她陪着左豪去见了濮德庸。左豪一个劲儿跟老濮抱怨:"没货你也不能说没货,你得给我吃定心丸,善意的谎言,说货就在路上,懂吗?"

很不巧,在同一场合,房燕还碰到了陪着老濮的于曼蔓,她曾经的领路人,现在的好姐妹。她永远忘不了左豪向老濮和曼蔓介绍她时,曼蔓错愕的表情。

"我爱人。"风波过后,左豪恢复了倜傥劲儿。

房燕死死挽住左豪的胳膊,一场豪赌大获全胜,这是她的战利品。

第八十七章 毛文娉
Di Bshiqi Zhang　　Mao Wenping

♦

过年加班,文娉回不了老家,父母决定以女儿为主,来北京团圆。文娉无法拒绝。这是她买房过后,一家三口第一次在北京过春节。老爸老妈风风火火来了,大包袱小行李,除了日常用品,还带了不少自制的年货。

鸡鸭鱼肉齐全。

文娉道:"妈,吃不掉,真吃不掉。"老妈答:"慢慢吃,不是还有小高呢嘛。"一句看似无心之语,毛文娉立刻紧张起来。她跟高处寒没讨论过春节的安排,上个春节,是各过各的,今年,她只在老高面前提了一句,说爸妈来了。老高回:别太省钱。就没下文了。

文娉失望,虽然说跟老高能走到哪一步不好说,可大面场他得顾呀。头都不露一个,那就是让她毛文娉没脸。文娉能感觉到爸妈的失望。老爸是一言不发,春节联欢晚会没看完就睡觉了。老妈呢,等到电视里开始唱《难忘今宵》的时候,她才冷不丁放出一句:"还是要找个知冷知热的。"

文娉不晓得怎么应对。人是她找的,她必须承担一切。她跟着道:"感情这种事,可遇不可求。"老妈来劲,坐正了,盘着腿:"是不是这女孩一到了北京,那就都不结婚了?你看你周大娘家的,三十好几了,还漂着呢,还有那个王疤瘌的丫头也是,真奇了怪了。"文娉分析:"没啥可奇怪的,混得不好的,别人看不上;混得好的,看不上别人,只有那中不溜的早早结了。"

文娉妈不同意:"照你这么说,混得好还是过错了。"

文娉用戏谑的口吻缓解气氛:"那是因为混得好的宁愿单身也不肯下嫁,跟劣质男人组队,她们还要生孩子、挣钱、做家务、伺候丈夫,搞不好人家还会给你脸色看,这不纯粹给自己添堵吗?"抓一把葡萄干,"两个人在一块儿,最理想的状况是,一加一大于二,实在不行,等于二也行,但问题在于,百分之八十的男人连一都做不到,他就是个零,甚至是负数,你跟他组队,等于拉低了自己的层级。"

文娉妈愣了几秒:"你跟男人有仇?"

文娉反过来苦口婆心:"不是有仇,是社会走到这步了。"文娉妈叹了一口气:"这个社会,我是越来越不懂了。"文娉道:"有啥不懂的,你们年轻时候,不就倡导男女平等吗?"文娉妈呛道:"那是男女平等,不是女人骑到男人头上,作为一个女人,你不生小孩,那就是违约。"

文娉诧异,呵呵,道:"咋还就违约了呢?"文娉妈右手食指往地面方向戳:"咋不违约?违背了老天爷赋予你的天职!毛毛,好多事情,不是你喜不喜欢的问题,有兴趣就做,没兴趣就不做,男女要平等,但男女的分工不同啊,作为女人,生孩子总要吧,洗洗缝缝你得会吧,起码的家常菜你得会做吧,"叹息,"怪我,从小只顾让你读书,啥都没学,现在你哪道菜拿手?面条你都能下烂在锅里。"

文娉强词:"我不会干,找个会干的男人不就得了,或者轮流干,大家平等。"

文娉妈急得要站起来:"你别跟我说什么平等,听到这个词儿我就来气。"文娉嗔一声:"民主自由平等,是人类的基本追求。"文娉妈反问:"什么是平等?一般齐一般高就是平等了?老天爷创造世界的时候平等吗?猫和狗平等吗?同样是猫,一个在人家家里暖暖和和,一个在外面流浪挨冻,平等吗?草和草平等吗?有的草被牛羊吃,有的只能被割草机割掉!老天爷之所以创造男人、创造女人,是让他们有不同功能、不同贡献、负不同责任的。女人有一种美德,那就是成全!……"

不愧是退休语文教师,说话一套一套的。眼见着老妈越说越激动,文娉怕再吵下去一晚上都别睡了,连忙说要去做点夜宵,及时退出了舌战现场。

初一在家一天。快递员上门了。文娉诧异,她并没有买什么东西。包裹一打开,两样东西,一块金表,一条金镶玉的翡翠项链,还有手书,文娉瞅着是高处寒的字:祝叔叔阿姨春节快乐。文娉爸妈高兴得跟什么似的。她爸一个劲儿嚷,这个表好,我在香港看到过,不便宜。于是干活都戴着,袖子撸起,时刻露在外面。文娉妈则一脸喜不自禁:"你说这孩子,心咋就这么细。"

好了,有钱能使鬼推磨。高律师一出手,文娉爸妈的气瞬间烟消云散了。不等文娉打过去,高处寒的电话就打来了,他解释了一番,说自己出差,实在赶不回去,一点小意思,聊表心意。文娉觉得有面子,嘴上就不挤对他了。文娉妈在旁边,问:"是小高不?"文娉点头。她妈一定要跟高处寒说几句。

高处寒嘴甜,一口一个阿姨。文娉妈不无遗憾地说:"今年没赶上,明年上家去,阿姨给你包十八个褶儿的大饺子。"

礼物一到位,二老嘴里就只有高处寒的好了。直到年初三,他们赶回去参加三姑女儿的婚礼,在高铁站,老妈还叮嘱文娉:"小高心里有你,别对人家不冷不热的。"

文娉嗔叫了一声妈。

她妈又说:"回头几个家常菜,我录好视频发你,不会做菜哪行,总不能让小高天天在外头吃。"

文娉头大。

父母的北京之行从头到尾、明里暗里都在提醒她,你应该走入婚姻啦。文娉绝不是反对婚姻,或者对婚姻有偏见。在她眼里,婚姻是个中性词,无所谓好与不好。不过就目前中国婚姻的境况来看,女人在基本面上是吃亏的,如果不找一个经济条件比自己好，或者很有情绪价值、愿意承担育儿和家务责任的男人，那女人结婚，约等于扶贫。

实在没必要累了自己。

养老问题，文娉也想得清楚，靠孩子，靠得住吗？何况不是人人都会瘫痪在床，必须有人端屎倒尿。不过在生孩子的问题上，她跟高处寒倒是达成了共识，顺其自然，孩子来了就要，要了之后，或许就顺水推舟，走入婚姻。

年初四晚上，老高回来了，风尘仆仆的。文娉什么都没问。老高也没说他这些天的行程，他甚至都没问文娉父母收到礼物之后的反应、评价，送就送了。相应地，文娉也没问他女儿高初夏以及初夏她妈的情况。总之，进了她这个屋，那就等于有了结界，周围的那些烦心事，老高和她不约而同自动屏蔽。回来就是一夜春宵，两个人心照不宣，没做措施。

初五值班，文娉一早就出去了。她现在还在借调，做区政协领导的专职秘书。下午回来，高处寒问她单位的情况。毛文娉说："就我一个人。"处寒打趣："干吗，委屈了？"文娉说没有。高处寒问："你值班，领导都知道不就行了。"文娉说自己没有叫苦的意思。老高又问她跟领导相处得怎么样。

"正常相处。"文娉说。

"过年给领导发短信了吗？"

"发了。"

"群发吗？"

"不是，自己编的。"

"编的啥？"

"就加了称呼，落了署名。"

"那跟群发有啥分别？"高处寒轻微批评。

"这还有讲究？"文娉疑惑。

"当然。"高很平静。

"请教高律师。"

高处寒这才说："如果是统一格式微信群发，简单的复制粘贴、改改称呼，还不如不发。"文娉不出声，等着老高上课。他继续："过年发祝福消息，目的是什么？"

"问候。"文娉脱口而出。

高处寒道:"问候是手段,不是目的,真正的目的是要让对方加深对你的印象,如果达不到这个目的,就没必要发。"捏了一颗青梅撂嘴里,"而且得分人,一般同事没必要发,大过年的,都挺忙,不用打扰别人,发不发都不会改变你们的关系,用格式化的群发,反倒让人看轻了你。"

文娉微微颔首,若有所思。

"如果是领导,且必须要发,那就要注意,"高处寒站起来,"首先,必须自己拟,不要随便找个段子就发,同质化太严重,显得很没品;其次,一定要在里头提一件你和他的事,以此为基础展开祝福。"

越听越觉得有道理,文娉让他说下去。

处寒展开了说:"比如,在过去的一年里,感谢某某某领导在什么什么工作中给予了我细心的指导和巨大的帮助,我十分感谢您的提点,在新的一年中,希望能继续得到您的帮助和指导。值此新春到来之际,祝您吧啦吧啦吧啦……明白了吗?"

文娉听愣了,愈发佩服老高。

"切记四个字,"高处寒伸出右手后四根手指,"一定更让人觉得你——与众不同。"

文娉问:"他们还有去家里头拜年的。"

"这个要慎重,"高处寒劝,"得看你跟领导的交情,交情没到那个份上,去走动反倒庸俗了,人家还以为你要跑官,要政治攀附。"

"尺度要把握好。"文娉举一反三。

"上面选人用人,肯定是在熟悉的人里头选,"高处寒倒了点茶水,"你能力再强,工作再好,闷头干大活儿有什么用?这是人类社会亘古不变的现实。所谓政治,在比较浅的层面上,就是你和单位权力人物之间的关系,必要的人际交往和情感联系要有。"

"你是谁?"文娉陡然神色凝重。

高处寒将茶噙在嘴里,差点呛着。

文娉笑嘻嘻地说:"我倒想看看你是什么精变的,从哪儿学那么多道道。"

"社会大学。"高处寒也笑了。

"你的人生目标是什么?"文娉突然往远大了说。

高处寒游移了一会儿:"没目标,走到哪步算哪步。"

文娉跟着念:"走到哪步算哪步。"

老高嘿嘿笑了。毛文娉突然觉得自己很幸运,有老高这个高参在身边,她能少走不少弯路。在这个云诡波谲的北京,她相信自己一定可以走到更高更远的位置。

第八十八章 许可凡
Di Bashiba Zhang　Xu Kefan

✦

婆婆去世后,逢着年,可凡理所当然要以娘家为主。而且今年过年尤其重要,她爸妈对尉迟的气还没消,趁着节日喜庆,她打算好好缓和缓和关系。许可凡跟尉迟商量,打算在娘家待三天,三十、初一、初二,年初三回北京。尉迟表示支持,他初六、初七值班,赶得上。

时间定好,要开始定礼物了。

可凡问尉迟:"带点啥回去?"

尉迟道:"爸就一箱牛栏山,一条软中华,妈就一盒脑白金。"可凡反驳:"爸不抽烟。"看看,连这么基本的问题都忘了,又说,"脑白金现在还生产吗?"尉迟在手机上查查:"还在卖。"

"换个别的。"可凡说。

"要不把老桑给你那些个化妆品给妈几套,"尉迟分析,"妈不是特爱护肤吗?"

可凡较真:"化妆品算我送的,你呢,你送什么?"

"要不买双老人鞋。"

可凡怒火中烧:"我妈就不觉得自己是老人!"

尉迟说那再想想。最后的最后,他决定给丈母娘买一件高档羽绒服,这事儿才算告一段落。行程安排好,许可凡又开始看房子了。有老桑调停,她跟杨盼的问题和平解决了。杨盼答应补点钱,濮总也肯帮忙。不过濮总介绍的房子在昌平,住到那儿,上班太不方便。每天等于走一个大直角,开车堵,坐地铁挤,要命。孰料尉迟却很支持,昌平那块儿离他的新单位不远。他撺掇了几回,可凡严词拒绝。为了婆婆的病,她已经退让到这种地步,再购新房,绝对要自己舒坦。

可凡最喜欢一层带院的户型,这个理想越看越觉得难以实现。这次看房,可凡没叫毛文娉。文娉忙,她隐约听说,人混到大领导的兼职秘书了,可凡转而怅然,走秘书路线,的确是高招,有上升的空间。她就不一样了,这辈子可能就原地踏步。只是,一旦贷款买房,她又怎么辞职出去赚钱呢?法院的工作稳定,抗风险能力强。考虑到此,许可凡又头疼了,瞀闷。她想找老高商量商量,但单独约又不太合适,综合考虑,还是决定年后再说。

过年之前,可凡去看了宁红一次。老宁打算新年陪女儿去日本。可凡问:"都谁去?"宁红答:"我,还有老桑家那个崔姐。"

可凡诧异:"这都用上了。"又笑说,"也好,崔姐人不错,你带她出去见识见识。"

宁红连忙说:"人家哪要我带,出国都多少趟了。"

可凡不解,忙问情况。宁红这才说,崔姐过去做过十多年的推拿按摩,有外国人请她出去玩,等于是贴身的理疗师。闻所未闻,可凡忙问究竟。宁红懒洋洋地说:"崔姐过去接待的,主要是俄罗斯和东欧那些人,头十年里,美国还没怎么制裁,卢布没贬值,老俄那块的上流社会的人,每年两次出来疗养。"

可凡问都到哪儿去养。

"北京、青岛、云南,"宁红说,"他们不住酒店,都是包四合院或者单门独户的别墅,来了就是做按摩、扎针、美容。"

"真会享受。"许可凡不禁感叹。

"可不,"宁红道,"哪像咱,累得跟骡子似的,忙了半辈子,得到啥了?人,就得学会享受生活。"

细想想,可凡又问:"外国没按摩的?"

宁红道:"有,但跟咱不一样,他们主要是用精油推,按得不深,崔姐就去拉脱维亚给人按过,说是他们国家的一个导演,住大别墅,老婆很年轻。"

"第一个第二个?"

宁红咬牙,恨:"男人,他妈的但凡发达了,有几个不想换老婆的。"许可凡怕激起宁红的仇恨，连忙岔开话题，但已然来不及了。"走之前我再跟老吴谈一次。"宁红道。可凡忙问需不需要她陪着。宁红说不用，又说："就正常谈判，反正我的诉求很明确，娼妇把一千多万吐出来再谈离婚的事，否则我直接起诉，破坏军婚，必须严惩！"

可凡不由得叹："可怜的是孩子。"

宁红横眉竖眼："可怜个屁，杂种！就不该来这个世界！"可凡连忙找补："我是说乃心，凭空多出那么多复杂的关系，这以后……"宁红斩钉截铁道："不复杂，等都闹清楚了，那就跟切掉一个阑尾差不多，干脆。"

可凡又问乃心什么态度。

宁红说："孩子比我还明白呢，要求房子过户到她名下，她爹也必须给她存下足够的教育基金。"

可凡竖大拇指。真了不得，不愧是见多识广的孩子，没有那么多悲悲戚戚，直达病灶，解决问题。说白了，没大人管，搞不好她还自在呢。谈完离婚官司，宁红问可凡跟杨盼的事。许可凡简单说了。宁红道："这老桑也是，这么大的事，也没叫我。"

许可凡苦着脸："到此为止，以后不来往就是了。"

宁红讽刺道："老杨现在就是陈胜吴广。"

许可凡一下没理解什么意思。

宁红解释："人直接揭竿而起，造反，来个'王侯将相宁有种乎'。"

"压抑太久。"可凡追一句。

宁红叹一声："在咱身边当了这么多年丫鬟，现在可是抖起来了，看看，你、我都是'龙游浅水''虎落平阳'，她呢，飞上枝头变凤凰了，那叫一个飘。"

可凡说："不是有一套房子就能成仙。"

宁红道："人家'多点开花'，刘家濮家，家家都不放过。"可凡不继续评价。宁红顺着这话道："你看曼蔓，跟了老濮后也升天了，我听小王说，人也打算去看房呢。"可凡头皮发麻，于曼蔓也看房了，再这样下去，就她一个老大难。她心中愤懑，无处倾吐。宁红继续说："曼蔓也不是什么好货。"

许可凡抬头，她不明白老宁怎么突然骂起于曼蔓来了。她用眼神发问。

宁红道："曼蔓这种行为，跟那个什么臭鲍鱼有啥分别。"宁红给鲍燕起了个外号，叫臭鲍鱼。她现在跟全世界的三儿有仇。

可凡道:"听说濮德庸是单身。"

宁红抢白:"那也不行!为什么就不能要点尊严,不要去当老男人的舔狗。"可凡心里又是一咯噔,看在曼蔓借过钱给她,她必须帮闺密正正名:"老于说了,她跟濮德庸,就是单纯的上下级关系。"宁红哼一声:"此地无银三百两。"闺密俩又叹了一会儿,谈到蝙蝠,许可凡想起桑嫣跟她透的话,于是试探性地问宁红:"老宁,咱姐妹俩关起门来说,陈烈香掉下床那晚,你看到了吗?"宁红面目陡然严肃,道:"我是起来上厕所了,但我的床靠门,我根本没注意里头有没有人。"

完美的解释。

然而,许可凡第一感觉,老宁回答得太快,似乎已经是下意识的官方回答。不过不管怎么样,她都打算远离杨盼,那个女人能把当初那件事翻出来,就可见不是什么善茬儿。

东西都准备好,许可凡一家三口踏上了回乡的旅程。过去逢年过节回老家,可凡多半意气风发,可现在不一样了——当然,外人看不出什么所以然,她的遭遇,除了父母,亲戚一无所知,但是,房子一丢,她里子塌掉了,底气不足。而且,上车之前,就戴不戴孝的问题,可凡跟尉迟又拌了几句嘴。尉迟的意思是,你许可凡可以不戴,但他和女儿必须戴。可凡问什么意思。

尉迟振振有词:"我和菲菲都姓尉迟。"

"你妈不姓尉迟。"

"那也是尉迟家的人。"

"我不是尉迟家的人?"

"不抬杠,"尉迟寅不乐意了,"你当然是,可问题是你不愿意我也不能强迫是不是?"

最后,夫妻俩达成一致,在外面戴,进了她娘家门,暂时摘掉,等初三过后,再重新戴上。这是尉迟在这个问题上能做的最大让步。

一路堵车,好歹到家了。菲菲跟姥爷姥姥亲,祖孙打成一片,但可凡爸妈对尉迟,那就冷淡多了。尉迟觍着脸叫爸叫妈。可凡妈不客气,直接问:"找到工作了吗?"可凡看妈妈,可她妈根本没有要闭嘴的意思呢。尉迟道:"找到了,工资比过去还高。"可凡妈道:"通货膨胀,高也是应该的。"

年三十儿这顿,照例,尉迟也陪老丈人喝酒,就喝他带来的那箱牛栏山。老丈人平时话不多，但小酒下肚，也有了表达欲望，动不动就一嗓子。可凡劝："爸，少喝点，小心血压。"她爸撂胳膊，又对尉迟："你小子……我告诉你……你要敢对凡凡不好……我做鬼都不放过你……"大过年的说鬼，可凡妈嫌不吉利，娘儿俩都劝老头子少喝。她爸还是嗷嗷："一个家庭……要男人是干吗的？……不是说下面长那二两肉你就是男人了……你得立起来……你得出来顶事情……"

可凡妈见丈夫说胡话，忙让可凡去浴室储柜拿海王金樽。许可凡翻了半天没找到。可凡妈只好亲自去找，翻完浴室储柜，没有，她又去厨房踅摸。囫囵个人进去，却迟迟不见出来，可凡刚想喊妈，却听到她妈一声惨叫。菲菲吓得棒棒糖都从嘴里掉地上了。

第八十九章 宁红
Di Bashijiu Zhang　Ning Hong

◆

和老吴的谈判地点，宁红是精心考量过的。太闹了不好，万一闹将起来难看；太静了、太封闭了也不好，她怕老吴突然疯狂，或自己突然失控，一不小心又闹出人命。古人云，一人不进庙，二人不看井，三人不抱树。思来想去，一，宁红叫上了律师小张和王百味，埋伏在旁边，以防有变。二，谈判地点就选在寺庙里。宁红把地点定在了她过去单位附近，朝内小街上的智化寺。

首先，宽敞，寺中场院有坐的地方。其次，宁红选此是有寓意的。这寺庙是明朝遗留下来的，曾经是太监王振的家庙，正好借以讽刺吴冠军。她看中的是太监二字——宁红现在巴不得吴冠军成太监。

这次见面，宁红主要还是解决鲍燕吐钱的问题。虽然她已经请律师跟老吴那边表达过，但跟打在棉花堆上差不多。吃进去的钱，吐出来就难了。这次面对面，宁红决定好好掰扯掰扯。

钱吐出来也不是全给她，一并归入婚后财产，然后两个人再分。宁红觉得，就算老吴不愿意净身出户，但吴冠军孩子都搞出来了，出轨铁证如山，法院肯定会偏向她判。

是日，宁红率小张和王百味先到了。三个人在庙里转了一圈，宁红曾经在大梨树下留过影，一晃，也有不少年了。她过去还曾找寺里的僧人讨要过梨子。说这梨是药梨，能止咳嗽，宁红拿回去炖了，果然有效。因此，她始终觉得智化寺是她的福地。

午后，三个人在殿外墙根底下晒太阳。宁红眯缝着眼，跟老猫似的，她忍不住在脑子里过她跟吴冠军这半生种种。不值，真不值。钱不钱倒是其次，问题在于，她是真把心掏出来了呀！是他辜负了她，把她的心踩得扁扁的，撕得碎碎的，煮得烂烂的……就冲这，她分走全部财产也是理所应当，把他千刀万剐也无法赎罪。

远远地，她看到老吴从影壁绕进来了。

宁红一回头，小张和王百味迅速回撤。百味问："还录吗？"宁红果决："录。"百味又说："收音估计困难。"宁红坚持："那也录。"再一想，录来做什么呢，反正已经这样了。但小张还是提醒宁红，录音笔打开，这场谈话也能作为证据。

宁红站起来，朝二道门方向走了两步，确定老吴也看到了她。她在丁香树下的铁椅子上坐下，跟皇太后等着臣子来朝见似的。老吴走近了。宁红莫名来气。他更瘦了，也更精神了，整个人仿佛脱胎换骨。

凭什么？！

这种烂人就该越来越丑，他凭什么精神焕发！

宁红眼里冒火，盯着老吴坐下。但在外人看来，两个人可能看上去只是一对很有闲情逸致的游客。宁红跟老吴就这么面对面坐了两分钟，跟运气似的。恨到极处，宁红觉得骂他都是多余，她只想打败他。

"考虑得怎么样？"宁红先开口。

"不要失去理智。"老吴用手摸着下巴。

宁红冷笑："你的所作所为，难道不是失去理智的人才能做得出来的吗？"

"我不跟你吵。"老吴放下手，坐正了，装佛爷。他屁股刚好满当当卡在铁椅子里，看上去有点滑稽。

宁红从未见过如此冷静的老吴。过去，他习惯性巴结她。现在，人家硬起来了，整个一个冷酷无情。

"当然不吵,在这种地方吵起来,天理也难容了,佛祖都看着呢,"宁红微笑着,摆摆手,"但你必须为自己的愚蠢买单。"

"红子,你总不能不讲道理吧。"老吴掏出烟盒,看了看殿门,又放回去了。

"我跟你讲的就是道理,"宁红顺势道,"这么多年我为这个家付出多少?没有我你能有今天吗?"

老吴骇笑。宁红说:"你笑什么?"老吴说:"想不到你到现在还这么认为,"停顿一下,又说,"我能有今天的成就,难道不是我个人奋斗的结果?还是要客观,什么是主因、什么是次要原因得分清楚。"

宁红当即反问:"你公司是怎么办的?我是怎么从部队退下来的?你那些关系是谁去疏通的?我爸是怎么帮助你的?是谁给你稳住大后方好让你腾出手脚出去拼搏?吃水不忘挖井人!做人要讲点良心,没有我,你连小县城都走不出!搞不好现在还骑着自行车呢!吴冠军我告诉你,我能把你扶起来,也能把你踩下去。"

老吴还是笑呵呵:"这点我信,何止踩下去,你还能把我推下去呢,"环顾四周,"今天这地儿选得太好了,佛祖在上,苍天有眼,你良心难道不会痛吗?"陡然严肃,像变个人似的,金刚怒目,"你什么时候真正把我当成个男人?你就是把我当成你身边的一条狗,哦不,连狗都不如!我在那个家永远是低等动物,永远没自尊没尊严,我没办法,我这是'二次革命'!"

宁红的心像瞬间被十万根针刺中似的。好一个"二次革命"。她想不到,自己扶了十几年的人居然还说她对他不好、不给他尊严,如果真是这样,她还扶他干吗?!凭什么?!为什么?!宁红惊叫:"这些都不是你出轨的理由!"声音太大,和尚们侧目,宁红和老吴连忙敛住声。

吴冠军手一挥:"这些事就不用提了,两个人在一起这么多年,真要算细账,那真算不过来了。"又柔声,"红子,其实我根本没想走到这步,是,我犯过错误,可也是一时大意,好歹是条人命,一不小心来了,难不成还掐死?而且就算外头有什么,日子还不是照过?你还不是做你的正宫太太?"

宁红凛然:"吴冠军你什么意思,给我洗脑?让我接受你的三妻四妾?接受你卑鄙无耻下流龌龊的行为?接受你跟那个臭女人的烂事?哼哼,不好意思,门儿都没有!"

老吴啧啧:"你看看你,当着佛祖,嘴巴还不干不净的,也不怕……"话还没说完，宁红便拦阻道："甭他妈废话了，咱们之间没别的事，只剩钱的事，你净身出户，我既往不咎，女儿我带走，各过各的日子。"

"净身出户可以。"老吴爽快。

宁红歪着脖子看他。

"乃心就得归我。"

宁红急得拍桌子，这不混账嘛，欺负她倒罢了，难不成还给那臭女人欺负她女儿的机会？"吴冠军，你是不是脑子坏掉了，你怎么不问问乃心愿不愿意跟你和那个臭货过。"

"人不能太贪心，鱼和熊掌你不能兼得。"

宁红反应过来："明白，你这是舍车保帅，逼着我在财产上让步对吧？"

"你想多了，我可没这个意思。"

宁红右手食指戳他心脏部位："人要讲良心，你过年只给我五万，买房子你磨磨叽叽，对那货你大方，一千多万眼都不眨就甩出去了，你觉得对我公平吗？你觉得我会放手吗？我就不明白，你怎么你就愿意当这冤大头！你就是出去找'鸡'，嫖到天荒地老，也花不了这些个钱！"

"你懂什么！"老吴咆哮。毫无预警，宁红吓了一跳。老吴继续："我跟燕燕，那是以生命相托、灵魂相许、今生今世不会分开！你呢，你恨不得谋财害命！恨不得我立刻就从牛蹄岭上摔下去！"

一个是生命相托，一个是谋财害命，还今生今世，要不要脸！妈的！我让你今生今世，我让你生命相托！我就要谋财害命！转瞬之间，宁红气冲脑门，也顾不上什么佛门仙门，一拍铁艺桌，猛地站起，两手飞快地薅住吴冠军头发，摇山晃海般撕扯起来。

下午三点，智化寺的僧侣们开始奏乐了。奏的是古乐，从明朝传下来的，至今已有千年。不过，奇怪的是，千年前的乐曲却并不是人们想象中高山流水那样的清雅，而是热热闹闹，喧喧嚣嚣，有一股子市井味道，配着宁红制造的满地打滚，游客们像在看动作片了。小张和王百味连忙上前，费了九牛二虎之力拉开施暴者。不过，宁红还是有斩获的，她扯掉了吴冠军一撮头发。老吴捂着头皮，可算知道了这个女人的厉害。宁红指着他骂："迟早把你们都送进去！"

直到踏上东去日本的旅途，宁红这口气还没消。她恨老吴，恨就恨在他凭什么把她丑化成一个恶毒的女人,又凭什么把那臭女人美化成白莲花。不行!绝对不行!飞机上,崔姐一个劲儿劝她想开:"咱不着急,咱不生气,你越急,人越高兴,实在不行,打官司呗,咱有许法官,咱有高律师,还能干不过他们?你就记住一点,恶人自有天收。"

宁红揉揉太阳穴:"我这儿老跳。"

"气的。"崔姐说,"多修修心,念念经,背背咒。"

"能把他们都咒死不?"

"不是那个咒,"崔姐赶忙解释,"咱就修自己,来,听听这个。"说着,崔姐从手机里调出个音乐,把耳机塞到宁红耳朵眼里。宁红听着,果然清凉入心。"这叫什么?"她问。"《绿度母心咒》。"崔姐答,"你也可以跟着念,嗡——达咧——嘟达咧——嘟咧——梭哈……"

宁红果然跟着念了,没什么感觉。飞机一阵颠簸,空姐上来稳定军心。崔姐害怕,宁红和乃心都很从容。一会儿,飞行稳定了。宁红道:"老天不会让我死的。"崔姐附和说:"您吉人天相。"宁红又说:"我的任务还没完成呢。"转脸看向窗外,"我就是他们的报应。"崔姐忙劝慰:"别说这些,多念经,嗡——达咧——嘟达咧——嘟咧——梭哈。"

第九十章 桑嫣
Di Jiushi Zhang　Sang Yan

♦

去国外绕了一圈,桑嫣的危机感更强了。如她猜测,婆婆已经开始考虑身后事,虽然病情看似稳定,但桑嫣能感觉出来,婆婆的状态,一天不如一天,完全靠意志力在撑。巴黎的房子已经明确留给她和宪魁了,这趟去,主要是跟地产经纪见面,将来就由桑嫣跟法国这边联系、打理。

两个人还去了趟多伦多,也是看房子,婆婆也点明了,这个小套是留给伊若和濮杰的。又说:"小濮我倒放心。"濮德庸那儿有的是房子。回国没落地北京,婆婆带她去香港,然后去深圳,住在一处小公寓里。

婆婆没多做解释,桑嫣就不问。显然,这也是一处产业,以深圳眼下的房价论,虽然面积不大,但贵在地段,所以也很值一笔钱。

桑嫣觉着婆婆现在有点贾母的意思,财散人聚,不过好在家里人头不多,"金簪儿掉在井里头,有你的只是有你的"。老太太问桑嫣基金会那边准备得怎么样,桑嫣说已经在申报了,等着有关部门批。"德庸想不到的,你帮忙想着点儿,我在一天,这张老脸还能管点用。"桑嫣忙说妈费心。死亡的气氛已经笼罩在整个家头上,但越是这样,越不能提,越要营造出一种喜乐的氛围。

落地北京,伊若和小濮来接人。伊若的肚子显了。老爷子去世后,桑嫣多少有点躲着伊若,主要怕对比明显,生理性的。伊若的肚子等于提醒着众人,你桑嫣还静悄悄的。桑嫣杵在旁边,总感觉不那么理直气壮。

小濮接过包,把老太太请上车。

老太太怪女儿:"你还来干吗?"

伊若打趣:"不来,就怕没我的礼物了。"

桑嫣听着话里有话,道:"小妹的礼物最多。"

老太太道:"你嫂光顾着给你买礼物了。"

衣服、首饰、包,没少买。桑嫣看得清,羊毛出在羊身上,场面上的事,不能省。老太太又对桑嫣:"问问宪魁到哪儿了。"桑嫣领命打了过去。刘宪魁说自己在天津,就赶回来,估计能在家吃上晚饭。

老太太对濮杰:"去我那儿吧。"

濮杰喊了声妈,说:"家里都准备好了,请了新保姆,手艺不错。"老太太才想起来问桑嫣崔姐什么时候回来。桑嫣说就快了,这几天应该还在日本。

伊若的这顿接风宴,桑嫣认为是大有文章的。首先是太过丰盛,其次,也太过用心。讨好老太太的意图过于明显。婚后的伊若不单纯了。从大家分出去一个小家,私心自然重了。现在又怀着孩子,考虑问题难免深谋远计。何况她身边的人是小濮,小濮背后又是濮德庸。濮德庸可是当了老太太多年的干儿子,比亲儿子还能干。

越是这样,桑嫣越是告诫自己,千万记住,以退为进。女儿再好,在老太太心中的分量是肯定不会超过儿子的。这恐怕是中国人的人之常情,她只要锁定了宪魁,那这个家就有她一份未来。

刘宪魁姗姗来迟,桑嫣亲自去给他盛饭。老太太问儿子,跟谁去天津呢。宪魁道:"德庸在塘沽有个项目,我跟老高一起过去看看。"老太太不动声色:"都发展到塘沽去了,怎么没见过来。"宪魁说他还在天津呢。老太太没再多问。

饭后,桑嫣展示了一下陪婆婆出去拍的照片,两口子便回五号别墅去。桑嫣劝婆婆跟她回去,毕竟伊若大着肚子,不太方便照顾。但老人家却很坚持,说要换换环境。没办法,看这意思,老太太可要在伊若那儿住一阵了。回去路上,桑嫣轻描淡写地说:"巴黎那套,妈明确说了,我们管着,多伦多那套,给小妹,其余的没说。"

都是陈述性的话。宪魁嗯了一声,没往深里叙。

回京之后,杨盼是第一个来看桑嫣的。老桑给了她一些化妆品。杨盼满心欢喜,她还没从得到房子的愉快中跳出来。桑嫣问姐几个的情况,杨盼说联系得不多。

桑嫣道:"该处还是得处。"杨盼又说见到曼蔓一次,桑嫣问在哪儿,杨盼说在蒯姐的工作室。

桑嫣诧异,好久没蒯姐的消息了。

"改当神婆了,"杨盼道,"找她的人还不少。"

桑嫣问在哪儿。杨盼说在三里屯的写字楼租了个小间。桑嫣自顾自喝茶。两个人静默了一会儿,都在刷手机。杨盼斗着胆子问:"这趟出去,没啥事儿吧?"桑嫣看着她:"没事啊——"口气轻飘飘的,跟浮在天上的云似的,说散就散了。她觉得就算自己有困难,想找老杨帮忙,也不适合自己说出来。

还是要等待时机。

见完老杨,桑嫣约文娉来,就在家里。她主要想打听打听可凡的情绪。文娉简单说了,大致意思是,许可凡已经接受。桑嫣放心。她又问文娉年过得咋样。毛文娉没藏着,把父母来以及老高的表现,还有老高对她传授发祝福消息的事都说了。

桑嫣笑:"还是老高懂。"

文娉说:"也不知道从哪儿学的,"又问,"他以前真就是做律师的?"桑嫣知道文娉想从她这儿打听消息,于是道:"律师也是半路出家,听说过去做过工程。"

"没混过公务员系统?"文娉口气淡淡的。

桑嫣笑道:"要在体制内,干吗还出来做。"

文娉道:"可凡还想出来做呢。"

"她那是想不开,"桑嫣叹息,"我现在是巴不得像她那样,管几个案子,上班下班。"

文娉不说话。

桑嫣继续:"我这个家,外头看起来热闹,真要转起来,没有九牛二虎之力,也是一个推不动。"文娉笑说明白。桑嫣又问曼蔓的情况。文娉说联系得少,但听处寒说,于曼蔓过年除了陪着濮德庸到处走,还去看了房子呢。

"哪儿的房子?"

"燕郊?南五环?不知道。"

桑嫣听在耳朵里,没再深问。她随口提了宁红几句,说老宁真是,乐不思蜀,还在日本转悠呢。文娉问桑嫣老宁跟老吴那事的进展。"没听说有进展,"桑嫣道,"冤家,这婚,且有的离呢。"

桑嫣斜靠在那儿,随手刷着朋友圈,半个小时前,宁红还发了九宫格,都是旅行美照,一副生活打不败她、婚姻破裂了照样活得精彩的样子。

桑嫣理解,老宁是做给别人看,也是做给自己看。

回来三天,桑嫣又给伊若打去电话,问老太太打算何时摆驾回宫,也该去复诊了。伊若却说,她带妈在良乡呢。桑嫣紧张。伊若笑道:"朱阿姨现在搬到这边了,非邀着过来,我陪妈转两天。"桑嫣从未听说过什么朱阿姨。她又让妈接电话,叮嘱几句,老太太简单说了情况。这个朱阿姨是她的老同事,年轻时一起做过事。朱阿姨二婚嫁给了原轻工业部的领导,退休后搬到良乡逍遥。

桑嫣声音甜甜的:"妈,有事随时打电话。"刘宪魁又去天津了,崔姐还没回来,偌大的别墅,晚上就老桑一个人。她对蝙蝠有心理阴影,一到天黑,全部窗户必须关闭,她就闷在卧室,看看手机、读读书。最近她在读蒋勋,读来读去也觉得没什么意思,这年头,又在北京,人到中年,谁看淡得起来。

老宁又发朋友圈了,看样子该回来了。桑嫣点了个赞。三分钟后,老宁又转了环球人物发的一篇文章。桑嫣随手点开,却是香港富豪家族的八卦,见怪不怪。她迅速刷着,其中有几句话却是很入她的眼。大致是说,富豪走之前,还留了家产给私生子。桑嫣头皮发麻了,她本能地想到深圳那套小公寓,莫非婆婆早有打算……那是不是意味着……桑嫣不敢往下想了。

所有的信息点在桑嫣脑中排兵布阵，她像一台巨型计算机一样，要让它们迅速连接，得出全新图景。手机来了条消息，是结构性存款到期提醒。桑嫣脑中一闪，她想到了鲍燕。这个想法大胆得连她都有点被吓到。难道伊若也早就知道？当时她就怀疑，家里把理财交给鲍燕这种女人是有问题的。可是，如果一切是真的，刘伊若会那么不小心吗？为什么还跟她分享鲍燕的八卦？……桑嫣按捺不住，虽然天色已晚，她还是给伊若去了电话，说自己有笔款子到期，想找人帮忙打理，问她还跟不跟鲍燕联系。

伊若爽快："稍等，我把名片推给你。"

桑嫣问："有电话吗？"

伊若说有，迅速发过来了。桑嫣看着号码愣了一分钟，果断拨过去。对方接了。桑嫣简单介绍了自己，鲍燕立刻很热情。桑嫣又问："你住哪儿？"鲍燕说在大兴。桑嫣道："你这样，我明天刚好去大兴办点事儿，如果方便，我拐到你那一趟，当面聊。"鲍燕表示没问题。

稍晚时候，杨盼跟她视频通话，说知芳来北京了，她陪着去三里屯看牙，到蒯姐那儿转了一圈，都要排队。桑嫣拨语音电话过去，问："她那是看八字，还是？"杨盼道："不看八字，一事一测，好像是六爻。"桑嫣问完又有点后悔，一事一测，她就不好过去了。杨盼知趣，问："你要问什么，要不我去帮你问？"桑嫣说卦还是得自己去摇。杨盼说："可以隔空。"桑嫣问什么意思。杨盼说就是你给个数，就当是摇卦，她来解。桑嫣说敢情好。她拜托杨盼，有空去一趟，她随时传数给她，看看蒯姐怎么说。

杨盼问："你想测哪方面？"桑嫣沉默。她实在觉得难以启齿。杨盼又说："明白。"桑嫣笑着，还是杨盼知她心。

第九十一章 许可凡
Di Jiushiyi Zhang　Xu Kefan

◆

大年下，可凡妈摔了坐骨，只能趴着了。

可凡、尉迟忙前忙后，在医院看护、送饭，好不容易出院休养，假期也差不多结束了。可凡对尉迟道："一开班我就得去培训，要不你看两天。"尉迟说："我请不了假。"可凡不高兴，隐忍不发，脸色却很难看。尉迟解释道："我刚去，还没坐稳，头儿都在，我不去不太合适。"

可凡憋闷。

尉迟继续："要不这样，我出钱，请个护工。"

许可凡道："这不是钱的事。"可尉迟去意已决，许可凡也没办法。尉迟说的是实话，他这个年纪，找到一份各方面称心的工作不容易，只能将就着点。只是，就算可凡自己同意了，父母这边，面子多少过不去。婆婆生病，她这么一付出，恨不得抽筋扒皮，现在轮到她老妈有困难，尉迟连照顾几天都不做到，搁谁谁能痛快？

许可凡只好打电话给院领导，说明情况，希望晚几天到岗。领导没说同意，也没说不同意，只道："跟院办说一下，按照规定走。"又追加一句，"小许，你还是很有前途的，好好干。"可凡听在心里，又是几顿不消化。机构扁平化管理，根本没有太多晋升的空间，何况她赤手空拳到北京，人脉路子匮乏，又没有碰到贵人提携，许可凡真心感觉这样干下去不是办法。但一提到辞职，她又多少有点担忧。

毕竟不年轻了。

年初五，尉迟带着菲菲回北京了，临走撂了钱，说："妈，爸，我周末就过来，阿姨请了，明儿就到。"可凡妈绷着脸，也不客气。可凡爸对着窗外盘核桃。

钱放在茶几上，没人动，直到晚上，许可凡才拿了，掖在老妈的枕头底下。她妈撇着嘴道："女儿，把阿姨退了吧，我这穷人，不配有人伺候。"

可凡有心理准备，连忙柔声哄："妈！乱想！"

可凡妈哼了一声，反问："谁的钱？"

"尉迟的年终奖。"可凡实话实说。

可凡妈喊了声哟，也不晓得是疼的还是乐的："亲娘没来得及孝敬，我这皮外的，倒享着他的福了。"

可凡不作声，手里削着猕猴桃。

可凡妈道："阿姨退掉。"

"那谁照顾您？"

"叫了你小姨。"

"行吗？她那儿还一大家子，"可凡怀疑，"要不我多请几天假。"

可凡妈闷闷地说："你的工作不比他高贵？你是正儿八经的公务员，他那什么工作？草台班子，今天有明天无，上不上班无所谓，"鼻孔堵塞，她大力喷气，通了，"就那人家看得比天大！你是吃皇粮的，还不珍惜？万一你下了岗，他一小嘎儿饿死没事，别饿着我孩子！"可凡不敢出声，无论她解释还是反驳，那话肯定就越拉越长、没完没了了。

次日，她小姨果然施施然来了，伺候姐姐还算用心。当着大姐的面，小姨又不得不说可凡几句。可凡乖乖听着，鹌鹑似的。她小姨痛心疾首："凡凡，咱家人老几辈，就数你最有出息！去北京，当官，风风光光，为咱家添彩，可你说你这么一个优秀的明白孩子，咋就在家庭问题上比那过了秋的柿子还软，我跟你说男人就不能惯！"

可凡唯唯诺诺。

小姨继续："姐姐姐夫就你一个孩儿，将来，"又转头看可凡妈，"我不怕说句天打雷劈的话，咱都这个年纪了，少不得往以后想想，"双眼重新对准外甥女，能射出激光一般，"女人比男人活得长，有朝一日，就剩你妈一个，凡凡，你不管吗？"

可凡立刻表态："肯定管。"

可凡妈赌气道："管我也不去，受不了那气！"又对可凡小姨："老天保佑，就让她爸多蹦跶几天吧，他在我后头走，我少操心、少受罪。"

她小姨嘲讽道："你能放心姐夫？一个人在这世上，孤苦伶仃、孤家寡人、孤独终老？"

可凡听不下去，道："姨，放心，我爸我妈，我管到底。"小姨笑道："你是孝顺孩子,我一千个一万个相信,问题是家不是你一个人的,人家也要能给上力,我的大姐我知道,事事但求问心无愧,就没有对不起谁过!凡凡,别怪小姨多嘴,有些话,你妈不说,那是心疼你,我不怕当这坏人!"

可凡只好反复表态:"不会的……不会有那天……"

可凡妈背过脸,抹泪。许可凡心里更不痛快了。周末,尉迟巴巴地来了,但将功却不能补过,许家没人领他的情。在可凡爸妈看来,许可凡为了婆婆贡献了房子,你尉迟寅怎么报答都不为过,这次小事故,他的表现就是不及格。

稳定好大后方,许可凡要回北京了,临走之前,她又给小姨塞了点钱,说好随时联系。小姨眉开眼笑:"放心,有我呢。"

开年就是培训,可凡已然迟到了,回到北京,只能跟家待两晚,就要赶去北戴河报到。跟尉迟交代完,当晚,夫妻俩心照不宣又是老节目。每次出远门前,都得交个公粮。吃完晚饭,许可凡在沙发上躺了一会儿就洗澡进屋、坐在床上看书了。等菲菲睡熟,她才唤了尉迟一声。尉迟寅头伸进来:"马上。"然后又去客厅。

可凡以为他要洗澡,可是,人家去洗手间半个小时还没出来。许可凡打他手机。几分钟后,尉迟进来了,身上是干的。

可凡没好气:"干啥呢?"

"没啥,"尉迟说,"准备一下。"

"需要准备那么长时间吗?"可凡质问,"跟我就那么为难?"

"慢工出细活,好饭不怕晚。"尉迟口不择言,乱用成语。说着,他就斜身扑上去,假作激情。但可凡一眼就看透了他,脚一踢:"行啦,别装了!"

尉迟倒在一边。可凡压着声调,但态度很严肃:"本来是享受,被搞得跟服毒似的。"又说,"是不是交到别的地方去了?"

尉迟大惊:"污蔑!根本没有!"

"撩骚了吗?"可凡曾经捉到过一次。有第一次就有第二次。

"真没有。"尉迟大喘气,又把手机拿出来,"你查,随便查。"

"那怪我,没有吸引力。"

"亲爱的,"尉迟语气软下来,"你特别吸引人,怪我,今天状态不好,有点累了。"

许可凡撒娇似的:"明白,没有利用价值的人,就该被晾在一边,跟我要钱的时候,你可一点都不累。"

尉迟不乐意了:"咱能不提这个吗?你的大恩大德,我下辈子做牛做马都还不起,行吗,你放心,那些钱,我会慢慢还给你。"

可凡揶揄:"别说还不还的,就算还了,凑齐了,原模原样的房子,咱还买得起吗?政策一年一个样,那种低价房,已然是过了那村没那店。"

"那你打死我吧,头给你抵命。"说着,尉迟便把脸伏在被子上,被子下面是许可凡的膝盖。一时无声。尉迟肩膀轻轻起伏,他似乎在哭。可凡早就明白他的伎俩:"演,继续演,这儿没观众,你演给谁看。"

尉迟抬起头,果然没哭:"亲爱的,咱俩在一起这么多年,老实说,你为家里付出多,贡献最大,可我是男人呀,你以为我不疼自己的女人?不想多给你点儿?我就是一直没机会,"又往前凑了凑,"不过现在不一样了,我觉得这个公司大有前途,只要我坚持下去,肯定能发财。"

他这么说,她就一听。发财,天方夜谭。许可凡静静坐着,随手摆弄床头柜上的指甲剪。尉迟又说:"说一千道一万,我是爱你的。"可凡心头一暖,这种糖衣炮弹,她也知道有虚伪的成分,可她就吃这套,人家就是屡试不爽。临近晚上十一点,许可凡和尉迟寅又和好如初了。夫妻俩温存了一阵,便躺下安睡。谁知许可凡刚睡过去,胳膊上痒,蚊子肆无忌惮在耳边潜行,嗡嗡嗡嗡,可凡睡不着了。

"蚊子。"她拍了尉迟一下。

尉迟蒙蒙眬眬:"这个天,哪来的蚊子。"

"有,我听到了。"可凡坚持。

没办法。尉迟只好起来,去客厅找了电蚊拍,打开手电,在帐子里扑杀了好一阵,也没能电到蚊子。可凡接过拍子,做战略部署:"把那角也拉上,你在那头赶。"尉迟得令,照做。几分钟后,蚊子果然死在电蚊拍下。

只是一番运动后,许可凡又睡不着了。唉,真怀念过去那个小家啊。麻雀虽小,五脏俱全,哪像这儿,跟个盘丝洞似的。可凡平躺着,不禁小声道:"还是得赶紧挣钱,赶紧买房。"

没人应声。还没等可凡侧面观察,尉迟的呼噜声却跟一条小蛇似的从枕边爬过来。许可凡来气,本能地想捣醒他。再一想,算了,让他睡个好觉吧。

睡不着,可凡就数肋骨玩,跟学生时代一样。不知怎么的,她竟又想起老桑的话。那年那月那一晚,她的确是听到有人掉下床来,根据方位估算,她也知道是陈烈香,不过,因为在党员名额上有竞争关系,她跟烈香一直走得远,她也就各人自扫门前雪,莫管他家瓦上霜了。但她后来的确睡过去了,再醒就是早晨了。

辗转了一会儿,许可凡觉得全身烘热。灯笼病又犯了,她督闷。睡不着就听歌,可凡的催眠曲永远是那一首。戴上耳机,把声音调得小小的,熟悉的旋律在耳边响起:"午夜的收音机轻轻传来一首歌,那是你我都已熟悉的旋律,在你遗忘的时候,我依然还记得,明天你是否依然爱我……"

第九十二章 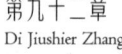 鲍燕
Di Jiushier Zhang　Bao Yan

桑嫣要来的事,鲍燕没告诉老吴,却打电话跟老高说了。高处寒认为不是大事。"会不会是来闹的?"鲍燕问。老高说不会,跟她有什么关系,她不是说问理财的事吗,你就按字面意思理解。

鲍燕还是有点担忧。

高处寒道:"这点小事,你应付得了。"又说,"她去正好,将来她当家,你也免不了跟她相处。"

不得不承认,老高这话说到点子上了,过去,老太太当家,鲍燕敷衍好她就行了,现在老爷子去世,老太太身体不好,可以想见,不远的将来,桑嫣会是刘家的管事人。她鲍燕要在这个圈子混,少不得拜码头。现在好,码头自己来了,她还不靠,更待何时?只是,桑嫣终究跟宁红是同学、闺密,鲍燕还是有点忐忑。

反正抓住一点:态度虚下来。只要她愿意伏低做小,人家也不会得理不饶人。

说实话,鲍燕不怕宁红,过去不怕,现在更不怕,她有儿子、有存款,所谓名分,她从来没在乎过。正面也交过锋了,宁红的招数她见识过,无非闹一场、打一顿,

还有其他招数吗？老吴回来说过，所谓军婚，掐算时间，根本对不上。她宁红退伍是什么时候？她鲍燕跟老吴生孩子又是什么时候？最关键的是，她有证据呀，她能充分证明，她跟老吴的相识节点，跟军婚无涉。光这一条就把宁红推翻了。

一大早，鲍燕准备带儿子皮皮出门。吴冠军问去哪儿，鲍燕说带他去打预防针，还要上诗词课。老吴叫儿子过去，他抱在怀里，用他为数不多的几根胡子去扎儿子的脸。这大儿子，看着就喜欢。

"钱够吗？"老吴问。

鲍燕笑道："够，我又不是没有工资。"

老吴道："你有是你的。"

鲍燕打趣："我不敢拿你的钱，回头别人要说我是图钱才跟你在一起的。"

老吴道："管别人怎么说，我清楚就行，别说你不图，就是你图，也没啥不对，你情我愿的事。"

点到为止。

鲍燕不往下说了，她给儿子穿好衣服，抱出去了。

房子是问过去小姐妹借的，出租屋，一室一厅，进去里头乌糟糟的，鲍燕利索打扫了一番，又把那些有可能泄露身份的小物件，比如小姐妹的照片呀什么的都收好，再烧上热水，静静等待桑嫣的到来。

呵呵，既然要做，那就给她演个全套。这一招苦肉计，鲍燕自认为高明。不然怎么办，难道真把桑某人带回家吗？是，她可以支开老吴，可不怕一万就怕万一，万一老吴突然回来了呢。何况，暴露了"老窝"也不好。她不是怕宁红再打上门，而是觉得她跟老吴现在住的地方，桑嫣恐怕会觉得太过华丽。从通州搬出来，老吴直接安排她去大兴住叠拼了。

时间到，桑嫣电话打来了，说车开到楼下了。鲍燕连忙去接。她在前面走，桑嫣跟着。她时不时回头看她，桑嫣四处观察，眼神里透着意外。是啊，这小区有年头了，别说没有绿化，就这六层房子也老得外墙斑驳。"劳烦爬几步。"鲍燕笑。桑嫣拾级而上，到六层已经有点气喘吁吁。

开门，桑嫣的表情又是一变。"你就住这儿？"她问。

鲍燕自然应对："习惯了。"又假做尴尬，"家里小，又乱，都没下脚的地儿。"玄关挨着洗手间，门开着，里头一张老座椅，上面的皮革全部被坐碎了，跟皱裂的大地似的。

桑嫣皱了皱眉。

鲍燕道:"我妈坐的,洗澡也得坐着。"桑嫣刚要问,鲍燕又追加一句,"去年走了。"

表情哀伤。

桑嫣自然不往下问了。

沙发上铺着毯子,看上去是刚换的。桑嫣提着臀坐好,鲍燕忙着给她倒水。皮皮扒着门框朝外瞅,桑嫣也瞧见了他。她看鲍燕,鲍燕立刻招手,唤:"来。"男孩怯生生走过来了。鲍燕指挥:"叫阿姨。"皮皮果然叫了一声。"去吧。"鲍燕做了个手势,皮皮又往卧室去了。

鲍燕再下命令:"跟阿姨说再见。"皮皮听话说了。桑嫣眼神中藏有爱怜。这孩子,跟老吴一个模子刻出来的,不用说都知道是亲父子。

这人物关系一下就等于和盘托出了。

桑嫣转过头,言归正传,谈理财。鲍燕也拿出专业素养,小心应对。都谈完,鲍燕才捎带着说:"你们老太太还有几个宝贝放在银行保险柜里呢。"说着,在笔记本上记下一笔。

"什么宝贝?"桑嫣脱口而出。

鲍燕忙道:"我是不是多嘴了。"

桑嫣道:"没事,你说。"

鲍燕笑道:"按理不该说,可姐姐来就是信任我,将来那个家也得您管,姐,我可算把命都托给您啦,要是老太太知道……"

"放心,你说。"桑嫣急切切的。

"好像是首饰。"

"哦,那个呀,"桑嫣不屑,"知道,在哪个银行呢?"鲍燕说好像是招商,她得再核准一下。说完正事儿,鲍燕主动说:"姐,既然您来了,好多事我得跟您澄清澄清,我这一身的脏水都不知道往哪洗……"

桑嫣脸色变冷:"怎么,冤枉你了吗?"

鲍燕说:"不敢说冤枉……但我也有我的委屈,说白了,我也是受害者……姐,我知道,您跟宁红是同学,多少年的交情,我不敢也不会挑拨离间,可今天既然姐您来了,"轻轻咳嗽,"一,我该做工作做工作,私下有什么矛盾,绝对不能耽误工作。至于私人交情,我总相信有个日久见人心,我捧出一颗心来,至于深浅,只能看缘分。"

"你和老吴怎么认识的?"桑嫣问得直接。

"朋友介绍。"鲍燕答得直接。

"哪个朋友?"

"我们行领导,老吴是他的客户,分配我去接待,"不等桑嫣继续问,鲍燕便先发制人,自顾自解释道,"老吴硬追……我没答应……我也不知道他有家庭……谁知道后来……"

"后来怎么了?"

"后来他硬上弓……"难以启齿。

桑嫣呵呵一笑:"你不同意不配合,他还能翻出大天来?"

鲍燕道:"事后我说要告他。"

"告他什么?"

"强奸。"

"这个老吴……"桑嫣摇头,啧啧。

"他说要么让我干脆报警,把他抓起来,毁了他一生;要么就……"

桑嫣不想听下去:"要么就让你帮他生这个孩子?他给你钱?"

"不是的……"鲍燕摆手,"孩子是意外……我说不要……"泫然欲泣,"可是偏偏我又是过敏体质……医生说……如果流产可能会有生命危险……"

"是吗,我还不知道流产危险这么大。"桑嫣带点揶揄。

鲍燕真哭了:"我一个弱女子……遇到这种事儿……让我怎么办……我真是六神无主……"

桑嫣跟审犯人似的:"你可不是什么弱女子,老吴不是给了你一千多万吗?"

鲍燕立刻举手发誓:"这哪来的谣言……天地良心,那是他们公司要上市,有财务审查的需要,我是义务帮着担点债务,哪来的一千多万……我真要有一千多万……我还在这待着?我还工什么作……孩子小,没人照管,我妈又刚走……"

桑嫣摆手阻止她,鲍燕连忙闭嘴。桑嫣道:"我今儿来,不是劝和的,也不是宁红让我来审问你的,我就是单单纯纯谈点业务,你能帮到我,我很高兴。"顿一下,"大家都是女人,站在一个女人的立场,我想劝劝你,这事儿,你们是情不自禁也好处心积虑也罢,老吴婚内搞出人命来,那就是违背公序良俗,就是不对。以后,你也别闹了。"

鲍燕急于解释："姐，我就没闹过……"

桑嫣示意她停："老吴两口子如果要离，你别在吴冠军耳朵边吹风，人家夫妻这么多年，女方就是多得点，也是应该。"

鲍燕附和着。

桑嫣站起来，说了句还有事，就要往外走。鲍燕亦步亦趋送到门口。桑嫣冷不丁问："你认识我们家宪魁吗？"鲍燕道："远远地见到过，还是过去老太太让我到家里，但没打过招呼，样子也记不清了。"桑嫣没再多说，下楼了。鲍燕目送她的背影消失在楼梯口，又回屋坐了一会儿，才从抽屉里拿出那些相片摆设，把屋子恢复原样，带着皮皮离开。

到家，老吴正躺着看投屏。他抱过儿子，又是一阵亲。鲍燕问老吴要不要捏脚。老吴说不麻烦了。鲍燕又问宁红那边的情况，老吴道："还那样，缠人。"又说，"人和人的缘分就是这样，哪怕是夫妻，缘分都到头了，也该放手，世界首富还离婚呢。"

鲍燕郑重地说："冠军，你离不离婚我不管，我跟你在一起，打起先儿，就没要过名分，原本我想两个人在一起开开心心的就行了，我不图你啥，人生得一知己，足矣。后来孩子来了，我说不要，你舍不得，现在好了，我成千古罪人了，整天被人指着鼻子骂……"突然眼泪就来了，"我是受害者……现在真后悔当初没报警……"

吴冠军拢过双臂："夫人，我的错，好不好，买个包，行不行？"鲍燕见火候差不多，撒娇似的，"我是图你包吗，还是图你这大脑袋……图你不洗脚？黄连树下种苦瓜，我苦生苦长……你干吗招我……"说话间，又嘤嘤地哭了。

老吴迭声道："怪我怪我怪我……"

鲍燕泪眼婆娑："你在犯罪你知道吗……"

老吴笑得嘿嘿的："你判我个无期……好不好……"

第九十三章 杨盼
Di Jiushisan Zhang　Yang Pan

◆

杨盼约知芳再访三里屯，知芳婉拒了。她在北京只待了几天，主要是看国际学校，她已经开始为孩子的求学铺路。不过，天津那边家里离不了她，出门三天，姐夫就想得慌，她得赶回去。

说也奇怪，这个姐夫，杨盼竟一次没见过，知芳不提，杨盼也不好问。她只在知芳的手机屏保上看到过一张合照，还是远景儿。杨盼揣摩，八成芳姐是捞了偏门了。不过也无所谓，黑猫白猫，抓到老鼠就是好猫。芳姐现在过得很好。只是三里屯那块，杨盼想着自己一个人去，终究少了个见证，怕桑嫣不放心，于是她主动问老桑崔姐方不方便陪着走一趟，桑嫣答应了。

这天没课。实际上，实诚的新店打开局面后，杨盼对培训学校的事就不太上心了，排线上课程，她是坚决推辞的，太耗时；线下课程也要求尽量少排，宁愿少拿钱。老桑跟她提积分落户的事后，她研究生也不打算考了，默默等待机会。午饭过后，杨盼从公司出来，和崔姐在呼家楼碰头，坐地铁一路迤逦，到达三里屯目的地。

崔姐说："一会儿你一个人进去。"

杨盼问缘故。崔姐道："法不传六耳，你听了，再告诉我。"

桑嫣给了八字，数等会儿直接报，摇六爻用。

两个人在工作室门口等了快一炷香的工夫，杨盼进去了。蒯姐一身素净，说不清穿的僧衣还是道袍。一只孤髻绾在头顶，香几上细颈花瓶里清供着一朵花，手边的香炉还冒着暗蓝色香烟。跟读书会时的蒯姐完全两样，前世今生的差别。杨盼双手合十坐下，把来意说了，又问能不能录音，蒯姐表示没问题，杨盼这才奉上八字。蒯姐扫了一眼，掐指细算，念念有词。

半晌，叹了口气。杨盼感觉不妙，忙问玄机。

蒯姐道："你这位朋友，情况有点复杂。"

杨盼端然："请说。"

蒯姐款款地道:"凡八字,成格者为贵,但这个八字,却在两种格局之间摇摆,这位施主五行属木,水旺、木相、金休、土囚、火死,得势、得时、得地,乍一看,应以正印格论。"

杨盼一头雾水,呵呵地说:"都快听不懂了,这个正印格,该怎么解释?"

蒯姐说:"正印格的人,心地慈善,有同情心,富有智慧,人很理性,做事有条不紊。"杨盼边听边点头,大觉有理。蒯姐又说:"但在此之外,这个八字还藏着一个假从强格。"

杨盼欠身求教。

蒯姐继续:"假从强格的基础是真从强格,这是一种特殊格局。如果命局当中,正印加上偏印这两颗印星所显现的能量强度是最凸显的,整体命格都必须依从这股能量,不可违逆,这就叫从强格。但是假从强格呢,就是纯度不够纯,你看它,时干上有一丁火,破了格局,所以为假。这个假,其实是通假字,古代叫瑕疵的瑕,意思是这个八字从得略有瑕疵。"

杨盼不无遗憾地说:"那不好。"

蒯姐话锋一转:"也未必,"捏起茶盏,抿了一口,"真从格,一旦走了破格的大运,忌神就会四两拨千斤,让原本完美的八字格局轰然坍塌,带来的倒霉事那也是巨大的。"放下茶盏,"但假从格就不一样了,破格的时候它可以转化为正格,以前的忌神和用神对调,就像孙悟空的脸,变化多端,总有路走。但正因为不管是假从时还是正格时,命局中始终存在着异党,为原局之病,纵然大运顺行,也没有办法达到真从格局带来的富贵程度。"

杨盼听得入神,茶冷也没续。

蒯姐凝神低语:"八字以五行平衡为佳,然而人的八字,百分之九十九点九都有这样那样的瑕疵,是为原局之'病',那这个病怎么治呢,靠流年,靠大运,流年和大运是有周期性的,如果流年和大运恰好能够补足原局的短板,那么这就叫'有病有药',就是贵格,而这个人也往往会在有药的周期崛起。但是当好运过去,药没有了,就又会回落,所以才有了所谓'三十年河东,三十年河西'。宇宙就是这么奇妙,一切都有周期,给你一个定数,再给你一些变数,定数是你出生那一刻就注定的,变数是时机、时运,了解自己,好好把握,方能成就今生。"

杨盼似懂非懂,忙问:"子女缘呢?"

蒯姐低头琢磨了片刻,道:"看八字,缘分是弱了点,火坐水上,如青灯一盏,如果遇上大风，很容易灭的，不过也不一定。"

杨盼问："有破解之法吗？"

蒯姐道："补地库。"又说，"先不着急，你不是还要占卜吗？"杨盼说了句稍等，她给桑嫣发了消息，那边即刻传来一组数字。蒯姐念了一段经咒，取出个纸条，交给杨盼。

低头看，上面写了一行小字、四个大字：离上震下，火雷噬嗑。饥人遇食。

杨盼喜道："字面意思还不错。"

蒯姐说："整体还不错，但如果问的是家运，就有点微妙了。"杨盼问那怎么办。蒯姐口气悠长："火雷噬嗑，应在家运上是不和之象，除非彼此能够排除成见，否则无法融洽相处。"杨盼又跟着追问。蒯姐见招拆招，仔细答了，杨盼还想问问自己的运势，但一来怕老蒯又要钱，二来也怕万一问出什么不好的，徒然增添心理负担，所以干脆不问。老桑的事办完，她便给了随喜，带着崔姐撤退。

一路上，杨盼和崔姐反复琢磨，一致认为，按照大师的推断，桑嫣的现状不容乐观。"从国外回来之后，太太头发都掉了不少。"崔姐苦着脸。杨盼问："老太太那边有什么动静吗？"崔姐说一直在伊若家。

"不是单住吗？"

"接家去了。"

"伊若孩子还没生呢吧？"

"没呢。"

"那把老人把得那么紧。"

"谁知道呀。"崔姐愁。杨盼也跟着发愁了，她也隐隐感觉到了，刘家怕是有大的风雨要来，老桑要想在风雨中站住脚，那就必须及时上船。可是，想真正上这艘船、站稳了，不容易呀。崔姐又道："凤地儿来过。"杨盼大惊，这个曾经的关键人物，"咋着？"

崔姐说："还是那事。"

"然后呢？"

"没成。"

"为啥？"

"检查了，"崔姐跟打谜语似的，陡降声调，"凤地儿这块地，压根就不合格，"顿一下，"不是块好地儿。"

"原来不是好地吗?"

"开始盐碱了。"

"那咋办?"杨盼听懂了,也犯愁。

"没法儿办,"崔姐说,"太太也在治,也没查出啥原因,急是真急,你说小姐这都快生了……"欲言又止,百转千回,"唉,进了这种人家的门,下不出蛋来,怎么着也说不过去,谁会养着一只不下蛋的母鸡呢……"

话糙理儿不糙。

曾经生出过的那个念头,又在杨盼脑海中浮现,但她强迫自己打消它。太过冒险。不到万不得已,她也怕……算了,不想了,她转而又跟崔姐分析咨询结果。到家,杨盼把录音导给桑嫣,又简单描述了一下。

桑嫣还能笑得出来:"想不到,我的命这么复杂呀。"

杨盼奉承:"好命,贵命。"

桑嫣跟魂儿被鬼吸了似的,整个脸都垮了:"什么贵命,鼻尖上抹黄连,苦在眼前。"

"别着急,慢慢来。"杨盼只能隐晦地劝。劝得太明,真怕损了老桑面子。杨盼转而故意问老太太最近怎么样。桑嫣道:"在伊若那呢。"杨盼深入地说:"你可得留点心。"桑嫣呵呵了一下,反倒把话说白了:"物以稀为贵,别人有的我没有,那别人多得一点爱护也是应该,何况我只是个儿媳妇,人家是亲闺女,我做得再好,都是浮面儿,要是能有个一男半女还好点,那就是刘家传人的妈,能长长久久地站住。"深深叹了口气,"妈的身体也是一天不如一天,宠魁对我是不错,可老吴的例子咱们也看到了,我真巴望着妈能多活几年,好歹把孩子熬出来了,我也就出头了,不然妈一走,我这势单力孤,谁能拢得住?是,宠魁人品是不错,但架不住周围那些人撺掇。"

杨盼没想到桑嫣把话说得那么深,她又是错愕又是感动,错愕的是,桑嫣不端着,竟细诉衷肠;感动的是,老桑倾诉的对象是她杨盼。

"不会的,"杨盼伸手抓住老桑的手指,"不还有高律师盯着呢嘛。"

"老高,"桑嫣道,"你以为他是什么省油的灯,他就是个浪子,自己还没个定锚呢,能监督谁?顶多就是个同流合污。"

杨盼好奇,问:"他跟文娉,咋还没个说法?"

桑嫣说:"你以为老高就文娉一个?"

杨盼控制不住自己，啊了一声。表情也没管理好，眼睛嘴巴鼻子眉毛都前不着村后不着店的。桑嫣道："这话哪儿说哪儿了啊，老高能起来，也是踩着巨人的肩膀。"

"巨人？"杨盼有点憨傻。

桑嫣说："老高就是个中专生，过去什么都干过。"

"那咋干上律师的？"

"遇着贵人了呗，"桑嫣提着声调，"先开始，他在律所就是个前台，后来所长提拔，一步一步上来的。"

"所长是女的？"杨盼脑子开始转了。

"那不然呢？"

"现在呢？"

"年纪也大了，孩子在美国，她好像也跟着移民了。"桑嫣随口道，"其他的，就不知道了。"又点评，"像老高这种人，对自己也是很有要求的，你给他个台阶，人家就能踏上去。"说到这儿，桑嫣打了个哈欠。杨盼知道自己该告辞了。其实刚才她差点就把帮桑嫣代孕一胎的话说出来，但终究是忍住了。说出去的话，泼出去的水，如果没有十足准备，还是不宜妄动。杨盼的原则还是不见兔子不撒鹰，她存心想着，如果老桑能帮她把工作问题、户口问题解决了，她或许可以拼一把。

晚上到家，杨盼把白天咨询蒯姐的事简单跟实诚描述了几句。实诚道："都是伪科学。"杨盼反驳："你不信是你不信，不能说别人伪。"

实诚反问："那我啥时候发财？"

杨盼道："没问。"

实诚说："看看，自己家的事儿反倒不关心了。"杨盼不乐意："网上都能抽签，找她算啥，费那个钱。"说着，杨盼就从手机上找到个抽签占卜的页面，她让实诚抽个观音灵签。

实诚道："抽个关帝吧。"他更信关公。

投了三次，出来个签。是第一百签，癸癸，是上上签。签文是：我本天仙雷雨师，吉凶祸福我先知；至诚祷祝皆灵应，抽得终签百事宜。

杨盼喜不自禁。

实诚看得淡，把泡脚水倒了，说："行啦，睡吧，别兴奋过头又睡不着了。"

杨盼看到饭桌上的半只炸鸡腿，估计是女儿剩下的。她伸手去拿，实诚阻拦：

"几点了？还吃，又是炸的，你不是减肥吗？"

杨盼不管，拿过来咬了一口，边吃边说："这炸的东西，就像男人，你明知道不健康、是渣渣，多半还是要吃，"嘿嘿一下，"它真香呀！"又咬一口，"偶尔尝尝，解解馋，"头摇得跟拨浪鼓似的，"没啥，人生你就得满足自己，别克扣。"

实诚凑上前，小声："那你咋就克扣我？"杨盼打他一下。实诚又说："咱们也该要个二子了。"杨盼陡然变色："不要，睡觉。"

第九十四章 于曼蔓
Di Jiushisi Zhang Yu Manman

曼蔓最近忙得恨不得脚踩风火轮。哪哪都需要她，哪哪都必须她亲自出马摆平，累是真累，可曼蔓享受这种感觉，她觉着自己跟脱胎换骨了似的，充实、喜悦、干劲十足。除了跟左总会面时看到房燕比较糟心外，其余都是好事。

濮德庸又吞并了几家小公司，过去，他都让家里人挂职，濮杰名下就好几个。现在他开始把曼蔓也拉进来，曼蔓志得意满，这意味着她自认彻底进入濮家的核心层了。名片印好，崭崭新新。别说，有了头衔，说话底气就是足。名正，则言顺。不过公司老员工里还是流传着她的"绯闻"。在那些嚼舌根的人嘴里，她于曼蔓的人设还是老总情妇。

呵呵，她不解释。

也好，担着这个名头总比无关紧要强。过去她还想着洗脱，现在，她洗都懒得洗，反正咱就做事情，怕啥。等到一飞冲天，让他们嫉妒去。

公司注册好，找了个小地方。曼蔓发现个有意思的事，杨盼成了她的"下属"了。她没问老濮缘故，但也能大概猜到，估计是老桑发力，帮杨盼筹谋的。毕竟，老杨的马屁功夫一流。好在老杨不怎么来上班，相当于挂名，但曼蔓该说的话还是要说出来。

比如周一例会,杨盼来了,曼蔓"大点兵",理当问询的,就在桌面上问出来。私下才说:"老杨,别见怪,公事公办。"

杨盼知趣儿,赔着笑:"我怎么发现我现在特别爱听你说话呢,句句都觉得有道理。"又说,"蔓,真为你高兴。"

夸得太猛,于曼蔓有点不好意思,但又立刻理直气壮:"全靠付出呀,说句不好听的,一人吃饱全家不饿,我全身心投入到工作中来,工作就是我的信仰,我爱工作。"

周中去律所。新公司的法顾还是高处寒。老高问曼蔓,吞的这两家还是濮杰管吗。于曼蔓道:"我是法人。"曼蔓问老高要不要做监事。老高笑说,当了法顾,还当什么监事。他又问曼蔓,左豪有没有参与进来。曼蔓说这家没有,但有新的项目要合作,她下午还要去紫竹院找宁红,说有个授权书要签。

老高打趣:"亲自跑呀?"

曼蔓自嘲:"那可不,名头叫得响,实际活儿都还是丫鬟的活儿。"

老高笑道:"你这属于心腹,专门执行重要任务的。"公司有两辆车,但曼蔓还没有专职司机。告别老高,她自己开车去紫竹院附近,到公司找宁红。显然,老宁已经从最初的混乱中挣脱出来。男人在外头有故事,女人得继续过日子,投身事业吧。

宁红正在开会,曼蔓在办公室等了会儿。下了会,宁红才风风火火来了。

"坐呀,站着干吗?"宁红瘦多了。

曼蔓心疼:"你悠着点。"

"悠啥?"

"身体第一,工作第二。"

宁红唉了一声,不往下接话。她叫来助理泡咖啡,适才曼蔓只喝了白水。于曼蔓把文件摆到桌子上:"没啥事儿,你签个字就完了。"

宁红拿起来看。

于曼蔓说:"都按照左总的要求说的,濮总也看了。"宁红扫了几眼,拿笔签了。于曼蔓收了协议,两个人才开始说闲话。

"这都什么时候的事儿?"曼蔓问。

"就最近，老左找我的。"

"他那事你听说了吗？"

"什么事？"宁红脑子没转过来。

"那女的。"

宁红呵呵一声："不但听说了，还见着了。"

"在哪儿？"

"老左家呀。"

"哎哟我天，真不要脸。"曼蔓唾。

"穿着睡衣出来的。"

"妈呀，"曼蔓惊，这都啥路数，"老宁，你真是捉奸体质。"

宁红略微色变。

曼蔓又道："人一不要脸，那就无敌了。"

宁红加把火："我最烦这种女的，要不是有合作，我都直接……"曼蔓插话，"直接打，打得好，打她个月经不调……"闺密俩哈哈大笑，都有点放浪形骸的意味。在对待那种女人的问题上，宁红和于曼蔓是空前一致的。宁红过去不觉得曼蔓正派，可现在看，竟是冤枉了好人。曼蔓曾经认为宁红太傲，也是个骚货，结果现如今，人家真是白璧无瑕的良家妇女。好嘛，既然都是良家的女子，那就有权利同仇敌忾，谴责娼妇。

两个人正你一言我一语骂得欢快，助理敲门，说有客拜访。宁红问是谁，助理为难。宁红不怯，看了一眼曼蔓，又对助理："没事儿，直接说。"

"您先生。"

"轰出去。"宁红果决。

但已经晚了，吴冠军半个身子已经跳进来。曼蔓吓了一跳，她想不到老吴竟如此灵活。哦——他瘦了，但还是个胖子，灵活的胖子，跟功夫熊猫似的。看到曼蔓，吴冠军跟没看到似的，直接冲向宁红。"别过来！"宁红端好了咖啡杯，曼蔓不怀疑她随时可能泼向老吴。

场面尴尬，助理不晓得应该进、做宁总的帮手，还是应该退、免得目睹领导家丑，老不自在。于曼蔓摆手让助理出去了，她喊老吴，想劝劝："有话好好说。"

老吴却冲宁红："你蠢不蠢？"

宁红大义凛然，咖啡果然泼出来，可人家老吴却很灵活，轻松一闪，一片黑水砸到于曼蔓脚下。

曼蔓乱跳。人家不文斗，直接武斗。

老吴又说："为了害我，你自己的利益都不顾了？这叫'杀敌一千，自损八百'、你搬起石头砸自己的脚！我不好过，你就能好过了？宁红，你搞清楚，现在你我还是夫妻，还是一条绳子上的蚂蚱！我垮台了，你也休想迎来春天！"

宁红冷嘲："搁冬天待着不挺好吗？"

"老左他们那是要吃了我公司，懂吗？！"

"出去！"宁红下逐客令。

于曼蔓这才明白过来。她手里的文件可是重点保护对象，她说了一句"你们聊"就要往外走。吴冠军反应快，一个飞身挡在门口，反手锁门。

此路不通，曼蔓出不去了。她讪笑着："老吴……你这是干啥……有仇报仇……你找对人呀……让开让开……我尿急……"

老吴可没心情开玩笑，他盯着曼蔓手中的文件夹，眼珠子拔不出来："这是什么？"

曼蔓吓得忙说没什么，可越是胆怯，越是暴露。宁红上前："再这样我叫保安了。"老吴不理她，伸手抢曼蔓怀里的蓝色文件夹。于曼蔓虽然厉害，可终究是女流，老吴手劲儿大，三下五除二，东西就到手了。他跑到饮水机旁，迅速扫了一眼，撕碎，全揣裤兜里，又对宁红："你现在不是我们公司股东了。"宁红冷笑："这事可不是你说了算，股东大会还没开呢。"老吴道："马上开，"又说，"谈条件就谈条件，你要真干这种釜底抽薪的事儿，不但你自己没好处，家里那套房子我一个电话就抵押了，一锅给你端喽！"

宁红强作镇定："我没签字，你抵押什么。"

"你签了，"老吴道，"你忘了那次端午节签的东西了吗？红子，我这就算给你留余地了，别给脸不要脸！"

吵到这儿，宁红开始动手了。保安来了，曼蔓也跟着拉架。一阵喧嚷，好歹吴冠军被拖出去了。宁红头发也毛了，粉褪妆残，一个人坐在办公椅里。曼蔓想上前劝，宁红摆摆手让她走，说要冷静冷静。

没办法。曼蔓只好撤退，她给濮总打个电话，描述了现场的激战。濮德庸没怪曼蔓办事不力，只问她有没有受伤。曼蔓心间一暖，道："还能继续工作。"濮德庸道："你再跟左总说明一下。"曼蔓领了命，又打给左豪。左豪道："行了，没事了。"

大人有大量。

商场如战场，曼蔓今儿算见识了。离开紫竹院，于曼蔓又去凯德MALL转了一会儿，买了两件衣服，方才惊魂甫定。开车回家，却见崔姐在客厅跟百味说话。曼蔓打了个招呼。崔姐笑盈盈的，说话间就道别。

曼蔓没放在心上，随口问："有日子没见了吧。"百味说都忙。曼蔓道："明天你空出来吧。"百味说当然。曼蔓道："还是你开车。"百味说没问题。曼蔓不太敢上高速。

事业逐步稳定，曼蔓开始考虑给自己安个窝了。过去，她不敢想这事儿，跟唐胖子在一块儿的时候，纯属被文艺洗脑，觉得过一天算一天，唐胖子走了，她实在穷，房子就更虚无缥缈了。老桑那就不用说。宁红、可凡买房的时候，曼蔓认为自己十年之后有希望。文娉买房的时候呢，她觉得自己怎么着也得二十年。杨盼买房，她干脆认为自己这辈子没希望了。可谁承想，希望就像小火苗，小风儿扇扇，又烧起来了。风水轮流转，今年到我家，如今的曼蔓愈发笃信，人生不是匀速的，尤其赚钱这件事，一旦爆发，你很快就会从一无所有，变成"什么都有了"。

房子从外围开始看，百味开着车，两个人一同往燕郊去。曼蔓没叫老妈，她怕半芹激动得晕过去。第一站，首尔甜城。中介忽悠了半天地铁线路的规划。曼蔓算算时间，早着呢，成不成两说。其次，她也觉得甜城太拥挤了，太吵嚷了。

第二站，潮白河附近的某小区。环境于曼蔓喜欢，静谧，植被丰富，中介反复介绍："过了潮白河就是北京，近，再过两年，没准都一体化了，肯定会建地铁。"

曼蔓和百味从窗口往外看，潮白河隐隐约约泛着光。核心问题是：上班怎么办？是，能开车，但曼蔓还是有点不甘心。中介劝道："姐，您子弹是多少呀？这儿，真不贵了。"

曼蔓撑着场面："子弹有的是，全款都没问题。"

百味看她。曼蔓挺住了，绝不输阵。只不过，两个人吃了人家中介一顿包子，还是打道回府，回北京了。

曼蔓又找了小丁。小丁猛一顿介绍商住房。曼蔓叹息："就怕买了砸手里。"

小丁道："那买住宅吧，房源也多。"

跟着又是一通看。曼蔓在北工大西门瞅中个塔楼的顶层，朝西，价格公道，小丁说还能往下讲。小丁道:"姐,这都属于捡漏房。"濮总也说过有捡漏房,可他所谓的捡漏,那都是大漏,降价后还得一千多万。

曼蔓站在阳光里,半月形的拱门,外面是大阳台。这个画面让她心动了。

中介拱火:"姐,机不可失。"

曼蔓看百味。百味道:"喜欢就买。"

曼蔓小声对小丁说:"主要社保还没够五年。"

小丁道:"您要真想买,也不是没办法,就是费点事儿。"

"咋费事儿?"

"您没资格,找个有资格的人结婚不就得了。"

"找谁?"

"有专门干这个的。"

"太危险了吧?"

小丁还想劝,王百味插话进来:"我有资格。"哦,他交了五年社保。曼蔓又惊喜又意外,愣怔怔地瞅着百味。

第九十五章 杨盼
Di Jiushiwu Zhang　Yang Pan

临出门前,杨盼还跟实诚掰扯:"我就觉得我这说话没气场。"

实诚劝:"把气提起来点呢,用丹田的气。"

杨盼一只手扶着肚子,收:"这样吗?大家好,今天来开这会……"

抬头看实诚:"有感觉吗?"

实诚失笑。

杨盼恼:"我咋就没一点架子呢。"

"要啥架子，普通人一个，还架子。"

"用词不当，"杨盼道，"不是架子，就是那种举足轻重的感觉。"

"真做出事情来，自然就举足轻重了。"实诚拆解。

杨盼道："老桑给我办过去，我不能给人家丢脸。"

"好好干不就得了。"

"曼蔓也在，好多东西，微妙得很。"杨盼发愁。是，一山不容二虎，她虽然没想着跟曼蔓竞争，但既然都到了濮家的集团，少不了有比较。比如这次贸易展会，公司主推采矿机器人，租了两个展位，员工都得过去。先开始，公司业务没起来，杨盼的定位不明，不用经常去，但现在有业务了，上头的意思是，让杨盼逐渐接触销售，为此，还给她配了个翻译，英语、泰语、越南语都懂。那压力顿时就起来，她得打响头一炮呀，这等于她在公司舞台上的第一次亮相。等展会结束，杨盼还打算请部门的几个人，包括曼蔓，以及濮总带来的几位元老吃饭，就算拜码头。至于点菜技巧，她也向文娉请教了两招。按人头点，凉菜是人头的一半，热菜比人数多一两个，自己买红酒。

从东五环出发，坐地铁，转公交，到老国展才八点四十五分。小翻译在门口等着。戴上工作证，两个人来到展台前。做展览，是销售部的重头任务，好在这次公司只是亮个相，活儿不算多。杨盼问翻译，于总什么时候过来。

小翻译道："估计得十点以后。"

杨盼问："做什么去了？"

翻译说："蔓姐得陪濮总呀。"

杨盼又问："小濮总呢？"

翻译说："也来不了，家里有事。"杨盼不往下问了。开展第一天，人潮汹涌。杨盼迎来送往，热情大方，尽职尽责。一拨人过去，她才想起来去个厕所。等折回头，却见曼蔓陪着濮德庸、刘宪魁站在展位跟前。

不对。杨盼站住脚，用其他家的展位打掩护。刘宪魁旁边还有个女的，年纪不大，挺漂亮。关键还跟宪魁聊得热火朝天，都快旁若无人了。杨盼一时踌躇，不晓得究竟该上前，还是回避。考虑再三，她还是迈过去了。

曼蔓跟她点点头，问展位的情况，盼及时汇报了。濮德庸望望宪魁，又对杨盼："我们就等着小杨的大单啦！"杨盼讪讪的，尴尬笑笑。她能怎么答呢，不接，让领导失望；接，以她现在的人脉路数，能拿下大单才怪。可态度必须表明，她把话拾起来:"相信在濮总的带领下,我们的团队一定可以创造辉煌。"濮德庸笑笑,曼蔓跟杨盼点点头。一行人在展位伫立了几分钟,走了。

跟着高处寒来了,他问有没有看到大部队。杨盼说刚走,可能在其他馆转悠呢。老高正准备去追,杨盼把他拉到一旁,问:"刘总身边有个女的?"

高处寒一声怪笑。

"你认识?"杨盼问。

"我都不知道是谁。"

"锥子脸,高鼻梁,这鼓鼓的。"杨盼双手点自己颧骨。

"对不上号。"

杨盼为老桑不值,道:"高律师,你可是两边的朋友,别只顾着站在男人的阵营里。"

"你想多了,"老高一脸的玩世不恭,"真要有什么,能让你看见吗?就像老吴,那是有实战经验的,让咱们知道了吗?"

"你们可不能对不起老桑。"

"你们?"高处寒表情很诧异,"你可别把我划到里头。"

"那你们要都是好人,划里头也没问题,除非那是坏人堆,你才不愿意进去。"

话越说越重。高处寒耷拉下脸子:"别人家的事,咱真管不着,别说没有,就是有,跟咱有啥关系?人啥身份,咱啥身份?说句不好听的,你还端着人的饭碗子呢。"

"不管什么身份,欺负老桑就是不行!"杨盼声音大了。她的激动是发自肺腑的,她的想法很简单,老桑对她好,那她也要对老桑好,就好像宫斗剧里的娘娘和身边的姑姑,一荣俱荣,一损俱损,生死与共。她这么气鼓鼓的,多少让老高有点下不来台。下不来就不下,这些个男人,背地里,啥偷鸡摸狗的事不干。偷摸就算了,就怕宁红的悲剧在老桑这儿复制。

杨盼沉浸在情绪里,高处寒把她唤醒了:"桑嫣有你这么个朋友,值,不过你就拿脚指头想想,老刘跟老吴是一回事儿吗,老吴没人管,老刘还有祖宗家法,几辈人的荣耀,你让他乱来,他也不敢、不会,至于生孩子的问题,我看是迟早的事,留得青山在,还怕没柴烧?我上次跟老刘也说,实在不行,我去东北给他找个人帮帮忙,也不是难事。"

头皮瞬间像被千万根针扎了,杨盼嗫嚅着:"你是说……"话还没说完,高

481

处寒就抢白:"对,找人代孕,真要想明白了,都不是事儿。"

"刘家能同意?"

"那到最后没办法了,不同意也同意了呀。"

"老桑呢,知道吗?"

"知道。"

"同意吗?"

"暂时没说,"高处寒道,"可能还想努力努力。"

杨盼心里有数了。找人代孕,桑嫣一定考虑过,只是目前还下不了决心。但既然能去东北找人,就没她什么事儿了。更何况,她年纪也不小了,就算她要代,桑嫣也未必同意。高龄产妇生下来的孩子,质量不敢保证。可正因此,杨盼认为,她更加应该对老桑表表忠心。越是不会让她做的事,越要拿出来说说,这样一来,她把老桑的心彻底笼住,未来的路,就好走了。

就比如在老濮的公司吧,她目前的地位比不过曼蔓。照她看,不是因为她能力不够,而是因为她觉得曼蔓一定在男女问题上下了功夫,才能成为濮总的身边人。她呢,这方面是完全不可能了,她也不是那种人。所以,从侧面包抄很有必要。如果能彻底成为老桑的心腹,还愁不飞黄腾达?呵呵,就差一个投名状了。主意一定,杨盼觉得未来的路都明晰了。

下午四点,收摊了。杨盼打了个电话给实诚,说今儿不去店里,让他去接女儿。她呢,直接去五号别墅找桑嫣。事不宜迟,她不等,等久了,她怕自己变卦。想好就做,是杨盼为人处世的原则。谁知到了别墅,人不在,崔姐说桑嫣走得急。

"出什么事了吗?"杨盼问。

崔姐道:"说是小姐的产期提前了。"

"哪家医院?"

崔姐说好像在市区。天阴沉了,下班点,路上车多。杨盼给桑嫣打了个电话,果然在医院里。为避免延误,杨盼坐地铁走,她去医院,一来找老桑;二来,也在濮家人面前表现表现。到地方,天全黑了。以老太太为圆心,濮德庸、濮杰、桑嫣,还有濮家几个亲戚都围在那儿。杨盼走到桑嫣跟前,桑嫣看她一眼,愁眉苦脸的,也不招呼。

刘伊若产期提前,紧急送医。孩子太大,挤不出产道,脐带也有点绕颈。濮德庸劝老太太:"妈,没事儿,吉人天相,今儿这日子,大吉,孩子生出来就是富贵命。"

老太太蹙着眉，呼吸急促。

桑嫣挽着她，不吭声。老太太突然道："积了几辈子的德，咱家人丁怎么就旺不起来……"

隔着好几个人，杨盼也能看出老桑脸色的变化。人丁不旺，桑嫣有责任。

濮杰在等待区来回走，他这个新手爸爸不晓得能否顺利当上。气氛压抑得仿佛天压在头顶上。约莫又等了一个小时，护士出来了："男孩！"声音很大。老太太激动得浑身乱战。濮德庸说恭喜妈。濮杰跳了起来。刘宪魁姗姗来迟，也赶上了喜事的尾巴。只有桑嫣保持冷静，但仍旧强打着笑脸，拍手说好。

杨盼看着这样的老桑，心也跟着抠抠。嫣儿多可怜啊！老天爷，你咋就不能开开眼呢！一行人嚷嚷着要看产妇和孩子。宪魁恐是怕桑嫣为难，让她先回家，这里有他守着。于是，杨盼陪着老桑一路开车回别墅。桑嫣不说话，杨盼也不敢说话。直到进了家，上了楼，崔姐送来蜂蜜水，杨盼帮忙端到老桑跟前，问她还要不要吃点东西。

桑嫣摇头。

杨盼觉得时机成熟了。她转身关好门，再折回头，蹲在桑嫣膝盖边，柔声道："嫣儿，知道你难受，"桑嫣抬头看她，杨盼掌握好节奏，"要不，我帮你代一个吧？"

桑嫣双目突然圆睁，嘴唇有点颤抖。

杨盼继续："你得有个孩子……反正……不管咋着……只要是你和宪魁的孩子就行……嫣儿……这事我也考虑了好久……咱俩是生死之交……我哪能看你那么为难……"

"不行，太危险了。"桑嫣拒绝得很快。

杨盼挡回去："那你就这么等下去？任由夜长梦多？老宁那不就是例子吗？……真要到那步……刘家会跟你扯皮？你前头那个人是怎么走的？她要有个一男半女，至于被扫地出门？"转而又说，"还是你怕宪魁不同意？"

桑嫣哽咽着："不能让你冒这个险……而且实诚……"

"他不管，"杨盼果决地说，"我的肚皮我做主。"

空气冻了两秒。桑嫣猛然抱住杨盼，放声大哭："我的好妹妹呀……也只有你知道我的难、我的苦、我的不甘……你的心我看见了，你也懂我的心……咱们这辈子、下辈子、下下辈子，都是姐妹……只要有我桑嫣一天……就有你杨盼一天……"鼻子冒泡,"我的天老爷……怎么就走到这一步了……"又反捶自己,"我没用我没用……这么活着……不如干脆……"

杨盼被这股浓烈的情绪感染,一边夺桑嫣的手,不让她伤害自己,一边跟着哭:"反正嫣儿……你不能倒下……什么问题都能解决……放心……有我在……"两个人痛哭了好一阵,桑嫣情绪终于平复下来。杨盼道:"过几天,我先跟崔姐去那小医院看看,身体先调理好,然后再看后面怎么办。"

桑嫣又恢复真面目,垮垮的一张脸,还是那个态度:"不行,不能这么办,我不同意,不能让你冒险。"杨盼急速地道:"非常问题就要用非常手段。"桑嫣道:"你让我缓缓,我有点反应不过来,这事儿,基本面上我是不同意的,老杨,你跟我一样大,哪还能让你干这种事,到此为止,不要再提了。"

瞧瞧,到底是老桑,杨盼觉着,她考虑到的问题,人家早就考虑到了。只不过,她这么一毛遂自荐,她相信自己在桑嫣心中的分量又增添了许多。她现在跟桑嫣,基本等于铁板一块了。

第九十六章 桑嫣
Di Jiushiliu Zhang　Sang Yan

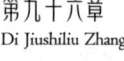

桑嫣不记得自己多久没这么大哭过。这次痛哭,也是借着伊若生产和杨盼剖白抒发一场,是啊,她心中的苦能跟谁说呢。说了就是投降,对生活投降。说白了,还是自己不争气,是老天爷仍在考验她。

挑明了也好。

事实上,桑嫣一直把杨盼当作最后一步棋,她维护着这层关系,是"养兵千日,用兵一时"。不过,自从老高提议去东北找人,在内心深处,桑嫣又把杨盼帮忙的事调后了。毕竟,杨盼年纪不小了,如果真要这么办,首选,还是应该找个二十多岁的女人。但现如今杨盼主动请缨,桑嫣欣慰。办不办是一回事儿,心里有没有是另一回事儿,起码说明人家心里有你。老杨还是值得交。

送走杨盼,桑嫣立刻开始处理自己兵荒马乱的眼泪。她不想让宪魁看出什么,哪怕一点点。呵呵,干吗,伊若生孩子,你掉眼泪,在宪魁看来,保不齐就有点嫉妒的意思,容易闹误会。她做嫂子的,心胸应该开阔,不能太小家子气。

晚上十点多,刘宪魁才到家。桑嫣问妈呢,宪魁说在医院旁边的酒店开了个房间。桑嫣问:"谁陪?要我过去吗?"宪魁说濮家有人跟着,妈不让陪。桑嫣又说要过去。宪魁说妈估计都睡着了,明天再说。宪魁去洗澡,完后上床看书,《甲申三百年祭》。桑嫣蜷缩在被子里,劝:"睡吧。"宪魁放下书,道:"要不就试试老高的办法。"

突然提这事,桑嫣紧张。她从被里探出手来,从下往上看宪魁。宪魁又换个角度说:"其实我无所谓,主要怕你压力太大。"

一句话,又把桑嫣说得眼睛红了。

后半句叫她窝心,宪魁这么一个大少爷,还能考虑到她的感受,真是没白爱一场。前半句,冷静下来想,不能当真。无所谓?骗谁呢,可能吗?别说革命遗志需要后人承继,就是家业也需要有人接手,因此,刘家香火万不能断。他这么一说,她便这么一听。

桑嫣小声:"这话你可别在妈面前说。"言下之意,妈只会怪儿媳妇,永远不可能怪儿子。宪魁说知道。桑嫣又道:"老高就那么一提,哪能当真。"宪魁说:"先摸摸底,准备准备,我们这边该继续努力的继续努力,养好身体。"话赶话到这儿,桑嫣本想把杨盼自荐的事说了,可思来想去,还是觉得不是时候。

桑嫣叹息:"我就不明白,两个人都没毛病,怎么就怀不上呢?"

"是不是你太紧张?"

"紧张什么?"

"每次都直挺挺的。"

"哪有。"

"你得享受过程。"

"享受了。"桑嫣埋怨。

"今儿能安排吗?"

桑嫣立刻躺好:"来吧。"

刘宪魁爬上去。夫妻俩轻车熟路，一会儿把事给办了。宪魁歪在一边，平静还需要几分钟。桑嫣随口问老吴和宁红现在怎么样。

"跟他没联系了。"宪魁口气硬。

"闹掰了？咋回事儿？"

"这人不行。"

桑嫣以为宪魁在帮宁红说话，顺着说："能对自己老婆这样的人，还指望是什么好人。"

宪魁道："太贪。"

桑嫣见他不想聊这个话题，又问文娉生日他去不去，她们打算去牛蹄岭办。宪魁说自己最近太忙，让她帮忙带好。桑嫣改问："小妹那儿，送点什么好呢？"

"别太便宜了，大人一份，孩子一份。"

"要不我那表给她吧，还没戴过呢。"

"给她你戴什么？"

"我又没什么场合需要戴。"

"基金会怎么样了？"

"就等老濮的启动资金了。"

"回头我催催他，"宪魁说，"这会儿催也不恰当。"

桑嫣明白丈夫的意思，伊若刚生了孩子，他去催款，好像是他们刘家用孩子换似的。就算伊若是昭君出塞，也得等一阵再提要求。

今年文娉的生日，桑嫣是十分重视的。时过境迁，文娉已然是区政协领导的专职秘书了。桑嫣佩服老高的谋算，一步一步都踩在点儿上。文娉有这个背后高人，路好走多了。不日，毛文娉找桑嫣咨询妇科问题，桑嫣建议她去妇幼医院看看。文娉嫌一个人去做妇科检查没尊严。桑嫣一笑，表示愿意陪同。查完，就近请毛文娉吃盐帮菜。

文娉喜欢吃兔头，但不怎么吃辣，两个人只好在这川菜馆子里找不辣的菜。文娉问桑嫣，伊若生孩子，她给多少钱合适。

"老高不给？"桑嫣笑着反问。

"他给他的，我给我的。"文娉一本正经。

"还分开算呢，那可吃亏。"

"一直实行独立自主的外交政策。"

桑嫣拿筷子戳着兔子眼睛，笑不嗤嗤："过去我为你担心，现在，一点也不担心。"

"担心什么？"文娉故意问。

桑嫣铺开来说："老高这种男人，说实话，一般女人真降不住，但现在不一样了，你等于是他一手指点出来的，就冲这些付出，他就不会轻易放手，何况你现在的位置，对他多有帮助，"长嘘一口气，又喷喷两声，"一个是大律师，一个是大秘书，以后你们这一对，还不知道要掀起什么风浪来呢。"

文娉道："啥风浪，小船小舵的，走一步算一步。"

桑嫣说："吸取教训，早点把孩子生了，然后再该干吗干吗。"文娉把她跟老高的约定说了。桑嫣想了想，说，这样也好，稳妥。她问文娉知道不知道他女儿和前妻的近况。"好像在老家吧。"文娉说。桑嫣没往下细问，她转而问文娉想要儿子还是女儿，文娉说都行。

桑嫣道："我其实想要女儿，贴心，但估计我婆婆和宪魁想要儿子。"文娉说可以理解。桑嫣又感叹："男人，嘴上不说，心里十个有八个想要儿子。"

文娉跟着讽刺："都觉得自己基因特别优秀，其实呢，地球少了谁不转？再过几十年，估计都没人给你上坟。"桑嫣说人人都像你这么明白就好了。吃完饭，桑嫣说想溜达溜达再回去，看看周围，她打算去五塔寺转转。

两个人没叫车，而是坐9号线去白石桥。地铁里，文娉提到老宁，桑嫣说她见到鲍燕了。文娉问怎么样。

"什么怎么样？"

"啥感觉？"

桑嫣说："外表看，就是个良家妇女。"

"现在都这样。"文娉叹息，"深藏不露，高手不会把能耐写在脸上。"说话间，上来一对男女。女的小巧玲珑，戴着个帽子。男的大大的眼睛，皮肤一般，中等身材，穿烂大街的灰色呢子风衣，黑色布裤子，棕色一脚蹬豆豆鞋。两个人始终手抓着手。

桑嫣拉文娉往旁边靠靠，但离这一对依旧很近。这对男女上来就开始喋喋不休。桑嫣留心听着，下了车才跟文娉说："天天看电视剧里头有奸夫淫妇，今儿算见到一对活的了。"文娉问什么意思。桑嫣道："刚才那对你没留意吗？四十多岁，这种状态，手抓着手，一看就不是正经夫妻，而且应该刚同居不久，男的还让女的换洗衣服别积，早晨起来顺手就洗了，还都是天蝎座，言语里透着自信，唉，人间风浪怎么就这么大。"

文娉笑："你不去当刑警都可惜了。"

桑嫣不往下接话，否则显得自己过得太小心翼翼了，她转而问可凡最近怎么样。文娉说听老高说，许可凡有出来的打算。

桑嫣道："也是被她男人气的。"

"一直不怎么挣钱。"文娉说。停顿一会儿，又说听可凡说她都开始吃药了，文娉打算拉许可凡出来参加区里办的马拉松。文娉问桑嫣去不去。

桑嫣道："倒贴给我钱，我都不去。"

趁着给伊若和孩子挑礼物的当儿，桑嫣把陈年的衣服、首饰都收拾了一遍。清出来不少不穿的，她让崔姐找杨盼，问她要不要拿了送亲戚。杨盼立刻要了。等崔姐回来，跟桑嫣禀报，说杨盼约她一起去五环外的私立医院咨询。桑嫣道："跟着去看看，先别答应什么，就是个探路。"崔姐忙说是。老实说，杨盼这更进一步，她更感动了。说明老杨不是嘴上说说，人家是真准备赴汤蹈火了。桑嫣存心想着，去看看也无妨，若院方说杨盼不达标，这事儿就算到此为止；若达标，且她还有心继续，那就再等等。就算启动，也是从老高那边开始，杨盼只是备用方案。

东西收拾出来，桑嫣还是按照预定计划，给伊若的是名牌表，给孩儿的是一份出生保险，算孩儿舅舅舅妈的礼物。桑嫣想得明白，在伊若身上必须舍得花钱，不是花给伊若，更不是单单要给濮家面子，而是花给老太太看。买保险，自然要联系鲍燕，鲍燕很快给出方案，桑嫣准备签单。

谁知这日，桑嫣施施然赶到伊若那儿，人鲍燕却已经在屋里跟老太太欢声笑语。老太太怀里，还抱着那个男孩皮皮。桑嫣愣了几秒钟，然后微笑着走过去，伸手摸了摸男孩的头顶，跟观音菩萨给红孩儿摩顶受戒似的。

上次瞧，她觉得这孩子是跟老吴一个模子刻出来的；可这次看，又觉得不像了。这个皮皮，怎么眉眼之间还有点老太太的影子。桑嫣忍不住往不好的方面联想。

皮皮想撒尿。桑嫣抢着道："来，我带你去。"说着，就伸手拉皮皮去洗手间。关上门，小男孩站着撒尿。"别动。"桑嫣拿起洗手台上的剪刀，她告诉自己必须快准稳。皮皮还没抬头，桑嫣手起，一缕头发就断下来。

皮皮拉上裤子。桑嫣又带他洗手，都完成之后，才带着孩子走出洗手间。濮德庸和左豪来了，客厅更热闹。他们两个人怎么搅和到一块儿去了，桑嫣来不及细想，她急急忙忙去找包，把孩子的头发藏进包里。

第九十七章 许可凡
Di Jiushiqi Zhang　　Xu Kefan

◆

许可凡外地的同学来京公干，在京的硕士同学打算给她接风，聚一次。许可凡本不想去，她跟同学关系一向淡。毕业之后，虽然大多在政法系统，但基本都在蛰伏，相互帮不上什么忙。而且，可凡最近糟心事太多，就比如这回院里评优，原本十拿九稳，结果，竟被一个年资比她浅的法官拿去了。

可凡不服不甘，跑去找领导要说法。领导先是说："明年嘛，好饭不怕晚，你的能力大家都看在眼里，要有这个自信。"可凡说她都等了好几年了。领导拉下脸，话锋一转："我们院不搞论资排辈。"许可凡还要申辩，领导再下一城："你就没有需要反思的地方吗？"

可凡愣住。

领导拉开抽屉，拿出一封信，递过去。

可凡接了，头瞬间大了一圈。

她被举报了。匿名。信已转到院里。罪名是：威逼受害人。可凡瞬间明白，八成是那个离婚案的女原告弄的。她要求男方净身出户，根本没有证据支持，闹了几个月，没如愿，结果，把法官给举报了。领导拖长声调："工作，还是应当注意方式方法。"许可凡没话说了。算了，还是去同学聚会吧，AA 就 AA，花点钱，醉方休。

当然，可凡一直不大见硕士同学还因为不想破坏美好形象。她就这样了，年轻时就不算漂亮，其他在长相上有优势的同学，经过时间的折磨，如今多半男秃女丑，不容乐观。到地方，果不其然，同学们个个憔悴，反倒是外地来的那位女同学满面春风，状态不错。

呵呵，比是没法比的，这位女同学当初就算半委培，回去之后是婆家的关系安排的工作，生了二胎，如今当阔太太。反观在京人员，那脸都跟被推土机推过似的。他们的生活，可凡不用问都大概知道。无非是：挤地铁，还房贷，训孩子，加班……不过，话一聊开，留京同学们的气焰就上来了。

在北京，哪怕只是个底层公务人员，在外地公务人员面前，那也是有优越感的。这可是首都，是中国的心脏呀！能一样吗？随便说点圈里的事，都比外地同学有见识。许可凡静静坐着，说话比较少，过去她就不喜欢当出头鸟。觥筹交错，进入"群魔乱舞"环节，同学们相互敬着酒，好多废话。可凡不大愿意下桌，只好跟旁边的一位女同学碰碰杯。

这女同学当年是班花级别，嫁给了爱情，现在虽不至于脸被推土机碾压，但颜值也下降得厉害，基本跟可凡平起平坐了。两个人随便聊着，女同学问可凡："一会儿怎么回去？"许可凡小声说地铁。同学又问到哪站，可凡明白，这是开始打听家庭地址了。

她想了想，才笑着说："常营。"这地方是比较恰当的，既不太远，也不太近。

女同学激动："我也住常营，你哪个小区呀？"

糟糕。踩坑里了。许可凡骑虎难下，只好随口编了个小区。那是她唯一知道的常营附近的楼盘。

"我天，咱一个小区呀，"女同学屁股都快抬起来了，"你几号楼呀？"

"五……五号。"可凡只好编下去。

"哦，我三十三号，"女同学不无遗憾地说，"这么近，以后可以一起遛弯，真遇到亲人了，这趟没白来。"

许可凡讪讪的。女同学又问她房子多大，什么户型，住多久了，然后顺理成章问了她孩子的情况、老公的工作等等，可凡只好"屈打成招"，女同学则"不打自招"了自己的情况，她"儿女双全"，老公年入差不多八十万，总劝她当休息几年，当太太，但她有自己的追求，坚决不同意……可凡心抽抽，不能比，人比人得死，她输的不是一点半点，光那房子的事就够她恶心个三五年的。不成，还是得想办法，不能就这么放弃。

聚会结束，借着酒劲儿，许可凡想去实诚店里一趟。杨盼油盐不进，杨实诚还算讲理。到店门口，可凡站了一会儿，推门进去。杨实诚显然有点意外，忙招呼她坐。可凡捡一个小板凳利索坐定。实诚又要倒水，可凡忙说不用。

"生意怎么样？"可凡破题。

实诚笑得尴尬："马马虎虎。"

可凡不含糊，直奔主题："我来找你，没跟任何人说。"

实诚不晓得怎么回答，只好嘿嘿两声。

"实诚,你是明白人,客观说,你觉得我那房子好吗?"

实诚憋得脸红,道:"我也不懂,老杨觉得好。"

可凡继续:"从风水的角度,那就是个凶宅。"

实诚反驳:"那你们住那么多年……不也没事吗……"

可凡立即:"我像没事的样子吗?"

实诚道:"许法官……这事跟我说没啥用……我不当家……"可凡道:"实诚你放心,我不是来劝你退房子的,我就是跟你说一点客观事实,那房子,说句不好听的那就是个斧头形、刀把形……我卖给你可以,现在过户都行……但过户的时候,我要求写明一点,如果你们买了之后有什么不愉快或者奇怪的事情发生,我一律不负责。"实诚忙说瞧您说的。可凡又咕哝了几句,见实诚也是个不明事理的人,便起身离开。

走出店门,冷风一吹,许可凡又觉得自己闯上门根本是自讨没趣儿,人家是两口子,她这么说有用吗,不过那房子除了便宜,确实没什么好,也算事实。罢了,看清楚了,没希望了,往前走吧。

到家快九点,尉迟和菲菲不在家。许可凡翻手机,才发现有两条消费短信。尉迟刚花了两百六十八元。可凡打过去,对方挂断了,过了几分钟,尉迟带着菲菲进了门。许可凡问他去哪儿了。

"吃了个火锅。"

"几点了?什么火锅吃小三百?"

"就普通火锅。"尉迟打发菲菲去洗脸洗脚。菲菲见老妈脸色不对,连忙回避。

"点了啥?"

"毛肚、黄喉、油麦菜、羊肉片、鱼丸……"尉迟掰手指头,真数。

"晚上不睡了?"

"你女儿想吃。"

"她想把天都吃了呢,你也给她买?"

尉迟喷一声:"你是不是被领导批评了?还是受了啥刺激?一顿火锅用得着这么算吗?"靠近了,用手在鼻子前扇了扇,"你喝酒了?"呵呵道,"你能喝酒,我们不能吃火锅。"

可凡愈发恼火:"你这就是穷大方!我早就想说你了,每次出去吃饭,两个人必点四个菜,有必要吗,光盘过几次?小的不省,大的浪费,你什么时候能搞定房子……"

菲菲出来要牙签。可凡随手抽了给她,又对尉迟提高调门:"一家子牙都稀,全是缝儿,漏财的命!"

墙壁咚咚咚三响。

隔壁邻居嫌他们声音大了。自从搬过来,为吵不吵的事,两家闹过好几次。尉迟和可凡对看一眼,压低声音:"干脆这样,要么,各管各的卡;要么,你把短信提醒取消,免得回回消费受刺激。你呀,就是把钱看得太重,不都说好了嘛,我负责挣钱养家……"

可凡堵他的话:"我负责貌美如花?我倒想,巴不得,咱有这条件吗?"

尉迟拍胸脯:"给我两年时间,保证买新房。"

可凡瘫坐在沙发上,她感觉自己脊梁骨像被抽了似的。这话尉迟说过不止一次,可是,家庭存款压根没往上涨呀。照这速度,两年后别说买不起房,可能连通货膨胀都扛不了。阿弥陀佛。不能把宝都押在他身上,这么多年,期盼过,失望过,再期盼,再失望,许可凡觉得够了,明白了,清醒了,认实了,对这个男人就不能有一点点指望。有他,只能说是有个人说说话,身边有个喘气儿的。仅此而已。

她必须自己支棱起来。

"跟你说个事。"可凡很严肃。

尉迟走到她身边坐下,眼里充满柔情。

"我打算撤。"四目相接,可凡不回避。

"啥意思?"尉迟惊。

"从院里出来。"

"又来了。"尉迟的表情是不大同意。能理解,这么多年,几乎每过一阵她就要说辞职下海之类的话,但"狼"永远没来。没准在尉迟眼里,她许可凡辞职根本就是个笑料。

"这回是真的,"可凡笃定地说,"我想这事,也不是一天两天了。"

尉迟立刻苦口婆心:"你不觉得咱们家庭结构已经非常合理了吗,一个体制内,一个体制外,稳稳当当,真的,凡凡,咱不折腾,咱折腾不起,外面的世界压力多大,你咨询老高了吗,真不像你想的那样……"

许可凡冷冷看着丈夫,她觉得他变了,不像过去那么支持她了,最关键是,他考虑任何问题,名为从大局出发,实际都是为自己考虑。他不希望她从体制内出来,其实是为自己保本,是对自己没信心。他肯定认为,如果他混不出来,又失业了,起码还有个端着铁饭碗的老婆可以啃。悲哀!他为什么不想想,她来北京也有理想!也有目标!也想混出点成绩!而不是像现在这样一天天地蹉跎!"我想好了。"许可凡铁齿钢牙。

"随便你!"尉迟小规模爆发。声音沉落,他便转身回屋,可凡怒火中烧,一弯腰抓起地上的拖鞋,奋力一掷。鞋追着尉迟的背影,很不幸,终于还是没能击中目标,而是撞在门框上,弹出老远。

第九十八章 于曼蔓
Di Jiushiba Zhang　Yu Manman

♦

王百味有购房资格,这对于曼蔓来说可是个重大新闻。而且,人家可不是交满五年社保那种。人家是有户口的人,括弧,集体户口。换句话说,王百味那叫新北京人。曼蔓觉得这男的多少有点藏奸,不过,即便有了京户,还混成这样,在曼蔓眼里,百味就是北漂的失败者。

对于户口的来源,百味一是一、二是二地解释了,大概意思是,刚毕业那年,通过一个老家长辈跟一家用人单位达成一致,出资六万拿下户口,然后,两不沾——他不去单位上班,单位也不给他发工资。

曼蔓问:"那你干吗又离开北京呢?"

百味笑答:"当时想去南边闯闯。"

"闯出来了吗?"

百味嘿嘿:"闯出来我还在这儿吗?"

曼蔓又问:"那干吗不考公务员?"

"受不了管束。"

"有北京户口,就在这儿做自媒体?"曼蔓总觉得百味暴殄天物。王百味劝:"你呀,就是把户口看得太高,你看那做保洁的、开出租的、站柜台的、送外卖的,也不是没有北京人。有户口和穷不穷、混得好不好,没有必然联系。"

曼蔓不依,又是一股脑儿地发问。百味好性子,见招拆招,一一讲明白,说清楚。最终,曼蔓得出一个结论:性格决定命运。王百味混得不好,全怪他自己。不过,既然有了京户,那就可以立刻买房。中介小丁的建议,于曼蔓听进去了。她是急脾气,不想等,再过个三四年,谁知道世界什么样,而且,她现在正在走好运,那就应该趁热打铁,一举逆袭。

但她又必须考虑假结婚的风险。毕竟,王百味终究是个外人。为了身份结婚的事,曼蔓还知道电影《少女小渔》里有,最后结果可不容乐观。

道德层面,曼蔓觉得她没障碍,主要障碍在法律层面。结了婚,完后又离婚,那房子归谁呢?曼蔓第一个想到找高处寒咨询,再一想,老高肯定没法儿保守秘密,问老高,就等于告诉文娉了。找许可凡咨询呢,也不好。可凡刚丢了房子,找她问,等于刺激人家。思来想去,于曼蔓约了律师小张。在陪宁红捉奸的过程中,她和小张建立了革命友谊。她摆了一桌,把小张请来,名为欢聚,但等菜一上来,她就提出了那个问题:夫妻离婚,房子到底咋分?

这可问到小张的专业上去了。

小张一边吃一边说:"这里头情况特别复杂。"曼蔓撺掇:"你慢慢说,最好穷尽所有可能。"

小张笑道:"第一种,属于比较简单的情况,婚前买房,"放下筷子,"如果是婚前一方出资买房,写出资方名,那就属于出资方婚前个人财产;写对方名,那这套房子,就会被认定为以结婚为条件的赠与,二人结婚后,房子就属于对方的婚前个人财产。"

曼蔓过了过脑子,她还不习惯术语,道:"你这样,你别出资方、对方啥的,就打个比方,我和小王。"

"哪个小王,王大哥吗?"小张眼里闪着八卦的光。

曼蔓忙解释:"就是个比方,虚构的,小李小张小陈都行,就一代号。"小张说了句明白了,继续分析:"你和小王准备结婚,如果房子是小王婚前买的,只写了他的名,那就是他的房;只写了你的名,那就是以结婚为条件的赠与;两个人的名要都写了,就属于夫妻共同财产,如果双方对房屋的份额,做出过特别规定，将来离婚，就按照份额分割，如果没有规定，就对半分。"

曼蔓问："那如果是婚前都出了钱呢？"

律师道："都出了钱，只写你名，只要房子是以婚后共同使用为目的，那就还是夫妻共同财产；两个人的名字都写了，属于夫妻共同财产，但可以约定份额，如果没有约定，就对半分。"

曼蔓追问："那如果婚前，一方付了首付，婚后共同还贷，怎么算？"

律师夹了一道菜放嘴里，嚼吧嚼吧才说："双方共同还贷的，如果房产证上写的是出首付的人的名儿，离婚时双方协议处理，未能达成协议，法院可判决归出首付的那一方，没还完的贷款，也是这方的个人债务，人家帮你还的那部分钱，还有结婚后财产增值的部分，你都得对人家进行补偿。"停顿一下，又补充，"还有一种情况，房子是婚前一方父母全额购买的，比如房子是你妈给你买的，且是全额，只写了你名字，那一旦离婚，房子还是你的。但如果写了你和小王，或者只写了小王，离婚时就按照夫妻共同财产分。除非有父母出资时的书面约定或者声明证明，这房子是只赠与给你的，那小王就分不走。"

曼蔓听得头疼，她揉了揉太阳穴，问："那如果不是全款呢，是父母出资，比如我妈出了首付，然后我和小王一起还贷呢。"

"如果是婚前买的，那就是夫妻共同财产，但万一离婚，出资方的子女可以适当多分，"律师小张直起腰杆子，"还有，你记住，婚前，双方父母出资买房，不管是全款还是贷款，双方父母的出资，都视为对各自子女的赠与，如果没有特殊约定，那就按份额共有。"

"那婚后买呢？"曼蔓细问。

小张道："婚后买房，如果只写夫妻一方的名字，也不一定就是写谁名字就是谁的，而要根据出资时间、出资方式和出资人判断，"拿出个本子，掏出笔，写写画画，"比如，两个人结婚了，成夫妻了，双方都出钱一起买房，如果房产证上只写了一个人的名字，那也还是属于夫妻共同财产。"话锋一转，"但是，如果是婚后一方父母全额出资买房，比如是你妈全额出资，然后只写你一个人的名，将来如果离婚，那这房子就还是你的。"

"谁出钱算谁的。"曼蔓接话茬。

"对了，差不多就是这意思，"小张笑呵呵地说，"如果是婚后买房，双方父母都出钱了，但房产证上只有一个人的名儿，那还是按照份额共有，不能是一

495

个人单独所有。"

曼蔓听得头大:"这千变万化呀。"

小张道:"说复杂复杂,说简单也简单,具体问题具体分析就好。"

好了,于曼蔓大概闹清楚了,如果她跟王百味假结婚,就属于婚后买房,最理想的情况是,她老妈出首付的钱,就等于是她妈给她的赠与,房产证写一个人的名字,她独立还贷,将来离婚时,避免那么多不必要的扯皮。

给百味什么好处是曼蔓犯愁的。这事儿,她跟王百味提过,百味的意思是,什么好处都不要。曼蔓心里打鼓。周末,半芹叫曼蔓过去吃饭。不过这一次,不在余教授家。很不幸,半芹已经被扫地出门。曼蔓替老妈抱不平。周半芹道:"教授倒是好教授,就是儿女不着调,他们老觉得我心怀不轨。"

"啥不轨?"

半芹愤怒:"老觉得教授对我有意思。"

"那你有意思吗?"

"没有。"半芹否认。

"果真没有?"

半芹哎呀一声,说就有那么一点点,但我也没说出来过呀。曼蔓道:"不用说,只要你心里有,人家就能感觉出来。"半芹叹了口气:"你说咱娘俩,搁北京总得有个落脚的地儿。"此话一出,于曼蔓又是愧疚又是心疼,看来,老妈被辞退,是因为她确实跟余教授有情感苗头,而这个情感苗头,又并非单纯,而是希望给娘俩找个依靠,才出此下策。陪一个老头有什么意思,这跟那啥啥,有啥分别……

曼蔓随即义愤地说:"妈,窝的事儿你就别操心了,房子我都看好了。"

半芹是明白人:"商住房?小产权?别听小丁忽悠。"

"大产权,七十年的。"

"你咋有资格?"

曼蔓故作轻松:"我没资格,找个有资格的不就行了。"

"找谁?小丁给你出的主意?他净干这没屁眼的事儿。"

"咋着,以前干过?"

"好像干过。"

"成了吗?"

"成是成了,一个三十岁的姑娘,找了五十多岁的老头。"

"事儿能办成就行。"

"那不行,我女儿不能这么埋汰。"

"我也没说找老头呀。"

"那找谁?"

"你认识。"

"不行。"周半芹耷拉下脸。

"咋着?"

"你不能接宁红的烂摊子。"

曼蔓嚷嚷:"妈您想哪儿去了,是百味。"

半芹啊了一声。曼蔓又把王百味有购房资格的事说了。半芹思忖半晌,道:"小王好是好,可他为什么要帮你呢?"曼蔓说:"我给他好处呀。"

"啥好处?"

"还没想好。"

"小王已经同意了?"

"还没细谈,初步同意。"半芹不认同:"你自己认为是假,可在法律上那就是真,你领了那一张纸,你就是人家老婆、人就是你丈夫,你就得履行老婆的义务、老婆的责任。"

"啥义务?"曼蔓睁大双眼。

"此处省略三百字。"半芹偏过头去。

曼蔓领会了,道:"我不同意,难不成还霸王……"话说一半,"反正,真要弄,还得细谈。"

半芹单手叉腰:"首先头一条,人家图你啥,没好处的事谁干呀,要真有,那也是坑,你得吃大亏。"

于曼蔓拿出手机,调出资料,一五一十地道:"假结婚的风险,一,承受压力,名誉受损,社会评价降低。"停下来望望老妈,"这个不用考虑,要结肯定是隐婚,没人评价。"低头继续读,"二,真离婚时诉讼成本高。这个需要考虑进去,万一对方到时间不愿意离,打官司又是个麻烦。三,财产被法定共有及其分割。这个考虑过了,但还要细掰扯。四,可能要履行夫妻之间的抚养义务。万一他失去劳动能力了,那我还得抚养他,这个要命。五,遗产可能会被继承。意思是万一我死了,那房子起码得归他一大部分。"

周半芹皱眉:"那亏就吃大发了。"

于曼蔓说:"所以,都要先谈好,先小人后君子。"

周半芹惆怅了一会儿,竟笑嘻嘻地说:"要说你跟小王也相处这么长时间了,或者,再琢磨琢磨?考虑考虑?别弄假的了,就来真的,真情真意,动真格儿。"曼蔓啊了一声,下巴差点掉下来。王百味一穷二白,人没人才钱没钱财,她跟他动什么真格儿。

周半芹滋味悠长地说:"人哪,有的时候不怕图什么,就怕什么都不图。"

曼蔓道:"直接说图我这人不就得了。"

半芹不长女儿威风:"图你人,你有什么?"

曼蔓被撑得慌乱,匆忙找自己的优点,可一时半会儿,又似乎找不着,憋了半天,道:"我漂亮。"半芹道:"能漂亮过二十多的?"曼蔓嚷嚷:"妈,你存心不让我活是不是。"半芹郑重其事地说:"女人,最大的优点是善良。"曼蔓笑不嗤嗤:"对了,我善良,非常善良。"

第九十九章 毛文娉
Di Jiushijiu Zhang Mao Wenping

✦

小时候是盼,现在是怕,对待生日,文娉的心情很复杂。事实上,自从来北京后,毛文娉几乎就没过过生日,唯一一次,是某任相亲对象凑巧在麻辣烫店里给她过的,潦草得她自己都不愿再提起。

不过今年情况不一样了。

她买了房,工作一日千里,有了男友,眼看迈入人生胜利组,"六瓣花"群里,姐妹们都撺掇着庆祝庆祝。文娉明白,姐几个也是找个由头乐呵乐呵,这一段,大家过得都不轻松。老桑就不用说了,公公去世,婆婆生病,一家都靠她,还有生育烦恼。宁红虽然已经跟吴冠军进入"持久战",但还是糟心。文娉听老高说了,宁红现在平静了许多,官司还没打,但目标却很明确。第一,她在等老高公司上市——蠢事不做了,她不再上老左、老濮的"船"——暂时还跟老吴一条船,好为未来多捞点资本。第二,谈判条款里加了重要一条:吴冠军必须每年给她五百万。可凡也为钱愁,房子没了,一切从头开始,夫妻感情也就那样。杨盼和于曼蔓倒是有点飘,可也算起步阶段。因此,她这场生日会来得就颇是时候了。

原本,文娉的意思是找个饭店包房,热闹热闹罢了。老桑不依,说办都办了,索性大一点,上牛蹄岭,关起门来好好热闹热闹。文娉踌躇了一阵,答应了。

倒是可凡,提前跟文娉知会,说院里案子多,可能去不了。文娉理解,她是在躲杨盼,许可凡现在不想看到她。文娉道:"以后都不见面了?"许可凡眨巴眼睛:"以后再说以后。"文娉说:"你躲,反倒显得你没理似的。"可凡说暂时先这样吧。

于曼蔓也提前跟文娉招呼,说到时候,她带小王过去。文娉表示欢迎,随即打趣:"怎么,处上啦?"曼蔓笑说:"处啥呀,就是多个司机。"文娉理解了,曼蔓现在要脸,不愿意蹭别人的车。于曼蔓又跟文娉咨询买房的事。毛文娉一五一十说了,才问:"咋着,准备买房了?"曼蔓说看着呢。

宁红直接,问文娉想要什么。毛文娉连忙:"啥都不要,千万别带。"宁红道:"那不行,这是你的大日子,也是姐妹们的大日子。"陡然惆怅,"毕业十好几年了,风景依旧,人不似昨。"文娉怕她又陷进情绪里,忙岔开话题:"乃心也去吧?"宁红说这次聚会,小孩一律不准出席。

聚会前三天,桑嬷把文娉叫家去,说到时候叫崔姐过去烧饭。桑嬷又给红包,文娉坚决不收。桑嬷笑道:"不是我给的,伊若给的。"刘伊若生产,文娉和老高都随了份子,人家现在还礼。文娉嗔怪,问伊若怎么知道了。桑嬷说:"怪我,说漏嘴了,不过她给你就收着,这等于是个彩排,将来还要给呢。"文娉不好意思,她明白老桑在说她跟高处寒的事。

桑嬷跟着道:"还耗着呢?"

文娉说顺其自然。桑嬷道:"耗下去,吃亏的是你。"文娉不言声,老桑的话不是没道理。桑嬷拉住文娉的手:"趁着过生日,得敲打敲打他,他能等,你能等吗?这一年一年,快得跟飞似的。"

文娉怏怏不乐:"说得我都不敢过了。"

桑嫣道："过，为什么不过，照过！大张旗鼓地过！又不是过给别人看的，是过给自己看，你现在什么都好了，美中不足也是正常，慢慢来。"

桑嫣的话触动了文娉的心事。她跟老高有约定，一旦有孩子，立刻结婚。可是自从订立盟约，偏偏一点动静没有，查也查了，看也看了，文娉器质层面没问题，她也不好意思怀疑老高的问题，人家是生过女儿的。只不过最近几次，他总是装作不小心射在体外，这令文娉有点不舒服，但她没点破。老桑要帮忙敲打，也好，不能总是量变却不质变吧。

桑嫣又说自己包蛋糕。文娉有点不好意思，客气了一下。桑嫣说她在新侨饭店有熟人，直接订了就行。临走，她还送了文娉不少面膜，叮嘱："这两天贴勤一点，到那天，你就得美美的。"

老桑最后这句，可是给文娉敲了个警钟。她开始重新研判自己的容貌，老是老了，但还老得不算过分。她揣度着，高处寒是不是在这方面有些挑剔。牛蹄岭可凡上不了，文娉便拉她去美容院做脸，算是小范围提前过生日。清洁完毕，可凡把镜子几乎端到鼻尖跟前，自叹："老了，都不能看了，我跟你说我现在怕照镜子。"文娉鼓劲儿："你这还老？那你是没见老的，我皮肤还不如你呢，你白。"

可凡自矜："就占一个白。"

文娉问尉迟最近怎么样。

许可凡道："还那样，我对他不指望。"

文娉又说："听老高说你要出来。"

"正准备着呢。"可凡轻描淡写。

文娉惊得差点坐起来："真的假的？"

"过了大节就不去了。"

"那去哪儿了？"

"歇歇。"

"不像你。"

"我想明白了，奋斗那么多年，奋斗出啥了，为什么我不能放松放松。"

"还保密呢，"文娉食指点点，"肯定有去处。"许可凡囫囵说到时候再说，今儿不说这个。毛文娉重新躺好，护理师一番操弄。可凡想文文眉，她觉得自己眉毛太淡，影响运气。文娉问："粗了好淡了好？"可凡道："分情况，如果自己出来奋斗，肯定粗了好，像咱这个年纪，正走眉毛的运呢。"

文娉跟文绣师砍价。文绣师笑:"毛老师,已经给您最低价啦,别人都三千起步。"又说,"要不您文个唇,两项合起来再打折。"文娉考虑再三,还是却步,文眉还好,文唇太夸张,她领导刚文了唇,她总不能嘴唇比领导还艳。可凡却对文唇极感兴趣,一来二去,还是决定做。半永久,意味着文了之后,一起床就自带唇彩,再也不用化妆了。

是日一早,高处寒过来接文娉。文娉化好妆,下了楼,一上车,老高就给她一记深吻,并说:"生日快乐。"随后发一个大红包。两个人一路畅快,上牛蹄岭,到门口,崔姐和杨盼已经迎着了。老高拎东西进去,多半是生鲜,崔姐引着往厨房去。文娉问杨盼实诚呢。

"看店呢,嘴笨舌拙,出不了大场面,就不让他趁哄了。"杨盼故意贬低实诚。文娉只能识趣夸夸:"姐儿几个,家庭方面你最如意。"

杨盼哎哟一声,搂着文娉:"如意啥,穷乐呵。"杨盼又嚷嚷着给文娉礼物——一套化妆品。文娉狠夸了一通,但心里却不以为意,看这品牌,这包装,她总感觉像别人送她,她再转送的。

宁红第二个到。文娉到门口接。老宁一身旗袍,又瘦了,下摆都有点荡,眼睛显得更大,精神奕奕的样子。文娉问:"怎么样?"就问三个字,尽在不言中,她不想提吴冠军找不痛快。

"好着呢。"宁红反倒做出得意的样子。

文娉叹气。宁红轻轻拍她:"今儿好日子,不兴叹气。"文娉转而问旗袍会的事。宁红说年中会里有表演,到时候邀请她去看。文娉问老桑还去不去,宁红说:"她才没时间呢,人家有基金会了,还管什么旗袍会,不过将来没会费要捐款,我得找她。"

于曼蔓和王百味第三拨到。老高已经出来了。文娉要介绍百味,老高抢先:"早认识了。"曼蔓解释:"我铁哥们儿。"定位清晰,不是男女朋友。宁红跟百味熟,上前道:"小王,回头旗袍会办活动,你去录像。"王百味忙说没问题。曼蔓对百味:"红酒搬过来。"文娉问什么红酒,于曼蔓说是老许出差过不来,送了一箱红酒,代祝你芳辰快乐。

文娉嘀咕,说这个老许。宁红起哄:"有酒好,红的、白的、啤的、洋的,今天喝个够。"

文娉打趣:"你想喝也没有,只有红的。"

将近十一点，桑嫣才终于现身。刘宪魁果然没来。老高问宪魁去向，桑嫣说他跟老濮去天津了，项目要上马，忙不过来。她又让随行的厨师把蛋糕搬进来，足足三层。文娉说太浪费了，桑嫣道："三字头的生日还能过几个。"

戳心了。

杨盼听到老桑声音，忙从厨房出来。

桑嫣道："今儿你不歇歇？有厨师呢。"杨盼道："文娉喜欢吃我做的贴饼子。"文娉听了，少不得给点面子："老杨的手艺特像我妈。"

桑嫣环顾，问："老许呢？"

文娉答："出差。"

桑嫣看看杨盼，不往下问了。

跟着是送礼物环节。杨盼的送了，她猫在厨房。桑嫣给了一条翡翠豌豆挂坠项链。于曼蔓送了咖啡壶。宁红给了个迷你筋膜枪。文娉都说喜欢。礼物送毕，姐几个研究了一阵插花，一个作品还没完成，崔姐菜就端上来了。在牛蹄岭，一律吃农家菜，长条大木头方桌，大锅大碗大盆大勺。

宁红说，跟她老家东北一个架势。文娉笑问："怎么跑东北去了？"宁红解释，说自己是叶赫那拉的后人。桑嫣让崔姐去拿高脚杯，杨盼、曼蔓扒开酒箱子。桑嫣拿在手里看看，嫌不好。文娉说这是老许的心意，桑嫣这才说就喝这个。

蛋糕车推过来了。简易的车子，菜架子改的。老高划火柴，众人七手八脚点上蜡烛。桑嫣催文娉许愿。

毛文娉双手合十，闭上眼，念念有词。

许完了，一口气吹灭。

老桑对老高："猜猜，许的什么愿。"

曼蔓抢先道："肯定是升官发财。"

桑嫣瞪了她一眼。

宁红道："文娉心大，愿肯定也大。"

杨盼接过话："再大的愿，也左不过家庭幸福、生活圆满。"众人看高处寒。毛文娉也盯着他。老高突然把手插进西装内口袋。文娉想，坏了，不会要求婚吧，她还没准备好。不料，高处寒却拿出一对钻石耳钉，道："文娉，谢谢你出现在我的生命里。"

曼蔓起哄："我的妈呀，感动死了，这不结婚没法收场呀。"

王百味用胳膊肘拐她一下，曼蔓也没觉察。毛文娉为避免尴尬，道："都饿了，吃饭吧。"桑嫣本想往下撺掇，可见文娉实在尴尬，便见好就收。

酒倒上了，浅浅一汪暗红。

桑嫣举杯，对众人："姐妹们，咱一人送毛毛一句吉利话呗。"大伙儿让老桑先说。

桑嫣不含糊，举杯对文娉："老毛，我祝你孙猴子上了花果山，称心如意。"

杨盼跟着笑道："哟，老桑这是用上歇后语啦。"又对文娉："文娉，我祝你，山羊爬坡，步步高升。"宁红接话："杨老师这是为难我们呢，"抓耳挠腮，"我这儿没有歇后语，文娉，我祝你山羊放了绵羊屁，又洋气又骚气。"

于曼蔓见大家都有说头，着急，可一时半会儿又组织不出语言，她戳了百味一下："你说。"王百味笑呵呵地说："那我就祝毛老师，孙猴子跳出水帘洞，好戏在后头。"众人听罢，皆哈哈大笑。桑嫣不依，向老高："你还没说呢。"高处寒不假思索，道："我祝毛老师孙猴子翻跟头，一步登天。"

人人都有一套。

说完祝福，喝酒正式开始，几个人你敬我我敬你，场面逐渐混乱。毛文娉虽然是寿星，但却并没有多少酒兴，老桑也还算冷静，只是说笑，喝酒不多。宁红和曼蔓最能喝，杨盼其次，三个人都存心借酒开心或是消愁，不用劝，自己就灌上了。

桌子上的菜几乎没怎么动，一会儿工夫，几个锅子连带炒菜就凉了。没有锅的，桑嫣让崔姐拿去热；有锅的，她叫厨师多拿几个固体酒精来。厨子说没带够，桑嫣想起来地下室里有，曼蔓自告奋勇，带厨子下地下室找。两个人去了没几分钟，就听到地下室方向传来尖叫声。

文娉、桑嫣等人连忙去看，只见曼蔓和厨子捂着头逃将上来，曼蔓语无伦次："都是蝙蝠！"说话间，果然有一只蝙蝠飞出来，在小客厅盘旋，高处寒和王百味连忙把地下室门关死。

桑嫣大叫："谁干的！"

当然没人应答。文娉知道老桑最忌讳这个，她连忙让老高去把蝙蝠轰出去。两位男士手忙脚乱，崔姐和厨师也跟着帮忙，好半响，这飞天的小东西总算出去了。

文娉扶着桑嫣。曼蔓惊魂未定。宁红恨道："肯定是人为，地下室关得死死的，哪来的蝙蝠。"

文娉发愁,问要不要报警。

桑嫣抬头,看了一圈,问:"老杨呢?"众人才发现杨盼不在。"人呢?"桑嫣又问一句。宁红叫杨盼,没人应答。一行人回到餐厅,才见杨盼倒在地上,嘴里吐着白沫。文娉惊,上前半扶着杨盼的背,叫老杨。宁红没站稳,也摔倒在地。曼蔓捂着嘴巴,愣在那儿。

杨盼依旧一动不动。

桑嫣锐叫:"救护车!"

第一百章 桑嫣
Di Yibai Zhang Sang Yan

♦

惊恐、失措、惶惑、疑惧……桑嫣觉得自己心和胆簌在一块儿,一同被碾碎了,魂魄仿佛也跟着蝙蝠和杨盼直飞到九霄云外,再也找不回来。姐妹们哭的哭,叫的叫,跳的跳,但也改变不了人送到医院已经断气的事实。杨实诚赶来,跌跌撞撞,进门就叫:"人呢!"没人敢说话,桑嫣、文娉、宁红、于曼蔓一起围过来。

桑嫣第一个开口:"实诚……"她说不下去,她能怎么说呢,告诉他杨盼口吐白沫,命丧牛蹄岭?!可实诚一下都明白了,先是大叫:"谁干的!"跟着是大哭,"我盼哪!……"桑嫣怕他闹事,连忙叫老高和王百味拦腰抱住他,已经有人出事了,不能再闹出娄子。实诚已经报警。桑嫣觉得这是最麻烦的事,一旦闹大,对谁都没有好处。一不小心,就可能闹出个"丑闻"。

仔细回想,整个出事的时间线是:于曼蔓和厨子去拿固体酒精——发现蝙蝠——所有人去看——发现杨盼不在——回餐厅发现杨盼倒在地上。

有两种可能:杨盼被人下毒。下毒时间可能是吃饭过程中,也可能是大家去看蝙蝠的空当。但去看蝙蝠就那么几秒钟,人又都不在餐厅,怎么下毒呢?除非是事先下好。蝙蝠的事也很诡异,酒窖是地下室改建的,密不透风,怎么进的蝙蝠?当然,还有另一种情形:这是个意外,杨盼是猝死。那就跟在场的任何人无关了。想到这儿,桑嫣又认为报警是对的。警察介入,法医检测,终究会真相大白。

报了警,立了案,牛蹄岭别墅所有在场者简单做了笔录,大伙才散去。百味带曼蔓走了。宁红自己开车。桑嫣让老高开车带崔姐和厨子,她叫上文娉一起走。出了这么大的事,又是文娉生日,她相信文娉心理压力比她还大。

必须抱团取暖。

车缓慢前进,桑嫣没让文娉当司机,怕她精神涣散,再在路上出点岔子。不敢相信,她们的老同学、闺密、铁杆儿,竟然在这一天……走了。

握着方向盘的胳膊还微微有点抖。文娉把手放在她胳膊上。桑嫣强打精神:"没事儿,交给警察吧,总会水落石出的。"文娉突然又哭了。她一哭,桑嫣也有点鼻酸。直到这会儿,两个人才刚从混乱的震惊逐渐过渡到悲伤。这悲伤如漫漫大海,淹没了她。

车上高速了。文娉自言自语:"怎么会有这么多蝙蝠?"桑嫣不吭气儿。蝙蝠魔咒,困扰她许久,但始终没找到症结。在母校的宾馆有蝙蝠,怎么到了牛蹄岭还有这劳什子?太可疑。而且,蝙蝠和杨盼的死这两者并置在一块儿,就更加让人不得不揣测其关系。

"香蕉皮你还记得吗?"文娉提醒。桑嫣当然记得,那是悲剧的肇始,虽然当时看上去仅仅是个恶作剧。"会不会是……"文娉没完全问出口。桑嫣顿时明白了:"不可能,崔姐不会做这事,而且她也没跟我们回母校呀。"

仅此一条就推翻了。

文娉道:"有人坑我们。"

"谁?"桑嫣语速很快,她也想知道真相,"什么仇什么怨,为什么要这么做?"

文娉扭头看着老同学。桑嫣一见这眼神,就立刻会意,毛文娉指的是当年陈烈香的事。同学从床上掉下来,猝死,全寝室没一个人起来帮忙,生生熬了一夜,第二天才发现。这是她们五个人永远的愧疚。可以说,直到今天,老桑都还不能全然接纳自己。然而,谁让陈烈香那么野心勃勃,抢这个、夺了那个,一枝独秀,肆无忌惮,一个乡下丫头,偏偏要当凤凰……她就不懂得跟人搞好关系……说白了,她们又有什么义务救她呢……何况桑嫣也就听到一点点声,迷迷糊糊又睡过去了……床上还搭着帐子……黑灯瞎火根本看不见……桑嫣沉浸在往事中,迎面一辆车打大灯,她连忙集中精神。

文娉问:"你行吗,要不我开?"桑嫣说:"没问题,"又说,"他们家人不都不在了吗?"文娉道:"问题就在这儿。"桑嫣又安慰她:"也许就是个意外。"

文娉倔强:"会不会是在场的人呢?"

桑嫣苦想,道:"都是自己人,有那必要吗?人命关天,不是闹着玩儿的……"说着说着,她脑中丁零一响,她转而反问文娉:"会不会是不在场的人呢?"

"可凡,"文娉轻叫出这个名字,旋即否认,"不可能,可凡不是那种人。"

"那红酒……"桑嫣倒抽一口凉气。

许可凡这一向十分节省,红酒一送送一箱,确实可疑。

"大家不都喝了吗?"文娉说。

桑嫣不往下讲了。她知道文娉跟可凡关系好,在找到明确证据之前,无谓的猜测只会引发内部混乱。但客观分析,"六瓣花"里,最恨杨盼的,恐怕也就是许可凡。夺房之痛,难以平复,而且老许又是法官,她故意不来,难道就是要给自己制造一个不在场证明?但如果是这样,为什么又要制造一个送红酒的不利因素?桑嫣百思不得其解。文娉问要不要回去看看,酒还没喝完。桑嫣说不必,恐怕警方已经封锁现场。

到家,崔姐已经在客厅等着了。过去,桑嫣进门就是洗澡,今儿也没心情了。宪魁还在天津。客厅大灯亮着,她让崔姐坐。她觉得应该趁着事情还没扩散、发酵,好好审审这个老仆。老太太来电话,桑嫣吓了一跳,她笑着接了,问妈好。老太太口气严厉:"到底怎么回事!"

糟了。老人已经知道了。消息传得太快。

"妈,没事,没那严重。"

"还要怎么严重?"老太太质问,"还跟上次一样吗?杀夫杀妻的?影响,要注意影响!"

桑嫣明白婆婆指的是宁红那回。推不推的……当然最后也是不了了之。桑嫣好声好气地说:"妈,没您想的那么严重,这谁传的谣言?最后都要追究法律责任的,警方已经介入了,大概率就是个意外。"

老太太道:"但愿如此。"又说,"我找你吕伯伯问问吧。"最后补充,"都什么时候了,还不知道夹起尾巴做人?还去山上哄什么?那个房子,能拆除就尽快拆除!"桑嫣毕恭毕敬说知道了。奇怪,婆婆这次来电,居然没问宪魁在不在,桑嫣没过脑子，觉得可能她老人家也知道宪魁忙。自从伊若带老人去了良乡，桑嫣和宪魁可是有一阵没见到妈了。

挂了电话，桑嫣下楼。崔姐依旧候着。

桑嫣稳稳坐下，轻声喊了一声崔姐。

崔姐立刻如临大敌，嗳嚅着叫太太，跟着就站起来，瑟瑟发抖状。桑嫣只好安抚她坐，然后才说："崔姐，你来我们家也有一段时间了，虽然咱们之间是雇佣关系，但我一直把你当成个知心的大姐，当你是自己人。"

崔姐立刻举起右掌："我对太太，绝对忠诚。"

桑嫣让她放下胳膊："牛蹄岭那儿，你是头一天就过去的，昨儿晚上，有什么异常吗？"

"没有。"

"想好了再说。"

崔姐皱眉头，做冥思状："是没有，我打扫完屋子，早早就上床了。"

"也没见着蝙蝠？"

"没有。"

"下地下室了吗？"

"没去。"

"那你觉得蝙蝠是怎么进去的？"

崔姐声音突然大了，带着哭腔："太太……我是真不知道呀……这该死的蝙蝠……怎么就钻进那里头了呢……您让我昨儿去……主要是打扫屋子……做一些准备工作……我连地下室的门都没靠近……压根儿我就没往那方向想……我要知道……早就买包耗子药……"

桑嫣手一举，不让她嚷嚷下去，继续问道："肉和菜，昨儿就备了吧？"

"该腌的腌上了，"说着，突然反应过来，要下跪，"太太……真不赖我呀……要说腌肉……一桌子人都吃了……都好好的……我也不可能提前怎么着……您要信不过……那坐臀肉还剩一块腌在那儿呢……明儿我就去吃了……"

桑嫣面目依旧严肃："想吃也吃不了了，估计整个牛蹄岭那宅子都已经被警察封了，"口气陡然柔缓，"崔姐，我不是审你，主要你是我这边的人，真要有什么，我得先知道，免得等警察查出来，我才摸到门子，到时候就真被动、就谁也保不了你了。"

崔姐嚷着:"太太,天地良心,谁查我都不怕。"

桑嫣叹气,愁得慌:"怎么就赶到今天了呢。"

崔姐道:"生死有命,富贵在天,都是老天爷定好的。"

桑嫣转而问:"那蝙蝠,你觉得是怎么进去的呢?"

崔姐道:"要么是过去钻进去的,那门是铁门,有缝儿,能钻。"

桑嫣呵呵:"一只是钻进去的,那么多只,也是钻进去的?而且你记得吧,地下室并没有多少蝙蝠屎,如果是长期做窝的,屎估计都一层了。"

崔姐顺着分析:"那就是人为的。"

桑嫣说:"会是谁呢?"

崔姐道:"会不会是附近农民,恶作剧,村里有人来闹过几次,记得不?"崔姐说得有道理,建这个别墅,当地村里的确有人来讹诈,说白了就是想要点钱,类似保护费,最后被宪魁给平了。他们心里有恨,搞点破坏,不是没可能。但为什么偏偏是蝙蝠呢?蝙蝠可不是北方山区的常见物种。

桑嫣低眉思索。

崔姐又说:"要么就是朋友里头有人搞鬼,不少人都有钥匙呢。"这话提醒了桑嫣,的确,牛蹄岭的房子是集资建的,属于集体租赁产业,圈子的朋友都有钥匙,随时都可以进出。这就给研判带来了难度。

桑嫣又问:"你跟老杨上次去北面医院,说什么了吗?"崔姐一五一十地说:"没说什么,就做了检查,问了问基本情况。"问到这儿,桑嫣实在太累了,她揉揉太阳穴,准备上楼休息,可躺下了,她又不敢睡,杨盼还没入土,一切都是未知,她真怕杨盼的魂找上门来。唉,真要能找上来也好,托托梦,告诉她真相,她也好帮老杨报仇。人在的时候,桑嫣固然觉得老杨很好,如今人走了,那只有更好。桑嫣想起实诚和秀秀,他们怎么办?

以后都是难题。

迷迷糊糊,桑嫣睡了几个小时。一大早,宪魁回来了。他一见桑嫣面儿就问怎么样了。桑嫣明白,宪魁已经得到消息了。

"等着呢,警方在处理。"

"是问你怎么样。"

"我没事。"桑嫣心暖,宪魁还是最关心她。

宪魁上前,半抱着坐在床上的桑嫣,在她头顶亲了一下:"人有旦夕祸福,尽力了就好。"

"可是……"情感又被搅动，桑嫣无法平静。

"没有可是，"宪魁道，"跟咱没关系。"

桑嫣长吁，她觉得自己现在不能醒，只要是清醒状态，她一整颗心随时都能裂开似的。

第一百零一章 毛文娉
Di Yibailingyi Zhang　　Mao Wenping

◆

毛文娉坐在沙发上，拿着手机，屏幕画面停在"六瓣花"的群里，静悄悄的，最后一条消息来自杨盼，她分享了一个保健视频。文娉迟迟没从震惊中回过神，杨盼已经不在了？世界上没这个人了？就在她的生日宴会上。她跟老桑的那些探讨，包括推断、猜测，至今都没有答案。文娉在等高处寒回来。他送人过后，又拐去医院和牛蹄岭。老高和百味还被分配了个任务——稳定杨实诚的情绪，别让他做傻事。走的人走了，他还有孩子需要照顾，实诚不能出任何差池。

宁红来电话，报了平安，又简单问情况，文娉交代说都好好的，回头见面再聊。放下手机，她不放心曼蔓，打过去，她老娘接的，说曼蔓在洗澡。她问文娉要不要让曼蔓接听，文娉忙说没啥事儿，道了晚安。于曼蔓估计还没来得及跟老妈说这件大事。

可凡呢，知道了吗？群里没人说话，看看时间，算了，无论许可凡是否知道，现在都不是谈这个的时候。夜深了老高才回来。文娉去开门，一见到人就被抱紧了。老高拍拍她的背，安慰她说没事。生命脆弱，任何人都可能一瞬间从你的生活消失。文娉怕这个。她第一次感觉死亡离自己这么近。高处寒进门了，文娉还抓着他的手，紧紧地。

老高面容平静，好像生死都跟他不相干，他早已"跳出三界外，不在五行中"："没事的。"两个人坐到沙发上，文娉才把手松开。她问老高怎么搞到现在，情况怎么样。

老高道："该做的都做了，现在就是等调查结果。"

"实诚呢？"文娉关心这个。

"崩溃了。"高处寒略带抱歉的口吻道，"但应该能挺住。"

"应该？"

"已经回去了。"

文娉叹一口气："明儿再过去吧，真不知道他该怎么跟秀秀说，孩子太可怜。"盯着处寒，"所以，还是没孩子省心。"

高处寒道："你倒大彻大悟了。"

"不婚不育保平安。"文娉带点讽刺。

高处寒接招："明白。"

"明白什么？"

"明白你这是在考验我，"老高打哈哈，"我要说同意，你估计该不乐意了。"

文娉暗叹，老高真是她肚子里的蛔虫。她的口是心非，她的欲拒还迎，她的引蛇出洞，她的润物无声，他都能看得清清楚楚明明白白。不过老高轻松的神态又令她不舒服。这可是死了个人呀！又是她闺密！且近在咫尺！一个人就算再成熟、再理智，人道主义总要讲，那才有点人味儿。

细想想，文娉又认为自己可能要求太高，老杨对她是闺密，对人家老高，可能什么都不是。而且，这一向老杨那巴结的嘴脸，高处寒也不大瞧得上。但终究是死者为大呀……一时之间，文娉失神，内里跟有根棍子在搅似的，过了好一会儿，她才喃喃道："要不办这个生日会就好了。"

高处寒道："办生日会可不犯法。"

文娉说："要是让老许来就好了。"

老高继续拆解："你以为老许来，老杨就不来了？"呵呵道，"人家脸皮可没那么薄，别想了，人生没有如果，老天爷就这么安排的，跟你一毛钱关系都没有。"

"就算是意外……那也是间接……"文娉还没说下去，高处寒便抢先道："行啦，别胡思乱想，以鉴定结果为准。"

"真是意外？"

"意外也好，存心也罢，总会水落石出，这就不是个复杂的事。"

"会不会是酒的问题？"文娉把跟桑嫣的怀疑提出来了。

"不排除，但目前也无证据。"

文娉微微低头，两手握着。高处寒道："你怀疑可凡？"文娉连忙解释："不是怀疑，是担心她受牵连，如果是他杀，那就要追查真凶，如果是自然死亡，是什么原因导致的呢？"高处寒戳破了："你怀疑酒？"文娉道："老杨以前就酒精过敏，一喝酒脖子都发红，起疹子。"

"是吗？好几次人家都大壶喝。"

"哪次？"

"忘了，伊若结婚？还有几次宴请，哪次她不是一醉方休？"

"那是提前吃了解酒药。"文娉了解内情。

高处寒不想继续掰扯："早点休息，天大的事明儿再说。"文娉站起来往卧室走。老高起身，也要回去，文娉让他别走。老高一笑，顺势到沙发上斜躺着："我外头，你里头，行不行？"文娉刚要说话，老高又道："一张床我怕你睡不着。"

也是。近半年，毛文娉都没跟老高过过夜，每次办完事儿，都各回各家。她已经习惯了独占大床。闭眼之前，文娉看看"六瓣花"的群，依旧静悄悄。她点开杨盼的微信头像，不由得又是一阵心痛。

次日一早，刘宪魁把老高叫走了。文娉请了假，直接往可凡家去。发生那么大的事，文娉认为可凡有权知情。她打了电话过去，许可凡刚起床，文娉让她赶紧下来。可凡问干吗，文娉低声说重话："下来再说，你跟单位请个假，有事。"许可凡没再多问。一会儿工夫，两个人在小区门口碰头，文娉拉可凡去早餐店。

许可凡诧异："我吃过了。"

"我还没吃。"

"有事吗？"可凡更不解，"着急忙慌的，人来了你又不着急了。"早餐店还没开门，毛文娉和许可凡站在门廊底下，卖奶茶的店倒是拉开了卷帘门。可凡瞅瞅，对文娉："请你喝一杯？"

文娉神色落寞："出事了。"

"啥事儿？"可凡手插在口袋里。

毛文娉鼻子发酸，嘴巴发软，始终说不出那个残酷的事实。可凡兀自猜："宁红把老吴砍了？还是杨盼说我坏话了？"

文娉眼眶红了。

可凡察觉出不对，更急："咋还哭上了，什么事呀？"又猜，"杨盼想通了？房子能退回来？"想想也不对，依旧是疑惑表情。

文娉一双眼睛望着可凡，终于一字一顿："老杨……没了……"

"啥？"

文娉眼泪下来了。

"别吓我，"许可凡捉住毛文娉袖子，"你说清楚点。"

"去了……走了……"字字泣血，文娉惨淡地说，"死了……"

许可凡顿时花容失色，几乎站不稳。毛文娉连忙扶住她。闺密俩跟刚从长征的草地里出来似的，你搀着我，我搀着你，好不容易走进奶茶店，胡乱找个座位坐下。相对沉默良久。毛文娉这才把当天发生的情况，包括怎么出现的蝙蝠、杨盼当时惨状、去医院的情况、警方调查的情况说了。许可凡听了，赶忙给一个师兄打电话，那师兄能联系上相关派出所，她迫不及待想知道最新进展。文娉觉得可凡比她强，还能保持理智，迅速处理问题。

可凡还问："那这是他杀、自杀还是猝死？"

文娉道："还没落实。"

"实诚现在怎么样？"可凡进入审案模式。

"崩溃。"文娉把老高的描述学给可凡听。

可凡嘀咕："搁谁谁也得崩溃。"又说，"你小心点。"

文娉吓得起鸡皮疙瘩，她当然要小心，可又不知道小心什么。可凡继续："事是在你生日会上出的，警方会问你。"文娉说已经问了，她全部如实回答。

可凡补充："实诚也会问你。"

文娉说还没来得及细说。她提醒可凡酒的问题："怎么会突然买一箱？"

"酒出问题了？"许可凡也紧张，两肩不自觉耸起来，跟地壳运动似的，既笨重又迅猛。

"被警方控制了。"

"控制？"可凡道，"这词儿怪吓人的，那就是普通红酒，同事从新疆团购的。"

文娉不说话。

可凡不高兴："你怀疑我？"

文娉急忙将手隔着座位伸过去，安抚道："我就是百分百相信你，所以才一大早找来。"

可凡面部表情松弛许多。她反抓着文娉的手，感激道："娉，咱俩这么多年，知根知底，"转而犯愁，"我怎么可能呀！我害她做什么？就因为她买了我的房子？"话说出口，许可凡自己吓一跳，她跟文娉对了个眼神。

文娉长吁，可凡的猜测恰恰是她跟老桑担忧的，既然她们都能考虑到这一层，其他人呢，警方呢，实诚呢？正因为如此，许可凡的不在场就更加令人起疑。文娉看老许的表情，她似乎心虚了，不，也不叫心虚，可能是那种知道自己会有理说不清的惶惑。但也就半分钟，可凡又理直气壮起来："反正，我光明正大。"又说，"要有人暗害，那就太可怕了。"

毛文娉追问："你也觉得是暗害？"

"也？"可凡反问。

"老桑也怀疑。"

可凡脸上阴云密布。闺密俩又狠皱了一阵眉，许可凡才道："她家不是没人了吗，你不是去看了吗？"毛文娉说之前说有个傻弟弟，但后来不在老家了。许可凡道："既然是傻子，能跑哪儿去呢。"又说，"傻子怎么害人？"最后说，"我们也没做错什么，阎王叫你三更死，谁敢留人到五更，怪只怪她自己太……"最后几个字没说，可能她也觉着太刻薄。

几茬子话叠在一起，文娉听得头大，她虽然跟陈烈香关系不算好，但还是那个原则，死者为大，她不想在人身后还嚼舌根。"别扯远了，"文娉提醒可凡，"都小心点。"事到如今，也只能相互安慰、抱团取暖。说话间，桑嫣来电话了，文娉当着可凡的面接了。老桑让她去五号别墅一趟。文娉问："都去吗？"桑嫣说告诉宁红了，让文娉叫上曼蔓和可凡。

第一百零二章 许可凡
Di Yibailinger Zhang　Xu Kefan

◆

等许可凡进屋，人就到齐了，桑嫣破天荒站在那儿，贵妃榻让给宁红。毛文娉和于曼蔓靠坐在椅子上。见可凡来，桑嫣招呼了一声，便转脸拿眼神扫了一圈，几个字儿几个字儿蹦："现在、大家、必须保持一致，"桑嫣有条不紊，"我讲三点，"右手后三根手指支棱着，"第一，等待警方结果，结果出来之前，切记不要做任何多余的动作；第二，善后，老杨可怜，实诚和孩子更可怜，从今往后，咱们几个都是秀秀的干妈。"说到这儿，才扶着椅背坐下，又拍拍曼蔓的背，让她去把门关严实。

于曼蔓忙照做了。

桑嫣这才道："第三，大家是多年的姐们儿，如果掌握了什么情况，不妨都说说。"

宁红第一个道："老桑，这话什么意思？审我们吗？"

可凡头皮发紧，宁红的疑问也是她的疑问。

毛文娉跳出来道："老宁，别误会，老桑的意思是，如果当天看着什么，或者老杨之前说过什么，大家先通通气儿，内部参考。"

原来是这意思。有什么好参考的呢，可凡思忖，难道还有人不实话实说，警方已经做过笔录，还有人刻意隐瞒什么吗？呵呵，只有她不在现场，或者，老桑这话是针对她的？想到这儿，可凡不大愉快了。她当即冷冷地说："那我最没发言权，我人都没到。"

"人没到，酒到了。"于曼蔓插话。

"曼蔓你什么意思？！"可凡不高兴，声音有点严厉了，"不至于酒里有什么毒药吧，警方要真搁酒里查出什么来，我也认。"

于曼蔓嬉皮笑脸地说："老许，别激动呀，我的意思是，那酒是好酒。"

许可凡又道："我跟老杨早就不来往了。"

桑嫣拦在头里，抱着两臂："我先说吧，老杨事情多，到我这儿来也少，房子的事,她问过我,我说老许既然已经答应了,就肯定不会变,"望望可凡,"其余没什么。"

许可凡道:"的确没变,房子也给她了。"

文娉说自己跟老杨几乎也没什么接触。

于曼蔓道:"老杨在我们公司挂职,去开过几次会,都很正常。"

宁红手一挥,不耐烦:"都别在这扯了,等调查结果吧,是自杀、谋杀还是猝死,总有说法。"

桑嫣又说:"那蝙蝠呢?"

是。蝙蝠。蝙蝠也不是第一次了。老桑跟文娉回母校、老桑家、老桑公公葬礼,还有这次,蝙蝠不可能自己跟着,那估计就是人为了。宁红第一个发声:"老桑,这蝙蝠,要么冲着你,要么就是冲文娉。"

文娉屁股动了动:"我和老桑得罪谁了?"

曼蔓道:"那得看这几次都谁在场。"

"在场的人多了,"桑嫣说,"动机呢?"

大家又不说话了。几乎在第一时间,凭本能,许可凡想到了陈烈香,以及这事儿对她们的影响。"会是老陈吗?"桑嫣率先提出来。"陈烈香?"宁红反问。文娉低下头看地板。于曼蔓说:"那我可就不知道了,我那时候还没搬进去呢。"许可凡望着每个人脸上微妙而复杂的神态,内心五味杂陈,不久之前,老桑还以杨盼知道当年的情况为要挟,逼她舍了房子。的确,当年的那一晚,她许可凡做得是不地道,她的床铺最靠阳台,跟陈烈香的连着,事实上,她也确实感觉出老陈掉下床,然后她还坐起来一下,但没采取任何行动。多年以来,可凡都为当年自己那一念之差后悔。再有矛盾,毕竟是同学,人命关天,如果当时她能伸把手……唉……老桑估计也同样作壁上观……

许可凡思绪飘荡着,宁红的声音把她拽回人间:"我最靠外面,根本都不知道里面发生的事情,"又对可凡,"老许,那天你知道吗?"

许可凡脱口而出:"我睡觉特别死,打雷我都听不到。"文娉不吭气儿。宁红又说:"难不成老陈还魂了?还是……"桑嫣打断她:"行了,都清楚了就散吧,等诚那儿咱一起过去,大家都帮衬点。"

交代完,人散了,文娉和于曼蔓要上班,直接去单位了。许可凡和宁红一路出来。可凡问宁红和老吴怎么样。宁红道:"暂时不离,等公司上市再说,他答应一年给五百万。"许可凡见得多，完全能理解宁红的心路历程，发现有事，最开始肯定很激动，但慢慢就都走向现实，理智占上风了。分肯定要分，但千万别跟钱过不去。

这是利益。

"到手了吗？"可凡问。宁红说等着呢。许可凡还想问，就这么放过他们了？但话到嘴边又咽了下去。两个人走着走着，竟走到杨盼家楼下。宁红和可凡驻足，望着后窗，都不说话。怎么就突然死了呢，可凡又觉得自己很危险，她去找过实诚，还说过房子不吉的话。原本只是一种战略战术，谁承想一语成谶。实诚会不会多想呢？许可凡吃不准，她感觉后头一定还有麻烦。

菲菲接回来，到家了。可凡看着女儿做作业，精神总是不集中。不大会儿，尉迟也回来了。难得早下班，他拎了点卤菜，猪蹄、手撕鸡，都是可凡爱吃的。一进门，尉迟就喊老婆。

可凡明白，尉迟这是在主动讨好，估计他还为她辞职不辞职的事纠结呢。夫妻冷战还没正式结束。只是，杨盼的事一出，辞职立刻就不叫事儿了。三口子坐在餐桌旁，菲菲喜滋滋地上手啃猪蹄。

尉迟动筷子，好声好气对可凡："吃啊。"他把猪蹄夹到可凡碗里。可凡用筷子夹，一个晃神，没夹稳，猪蹄滚在地上。尉迟连忙捡起来，拿水冲，折回来才说："就得上手，给你，"他递过塑料手套。可凡接了，放在一边："你吃吧。"

尉迟的殷勤没得到热烈回应，绷着脸："这不都你最爱吃的吗？"可凡看手撕鸡："我吃这个。"菲菲不客气，猛吃了一阵，撤了。晚饭后是她的动画片时间，一分一秒都不能浪费。

尉迟望着可凡，愁。可凡也看着他。眼珠子是对着，尉迟的形象却没往她脑子里进。

许可凡怅惘道："人生，真没意思。"

尉迟忙不迭说："行啦，你在职也好辞职也罢，我都支持，行不行？"许可凡没想到丈夫突然说这个，要在平日，她一定万分感动，可现如今，杨盼的死横亘其间，就跟咖啡里放了黄连似的，本来一点点苦是滋味，现在成愁味儿了。

可凡哽咽。

尉迟以为自己的大度起了效果，道："生活就是这样，活在当下吧，想这么多没用。"

许可凡冷不防地问:"你还不知道?"

"知道啥?"尉迟脊柱弹直了,"已经辞了?"

可凡哭出来:"老杨走了。"

"啥?"

"去世了。"

尉迟筷子悬停在半空,几秒钟,手终于撑不住,落下来砸到盛猪蹄的盘子,剩余俩猪蹄跟商量好了似的集体出逃,往盘子外面冲,跳到地上后,滴溜溜往墙根滚。尉迟顾不上它们了,惊得站了起来:"啥?!"

可凡沉默着,面色凝重。

尉迟头朝左偏偏,又朝右偏偏:"不是……这个……啥时候的事……咋走的?……"

"牛蹄岭,文娉生日宴上。"可凡言简意赅,跟着又转述了文娉对事发现场的描述。

尉迟说感觉不像自杀。可凡说还在查。

尉迟寅沉吟半晌,才道:"她就不该占那个房子,说句不好听的,她八字就压不住那个煞。"可凡没想到丈夫会从这个角度考虑问题。

"麻烦要来了。"可凡幽幽地说。

尉迟伸着脖子:"什么麻烦?不是吧?别吓我亲爱的……"

许可凡敞开说:"老杨走之前,我去跟杨实诚谈过一次。"

"谈什么?"

"本来希望他能明白事理,做做老杨的工作。"

"你咋就痰迷呢呢,"尉迟恨铁不成钢,"那房子,不早就翻篇了吗?你还去找他干啥!"

"我还提到了房子的风水问题,"可凡"供认不讳","但只是策略性地吓吓他……谁知道……"叹气,"怎么就这么巧……我就奇了怪了。"

"你怕他怀疑你?"尉迟问。

可凡对着手撕鸡沉默。

尉迟摆摆手:"这个你放心,你这是善意提醒,再说哪个凶手会提前暴露自己?你要实在放不下,等回头我找实诚聊聊。"

许可凡让他别去,怕越掺和越乱。

尉迟跟着责备："你也是，房子已经卖了，咱都要往前走了，还吃啥回头草，就对自己这么没信心？不是我说句大话，一套小房几年内拿下不成问题。"

若在平时，可凡早炸了。可今儿她觉得理亏，去找实诚也是借着酒劲儿，一时糊涂。当然还有个事可凡没告诉过尉迟——在卖房这件事上，老桑曾经拿杨盼泄密做要挟。但现在想，一切都是老桑说，杨盼自己可没说过。会不会只是老桑的一个计谋？或者，杨盼的确知道当年大家都装着不起床的情况，因为买房的契机闹腾出来了，被人知道了，所以有人要灭口？可这点事儿，顶多只是良心不安，值得下那么狠的手吗？

尉迟还喋喋不休着，但所有的话，许可凡已经不朝耳朵里进了。手机响，是陌生号码，许可凡接了。却是她一个师兄的朋友，在公安系统，师兄托他问问情况。现在检验结果出来了，说杨女士的死是由药物相互作用导致的猝死。可凡问是什么药。对方说，初步判断，死者事发前喝过酒，还吃过地屈孕酮和苯妥英钠。

第一百零三章 宁红
Di Yibailingsan Zhang　Ning Hong

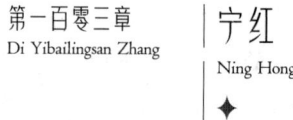

♦

调查结果一出来，跟着就是办葬礼了。宁红屁股后头跟着寿衣店的伙计，抬着小型花圈，楼底下有个小灵棚，邻居们上下都绕着走。宁红让把花圈放楼下，她一个人到楼上去。

于曼蔓和王百味站在门口，房间里人声鼎沸。百味朝宁红点头。因为"捉奸"，他跟宁红有过雇佣关系，处得不错。宁红诧异，问曼蔓什么情况。

于曼蔓嫌恶地说："蘑菇屯穷亲戚。"

"给钱了吗？"是问她随份子的事。

"给了。"

"是那个数吧？"宁红求证。曼蔓表示肯定。份子钱，五个人商量好了，都给三千。宁红进门，不晓得是哪位亲戚大婶在门口镇守着，杨盼弟弟也在，宁红认得。秀秀跪在灵位下，实诚伫立着，面容呆滞。结果出来了，老杨是心源性猝死。原因大概率是药物和酒混合。药物成分老宁也打听到了，说是地屈孕酮和苯妥英钠，一个是妇科用药，一个是抗心律失常的，好像是。宁红揣度，可能实诚还是想要二胎，老杨调理身体，结果……

偏偏酒又是老许送去的。一个占了房，一个送了酒，怎么看怎么像"冤冤相报"。不过，就算许可凡不送酒，那种场合，也会有别的酒顶上。因此，宁红认为实诚应该明事理，想明白这只是一场意外。

毛文娉和高处寒进来了，在门口应承。一会儿，两个人走到宁红跟前，仨人都没讲话，面面相觑。灵位前又一阵哭嚷。宁红头疼，拉着文娉到阳台，打开窗，透透气。她问老桑怎么还没来，文娉说可能家里有事。

"啥事儿？"宁红警觉。

"不太清楚。"文娉嘴巴紧着呢。

"蝙蝠的事查出来了吗？"宁红问。文娉说好像没有。宁红又说找机会一起回学校，好好看看。文娉说那也是明年的事了。

又拥进来一拨人，小屋快站不下了。估计是杨盼老家的人，杨盼弟弟领着，怒气超过悲伤。

文娉小声对宁红说："闹房子的事呢。"

宁红问缘故。

文娉道："人走了，房子落实诚手里，娘家不愿意。"

"老公是假的，孩子可是真的，再怎么也轮不到娘家人吧。"宁红抱不平。

"弟弟轮不到，上头老人还是有继承权的。"文娉分析。宁红不禁感叹，就这小破房，人一走，还闹出这么多事故。老杨九泉之下都不得安生。宁红问老许还来不来，文娉说钱带到了，人不来了。

想来也是。还怎么来？杨盼走了，房子还没正式过户，不知道杨家人或者实诚会不会找可凡兑现。而且，到这老房子里，可凡估计都站不住。物是人非，触景生情，难受。

老桑进来了。文娉、曼蔓、宁红都跟着。桑嫣走到实诚跟前，给了个大袋子，道："这些你自己收着，谁都别给。"实诚木木的，茫然。桑嫣把袋子塞到秀秀屁股后头。门口一阵喧嚷。别又是蝙蝠。宁红探过去看,才发现老吴来了。莫名其妙,跟他有什么关系?吴冠军也看到了宁红。他倒稳,随了份子,签了字,才款款走到老宁跟前。

"你来干吗?"

"人情总要还。"

"谁的人情?"

"实诚。"

"人情要还,钱就不还了?"宁红质问。承诺的一年五百万,至今只收到一百万,还剩四百万欠账。

"下个月头就给。"这回还算爽快。

宁红和吴冠军并排站着。说也奇怪,这仇人相处久了,也疲了,过去,老宁恨不得杀了他、剐了他、剁了他、蒸了他、煮了他,现在,她只想把自己该得的钱要回来。等老吴的公司一上市,她拿到她那份儿,再正式离婚。所以,暂时还得跟老吴在一条船上。如今宁红也认识到了,左豪和濮德庸之前是给她摆局,她出了气,自己也捞不到好处。利益和情感,她现在只能偏向利益一方。至于鲍燕和那个孽种怎么处置,她还没想好,打也打了骂也骂了,告破坏军婚日子对不上,她竟有点无从下嘴。

宁红想得出神,濮杰来了,一进门直奔灵位,曼蔓上前招呼,桑嫣点头致意,濮杰劝实诚节哀顺变,又说杨盼是公司员工,他代表公司前来慰问等等。

吴冠军不耻地说:"黄鼠狼给鸡拜年。"宁红不满他的态度:"犯什么病呢。"老吴说:"老杨这么走了,搞不好还是福气。"

宁红白他一眼,斥:"怎么死的不是你呢。"

吴冠军扯开了:"有两家公司,老杨都是法人,你以为好当的?搞不好都要吃牢饭。"宁红脑子快速转着,杨盼成法人了?这倒是第一次听说,她只知道于曼蔓做着法人。也许老吴的话有道理。宁红本想提醒曼蔓,但理智又把她拽回来了。干她什么事?虽然是同学,也是各过各的日子。濮杰打身边经过,吴冠军拿眼狠狠剜他。结果人装作没看见,走了。

桑嫣凑过来,对吴冠军说:"老吴,别凑热闹了,走吧。"吴冠军道:"宪魁呢?"桑嫣说:"跟老濮去天津了。"吴冠军诡秘一笑,走了。文娉和高处寒也退了场。曼蔓和百味还在房门口。桑嫣跟宁红对看一眼,两个人都有走的意思。此地不宜久留。杨盼身后估计还有一场大战，想想都头疼。

绕过小区墙头，回到御府东区，桑嫣象征性地问宁红，跟老吴打算怎么办。宁红把方案说了。桑嫣道："这样好，好聚好散，公平公正公开。"

宁红咬牙切齿："便宜了那贱人。"

因为婆婆的关系，桑嫣现在对鲍燕的态度多少有点微妙，过去，她当然站在宁红一边，现在她和稀泥："得饶人处且饶人，放过别人就是放过自己，自己过好了，就是最大的反击。"

鲍燕的社会关系，宁红也早打听了，老桑这不咸不淡的话让她心寒。宁红随即冷笑一声："你可得站在我这边儿。"

桑嫣说那肯定。

宁红又说："老吴对老濮意见可大了。"

桑嫣不语。她大概也听说了。

宁红继续分析："老濮跟你是亲戚，老吴对老濮有意见，那个贱人跟老吴在一张床上睡着，你品品，谁是敌人谁是朋友？让这么一个人知道家里的财务状况，能放心吗？"

桑嫣打了个激灵。宁红知道自己的话见效了。她不是挑拨，她说的都是事实。宁红见老桑踌躇，又追加一句："说句不好听的，有老太太镇着，谁都不敢怎么样，再过个三年五载就不好说了，而且过去哥儿几个是铁板一块，现在可不一样了。"随即叹息，"我也想好了，等婚离得干干净净，拿了钱，再熬几年，就陪菲菲出国读书，远离这是非之地。"

桑嫣惨淡淡地说："你说得我都有点伤感了。"

宁红话锋陡然一转："你也得留点心，再没办法也得想点办法。"桑嫣端住了："顺其自然，我不着急。"宁红直戳痛点："还有多少时间，你看看老濮那边什么架势？兴云致雨的，连你们老太太都被他们拉过去了，这叫什么，鸠占鹊巢、王莽篡汉！"吸一口气，"你不为你自己，就是为你们家宪魁，也得再努把力。"

桑嫣脸色发白，但体态还是优雅的："女婿能跟儿子比吗？"

宁红道："是不能比，但到时候人家做大了，你能咋办？"桑嫣道："不是还有伊若呢吗？"宁红反驳："你嫁人之后，回过娘家几次？"

桑嫣彻底不言声了。

两个人走到岔路口，该分道扬镳了。宁红感叹："人哪，没意思，像老杨，以前身体多好，日子也往上走呢，说没就没了，好好的吃什么药呀，倒像我这种早都活够了的，还整天行尸走肉地赖活着。"

桑嫣说："你还有任务没完成呢，做一天和尚撞一天钟吧。"说罢，她便往别墅去。宁红望着桑嫣的背影，一颗心沉了又沉。对付鲍燕，她一个人的力量是不够的。既然鲍燕有心融入刘家的圈子，那她就必须破坏，更何况，她跟老桑倾吐的，也都是肺腑之言。好了，往回走，宁红随手摘了路边一片冬青叶，一点一点折小了。路边有条长椅，她随意坐下，掏出手机，百度搜索地屈孕酮，又查苯妥英钠。

一个大胆的想法在她脑中形成。

宁红迫切想找人交流，可是，跟谁说呢。跟曼蔓说不着，她向来不在一个频道上。跟文嫭不能说，毛文嫭和老桑走得近。思来想去，只有跟可凡还能说得上话，她闹离婚这事，许可凡帮了不少忙。可凡房子出让给杨盼，她宁红也坚决在道义上站在可凡这边。还有蝙蝠的事，至今也没个定论……就这么想着憋着，晚间时分，宁红约可凡出来散步。许可凡轻描淡写问怎么样。宁红道："闹哄哄的，几家子混在一起，乱。"又说，"你打算怎么办？"

健身器材前，许可凡停住脚，骑上腿部练习器："什么怎么办？"

宁红说："老杨不在了，将来房子你过户给谁？"

许可凡想了想，说："法理上，应该给实诚。"宁红说或者……话还没说出口，许可凡便道："那房子我也不可能再要回来了，咋住？"

宁红见时机差不多，才破题："听说了吗？"

"什么？"可凡脚停止踩踏。

"老杨的死因。"

"猝死。"

"她吃了药。"宁红点中了。

"地屈孕酮和苯妥英钠。"许可凡脱口而出。呵呵，大家消息都很灵通。

"管什么的？"宁红问。

"你没查吗？"

"查了，但还是不太清楚。"

"什么不清楚？"

"她为什么要吃这些个？"宁红循循善诱。

"都是常用药。"许可凡道。宁红不往下问了,她望着许可凡,觉得她眼神里似乎流露着什么,她认定可凡一定跟她有着相近的猜测,但人家就是不肯说出口。闺密俩就这么你望着我,我望着你,好半天,终于用脑电波交流完了,才手挽着手,朝家去。

第一百零四章 于曼蔓
Di Yibailingsi Zhang　Yu Manman

◆

在门口就听到屋里有动静,曼蔓搀着老妈半芹。半芹突然立住脚,跟情报员似的:"等会儿。"曼蔓诧异:"干吗?"

"别又看着好戏了。"半芹指了指门。

"啥好戏?"曼蔓不解。

"宁红那事你忘啦?"

"她有啥事?"

"捉那什么在床呀。"

"哎哟我天,妈,您不去当编剧都屈才了,别说没有,就是碰着了,也不叫捉奸,我跟他都不是两口子,捉哪门子的奸。"

半芹侧耳:"听到了吧?"

曼蔓凑过去,屋里的确有女人声音。曼蔓掏钥匙,周半芹打她的手背:"走,咱下去溜一圈,你给小王打个电话,然后再上来。"

"哎哟,真不至于。"

周半芹严肃道:"我可告诉你,人小王要真有新欢,那就没你啥事儿了,房子你也别买了。"曼蔓不吭声。半芹拉着她下楼梯,边走边说:"女儿,你从小就是一根筋,啥时候才能大彻大悟,你就不看看你周围这些个人,可凡那样了,宁红那样了，杨盼那样了！"

三个"那样"，音阶逐渐升高。

曼蔓反唇："你还那样了呢。"

"我哪样了？"

"真要照着你们这些，我根本就不敢结婚。"

半芹纠偏："所以呀，能遇到个对你好的，多难。"

"咱谈的是交易，你怎么谈起感情来了，"曼蔓不乐意，"再说，他王百味也没对我多好。"

"他都啃你鸡皮，"半芹拽她胳膊，"妈在旁边儿看得真真的。"曼蔓的心动了一下。老实说，杨盼去世对她的触动很大，夜深人静时她也会想，万一，是说万一，她很快就要离开这个世界，然后呢，没房子，没结婚，没孩子，没家庭，会不会太亏。但打心底里，曼蔓竟揣着一份不自信。她不年轻了，虽然整天张牙舞爪，但却在不断贬值，她扪心自问：如果，是说如果，她跟百味在一起，他图她什么呢。钱？还是人？她不敢确定。但老妈一句吃鸡皮，倒是撩动了她的心。也许他是爱她的吧。不是男欢女爱，是哥哥对妹妹，或者弟弟对姐姐的好感，又或者，就是闺密、哥们儿，她始终认为他们之间存在仗义这个东西。

曼蔓终于掏钥匙开门了，崔姐站在客厅，百味坐在沙发上。

有意思了。她怎么来了？

半芹先发问，对百味："这位是？"

"我姨。"百味答。

崔姐点头示意。半芹自我介绍，又立刻摆出一副主人架势，让崔姐坐。周半芹没跟曼蔓商量，便笑着说："难得来个长辈，有做主的人了。"曼蔓看看老妈，又看看百味，预感要出事。半芹靠近了，让崔姐坐，继续道："我听说了，小王爸妈走得早，一个人在外面漂，没人管没人顾，你是他姨，你能帮着做做主。"

崔姐看百味，又转脸对半芹，诧异。

半芹老滋老味地说："这小王跟我们曼蔓搁一块儿住也有日子了，情投意合两情相悦，两个孩子也有点意思，我就琢磨着，是不是要往下发展发展，"一笑，"这种事，没个大人把关也不好。"

崔姐看看百味曼蔓，再对半芹说："老妹，这种事，还是尊重孩子们的意见。"

曼蔓看不下去："妈——"

半芹下定决心认了百味这女婿:"老妹我告诉你,咱都搁北京漂的,都不容易,我嫁女儿你放心,我一分钱都不会多要,我曼蔓能吃苦、会挣钱、懂家务,人还特别善良。"崔姐笑说那是的。半芹扭头:"小王你表个态。"

曼蔓觉得没面子极了:"崔姐,您去忙您的,别听我妈胡说。"半芹不乐意:"怎么是胡说……"说着,于曼蔓把老妈往自己屋里拉,关好门,脸陡然一变:"妈你到底干什么呀,搞得我跟处理不掉似的。"

周半芹道:"你要想买房,就得快刀斩乱麻,打他个措手不及,这年头,想要男人跟你结婚,多难呀!"

曼蔓道:"我这不是假结婚嘛,谈的是条件,又不是感情。"半芹道:"有感情,那条件不就更宽松吗?"曼蔓不乐意:"你这么弄,将来离不了怎么办?"

"那不正好往下过嘛。"

曼蔓手一挥:"我跟你说不清!"她觉得老妈这么一弄,事情又复杂了。原本,她只是想找个机会,单独跟王百味谈谈合作,可一旦掺杂感情因素,那真就千头万绪了。她不想这样。她觉得百味没有足够的本事,跟他在一起,看不到未来。

门外,崔姐打招呼说要走了。曼蔓和半芹跟着送到门口。百味进屋,曼蔓打发她妈:"您也去吧,别搅和了。"周半芹打手势:"策略,人都是感情动物。"

小空间里就两个人了。

适才老妈一番突击,让曼蔓觉得在百味面前很不好意思。她假作爽快:"我妈说的,你别当真。"

"没事。"

"咱俩,就是哥们儿。"

"明白。"

"你来北京不是为了我,我来,也不是为了你。"

百味一耸肩:"我都不知道来是为了什么。"

"房子的事,再考虑考虑。"曼蔓道,"我还是觉得有点危险。"

"怕我纠缠你?"百味反问。

"绝对不是。"曼蔓立刻否认,想了想,又说,"咱都是熟人了,但好多事,丑话要说在前头。"

"你说。"

"我这个人做事,讲究两个字:公平。"

"这倒是。"

"你帮我，不能白帮。"

"还给我钱不成？"

"那应该，你要多少？"曼蔓当真了。

"开玩笑的，"王百味道，"你是不是怕有官司纠纷、财产纠纷、抚养纠纷还有遗产问题？"

全部言中。

曼蔓着急："你偷看我电脑了？"

"不小心看了一眼。"

"这种事，订协议都没用。"

"哦？因为许法官那事，怕了吗？"

曼蔓展开了说："协议是无效的，只要结了婚，不管你真的假的，那就是夫妻了。"又叹，"算了，过几年再买吧，也不急于这一时。"

百味反问："跟我就那么困难？"

曼蔓连忙说不是。百味又问："嫌我穷，还是嫌我丑？嫌我没事业，没有魅力？"

再次言中。于曼蔓反倒不好意思："别瞎说，跟这没关系，你就是我哥们儿，最铁最铁的那种，哪有跟哥们儿结婚的。"

"倒也是。"百味倒很平静。

曼蔓又说："那你呢，对我什么感觉？"她好奇，也希望听到奉承。

"想听真话假话？"

"当然是真话。"

"说了怕你生气。"

"没事，说。"曼蔓鼓励他。

百味道："喜欢你的胸、腰、屁股和腿。"

妈呀！曼蔓脑中轰然，这个直接，不愧是混虎扑的。但她还是稳住了："我的灵魂就那么没有吸引力？"

百味道："灵魂也很棒。"

"棒在哪儿？"

"傻了吧唧的。"

"你……"

"这是表扬,傻点多好,这个世界就是聪明人太多傻人太少了。"

曼蔓随手从茶几下摸出上回剩下的半瓶红酒,百味去拿高脚杯,都倒上点儿,既然谈到这儿了,索性多问点:"还没问过你呢,你谈过几次?"

"三次。"百味道。

标准回答。"假的。"曼蔓戳破。

"我说零次你信吗?"

曼蔓惊愕。半晌才说:"信吧。"又问,"为什么呢?"

百味道:"不说这个了。"

曼蔓忽然有点可怜他:"要我帮你吗?"

"怎么帮?"

"想怎么帮都行。"于曼蔓又要两肋插刀了。王百味盯着曼蔓看了许久,突然,一只手解放出来,直奔曼蔓胸前,捂住那片丰茂山包:"这样可以吗?"

咳咳。自己揽的事,闭着眼也要走完,也不是啥大事,于曼蔓心一横:"可以。"她闭上眼,世界落下帷幕。半晌,没动静,突然听到一声门响,于曼蔓睁开眼,发现王百味已经出去了。

这晚百味回来得迟。曼蔓以为他为情所困,出去买醉了,谁知到了半夜,人家又在电话里跟人大吵了一架,声音之大,情绪之激动,前所未有。曼蔓诧异,伏在门口听,他提到牛蹄岭的事,又提到杨实诚,还提到律所啥的,综合判断,曼蔓感觉他的吵架对象似乎是高处寒。可是,他们俩有何好吵的呢,八竿子打不着的人。

难道是劝实诚劝出分歧来了?

不日,于曼蔓把疑惑跟文娉通气儿。文娉的第一反应是,不会吧。"百味脾气那么好,会不会有误会?"文娉又说:"要不我问问老高?"于曼蔓忙让别问,说也可能是她听错了。两个人又谈起杨盼,均万分叹息。文娉说,老杨的骨灰还是被老家人带回去了,说她就是跟北京八字不合,五行属火,北京属水,水克火,所以才人死灯灭。

公司的抚恤金到位,于曼蔓跟几个中层亲自给实诚送过去。店暂时关了,实诚精神状态不佳。曼蔓照例说了一些安慰话,都办完,又拐去老桑那打个招呼。敲了半天门,出了个陌生的中年女人。曼蔓问桑嫣在家吗?那女人道:"太太出去了。"曼蔓问她是谁,女人说自己是新来的保姆。

咦,崔姐呢?曼蔓感觉不妙,下了班见到百味,他问崔姐的情况。百味却说是家里有点事,他姨暂时不干了。"离开北京了?"曼蔓感叹。

"是。"百味低头不看她,状态还是一般。

"有啥事不?"曼蔓关切地问,"需要我帮忙不?"

王百味坚持说没啥大事,一切正常。

第一百零五章 桑嫣
Di Yibailingwu Zhang　Sang Yan

♦

近些天桑嫣有一个放心,两个担心。

放心的是,鉴定结果出来了,那孩子跟宪魁无关,想必老吴有福,中年得子——上次剪的孩子头发没用上,她又买通幼儿园老师薅了一点下来,带毛囊那种,连带宪魁几根腋毛,一起送过去,很快就验出来了。

担心的也是鉴定结果出来了,杨盼的猝死,跟两种药物有关。不对,也不能这么说,心源性猝死,原因说不清,人不就这样,一口气上不来就没了。但可以确定的是,尸检结果里明确写着:死者体内含有地屈孕酮和苯妥英钠两种药物成分。

地屈孕酮,不妙。文娉生日会前,杨盼跟崔姐去过私立医院,桑嫣去求证过,医生没开药,因为不走医保,但的确给过杨盼建议。这就意味着,杨盼估计在积极备孕,是为了帮她……结果,没想到……就那么巧,悲剧发生了。桑嫣多给了崔姐三个月工资,果断把人辞退了。

能怎么办呢?事情走到这一步,了解"内幕"的人越少越好,这话她也不能跟宪魁说。但客观评估,崔姐的确也不适合继续在家里干,桑嫣觉得她知道的太多了。杨盼去世后,老高又跟宪魁透过去东北找人的事。宪魁问桑嫣,桑嫣建议缓一缓，这一向家里家外事情太多，她不想再找麻烦。

桑嫣更担心的是婆婆。这也是她最烦恼的一件事情。婆婆已经从伊若那儿转移到医院，根据规定，一周只能去探望一次，跟监禁了似的。医生跟家属透了实话，说老太太最多还能活一年。

宪魁听了失魂落魄。桑嫣也伤心，但她考虑更多的是未来。老人都走了以后，家里怎么办？看这架势，伊若那边是准备得差不多了，借着家里的关系、路子，濮德庸是起来了。小濮伊若自然不在话下。她这边基金会，壳子有了，但资金一直没到账，至于运作，她也是一头雾水。

过了"头七"，杨盼骨灰被带回老家了。最后的入葬仪式，姐妹们都没跟过去。实诚带孩子去了。大家在"六瓣花"的群里都说了几句，说给杨盼听的，说完了，宁红建议解散。桑嫣却说："留着，是个念想。"于是"六瓣花"成"五瓣"，另建新群。杨盼的朋友圈停留在牛蹄岭风光那一张，评论区一片"双手合十"的表情。

逢着休大假，桑嫣先是张罗一大家子去看婆婆。休息第三天，宁红约她去做美容。老宁现在特别有空。桑嫣本着散散心的目的，在美容院跟老宁碰面，才知道她要体验一个新项目，叫面部拨筋，据说可以舒缓皮肤并排毒。看这架势，宁红是缓过劲儿了，或者说，想通了。

小妹趁机推项目，宁红问都治什么。小妹认真介绍，跟读课文似的："改善面部色素沉积，消除各类表皮斑，消除毛孔粗大，能让皮肤亮白，肤色更加均匀。"

宁红手一举，跟太后似的，说了声喏，笑道："毛病我全占了。"桑嫣也道："我现在照镜子，都得先把隐形眼镜去掉，不敢看。"宁红又问护理流程，小妹忙不迭仔仔细细说，一步一步都阐述明白了。宁红果断道："就它吧，做一个。"顺带请桑嫣。

桑嫣笑说："就指着今儿返老还童了。"

宽衣的时候，桑嫣才发现宁红竟穿那么多："咋了？裹得跟个粽子似的。"宁红感叹："老了，穿裙子都透风，不行了，今年厌包蛋。"

桑嫣没往下说，等都躺好，闺密俩才继续有一搭没一搭说着。桑嫣问宁红跟老吴怎么样了。"停战，等赔偿。"宁红快人快语。桑嫣道："想明白就行，跟谁过不去，都别跟自己过不去。"宁红躺在那儿，话说得倒顺溜："常言道，心好命也好，富贵直到老。"桑嫣听了失笑，问她从哪儿学的。宁红自顾自说："女人,善良点,修好咱这颗心。"

桑嫣想起蒯姐开工作室的事,提了两句。宁红却说不打算去,说还不如在家看看《了凡四训》。又说:"普通人,命越算越差,极善之人,命数不一定,极恶之人,也算不准,一个人的命,哪怕再好,不惜福,胡乱挥霍,迟早会败落倒霉。"

桑嫣心有戚戚,跟着感叹:"就像你我,一天天老了,人生,真是……"技师问做完要不要再打打针,宁红和桑嫣都拒绝了。宁红问桑嫣基金会弄得怎么样。桑嫣说停在那儿呢,没工夫弄。

宁红道:"听说老高在外头弄不少钱。"

"是吗?"桑嫣觉得新鲜。

"我也就听一耳朵,"宁红双眼紧闭,"胆子大,什么钱都能挣,都敢挣。"顿一下,"我就不明白了,挣了给谁花。"

桑嫣打趣:"还愁花不掉呀。"

宁红道:"跟文娉一点动静没有。"

"也许是文娉不愿意呢。"桑嫣笑着说。宁红想了想,说也是,还说她要是文娉,绝对不会找高处寒这样的定时炸弹。桑嫣问那找谁。宁红道:"就在政界找,大个十五二十岁,五十出头少壮派,那路走得就快了。"

桑嫣感觉宁红似乎还有野心:"是你这么打算吧?"

"我?"宁红提着气,"我还找什么,结一次婚不够够的?把钱拿到,往后就一个人过了。"她问桑嫣去不去参加旗袍会的活动,桑嫣婉拒了。

婆婆的病情暂时被控制住了。借着节日氛围,一时间,桑嫣感觉"岁月静好"。宪魁从天津回来,这次有心,带了大麻花。桑嫣怕吃硬,但既然是宪魁巴巴地带来,她少不得当着他面多吃几口。

宪魁带回来个新闻,说鲍燕被举报了。

"举报?"桑嫣诧异,她是什么重要人物,还值得举报?"罪名是什么?"她问。

"滥用职权,滥放贷款,滥竽充数。"宪魁一口气说道。桑嫣说:"最后一个词儿是你加的吧?"宪魁笑呵呵说是。

"跟老吴有关?"她问。

"可能吧。"宪魁似乎并不太关心。

"家里那些业务呢?"桑嫣关心这个。宪魁说行里会派别的经理接手。桑嫣又问:"是谁干的呢?"宪魁说是行里的会计,实名举报。桑嫣舒了口气,但她总觉得有点不对头,这事儿,她感觉跟宁红有关。老宁那性子,可不是说淡然就淡然的,但好在对家里没什么冲击。

宪魁再三提起老高建议去东北找人的事。

桑嫣这下彻底不高兴了,卸了妆,惨淡淡一张脸,但愤怒还是能通过眼睛传达出来:"这人是不是有毛病,我还没被宣判死刑呢,这事儿他要再提,你一口回绝了不就得了。"

宪魁低头玩手机。

感受着丈夫浑身散发出来那股气,桑嫣突然反应过来,十之八九,老高只是幌子,说白了,你家生不生,跟他高处寒没一毛钱关系,还是刘宪魁想要。

桑嫣道:"要不这样,继续努力,也问问妈,如果允许,又有合适的,先抱一个,也许后面就跟着来。"

宪魁抬头:"你打听好了?"

"没有。"

"那你跟妈说。"宪魁挡回去。桑嫣又感觉自己的话不妥当,婆婆还有一年时间,抱一个别人的孩子,对她老人家来说又有什么意义呢。桑嫣又是愁又是委屈,她鼻子发酸。

宪魁说:"行啦,没人给你压力。"

桑嫣走到宪魁跟前,拽他衣服。

宪魁抬头,问干吗。

"去卧室。"桑嫣大无畏。

"行啦,又没到日子。"

"差不多快到了。"桑嫣执拗,一点机会也不能放过。

宪魁叹一口气:"我成流水线上的工人了。"

桑嫣不管,一进屋,就钻进被子。刘宪魁跟个老农民犁地似的,勤勤恳恳完成全套动作。桑嫣却哭了。宪魁软下来:"顺其自然……"桑嫣半真半假地说:"我知道……家里对我有意见……碍于面子……不好说出来……我也不让你为难了……要不你出去找一个……我没意见……或者你想离婚……也行……我不能总是占着茅坑……"太不文雅,改口,"反正……我不是那不懂道理的人……"

说罢,桑嫣用余光看宪魁。这话真真假假,情绪是真的,但桑嫣也是试探,他如果真要顺着竿子爬，说明可能在外面真有故事了，那她就要早做准备。谁知刘宪魁几乎不假思索："能不添乱、能不多想、能不自己气自己吗……"桑嫣一双眼睛水汪汪的，全赖眼泪增添了几分柔情。

"这啥年代，咱啥家庭，你是要让我纳妾吗？"宪魁不高兴。桑嫣咕哝："我不想让你失望……不想让妈伤心……"宪魁看了她几秒，跟大人看犯错的孩子似的，才说："过来。"桑嫣只好凑过去，匍匐在宪魁怀里。"你呀，就是心重，没有的都被你想出来了。"桑嫣说破了："不是我心重……你看看老吴……宁红……"

宪魁道："他是谁我是谁，打根儿上就不一样。"

桑嫣欣慰，从一开始，她爱的就是宪魁身上这股子根正苗红的劲儿。宪魁拿手掌盖她的头："什么也别想。"

是啊，她也想什么都不想，可是，她要是什么都不想，还能有她的今天吗？临睡前，宪魁提了一句，说这个礼拜估计老濮那边就给基金会打款，还说老濮在外头欠了不少钱。

"多少？"桑嫣问。

"几千万。"宪魁淡淡地说。

桑嫣惊得直吞空气。"要不别办了。"她说。

"什么别办？"

"基金会。"

"为什么不办？"

"牵扯那么多，好吗？"

"怕什么。"宪魁给她鼓劲儿。又让她多跑跑，等资金一到位，就得想着做两个项目，算是破题。桑嫣听了，果真跑了几天，只不过，题儿还没破，实诚却来电话了，颠颠倒倒说了一些客气话，但桑嫣听着，总觉得话里有话。最后意思听明白了，那个软装店，实诚不打算干了。桑嫣上火："别犯傻，是房租的问题吗？放心都能谈，还是运营上有困难？你随时都可以跟我说。"

实诚坚定地说："谢谢你，没心劲做了。"

桑嫣又说："那个什么……你先别着急做决定……先缓一缓……慢慢地……好不好……"

挂了电话，桑嫣一颗心突突的。还是出问题了。难道……实诚发现了什么……还没等她琢磨明白，许可凡打电话过来。可凡说，杨实诚也给她打电话了，说要把房子还她。桑嫣凉气倒抽,"搞什么东西……"她让可凡先别做任何反应,等见面商量了再说。

第一百零六章 许可凡
Di Yibailingliu Zhang　Xu Kefan

◆

房子没还的时候心心念念,真要还了,许可凡又不敢接了。蹊跷,太过蹊跷。老杨刚走,杨实诚就要还房子。

是何道理?

实诚来电话,可凡措手不及,只能先拖着:"实诚,不着急,你先缓缓,其他的再说。"

尉迟得知反骂可凡:"你这人就是自相矛盾,不给你你上门要,给了你又不接着,累不累?"许可凡不得不吼回去:"杨盼没了!"尉迟冷笑:"跟你有关系吗?是你害的吗?还是你动了恻隐之心,觉得她男人孩子可怜,要做一回善人?"头看窗外,又猛然转回来,"还是说,你怕那屋子死过人?问题是老杨也不是在屋里走的,咱们都是无产阶级,信奉的是唯物主义。"

许可凡知道跟尉迟说不清,包括她们几个闺密的过往,还有交易房子时老桑传达的所谓杨盼的"威逼",她都没跟尉迟提过。一想到这儿,可凡又想起陈烈香。当年老陈惨死,算算时间,她应该是起夜时从老陈身上跨过去过,这惊悚又吊诡的一幕,让她这么多年都无法接纳自己。

不行。她得找人聊聊,再不排遣她会发疯。

可凡第一个想到了文娉。但她又觉得文娉也许不清楚,或者暂时无法理解事情的复杂性,还是找老桑吧。

人是约到了,不过老桑没让她去家,而是请她夫陪着拍写真。桑嫣让可凡扮成小青，她扮白素贞。光化妆就几个小时。可凡原本想趁机跟老桑交流，谁知两个人又不在一间化妆室。然后是拍摄，又弄了半天。得空说话，已经是傍晚的事了。

好容易等到收工，可凡拉住桑嫣，冷不防瞟到镜子，她自己也吓一跳。这副妆容，真有点不知身处于何地，自己乃何人。两个人带妆喝温水。

许可凡才说："出事了。"

桑嫣抬起头，还是很镇定："什么事？"

可凡吸一口气，道："实诚要把房子还回来。"

"哦？你怎么说？"

"我没说答应也没说不答应。"

"软装店他也不想干了。"

"为什么呀？"许可凡不理解。

桑嫣用反问口气："不想在北京待了？"

这倒是个合理原因。可凡一开始没往这方面想过，皮之不存，毛将焉附，杨盼这个强大的精神支柱一走，杨实诚还在北京混个什么劲儿。趁着可凡思忖，桑嫣追问："那你打算接吗？"可凡想了想："不知道。"反过头问，"你觉得老杨这事儿就这么过了吗？"

桑嫣开始拆头饰，问她什么意思。

许可凡说："我总觉得哪儿不对劲儿，看实诚那样子，恐怕不会那么容易善罢甘休。"

头饰拆光了，桑嫣转过脸："怎么不善罢甘休，为什么不善罢甘休，不善罢甘休还能怎样？"语速加快，显然有点激动。她看着许可凡，停了一会儿，又放慢调子："警方已经给结论了，就是猝死。"

"猝死的原因呢？"

"饮酒，疲劳，兴奋，心源性猝死就是有一定的偶然性。"桑嫣振振有词。可凡沉默，她不想这时候就揭破自己的猜测。她怀疑老杨要给老桑代孕不是一天两天，而且，尸检报告也显示，杨盼死前服用过地屈孕酮，这是种普通的妇科药。但许可凡不能肯定的是，杨盼有没有把代孕的事跟实诚提过。她推测，大概率没提，否则，实诚不可能不闹将出来。但没准实诚已经开始怀疑了，所以才有了种种异动。

"会不会是老陈的事？"许可凡换个角度问。

桑嫣显然诧异："跟老陈有什么关系？"

"你不是说杨盼知道那天的事,以此威胁?"

桑嫣不耐烦:"那都是过去式了。"

"会不会老杨把这事告诉实诚了呢?"

桑嫣沉默。好一会儿,才问:"你告诉过尉迟吗?"

许可凡说没有,她又反问桑嫣。桑嫣说这种事就没必要让另一半知道。又说:"假定实诚跟老杨夫妻关系好,亲密无间知无不言,那又怎么样,你的意思是,实诚觉得我们害了老杨,所以他要来报复?"

许可凡原本想把地屈孕酮的事挑破了,但事关重大,一旦说破,那就等于指认桑嫣间接害了杨盼。就算属实,老桑也绝对不会承认。"听说崔姐走了。"许可凡说另一茬事儿。"走了,家里有事;再一个,蝙蝠的事我心里也打鼓。"桑嫣正面回答。

"是她?"

桑嫣口气有点不耐烦了:"没说是她,但跟去医院看病一样,先用排除法,而且我们老太太现在长期住院,保姆也进不去,伊若那边单请了人,我这边两个大人,不需要人照顾。"说到这儿,两个人的头面都拆得差不多了,然后迅速卸妆。临了,桑嫣拍拍可凡的肩:"别自己吓自己,见招拆招,没什么大不了的,那房子,你再等等看,他要一定还,不正好吗?"

可凡想找实诚好好聊一下,但他不找她,她总是鼓不起勇气主动找他。说实话,许可凡现在多少有点心理障碍,她怕去那套房子,甚至怕走那个方位。好几次做梦,她还梦到杨盼因为房子跟她吵。结果,没等杨实诚出现,杨盼弟弟倒找到法院来了。上班时间,许可凡穿着制服,站在法院门口安检通道旁跟他说话。

杨盼弟弟的要求跟实诚一样,要求许可凡退钱,他们退房子。许可凡口气柔缓:"这事儿我知道了,但决定还是得你姐夫做,他是法定第一继承人。"

杨盼弟弟吊着口气,阴不阴阳不阳地说:"上头老人就不能继承了?我跟你说那玩意儿就不是个东西!"

许可凡发蒙,她一时没闹清楚"那玩意儿"指的是啥,但在大门口如此喧哗肯定不适合。她怕同事看到笑话——刚被举报过,这又有人来闹了?许可凡只好让杨盼弟稍等,她回去换了便服,才带他到法院旁边的徽菜馆吃午饭。

瞧这架势,杨盼家这边,是铁了心来分家产。可凡一边劝一边问:"小弟你别着急,我看你姐夫也是这个意思,不过这种事就算闹到法院,也有个分割比例。"

杨盼弟道:"这不用闹,这根本就不合法。"

许可凡反问:"房子不合法,钱该是合法的吧,算是你姐姐姐夫婚后的共同财产。"

杨盼弟嗷嗷:"必须全部给俺娘!俺姐就死他手里,他不责任吗?"

许可凡吓得眼睑不自觉抖起来:"小弟,这话可不能乱说,你姐姐是心源性猝死,你姐夫当时并不在现场,这个好多人作证,而且你姐姐姐夫这么多年,恩恩爱爱,几乎没红过脸,你不能这么说你姐夫。"

杨盼弟一边往嘴里送炸鹌鹑蛋,一边强词:"要不是他想要二胎,我姐能吃药吗?我姐要不吃药,能出事吗?他就是罪魁祸首!"

此言一出,许可凡耳朵轰鸣,血轰的一下集中到头顶,小弟再说什么,她一时竟听不见。好半天,耳朵才重新工作,她听到小弟碎碎念着:"可凡姐……反正如果打官司……你得帮我……"小弟的一番叫嚷,仿佛一粒丹药,在许可凡心中化了又化,怎么也化不掉。

是杨实诚要二胎,还是桑嫣要一胎,不好说。但看这架势,实诚没准已经追溯到桑嫣那儿。那问题就复杂了。倒霉就倒霉在,她那瓶酒也被牵扯到事件中。还有就是这套房,干脆收回来清爽。不能再等了,必须跟实诚谈。可是,单枪匹马过去,可凡又有点发怵。找老桑不现实,实诚没准正恨着她呢,找宁红也不好,那是个定时炸弹。找曼蔓,不好,太虎。现如今,可凡能商量的,也只有她的小老乡、亲同学毛文娉。

晚饭后,可凡约文娉去小公园散步,把实诚的要求说了。文娉有点吃惊,她的第一反应跟桑嫣一样,也认为杨实诚可能打算离开北京。许可凡又提了杨盼弟找她的情况。毛文娉说:"人一走,茶就凉,女儿都指望不上,还女婿呢,不趁着现在抄点儿,以后就难了。"可凡欲言又止。文娉见状,问:"咋,你不想收?"

"不是不想收。"

"那是什么?"

许可凡这才把杨盼弟说姐夫为要二胎间接害死了姐姐的批判吐露了。毛文娉瞬间沉默。两个人走到一片竹丛旁,凉风从竹间穿过。许可凡明白,文娉八成又跟她想到一块儿去了。搞不好,杨盼不是要生二胎——她有房贷,工作又刚起步,怎么会在这个节骨眼忙着生孩子,而且好多次聊天,杨盼明里暗里说过,这辈子能把秀秀培养出来就行,而且崔姐被辞退不也很奇怪吗?

"不会吧。"毛文娉半天说了这仨字儿,幽幽地。

许可凡道:"谁知道呢,反正,作孽。"

两个人商定次日就去找实诚,把房子的事尽快落实。文娉问要不要叫上老高,许可凡觉得人多反而不好。"赶紧翻篇儿吧。"文娉感叹。两个人不知不觉走到花坛,一株老月季生得跟人差不多高。枝顶一朵大花,微弱的夜间照明也难掩其色。许可凡忍不住凑过去,捏过来闻闻:"多美呀。"毛文娉连忙提醒她离远点儿,说月季花性阴,根子下容易藏鬼。许可凡吓得连忙跳开。斜刺里闪出个影子。

闺密俩齐声尖叫。

于曼蔓站在那儿笑呵呵地说:"干吗?吓我一跳。"

可凡责怪:"你走路怎么没声音。"

曼蔓还嘻嘻哈哈的。

文娉道:"老蔓,咋着,有好事?"

曼蔓转而小声:"好事儿算不上,就是个趣事儿。"

"说说。"可凡撺掇。

于曼蔓还要卖关子,毛文娉不耐烦,要胳肢她。于曼蔓只好招了:"房燕知道吧?"

可凡和文娉都说知道。

曼蔓又说:"她男人,被逮进去了。"

可凡一下没反应过来。还是文娉熟悉,随口接道:"那不是左总吗?"

曼蔓跟着说:"就是他。"

第一百零七章 毛文娉
Di Yibailingqi Zhang　Mao Wenping

◆

文娉在写个人总结,写到"缺点和不足",正愁如何遣词,高处寒回来了。

文娉起来给他泡了杯咖啡，才问怎么样。老高去为许可凡和实诚办解约。协调的时候老桑和濮德庸出面的，如今"散伙"，则不宜大办，高处寒居间，三下五除二办了了事。

"还算顺利。"高处寒两手捧咖啡杯，缩着脖子啜饮。

"老许情绪呢？"文娉追问。

"平稳，"高处寒说，"结束后又多说了几句，她打算将来到期再卖。"

"还是不想住了。"

"咋住，刀把形，又死了个人。"

"就怕卖都不好卖。"

"没有卖不出去的房子，只有卖不出去的价格，"高处寒坐进沙发，靠好，"而且人也不是死在家里。"

"实诚呢？"文娉又问。

"什么？"

"情绪。"

"也平稳，"高处寒道，"杨盼弟弟倒很兴奋。"

"钱怎么分的？"

"这我就不知道了。"

"实诚说未来打算了吗？"

"没提，我也没问。"老高干脆利索。毛文娉不禁感叹："这个实诚，人如其名，能扛。"吸一口气，"店也关了房也还了，估计就快离开北京了。"

老高不作声，喝自己的咖啡。文娉续上："我们都是女的，也不方便老露面，赶明儿，找个合适时机，你，或者再拉上百味，约实诚出来吃喝一顿，排遣排遣，就算饯行了。"

高处寒表示没问题。咖啡喝了一会儿，他又嫌口苦，文娉只好又给他切了一小盘子哈密瓜，扎上牙签，老高端着吃。他走到书桌前，探头看文娉电脑上的文稿。

"写小说呢？"老高笑不嗤嗤。

"个人总结。"文娉皱眉。

老高捕捉到她表情："对你来说还不是分分钟的事。"

"得写缺点，写不足。"

"怎么写的？"他问。

"工作中偶尔比较急躁。"

"只是交上去还是要读?"

"开大会要读的。"

"那就不能这么写。"

"怎么写?"文娉及时请教。高处寒循循善诱地说:"这种总结里的缺点和不足,说白了就是一种文过饰非隔靴搔痒。"文娉道:"直接说怎么写。"高处寒放下果盘,解放双手,直接在电脑上打:"比如,从政治高度的角度,看到工作内容还不够,站位不高。在某些某些方面,还需要进一步聚焦重点,加大力度,创新思路;在另一些方面,需要进一步优化完善机制,提高管理效能。"

文娉站在老高背后,抿嘴笑着,每次老高出手指点,她都一方面感慨眼前这个男人确是高人;另一方面又忍不住想,高处寒啊高处寒,你这都是哪里学来的这一身功夫,你的前半生,得经过多少历练,才能有如此修为。

老高见没动静,转头,直接捕获一个失神的文娉。"喂,听没听?"他拍她。文娉连忙说感谢老师。

曼蔓来电话,文娉接了。挂断后老高问什么事,文娉说没什么大事,转而问左豪的情况。

"还搁看守所呢。"高处寒说。

"还能出来吗?"

"估计快了,"老高若无其事,"就是欠了人钱,老还不上,抓了,好像在卖房子吧。"文娉惊愕于老高的淡定,欠钱,被抓,卖房抵债,似乎在他看来都是小事。

"那房燕呢?"文娉追问。

老高反应了一下:"不是有老吴管着嘛。"

文娉强调:"是房燕,不是鲍燕。"

高处寒想了想,道:"哦,她,皮之不存,毛将焉附,树倒猢狲散,该哪儿哪儿去。"

文娉感叹:"都想走捷径,总想少付出。"

高道:"实际上呢,早摔沟里去了。"

"太讨巧。"文娉随手拿起按摩棒,点按太阳穴。

"谁傻?"高处寒接过话,"真有智慧,就知道下功夫,功夫到了,再加上人缘机遇关系，才有可能站住一个点，"呵呵一声，"想躺赢，那就只能躺人床上了，"怪笑，"也累，也是工作。"

文娉听着有点硌硬。虽然她瞧不上鲍燕、房燕之流，可到底都是女人。老高这么说话，就有点大男子主义了。文娉随即讽刺："左豪都什么年纪了，估计也是'懒于朝政'。"处寒哎哟一声："你是不知道，人勤利着呢。"

文娉面色发沉。

老高恐怕知道话说得有点露骨，于是往回找补："还是你好，身怀绝技，谁都不怕，靠自己。"文娉笑："毛绝技，都快混不上饭了。"高处寒道："你别小看写材料，机关里就缺这个，这个功夫，一半学习，一半天赋，不是说你名牌大学毕业就能写的。"

哈密瓜吃完，老高又提议周末去酒仙桥798看画展。文娉说马上可能要出差。

"跟谁？"高问。文娉报了个人名，然后自顾自说："我也在犹豫要不要去。"

"犹豫什么？"

"这位……"文娉欲言又止。这次叫她同往的某领导，在坊间颇有花名，两任老婆都下岗了，如今单身，正经女人怕他，心怀不轨的上赶着找他。实际上，文娉早就想好了，她打算借病逃遁。但现在，她故意说给老高听，是想让老高着急，显示出点男子气概。未承想，老高倒很大方："没事儿，别说没什么，就是有什么，又有什么大不了的。"

文娉一口气噎在嗓子眼儿里，上不去，下不来，最后咳嗽几声，才终于平了。高处寒这什么意思，他们不是夫妻，她就能去给别人当情人？上别人的床？他也心甘情愿戴这绿帽子？！这都什么男人！文娉差点憋出内伤，反着说："那你的意思是，去？"

高处寒忙不迭说："必须要去呀，这个人多关键，他不让你去，你还得抢着去呢。"

文娉越听越不是味儿，借口要去可凡那儿，打发他走了。老高走后，毛文娉怅然若失，思来想去，索性一个人搁在沙发上呆了半晌。她为自己不值。跟老高这么久，虽然没说必须要结婚，但还不至于走到开放性关系这一步吧。怎么，她就是想升官发财，往上走，可也没必要走这条路。不要脸的女人多了，她也见惯了，问题是，她毛文娉不是呀！高处寒这么看她，就是看低了她、瞧扁了她。

可凡准备搬家，跟文娉说了。毛文娉知道这时候许可凡没帮手，逢着周末出差前,主动上门搭把手。家里一片狼藉,许可凡站在衣服堆里,胡乱叠着。

文娉问尉迟呢。

"加班。"可凡没好气,"比我还忙。"

文娉调和:"忙点好,不忙,你又该担心了。"

可凡懒得讨论尉迟,把衣服放进大胶丝袋,深深叹一口气。文娉劝:"该归位的都归位了,这不是好事吗?"

许可凡道:"问题是老杨……"

"那是意外。"

"可还是发生了。"

"先住着,到期再卖,"文娉继续劝,"那天他们来了几个人?"她想知道二次交易的细节。高处寒没仔细描摹过。许可凡说:"就实诚、杨盼弟,还有杨盼老家的几个亲戚。"

"都说明白了?"

"基本明白了。"

"好事。"毛文娉帮她把衣服往胶丝袋里压实,"实诚说后面的打算了吗?"

"没说,我也不好问,看那样子,可能要走。"

大家都这么认为。文娉又把让老高和小王去送行的安排说了。许可凡也说好,闺密不在了,她们跟闺密的老公不太方便多往来。一来伤心,二来终究男女有别,三来这事还有点硌硬。许可凡迟疑道:"我听说,实诚好像又去警局闹了两次。"

"闹?"文娉抬脸,眼神里充满疑惑。

许可凡道:"对调查结果不满。"

"为什么?"

"可能认为没那么简单。"

"他觉得是咋着?"

"不知道。"

"检验出来了,科学判定就是心源性猝死。"

许可凡又叹气:"可能他觉得还有不明白的地方吧。"

"哪里不明白?"

"蝙蝠、吃药、发病时机,等等,我猜。"可凡迟疑。

毛文娉陷入沉默。别说实诚不明白,她这个在场者也不明白。她当然有她的怀疑，可一切只是怀疑，没有充分的证据，就不能说明什么。而且，就算怀疑是真的，那也只能说是个巧合。她可以确认，当晚，没有行凶者。

"交给时间吧。"半晌文娉才说。许可凡说只能那样了。两个人忙到饭点儿，尉迟回来，文娉该回家了。许可凡留客，文娉坚称有事，走了。她不太想掺和到别人的家庭生活中。更何况，她还有自己的行李要收拾，次日就要飞广州，跟那位有点危险的领导一起去参会。

毛文娉心头打鼓，收拾行李的时候，她又特地带了个顶门器，她想好了，万一的万一，有什么不测……她也要宁死不从。晚间十点，宁红打了个电话来，开口就说："高处寒就不是个东西！"文娉吓一跳，连忙回拨。宁红嗓门巨大："他就是个拉皮条的！"文娉连忙安抚，往下问，宁红却把电话挂了。文娉只好发消息过去，说自己要出差，又说回头见面聊。

夜深了，文娉打给老高，没人接。算了，三言两语说不清，心一横，睡觉。她打算等出差回来，见了面，仔仔细细问清楚。次日文娉起得晚，中午的飞机，她故意不怎么打扮，磨蹭到九点半准备出门。换鞋的时候听到楼道里有动静，好像是撕纸板的声音。想起来了，前几天她收快递，是在楼道里放了纸板。许是又有老头、老太太来拾荒。她拖着行李箱出门，一抬脸，跟捡破烂的打了个照面。

毛文娉愣在那儿："实诚……"

杨实诚看着她，一言不发。那种直愣愣、刺目的眼神，让文娉不寒而栗。毛文娉招呼了一下，笑得尴尬。对方却没有笑容回馈。电梯来了，文娉匆匆踏入，摁了按钮，还不忘跟杨实诚道别。直到电梯落地，毛文娉胳膊上的鸡皮疙瘩竟还没退。她一颗心东跳西跃，承载着几多疑惧，踏上了出差的旅程。

第一百零八章 刘伊若
Di Yibailingba Zhang　　Liu Yiruo

◆

生完孩子，伊若忽然感觉人生更圆满了。过去，她从未把结婚生孩子放在心上，可现在，她切切实实体会到这些"庸常俗事"的力量。不说为母则刚，不说嫁鸡随鸡，而是刘伊若第一次发现，自己独立了。她更加理解过去老妈催促她结婚生子的意义。从大船上下来，走到自己的小船上，她有了自己的码头。

她看濮杰，眼光也有点不一样了。她原本以为，这场婚姻是政治联姻，是权宜之计，还会回头的。可现如今她真真切切体会到了濮杰对她的好。她发现自己先前对濮杰的判断，都是反的，她觉得濮杰精明、不可靠，实际上，人家淳朴着呢，至少在她面前，可靠极了。

就比如产后，她很是郁闷了一阵，漏尿、睡眠不好，孩子又闹，整夜折腾。她不痛快，就让濮杰陪着。濮杰也没二话。真睡不着，伊若就拿胳膊肘捣捣小濮。濮杰醒来了。伊若道："睡不着。"濮杰迷迷糊糊，侧过身子，拦腰抱住她。伊若推开："你这样我更睡不着了。"濮杰坐起来："帮你按按。"

黑暗中，伊若笑。态度对了，睡不着是一方面，他对她的态度是另一方面，都很重要。他一个老总，家族继承人之一，半夜起来帮她按摩，感觉好极了。伊若不打算劳动他："就不知道安慰我几句。"

濮杰说："辛苦了。"

伊若反问："就没啦？"

濮杰讨饶："我嘴笨，今儿就这样，赶明儿你把想听的话都告诉我，我抄下来，你想听哪句，我就念给你哪句。"此话一出，伊若乐了，心情一好，没几分钟工夫，也就睡着了。

近一个礼拜，濮杰心情不咋样。伊若大概知道是因为左豪，连带着因为大势。都说兔死狐悲，虽然老左谈不上是兔，但毕竟跟濮家合作密切，濮氏一门终究有些物伤其类。不过，伊若不允许濮杰这么一直唉声叹气下去。她对丈夫是有要求的。吃完晚饭，孩子被保姆抱去哄了。伊若忙着贴面膜，怀孕期间狠丑了一阵，现在，她又恢复护肤。

濮杰拿着本《戊戌变法史事考二集》看。伊若瞟了一眼:"看得懂吗?"濮杰随即叹了口气。伊若顿时撕掉面膜,真容显露,湿漉漉光滑滑,她没做半永久,眉毛唇色都很淡,很有点古画上的仕女样子:"能不那么喘吗?多大的事儿,值得这样。"

濮杰放下书,他跟伊若隔着两张沙发的距离:"咱们,得早做打算。"

伊若不解:"打算什么?"

"大伯被查了。"濮杰口气平稳,却掷地有声。

伊若一激动,脸反倒红了,她急问:"谁查,有什么问题?"濮杰比她镇定:"恶意举报,多种因素。"

"怎么没听你说,"伊若站起来,拿一次性毛巾揩脸,"现在什么情况?"

小濮道:"不管什么情况,我们都得早做打算。"

"打算什么?"伊若直问。

濮杰吐气:"你和孩子该出国出国,家里的东西都得慢慢往你那儿转。"

刘伊若太阳穴直跳。从小耳濡目染,这种事情听得多了,见怪不怪。她只是没想到会发生在自己身上,且那么迅猛。不过她到底有大将之风,临危尚能不乱,她快速走过去,在小濮身边坐下,声音放低,每吐一个字都好像能往下坠似的:"真到这步了吗?"

小濮没直接回答,而是点了点头。夫妻俩相对无言,终于,濮杰又说:"你得有心理准备。"

"准备什么?"伊若感觉话里还有话。

"不排除……离掉。"他很艰难。

头顶像响了个炸雷,伊若第一反应,脱口而出:"我不同意。"

"伊若……"濮杰恳求道,"我爱你我爱你我爱你。"连说三声,伊若被甜蜜偷袭,然而其中又含着苦涩,说不出的那种苦。刘伊若回报以深情:"这事,谁说了都不算,除非我自己发自内心要……"她不愿意说出那个"离"字。

濮杰安抚她:"这只是最后一步,咱心里都得有底,那一张纸算什么,我要出了事,你得保护孩子。"

说到孩子,刘伊若又软下来,是啊,她现在没有资格任性,她还有责任,可是,正因为如此,她又觉得自己有义务为家里出力:"别自己吓自己,我去找妈,总有办法。"濮杰道:"别给妈添堵,妈身体……"欲言又止,"等等看。"

刘伊若冷静地说:"再不找,就怕以后都没机会了。"

老妈的病情,宪魁和桑嫣早就跟伊若通过气了。她是女儿,有权利知道真相。不过,这一次,伊若多少有了点心理准备,送走老爸,老妈走也是迟早的事。但现在如果老妈愿意帮忙,她就只能再劳动劳动妈妈,请她疏通、化解。反过来说,正因为有这种实际的"用途",伊若更加深刻认识到老妈的重要性。

老人在和不在,那是两种局面。

礼拜三,又该去探病了。伊若跟嫂子桑嫣一同去医院。每回探病,两个人都是不化妆的,不过这回她看嫂子脸上还颇有几分艳丽。一问,才知道做了半永久。去的路上,伊若问桑嫣:"妈跟你说什么了吗?"

"没有。"桑嫣答得稳。

"跟哥呢?"

桑嫣失笑:"那不一样嘛。"又问,"你想让妈说什么?"

伊若说不出口,于是换个法子:"我这也是顾不上,不然早带支录音笔过去,让妈讲讲她这一辈子,将来出书。"

"千万别。"桑嫣跟得紧。伊若问为什么。桑嫣长叹一口气,说:"你觉得妈认为自己会走吗?"伊若卡在那儿,一时无言。病了不是一两天,虽然都盖着,不告诉老太太,可自己的身体自己知道,老人不会没数。更何况年头里老妈还出了国,把该安顿的都安顿了。可是,伊若也信嫂子的话。以老妈坚定的意志、不屈的精神,她完全有可能认为自己最终可以战胜病魔。这是镌刻在那辈人骨子里的革命乐观精神。

想到这儿,伊若不由得更理解进而更敬佩妈妈了。踌躇了一会儿,她问:"听说左豪的事了吗?"桑嫣轻描淡写:"听说了,不过也快捞出来了。"伊若忙问缘故。桑嫣搪塞了一下,打了个太极。

伊若又问:"濮德庸估计也悬。"跟小濮结婚后,伊若依旧称呼濮德庸大名。

桑嫣换个坐姿,原本两个屁股蛋落地,现在变成右边微微抬起,她向伊若:"你就为这事儿求妈?"伊若承认了。桑嫣又道:"德庸已经求过了,妈打了电话。"伊若恍然大悟,她又后知后觉了。桑嫣继续说:"现在都不想劳动妈,但没办法,过几天基金会成立,妈要去站台,另外还有活动也请妈,我说要不算了,妈不肯。"伊若跟着着急,说身体要紧。桑嫣兴叹:"我不知道身体要紧吗?妈不知道身体要紧吗？妈是在为我们……"说着，桑嫣竟突然哽咽，"妈的苦心……我想想我都……"

又哭了。

伊若连忙抽纸巾给她擦泪。桑嫣不待她劝，自己收了泪："不行不行，"吸鼻涕，"不能让妈看出一点儿来，进了病房，咱都高高兴兴的。"

果然，基金会的事，老太太坚持去站台了。一时宾客如云盛景空前。伊若甚至遇到了蒯姐——这女人可有日子没出现了。跟着一个公益活动，老太太也要去参加，桑嫣和伊若都不大同意，但老太太意气风发："没问题，过去我上玉龙雪山都不费劲儿。"是啊，这事，嫂子桑嫣估计都不知道，但她清楚，那次去雪山调研，她陪着的，她小姑娘都跑不过人老太太。

活动当天，伊若看着跟人谈笑风生的老妈，一面是感动，一面是佩服，一面又是心酸。感动的是，这是亲妈，蜡炬成灰泪始干，永远在为儿女着想；佩服的是，这是女战士，病魔？一边儿待着去吧，她永远是强者；心酸的是，那些微妙的细节，比如老妈微微颤抖的胳膊，那些背后的痛和无可奈何，恐怕只有她和嫂子知道。

两次活动后，老太太还要继续。伊若她们坚决不答应了，把老人送回医院，大夫护士们接管了。伊若去桑嫣那儿拿点旧东西，桑嫣劝她索性住几天。伊若笑道："孩儿一天都离不开。"桑嫣讪讪说是，都忘了你是妈了。伊若怕刺着嫂子，可解释又显得多余，只好趁着车进小区的当儿，岔开话题，让老桑把她放在门口。

桑嫣一个人把车往地库开。刘伊若沿着人行道往别墅去，走到垃圾回收点。有个中年男人站在那儿整理纸盒，他旁边是辆中等大小的带斗电动三轮车。伊若再往前走，看清楚脸了。杨盼老公？杨实诚？她虽然跟他没说过几句话，但好歹也算熟人。他怎么做上这个了？生活这么困难？刘伊若揣着疑惑，到家跟桑嫣说了。

桑嫣紧张："你看清楚了吗？"

伊若说应该没错。桑嫣忙跑出去看。一会儿工夫，回来了。伊若已经收拾好东西，她问桑嫣看到没有。

"没人。"

"杨盼那事后来怎么样了？"

"都处理好了，安排好了。"

"那怎么这样？"

桑嫣笑笑："也许他在卖纸盒，小区里有个专门收废品的，大光头，地盘都被他占了。"伊若感觉出嫂子的尴尬，便没继续朝下问。

第一百零九章 桑嫣
Di Yibailingjiu Zhang　Sang Yan

◆

借着问某个合作的事，桑嫣把高处寒叫来了。人到，没谈正事，直接问他晓不晓得杨实诚近况。老高说还没来得及喝大酒、道别。

"他在收破烂。"桑嫣忧心忡忡。

老高显然也有点震动，他说这可真不知道。

桑嫣继续："我跟宪魁看不到的地方，还指望你能看到，打点到，周全，"手一摊，"现在好，老杨走了，她老公收破烂，别说外人看着笑话，就是我们几个姐妹，眼瞅着也不落忍。"

高处寒说他再去了解情况。

桑嫣锁上手机屏幕，脸对老高："不用了解了，都清楚了，小区里原来收废品的师傅，光头那个，不干了，实诚接手，现在就住在顶后头拐角那栋楼最东头。"

"院子里都是废品那家？"

桑嫣说就是那儿，接着说："现在他整天就在咱们这片转悠，包括这个小区，还有你和文娉住的那块，都是他的势力范围。"

"受刺激了？"老高试探性地说。

桑嫣没好气："刺激是肯定的，换成你，一时半会儿能接受吗？问题在于刺激之后会做出什么举动来，这才是关键。好好的一个人，突然店也不干了，就收破烂，什么目的？"

老高叹了一声，说怎么跟梅超风死了陈玄风似的。

桑嫣接话："本来是一对，死了一个，就怕另一个整天想着给她……报仇。"

最后两个字说得很轻。

高处寒说:"老杨走,是意外,官方已经认定了。"

"官方认定了,实诚未必那么认为,"桑嫣急促地说,"他有自己的一套逻辑一套想法,钻进出不来,官方认定,他不认定,整天瞎想。"

"冲谁?"

桑嫣望向窗台那盆枯萎的花:"老许?也不排除是文娉,所以才要谨慎处理,已经走了一个了,不能再出事故。"老高听明白之后,表示他去处理。桑嫣又叮嘱他别告诉宪魁。高处寒让她放心,匆匆走了。

新任保姆叫桑嫣下来吃东西。送走客人,桑嫣才坐到餐桌旁。宪魁跟老濮去天津了,说今天回来,到现在没动静。她不打算等,先吃。谁知鸽子汤刚喝了一口,便放下勺子:"常姐!"新保姆毕恭毕敬过来,双手垂在腹前,杵着。桑嫣问:"脑子记不住,就拿个笔,或者在手机备忘录上记一下,不吃花椒,说了多少遍了,怎么就记不住。"

常姐脖子一缩,跟被木锤敲了天灵盖似的。等桑嫣说完,她才嗫嚅着:"太太……这……没放花椒……"

"是吗?"桑嫣又试一口。奇怪,介于有无之间,第一口觉得冲,再喝,好像又没有了。是她味觉出问题了?她倒不嫌下不来台,摆摆手,让常姐出去了。

过了十一点刘宪魁才到家。桑嫣已经睡一觉了。夫妻俩一句一句聊,反倒精神了。她问宪魁天津那边的情况,刘宪魁说跟老濮的那个项目差不多了,落地塘沽,做进出口,以后有的干。

桑嫣道:"我还是十几年前去的天津,现在不晓得怎么样了。"宪魁说:"跟北京不能比。"桑嫣说:"总归靠海,感觉不一样,"又说,"说有个娘娘庙挺灵,回头拜拜。"刘宪魁却说:"心诚则灵,只要心诚,哪个庙娘娘都能显灵。"桑嫣见宪魁有点抬杠,话题打住。

上了床,刘宪魁冷不丁来一句:"要不还是去东北想想办法。"桑嫣不乐意:"明儿再说行吗?"这是她的经验,天大的事,明儿再说,否则今晚就别睡了。可她终究又控制不住好奇:"老高提议的?"

宪魁说不是。

桑嫣抓了个靠垫靠在背后:"兵荒马乱的,能不能缓一缓。"宪魁立即道:"就是因为兵荒马乱,所以才需要定海神针。"

"定哪片海？用哪根针？"

"妈这片海。"

这么说就明白了。宪魁是想为老妈冲冲喜。

桑嬷深呼吸："可就算现在弄，也来不及了。"

"不一定立刻要结果，要的是个盼头，只要妈觉得有盼头，没准又活个十年八年。"

呵呵，真玄学了。大夫说还有一年，抱了孙子就能活十年八年？是不是有孙子的人都不死了？

"盼头，盼头，盼头。"一个词宪魁念三遍，可见其重要性。桑嬷也不好反对了。她说让老高留意着，有合适的，再往下深入。她背对着宪魁躺下去，刘宪魁趴上来："跟租一块地差不多……不是什么大问题……"桑嬷嘴上不答，心里却念叨：这地儿好租的？一个不好，都是事儿……算了，睡吧。生死有命，富贵在天，她只要问心无愧就行。刚闭眼，迷迷糊糊，桑嬷突然想起来个事想跟宪魁商量，转头看，刘宪魁正发着轻微鼾声。

这一向桑嬷不算忙，基金会挂牌了，有两个年轻人坐班，老桑一周去个两三次。实际上，老杨一走，她就不大想在御府住了，如今实诚这样，桑嬷更觉胆寒。此地不宜久留，是时候撤了。五号别墅已经委托中介挂出来。这天，中介包了车，按老桑需要，去北面看房。北四环别墅区，碧海方舟，一层一户洋房大平层，总高四层，三百一十八平方米，三百万实木装修，还含一个七十平方米的储藏间。

桑嬷基本满意，但这次算置换，得等买家上门才能操作。中介一个劲儿吹捧："姐，也只有您压得住。"桑嬷打趣儿："压，凶宅啊？"中介油嘴滑舌："吉祥大宅！宰相肚里能撑船，放下大船的，您就得是宰相命。"越说越不着调，但桑嬷感觉舒服。

文娉来电话。桑嬷以为是老高学话，文娉来问实诚的情况，没想到毛文娉问的却是宁红有没有找她。

"没有，她跟老吴又开始闹了？"

"那就没事。"文娉嘴巴紧。

"你什么时候回来？"

文娉报了个日期。她还在外地出差。

"老高跟你说了吗？"桑嬷不遮瞒。

"说了。"文娉坦诚。她说她也觉得奇怪。桑嫣语气很轻,试探性地问:"你说,蝙蝠会跟他有关吗?"文娉说不至于吧,实诚不是那样的人。桑嫣愁眉不展:"以前我觉得自己挺识人的,现在,谁是什么人,看不清。"

文娉问:"可凡也说奇怪。"

"你告诉她了?"桑嫣反问。

"她也看到了,"毛文娉道,"还说就怕实诚走极端。"

没等桑嫣找,许可凡就主动上门了。两个人一致认为,杨实诚这么做,等于在她们头上挂了个定时炸弹。桑嫣没跟实诚正面交锋过,可凡碰到过他,"眼神都有点不对了,看人直愣愣的。"叹一口气,"房子也退了,钱也拿了,公司还给了抚恤金,到底有什么过不去的?"

"要么就是,"桑嫣语迟,"觉得老杨委屈。"

许可凡说:"要说老杨这半辈子,是够委屈的,可最后这件事,谈不上委不委屈,都是天定。"桑嫣摆摆手,不让她说下去,说已经委托老高去摸底:"先搞清楚他真实的目的,能劝住最好,他要愿意回老家,那就在老家看看能不能给找份工,或者做个小买卖也行。"

许可凡抿嘴,半响,说:"有那么严重吗?"

桑嫣郑重地说:"精神病杀人可不犯法。"停顿一下,"我觉得蝙蝠的事,跟他也有关系,阴气太重,或者是老杨弄的?结果被反噬了?"

越说越玄乎。

可凡叹一口气:"也怪我多嘴。"桑嫣问什么意思。许可凡这才把她曾经去找实诚做工作的事说了。还对桑嫣道:"我就不明白,你当时怎么就那么支持老杨,就因为她威胁你?用当年的事儿?"

桑嫣陡然一惊,脸都变得不像她了。许可凡提醒,她才往深了又想一层,会不会杨盼把这些事儿,包括代孕,包括旧年陈烈香的事,还有上学那会儿陈芝麻烂谷子的事……都跟实诚说过?那样的话,问题就严重了。可是,尽管可凡提出了由头,她总不能就这么承认了。只用了两三秒,桑嫣又恢复了镇定,她又是她了。"是老杨跪下求我,我于心不忍,才居中调停,"又假作自责,"也怪我,多事儿。"话赶话到这儿,两个人都觉得太过沉重,又换宁红的事儿说说。老吴的公司快上市了,宁红快熬出头了。

桑嫣问尉迟的情况。

可凡没好气："还那样，越看越烦。"

桑嫣道："烦不要紧，稳定压倒一切。"

不过，桑嫣担心了没几天，老高就传来消息，说找实诚聊了，他说是过渡性的，再等等就打算回老家。桑嫣这才算松了口气。电商大促刚过，不少快递送上门了，纸盒子不少。新保姆收拾了，卖了换钱。桑嫣问保姆卖了多少钱，常姐忙表示绝不私吞。

桑嫣一面让她拿着，一面问："那收破烂的老板，状态怎么样？"常姐愣了一下，才说老板人挺好，几个瓶子还多给她算了五毛钱："这儿还有几个纸箱子，太大，我让他上门拿。"桑嫣问什么时候，常姐还没来得及答，小院门铃响了。桑嫣从客厅落地窗望出去，杨实诚正站在门口朝屋里看。四目交接，桑嫣进也不是退也不是，只好硬着头皮邀实诚进来。

实诚倒不客气，但就是公事公办，直接跟常姐聊废品。待常姐进屋取厨房的塑料瓶子，桑嫣才上前，站在柿子树下，跟实诚保持三米距离："你要有困难，一定要告诉我们。"

"谢谢。"实诚话里没有温度。

"晚上在家里吃吧，都做好了，来来来……"桑嫣又靠前一小步。杨实诚说跟人约好了，马上还要去别家。"老高跟你说了吗？"桑嫣不放过机会。实诚点头。桑嫣恳切地说："你考虑考虑，我们都会帮你，总比这重活儿强。"杨实诚抬起头，一双眼如鬼似魅，说起话来钝钝的："我老婆找你说过什么吗？"

一股电流从脚底蹿到头顶。

桑嫣跟见着鬼似的："你指什么？"

"你知道。"实诚声调低沉。

常姐在屋里叫太太。桑嫣跟溺水的人抓住稻草似的，逮到借口，讪笑着转身，她让实诚等会儿。不行，必须想办法……他知道了？……不一定……知道就不会这样问……对，他不知道……桑嫣心里乱得跟袄套似的。

常姐出来了，拎了一串瓶子，问老桑能不能卖。那些都是进口食品和化妆品的包装残骸。桑嫣胡乱说能。常姐听了直往外走。也就过了两秒，桑嫣隐约听到她嘀咕："人呢，刚才还在这儿呢。"跟着朝外瞧，杨实诚已经不在院子里了。

第一百一十章 许可凡
Di Yibaiyishi Zhang　　Xu Kefan

◆

下班到家，进门大餐桌上摆着个手提袋。

名牌？许可凡眼睛一亮。走过去，打开袋子，果真拿出个包来。经典款式，经典印花，她心心念念这款包已经有日子了。

有一次做梦还嚷了出来。

其实她有这个牌子的包，两只。一只是在石家庄买的高仿，就是她日常背的这个。从来没人怀疑过不是正品，毕竟她是法官，还算有点身份地位，赝品经过她加持，没准儿比正品还光彩夺目。还有就是只小钱包，桑嫣从法国带回的。她没舍得用，收在床头柜里。不过，当这只看上去是正品的名牌包出现之后，她肩上的那只赝品，立刻就被比对得无地自容了。

喊了一声，没人在。可凡拿起包，标牌还在，簇新的，挎在肩上，对着玄关的穿衣镜，整个人似乎都提升点儿档次。

门冷不防开了。菲菲第一个进来，见老妈杵在那儿，转头朝门外："爸，你猜对了。"跟着尉迟进门，笑呵呵地说："哟，背上啦。"可凡拿出妈妈的威严："做作业去。"菲菲又对尉迟说："我妈不好意思了！"说罢，小兔子似的跑回自己屋。

尉迟换了鞋，可凡已经把包放下了。尉迟神气活现："该试试呀，它是你的了。"

恋恋不舍重新拿起，可凡问："你买的？"

"那不然呢？"

"偷人家还是抢人家？"

尉迟啧一声："正当途径、正当收入、正常消费。"

可凡摩挲着包的表面："三项基本原则忘了？可买可不买的不买。"尉迟温柔地说："你不是想了好久吗，旧的丢掉。"说着，就去扯可凡的旧包。许可凡连忙说："丢啥丢，逛超市能用，照你这过法儿，什么时候能离开这儿。"

尉迟批评她："你呀，就是心小，你要觉得自己不配，谁也帮不了你，抠抠搜搜有啥意思，咱得有千金散尽还复来的气魄。"

这话是也不是。

她许可凡没气魄吗？你尉迟老娘病，她不也把房子舍了吗，这还不叫大气魄？她只是对自己抠。可当尉迟这么一说，可凡又心安理得了，投之以桃，报之以李，她是没什么不好意思的。

拿出包，又试了一下，哪儿哪儿都合适。

尉迟学赵本山的口气："走两步。"

许可凡果真跟范伟似的，很配合地在这狗骨头形的房子里，从这头走到那头。尉迟跟着，仿佛看秀。可凡边走边问："不会是在十里河市场买的吧？"

尉迟撇撇嘴："开什么玩笑，金融街，门店，正品。"

可凡站定了，四十五度侧身："说吧。"

尉迟寅这才笑呵呵地凑到可凡跟前，双臂环抱住她："我升职了。"

"真的？"可凡双目二次放光。

"货真价实。"

可凡捧住尉迟的脸，在他额头啄了一下，跟妈妈听说儿子考了一百分似的："熬出来了熬出来了……"她连声说着。尉迟说："我开始带团队了。"

"管几人？"

"目前仨，还得招，不过我们是关键部门，"尉迟摇头晃脑，"未来可期。"

"期，赶紧期！"可凡抬头看天花板，楼上被淹过，顶角一块污黄，叹，"真住够了……"

"到期咱就卖，再买新的。"尉迟很有信心。

两个人正你侬我侬，灯啪的一下灭了。可凡吓得惊叫。尉迟一番操弄，才发现是电费没了。菲菲批评可凡："我妈就会大惊小怪。"充上电费，重开电闸，屋子里又亮堂了。许可凡问尉迟："桃木剑挂上了吗？"尉迟说在卧室挂着呢。可凡道："别挂卧室，拿到当门口去。"

尉迟连忙照办了。折回头才说："子不语，怪力乱神。"

他倒有文化了。

许可凡苍茫地说："我知道……可我这心不知咋就突突的……"尉迟劝："你该去体检。"又说，"妈可打电话来了啊，说有时间就过来看看。"

"谁妈？"

"你妈。"尉迟肯定地说。许可凡这才意识到自己问的是废话,婆婆已经仙去,真来了那就是闹鬼。不过,即便是自己亲妈,可凡也不太希望她来。事儿多,爱挑拨。最关键是,她看不上尉迟,说得多了,可凡也难免被洗脑。好在这回来喜事多,房子收回来了,尉迟也升职了,她妈十之八九是来庆贺的。也好,都定定心,可凡觉着,自己该过过安稳日子了。

杨盼出事过后,许可凡辞职的心也淡了,外面风大雨大,真出去,她未必应付得了。更何况人到中年,稳定压倒一切。只是一想到要永远留在这儿,许可凡又感到一种深深的倦怠。温水煮青蛙,她这只大青蛙,也基本被煮得差不多了。她偶尔扪心自问,许可凡,你来北京的目的是什么?不是匡扶正义、追求理想、不断向上吗……现在好,怎么就安于小单位五环外了呢?

她觉得生活把她磨得面目全非。

苍天饶过谁。

反观尉迟,却好像焕发了第二春似的。她每天看尉迟在朋友圈里发的那些话,一方面感觉陌生;一方面替他热血沸腾;还有一方面,是失落。尉迟明显话多了,这是一个人得志的标识。上班,他能花两个小时给新入职的下属分享公司的血脉与荣光、企业文化、价值观,还要求他们写书面感想;下班,他会把这些再跟许可凡复述一遍。

尉迟最常说的话是:"凡凡,你一定要支持我。"

刚开始可凡还热烈响应,次数多了,她也就言简意赅回复:支持。

尉迟的强势苗头还表现在床上。过去,可凡要什么姿势就什么姿势——她永远也就一个姿势。现在不行。办事之前,人家会提要求:"换个姿势行吗?"可凡道:"我就适应那种。"尉迟歪在一边,看样子要收工。可凡只好妥协:"你想怎么来?"尉迟重燃热情:"从后面。"尉迟变了。许可凡不明白他从哪儿学了那么多"花招",而这些花招偏偏都透着对生活、对生命的热情,相比之下,她的生活却是那么"灰色"。

男人四十一枝花。

哦不,只要事业有成,八十都能开花。前一阵就看到有新闻说,有个名人,八十岁上还能有孩子。真让人倒抽凉气。可凡不是敬佩他的生育能力,而是佩服他对生活和生命的热情。她三十多岁就已经感觉自己的心饱经沧桑,人耄耋之年还不怕麻烦,生造出生机来。这是性别差异,不承认也不行。罢罢罢,事到如今,许可凡还是决定以不变应万变，辅佐老公，照顾孩子，静待时机。她给自己的定位是：好妻子，好妈妈，至于工作，顺理成章排到第三位去了。

　　事实上，心定了，可凡也觉得自己没那么烦躁了，厨艺似乎都有精进。比如这天女儿要吃铁板鱿鱼，许可凡立刻就上手了。再搭配一盘红烧鸡翅，晚饭齐全了。"妈，多放点孜然，还有辣椒粉。"菲菲在旁边指手画脚。许可凡看看她，照办了，但不忘叮嘱："吃那么多辣椒拉不下来屎。"菲菲不理睬，端着盘子出去了。

　　两道菜，配上大馒头。齐全。

　　菲菲要动筷子。可凡拍了她一下："等会儿，你爸还没回来呢。"

　　菲菲道："给他点剩菜就行。"

　　"菲菲。"可凡口气低沉了。

　　菲菲识趣儿，放下筷子："行行行，一家人，一起吃饭，等。"她一个字儿都不肯说，小丫头口才一流。好在没几分钟，尉迟便到家了。可凡招呼着，起身去接他的包，又奉上拖鞋。尉迟看桌已经摆好，直接走过去坐下。

　　"去洗手。"可凡要求。尉迟只好去厨房胡乱冲了一下，又回到原位。可凡给他夹了一只大馒头。尉迟刚拿起筷子，就不乐意了，他冲菜道："能不能整点下饭的。"

　　可凡诧异："这不下饭吗？鸡翅，鱿鱼。"

　　菲菲帮腔："爸，这下饭，辣的。"

　　尉迟把筷子一丢。

　　可凡耐着性子："你想吃啥，啥下饭？"尉迟不看她，脸四十五度对顶上的灯："有拍黄瓜吗？"可凡道："没有，凉拌个西红柿呢？"尉迟举举手，示意她快去。许可凡猜着丈夫大概工作中有不痛快，只好耐着性子，快速切着西红柿。结果一不小心切到手指，血哗哗流。她连忙拿水冲，又让女儿找创可贴。尉迟虎着脸："行了，别霍霍了，就这个吧。"菲菲为老妈抱不平："爸，像你这样的人就该关在冰箱里……"话还没说完，只听到一声巨响。

　　可凡回头看，只见桌子上的盘子碗筷全蹦起来。

　　尉迟拍桌了，跟着怒吼："谁教你这么跟爸爸说话的！"泰山压顶雷霆万钧，菲菲从未见过如此狰狞可怖的爸爸，吓哭了。可凡赶忙返回阵地，一边安慰女儿，一边对尉迟："你吓着孩子了！"

　　快速把菜拨到小碗里，许可凡护送女儿去小屋吃饭了。都安顿好，她才出来

555

跟他理论:"吃枪药了?谁得罪你了?"尉迟又拍桌:"都是你惯的!"鼻孔一张一翕,如牛,"没大没小,哪像个丫头样!还把爸爸关到冰箱里,谁是老子谁是儿子分不清了!"

"这不都是玩笑话嘛,"可凡说自己的理儿,"她就是个孩子。"

尉迟伸出一个手指,跟班主任训人似的:"我告诉你这不是玩笑……她就是打心底里缺少对我的尊重。"停顿,眼神发狠,"为什么,"抬头看可凡,"为什么会这样,那是因为,"一字一顿,"你平时就这么对我的,女儿学你,这叫言传身教、有样学样、上梁不正下梁它肯定就得歪。"

越扯越离谱。案子不是这么判的。

许可凡的好性子终于被磨得见了底儿,这男人真不能有点出息,一有出息就上天,就开始谈家庭地位问题了是吧。"尊重不是别人给的,是自己争取的。"可凡尽量平心静气。

"别跟我谈尊重!"尉迟声音震天。

可凡直戳:"有本事,你跟外人吼去,工作又不痛快了是吧,咱娘俩可不受你这气!"

遭遇阻击,尉迟一时不晓得说什么好,他只好冲那盘西红柿发火,它最不值钱。手起,一翻,西红柿被倒扣在桌子上:"别吃了!"

可凡不示弱,直接掀翻桌子:"别过了!"

男人。可不可笑,这才哪儿到哪儿,就是个小小的组长,就上天了。你要当了大领导,还有咱的活路?这是病,得治!而且得一次治到位!老婆的大阵仗,显然把尉迟寅镇住了,桌子腿朝天,他愣在那儿。半晌,他动手扶正了。许可凡站在那儿一动不动,跟一尊雕塑似的。尉迟软下来,要过去抱她。可凡推开他:"尉迟寅我告诉你,这个家,不需要霸主!没有谁是救世主。"

尉迟开始讲道理:"女儿这样说我,总不对吧,我有意见,总可以提吧。"

"提可以,"可凡也进入和平谈判模式,"但你得注意方式方法。"

尉迟摆摆手:"我不跟你吵,妈马上还要来,咱家还是和谐为主,但是我今天我就提出一点,我,需要尊重。"

"哪里不尊重?"

"你尊重我,女儿也必须尊重我,"尉迟一条一条说,"还有妈、爸,也不应该叫我什么一小嘎儿。"

可凡想了想，这一条她愿意跟她老妈沟通。只不过，等到她妈到来，娘俩站在灶台前，可凡把这话一说，她原本以为老妈会蹦蹦，或者起码会说点风凉话，谁知她老人家把锅盖一盖，笑道："他能赚钱，形象自然就高大了，自然就不是一小嘎儿了。"

可凡明白了，估计都是尉迟给的"菜钱"起了作用。"还有，我工作暂时也不换了。"可凡透了点风儿。她妈道："不换就对了，稳定压倒一切。"她老妈也跟桑嬷不谋而合了。

有人敲门，可凡妈放下锅铲子跑了出去，可凡顾好那锅菜，才跟着出门探看。老妈在卖纸盒和其他废品，收破烂的是个中年男人，低头弯腰拾掇着。可凡随口问价格多少，收废品的直起身子，许可凡顿时吓了一跳。

是实诚！

可凡妈见女儿表情异样，问："你们认识？"许可凡嗯嗯了两下，她整个身子发僵。实诚幽幽道："真被你说对了，这是凶宅。"可凡妈又诧又炸，冲实诚："你说谁呢，你是收破烂的还是算命的……"

许可凡头脑发蒙。

可凡妈嚷嚷着不卖了。杨实诚没多说，跟鬼见了光似的，一转身便消失在楼梯口。

第一百一十一章　于曼蔓

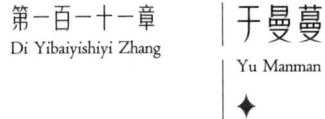

车开出来了。曼蔓是司机，王百味坐在副驾驶位置上，算督导员。曼蔓满面春风地说："没你我还真不敢上路。"拿到本儿多年了，曼蔓头一回有了辆自己的车。

王百味笑："公司的车，你不是开得溜溜的。"

曼蔓道："不一样，公司的车，刮了碰了没关系，自己的不行。"

百味被曼蔓逗乐了。这也是于曼蔓追求的效果。决定暂时不买房后，于曼蔓却总觉得还欠着百味人情。是，他们是没结婚，百味没帮上忙，可人家有颗帮忙的心，那就难得。周半芹还是建议在石家庄买，曼蔓不同意，她已经开始申请天津户口了。最不济，也是去天津——这已经是她闯北京多年唯一能接受的底线，让她回河北，哪怕是省会，也不成。她于曼蔓总不能"一败涂地"啊！

买不了房，就先买车。难得小濮总肯帮忙，匀了个车牌让她开着。曼蔓背了两年贷款，果断入了红色小马驹。车往五环外开，目的地，通州某森林公园。

百味凑趣儿："行了，今年的大心愿完成了。"

曼蔓道："哟，心愿可不止一个。"左手离开方向盘，"大概五个吧。"

"都完成了吗？"百味问。

曼蔓想了想，说："成了四个。"

百味问哪四个。

"第一个，减肥。"

"你不肥。"

"再不减都快穿XL号了。"

"有点肉好。"

"啥意思，"曼蔓揶揄，手一挥，"行了别说了明白了，"笑呵呵地，"反正，咱们女人减肥就跟你们男人好色一样，没有止境，你懂的。"

"懂。"百味咧嘴笑。

"第二个，牙齿。"曼蔓便咧开嘴，一排白牙露出来，"牙冠，种牙，牙齿美容，整个下来，小一万。"

"排场。"

"第三你猜。"曼蔓卖关子。

"猜不到。"

"钱也花在脸上了。"曼蔓反指面部，食指绕圈。

"点痣了？"

曼蔓失笑："啥点痣，眉毛！"百味凑近了看，曼蔓这才解惑说自己眉毛做了半永久。百味又说好看。曼蔓继续："第四就是买车。"车上另一条路，"人哪，如果有能力满足自己的愿望、欲望，尽量满足，不要克扣自己，明天和意外哪个先来，真不好说。"曼蔓兴叹。百味沉默片刻："杨盼那事儿，就这么了了？"

"还能咋着，官方结论都出来了。"

百味感慨："咱的同龄人，居然都有走的了。"

曼蔓吊着口气："早就有走的了。"

百味看着她。

"老陈第一个，老杨第二个，第三个轮到谁不知道。"曼蔓眼望前方。车速很慢。

百味劝慰："她们这都是非正常死亡，其他的肯定长命百岁。"曼蔓道："我就觉得奇怪，老陈走的时候我没见着，但据说也是口吐白沫，老杨也吐白沫，咋都白沫白沫的呢。"百味说估计巧了，跟着又问老陈的死因。曼蔓道："也是猝死，但就是有点瘆人。"

王百味往下问。

于曼蔓道："我当时不在404，不清楚具体情况，说晚上关灯前还好好的，半夜出的事，寝室五个人都没发现，早上起来才得知人没了。"

"发病不可能没动静，又是夜里。"王百味推测。

"不清楚，听说老宁是最后一个回去的。"

"死者家属呢，没闹吗？"

"闹了，"曼蔓道，"妈、弟，弟是大头，脑子不好。"

"后来呢？"

"后来学校给平了，也赔了钱，警方定了调。"

"然后就没了？"

"好像没过几年，老陈她妈也走了。"

"那还剩个弟弟。"

"可能吧，或者被亲戚接走了，或者也死了，去孤儿院了，谁知道……"曼蔓口气有点伤感。

百味追问："老陈跟其他几个人关系都不好吗？"于曼蔓说："老陈就是太刻苦，夜里打应急灯看书，影响其他人，其余就是保研的竞争、党员名额的竞争，都是明面儿上的，可谁也不会因为这个就去害她。"

王百味说："如果是发病，死在宿舍，其他五个人完全不知道，可能性不大。"

"但也没有证据证明别人知道。"

"见死不救犯法吗？"

"谁懂……"曼蔓不想谈这个话题。

王百味拿出手机,搜了搜,朗读:"见义勇为是我国的传统美德,这也是我们从小学习的东西,在别人遇到困难的时候,我们提供帮助,这是美德……"

曼蔓不耐烦:"拣重要的念。"

王百味跳着念:"……比如,在特定的环境中只有你能救,你不救助对方就会有生命危险,这个时候你选择走开或漠视,是犯罪行为……"放下手机,王百味侧坐,望着曼蔓。于曼蔓没回答,把车停在路头,率先下了车。这是六环一处正在修建的道路,两侧土丘满是杂草,不远处有个铁路桥。曼蔓信步往桥下走,桥下就是古运河的河道。于曼蔓随手打路边抽了一根狗尾巴草,这才接上百味适才的话题:"我懂你意思,姐们儿如果是装睡,或者看到也说没看到,那就涉嫌不见义勇为,有罪,但问题的关键在于没人证明呀,五个人都说没看到,睡得死,那时候大家确实有戴耳机听广播睡觉的习惯,而且当年法医给过推论,老陈大概率是下半夜犯病。"

"什么病?"

"心源性猝死,她还有哮喘,但应该不是哮喘死的。"

"哮喘动静很大。"

"不说车轱辘话了。"曼蔓不耐烦。

"谁是寝室长?"

"好像是老桑,"曼蔓站在桥底下,把腿跷起来,拉筋,"又好像是宁红,记不清了。"

"或者说,谁是大姐大,你们女生不都喜欢拉帮结派吗?"百味继续问。"那估计是老桑了,"曼蔓若有所思,又改口,"也不一定,姐几个都挺有个性的,就我随波逐流。"

"会不会老陈得罪了大姐大,"百味望向河道,"其他人站队了,大姐大不出手,她们也都不肯出手,导致意外发生。"

"你是谁?"曼蔓问。

百味唔了一声,口吻疑惑。

曼蔓着急:"都八百年前的事了,你就瞎猜测。"

王百味憨然:"这不是闲聊天嘛。"

曼蔓道:"聊得我心情都沉重了。"百味及时道歉。曼蔓又说:"猜再多都没用,关键是证据,没有证据,就是污蔑。"王百味把手中的小树枝折断:"或者老杨有证据呢。"

"谁?"

"杨盼。"

"她有什么证据?"

王百味道:"你不觉得老桑特别帮她吗?"

"她们关系好。"

王百味进一步:"会不会是杨盼知道什么,被人给灭口了呢?"于曼蔓反应过来:"你的意思是,姐妹们干的?"惊愕,"有病吗,谁会把自己卷进来?还在文娉的生日会上?行啦,你就是悬疑片看多了,打住吧。"

百味找补:"还没说你第五个愿望呢。"

曼蔓放下腿:"第五个愿望,明年找个老公或者男朋友。"百味哦了一声,闷了。曼蔓以为这话太伤人,问:"失落了?"百味说没有。

曼蔓又道:"你很好。"

"那是。"百味有点傲娇。

"但是你来北京不是为了我,我来,也不是为了你,"于曼蔓道,"我觉得我配不上你。"

"不喜欢就说不喜欢,没关系。"

"真的,你应该找一个更单纯的女孩子。"

"你就很单纯,"王百味道,"但你老把自己包装得张牙舞爪,其实你根本不是那种人,别说你心计比不过老桑,就是其他几个姐们儿,你也不是她们的对手。"

"干吗是对手呢,姐们儿就是姐们儿,"曼蔓讪讪地说,"要不咱也来个君子协定。"

"定啥?"

"跟舒淇和冯德伦似的。"

"他俩咋了?"百味问。

"就是到最后的最后都找不到人,就凑合在一起过了呗,"曼蔓道,"不过估计等我到三十九岁,你孩子都有了。"百味不言。曼蔓说:"你真不愁,户口有,工作是差了一点,然后就是穷了点,长相中下,可你有身材呀。"

"你怎么知道我有身材?"

曼蔓手一比:"能看出来。"又说,"反正,你现在就是除了我妈之外,我最好的朋友。"

"好惨。"

曼蔓哈哈一笑,掩饰尴尬。

百味又道:"你就是嫌我穷。"

曼蔓又一笑,更尴尬了,她支支吾吾,终于说了个"是"字,又连忙改口,说不是,"就是没感觉。"话说开了,王百味反倒舒展了。两个人在河边溜达了一阵,曼蔓又要去看老妈。电话打过去,半芹正在几家跑着做家务,没空招呼。曼蔓和百味便驱车往住处去,曼蔓没租地下车位,车就停在小区顶后头小广场上。百味先下车回去了。

曼蔓一个人去把车停好,却见杨实诚开着电动三轮驶过。曼蔓喊他,实诚刹车。她诧异:"咋干这个了?"实诚没有笑容:"能挣钱就行。"曼蔓问他有什么困难,她可以再向公司提。实诚却说来亲戚了,不聊了。于曼蔓只好放行,她顺着杨实诚的背影望过去,看到楼角的确站着个女人,有点面熟。于曼蔓往前走了几步,这下看清楚了,应该是杨盼的表姐知芳。多年前见过,第一眼看,知芳竟没什么变化。

她不是在天津吗?

再往回想,杨盼葬礼,好像没见到她。也是姑表亲,本来离得就远,没来也正常,或者人家来了,只是没瞅见而已。小濮总来电话,让曼蔓去公司一趟。于曼蔓不敢怠慢,匆匆走回小广场。车子刚买,就派上用场了。

第一百一十二章 毛文娉
Di Yibaiyishier Zhang　Mao Wenping

一趟差出下来，毛文娉打消了一些疑虑，又增添了新的疑虑。打消的是，那位领导根本是个正人君子，至少在她面前是，相安无事、体恤下属。文娉甚至在他那儿学到很多东西，差点成了忘年交。因此，毛文娉认为高处寒坚持让她走这一趟，是事先就有把握的——她现在宁愿把人往好处想。

新添的疑虑是，宁红在她出发前的一通来电，让她觉得老高又要有故事。回北京，第一件事就是找宁红。宁红加班、开会，文娉去紫竹院找她，宁红披着衣服下来了。见到文娉，就两个字："说吧。"

毛文娉笑呵呵，叫服务生过来点饮品。选好了，才说："你不是有话要跟我说吗？"宁红单手抓着外套："我也是一时冲动，按理，真不该告诉你。"

文娉还是带着笑："行啦，人都来了。"

宁红这才语重心长地道来："毛毛，咱这么多年交情，你我之间，知无不言，言无不尽。"文娉说那是。宁红继续："我肯定向着你，你也肯定向着我，"咖啡上来了，宁红倒了点糖进去，拿小勺轻轻搅拌，"所以我才给你打电话，"随即呵呵，"刚开始我不明白，后来这些天我老琢磨，总算是明白了，那不是老高的问题，也不是老吴的问题，是全天下的男人根本一个样，乌鸦就没有不黑的。"

文娉心一紧，笑容没全丢："别吓我，难不成……"她说不下去了。话都藏在舌头底下——难不成老高在外头也有个孩子？宁红身子前倾："你知道那个贱人是谁介绍给老吴的吗？"

答案呼之欲出了。文娉头皮发麻。

宁红及时刹车，啜咖啡。

文娉道："会不会有什么误会？"她下意识帮处寒开脱。宁红说："还有个事呢，我都不知道要不要跟你说。"

那肯定要说了。

文娉等下文。宁红忽然小声，跟地下党接头似的："那个鲍燕，好像跟老高谈过……"

晴天一个霹雳。毛文娉被雷得外焦里嫩,回不过神,如果没有影儿,宁红不会这么说,鲍燕跟老高谈过……鲍燕现在又跟老吴……这都成啥了……公共汽车?再往深里想,别鲍燕那孩子都……毛文娉不敢深入了。剧情再发展下去,家庭伦理片要变恐怖片了。

宁红幽幽地说道:"毛毛……我是怕你受骗,才冒着当坏人的风险,跟你通个气儿,你心里有数就行,任何事情都要慎重,见机行事……我跟你说这帮人复杂着呢,你以为他们过去真就是喝茶、抽雪茄、滑雪、打高尔夫?哼哼,都是些及时行乐的主,我也就只能说到你这儿……老桑那儿我就不管了,她那是木已成舟,不知道比知道强,你这儿不一样,悬崖勒马、亡羊补牢为时未晚!那个贱人,还当着刘家的理财经理,可怕呀……"

宁红的话,令文娉感觉自己深陷漩涡,男人,深不可测,那么,她要不要找鲍燕谈谈呢。不不不,狐狸不找你,你犯不着找狐狸,别回头猎没打到,还惹得一身臊。

还是直面惨淡的人生吧。该上班上班,该下班下班。晚上到家,老高自动上门了。人家还责怪你呢:"回来也不吱一声。"文娉收拾屋子,兀自忙。

高处寒道:"带土特产了吗?"

文娉说没有,依旧冷冷的。高上前,又说:"那领导,有情况?"文娉突然转身,正色道:"没情况,正大光明。"

高笑着嘀咕:"看吧,世界上还是好人多。"又往前半步,要抱,"听说了吗?"

"什么?"文娉躲开了。

"那个刘处。"

文娉反应不过来。高处寒点拨,说是上次吃饭遇到那个。文娉问怎么了,高道:"被留置了。"文娉悚然。刘处看上去老实,而且再过几年都要退休,一留置,等于什么都没有了。晚节不保。

"什么问题?"文娉保持冷静,但很好奇。

高处寒道:"别的事带出来的,好像帮做买卖的拉皮条,从中收了两百万。"文娉不语。都是前车之鉴,警钟长鸣。进了体制,就什么都别想了,"出生入死",闷头干活儿。两个人分析了一阵刘处的情形,说实话,文娉对老高的气多少消了一些。不是因为他没错误,而是由于跟刘处留置这种事比,那些个风月事,又成小事了。心一大，文娉反倒能以幽默的心态看待宁红告的"密"。

她打趣般问高处寒："我从来没问过你的感情经历，但你也不能太离谱。"

高硬着脖子："什么经历，你不都知道吗？"

"都知道？"文娉反问，笑容诡秘。

"天地良心。"

"鲍燕是你介绍给老吴的？"文娉把天撕开了，光透进来，打在老高身上。她等着看他的表演。

"胡说。"反驳很虚弱。

"你和鲍燕谈过？"

"讲天书呢！"他激动了。

有故事。"你就说有没有？"文娉逼紧了。高处寒深呼吸两次。她能感觉到气流在他们之间，一会儿朝这边倒，一会儿朝那边倒。

两个人都在运气。

"老桑告诉你的？"他问。

她不承认也不否认。她料他也猜不到是宁红透的风儿。高处寒开启陈述模式："分明是老刘牵的线，怎么就赖到我头上了呢，说我跟鲍燕谈过？呵呵，那是老桑的障眼法，拿我挡乱箭呢，"打了个转，三百六十度，继续对文娉，"我犯得着跟她谈吗？她就不是我的目标对象，我要找，也找你这样有知识、有文化、对我有帮助、能够比翼齐飞、共创未来的。"

"你跟鲍燕早就认识？"文娉挑关键的问。

"认识。"

"那你不说。"

"你也没问呀，"高略激动，"而且她后来跟了老吴，里面那么复杂，我就想着化繁为简，多一事不如少一事，因为根本就跟咱没关系。"文娉还要开口，高拦在头里："算了，不怕告诉你，鲍燕是对老刘有意思，没成，老刘移花接木斗转星移，把她引荐给了老吴，才有了后续这一大篇，明白了吧，鲍燕的目标也不是我，"大喘气，"所以，别别人一说什么你就信，咱俩才是一条船上的，人那都是别有用心，你有啥不明白的直接问我，我知无不言，言无不尽，这一颗心都掏出来，热腾腾摆在你面前，行吗？"

高处寒摧枯拉朽一番陈述，反倒让毛文娉沉静下来，他的话比宁红的话论据更多。文娉总结道："人家捕风捉影，说明还是你自己不省油。"

高处寒啧一声："亲爱的，咱都是对自己有要求的人，不是随便什么人来，我都会接着，不是自吹，我好歹是一表人才……"文娉插话："别夸自己了行吗？"高处寒环抱住文娉："我知道了，你还在生我气，觉得我建议你去出差，是把羊送进老虎嘴巴。"

"胡扯什么。"文娉拧他脖子上的皮。

高又道："我那都是有预判的，一个是对对方的预判，一个是对你的预判，别说老虎不吃人，就是吃人，你也是能虎口拔牙的主呀。"文娉扭脸不看他。高继续："好多人大惊小怪，或者判断错误，那是因为他们对周围的信息读取得根本不完全，这领导以前是有点花名，可现在什么局势，谁会在同一个问题上摔两次跟头。"

"不说了，心口难受。"

"揉揉。"高处寒伸手过去。

"把速效救心丸拿给我。"文娉指挥他。这场审问算是到此结束了。两个人缠绵一夜。次日周末，老高加班，文娉找桑嫣。在楼道遇到杨实诚，至今还令她毛骨悚然，她打算跟桑嫣对对点儿。美容院香雾缭绕，老桑从护理间出来，问文娉要不要做，文娉婉拒。老桑道："那你陪我去看看我妈。"文娉欣然。

车往医院开，毛文娉才把遇到实诚收破烂的事提了。桑嫣道："我也看到了。"又说，"见怪不怪，其怪自败。"

文娉说我看他眼神有点不太对劲儿。

桑嫣说："人家气不顺也正常，老婆不明不白走了，又在同学的生日会上，生前还跟另一个同学有矛盾，那个同学还预言房子是凶宅，换你你会不会多想？"

文娉没想到老桑会这么说，这等于把矛盾往她和许可凡这儿引了。"也不能算不明不白，警方不是说了吗，心源性猝死。"桑嫣左手食指在太阳穴边绕了绕，"人哪，有的时候不懂得换位思考，只从自己角度考虑问题，那就是钻牛角尖，警方都觉得明白了，他要觉得不明白，咱们也没办法。"

"就怕他走极端。"

桑嫣冷冷道："他要走自己的极端，咱谁也拦不住；要是走别人的极端，一旦违法乱纪，有政府管着他，咱们可怜他，想帮他，可架不住人不识好歹，人，到什么时候，都要走正道。"

老桑话说得重，且滴水不漏。她和可凡怀疑的那事儿，看来不可能从老桑嘴里撬出来。地屈孕酮有问题，所以杨实诚才阴魂不散。可是，现在能问谁呢。这个疙瘩，看似怎么也解不开。迷惘之中，毛文娉突然想到个人，崔姐。老杨走后，崔姐立刻就被打发了，她去哪儿了，她知道什么？顺着想，文娉记得崔姐似乎跟王百味沾点儿亲。她是不是应该去曼蔓那儿探探路？

文娉陪桑嫣到医院，看了看老太太。老太太也是命悬一线，全靠一口气吊着。文娉冷眼旁观，估摸着也是不远的事了。看完，桑嫣要去看伊若。文娉不陪了，她叫了车，直接去曼蔓家。

敲门，百味开的门，他说曼蔓还没回来，让她等一会儿。毛文娉进了屋，就坐在沙发上，她让百味去忙。王百味便回自己屋去剪辑视频，门没关。过了一会儿，文娉踱到门口，笑问："你那个崔姨，还在北京吗？"百味说回老家了，又反问她什么事。

文娉笑："我有个朋友，家里缺保姆，外头找的又不放心，让我们都帮着物色，我看崔姐挺好……"百味表示遗憾。文娉道："有她电话吗？"百味大大方方把电话给了，又说姨经常不开机。文娉讪讪应对着。曼蔓大刺刺回来了，见文娉来，她嚷嚷着要带文娉下楼吃饺子。"不叫上小王吗？"文娉客气。曼蔓却说回头给他带一份。

到了饺子馆，醋倒上蒜拌上，饺子还没上来。于曼蔓便把看到实诚收破烂以及碰到知芳的事说了。

"芳姐怎么样？"文娉问。

"年轻着呢，"曼蔓羡慕，又说，"我有个猜测。"

文娉请她直言。

"但有个前提。"

"什么前提？"

"你不觉得老杨的死，跟当年老陈的死，有点关联吗？"于曼蔓若有所思。毛文娉吓了一跳，"不至于吧。"于曼蔓又说："会不会老杨掌握了什么秘密，现在她拿秘密威胁，对方不肯受威胁，所以下此毒手？"

文娉急促地问："什么秘密，威胁谁，谁下毒手？老蔓，不要乱猜测，会伤人的。"

曼蔓说："当初老陈犯病，你们真的就一个都没发现？"文娉心里咯噔一下，她稳住了，道："我扶了她一下，后来不晓得怎么又到地上了。"曼蔓又说："反正，瞧着吧，我这么笨都能想到那么多，实诚跟杨盼可是两口子，他知道的，没准比咱更多，这种事，知道越多，那就越黑暗！"又说，"我看实诚根本没有走的意思，坐住了，人就在这儿收破烂。"

文娉沉默。

饺子端上了，曼蔓一口一个："你细品，干啥不行，非收破烂，啥意思，那就跟一头狼似的，整天围着咱姐几个转呢，不知道啥时候，不知道对谁，那人家就会一口咬下去。"

文娉不想听下去了，心理压力太大，听多了会失眠。她笑着对曼蔓："反正，你安全就行了。"曼蔓摇头晃脑："我是安全，我最洁白，我是莲花，出淤泥都不染。"文娉反问："生日会，你不也在吗？"曼蔓悚然："参加个生日会没什么吧。"文娉见她蝎蝎螫螫："行啦，吃吧，别想那么多。"

一顿饭没吃热乎，走出店门，毛文娉还觉得心哇凉哇凉。跟曼蔓道别，她拨了一下崔姐的电话，果然是关机，也罢，静观其变吧。适才于曼蔓打的那个比方算是刻进文娉心里了。杨实诚现在就是一匹狼，不知道躲在哪个草丛里，一双眼睛闪着绿光。

第一百一十三章 桑嫣

文娉生日会出过事，桑嫣心里硌硬，自己过生日，她也不大想办。可"五瓣花"群里姐妹们却起哄，都撺掇老桑办一次，桑嫣又动心思了。

最近婆婆情况还算稳定，家里事儿不算多。实诚收破烂，想必姐妹们也都知道了，是援助还是咋着，最好有个统一行动。

再者，五号别墅已经有买家相中，价格还在磨，但桑嫣跟中介交了底儿，愿意价钱上吃点亏,尽快出手。御府嘉园她是住够了。所以五号这儿,也是住一天少一天,一旦离了这块儿,这么东南西北地住着,跟姐妹们聚,就不像现在这么方便了。

最后,也是最关键的,老桑也想为自己庆祝庆祝。她遇到个喜事,但暂时她还不想公布。熬一熬,确定了再说。

生日这天,宪魁又要跟老濮去天津,项目落地,第一笔大单出口委内瑞拉,必须到场。宪魁一早就给桑嫣订了花,赔不是。桑嫣懂事:"去吧,真怕过生日,要我说,花都不用订。"宪魁却说要点仪式感。礼物其实早就送了,刘宪魁承诺,别墅卖了再买,房产证上写两个人的名儿。桑嫣嘴上不说,心里却稳稳的。

不过,即便闺密们来,跟从前也不一样了。崔姐走后,新来的常姐做菜水平有限,导致家里伙食的可口度直线下降。要搁过去,桑嫣可能会挑。现如今,一来得饶人处且饶人;二来,她心境也比往日清冷许多。吃喝都从简,免得中年发福,照镜子不自在。

时间差不多,文娉第一个上门。桑嫣叮嘱过,这次生日,大家什么礼都别带,带了也不收。因此,文娉空着手。小书房,桑嫣正在整理书籍、相册。文娉脱了外套上前搭把手。一不小心翻到老影集,记忆被打开,闺密俩坐下来品赏。

旧时情影纷纷。"六瓣花"戴着学士帽,在学校主楼前合影。桑嫣不自觉摸脸颊:"我都觉得自己够注意的了,可跟过去还是不能比,那胶原蛋白,就是一天比一天少,腮也比从前大。"文娉感叹:"真怀念那时候,什么都不想。"桑嫣跟着说:"学生,只要管好学习就行了,我都不能看你学习。"文娉问为啥。桑嫣打趣:"看你学习那状态,恨不得都能把书吃了,吓人。"

文娉脱口而出:"那还不是考不过老陈。"

这个名字一出来,闺密俩又沉默了。

文娉补救,她从桑嫣腿上拿过影集,帮忙合上:"不怀旧了,往前看。"斜刺里传来个声音,"谁在怀旧呢?"抬头看,是许可凡到了。

可凡胖了。文娉第一个指出,桑嫣笑。可凡解释:"人哪,一没有了上进心,就容易发胖,懈怠的胖。"桑嫣道:"怎么不说是幸福肥。"又说,"老许,我跟文娉说好了,今儿只说高兴的事,你讲一个。"

许可凡冥思苦想,实在想不出,终于憋出一句:"尉迟升职了,算不算?"桑嫣和文娉都说恭喜。桑嫣又转头向文娉:"你呢?"

"我什么?"

"升职了没?"

"没有。"文娉否认。

桑嫣道:"还保密呢。"

文娉说:"就升了半格,工作内容不变,该干啥还干啥,等于没升。"许可凡接过话:"那也比我强,我干到老干到死,也就这副德性。"桑嫣劝她别气馁,说回头介绍几个人给她,多走动多往来,总有机会。可凡迭声道谢。桑嫣解说:"走仕途,就是要跟对人。"

可凡叹:"我倒想跟,可谁让我跟?底下趴着,一年一年,只有贬值没有升值。"桑嫣道:"这话也不对,你干得好,上头能看到,组织部不是吃素的,关键看你的投入度,和整个人的状态,干工作跟谈恋爱一样,只要你肯死缠烂打,最后成功的概率是很高的。"

说话间,宁红到了。文娉和可凡起身去洗手间,书房里只剩桑嫣和老宁。宁红来不及寒暄,直接走到桑嫣跟前,小声道:"桑,你可得帮帮我。"

桑嫣回头望着她:"又是跟老吴?"

宁红直言:"现在老濮、老左那几个人,把老吴整得都快上不了市了。"

桑嫣口气很轻:"他们有那么大能耐吗?"又说,"我都好久没见到濮德庸了。"宁红进一步:"我可不是为老吴说话,我是为我自己的后半生、为孩子未来担心,他们现在跟老吴过不去,就是跟我的钱过不去,就是跟我宁红过不去,要斗,等我跟老吴离了,随他们怎么斗!最好斗死那个臭婊子才好呢。"

有意思。桑嫣微笑着。为了钱,宁红又跟老吴一条阵线了。桑嫣捉住宁红的双手:"红子,我肯定向着你,不怕告诉你,为了表明态度,我现在已经把鲍燕的全部理财都拿走了。"

宁红道:"她不是被举报了吗?"

桑嫣尴尬,宁红点到关键处了。鲍燕被举报,工作暂停,不拿走也得拿走,跟她宁红可没关系。桑嫣只好圆场:"就是那意思,"又转换话题,"丁处你记得不?"宁红问是不是搞水利那个。

桑嫣道:"那是王处,丁处是搞财政的。"

宁红说好像记得。

桑嫣笑眯眯地说:"丁处可是个苦人,人到中年,老婆得绝症,前一阵走了。"

宁红揶揄："您这口气可看不出来苦。"

桑嫣道："他是苦，但我为你高兴。"

"跟我有啥关系？"宁红装糊涂。

"你傻呀，真不找啦？"

"不受二茬罪。"

"话别说那么死，到时候大家坐坐，找找感觉再说，"桑嫣拍宁红手背，"千万别妄自菲薄。"可凡和文娉方便回来，四闺密聚首。可凡问说什么呢。宁红掩饰道："跟老桑在说星盘。"许可凡在这方面算半个专家，她笑着说："大家的星盘，我都看过。"众人皆纳罕。

可凡又说："八字也看过。"

文娉问她怎么知道具体时辰的，可凡说可以从大运对照真实情况反推。宁红问："那咱姐儿几个，谁命最好？"许可凡道："要论命，老桑的最好；论运，文娉就是第一了；要说五行均衡，是老宁的最好。"桑嫣问："那杨盼呢？"这个名字一出来，几个人脸色都有点变化。"能算到她走吗？"桑嫣追问。许可凡又说自己没那么深的功力。

楼下有动静，常姐招呼着，桑嫣领着众人鱼贯下楼，才见曼蔓站在大厅，手里拎着两袋子东西。桑嫣嗔道："不是说不要带东西吗？"于曼蔓委屈，笑："不是我要带，是小濮总，听说你过生日，非要捎上。"

是燕窝。桑嫣让常姐拎去先冻起来，又说等走的时候分给大家。人到齐了，桑嫣又带姐妹们去露台晃了一会儿，拍拍照，说说笑笑，有几个恍惚间，她甚至感觉又回到了读书的时候。常姐喊饭好了，桑嫣让端到露台上来。文娉、可凡要去帮忙，桑嫣拦阻："让她弄吧，"又打预防针，"别抱太大希望，常姐做的山西菜，都是酸味。"一阵哄笑。常姐进门，不知所以，姐妹们看到她，笑得更厉害了。

菜摆好就要上桌了，桑嫣招呼着。她是寿星，理所当然坐主位，其余众人随意。都落了座，才发现多了一副碗筷。毛文娉第一个反应过来，她看桑嫣，又看可凡。可凡也明白了，这是为杨盼摆的。宁红让常姐也坐，常姐不肯。

于曼蔓脑子慢，问："还有谁要来呀，老高吗？"

义娉摆手挤眉，示意她闭嘴。坐定了，桑嫣此才看着那空碗空筷子，口气悠长得仿佛从上个世纪传过来似的："老杨永远都是我们的姐妹。"

571

气氛陡然凝重。

桑嫣又说:"我帮老杨念一段经。"说罢,果然拿起手机对着念了。常姐端蛋糕上来宣告祷告结束。宁红帮忙点上蜡烛,一根,是个意思。桑嫣胡乱吹了。曼蔓雀跃地说:"祝可爱的嫣嫣,生日快乐!"桑嫣笑呵呵:"快别提生日,我现在最怕听的数字,就是自己的年龄。"

文娉插话道:"我们一人送老桑一句祝福吧。"曼蔓抢着说:"别歇后语了,成语吧,我第一个说,我祝老桑万事如意。"

宁红道:"我祝和和美美。"

文娉道:"我祝春风得意。"

可凡道:"我祝岁月静好。"

桑嫣最后总结:"可凡的最好,我现在什么都不求,能岁月静好,就是福气了。"

大家把蛋糕分了。菜不大可口,都没怎么吃,青梅酒、桂花酒和干红却下去不少。桑嫣见火候差不多了,才敲敲高脚杯壁。

目光都归拢。

她这才说:"有个事,本来不想今天说,但大家难得聚得齐,而且也是大家的事。"吞了口唾沫,"想必有的人也看到了,实诚现在靠收破烂为生,谁看着都说不落忍,"顿一下,"也找人去沟通了,他就要做这个,那也只能顺其自然,把问题都交给时间。"吸气吐气,"但如果实诚要再上门找我们任何一个人,问一些事情,大家还是应当以警方的结论为准。"

姐妹们都说记住了。

桑嫣松懈下来,道:"还有个事。"叽叽喳喳消歇,又都看她。桑嫣环顾:"这房子,可能不远的将来,也就不是我的了。"宁红憋不住,问啥意思。桑嫣道:"也是家里的意思,说这房子有年头了,又偏,趁着还不算太老,能出手就出手,"长舒一口气,"要说舍不得,我也不是舍不得这房子,我是舍不得大家,可天下没有不散的筵席,能搁一块儿住那么久,相互扶持,已经是莫大的缘分。"

曼蔓第一个回应:"你买哪儿呀,我还没买房呢,以后咱可以做邻居。"

宁红白了曼蔓一眼。

许可凡道:"走了好,等我那房子能挂了,我也卖,我也走。"

宁红道:"我婚离掉,我也不搁这儿住了。"

文娉诧异:"都商量好了?都走啦!"

桑嫣劝文娉："没那么伤感，搬也搬不出北京城去，想见面还是容易。"宁红对文娉打趣："你也不用搬，你家里有爷们，压得住阴气。"

桑嫣起身去洗手间，沿着露台边走，一抬头，看到院子外杨实诚站在那棵大雪松树底下，正朝上看。桑嫣魂被打了一棒似的，差点没站稳，她轻声叫了一下，伸手扶住栏杆，稳住了，才背过脸，快速朝屋里走去。

第一百一十四章 宁红
Di Yibaiyishisi Zhang　Ning Hong

✦

宁红从老桑家回来，一进门，就看到老吴正在看着乃心做手工。宁红放下包，让乃心进屋看书。老吴站起来，跟下属见着领导似的。她往卧室去，他跟着。

宁红驻足，扭头："你在外头等我一会儿。"老吴哦了一声，停止追逐的脚步。进了屋，卸妆，换衣服，宁红收拾了好一会儿才出来。她又成个居家女人了。好在此前做了半永久，虽然卸了粉底什么的，但眉毛嘴唇还是艳丽丽的。

老吴嘴甜："身材更好了。"

宁红狠狠瞪他，言下之意，你吴冠军现在没有资格夸我。老吴收了轻佻。宁红铁着脸："尾款什么时候付？"

吴冠军五官都纠结了："我的情况你也知道。"

宁红不饶："我的情况你不知道？"

"知道，"吴冠军觍着脸，"可巧妇难为无米之炊……"宁红尖锐地呵呵道："是没米，还是米放别人家锅里了？"又厉声，"吴冠军，条件不用再谈了，你现在就是执行，否则法庭见，你那些个录像，也够法院判的了，只能比这多，不能比这少。"

吴冠车好声好气："红子，咱别说气话，等法院判，再执行，真不知道到猴年马月了,对你也没啥好处,万一我垮了,你不但什么也拿不到,还跟着我背债,得不偿失,"顿一下,"咱现在是一条船上的呀。"

宁红深呼吸。老吴说得没错儿,这也正是她还愿意帮老吴去疏通的底层逻辑。

吴冠军上赶着:"跟老桑提了吗?"这是大事,他来就是为这个。

宁红厌恶地道:"说了,但男人们的事,女人未必管得了,谈到生意,老桑也不过就是个外围,不能保证。"直面他,"你是多行不义必自毙。"

吴冠军道:"钱不分好坏,商场如战场,公司这盘要是上不去,那可就真完蛋了。"

"那样才好呢。"宁红讽刺。

"我是担心你。"

"用不着。"

"你知道现在风声多紧吗,"老吴道,"我这儿一屁股事,老濮那儿也不好过,刘家老太太就是个纸糊的灯,说灭就灭了,到时候,风大雨大,谁扛得住,"咽唾沫,"红子,说真的,我对不起你,也想补偿你,钱是一方面;另外,我也希望你幸福,真的,我钱一分钱不少你的,我就敢做这个承诺,咱离掉吧,对你只有好处没有坏处。"

"给我上眼药呢?"宁红骇笑,"这边离掉,那边你立马接婊子上门?我啥啥也捞不着?"

"咋又说回来了,我跟你谈的是政治。"

"我跟你谈的是经济,"宁红伸出右手,手心朝上,"拿钱,走人;没钱,耗着,就这么简单。"

老吴摸烟。

宁红说:"怎么,让那女人吐出钱来就那么困难,她那一千多万,都花了?还是当饭吃了?屙金尿银,成财宝鸡了?"突然变色,"现在离也不是不可以,你跟鲍燕断绝关系,跟那孩子划清界限,我们就离。"

"你这不是为难我吗?"

"那也是你自找!你少为难我了吗?我捅你两刀都是应该!"宁红狮吼。老吴站起来,叹气:"你要这样就没法儿谈了。"他穿上衣服,就要往门外走。

女儿乃心从房间里出来拿美工刀。老吴换张脸,笑嘻嘻对女儿:"跟爸爸再见。"乃心没好脸色,脱口而出:"儿子就是比女儿重要。"

宁红、老吴同时脸绿，尤其宁红。爸妈不和，乃心是知道的，可她那同父异母的弟弟，两个人都没在女儿面前提过。乃心冷不丁冒这句，夫妻俩都不晓得怎么接话。宁红瞪老吴，意思让他处理。老吴觍着一张脸，跟狼外婆似的："心心，你永远是爸爸的大宝娃，谁也不能跟你比……"宁红又是心酸又是恶心，她是战士，可女儿不是呀，乃心凭什么受这种折磨。

"行了！"宁红冲老吴。

吴冠军将功赎罪："要不我今晚上不走了。"

宁红忙道："走，你走你的。"乃心拿了美工刀，进屋了。宁红摆手："我屋不藏爷们。"老吴跟紧了："红子，咱还是合法夫妻。"宁红伸手指他，保持一米距离："你站住，保持距离，再往前我报警了。"吴冠军定在那儿，跟个壮木头似的。宁红提着步子，进卧室，门反锁。

她跟老吴分隔在两个世界了。

刷刷手机，准备睡觉了。睡前最后一次上厕所，宁红悄悄开门，蹑手蹑脚，可沙发上，老吴还是翻过身，眼睁着。"背过去！"宁红低声说重话。老吴干脆坐起来："红子，咱真就到这一步了吗，做不成夫妻，就不能做朋友？"宁红不理他，兀自去洗手间了。再出来，老吴道："我是真希望你过得好。"

宁红不客气："能不废话了吗？"

老吴说自己的："是，我是犯了巨大错误，但我也付出了代价，打根儿上，我是希望你好，夫妻在一起久了，有的时候就是需要调整，各自去找快活。"

宁红反击："我没你那么贱！"说罢，她又跟老虎进洞似的逃回卧室。奇怪，老吴这话，宁红竟听进去了一半。惩罚别人不是幸福。可是，她又如何去找寻幸福呢，再找个男人就幸福了？宁红这么反问过自己，当时，她得出的结论是：下半辈子，她不会再婚，不会给男人折磨自己的机会。可是这段时间下来，她自己也不得不承认，一个人的日子不好过，尤其晚上。离开老吴后，或者说，身边没了人之后，宁红发现自己很难睡个安稳觉。不是入睡困难，就是半夜醒了睡不着。接连几天睡不好的时候，她就吃点安眠药，可第二天头脑又昏昏沉沉。久而久之，宁红发现自己是需要男人的。

手机弹出通知，是老吴发来的消息："红子，要不这样，你先找，等你找着下家了，咱们再说离。"

呵呵，什么意思，给她挖坑，她现在还在婚内，他不怕戴绿帽，她还怕被抓到把柄呢。"放心,绝对不是坑,你有这个自由,每个人都有追求幸福的自由。"他就差振臂一呼了。

不理他。睡觉。

宁红趴着。她现在只能这么睡,鸵鸟式,脸朝下,双眼不用面对这个世界。迷迷糊糊睡着了,宁红做了个梦,梦到她过马路,有个小妹给她发会员卡,说一个茶楼开业,免费喝茶。宁红接了卡,看那名字叫"三菩堂"……然后就醒了。醒来一头汗,她出去喝水,却见吴冠军坐在那儿,宁红吓了一跳:"怎么还不睡?"看看时间,夜里三点多。

"醒了。"

"再躺会儿。"夜色做掩护,宁红竟也温柔多了。

老吴又躺下了。沙发上一座山丘的剪影:"你再考虑考虑。"可能因为姿势,老吴的声音跟白天不同。宁红不作声。

吴冠军苦口婆心:"就按一年找,总能找到。"

宁红打了个激灵,斗志来了。什么意思,她宁红真想找人,还需要一年?未免太小瞧人。她随即冷笑:"关键看我想不想,真要有这想法,不用一年,一个月就搞定。"老吴忍住笑:"别太高估自己。"侧过身子,面对她:"你这个年纪的女人,想找合适的不容易。"

宁红撇着腔调:"谢谢提醒。"

回到卧室,宁红又不困了,还剩几个小时就天亮了,吃安眠药没必要,宁红吹了几口威士忌,躺下了。

还别说,有这几口酒垫底,第二天起来,心情似乎不一样了。沙发上有个窝窝,那是吴冠军的痕迹,一同留下的,还有他那荒谬的建议。可是,宁红忍不住问自己,为什么不试试呢。哼哼,就算是为了证明他错误,也应该试试,就当治失眠。对,态度要开放。宁红突然又有了无限勇气,觉得生活又有奔头了,还有下一个山头等着她去征服。她必须活开了。

到公司,有单子要走,结果财务部的小孙请假没来,卡在那儿。宁红问同级别的同事老周,她跟小孙走得近。老周直白:"情伤。"宁红问:"不是快结婚了吗?"老周说:"搞会计的,太会算。"宁红细问。老周这才说:"去年认识的,感觉很到位,男方规划买房。"

宁红说那不挺好。

老周细掰扯:"男方已经有贷款了,想利用小孙的首套资格,结果小孙也不肯吃亏,就说利用可以,首付款要全部算女方出的,男方取现金或者用其他方式给她,不留痕迹。这样算给女方一个保障。"宁红惊诧:"现在小姑娘都这么精了?你咋知道的?"老周道:"男方算我拐着弯介绍,"又叹气,"本来双方都大龄了,就是凑合过日子,真要算那么精,开头就别扭,以后还咋过。"

虽然跟自己无关,可宁红听了也觉得难受,人一上了年纪,哪还有什么单纯美好,都是利益,都是计算。她突然又不想找了。半下午,老桑来电话,说晚上有个局。宁红称累不想去。

桑嫣却道:"你可得来,丁处也在。"

宁红的心咯噔一下,想去了,可嘴上不能这么说,她委婉问道:"他在跟我有什么关系?"桑嫣劝:"来吧,就我一个女的,吃不开。"宁红揶揄:"那不正好一枝独秀。"桑嫣又劝,宁红这才就坡下驴,答应准时到场。

第一百一十五章 许可凡

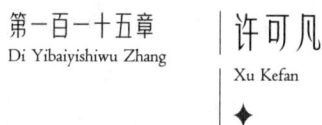

开门就是一股酒气,尉迟站在门口。

可凡没想到,送他回来的,是两个年轻女孩。一个架着左边胳膊,一个架着右边胳膊,都那么光彩照人。相形之下,许可凡感觉自己太黄脸婆了。但黄脸婆有名分,她不得不微笑着:"进来进来。"女孩们倒守规矩,把尉迟交给可凡:"都喝多了,老大喝得最多。"可凡不多客气,接过人,关上门,架着喝醉了的尉迟,重得跟五行山似的,步履蹒跚往屋里走。

菲菲探头看。可凡有经验,对女儿:"拿盆!"菲菲连忙把洗手间的塑料盆拿出来。这不是尉迟第一次喝醉,当然,也就不会是第一次呕吐。果然,还没跋涉到沙发，腹中汤水就哇哇倾泄而出了。许可凡一边埋怨，一边快速打扫现场，她让菲菲开窗，她再去倒了秽物，然后拖地，给尉迟换衣服。忙得差不多，她让菲菲进屋去——女儿不宜长时间"观赏"爸爸的丑态——根据经验，尉迟的酒疯应该刚开始。

果然，吐完了，喂了醒酒药，尉迟还不肯睡，冲着可凡，嘴里念叨："咱哥们儿牛……咱团队牛……"

今儿是庆功宴，集团内部竞争，他们小组拿下大业务，尉迟再度升级，成为小模块的副总了。可凡帮尉迟看过大运，今年，真是他新旧运交脱的一年，确切地说，婆婆一过世，尉迟那运气就跟坐了火箭似的。人家也确实不负这好大运，没日没夜干呀！很快就出成绩了。事业一有起色，性格似乎也有了点变化。不说飘了，但起码，人说话口气大了。而且，可凡发现他现在开口闭口总喜欢带点脏字，脏话不绝，她提醒过他好几次，"不要带坏孩子"，人家说："就是表达个情绪，没有实际意义的，属于语气助词。"

呕了两下，又要吐了。可凡连忙把盆伸过去，他又没吐出来。一抬头，尉迟寅眼神发直，手指敲沙发扶手："你……就……说……我牛不牛！"得意忘形，"那么多竞争对手……全他妈都被我制了……"可凡只好配合、让步，她知道，她要不口头承认他的"丰功伟绩"，尉迟能念叨到明儿早上。于是她平心静气地说："牛。"第二个字她不愿意说，不雅。

尉迟寅突然手舞足蹈，开始唱歌："兄弟抱一下，说说你心里话，说尽这些年你的委屈和沧桑变化……"可凡唬一跳，甩手："你睡外头吧。"

"不许走！"尉迟死拽住她。手劲儿太大，可凡倒在沙发上。"你疯啦！"她挣扎。尉迟又变出一副玩世不恭的面孔，食指悬在半空："我就知道……我就知道……"冷笑一声，"你看不起我……你妈看不起我……你爸看不起我……你们全家都看不起我……我他妈就一小嘎儿，"他盯着自己右手大拇指和食指，指尖对碰，闭闭合合地，"小嘎儿……一小嘎儿……"另一只手还死死抓着可凡。

许可凡被弄疼："松开！"

突然，两手全松了，他掏出手机，迅速操作，边点边说："不就是要钱吗……要买房……要钱……我欠你钱……都还给你……"三两下，许可凡的手机收到短信通知了。

钱过来了。醉成这样，钱上倒不糊涂。她就知道他是借酒装疯。

可凡刚要说话，尉迟指着她的鼻子道："别哔哔……不许哔哔……我挣钱了……你别！哔！哔！"

可凡气得五中似沸，她告诉自己，他醉了，她不跟他一般见识。找了个空当，她从沙发上弹起来，快速朝卧室逃，身后却传来一阵哭声。她转头，他已经哭得稀里哗啦，也不管她在没在听，人家便开始喃喃自语，跟唱独角戏似的："我跟你说我根本就不敢想……我能有今天我不敢想……反正我就干……低头干……直到今天……就今天……项目落我头上我又往上走了……我才终于觉得总算是到一站了……"他哭得很真诚，甚至有点发自肺腑。

半分钟之前，许可凡还对丈夫的眼泪莫名惊诧，半分钟之后，她却似乎理解了他。理解了他的苦、他的难、他的压抑、他的疯癫……她甚至有些羡慕他。

她连个疯癫的机会都没有。

他是到一站了，她呢，前途漫漫，永远跋涉，没有尽头。

她走过去抱住他的头，他惆怅了好一阵。身后有动静，可凡汗毛都起来，回头望，是菲菲去洗手间，上完，站在走道看。可凡为保丈夫的面子，打发女儿："进去！"

又过了一会儿，尉迟不哭了，硬拉着她到床上去，开始做动作。"今天不行。"可凡推开他。尉迟不管，继续进行，手段粗野，可凡无声反抗，没用。许可凡知道今晚是跑不掉的，感受着他的分外使力。进行到一半，可凡胃里一阵难受，忍不住呕了两下。他酒醒了，她却醉了一般。

尉迟从她身上下来，激动地道："你有情况。"

可凡诧异："什么情况？"

"不会是……"他惊喜交集。

鸡皮疙瘩起来了。"不会吧？"可凡否认，她理解丈夫所指，他以为她又有喜了。尉迟翻箱倒柜找出家里仅存的验孕工具，许可凡被逼着做了。果然没有。可凡埋怨："单位刚体检过，怎么可能呢，睡吧。"尉迟道："估计不准确，明天再查。"

可凡不耐烦："说了没有就是没有，我的身体，我还能不知道吗？"

尉迟不肯，索性说开："老婆，你爱我吗？"

听这话就知道没好事。许可凡道："爱不爱你都得睡觉，睡觉。"她倒在床上，背对着他。

尉迟扒上去："说正经的，"在她耳边吹风，"再要一个吧。"

许可凡猛然转身："拿什么要？"

"钱你不用担心。"他有自信。

"这里是北京。"

"北京咋了？"

"一个都不知道怎么养活的。"

"过去咱们困难，现在不一样了。"

"才挣几个钱就飘上天了？"

"我认真的。"

"对不起，帮不了你的忙。"可凡坚决不从，强行闭眼。可闭了眼，一时还睡不着，气着了。可恶！男人是不是都这毛病，有了女儿还不够，还想要儿子，老吴就是例子，现在又轮到尉迟了？呵呵，倒不是她不爱孩子，可现在这种情况，压根儿就不适合要二胎，青春已经献给房子了，中年又献给孩子，她什么时候才能活出自己？不敢想，工作无法突破，再来个二胎，那真成五指山，把她压死了，永世不得翻身。

不行，坚决不能同意。

可凡告诉自己，尉迟那就是一时兴起，是酒精鼓励的。可是，等人清醒过来，他居然又厚着脸皮来做她思想工作。可凡坐在马桶上，尉迟进来洗脸，洗完也不出去。可凡问："好闻吗？"

尉迟笑呵呵："老婆，我绝对是认真的。"

"行了吧你。"可凡抽纸。

尉迟道："咱趁着还不算老，再努把力。"

可凡明白了，她随即说："不想努力了。"

尉迟往前上了半步："你这个思想就不对，你是不是老觉得，是在为我们家传宗接代？在帮我的忙？哼，谁还在乎这个？多子才能多福，那是为我们自己积累福德！一个孩子，那等于把鸡蛋放在了一个篮子里，危险！我看菲菲大概率也是个有本事的娃儿，将来远走高飞，面儿你都见不着。多养一个，就能分担百分之五十的风险，将来咱老了，两家轮流住。"

可凡冷笑："现在生，还没等孩子成年呢，估计你都嗝儿屁了。"尉迟不同意："没孩子才嗝儿屁，再来一娃儿，立马就又有奋斗的动力了，反倒活得长点儿。"

可凡只好交底儿："再要一个，我后半辈子就别过了。"尉迟扶着墙壁上的毛巾架，脚呈圆规状："亲爱的，你这么说我就不爱听了，孩子不是你一个人的，也不会就你一个人养。"

可凡反问:"不是一个人养,是不是一个人生?"

"我也付出劳动了。"

"你的劳动就那几分钟,不值一提!"可凡愤然,"凭什么就累我一个!"

"这是女人的天职!"尉迟口气硬。

"那是女人的诅咒!"可凡摁下冲水键,提裤子站起来。

真心话。她现在就觉得,生育是场诅咒。女人对孩子的情感,那是天生的,割不断的,生下来,自然而然就要比男人付出更多的精力。然后呢,退回家庭,在社会化竞争中落后,成为男人的附庸。

她不!

尉迟在她身后嚷嚷:"人英雄的母亲生十个那叫光荣,怎么到你这儿俩都那么费劲……"

可凡猛回头,目光锐利:"我不是英雄,我是狗熊,行吗?!"可惜,尉迟这次似乎是铁了心了。不日,可凡妈上京,明着说是来体检,实际上,老妈一开口,可凡就明白了老妈的真实目的。又是尉迟。一定是用钱买通了。

站在灶台旁,可凡妈苦口婆心:"宁红就是教训,你还不吸取吗?一模一样,跟照镜子似的,现在尉迟不也起来了吗,你就不怕他重蹈宁红男人的覆辙?"

可凡决绝地道:"真要那样,就分,拜拜。"

可凡妈恨不得用锅铲敲女儿:"脑子有水!别把分不分挂嘴上,伤感情,培养了那么多年,小嘎儿变大拿,拱手给别人了?干吗?做慈善?能防患的就得防患!"

可凡质问:"再生一个,就能改变一个人的人品了?"

可凡妈道:"人性经不起考验,好人也能变坏,坏人也能改造好,这都要放到一定的情境中去看,过去你们贫贱夫妻,一个丫头可以了;现在尉迟往上走,想法自然会变,想要儿子,也能理解。你也还不算老,再努努力,你那三姑家的表姐,比你还大呢,照样努力奋斗。"

可凡说:"万一是女儿呢。"

可凡妈道:"是女儿再说女儿的话,别自己吓自己。"

可凡坚定立场:"反正我不会再生了。"

可凡妈恨:"你呀,永远不懂什么叫识时务!"

第一百一十六章 桑嫣

Di Yibaiyishiliu Zhang　Sang Yan

酒桌上宁红就不痛快，恹恹的，跟个林黛玉似的，几乎没怎么喝，也无欢声笑语。散场后，桑嫣滴酒未沾，但依旧请了代驾，她跟宁红并排坐在车后座，故意往老宁身上靠靠，胳膊挽着胳膊，有点示好的意思。

桑嫣笑不嗤嗤的，转脸看宁红："还生气呢？"

宁红目视前方，不看她，憋住了。

桑嫣主动："我不对。"

宁红这才道："不说一桌就你一女的吗？"

桑嫣道："谁知道丁处这么不地道。"

宁红抢白："关键也不看看他带的那都什么人，我都怕她下巴把桌子戳一窟窿。"呵呵一声，"那脸，那胸，那腿……"

点到为止。

桑嫣还是笑呵呵："这不也是好事嘛，说明丁处的审美压根儿就不合格。"

宁红惨然："恐怕是咱们不合格吧，人往那儿一站，叫亭亭玉立，咱往那儿一站，叫老气横秋、徐娘半老。"

桑嫣扯她胳膊一下："能不妄自菲薄吗？"

宁红叹息："反正，现在我是认清现实了，咱，"又改口，"我，我就是一普通人。"

"普通人也能有第二春。"

"还春？不冬就算万幸，现在不是我挑别人的时候了，是别人挑我，"宁红脸抽抽着，"其实我也就是堵着这口气，怎么，老吴能找，我就不能？唉，没办法，女人跟男人还是不一样，你说说，我现在的目标范围还有多大？总不能找弟弟吧？"

桑嫣想了想："得往上找。"

宁红道："多上？不封顶？"

桑嫣帮忙分析："你有你的优势，你成熟，有自己的事业，起码不用男人负担，你要求对方提供的多半是情绪价值,所以没必要往小了找;你也不适合找太有钱的,就找个中产之家,相互能依靠着就行,年龄,五十出头。"

宁红沉默。

桑嫣觉得自己说到她心坎里,于是再加一把火:"不争馒头争口气。"又补充,"但要注意尺度,别被老吴抓到把柄。"宁红说他没事,跟着问桑嫣有没有跟老濮疏通。桑嫣道:"放心,敲打德庸了,他现在忙天津的项目,自顾不暇,哪有心思跟老吴缠斗。"说到这儿,桑嫣突然狡黠一笑:"告诉你个事儿。"宁红九十度转身,洗耳恭听状。

"我估计在御府也住不了多长时间了。"桑嫣说。

"卖出去了?"宁红反应快。

"初步定了,"桑嫣道,"周末你过来,帮我收拾收拾,老毛老许也都来,好多东西我也不打算带走,你们要喜欢,就拿点儿,也算帮我减轻负担。"

宁红笑说乐意效劳,又问新家地址,桑嫣大约提了。宁红道:"哎哟,好地方,我这辈子是别想了。"桑嫣笑道:"再努把力,不是没希望,关键看跟谁组队。"宁红阴霾一扫:"争取跟你做邻居。"

到家,宪魁已经在床上躺着了。桑嫣匆匆洗完澡,又要看会儿书。宪魁扒拉她:"老高开始动了。"桑嫣明白他说的是去东北找人的事。不过今儿她并不着急生气:"先物色着。"宪魁不往下说了。

桑嫣提到周末收拾东西,连带请姐妹的事,宪魁让她安排,说自己还要去廊坊一趟。桑嫣问去那干吗,宪魁道:"陪老濮去转转。"

桑嫣问要买东西吗?宪魁说去见一个朋友。

"男的女的?"

"男的,"宪魁不耐烦,直接说出真相,"见大师。"

桑嫣来了兴趣,说老蒯就能算,又问德庸要算什么。宪魁道:"老蒯那两下子,自己都没算明白呢,还算别人。"

桑嫣疑惑道:"富烧香,穷算命,德庸还有什么好算的?""背,"宪魁言简意赅,"其实算是早算出来了,今年他岁运并临,好不了,去看看怎么破一破。"

"背在哪儿?"

宪魁躺下:"空空脑子。"

丈夫这么说,桑嫣就不多问,她相信宪魁能搞定这些事儿,更何况,还有老太太镇着,一时半会儿也出不了什么乱子。

周末曼蔓第一个上门,桑嫣领着她去衣帽间。刚打开灯,于曼蔓就是一阵惊呼:"老桑,你上辈子拯救了银河系吧。"曼蔓语气表情都很夸张。桑嫣受用,大方地道:"随便挑。"她不担心,真正的好货,她已经叫常姐提前打包收拾好了。又说:"我不能帮忙了,闪着腰了,胳膊也疼。"说着,就坐在包真皮的墩子上,看着曼蔓精挑细选着。两个人有一搭没一搭说着话,桑嫣免不了打听老濮的情况。曼蔓说,天津的分公司她只去过一次,摊子不算大,相当于租了个办公室。

"总公司情况呢,"桑嫣又问,"还发得下工资吧?"

曼蔓说工资是发得下啦,但还需要继续努力。

第二个到的是可凡。桑嫣让她选衣服,可凡说时装她基本穿不了,就想选选黑裤子。桑嫣让曼蔓指路,说有几条不错的。文娉第三个到,她跟老桑脚一般大,顺理成章挑鞋子。宁红姗姗来迟,老桑的衣服她不感兴趣,倒是对宪魁收藏的那些个画很是感兴趣。

桑嫣笑道:"喜欢就拿走。"她没压力,好画都收起来了,剩下的都是宪魁从宋庄那些不入流的画家那儿搬回来的,底价不高,升值的空间很小。

宁红望着一幅大画儿兴叹——上面画满了柿子树,红彤彤的柿儿她喜欢:"画是好画,就是没那么大的家衬它。"

衣帽间里,姐儿几个嘻嘻哈哈,穿这个,比那个,仿佛又回到了学生时代。曼蔓欢脱:"像不像咱毕业那会儿,宿管阿姨来我们这儿收东西。"文娉道:"我还给了两件呢。"可凡道:"你给了,我也给了,给的最多的是老宁,但阿姨不要,说没一件能穿的。"宁红自傲:"我多少年前就走在时尚前端了,《VOGUE》主编就应该让我做。"

桑嫣笑:"老宁,你试试这件。"是件晚礼服,金光闪闪,都是穗穗。

宁红没信心:"穿不进去吧,我这腰现在……"

文娉鼓励:"不跟穿旗袍一样嘛,没肉反倒不好看。"宁红在众人的鼓励下,果真试了。上身效果竟还不错,但她自己不满意:"这个是曼蔓的衣服,她凹凸点儿。"

一时笑声不绝。隐隐约约,一楼传来吵嚷声,桑嫣第一个听见,起身走到楼梯口,对楼下喊道:"常姐!"常姐快速出现:"太太……我都说了咱家不卖破烂……可这人硬要来……"

桑嫣脸色大变。姐妹们都出来了，站在她身后。没人出声。桑嫣回头，跟文娉对了下眼神。于曼蔓和可凡都伸头朝下探望。宁红第一个叫："怕他啥呀，走，下去。"

桑嫣受到鼓舞，斗着胆子率众人下楼。杨实诚斜挎着个老式黑色公文包，跟收水电费的人似的，隔着玻璃朝里看。桑嫣让常姐开门。

实诚进来了。他黑、瘦，发际线退了不少，一双眼睛贼大，跟奥特曼似的。桑嫣挤出笑容，刚要招呼实诚坐，杨实诚嘴里冷不丁蹦出几个字："你想跑？"

桑嫣像被钉子钉住似的，一动不动。

文娉上前，分辩："实诚，是不是有误会，正常搬家。"

桑嫣回头让常姐去顾着灶上熬的药，又笑着让实诚坐。杨实诚一动不动。桑嫣道："要不改天你过来，咱们好好聊聊。"

实诚铿锵有力地说："改天就找不到你了吧。"

宁红上前，打抱不平："杨实诚，别阴阳怪气的，要有什么意见，堂堂正正说出来，挤牙膏不是男人。"可凡也凑过去做工作："实诚，知道你难受，我们刚才还在怀念老杨呢。"

杨实诚跟机器人似的，看看可凡、宁红，又打量文娉和曼蔓，最后才把目光落到桑嫣身上，开口就问："你不是让我老婆给你生孩子？"

晴天一个霹雳。小行星冲撞，地恨不得砸出个天坑来。桑嫣感觉全身的血瞬间汇聚头部，她要不是还算年轻，恨不得都能立马脑充血死了。她差点站不稳，文娉连忙扶住她。苍天饶过谁。桑嫣深呼吸，眼睛发红，她告诉自己，伸头一刀缩头也一刀，今儿必须把问题解决，不然以后麻烦大了。

就这么站了几秒，桑嫣喘口大气，她突然发现不只实诚，所有人都在看她，等她的答案。桑嫣往前上了半步，用那种极其恳切的口吻："实诚，如果你的不自在是来自这种怀疑，我可以对天发誓，我从来没有说过让老杨帮我生孩子的话，你要认为我帮你和老杨是有所图，是希望老杨帮我生娃，那就大错特错了。"

实诚脸跟浇了水泥似的。

桑嫣继续："你就不想想，我怎么可能让老杨去冒这个险，真要到那步，要找也是出去找，找个大龄产妇做什么？"

杨实诚还是沉默以对，眼神能杀人。

桑嫣知道瞒不住，再下一城："实诚，今儿大家都在，我觉得有必要一次说清楚,确实,老杨跟我提过这事,那是她主动要求这么做,觉得能帮我,"吸一口气,"但我没同意。"

杨实诚铿锵地道:"我老婆去了小医院,还吃了药。"

桑嫣激动:"谁告诉你的?这事儿我都不知道!"实诚说他有消费记录和运动记录。桑嫣说:"就凭这一点捕风捉影的事情,就把罪名给扣上了?"她指向厨房方向,"保胎药还在厨房熬着呢,"又翻手机,"我还没公布呢,我已经有身孕了,你看看,"她把报告单亮给实诚看,"我自己能劳动干吗让别人代劳?"

这事是算新闻。姐妹们也都惊呆了。

实诚转向许可凡:"你呢?"

可凡吓得往后退:"我什么?"

"你跟我老婆有仇。"

许可凡厉声道:"话可不能乱说,房子的事早清楚了,我跟老杨一点仇都没有。"

实诚又对文媭和宁红:"你们呢?"

宁红愤然:"杨实诚!你疯了吧!血口喷人!"

实诚忽然激动,整个人跟起了龙卷风似的,眼睛鼻子眉毛都卷在暴风眼里,直面桑嫣:"都是你们害的,要不是你们引诱,我跟我老婆还在燕郊过着安泰日子!"指着桑嫣,"是你,跟喂饵一样,一点一点喂得我老婆走向不归路!"又指可凡,"还有你!贪心不足你蛇吞象!要钱的时候着急,要房的时候无情!逼得我老婆到处找人帮忙!"又指宁红,"你也不是好东西!"跟着指文媭,"还有你!你们都不是好东西!你们骨子里看不起我老婆!就是因为被你们踩踏着,我老婆才想着往前赶!"最后指于曼蔓,"你小心点吧,你的下场不会比我老婆更好!"

宁红脾气暴,第一个跳出来:"闭嘴吧你!不识可怜的货!你说这些有的没的屁用没有!说一千道一万,不还是老杨想要的太多不肯安分,人各有命,怨不着别人!"

桑嫣怕老宁激怒实诚,连忙劝阻:"老宁……别这么说话……实诚……你真误会了……事情不是你想的那样……"

杨实诚惊叫:"我老婆要不是想着帮你,就不会吃那什么药!……"说着,实诚把手揣包里,像是要掏什么东西。于曼蔓第一个叫:"快跑!"文媭挽住桑嫣。桑嫣以为实诚要掏刀:"实诚,别干傻事儿!"许可凡呵斥:"杨实诚,你这是犯法!"

宁红最戾，拉住曼蔓："赶紧报警！"孰料，实诚却从包里掏出个黄面硬壳笔记本。众人呆住，不晓得他葫芦里卖的什么药。

实诚不前进也不后退，兀自翻开本，用他那带着口音的普通话念：

"12月1日。院办开会，S一个劲儿夸副院长帅气，其实就是个老头，站在上面讲话时，声音很苍老，精神状况也不是太好；S前天在食堂吃饭，口袋里都掏出避孕套了，说她没跟副院睡，谁信。不然怎么会为她推荐导师，不过C依旧是她的竞争对手。党员没争过C，考研再争不过，别活了。……N也骂C骚。我没看出来。N说C那种是看上去跟谁都是哥们儿，但其实私下未必那么纯洁。N说C绝对不是C女。N之前朝C的黑芝麻糊里放过花生粉。有意思。C去了医院三次。

"12月10日。S建议大家不要跟C说话，W第一个响应。我也站队了。W讨厌C回来晚，还老开应急灯。X最后站了S。……X讨厌一切美女，尤其是成绩比她好的美女。惨。班里就没比她丑的。X去院办告过C的状，不止一次。

"12月24日。S一夜没回来，估计开房去了。

"1月1日。好没意思，就我和C没人约，我去食堂坐了一晚上。

"1月7日。C复习很疯狂，S、W、X联合起来跟C吵过，没用。N倒了C半瓶洗发水。

"1月9日。动静很大。C趴在地上了。S隔着帐子踢我脚，让我别动；X下床去WC，C呼吸急促，X没理睬；W下床把C扶上床，S让她别多管闲事，后面的事就不知道了，我听广播睡着了。"

读到这儿，杨实诚合上笔记本，看着大家。桑嫣第一个说话，几近哀求："实诚……这是什么……别闹了好不好……"

宁红附和："天书！有病！"

文娉和可凡不作声，满面愧色。

杨实诚道："真听不懂？一个个坏事干尽！老陈从床上摔下来两次你们都无动于衷，桑嫣，这么多年，你是怎么接纳你自己的？"又对可凡，"许法官，见死不救是不是也是犯罪？"再对宁红，"你真没看见地上的人吗？比你优秀是错？"最后对文娉，"屈从于别人也是犯罪。"

宁红再次跳出来："再胡说我打你信不信？！"实诚道："就因为这本日记，你们把我老婆杀了是不是？"桑嫣吓得冷汗爆出，实诚的神逻辑超出她的想象，她连忙道："实诚……你别激动……不要胡思乱想……除了你谁也不知道老杨有这本日记……杨盼是我们的亲人……你怎么会这么想呢……天大的误会……"

实诚道:"那行,交给警察。"

许可凡拿出专业知识:"一家之言,真实性有待考证,里面那些代号,并不能指认任何人,别说不是证据,就算是,也是孤证,代表不了什么……"

毛文娉劝:"实诚……不是你想的那样……"众人往前围,杨实诚却往后退。桑嫣焦急地说:"实诚……咱们谈谈……你先坐下……"杨实诚斥:"谈你个球!"说罢,夺门而逃。

宁红、曼蔓要追,可终究撵不上实诚的速度。

桑嫣喊:"算了!都不是事实,谅他闹不出什么风浪来!"手机响,是伊若打来的。她让嫂子桑嫣立刻去医院,说妈的情况不太好。桑嫣让曼蔓开车送她,叮嘱其他姐妹暂时留在别墅,她怕她们猛一出去,会遭到实诚的伏击。

第一百一十七章　毛文娉
Di Yibaiyishiqi Zhang　Mao Wenping

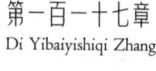

老桑走后,文娉依然能感觉到别墅里的低气压,实诚的"突然袭击",仿佛一个重磅炸弹,把姐妹们都炸成了碎片。眼下,她们必须抱团,才能慢慢弥合,把魂儿找回来。三个人回二楼,关上书房门。宁红来回踱步。许可凡坐在贵妃榻上,毛文娉靠在椅子上。彼此疏离着,各自为政。

宁红仿佛一头母兽,低声自语:"污蔑,完全是污蔑!"

可凡插入,问:"老宁,你到底有没有朝老陈的黑芝麻糊里放花生粉?"宁红双目圆睁,直面可凡:"这你也信了?"又看文娉,"这就是个计谋,搞不好是伪书,是他自己杜撰的!"

杜撰可撰不出那么多细节。当天晚上的事,只有当事人自己知道。除非老杨生前向实诚描述过。

许可凡蹙着眉头,不作声。

宁红又道:"老陈吃花生粉犯过哮喘,那是因为吃了食堂的凉皮,里头有花生酱,我跟你说他就是移花接木断章取义,"说到这儿,宁红咦了一下,"老许,那你有没有从老陈身上跨过去呢?"

许可凡毫不迟疑:"第一,我没跨;第二,假定跨了,老杨又怎么知道的呢,黑灯瞎火,她难道时刻关注着床下的情况?"

宁红沉吟。过了一会儿,两个人一起把目光对准文娉。毛文娉明白,姐妹们向她求证来了。文娉随即道:"可凡起没起来,我不清楚,老宁从外面回来我知道,她的床靠门,进门就上床了,我扶老陈上床,是在老宁回来之前,老陈后来又掉下来,我不太清楚,应该在下半夜,我睡着了……"

老宁接话:"那老桑和副院长……"

许可凡道:"这些八卦就不用再说了。老杨也是可笑,说我嫉妒老陈,我犯得着吗?!我考的法硕,跟她井水不犯河水。"宁红问:"他会交给警察吗?"文娉看可凡,她也对这个问题好奇。可凡是法官,能从法理层面判断。

许可凡道:"警方断案,讲究的是证据,不是靠看小说,而且拿过去对他有什么好处?照日记记录,杨盼才是那个见死不救的人,顶多再加上个老……"桑字没说出来,生咽下去了。宁红唉声:"现在老杨不是走了嘛,所以她男人才那么肆无忌惮。"

许可凡笃定:"不管她走不走,这就是个一家之言,不足为训。"文娉望着可凡,似乎能从她眼神中看出慌张。这本日记,十之八九是真的。至少她毛文娉这么认为,凭实诚的脑子,他不至于伪造出一本日记来,更不至于对当年的事那么了解。

杨盼曾经威胁过老桑?或者威胁过老许?她光脚的不怕穿鞋的,当年的"见死不救",大家都有份。她毛某人可能算是唯一施过援手的人,但依旧救得不彻底。问题是,老陈后来从床上掉下来,她真的没听到。其他人听没听到,那就不好判断了。每个人只能为自己的心负责。实诚的一番莽撞举动,是被桑嫣搬家引逗出来的,他怕她跑了,没处找人去。可这从天而降的质问,仿佛一把尖刀,在所有人心上撕开了口子。姐妹们原本铁板一块,现在却有了裂缝。

高处寒来电话,凝滞的气氛才被打破。文娉接了,老高张口就说刘家老太太走了。三个人都噢了一跳,光知道情况不太好,没想到走得那么快。闺密仨都坐不住，连选的衣服、鞋子、画都没拿，就各回各家了。

高处寒在家里等着文娉。他见她哭丧着脸，道："没事儿，不是早就有准备了嘛。"

文娉道："实诚去别墅了。"

"什么时候？"高处寒还算冷静。

"今天，不久前。"文娉肩膀耷着，她真没精神了。

"这小子……"老高一脸的难以置信。文娉把她们怎么去选衣服、中途实诚怎么来、说了什么大致说了，但没提日记。高处寒道："那等于撕破脸了。"

"撕破了。"文娉确认。

"然后呢？"

"各说各的理，"文娉道，"关键实诚认定，老杨是为了给老桑代孕没的。"

"不是猝死吗？"

"不吃药，可能就不会猝死……"

"老杨是成年人，她做事一定有自己的理由，也会明白其中的风险，别说她还没开始代，就是真代了，没了，也是心甘情愿的不是。"

"话虽这么说……可是……"文娉语迟。

高快速道："没钱的跟有钱的相交，有的时候就是换命，说句不好听的，你杨盼有什么？巴高望上，还是自己太贪。"

文娉干脆沉默了。老高的话没道理吗？不！很有道理。北京是个网，杨盼就是个扑网的小飞虫，看着有美好未来，殊不知是个巨大的陷阱。

一切都是心甘情愿。

"还有本日记。"文娉想了半天，还是提了。

"什么意思？"

"老杨的日记。"

"实诚拿来的？"高处寒紧张起来，"带着日记去别墅了？"

"还读了一段。"

"讲什么的？"他往前走了半步。

"就是当年的一些八卦、琐事，还有老陈走的那天晚上的情况。"

话音刚落，老高瞳孔都大了些："什么情况？！"文娉问："你知道老陈的事？"她好像没跟他提过。高处寒道："听老许提过。"文娉又说："老杨说她当时要起来，老桑踢了她两脚,不让她起。"高继续追问,他让文娉赶紧说,别挤牙膏。文娉道:"就读了一点,乱七八糟的,我那段倒是事实。"

"说你那段。"

"老陈第一次摔下来,我扶她上床的。"

"她当时情况怎么样?"

"当时已经熄灯了,她就是不太舒服。"

"她说什么了吗?"

"没说话,"文娉说,"身体绷着,感觉很难受,但没说什么。"

"然后呢?"

"第二天早上老陈躺在地上,"文娉说,"说明她在夜里又掉下来了,但我没听到。"

"其他人呢?"

"那就不知道了。"

"日记里提到了吗?"

"不清楚。"

"实诚人呢?"

"走了。"

老高开始穿外套,文娉问他去哪儿。高处寒道:"这本日记,对你们非常不利,我得去找他。"文娉说这都几点了,明天再说吧。高处寒坚称情况危急,必须在第一时间找到实诚。文娉没办法,也开始换衣服,要跟着去。高处寒道:"你别去了,危险,我去去就回。"

一刻钟后,老高回来了,说废品小院大门紧锁,院内物品清空,看来人已经走了。文娉诧然。高处寒又说:"再说吧,你先休息。"说罢,便匆匆离开。

当晚,毛文娉久久无法入眠,幽幽渺渺间,她仿佛又回到了学生时代,回到了那个清冷凄凉的夜晚。这么多年,她们五个人各自安顿灵魂,似乎是平静了,可实诚的一场宣读,仿佛审判,又让沉渣泛起,往事重现。毛文娉不得不承认,连她都曾经嫉妒过老陈,她是那么优秀出挑,才华横溢,目空一切,她不屑跟其他女生搞好关系,她跟寝室的每个人都有过矛盾。她最常说的一句话就是:"出了这个校门,谁还认识谁。"只可惜,她最终也没能走出校门。老桑阻止过老杨起床吗?文娉觉得,可能有。但让一个女生去帮助一个自己讨厌的女生,本身就有点困难。而且,老桑也不知道老陈会死啊……

刘家很快发丧了。

悼念大厅,花圈成排。老太太的巨幅遗像面对着入口。宾客们均着黑衣,鱼贯而入,鞠躬致敬。老高出差,文娉独自到场,在门口找曼蔓拿了菊花,跟着队伍朝里进。桑嫣坐在椅子上,神色黯淡,她有孕在身,不能劳累。濮德庸这个干儿子,哭得比亲儿子还悲恸。伊若、小濮带着孩子站立一旁。宪魁红着眼眶,主持大局。

宁红靠过来,文娉点头致意。等一圈走完,老宁才小声问:"没动静吧?"文娉岿然。宁红提醒:"杨盼男人。"文娉说没有。宁红又说:"说宪魁对老桑意见很大。"文娉问缘故。宁红道:"她怀了娃儿,瞒着没说,婆婆突然走了,都不知道这事儿,说是都没闭上眼。"

文娉帮老桑说话:"月份小,前面又流过,老桑也怕了,估计想稳定了再说。"宁红道:"老人带着遗憾走了。"文娉不接话,转而问可凡呢。宁红说钱带来了,说院里有事,回头再去看老桑。

说话间,老吴也来了,跟在队伍里。宁红要过去,文娉拉住她,让她冷静。宁红道:"放心,不闹事。"说着,径直走过去。她在吴冠军耳边说了几句,老吴点了点头,还是跟着队伍走。濮德庸看到老吴,顿时不哭了。老吴朝老濮比了个中指。老濮差点跳起来打他,死活被小濮拉住,避免了一场混乱。

文娉再见到老桑已经是第二天了。婆婆火化后,桑嫣就住院了。核心目的:保胎。文娉坐在病床前,闺密俩都没说话。不是不想说,是近来生活给予她们的信息量太多太大,全堵在心口,一时不晓得挑哪句说合适。

单纯的陪。

坐久了,文娉找话说,说搬家的时候,她去帮忙。

老桑淡淡地道:"已经搬好了。"

文娉错愕,她没想到这么快。

桑嫣道:"买家急着要,东西先搬到别的地方过渡一下,御府,我是不打算回去了。"文娉又提杨实诚走了的事儿。桑嫣沉默片刻,才问:"你信吗?"

文娉无言以对。

桑嫣用询问口气:"你信?"

文娉忙说没有。

桑嫣苦崴崴地说:"好多事,我没跟你们说,是觉得没有必要,找人生孩子的事情，我一直反对，所以才始终没往下进行，别说我现在有孩子了，"抚摸肚皮，低头看，"求仁得仁，"又抬头对文娉，"就是没有，也轮不到老杨操心，是她自己过意不去，一把鼻涕一把泪提出来了，我直接否了，以为到此为止，结果搞出那么多花花……"眼睛看天花板，又挪回来，"文娉，我不怕告诉你，你可以去求证，老高说帮着去东北物色人，真要走到那一步，也是从外头找。"停顿片刻，叹气，"至于当年的事，就是一笔糊涂账，我不知道老杨为什么这么写，怎么可能不让她起来，而且，我踢她，她就不起来了吗？我跟她有这种默契吗？她是谁我是谁？要是我直接不让她起，说了话，别人会听不到吗？当然也不排除是实诚伪造。"沉默了一会儿，继续说，"我能理解实诚，他不甘不忿总觉得我们害了杨盼，尤其是我，可做人总不能放下碗就骂娘，都是姐妹，求到我门上，我能置之不理吗？我是那样的人吗？"

文娉不赞同也不反对，依旧静静聆听。

桑嫣气逐渐上来："说我们不救老陈，更是子虚乌有，老陈摔下来我知道，我没动，是因为你起来扶她了，我就没必要再起，怎么，她陈烈香是什么重要人物？还需要那么多人起来伺候？至于后面咋回事，我睡得死，确实不知道。这事多少年前就断清楚了，犯不着现在拿出来要挟，"口气愤然，"没想到老杨是这种人，枉费我把她当自家姐妹，里里外外关照，"吞口水，"当然，都能理解，谁人背后不说人，谁人背后不被说，正常，咱身正不怕影子斜。"哼哼一下，"他要闹，就让他闹去，说句不好听的，我妈现在也去了，老一辈子的老理儿老面子，我们下一辈人可以不必讲那么多，说白了，都是普通人，我不会觉得拉不下脸，真要是我朋友，也就不会相信那些鬼话。"

文娉握住她的手，安抚着。

老桑突然发狠："去报案才好呢，让政府处理，我就不信找不回个公道！"

文娉道："消消气，孩子要紧。"

桑嫣泫然，长长地吐了口气："这三灾八难的，我也是刚知道几天……还没来得及跟妈说……赶到医院……人已经……"她说不下去了。

文娉劝她别想了，调整呼吸。

桑嫣又说："那天你看到老吴了吗？"文娉说看到了。桑嫣道："人估计高兴着呢，不请自来，看笑话的。"文娉说能有什么笑话可看。桑嫣说瞧着吧，老宁都被他"统战"过去了，有钱能使鬼推磨，只要利益均沾，出去生个孩子也不叫事。

593

第一百一十八章 于曼蔓

送走刘家老太太,曼蔓觉得自己都快累散架了。

百味忙前忙后端茶倒水,曼蔓躺在沙发上,埋怨:"我这亲妈都没伺候呢,人家妈我伺候得闻鸡起舞的。"

百味揶揄:"伺候亲妈花钱,伺候人家妈你挣钱,行啦,最后一遭,以后不用伺候了。"

曼蔓嘚嘚:"妈没了还有女儿哪,我跟你说老桑那小姑子不是个好鸟,心疼儿子也不是那么疼的,孩子摔个跤,屁事没有,人要叫救护车,俺们以前小时候摔个狗啃地,起来不照样玩儿。"

百味从厨房端了一桶泡面,递到曼蔓手上,随意问:"我看杨盼男人那院子空了。"曼蔓吸溜一口面:"哎呀妈别提了,我看到他都怕。"百味忙问怎么了。于曼蔓这才简单描述了实诚去别墅"逼宫"的情形,并做点评:"我跟你说真跟张无忌拳打六大门派一样一样的,老杨也是,没事瞎写啥日记呀,还专记人丑事。"

百味又问:"你觉得是真的吗?"曼蔓问什么真的假的。百味说老陈当年那事儿。曼蔓说:"真的咋着,假的咋着,人都没了,说这些还有啥意义,而且就那么一本日记,谁知道什么时候写的,也许是老杨后来写的也说不定。"

"书写时间可以找专门机构鉴定。"

曼蔓放下泡面:"鉴定了,然后呢,就当真是当年写的又咋着,谁能保证老杨没有渲染或者添油加醋。"

百味道:"如果是真的,那就涉及同寝室的人是否见死不救的问题,这是个法律问题,上次不是讨论过吗?"

曼蔓道:"怎么才叫救?据说老毛扶老陈上床了,这算不算救?而且,对于当时情况的认定,每个人的判断不同,如果当时同寝室的人就不认为老陈很危险,或者只认为她是不小心掉下来,那是不是就不算见死不救。这里面情况复杂得很,我跟老许讨论过。而且时隔多年,更难弄。"

王百味想了想，说："现在最好是找到那本日记，也许里头有别的线索。"曼蔓道："实诚走了，那就代表他不想公布，毕竟杨盼也牵扯在里头，人都没了，找这些麻烦事干吗？那天老桑也说清楚了，代孕的事毕竟没有发生，如果是老杨自己想准备，那是她自己的问题，觉得欠人情，或者别的什么，出事是个巧合。"说到这儿，曼蔓把泡面递过去，"再加点水，咋放那么少，面都没泡开呢。"

调休两天，曼蔓又开始上班了，公司少不了她。不过，上班后几次会，老濮总都不在，濮杰代为主持。有几个大文件必须濮德庸签字的，于曼蔓打电话过去，听筒里直接出来暂时无法接通。财务来提醒，说本月账面上的钱不够发工资。于曼蔓及时跟濮杰汇报。没过几小时，钱到位，工资按时正常下发了。

百味最近也忙，老出差，说去保定给人拍片子。百味一不在，曼蔓晚上这顿要么从楼下带点儿，要么点外卖，吃得够够的。这日，恰逢老妈寿诞，百味也回来了。曼蔓张罗着庆祝。她问老妈想吃什么。半芹别的没多说，点名想吃羊肉。曼蔓去大市场买了羊肉，还整了个羊头肉，剁好片好，回去一锅炖。濮总匀的两瓶茅台，一直没舍得喝，直接孝敬老妈了。

蛋糕是百味买的。

人到齐，就开整了。周半芹也不客气，又是羊汤又是羊头肉，大快朵颐。百味感叹："阿姨身体真好，能吃。"

周半芹道："不能吃不能喝完了。"

三个人都自斟自饮，曼蔓没注意，老妈已经喝下去两杯了。曼蔓又给满上，道："来老妈，来，行啦，别喝了，那些行了，"杯子举过去，碰一下，"我祝你，身体越来越健康，梅开三度。"

半芹微醺，嗷一声："开不了了！上了两回当，不折腾了。"曼蔓斜着眼，杯子捏手里："哎，老妈，你不是说要搁北京找个有钱老头吗？"半芹摆手："不想啦，没那么容易，不找那罪受，"喝一小口，"将来干不动了，我就回老家，"拍拍曼蔓的背，"放心，我不拖累你，你有多高飞多高。"

百味道："还能飞哪儿去，都到北京了，还飞纽约呀。"

曼蔓回撑："咋不行，人家欢迎着呢。"哼哼一声，又倒酒，"再过两年，我一个不高兴房子我也不买了，我直接上美国买房去。"

半芹抢酒瓶，倒酒。

曼蔓不给："哎呀妈，还喝呀。"

"喝。"半芹很坚定。

"你醉了妈。"曼蔓不给。

半芹对百味:"小王,那瓶给拿过来,"又对女儿:"不醉,这点酒醉什么醉。"

曼蔓咋呼:"哎妈,咱俩两瓶茅台。"

半芹豪爽:"再加一瓶二锅头都不醉。"

曼蔓把酒瓶嘴子伸过去:"少来点啊,"瞅老妈,"还得留点我喝哪。"半芹道:"年轻时候我也就八两白酒。"百味唬得眼直,又去端生日蛋糕。

点上蜡烛,曼蔓道:"妈,许个愿。"

半芹不闭眼,舌头打滑,但不耽误说话:"你妈我人生最后一个愿望,最大的愿望,就是看着你成个家。"

曼蔓不乐:"妈你能不能别说了。"

"你不小了——"半芹大声疾呼。

曼蔓要起身,百味拉住她。曼蔓厌恶道:"喝酒喝得高高兴兴的,非说这些不中听的。"

半芹不管不顾:"我是为你好!你就不想想……你现在胡混……老了谁管你……妈妈是肯定比你先走呀……"曼蔓双手堵耳朵,她不要听。半芹继续说,不过这次是对百味:"小王……我曼蔓就交给你了……阿姨最放心你……阿姨同意了……"

"妈——"曼蔓清醒了。

手机响,是个陌生号码。曼蔓随手挂断,对方又打来。她胡乱接了,开口就来:"我现在不买房,就没有这需求……"忽然,她的话被截断了,于曼蔓表情逐渐凝固,越来越严肃。

酒彻底醒了。起来就穿衣服。半芹还在说胡话,她说:"曼蔓你别走,别一提到关键问题你就逃……"曼蔓管不了那么多,她把老妈交给百味照看,一个人匆匆出了门。

这一出去就是三天三夜。

曼蔓奔走着,她觉得恍惚,跟梦游似的,好像到了另一个世界,可周围的一切又提醒她:一切都是真的。她从公司到警察局,又从局里到八宝山,然后再回公司……来来回回折腾,看到的每个人都神情肃穆,连哭声都是隐忍着。大家聚到一块儿有一个共同的目的、共同的事——老濮总,濮德庸先生,于夜间从公司所在大楼跳下,命丧当场。没留遗书。只有目击者听到他当时大喊:"来吧!"

曼蔓震惊。她甚至来不及悲伤,就被濮杰安排了任务,她组了个小组,专门负责控制舆情。影响务必降到最低,人已经走了,公司经不起损失。

忙吧。

曼蔓给百味和老妈打了电话,跟着就是一个礼拜昏天暗地地加班。前几天压力最大,说什么的都有,花钱、删帖、沟通……曼蔓眼睛熬红了,连大姨妈都识趣儿地缩了回去,等到情势基本稳定,她狠狠在办公室睡了一天一夜。

财务拿单子来找她,她必须找濮总签字。于曼蔓这才真切地意识到,濮总走了。

这世界没这个人了。她的伯乐、带头大哥、永远的老领导、公司领路人、她的指路明灯,濮德庸,就这么走了。曼蔓让财务把单子放下,她关好门,才真正开始为濮总掉泪。他是多么好的人呀!为什么呀!跟着,于曼蔓开始自伤。怎么办,濮总一走,她的北京梦还怎么实现?她指定要迷失,搞不好还得失业……不敢想……不能想……

生活为啥那么残酷!

不行,得弄个明白。曼蔓打电话找桑嫣,要见面。老桑道:"你别乱动。"曼蔓着急:"可是……濮总……"桑嫣口气严厉了:"这不是你能操心的事,你该干吗还干吗,把工作做好了,就是最大的贡献……"

曼蔓着急:"不是……老桑……我就不明白……"

"你不用明白!"桑嫣呵斥,"我们比你更伤心!但当务之急,是稳住大局。"

"什么大局?"曼蔓问。

"不说了。"桑嫣打住。

眼见问不出什么来,曼蔓只能憋着。回到家,见到百味,又是一场大哭,曼蔓愤然:"这好人怎么就不长命呢。"百味道:"是不是摊上事了?"曼蔓眼泪鼻涕齐飞:"啥事儿比命还大?"百味道:"有些事,真能让人求生不得求死不能,不如死了痛快。"

曼蔓泪眼婆娑,似懂非懂。

百味说:"也许,我是说也许,牺牲他一个人,保全一家人也说不定。"曼蔓不懂他什么意思。百味突然抽了口气:"有几个公司,你还是法人?"曼蔓说是。百味急促地说:"赶紧能处理处理。"曼蔓大喘气,也觉得情况不太妙,但她还是抱以希望:"不至于吧。"百味要出门,曼蔓问他去哪儿。百味说他吃多了,下去溜达溜达。

第一百一十九章 宁红
Di Yibaiyishijiu Zhang　Ning Hong

◆

开会往北四环走,结束后,宁红特地往老桑的新家拐一趟。常姐开门,宁红一进门就是惊叹,高高的顶,大大的厅,花草葳蕤,藤萝遍布,老桑才是真正过过富贵日子的人。

常姐请示后,领宁红上楼。桑嫣正躺在那儿,她算高龄产妇,又好不容易怀上,格外仔细小心。宁红送上礼物,一台电动吸奶器。桑嫣苦笑:"哪用得着这个。"宁红笑,说到时候你就知道了。

她拣靠近老桑的椅子坐下,常姐上茶,她喝了两口,才道:"我听到都吓死了。"

桑嫣看着她,不说话,满面愁苦。

"啥事儿过不去,咋突然就跳楼。"宁红继续说。

桑嫣唉叹:"抑郁症。"

"什么时候的事,怎么没听说过。"

桑嫣道:"多少年了,我们也劝过多次,无论什么情况,别自己扛,随时来电话……可没想到……还是走了这步。"宁红追问:"他是放下了,家里呢,小濮那块呢。"桑嫣说濮杰该忙的还是要忙,老的走了,他就得撑起来,又说:"我们也是能帮就帮,就是能力实在有限。"

宁红笑说:"只要你跟宪魁肯伸手,事情就好办。"

桑嫣微微撇嘴:"你以为,老太太一走,立马就不一样了……"

"有那么明显?"

桑嫣动了动身子："什么叫人走茶凉？不过我跟宪魁有心理准备，也都还能承受。"

宁红随即道："瘦死的骆驼比马大。"

桑嫣道："你们只看到外面的风光，这里头，别说真遇到难事，就是没难事，日子一天天简简单单过，都不容易。"宁红奉承说那是，光这房子，水电物业都不少。宁红又顺着问伊若的近况。桑嫣说伊若心情也不好，带孩子去加拿大散心了。宁红借机道："我是真佩服你们家。"

桑嫣不解其意。

宁红笑着说："偌大个家，老人走了，嫂子和小姑子竟相安无事，换成别家，搞不好架都打起来了。"

桑嫣顶真："利，谁都想要，关键要占个理儿，妈走之前，哪份归谁，都分派好了，算起来，伊若比我们还多得点，宪魁心大，又疼妹妹，我向来也不在乎这些，都是身外物，拿也就拿了，屋宽不如心宽，再大的屋子，不过睡一张床。"口气愈发婉转，"还有老太太留下的那些字画、相片，包括书信、年轻时候的日记，不都被一锅端了？这些我倒心疼，都是妈留的念想呀……"竟有点哽咽，"可伊若要，我也只能让出来，把妈存心里罢了……"

宁红道："得亏是你，所以老话说，有多大德承多大福。"桑嫣问宁红御府那边有什么动静。宁红问她指什么，桑嫣说姐妹们。宁红道："现在走得也少，不过实诚倒消失了，没再闹事，"思忖了一会儿，又说，"老濮这事，曼蔓估计受的影响大。"桑嫣说："我也想着呢，事一多就忘了，不过有濮杰撑着，曼蔓估计没事。"

两个人又东家长西家短地说了一会儿。宁红本想找桑嫣介绍人给她认识，可老桑现在是孩子第一，又不大出去，想想还是算了。桑嫣留饭，宁红婉拒，说孩子还在家，她得早点回。

到家天都黑了。老吴坐那儿辅导女儿写字。

宁红打发乃心进屋，才揶揄地对老吴："没事，女儿不成才，还有儿子接班。"

"又来了。"老吴挺直腰杆子，"反正呀，我怎么做都不对。"

宁红啐："有事说没事走，老瘪犊子。"

老吴不生气，反倒嬉皮笑脸："我来送钱还送错啦，那我走。"

"回来。"宁红叫停。

老吴道:"给你转过去了,你查查看,今年的清了。"

宁红拿手机,翻翻,嗯了一声。

吴冠军严肃道:"可别怪我没提醒你,桑嫣那儿,少去。"宁红诧异,什么意思,跟踪她?她愤然:"别跟我玩这一套,跟踪是犯法的。"老吴挤眉弄眼:"还用得着跟踪,拿脚指头我能猜出来,你是没八卦下饭,就过不了日子。"

不得不佩服老吴的妙算。

"刘家现在就是个火坑,"吴冠军放大声音,"人躲都来不及,你还光着头往里钻?老濮为什么走?他们可是一条绳上的蚂蚱,"哼哼一下,"人,到什么时候都要走正道。"

这话从老吴嘴里说出来了,太讽刺。他成走正道的了。宁红深感世界魔幻。她追问:"老濮到底咋了。"

"咋了?你这点政治觉悟都没有?"老吴像给她上课似的,"他走了还算好的,他要不走,拔出萝卜带出泥,多少人得恨他,他们家就彻底完蛋,这个濮德庸,干了一辈子没屁眼的事,最后这件,他倒深明大义了。"宁红追问:"啥事儿那么大,刘宪魁都盖不住?"冠军不屑道:"他?他自身能保住,就是上头给了天大的面子了。"

宁红沉默。静水流深。没想到里头这么多事。该说的说完,老吴准备走了,临走前,还不忘刺激老宁一下:"这就快上市了,你可得抓紧了。"宁红一下没反应过来。等明白了,脸跟着红了,可她依旧嘴硬:"追我的人排到法国了。"老吴呵呵道:"确定了,送你个大礼。"

宁红骂:"滚蛋!"

骂归骂,老吴这句话,她又往心里走了。刺激,巨大的刺激。上次去见丁处,宁红受了打击。她感觉自己这辈子从没这么不自信过。该美的容美了,该健的身健了,跟老吴闹掰后,她就没怎么落下过自我建设,可是,年龄在这摆着呢,婚恋市场上,她就没有竞争力。更何况,她还那么强势——老桑暗点过她,让她改改脾气。可宁红又认为,都活到这把年纪了,为男人改脾气,实在没必要。只是,跟老吴这一战,她总不能不做任何努力就落下风吧,他痛痛快快第二春了,她却没人接盘,脸往哪儿搁。思来想去,宁红还是决定再努力一把。

找老桑是不切实际了。文娉当公务员,估计有资源,但她自己尚且没结婚,如果有好的,肯定独享了。更何况找文娉,那就等于告诉老高了,多不好。

那就只剩许可凡了。老杨走后，桑嫣搬走了，曼蔓和文娉都忙，宁红只跟可凡走得还算近。两个人一起去看过房子，晚饭后偶尔一起遛弯，逛超市。这天，逛到卫生用品那块的时候，宁红把问题跟可凡提出来了。问她认不认识五十岁上下的，事业稳定，丧偶或者离异的男士。

可凡睁大眼睛，问："谁找？"

宁红不接话。可凡明白了，随即很诧异："真要找啊？"宁红故作羞涩。可凡不解："你还缺人？"宁红道："人不缺，合适的缺。"可凡只好说帮忙留意，又说："能配得上你的可不多。"宁红拦话道："啥配不配得上，我也不是小姑娘了，人生还长，就是找个人搭伴过日子。"

"可以问问文娉，她认识的人多。"

宁红小声："真有好的，她不给自己留着呀。"

可凡不解，说她不是跟老高吗？

宁红道："骑驴找马，真要那么对付，不早就结婚了。"宁红这么一提醒，可凡也深以为是。她始终认为奇怪，文娉和老高相处也有日子了，再不往前走一步，的确有黄的可能。恋爱，不能谈太久。宁红继续说："老毛就是忙事业，老高呢，也想着一步登天呢。"

可凡厌恶："都想一步登天，天好登的？"

宁红挖苦："捷径嘛，难免灰尘多。"

可凡愣了一下，随即会意，两个人哈哈大笑。超市行人侧目，两人笑够了，可凡才道："只要自己心里过得去就行。"

宁红转而道："濮家的事听说了吧。"

"惨。"可凡只说一个字。

"我倒为曼蔓可惜。"

"她怎么了？"

"登天的梯子没有了呀，"宁红分析，"她能起来，还不是因为濮德庸，"随即哼哼，"日后濮杰当政，就算他愿意用她，伊若肯吗？"

可凡若有所思，半晌才说："伊若倒不是那样的人，而且也差着年龄呢。"

宁红提醒："你忘了曼蔓的外号了，凹凸蔓。"

两个人又是一阵笑。逛到主粮区，可凡想起来要买米。宁红主动帮忙，一人一小袋往家拎。前脚进门，后脚尉迟就跟着回来了。宁红远远见着他西装革履，又打着发蜡,加之有日子没见,更难看出分别来。她转头小声对可凡:"你们家尉迟长个儿了?头是头脸是脸的。"可凡不屑:"多大了还长个儿,内增高。"

宁红笑:"咋还整上这玩意儿了?"

"当领导了,对自己有要求。"可凡道。

"那你可得小心点。"宁红提醒。

"小心什么?"

"吸取我的教训。"

"他没老吴那两下子。"

"老吴以前还不如尉迟呢,"宁红道,"后来咋样,人都在变。"

许可凡不耐烦:"他变他的,我过我的。"

宁红追着说:"最好考虑再生一个。"

可凡色变:"老宁,咱女人就不能什么都由着男人,咱来北京为啥的?不生儿子就不是人了?"

宁红见可凡较真,便不往下说。尉迟过来打招呼,宁红笑靥如花:"尉迟,可以呀,是个人物了。"尉迟自嘲:"小人物,没地位,我在家排名老末屎。"

可凡啐:"听他胡说。"

第一百二十章 许可凡
Di Yibaiershi Zhang　　Xu Kefan

宁红走后,尉迟才从包里拿出几个大包子。猪肉鸡蛋粉条馅儿,可凡的最爱。许可凡打开看,尉迟道:"中午小组聚餐,特地打包给你的。"许可凡心暖,她最喜欢吃河南包子,猪油味浓些,难为尉迟有心。她叫菲菲端粥,又开了一包辣白菜,就着大包子,晚上这顿就打发了。

尉迟问宁红来干吗。可凡存心帮忙,但又不想让宁红太早暴露,于是拐着弯道:"你们公司有那种五十岁上下、丧偶或者离异、经济条件还不错、人品过硬的单身男士吗?"

尉迟齿冷:"怎么,你有想法?"

可凡道:"去!老宁的亲戚。"

尉迟看透了,索性点破:"是亲戚还是她自己。"可凡恼:"没有就说没有,胡乱跌败人。"尉迟这才说:"我们是创业公司,上头大拿比我年纪还小。"可凡不往下说了,尉迟说的也是实话。宁红这种情况,找商人、高管,都不切实际,最好还是从公务员口突破。可是,老宁为什么不去找文娉呢。可凡想不通,一时发怔,尉迟跟着道:"是来说濮德庸的事的吧。"

可凡说:"也没说几句。"

尉迟摇头晃脑:"站队站错了,又送出那么多钱,不跳楼,抓进去起码无期。"

可凡不想说这些,搪塞道:"吃你的饭吧。"

尉迟道:"绝大多数大生意,一半是政治。所有大生意的分配,则是纯政治了,不是人人都能玩转大盘的,像咱们这样无根无基的人家,最好还是靠手艺吃点饭,饿不死就行了。"

可凡较真:"你这手艺,过了三十五就得贬值。"

尉迟忙道:"所以我得往上走,学学管理,而且,一个家庭光有工资收入是不够的,最好还要有资本收入。"

"什么意思?"

"房产、股票,或者股份,"尉迟道,"简单点说就是哪天你干不动了,不至于手停口停,让钱生钱。"

"想得挺美。"

"什么叫挺美,都在付诸实践。"尉迟说。菲菲插嘴:"爸爸是不是又升职了?"尉迟对可凡:"瞧瞧,什么叫虎父无犬女,这觉悟。"可凡乜斜眼:"真的?"尉迟道:"分了点股份。"可凡又问:"多少?"尉迟笑道:"能让两室一厅变成三室一厅吧。"菲菲推碗玩平板去了。许可凡和尉迟寅面对面坐着。可凡刚开始高兴,是,这套房子已经到期,她委托中介挂出去了。连带地,她也开始看房子了。目标,西城或者海淀的两室一厅。这次换房,一步到位,再卖就等到女儿上大学,她退休了。只是,尉迟突然释放三室一厅的讯号令她警觉。

可凡啃包子:"有两室就够住,多一个房间,得多还多少贷款。"尉迟耐下心来:"两室是权宜之计,有条件三室,为什么不宽松点,我还想要两卫呢,将来自己爸妈来,或者人口多了,免得又麻烦,换一次房,还不一步到位了。"他也提一步到位。这个维度,他跟可凡是一致的。只是,他那半句"人口多了",让可凡一下就火了,合着人家还在想二胎呢。

可凡憋住气,没发作,她拿出手机,找到房贷计算器,一通点算,才说:"要买三室,算下来,一个月要还两万多,还不疯了。"尉迟不犹豫:"两万多也不多嘛,公积金抵扣,我现在也能多担点儿,"他吃完了,把碗一推,"不用杞人忧天,该享受的还是享受。"

看来铁了心了。

可凡不再多劝,她不想点明,免得一晚上不痛快。等上了床,尉迟又爬过来,三下五除二脱了个精光。许可凡立刻明白他的目的了。她这几天日子特殊,很容易中枪。他尉迟寅算好了时间,不肯错过,嬉皮笑脸,就要行动。

可凡挡开了他:"不行。"

"用你的姿势。"他不放弃。

"今天真不行,不舒服。"

尉迟脸立刻耷拉下来:"你哪天舒服?"

可凡道:"能不能讲点理。"

尉迟气倒不匀:"还是说你嫌的是我这人?"

"睡吧。"

尉迟又骂:"天天看韩剧两眼放光,玄彬帅,可人家不能跟你过日子。"可凡气得眼热:"别来劲啊!"尉迟把被子一掀:"我就知道,现在又嫌我不好了。"眼见丈夫越发来闹腾,可凡只好劝:"真没有,真不舒服,受凉了,就说明儿还去做艾灸呢。"

空气凝结。房间里只能听到楼下小孩的奔跑声。尉迟一双眼跟野兽似的,都是恨意,他突然发飙:"跟我要个娃儿就那么困难?!"还没等可凡应对,他就打着赤身,抱着被子出去了。

许可凡一脑门子汗,她就不明白,生儿子对男人来说就那么重要吗?这男人真他妈不能得志,一旦有点起色,就开始自恋地考虑自己那点东西如何传承,问题是,你尉迟家基因优秀到非传承不可了吗?说句不好听的,就那么一小嘎儿,你着急个啥？过去，可凡还有心跟他吵，现在，她连吵的心都淡了，家里家外一屁股事，尤其院里，多少案子等着结，她同科室的一个刚入院一年的女孩，又因为适应不了工作、情绪波动很大，正在考虑辞职。可凡理解她，谁整天麻缠在这些破事里心情都好不到哪儿去，所以，家庭的和谐特别重要。上班烦，回家必须好好休息，心情愉悦，不折腾。所以，尉迟闹，可凡就由他闹，主动权在她手里，她不放行，他也没法子。

两口子冷战几天后，可凡倒是给了尉迟一个理由。她说必须考虑菲菲的感受，女儿不想有其他孩子分走父母的爱。可凡不予理会。结果没出两日，一大早，可凡正站在面盆前刷牙，尉迟把菲菲带过来了。可凡从镜子里看到女儿站得笔直，跟少先队大队长要做汇报似的。还没等她发问，菲菲就用那种播音腔道："妈妈，我希望有个弟弟或者妹妹，这样以后我就不会孤单了，独生子女好可怜。"

可凡头大，她从镜子里看尉迟，嘴上的泡沫乱飞："别给我女儿洗脑！"菲菲却道："妈妈，这都是我的真心话。"尉迟补一句："二比一，听到群众的呼声了吧。"

可凡大吼："子宫是我的，你管不着！受够了！"

嘴上说受够了，可该忍受还得忍受。逢着大节，可凡回娘家，两口子照样得合体。以往可凡怕回家，是怕老爸老妈对尉迟那股嫌恶和埋汰，现在怕回家，是怕看到二老对尉迟的巴结。尉迟变大方了。一到可凡老家，他就成了众人口中好女婿的代表。可凡爸跟他喝茅台，可凡妈领着他打麻将，众星捧月，好不风光。

按说可凡应该妻凭夫贵，觉得有面儿才对，可她感觉危机四伏。

别的不说，光是那些七大姑八大姨家的媳妇、女儿，一个个拉三带俩，或者干脆挺着肚子，就够她许可凡压力大的了。果然，这天，男人们喝酒，可凡妈又踱过来找女儿了。

可凡妈眼朝远处望望，对着某亲戚怀里的孩子："多可爱呀。"

可凡不接茬儿。

她妈继续："你也努努力，趁着我还能动能行，帮你们带带。"可凡不客气："妈，您安享晚年就行了，别累着。"她妈见女儿顽固，便撕开了说："独生子女的弊病你是不知道，我们这一代人那是深受其害，你说当年我要再生个一男半女，老了留在身边，是多大安慰。"可凡道："妈，您这是怪我了？"她妈转而打起笑颜："我不怪你，你们现在混成这样，还想咋着，我是为你担心。"

许可凡不想深谈，她知道谈下去也不痛快，于是借口去洗手间，拿了衣服，出门去了。小城凋敝，转起来也无甚趣味，可凡去老钟表眼镜公司配了一副眼镜。天擦黑，菲菲打电话来。她明白，是他们叫她，假借菲菲之口罢了。她只能回去。

晚饭又是一顿酒。吃完后聊会儿天，菲菲跟姥姥睡。可凡和尉迟去厂区旁家里那个不值钱的小破房睡觉。可凡揶揄尉迟："酒不要钱？"尉迟道："不是爸高兴嘛。"可凡又问："给了多少？"尉迟道："孝敬老人你还有意见了？"

可凡说："你这是在收买人心。"

尉迟不悦："这不看你的面子嘛，要没你的面子，我还懒得收买呢。"可凡不往下说了。尉迟说的是实话。

到住处了。这房子真老，是她小时候成长的地方。家里搬走后，没往外租，她父母冬天才过来住住，说厂区的暖气足。可凡把热水器里的陈水放了，注入新水，再插上电。一会儿工夫，温度上去了。她跟尉迟招呼了一声，便准备洗澡。

水雾朦胧。浴室跟注了仙气似的。水花喷洒，洗净疲惫。可凡刚洗完头，尉迟进来了。可凡让他等一会儿，他却快速脱掉衣服，直接走到花洒下。

"等会儿。"可凡劝他。

"一起。"尉迟圈住了她。

许可凡觉得不妙，拿毛巾擦了把脸："我洗好了。"说着就要走。可他却不打算放人。可凡啧一声。尉迟笑嘻嘻："浪漫一会儿。"他把花洒开大了。可凡觉得屁股后头有东西顶住自己。还没等她采取措施，他便强行把她掰正了，不由分说，直刺下去。

可凡惨叫。嘴巴还没说出"不要"二字，就被他的手捂紧了，她像个溺水的人一般挣扎。没用。他依旧机械运动着，不会因为任何人的哀求而停止，嘴里满是污言秽语。

终于，她摔倒在地。那他就压在她身上，完成最后的射击。许可凡哭了。她分不清脸上的究竟是眼泪还是温水。身体疼痛，脑中竟还辨析着法理……这算强奸？被自己的丈夫？……尉迟轻轻探头，云朵要亲吻山巅。可凡的叫声撕心裂肺，脚这才解放出来，直踢到他脸上："滚！——"直到这个时候，许可凡才终于明白，尉迟为什么执着于造人——她越是反对，他越是一意孤行。也许这就是这个男人想要追求的，彻底的征服。他要一切都由他说了算，他要主宰。

第一百二十一章 桑嫣
Di Yibaiershiyi Zhang　Sang Yan

◆

　　胎相稳定，桑嫣又开始外出活动了。宪魁叮嘱常姐，必须寸步不离。桑嫣笑说："哪那么金贵，这种事情，越不在意越好。"不过桑嫣这一向睡眠却不大好，老做梦，而且总会梦到杨盼。她拐着弯找燕郊的师傅算了。

　　师傅的意思：故人还没投胎。桑嫣诧异，细问缘故。师傅道："盘缠不够，过不了奈何桥。"桑嫣纳罕。春天将尽，牛蹄岭要拆了。老桑跟村民签个解约协议，这一摊子算干净了。按说她不用到场，但房子里有些仿古家具，桑嫣认为还能用。再者，她也想上岭上烧烧纸——宁可信其有，不可信其无——如果真有，那就好好送送老杨。实诚消失有一阵了，可桑嫣依旧小心，尤其是她的行踪，尽量保密。

　　这趟去牛蹄岭，桑嫣原本只打算叫上文娉。后经仔细考虑，老濮走后，她一直没得闲安抚曼蔓，于是又把曼蔓叫上，让她开车。结果曼蔓在群里一吆喝，宁红和可凡也要去。桑嫣硌硬见宁红。不是因为她本人对老宁有什么，而是因为宁红跟吴冠军还没离婚，濮德庸走，老吴也有"功劳"，据说没少给对家提供材料。

　　事实上，老濮走之前，宪魁曾跟老吴提过，希望把股份转让，从公司退出。老吴表面同意，背地里各种阻拦，结果老濮走之后，人立刻把宪魁踢出来了。桑嫣当然明白，濮德庸不是关键，关键是她婆婆。没有了老太太这座靠山，一切都不可靠了。更何况，宁红老爱跟她这儿套话，她不喜欢。于是乎，上牛蹄岭，车辆安排是：于曼蔓开车，可凡坐前排，桑嫣和文娉坐后座，提前走。宁红自己开车过去。宁红百无禁忌，在群里还说什么"故地重游"的话，立刻被可凡制止了。

　　为了照顾老桑，车开得慢。闺密几个有一搭没一搭说话。桑嫣问文娉工作情况。文娉简单说了。

　　桑嫣又说："别光闷头干本职，社会职务也可以兼一兼。"文娉道："本职工作都干不过来了。"桑嫣听闻文娉上次去协会帮忙，忙完了人都不认识她。她颇替文娉不值，有心点拨，但又不愿说得太直白，于是笑着道："干活儿是应该的，但也不能干到黑豆地里去。"

曼蔓接话："我经常干到黑豆地里。"

可凡道："你要都干到黑豆地里，我那就算干到黑芝麻地里。"众人皆笑。桑嫣夸赞："曼蔓现在可是公司的承重墙。"于曼蔓不好意思："我也干不动，可没办法，我总觉得欠濮总的知遇之恩，现在濮总走了，我别的本事没有，努力干吧。"

话题引到濮德庸身上，可凡和文娉都感叹，桑嫣反复强调抑郁症害死人。气氛有点低沉了。车颠簸了一下，桑嫣哎哟叫。文娉和可凡忙让曼蔓开慢点儿。

于曼蔓骂："哪儿来的石头子儿！"跟着又颠了一下，四下皆惊。曼蔓啐："咋还成双的！"

虚惊过后，车开始进山，总算平稳了。可凡提起伊若，桑嫣四两拨千斤地说："这丫头太重感情，一时半刻缓不过来，在外面调整调整也好。"又说，"她找小濮真找对了，当初要找那什么毕家锁，谁知道现在能过成爷爷娘娘呢。"从后视镜里看曼蔓，"所以，抓紧。"

曼蔓朝后视镜里看，发现老桑和文娉都看她。可凡也转过头，曼蔓不自在："干吗都看我？"

桑嫣笑着说："你跟小王，抓点紧，钱不是第一位的，关键是真能对你好。"

曼蔓道："那也不一定要结婚。"可凡插话："太对了。"桑嫣没理解，问什么对，许可凡侃侃而谈："婚姻根本是人为制造出来的，男人是婚姻制度的最大受益者，女人呢，受害更多。"

桑嫣打趣："看看，这就叫站着说话不腰疼，她自己受益，反劝别人不要结婚，就跟那些说生孩子不好的女人一样，她们自己有孩子了，却整天建议别人当丁克。"

可凡面目严肃，不往下辩。

文娉打圆场："顺其自然。"

桑嫣道："你跟老高，就是太顺其自然……"她不往下说了，一说又多。高处寒的情况比较复杂，或许文娉想结婚，是老高不肯给承诺。桑嫣及时打住，轻抚着肚子，把话题转个方向："老宁还打算再找呢。"

可凡没好气："魔怔。"

文娉侧身对桑嫣："真的？"

桑嫣道："总不能'一朝被蛇咬，十年怕井绳'，幸福该找还是得找。"

许可凡嘀咕："反正我是不会再找。"

桑嫣一怔。车晃了一下，曼蔓没握稳方向盘。文娉率先道："可凡……不是……你……"

几次都没组织好措辞。

许可凡却"不打自招"了，坦坦荡荡地说："我离了。"

桑嫣绷起脸："不开玩笑。"

"没开玩笑。"许可凡云淡风轻状。

桑嫣再次确认："你离婚了？跟尉迟？"

"还能跟谁。"

"为啥？"桑嫣心如乱麻。

"性格不合。"

"别冲动。"桑嫣往前伸手拉可凡的胳膊。

"也闹了好久了。"

桑嫣转头向文娉："你知道？"

文娉摇头。桑嫣着急："这……你们这……都中了什么邪了……"许可凡故作洒脱："过不到一块儿就离呗，都解脱。"桑嫣道："人尉迟犯了啥天条，我看他平时不挺好，现在也做出来了，又听你的话……你让干啥人干啥……"

曼蔓扭头，对可凡："我现在都有点佩服你了。"桑嫣再次确认："你到底是吵架还是离婚？"许可凡不耐烦："和平分手，协议离婚。"桑嫣啧一声："什么时候的事？太莽撞了，怎么不冷静冷静……"

文娉反倒安慰桑嫣："放心吧，老许是法官，还能不比咱们冷静、清楚。"桑嫣情绪瞬间低落。许可凡利落的转身震撼了她。她倒不是为可凡的婚姻可惜，而是对比着瞧，离婚对她来说是不可想象的。自从嫁进刘家以后，桑嫣就站稳了、坐定了，再苦再难，无论如何，她都要在这块地上长长久久生活下去。

上一个台阶不容易，万没有往下跳的道理。

至于可凡这儿，虽然尉迟不能跟宪魁比，究竟也在上升期，值得长期持有。而且，到底是原配，只要他没犯不可饶恕的错误，比如老吴那样，就实在没有离的必要。眼见许可凡如此坚定淡然，桑嫣也不好再劝。生活是人家的，人家有选择的自由。

爆出这个大新闻后，车厢内安静多了。桑嫣眯了一小会儿，到地方了。宁红超前抵达了，她开车快。

几个人下来，小心翼翼。宁红嚷："市里天阴，这儿倒晴了，回头逛逛。"

桑嫣不想逛，便说先干正事儿，有时间再说。文娉开门，屋子里已经有灰尘味了。桑嫣签了合同，让曼蔓拿给村里人。桑嫣又指挥大家给要留下的家私贴上标签。里头忙完，再开车到别墅后头的小道口草稀树少处，把准备好的纸钱、冥币和金元宝搬下。

文娉和可凡去坡上拣了些石头块儿，宁红把它们围成个大圈。桑嫣叮嘱："东南角留个口儿。"宁红把石头踢开，口破出来了。曼蔓把纸钱堆进去，文娉点着了。火烧旺了，再往里放冥币和元宝。宁红、曼蔓、可凡一人手里一根粗树枝，小心地控制火势。

文娉扶着桑嫣远远立着。

桑嫣如泣如诉："老杨……老陈……来拿钱吧，这辈子苦，下辈子投个好人家……"说着，眼泪潸然。除了曼蔓，其他人都跟着鼻酸。桑嫣继续说："老杨……你别怪我们……不是我们不帮忙……实诚心重……将来等缓过来点儿……再说……你放心吧……"

火烧了近二十分钟才熄。

一干人确定火星皆灭，折回别墅，暂作休整。为避免意外，这次来，人人带自己的茶杯，不在牛蹄岭吃喝。几个人坐着，宁红问可凡："老许，你会算，咱是不是跟'牛'不合？"许可凡道："谁会跟牛不合？"宁红回忆："咱上牛蹄岭，好像就没几回痛快的。"

文娉道："心理作用。"

桑嫣说："以后不会了，明儿个就有人来拆。"

休息了一刻钟，宁红提议四处走走。文娉道："老桑身子不方便，天也有点阴，早点回吧。"可凡附议。曼蔓随大溜。桑嫣道："老宁，回头咱们去长城边住，再约。"宁红道："风景倒是其次，我就是觉得难得聚那么齐。"说话间，其他几个人已经站起来，拿包的拿包，捋衣服的捋衣服。

门口一阵响动。

"谁？！"可凡敏感，第一个叫出来。大家都扭头朝门口看。

又一阵响动。

宁红上前，喝道："是谁？出来！"曼蔓跟紧了。文娉扶着桑嫣。桑嫣心里跟长了刺似的，这最后一趟牛蹄岭，难不成也要生出一些事故？曼蔓和宁红胆儿大些，两个人对了个眼色，提着步子慢慢朝门口移动。

门又动了一下，桑嫣怀疑是风，可紧接着，剧烈的响动让她打消了这一猜测——阴天，别说平地，就是这山上，也不见什么风。

窗外树头静静的，天上好像有只眼朝下看。

可凡低声："不会老杨来拿钱了吧。"

文娉驳："别自己吓自己！"

桑嫣抓紧文娉的手。曼蔓和宁红更靠近双开的大门了。蓦地，门敞开条缝儿。众人还没反应过来，一群蝙蝠跟战斗机似的杀进来，又是飞又是叫，桑嫣唬得差点坐在地上。众姐妹都没见过这场面，顿时抱头鼠窜朝屋里跑。

"走后门！"宁红振臂。

姐妹们跟着她，谁知后院也飞来一群蝙蝠，只能折回头。曼蔓发现条生路，挥臂："去地下室！"于是一行人跌跌撞撞连滚带爬下了地下室，宁红殿后，关紧铁门。

外头蝙蝠乱飞。

桑嫣搂着文娉，她能感觉到文娉在微微发抖。宁红下来了。于曼蔓恨道："一定有人搞鬼！"可凡说那是肯定的。

众人看桑嫣。

桑嫣不说话。这个天，又这么大一群蝙蝠，是有人故意无疑了。只是现在脑中纷乱，她一时也无从判断。过了一会儿，外面没声音了。于曼蔓第一个上去探路，她歪头朝外面看，又回头："没了！"

宁红第二个上去，扒着曼蔓的肩，二次查探，也回头："是没了。"

许可凡拾级而上，道："一个一个出。"

文娉扶着桑嫣朝上走。曼蔓拉了拉铁门，门不动。宁红说你让开，她去拉，铁门照样不听使唤。可凡上前，发现几个大锁，惊呼："从外面锁上了！"

桑嫣头都嗡嗡了。看来对手的目的不单是惊吓。"打电话，报警。"桑嫣下令。可凡掏出手机，没信号。曼蔓说你联通还是移动，她看手机，也没信号。宁红、文娉、桑嫣赶紧查看，只有文娉的手机有一格信号。宁红不信邪，竭力把手伸出去，希望能搜到信号。文娉拨110，可刚打出去，信号立刻又断了。

曼蔓对宁红喊："我来！我手长！"她也去试，手刚伸出去，脚下却流出一道水线，刚开始不大，等她低头看，已经汇聚成一道洪流。

地下室底端的几个人都慌了，桑嫣下意识往箱子上站，文娉跟着站了上去。

"有人要杀我们！"曼蔓锐叫着。可凡大声："这还用说吗！"宁红招手："上来，上台阶上来。"众姐妹觉得在理，果断放弃箱子，爬上台阶。救命声此起彼伏，可这荒郊野岭，似乎根本没人能听到她们的呼喊。水越漫越高，桑嫣执意要站在最高处，她肚子里有孩子，她必须为孩子争取更多的时间。

曼蔓站在最下方，水淹过她脚面了。她跟落水的猫似的，要猴到可凡身上去："给我点地儿。"可众姐妹都站稳了，一点不肯让地方。

宁红道："一定是实诚！"

文娉惨然。

可凡道："老杨走，跟咱们根本没关系！"

桑嫣冷静："说这些有什么用，喊救命吧。"

水更高了，眼看就要漫过腿肚。外头有动静。大家愣了一下，然后异口同声大喊救命。

终于，高处寒出现在门外："都让开点儿！"众人连忙后退，连桑嫣都不得不站在水里。

高处寒跺了几板脚，没用。几把大锁不是盖的。

文娉嚷："快点儿！老桑支持不住了！"高处寒快速跑开。一会儿，水停了。又待了片刻，他带了把斧头回来。"让开！"高处寒高喊。

姐妹们有的捂耳朵，有的捂嘴巴。

手起！巨大的撞击声！门终于开了。几个人惊跳着逃上来。水还在流。王百味也赶来了，见到高处寒拎着斧头，上来就是一拳。曼蔓连忙拦："打错了打错了！"百味这才罢手。老高来不及解释，狠狠瞪他一眼。一行人跌跌撞撞往外逃，爬上车，兵荒马乱下了牛蹄岭，直到下了山，才停下车。

宁红从车里下来，问桑嫣要不要报警，又说："太过分了！"许可凡激动："何止过分，这是犯罪！"桑嫣护着肚子，深呼吸，一时难以下决断。她扭头看文娉，意思是征求她意见。

毛文娉不置可否。百味和处寒走过来。桑嫣看了看高处寒："你怎么来了？"高道："我在开会，看到文娉说要去牛蹄岭，就赶紧过来了。"顿一下，又补充，"这地方，邪门儿着呢。"

曼蔓问百味怎么来了。百味不正面回答，支支吾吾："你得赶紧走。"曼蔓不解。王百味这才说家里来人了。"什么人？干吗的？"曼蔓追问。百味说是民警，来了解情况。桑嫣对曼蔓:"你先回去,看看什么问题。"又对众人,"有惊无险,这次就算了,不过从今往后,我们就不欠老杨的了,他杨实诚要再做什么,只能依法论处。"

宁红和可凡都说实诚太浑蛋。最后,桑嫣才对高处寒道:"老高,谢谢你,今儿多亏你。"高处寒忙说都是自己人别客气。一边说着,他一边搂紧文娉。

桑嫣最后道:"最近大家都小心点,"看看文娉、可凡、宁红,"回吧,今天的事,沉一沉,都别声张了。"

宁红嗷嗷:"就这么放过他?!"

桑嫣稳住阵脚:"不然怎么办,这是杀人未遂,真报了案,逮住就是无期,他进去了,一了百了,秀秀呢,"深深叹气,"老杨可怜……孩子更可怜……已经没了妈……咱不能再把她爸送进去。"

许可凡道:"他要有心害人,会再动手,万一……"

桑嫣道:"事不过三,给他改过的机会。"

高处寒玩世不恭地道:"嫣姐,你这个人,就是心太善。"文娉听了,狠狠拧了老高胳膊一下,今儿他是英雄,可她讨厌他这种调侃的口气,都什么时候了,还不严肃。

第一百二十二章 于曼蔓
Di Yibaiershier Zhang　Yu Manman

百味所谓的"民警",并非曼蔓以为的。是,是民警,可人家上门,只是因为不知哪个邻居给市长信箱写了信,投诉曼蔓在楼道放了太多杂物和鞋子。民警接到下发的上访邮件,照例上门询问情况。所以不过"虚惊一场"。

但老濮走后公司情况不容乐观却是事实。濮德庸跳楼是个讯号。公司员工多半是明白人。北京分部不断有人离职，刚开始，曼蔓还跟着人事劝，到后来，人事自己也辞职了。只剩下从浙江带过来的几个老人，都是沾亲带故，且都不怎么做事，按月领工资——他们也实在无处可去。曼蔓把情况汇报给濮杰。濮杰没回应。过节，公司福利没有了。

节前，濮杰突然来，把曼蔓叫到办公室。于曼蔓垂手侧立，老濮走了，她就以小濮为尊。"坐。"濮杰招呼。于曼蔓小心坐下，跟濮杰面对面，隔着张办公桌。于曼蔓心里打鼓，看这架势，估计有情况，她估计濮杰要给她降工资。

曼蔓坐定了。濮杰才说："大伯走了，华北这边的业务，集团打算收一收，只保留天津的办公室。"

心咯噔一下，曼蔓咽唾沫。她要下岗了？她尴尬地玩手指，不晓得怎么应答。濮杰伸着脖子，"公司还做，只是方向调整了。"曼蔓只能应付着说是。濮杰继续道："你也算公司的老人了，又是大伯钦点，对公司的业务熟悉，也忠心，"换副口气，"你愿不愿意去浙江？职位不变，待遇上涨。"

这个提议令曼蔓吃惊。去浙江，她从未想过。从出生到现在，三十多年，她都生活在北方，而其中，她最喜欢最认可的就是北京。她从未考虑过离开北京。曼蔓为难。濮杰道："不着急回答，我最近可能回去一趟，等回来之后，你再给我答复。"

好嘛，于曼蔓犯愁了。晚饭不想做，她点了外卖，一个人喝啤酒。王百味最近总在外头跑，不沾家。曼蔓估摸着，要么是真忙，要么就是有人了。她也没心情过问。天下没有不散的筵席，公司都能顷刻间垮掉，何况人。酒肉穿肠过，喝吧。

喝醉了就不想了。

两罐下肚，百味回来了。曼蔓叫他。百味放下东西，洗了手，看到茶几上的空罐子，笑道："今儿走量啊。"

曼蔓帮他拉开了一罐，递过去。百味接住喝了一口。

曼蔓直问："你考虑过离开北京吗？"

百味一下没反应过来，嘴还贴在易拉罐口子上，两眼眨巴。

"离开北京，考虑过吗？"曼蔓用倒装句。

"去哪儿？"百味不假思索。

"随便。"

"你要走？"百味追问。

曼蔓无奈，叹道："不是那意思，就说你自己，会不会有一天离开北京。"又觉得解释不清，改口道，"算了，你都有户口，离开啥，当我没问。"

百味反问："出啥事儿了？"

"没事儿！"曼蔓挥胳膊，豪放地，突然又惨淡淡，"我就是觉着……搁北京这么多年……真待出感情了……我妈说了多少次让我回去，回老家，回石家庄，我根本不考虑……为啥？北京就是我的青春呀！"

百味不吭声儿，只是跟她碰杯。

曼蔓哀叹："这濮总咋就想不开，啥啥都有了，还想咋着！像咱这啥都没有的，还苟延残喘地赖活着，他怎么这么自私！自己腿一抬走了，亲人咋办，员工咋办……"曼蔓情绪有点激动。百味伸出一条胳膊安抚他。倾诉完了，曼蔓又叮嘱百味，说这些事千万别告诉她妈周半芹。

喝了酒，于曼蔓胡乱睡了一夜。次日起来头疼，心又不甘，她给桑嫣发了消息，想摸摸底、问问情况，却始终不见回复。曼蔓找文娉，毛文娉说老桑出去了。"出去？去哪儿？"曼蔓在电话里问。

文娉说好像是出国。

曼蔓傻不棱登问："这时候出去干吗？"文娉说："旅游，休息，或者想生个美国人、加拿大人？咱不操这个心。"曼蔓又问牛蹄岭后续情况。文娉说她也不太清楚，房子应该是拆了。

翻篇儿了。

曼蔓这才把小濮总的话转述了，问文娉的意见。毛文娉道："你要真想换换环境，浙江也不错，杭州环境多好。"曼蔓见跟文娉说不出什么来，便挂了电话。

周末，曼蔓懒懒的，十点还没起床。不久之前，她还跟哪吒似的，周末都加班。百味叫她，又是备早饭，又是拉她出去，曼蔓架不住，早中饭一起吃了，两个人开车去附近森林公园晃悠。走了两圈，找个位子坐下。

百味从松树上摘了不少松球，跟曼蔓一起扒松子，百味兴致高昂："这都能吃，回去炒炒。"

于曼蔓机械地帮了一阵忙，集了一小把松子。

冷风一吹，她忽然悲从中来，她好端端一个正在走上坡路的人，怎么突然无聊到要扒松子？可不可悲，无不无聊？她的北京之路，就到此为止了吗？曼蔓鼻酸。百味问她咋了，于曼蔓又觉有口难言，从前唐胖子去世，她都没这么悲观过。

她不年轻了，哪还有那么多机会从头再来。让她离开北京，比杀了她都难受。

憋了好一气儿，曼蔓终于哭了。

王百味猜不出她的心，手足无措，他只好愣头给一句保证："反正……老蔓……你放心……你到哪儿……我护送你到哪儿。"话说得断断续续，却是掷地有声。这话很重。可曼蔓却听出些趣味，忍不住破涕，随即嗔道："护送？你是孙悟空还是猪八戒？还是唐僧？"

百味憨憨地说："我是白龙马。"

"那我骑你。"

"随便骑。"百味两臂支棱着。

"还老蔓，我有那么老吗？"曼蔓越品越不是味儿。

百味笨拙解释。曼蔓道："我去天涯海角，去牢里，去山里，你也都跟着？"百味说那必须。曼蔓道："我是谁，你是谁，凭什么这么跟着，你就是要跟着，我也不能耽误你。"百味说心甘情愿，不叫耽误。曼蔓哀叹："我配不上你。"又说，"好人怎么就没好报呢。"

心情不好归不好。工作上曼蔓不怠慢，她自认受过濮德庸恩惠，无以为报，那便只能在做事上善始善终，把最后这一程走好了。人员遣散一通闹，那些老员工不愿意接受赔偿。于曼蔓弄得一头紫疙瘩。每天只敢上午过去，下午早早回来，跟挺尸似的躺床上。晚上也不做饭，就去附近小商场连溜达带吃饭。

百味还是忙。他的自媒体成大号了，不少挣。曼蔓还是那话那原则——不耽误他。这日，刚溜达到小区花径，却见中介围着宁红，紧跟着走。等中介散了，曼蔓上前去打招呼。牛蹄岭后，姐妹们分散，各忙各的，各自保命，别说见面，连群里都较少说话了。

其实在实诚当众读日记后曼蔓就感觉到，姐儿几个都躲着她。老陈那事件，只有她一个人算站在干地儿。那么大家就不能与她为伍。曼蔓招呼，宁红微笑着，她说正在卖房子，价格不合适，中介不去做买家的工作，老来歪缠。

曼蔓诧异："这么快就走，老吴那边搞好了吗，离了？"

"老牛拉破车，慢慢来吧，"宁红拖着腔调，"老桑都跑了，咱还傻待着，等着人行刺呀？"

曼蔓说你怎么也说跑，她就是出去散散心。

宁红不屑："她小姑子移民了你知道吗？"

曼蔓错愕，这事儿倒没听到过。伊若移民，那濮总呢？于曼蔓回过神："小姑子移民，跟嫂子有什么关系？"宁红道："你还没反应过来，这个家倒了，散了，人都到上头告状，痛陈家里的'十二大罪状'。"

曼蔓问她怎么知道。宁红说："你别管怎么知道的，反正，老桑以后估计也是个移民。"宁红又啐，"她作的孽，丢个烂摊子给我们收拾，要不是她，我也没那么着急卖房。"曼蔓不解。宁红恨不得戳醒她："你是没事儿，老桑走了，杨实诚要卷土重来，总得找人撒气，他能找谁？"曼蔓无言。找谁呢？文娉、可凡，还是宁红？反正不会找她于曼蔓。

曼蔓道："那事不还没定论嘛，不一定就是实诚。"宁红驳："不是他是谁。"曼蔓道："就当是他，他也未必敢动第二次。"宁红叹息："防患于未然吧。"她又问曼蔓公司的事。曼蔓知道老吴跟濮家关系不好，故意说正常运行。宁红丢下一句"那祝你好运"就走了。

上班时间，产业协会打电话来，邀请曼蔓去能源大会。曼蔓苦笑，都什么时候了，协会倒把她当个人。平时她是不去的，如今闲了，又厌烦看到公司那些人，邀请发过来，她顺水推舟地去了。到会场，偏偏又安排在前排。曼蔓忧虑，忙拿着牌子到后边靠边坐，一抬头，却看到个熟人。

房燕也来参会了。一时间，于曼蔓百感交集。从前交好，后来交恶，如今同是天涯沦落人，遇到房燕，竟有几分亲切。两个人相对无言，婉转了半天，曼蔓才开口："怎么样？"房燕声音轻飘飘："挺好的。"

跟着就又无言了。听说左豪已经被捞出来了，房燕还算幸运。她于曼蔓就没这种幸运了。鸡飞蛋打，功亏一篑，还担了虚名，多少人认为她于曼蔓是濮德庸的姘头。冤哪！早知如此，还不如真做姘头，免得现在担名不担利的！……开会就正儿八经开会，曼蔓全程神游。直到会开完，人都开始走了，房燕却坐着不动。曼蔓刚准备离开，房燕直问："那几个法人，都是你挂着名吗？"

曼蔓愣了一下。房燕站起来，声音压得极低："能处理赶紧处理，"又说，"最重能判二十年。"轰的一下，于曼蔓大脑一片空白，等她回过神来，座位上已经没人了。扭头看，房燕的背影刚从正门消失。

第一百二十三章 毛文娉

周六,天气不错,文娉和老高去慕田峪晃晃。刚上去,往下瞧,文娉就捂着心口道:"真怕突然有个人冲过来把我推下去。"

高处寒忙说:"我保护你。"

文娉微笑着不语,信步向前走。信号台处,两对夫妻带着四个孩子在闹腾,文娉见了,突然想起初夏来。跟老高在一起后,她很少问他女儿的事,老高也很少提,文娉冷眼瞧着,慢慢发现高处寒竟是个心肠极硬的人。据说初夏在老家读书,别说节假日,就是寒暑假这样的大假,他也没把人接来过。

过去文娉不理解,后来进了公务员系统,达官显贵接触多了,她发现但凡成功者,尤其是男人,那心都是相当狠。大禹为治水,三过家门而不入,高处寒就能不接女儿。可能在男人们看来,钱给到位就行。

孩子有妈顾着呢。

想到这儿,文娉更不敢轻易当妈了。不过最近文娉倒是有个烦心事。部里的一个处长老找她,文娉估摸着,似乎对她有点意思。偏偏她的顶头领导还大开方便之门,看那架势是打算撮合。

文娉没有那方面意思,便把宁红带去吃饭,谁知刘处对老宁根本不感冒,还是一味找她。后来领导提,文娉才明白,这位处长至今未婚,自然不会愿意找宁红这种"二手货",他还打算要孩子的。一来二去,文娉有点顶不住,就差直接拒绝了。

胳膊架在墙头上,远眺。长城内外,分外妖娆,文娉抬眼看高处寒:"最近那个刘处,老找我。"

高处寒一愣:"部里那个?"

对上号了。文娉嗯了一声。高追问:"他找你干吗?"文娉淡淡苦涩:"也没啥事。"说到这儿就不往下说了。

点到为止。毛文娉觉着,以高处寒的脑子应该能理解了,有事儿找,那叫办公；无事找，那就是办私了。谁知他高某人想了想，说："如果能跟他混，也不错，他空间挺大，少壮派。"

毛文婷的心跟直接从长城滚下去似的。可面上并没露出来，修炼那么久，这点功夫还是练出来了。她打定了主意，这次只是漏风，如果刘处真有下一步行动，她再跟高处寒挑明，让他做个选择。这么长长久久地提溜着，文婷也累了。她也要做出自己的选择。

爱情，她自认已经品尝过了。

她曾经觉得爱情是两个人的事，后来发现，爱情其实是独角戏，自己过瘾就行了。再往前走，她要一个理智稳妥的婚姻。

人生如走夜路，失不得足。

想清楚了，文婷索性玩得欢脱。等到快下长城，看着这美景，她才突然想起来："咱俩都没个合照。"高处寒说："怪你。"文婷不懂自己犯了啥错误。高继续说："别的女的都爱自拍，你不拍，所以没有。"

文婷笑说也是，跟着拿出手机，打算自拍。

高又建议道："好不容易来一次，好不容易想要合照，还不正儿八经弄一个。"

文婷不懂啥是正儿八经的。

高处寒朝拍快照的小摊子看。文婷明白了。"十块一张，咱们要两份，二十块钱。"谈好了价钱，小贩就开始艺术创作了。"靠近一点儿。"他指挥他们。文婷和高处寒靠近了。

"笑一点儿，"小贩继续指挥，"女士，笑一点。"

文婷只好咧开嘴，嘴角上扬，恍惚之间，她感觉像拍结婚登记照似的。虽然她从未经历过，但就是那种感觉。温馨，甜蜜，天长地久……照片出来了。文婷夺过来看，笑道："不行，毁掉。"

老高抽过来："那不行，这我要保存一辈子的。"

文婷心一暖，仰头望着他。太阳从西边照过来，两个人沐浴在暖黄的光里，好像不做点什么都对不起这美景。嘴唇探过来了。文婷微微闭眼，也只有在这荒郊野岭，她才敢如此放肆。

下了长城，驱车回家，在小区门口随便吃了点饺子。车停在小区北面小广场。下来后，文婷和处寒同时发现拐角收破烂那小院亮着灯光。文婷和老高对看一眼。夜色作掩护，他们来到小院门口。院子里有个老太婆在归置纸皮。高处寒问："大姐，纸盒子什么价？"老太婆爽利："看质量。"高就说是那种装电视机的纸箱子。老太婆报了个数。高处寒故意道："以前那个男老板价钱出得比这高。"老太婆不乐意："他高你找他去。"

高处寒又问他人呢。老太婆说不知道，好像回老家了吧，这就不是个挣钱的活儿。

"他确定不干了？"文娉追问。

老太婆不高兴，反问："你到底是不是卖破烂？"

高解围，说回头拿了就来卖。

看来实诚的确撤了。

回到家，文娉和老高洗了澡。毛文娉打开电视盒子，放《红楼梦》，她不怎么看电视，但永远用《红楼梦》做背景音。高要喝咖啡，文娉不同意，给了菊花茶。

两个人枯坐着，文娉点了根檀香，香烟袅袅，房间里很有点禅意。

"你说，实诚就那么恨我们吗？"文娉凭空抛出个问句。高处寒模糊地说："多少有一点，但也不会太严重。"文娉抢白："不严重至于赶尽杀绝？"

高语塞。

文娉嘀咕："难道，放水的不是他？"高说："你就是容易想太多，准备休息吧。"文娉不依，继续说下去："如果真是他，我们是不是应该报警？"倒抽一口气，"老桑跑国外去了，宁红也搬了，可凡打算卖房子，只剩我和曼蔓原地踏步……"

越分析越觉恐怖。

高处寒脱口而出："你又没害老陈。"

文娉一愣，脑子转了个弯，才说："是老杨吧？"高处寒笑着说："老陈老杨老杨老陈，你们这一笔糊涂账，我都快被绕糊涂了。"又说，"要不这样，你搬到我那儿，或者我搬过来，我保护你。"文娉笑说："你搬过来，我就别睡了。反正，门关好。"高说："要不在门口装个摄像头？"文娉同意了。

聊完这段，文娉又想起来问宪魁。高处寒说，老桑去了多伦多，宪魁基本住天津。文娉犀利："他躲什么呢？"高处寒笑说不知道，不过老人走后，刘家的能量确实大不如前了。

文娉跟着问："听说伊若要移民。"

"这你都知道了。"高处寒叹。

"老桑他们会不会撤？"

高处寒说："应该不至于，只要不犯事，这儿还是家呀。"文娉不乐意："犯事儿就不是家了？"高处寒打趣："犯事就要家法处置，不想被处置，只能离家出走。"

礼拜天，文娉去看可凡。可凡又开始收拾东西了。房子挂出去，已经有眉目，可凡想搬出去租一段儿，住舒服了，再考虑买。文娉嘴上不说，心里却有点不痛快，一出事儿，大家都闪了。文娉一边帮忙往纸箱子里放东西，一边问可凡："牛蹄岭的事你觉得是实诚干的吗？"许可凡手停："还想着呢？"又问："难道不是吗？"

"他放的蝙蝠？"文娉提着口气。

许可凡没接话。文娉继续说："那我跟老桑回学校那次，也是他？那时候他跟咱们可没仇，如果那次不是他，这次怎么又是他了呢？"许可凡放下东西，摘掉乳胶手套，说："这是个排列组合的问题，一，可能几次都是他，他是唯一的罪犯；二，以前不是他，最后一次是他，他是受了前面人的启发，同时也为了掩盖自己的罪行，所以也用了蝙蝠；三，前面是他，后面这次不是他，那就另有其人。"文娉深以为是，道："那就是有两拨人？"许可凡不恋战："甭管几拨人，这事儿到此为止。"

文娉说："对方要是再行动呢？"

"那就报警。"

"万一再行动，给大家，或者给某个人带来重大伤害呢？"文娉略微激动，"我们明明可以防的，为什么不防患于未然。"讲到这儿，文娉干脆说："要不报警吧？"许可凡拉住她："你这不叫防患于未然，叫敌未动，你先动，是兵家大忌，而且人家要真惦记你，你能咋着？请几个保镖吗？当时大家也都同意了，就算是实诚，也给他个机会，不然怎么办，老杨走了，实诚被逮，秀秀呢？"

问题就在这儿。

可文娉又不愿意坐以待毙。

敲门声响，两个人唬了一跳。许可凡让文娉快别说了。敲门声愈烈。菲菲要去开门，可凡厉声让她进去，她拽了个拖把棒子，蹑着手脚往门口去。趴到猫眼看，才突然泄气，门开了。许可凡老妈站在那儿，可凡抱怨："干吗不出声呀！"可凡妈当头就骂："你脑子被鸡踩了！"

文娉见来者不善，她不走就要看到尴尬事，连忙讪笑着道别。一溜烟下楼，

621

才发现出来时没带钥匙。她转到老高住处。他那儿有备用的。从电梯里出来，却听到门里头一阵吵嚷。老高似乎正在跟一个男的吵架，再听听，似乎还打起来了。文娉把耳朵贴在门上。里头又没动静了。哗啦一下，门开了。

王百味撞到文娉。两个人都受了些惊吓。百味闷着头，没走电梯，直接从楼梯下。文娉进门，问怎么回事儿。老高道："于曼蔓被抓了！"文娉心跳到嗓子眼，急问情况。高处寒说："公司有问题，她是法人。"文娉说然后呢。老高又说："小王找我，让我做曼蔓的律师。"文娉问情节严不严重。老高大喘气。文娉着急，拉他胳膊："说呀！"老高看看她，低声："最高判二十年。"

文娉一阵目眩，差点站不住，她扶着墙壁，好容易跋涉到沙发上，六神无主："找濮杰了吗？宪魁怎么说？"又摸手机，"我给老桑打电话。"

第一百二十四章　许可凡
Di Yibaiershisi Zhang　Xu Kefan

✦

离婚办利索了。可凡没想到尉迟答应得如此爽快。她本以为会别扭一阵，结果骑虎难下，箭在弦上，不得不发了。财产分配清晰，一套房，等卖了之后钱对半分，女儿菲菲由可凡带，尉迟每个月给三千抚养费。

可凡是一定要带菲菲的，好在尉迟在这方面并不坚持。办完了没公布，基本算是隐离。其他人倒好说，就是父母这块，许可凡想沉淀沉淀。

找个合适时机，再慢慢做工作。

老妈的突然到访，却让可凡意识到"东窗事发"了。进门第一句话就暴露了她妈的态度，老人肯定是不愿意她离婚的。如今的尉迟在老丈人和丈母娘眼里，那是标准的有前途的好女婿，正在往上走，这时候离婚，根本就是个昏招！但可凡能怎么说呢，告诉他们实情？说尉迟婚内……强奸？她还要不要脸？而且，这种事情怎么界定？只有她自己知道——爱不爱已是其次，重点是，尉迟已然不尊重她。他就是想把她训练成他的奴仆，无论床上还是床下。

这太可怕了。

"菲，屋去。"可凡妈拿出外婆的威严。菲菲嘀咕着："怎么都让我进屋……"许可凡严阵以待。等菲菲走过长长的走道，进了屋，关上门，可凡妈才跟训学生似的，低声重话："你别作死！"

可凡头大，果然她都知道了。八成是尉迟泄的密。许可凡小幅度抵抗："妈……你不了解情况。"可凡妈愤然："你是天天给人判案，怎么自己的事就断不明白呢？"

"矛盾不是一天两天了。"

"什么矛盾？"

"性格不合，"许可凡绷着脸，"不适合一块儿过日子，与其两个人受罪，不如都解脱。"

"谁受罪，你受罪？"

"是，我受不了。"

"具体什么事你说一件我听听。"可凡妈坐下了，仔细审问。许可凡不耐烦："日子是我过，我不比你清楚？真要是过得舒服畅快，我能自找不痛快？"

可凡妈凛然："过日子过日子，你过的是谁的日子？你还是过他的日子吗？过去那么难，没见说难受，现在好过了，反倒说日子过不下去，说给谁听谁相信？"老妈越说越激动，许可凡只能沉默以对。她知道，她妈就是来吵架的，必须让她发泄了，否则，没完！

这一气说完了，可凡妈怒坐在那儿，运气。许可凡站在飘窗边朝外看。好一会儿，可凡妈又道："他在外头有故事了是不是？"

许可凡被唬得太阳穴跳，真佩服老妈的推理能力。她小声说没有。可凡妈不信，顺着自己的思路往下说："过去他是一小嘎儿，现在人不是起来了吗，一个成功男人没人想他的好事也不正常，可问题在于，你得应对呀！人都变了，你不变，能行吗？夫妻在一起久了就得调整，难道一有个风吹草动，你就缴械投降？"

可凡难为得跟什么似的："不要瞎猜行不行。"可凡妈嘴跟机关枪似的："你也是有孩子的人，你不为自己，也为孩儿想想，干吗，离了之后，真就一个人过了？知谁有多艰难吗？还是菲菲能接受后爸？妈是过来人，你以为当初我没想过跟你爸离？他喝酒闹事打麻将不回家的时候，我也想过一走了之，可我得为你呀！亲

623

爹毕竟是亲爹！我那时候真要拍屁股离了，你能不能一直读到研究生都未可知。"咽唾沫，可凡妈伸手抠掉嘴上的干皮，"年轻气盛，等再过几年，再有什么也都没什么了，年少夫妻老来伴，你不知道身边有个人是多么重要，原配心更真，还是不一样……"

瞧瞧这口才，可凡觉着自己就是满身是嘴也说不过她，心一横，干脆把那"丑事"说出来算了，话抵到嗓子眼，还是咽了下去。就算跟亲妈，那档子破事儿也难以启齿。

可凡妈见女儿发呆，以为自己的劝说起了效果，于是总结道："要不这样，我牵头，把尉迟叫来，我盯着你们去把婚复了。"可凡直着脖子："法律不是儿戏！"可凡妈不饶："法律不是儿戏，可你这事儿办得儿戏呀我的好女儿！怎么就跟你说不明白呢。"

可凡道："离婚是我提的，他同意了。"

"你跟个霸王似的，他能不同意吗？你没看他怕你怕成啥样，真的，女人，不要太强势。"可凡妈拽她胳膊。许可凡知道跟老妈是说不清了，只好劝她先回家。可凡妈说："我让尉迟给你赔礼道歉。"可凡说真不用。可凡妈把脖子伸过去，一颗头顶到女儿胸前："头给你，剁了吧，我也不活了，不指望你给我养老送终，我可是带着任务来的，办不好，你爸也不让我进家门……"说着，可凡妈真开始掉起泪来。可凡弄不过，只好说等明天再说，可凡妈即刻收了泪，带菲菲睡觉去了。

躺在卧室，一把火在许可凡脑门悬悬着。她真想打个电话给尉迟，问他为什么不遵守契约，私自把情况透露给她父母。手机拿过来。还是算了，睡个好觉吧。到这个年纪，什么都没有睡个好觉重要。

次日，可凡妈调度好女婿，才跟女儿谈房子的事。核心议题：卖便宜了。许可凡道："经适房，能卖这个价格已经是烧高香，而且老杨那事后，谁能住得下去。"可凡妈又问杨盼身后的情况。可凡删头去尾，连带把水淹牛蹄岭的事儿也说了个大概。

可凡妈吓得血压都高了："这算犯法吗？咋不报警呢？"许可凡又把为杨盼女儿秀秀着想的话说了。可凡妈反唇："别家的孩子会顾，自己的孩儿，你倒不考虑了。"可凡舌结。什么都能绕到这上头来。可凡妈又说："所以，家里没男人能行吗？万一杨盼男人再搞鬼，你连反抗都反抗不了。"说话间，尉迟进门了。离了婚，他还有房门钥匙。单身过后，他在公司附近租了房，全身心投入工作。

许可凡寒心,她提离婚,人家轻轻松松就答应了。不抵抗,顺势而为,弄得可凡都感觉尉迟本来就是想离婚的。或者他在外头有头绪了,才故意激怒她?许可凡眼睛发直,脑子里各种念头飞窜。

尉迟叫妈,她娘应得亲切。他还拎保健品来了。表面功夫一流。

可凡妈笑:"回自己家,咋还带礼物。"

尉迟虎了吧唧,笑得像猫:"这不被赶出家门了嘛。"

可凡妈连忙:"啥赶出家门,你就是出去旅个游。"

许可凡不想听这二人转,转脸跟菲菲说话。可凡妈却道:"菲呀,到屋去。"

菲菲喳喳:"老让我进屋……"

客厅里只剩三个大人了。

可凡妈破题,对前女婿:"刚刚(尉迟小名儿),今儿我得批评你,凡凡糊涂,你也糊涂?她胡来,你也跟着胡来?"尉迟觍着脸:"妈,您还不知道我,可凡的话我敢不听吗?"可凡妈又对女儿:"夫妻吵架,床头吵,床尾合,哪至于就去民政局了,今儿我也做个主,"说着牵起女儿和女婿的手各一只,叠在一处,"下午就去把婚复了,还跟以前一样。"

可凡猛抽手,不给面子,面孔冷得能结冰。

可凡妈继续:"凡凡,向刚刚道歉。"

许可凡两眼大睁像见了鬼。凭什么?!还跟他道歉。"不是……妈……你能不能……"话还没说完,尉迟寅就道:"妈,是我不对,我道歉,"说着就给丈母娘鞠躬,"我对不起妈妈,没照顾好凡凡,"又对可凡,再来个九十度弯腰,"凡凡,你打我骂我都行,对不起。"

这一番表演,许可凡心服口服,可要说去复婚,她是绝对办不到。许可凡僵在那儿,一时恍惚。她忽然感觉到一种前所未有的陌生,妈妈不是妈妈,丈夫不是丈夫,这些曾经最亲近的人,似乎都离她好远好远……手机振动,可凡下意识拿起来看,是毛文娉在"五瓣花"群里发消息,可凡吓了一跳。

群里总共五个字:曼蔓被抓了。许可凡连忙打给文娉。毛文娉让可凡下午到她家来,老高和百味都在,大家合计合计对策。可凡问:"老桑知道了吗?"桑嫣在群里没动静。文娉说刘宪魁已经知道了,还有濮杰,他正从浙江往回赶。身边,老妈和尉迟热聊着,她妈仍说着复婚的话,许可凡低声,像怕别人听到似的:"于曼蔓被抓了。"可凡妈和尉迟同时受到惊吓,暂且不提复婚的事了。

午饭后,可凡往文娉那去。老高和百味在。老高还算镇定,王百味却坐立不安。看这架势,可凡觉得百味跟曼蔓应该是有感情了。

她问宁红呢。毛文娉说老宁单位有事,开会,走不开。可凡没往下问了。宁红不仁是她的事,她许可凡不能不义。几个人讨论了当下的情况,老高最清楚,说曼蔓被带走,还没到判刑那一步,目前就是留置,了解情况。可凡问:"跟老濮跳楼有关系吗?"高处寒道:"肯定有关系。"可凡又问:"为什么不带走小濮?"老高道:"曼蔓是濮德庸的秘书、助理,而且是好几家公司的法人。"

可凡明白,一旦留置,多半凶多吉少,不过也未必,一,看犯事的情节是否严重;二,看有没有人营救。留置过后,问清楚情况,才是移交检察院、法院,她可以打听着消息。但找关系路子,她是没有。王百味最激动,他对老高说:"你不是有那么多朋友吗?刘宪魁呢,他总能说话。"老高抽烟,没立刻回答。

文娉站出来对百味道:"小王,你放心,曼蔓是自己人,我们肯定会尽最大努力。"又对可凡:"现在还有个问题。"

可凡问什么问题。

毛文娉道:"曼蔓妈还不知道。"

可凡心往下沉,这是个大难题。她问:"阿姨人呢?"王百味接过来答:"今天来家了。"可凡叹一口气,对文娉:"走吧。"她跟老毛有责任安抚好周半芹。

羊头端上桌了。上回周半芹吃高兴了,这回整了个更大的。百味带文娉和可凡进门。半芹热情,又是让座,又是要去买酒。百味劝:"阿姨,今儿不喝酒。"

周半芹愣了一下,才问:"曼蔓呢?"

百味语塞:"一会儿……"

文娉和可凡对了个眼色,两个人一左一右,拦住半芹。周半芹收了悦色:"咋了?"她敏感。

可凡毕竟经验丰富:"阿姨,你放宽心。"

半芹嘴瓢:"肯定放宽……"

毛文娉道:"阿姨……"有点说不下去。

"曼蔓呢?"半芹略激动。闺密俩都不说话。半芹明白几分:"她人呢?怎么联系不上……"文娉说:"阿姨你先别激动。"可这样一说,周半芹反倒更激动:"咋啦?我蔓没啦?!"眼泪都在眼眶里准备好了。

许可凡连忙道:"没有没有……她没事……"吸口气,"就是被请去喝喝咖啡,可能得等几天。"

"喝咖啡？"半芹不理解。

"一点小情况，小调查。"许可凡说得婉转。

"被抓了？"

"嗯……"可凡当这个坏人。

"几天是几天？"半芹眼珠子快蹦出来。

"说不好。"可凡说。

周半芹忽然哭起来："我的小蔓……我说过多少遍让她别来北京……这就不是咱来的地方呀……她非要上天呀……我的小蔓呀……你要有个三长两短又没留孩子没留男人……我老了谁管我干脆我……"半芹发狠。

可凡急道："阿姨阿姨，你听我说我是法官我知道情况你听我说……"半芹收住哭声，眼神空洞。许可凡柔声："就是问问情况，没那么严重，而且不是有小王陪着你嘛，这么久了我们也在旁边观察，曼蔓跟小王有感情，所以说不是没留人……"说到这儿，许可凡策略性地把眼神对准王百味。

王百味磕磕巴巴地说："阿姨你放心……反正，只要曼蔓没出来，我就一直照顾你。"

周半芹泪眼婆娑，对百味："你照顾我？"

百味再次肯定。

半芹哀叹："我蔓咋怎没福呢……这么好的孩子……她这次要能出来……怎么着也得跟了小王……不然……老天爷都不答应……"

手机响，是毛文娉的。文娉接了，嗯啊几句。挂断，可凡问是谁，什么情况。毛文娉说："房燕。"许可凡一时没反应过来，问哪个房燕。毛文娉说明了。可凡问她什么事。文娉说小房也知道了曼蔓的事，说她也尽力帮忙协调。

第一百二十五章 宁红
Di Yibaiershiwu Zhang　　Ning Hong

◆

刚入秋，死了个艺术学院副院长，宁红跟院长夫人是旗袍会的好姐妹，少不得走走过场去道个恼。谁知文娉也在。宁红笑问文娉，没听说她认识副院长。文娉说是陪领导看展相识的，院长德艺双馨，没想到走那么早。宁红不多问，看架势，院长夫人跟文娉也熟。可她从未见毛文娉给人点赞朋友圈。

藏得真深啊。

闺密俩站了一会儿，文娉招呼熟人去了。宁红杵在那儿，蒯姐走过来招呼。有日子没见，彼此都很热络。宁红笑说："你现在是名人。"蒯姐道："名个屁，摊子都没了。"宁红忙问缘故。蒯姐说："主顾不少，可架不住我脸皮薄，熟人介绍来的，我不好意思收费，久而久之，房租都平不了，索性收了。"宁红道："我还说找你看看呢。"蒯姐笑："你还用算吗？一等一的好命。"

听着像讽刺，但宁红宁愿当奉承话听。她跟老吴闹那么大，圈里谁人不知，她早就颜面扫地。不过既然现在休战，像蒯姐这种人自然也能猜到其中缘故。不离婚，就是等着分钱的。将来分到钱，做个富婆，又没有男人牵绊，日子也好过。

宁红找别的话说："方院长人多好啊，怎么好人都走那么早。"蒯姐道："到另一个世界享福去了，恶人留下来受罪。"宁红骇笑："那我们都是恶人了。"说话间，蒯姐伸了一下胳膊，似乎是跟远处的一位男士打招呼。宁红放眼望过去，那男人中等个子，一身黑。

黑夹克黑裤子黑皮鞋，平头，人看上去还算利索。那男人瞥了宁红一眼，四目相接，宁红心抽抽，立刻又把脸别过去了。不大会儿，蒯姐回来了。宁红说要走，蒯姐问顺不顺路，两个人一对，正好能搭车。车开动，宁红随口问刚才那人什么来头。蒯姐道："原来在部里，四十多岁出来的。"

宁红问出来干什么了。

蒯姐手扶着太阳穴："那个什么集团，瞧我这记性，反正是搞人力资源，在里头当个头儿，拿年薪那种。"宁红不往下问了。蒯姐叹息道："就是感情不顺，离了两次了。"宁红哟了一声,没做点评。蒯姐继续:"人倒是好人,可能要求高了点儿。"

宁红问姓什么。蒯姐说:"姓仇。"又说,"还认识你呢。"宁红诧异。蒯姐道:"说一起开过会,还听过你发言,觉得你是个能人。"宁红心里受用,嘴上却没表现出来。蒯姐直接道:"我把他微信推给你。"宁红忙说不要,蒯姐已然推了。宁红道:"真谢谢了,真不用。"

到十里堡,蒯姐下车了。她现在住在百子湾附近,要转7号线。宁红笑说再约,开车走了。回到家,乃心已经在家了。不用说,老吴也在。宁红准备卖房子,她估计老吴就是来说这个事。宁红想给他个下马威,刚放下包便说:"今年的钱还没到位呢。"

老吴沉吟。过了一会儿,才把宁红叫到卧室,神色凝重,半天憋出来一句:"红子,房子钱你拿着。"宁红不懂他什么意思。这就不战而降了?她盯着吴冠军,等他继续放厥词。果然,又来一句:"公司遇到点问题。"

"什么意思?"问题严重了。

"我的意思是,你要是等不及,我们可以先离,钱将来再给补上,这个你放心,一分钱不会少你的。"

好家伙,这算盘打的。宁红别过脸,对着梳妆镜卸妆,她从镜子里看老吴:"这种把戏,就别玩了吧。"

"你是不了解情况。"

"什么情况?"

"现在是非常时期。"

"所以你要提前撤?还不给钱?"宁红转过脸,"这买卖做的!谁的意思?那女的?"用食指关节敲桌面,"我就不明白了,早就定好的事情,一而再再而三出幺蛾子,谁是三岁小孩?做人别太贪!"

"公司真有困难,"吴冠军恳切地说,"而且这房子不也说了给你嘛,我一分钱不要。"

宁红厉声:"姓吴的,你搞清楚,这房子不是给我的,是给你女儿的!"忽转怪笑脸,"公司有困难也行,咱们共渡难关,你让'鲍鱼'把那一千多万先吐出来。"她现在一律称鲍燕为"鲍鱼",偶尔还加个"臭"字。

"她已经贡献出来了。"

宁红愣了一下，然后竟开始轻轻鼓掌："真是好戏，可歌可泣，妓女都开始资助恩客了。"

吴冠军被逼得没办法，才道："老濮的死只是开始，后面麻烦多着呢。"宁红反问说跟你有什么关系。吴冠军道："上头好几个关系倒了，老濮撑不住才走的。"宁红问："你也不干净？"老吴道："我倒不至于那样，但也要防患于未然，离婚也是对你的保护。"

宁红嘴上说"你不要危言耸听"，内心却十分震动。做生意没有不上供的。她早就听说老濮一个节日里头都能送出去上千万。过去有刘家镇着，现在老太太走了，情况就大不同了。可是，老吴也到这步了吗？宁红正神游，吴冠军又说："事到如今，钱都是第二位的，人没了，要钱做什么，红子，咱俩夫妻一场，我不可能不为你着想，"深呼吸，"就算你不信我，乃心是真的吧，保了你，就是保了乃心，万一我有个什么差池，你得把孩子养大。"话到此处，吴冠军眼眶竟有点发红。宁红看出真来了。可是，再一想，她又怕老吴是苦肉计，骗她离婚，又不拿钱，转脸他就跟娼妇双宿双飞。

老吴又道："要不你这样，办移民，刘伊若他们都走了。"宁红驳斥："我不去，中国挺好，出去干吗，我清清白白一个人，犯不着跟他们比。"老吴又道："瞧着吧，你们那个于曼蔓，估计也凶多吉少。"

宁红没把曼蔓被抓当回事儿，老吴提，她才想起来问情况："真有事假有事？"老吴道："她是标准炮灰，但要没人捞，也就陷里头了。"

宁红道："老桑宪魁不出手？"

吴冠军道："他们自顾不暇，老人一走，谁还给面子，宪魁又是个不务正业，伊若嫁给商人，家里没有一个正经走仕途的，这一朝一代，已经没他们啥事儿了。"

宁红听得心惊，晚间，少不得在群里问问曼蔓事的进展。老桑还是没回复。宁红只好拉了个小群，只有可凡和文娉，细问情况。许可凡的意思是，既然已经留置了，如果没能力从上往下疏通关系，那就只能等。宁红叹："老蔓受老罪了。"文娉说更受罪的是曼蔓妈，人进去之后，周阿姨瘦了快二十斤，头发白了一大半。宁红问阿姨人呢，文娉说小王照顾。

宁红叹："能做到这样真是难得了。"

姐儿仨感叹到快十一点，才各自发了晚安表情。宁红又洗了把脸，去女儿房间看了看，准备睡觉。微信有人加她，头像是风景，名字叫作"美好的明天"，申请留言是：仇学文。宁红才想起来是那个仇总。她本想装作看不见，可还是耐不住好奇，通过了。发过去个笑脸，没有回应。宁红抱着一肚子狐疑入睡。男人到了中年，古怪着呢。次日醒来，才发现仇学文拨过语音电话过来，时间是夜里十二点多，但她已经关网睡着了。

放大假，乃心又闹着去日本玩。这孩子，不知道怎么就迷上了日本文化。因为老吴闹腾，宁红始终觉得亏欠女儿，乃心强烈要求，她只好答应。可自己带，玩全程，一来多少有点累；二来就母女二人，实在沉闷，连个说话的人都没有。宁红突然想起崔姐。上回她腿脚不便，崔姐伴游很是成功。打电话过去，问崔姐近况。崔姐说她还在北京，就是住得远，现在在比南五环还靠外的地方打零工。

宁红问她愿不愿意去日本走一趟："还是那几个地方，工钱照旧。"崔姐虚推托，但最终还是答应了。飞机上，乃心吃玩了一阵，睡着了。有崔姐陪着，宁红竟有种旧友重逢的感觉。过去的那些个闺密，走的走，留下的也不好再掏心窝子，反倒是跟崔姐这样低阶层的人更说得来。宁红先是感叹了一阵曼蔓的事，崔姐也说可惜。

宁红道："你那个亲戚小王，对曼蔓倒算有情有义。"崔姐说她跟百味来往也少，自己年纪大了，不想给年轻人添麻烦。宁红道："老桑怀孕了你知道吧？"

崔姐说没跟太太联系过。

"出去了，"宁红说，"回不回来都难说。"

"太太这人心善。"崔姐夸。

宁红本想把牛蹄岭邪门的事儿跟崔姐八卦八卦，可毕竟事关重大，她想了想，又不说了。崔姐跟着道："太太能有个孩子，也算了了一桩心愿，不过这家的孩子里头，我看也就心心以后能成个人物。"宁红暗自得意。两个人闲聊着，聊到杨盼，都很惋惜。

宁红问："你跟老杨熟吗？"

崔姐道："熟倒不算熟，不过她那时候常来家里。"宁红说："老杨吃好几种药你知道吗？"崔姐道："我倒是陪她去过医院，医生给开了地屈孕酮。"

宁红听了大惊，抓住崔姐的手："她吃那个做什么？"崔姐道："这我就不知道了。"宁红又问："为什么是你陪她去？"崔姐说太太让我陪着去的。听到这儿，宁红心里有数了，她认定了杨盼的死跟老桑有关。而崔姐的被辞退，多半跟她知道太多有牵扯。难怪老桑跑国外去了。

宁红又说:"你可得小心点。"崔姐表情诧异。"杨盼男人找过你吗?"宁红问。崔姐却说,杨实诚从未找过她,而且,找来她也不怕。"八月十五的月亮,咱正大光明。"崔姐皱纹都抻平了。

第一百二十六章　刘伊若
Di Yibaiershiliu Zhang　Liu Yiruo

◆

车慢慢驶进胡同,在一处板门前停下,刘伊若下了车,又去抱儿子。门开了,一个老婆子笑脸相迎,伊若大概明白,想必是嫂子的保姆常姐。

伊若四下望望,在东边二环,能有这么一处小院落——虽不是标准四合院,但也还算方正,院子里攀着葡萄藤,种着柿子树,小小的桌台,屋角有鱼缸,却是麻雀虽小,五脏俱全。

对外,桑嫣一律说出国,实际上却避居在此,很有点大隐隐于市的味道。哥哥嫂子都说,这房子是找朋友借的,算租。可伊若冷眼瞧着,总觉得是他们自己的财产,只是一直没说罢了。

房间里传来孩子的哭声,伊若放下儿子,拉着朝里走,还没见到真人,就开始喊嫂子。桑嫣在屋里应,亲得跟什么似的。嫂子生了个女孩儿。伊若清楚,哥哥一直巴望着男孩,但如今老爸老妈都走了,家里人口稀少,只要能添丁,就是大喜事。趁着给哥嫂道喜,刘伊若回国了。老让濮杰一个人在国内她也不放心。

桑嫣靠在床上,旁边小丫头正酣睡。

伊若探过头看看孩子,笑说:"跟我哥一个模子刻出来的。"桑嫣笑道:"都说像他,但我看更像你,侄女像姑姑。"看完孩子,伊若才仔细打量桑嫣,口气俏皮:"我老嫂,怎么生个孩子倒把你生瘦了。"桑嫣道:"卸了那么大一件货,能不瘦嘛。"伊若说:"我那时候胖得不行。"桑嫣拉她一下:"那是,你不操心。"

常姐过来奉茶,又问行李怎么放。伊若叫她不要管,桑嫣却吩咐,让把东面的房间收拾出来。伊若这次来,也是躲债,濮德庸去世,公司欠了不少钱,债主们憋不住,整天追讨,小濮回浙江躲着了,伊若去国外待着,虽然还算安全,但就是太过沉闷。她本来都打算移民了,可思来想去,还是下不了决断。

移出去,干吗?

她有朋友是移出去了,还说为自己而活,可照她看,国外的日子一点意思也没有。但回来,住到自己家,又怕人找上门。于是哥嫂这儿算是个避难所。见到伊若儿子,桑嫣要给红包。伊若不让收,又说她给大侄女的礼随后到。桑嫣埋怨伊若太客气。伊若让儿子喊人。小家伙不会说舅妈,憋了半天,憋出个妈字。

桑嫣笑得跟什么似的:"舅妈也是妈,没叫错。"

实际伊若这趟回来,是下了决心的——下决心做点事,老人作古,德庸跳楼,公司财产被冻结,濮家退回浙江,不敢露头,整个小家捉襟见肘。她想过帮人跑跑关系、递条子、赚个中间钱,可熟识的那些叔叔阿姨,退的退,不退也疏远了。

这钱不好挣。她必须自救。

这话她跟哥哥宪魁提了几次,刘宪魁道:"不缺你吃穿。"伊若无奈。这可不是吃穿的问题。她现在不是一个人,她还有儿子,要考虑未来,濮家元气大伤,路子太野,上头有大头被查,他们连带获罪,没有人庇护,一时半会儿很难东山再起。她呢,闲人一个,没参与到社会中去,父母刚走,周围那些关系就淡了,再不经营,过十几二十年,儿子怎么起来?在国内的时候不想,在国外寂寞,连刘伊若也忍不住愁闷。

濮杰和宪魁晚上才能回来。还没到中午,伊若先去东面厢房歇息。屋子不大,堆了些杂物,看得出来,有人住过。伊若估摸着,要么是月嫂,要么是嫂子娘家人。等都安顿好,常姐就开始叫饭了。

桑嫣没奶。大人吃饭前,得先把孩子喂了。小家伙吃饱了,姑嫂俩才在小方桌对坐。桑嫣笑说真是不当妈不知道其中艰难。伊若道:"你好多了,在国外,里外都是我一个人。"

桑嫣说干吗不请人。

"请了,"伊若放下筷子,喝了口红酒,"找不到合适保姆,又怕那些洋毛子把孩子带歪了。"

桑嫣讥诮:"还是国内享福。"

刘伊若趁机道："今时不同往日,也不能说享福的话了,有机会还是做点事情。"桑嫣沉默,吃了几口菜,然后才抬起头:"这两年倒不必,先把孩子带出来,以后再说。"伊若认为桑嫣这是在挡,不大高兴,但也没露出来,进而问基金会的运作情况。

那基金会是濮德庸投资运作的,听说发展得还不错,若能进去混着,也算有个平台施展。桑嫣哎哟一声:"现在什么时候,你不动别人还恨不得钻缝子找你的不是呢,一动,到处落人把柄,"叹一口气,"基金会,今年一直没进项,坐班的人工都是自己出。我都说干脆解散算了,你哥却说现在注销,反倒引人耳目,显得有什么问题似的。"大喘气,"其实我们有什么,就是存心做慈善。"百转千回地对伊若,"你回来,踏实搁这儿住着,常姐要伺候不过来,就请个保姆,总能把你娘俩照顾周到,你哥也说了,有我们一口饭,就有你一口,尽管放一万个心。"

嫂子这样说,伊若就不好再往下问了。桑嫣把碗递给常姐,让加点米饭。"你不打算再要一个呀?"伊若笑笑。桑嫣继续:"我是想要,怕没这福分,你年轻,给孩儿找个伴也好,我们这种家庭,就是人丁太少了。"转而惆怅,"你说妈要活着,咱娘几个这么围坐着吃饭,人生得多圆满啊……"

桑嫣这么一说,伊若也有点伤感了。爸妈的好,过去她浑然不觉,现在,她感受深刻。爸妈是伞,撤掉了,他们就只能在雨里奔跑。自己吃完,伊若喂孩子,桑嫣话不停:"妈那些日记什么的,包括书信,不都在你那儿,你要有空,整理整理,将来帮妈出本书,也算个念想,"无比崇敬地道,"我就佩服妈他们那辈人,站得高,看得远,特别有理想信念……"

伊若懒得听这些假大空,转而问她在哪儿办满月酒。桑嫣道:"还办什么,北京也没几个亲戚。"伊若问那些闺密呢,人家都等着还礼。

桑嫣叹息:"死的死,散的散,人一走到社会上,有时候也在变,不像在学校时候那么单纯了。"

伊若提到于曼蔓。桑嫣立即恨铁不成钢地说:"濮杰在想办法,你哥也在营救,可咱们终究人微言轻,说到底还是得看她自己的造化,"站起来去拿了条毯子盖在腿上,"她要是聪明的,在里头不乱说不乱咬,没准还有个希望,如果她扛不住,有的没的乱讲,谁也救不了她。"

伊若想刺桑嫣,又故意提杨盼。桑嫣顿时抢白:"我这个人就是心太软,人家一来求我,但凡能出力的我都出力了,结果呢,到最后出力不讨好,外头的人总觉得我是一步登天,实际上这里头的艰难谁知道,跟他们说他们也不信,那就不来往,本来也是关起门来各过各的日子,朋友,到底跟亲人不能比。"

伊若问:"老高也不联系了?"

桑嫣道:"跟你哥联系,我现在什么都不问,谁也别找我,我就在国外。"转而抬头四望,"其实这跟国外也没分别,我就说四合院有智慧,大门一关,囤点粮食,管他呢。"

午饭后休息,伊若刚开始睡不着,后又睡得昏天黑地,再一睁眼,濮杰和宪魁都回来了。两个人都瘦得厉害,尤其濮杰,跟难民似的。从这副尊容就能相见丈夫承受的压力。伊若心疼,可又不得不乐观点。

晚上吃螃蟹,赏月。虽然不是正中秋,但逢着十五,月亮也极大。濮杰谈及家里的困难,宪魁意气风发,用《易经》给他讲道理:"你现在就是潜龙在渊,蛰伏,还年轻,等一等不要紧,风水轮流转,还怕没柴烧。"

濮杰道:"我估计得常驻浙江。"

伊若听明白其中意思,即刻道:"我不去。"

桑嫣笑说:"你不用去,让小濮来回跑。"又对濮杰,"小妹在我们这儿,你就放心吧。"这茬话就说过去了。吃到最后,几个人都有点伤感。老太太在的时候,一家人在颐和园赏月,如今,只能窝在这方天井里,跟逃难似的。第二天,濮杰回浙江,宪魁去天津,院子里又剩两个女人了。

住了一个礼拜,伊若终究觉得不自在,抬头不见低头见,过去还行,现在全职在家,又有孩子,该各立门户了。她跟桑嫣说了,打算在附近租个院子,桑嫣劝了一阵,又说让宪魁出钱,你别管了。

到头来,还是濮杰付了款。

半个月后,伊若的行李才到港。她把孩子托给桑嫣,自己去天津查点——走的是水路,跨了太平洋回来——清点后再往北京运。桑嫣一听,要跟着,说带着孩子去也行。伊若本不想把家私都暴露给嫂子,但看她这么积极,也有心给她点颜色瞧瞧。于是找了司机,开了个商务车,一路往天津去。

到港口了。到处都是巨大的集装箱。桑嫣下来了,挽着伊若问:"是不是走错地方了?"

刘伊若说没错。

桑嫣诧异:"行李在哪儿呢。"

刘伊若遥遥一指。

桑嫣还是没明白:"哪儿?"

伊若指明白了:"那个红色的箱子。"是个集装箱。伊若出国不久,就积攒了许多家私,必须得用集装箱装才能运回来。桑嫣被小姑子的排面儿惊到,一时说不出话来。伊若娇矜地,故意叹息:"岁数大了,来去都是个伤筋动骨。"

桑嫣还是沉默。

面对着海港,刘伊若轻轻一笑,她就是要让嫂子知道,无论她怎么攀爬,她们之间,永远存在着不可跨越的距离。

第一百二十七章 毛文娉
Di Yibaiershiqi Zhang　Mao Wenping

到燕郊开会,毛文娉发现杨盼家就在她下榻的宾馆边上。老杨结婚的时候她到访过,后来又去吃过几次饭,她对小区高大的门头印象深刻。文娉好奇,实诚离开北京后,是回老家了,还是避居燕郊?他还住在这儿吗?事实上,水淹牛蹄岭事件,至今都有谜团未解。

大伙儿听桑嫣的安排没报警。

"罪犯"没坐实,事情似乎无声无息过去了。这段时间,杨实诚再没出现在她们任何一个人的生活中。风平浪静。可文娉偏偏感觉,这种静,不正常。

自从下了山,文娉一直在想:谁又能证明那事儿就一定是杨实诚干的呢。以她对实诚的了解,他不是那种赶尽杀绝的人。而且那本日记应该也没被交出去,否则,至少有关方面会来调查问询。戴上帽子,文娉鬼使神差朝小区里走。夕阳西下,天快黑了。文娉站在小区花园拐角健身器材旁朝楼上看,杨盼家的窗棂如旧,里头还是堆了许多杂物。她没有勇气走上去。那等于"自投罗网"。

算了,回去吧。别找事儿。

步子刚抬起来,她看到健身器材儿童区,似乎有熟悉的身影。文娉围着小道绕过去,正面对着那区域。瞅准了,不是实诚。玩跷跷板的小女孩也比秀秀年纪要小。

撤吧。文娉拿出手机,对着窗口,拍了两张照片。她怕自己是最后一次来这地方。拍张照,是为纪念老杨。

口渴了。她钻进小区里头的小超市,要了一瓶水,出来却撞到个人,文娉嘀咕着。那人却挡在前头,她往右,他也往右,她朝左,他跟着朝左。文娉啧了一声,一抬头,却见杨实诚天神一般站在她跟前。

"找我的?"实诚那张脸一点笑容没有。

心快跳出来了,但还是得稳住。"附近培训,买个水。"

谎撒得很拙劣。

两个人朝外走,路上行人纷纷。文娉觉得安全多了。当着这么多人,杨实诚总不至于太出格。

"那个……"文娉一时不晓得说什么。实诚拦话道:"日记你们就别想了。"

文娉急忙道:"我不是来要日记的。"

实诚又说:"警察已经来过了。"

文娉嘴巴微微张着。这话跳跃性太大,也太惊悚。

"你们在牛蹄岭到底干什么了?"实诚正气凛然。

"什么时候?"文娉快速地问道,"我是说警察什么时候来找的你。"

实诚道:"你先说牛蹄岭什么事。"文娉说有人恶作剧。

杨实诚说:"有日子了,但我那天在燕郊,"停顿一下,"同事都能给我证明。"

哦,他在燕郊工作了。毛文娉胸中轰响,一切都跟她或者说跟她们料想的不一样。"那……再见……"她着实尴尬,没什么话可说。哦不,有话,但问了他也不会答。实诚朝超市里去,丢下一句"以后都别见了"。文娉低着头,转身。实诚的声音从背后传过来:"不是不报时候未到……"文娉没回头,心剧烈跳着,步子却迈得格外沉重,脑子乱得厉害。看实诚那样子,不像在说谎。而且警察也来过了,如果他撒谎,很快就会露馅。只是,如果牛蹄岭之事不是实诚所为,那故事就显得更加可怖了。谁放的蝙蝠?谁灌的水?警方来过了,说明有人报警,

637

这人没听老桑的话，偷偷跟警方联系了。可是，为什么警察没有来问过他们这些当事人呢……至少她没接到过派出所的电话……

培训完，毛文娉怀揣着一肚子疑问回京。燕郊的这一番遭遇，她谁也没说，包括高处寒。思来想去，文娉还是觉得突破口可以放在谁报了警的问题上。是老高，还是百味？又或者是闺密仨的其中一个。于曼蔓是不可能了，人已经进去了。

宁红还在旗袍会活跃，这一回，文娉赏光，跟着去了。会员们一阵追捧。毛文娉现在是领导身边的红人，不是当初那个小妹。更衣室，文娉帮宁红整理背后拉链。她从镜子里看宁红："真是越活越年轻了。"宁红道："年轻个啥，皱纹都能夹死蚊子了，我现在都不敢笑。文娉问她搬了家觉得怎么样。宁红说马马虎虎。

文娉突然说："你们都走了，就我一个人搁那儿，那天我还看到个人。"宁红紧张："谁？"文娉吸一口气："没看真，背影有点像……实诚。"

宁红大惊："他又回来了？没对你怎么着吧？"

文娉讪笑："那倒没有，不过当天看到之后，我是一夜没睡着。"宁红叫了声天，才说："真是闹了鬼了，这人怎么就转不过来这个弯，"穿好旗袍才冲她道："要不报警算了，留这么个祸害，迟早出事。"

文娉忙说也没看真，或许是她心理作用。

宁红道："这个人哪，年轻的时候，太信命，不行，那就没冲劲儿了，到了我们这个年纪，还不信命，更不行，万般皆是命，半点不由人！他杨实诚要是识趣儿，就应该自动消失。是咱们放了他一马。"

好了。应该不是她。宁红脾气虽暴，但不至于去搞这些背后动作。周末去可凡那儿，文娉参观她的"新家"——旧房子卖了，新的还没买，先租着。家里还有尉迟活动的痕迹。文娉笑问："回来啦？"许可凡没好气："暂时离婚不离家。"文娉打趣："还玩这套，下一步是不是该复婚了？"许可凡陡然严肃："要不是照顾老人的感受，我早就把他赶出去了。"

文娉收起戏谑，问："就因为性格不合？"

许可凡道："过够了。"毛文娉见可凡不愿意多聊，也便及时打住。她估摸着，这两口子也许根本没离婚，只是对外放放消息，这是可凡的策略，没准儿，过一阵人就复合了。这个年纪，又有孩子，一起过了那么多年，恩恩怨怨的，真要分开，谈何容易。文娉了解可凡，她对在茫茫人海中有个丈夫还是很看中的。哪怕这个丈夫只是摆设，有也比没有强。

文娉转而道："你们都搬得远远的，就我一个搁这儿。"许可凡说："你也可以换呀。"文娉不作声，过了一会儿，才说："没你们壮胆，我还真有点……"

"你怕实诚来？"

"怕倒是不怕。"文娉淡淡地说。

可凡同样云淡风轻："咱们没报警，就已经仁至义尽了。"看看，她跟宁红一种认知。文娉道："我总觉这事没这么简单，实诚不是那样的人。"可凡说："是不是那样人儿，都已经这样了，你也别担心那日记本，他要交早交了，你以为他不知道其中分量，他就是气不过，恶心恶心咱们，真要交上去，也不能证明什么。老杨过去我挺同情她，现在是觉得讨厌，日记里瞎写，都不是事实，还姐妹们，你不看看咱们在她心里有点正面形象吗，而且老陈那事，如果真要怪，也怪不到咱们头上，下半夜都睡得死死的，而且确实没动静，老陈没怎么受罪，就这么无声无息地走了。这都是当年上了明账的，那就是个意外，于情于理，都能说过去……"可凡一鼓作气说，文娉仔细聆听。说完了，两个人对看一眼。

可凡又说："老桑就猫在外头不回来了？孩子是生了还是没生？"又掐指一算，"再不生，成哪吒了。"

文娉说不太清楚。文娉问可凡今年还回学校吗？

可凡道："大庆都没回，小年更不用回了，老实说，过去我还挺怀念那时候，也想回学校看看，现在，那儿就是个噩梦。"

可凡不回，宁红不回，曼蔓在里头，老桑在外头。清明过后，毛文娉忙完手头的活儿，好容易逮住个空儿歇歇，她请了年假，跟老高说要回趟老家，便一个人往学校去。到了学校，再往下走，却是往山里老陈家。

上回跟老桑去，探访得还是太潦草，她打算再细问问。老陈家的房子已经推平了，宅基地还在。旁边家有个老太坐在门口晒太阳，文娉过去问老陈家的情况。老太不太高兴："咋都来问？"文娉一惊，问谁还来问过。老太说公安。文娉更惊愕，问公安来做什么。老太说不知道。文娉给了老太五百块钱，老太不收，文娉说自己是这家人的朋友，以前不知道家里没人了，所以来看看，如果将来有人回来，麻烦阿姨给打个电话。

老太一听，收下了，又摆手："回不来啦！"文娉听她话里有话，问："是去哪里了吗?"老太道:"出去了。"文娉问去了哪儿。老太说县城。文娉问去做什么。老太说不清楚,走了以后就没见过。

文娉问:"房子推了也没人找?"

老太说他家是绝户。

文娉深感迷茫,第一,警察为什么要来这儿;第二,她觉得还是应当找到老陈相关亲属的下落。她有个妈,还有个傻弟弟,六年前走了再没回来。远房亲戚可能知道他们的下落。文娉去村部问情况,村里干部提供的信息跟邻居老太差不多,六年前老陈的妈带着弟弟走后,再没回来过。文娉问远房亲戚的情况。干部说:"也不能算亲戚,只是同姓人,当年祖辈一起从大别山出来的。"

文娉问弟弟是否脑子有点不清楚。干部不遮瞒:"大头娃娃,傻。"无奈之下,毛文娉打算再去上个坟就回老家住几天。谁知到了坟前,却发现碑前有纸钱烧过的痕迹,坟头也重新捧过土。毛文娉的神经顿时又绷紧了,老陈家已是绝户,谁来给陈烈香上的坟呢?

头痛欲裂,文娉回到老家。这一次,文娉父母倒没催着女儿结婚。老爸问了问工作的事。老妈什么都没问,只是可着劲儿做好吃的。直到文娉离家,老妈送她去车站,才冷不防说要介绍个北京本地的男的给她。文娉不置可否。她妈说:"骑驴找马,能找个本地的也不错。"

文娉心一沉。"驴"自然指高处寒,"马"则是本地人。也难怪,谈了这么久没下文,估计她父母也深感绝望。文娉妈下定论:"别看你稳,那只是工作上,你降不住小高。"

这就挑明了。

文娉本想说她也没打算降住,但又怕一说就多,于是接受了老妈提议的"马",说有机会交流交流。

第一百二十八章 许可凡
Di Yibaiershiba Zhang Xu Kefan

◆

尉迟搬回来住了——在可凡妈的强烈要求下，许可凡哭笑不得。但为了不让她妈继续闹下去，她只能暂时勉为其难。复婚，她并不打算。老妈骂她："任性也要分时候，要懂得适可而止！"可凡撑："妈，是他对不起我，不是我对不起他。"可凡妈嚷："这不更好吗，还有什么比让男人觉得他欠你的更划算的，他打心眼里觉得欠，那就会还你一辈子，这叫为有源头活水来！"说着掰开手头的蒜，"这不都有瓣（伴）吗，蒜都有瓣，就你没伴儿！硌硬不。"

许可凡懒得跟老妈解释。鸡同鸭讲。

她现在对尉迟，有好几重恨。

恨他不尊重女性，粗暴不讲理；恨他那么容易就同意了离婚，好像她完全不值钱似的；恨他八面玲珑，搞定周围的一切人物，让她在舆论上被动；恨他春风得意，恨他的忙，恨他的无所谓……许可凡终于明白，哪怕是夫妻，如果其中一个人走好运，而另一个人走背运，那两个人注定也无法长久。因为能量的平衡被打破了。能量高的人，多半会把能量低的人吞噬。而她现在就是能量低的一方。

好在，搬回来的尉迟跟可凡和菲菲几乎不怎么打照面。一个人一个屋，他恨不得日日加班，回到家，可凡和女儿多半已经进入梦乡。尉迟没再提过要孩子，可凡与他没再同床。他要硬上弓，那就真犯法了。尉迟刚搬回来的时候，许可凡就给他敲过警钟："现在你我不是夫妻，你要敢未经允许有什么动作，我立刻报警。"尉迟嬉皮笑脸："明白。"又说，"别说你不同意，就是你同意，我都不敢动。"

事实上，离婚不离家的尉迟，比以前还勤快了，过去，他是什么活儿不干，现在，偶尔碰到周末，不加班的时候，他竟还主动收拾屋子。就比如这天，兴师动众把冰箱清理出来了，许可凡到厨房倒水，尉迟嫌弃地问："这些燕窝还要不要？"可凡觑了一眼。即食产品，老桑给的，早就过期了。"丢掉了？"尉迟准备行动。许可凡过了一下脑子，又阻止他，说先放那儿，她来处理。

晚饭吃完，尉迟夜跑去了。可凡收拾碗筷，女儿菲菲在客厅看电视，有人敲门。

菲菲喊妈妈。许可凡擦手出来:"谁啊?"她问。没人回答。

气氛立刻紧张起来。许可凡让菲菲进屋,自己蹑手蹑脚趴猫眼上看。王百味站在门口。可凡估摸着他来说曼蔓的事,一面应答说让他等会儿,一面去换衣服。都拾掇好,才打开门,请百味进来坐。王百味戴着个帽子,帽檐儿压得低低的。进了门,也不坐,站在客厅一侧,一脸犯难,终于憋出一句:"曼蔓还有救吗?"

许可凡说:"我也在打听,目前还是留置,得等检察机关介入,才能知道接下来的情况。"百味着急:"人也见不着……是死是活……"可凡连忙劝:"活肯定是活,到了那儿,想死都死不了。"

"只能坐以待毙了?"百味没了往日的不在乎,他一边说,一边搓手。看着眼前这个男人,许可凡竟忽然有点羡慕于曼蔓,这人世间,居然还有这么一个痴心的男人在为她奔走、烦恼。相比之下,尉迟就凉薄多了。可凡走上前,拍了拍百味肩膀:"这种事,有车路,有马路,我们只能走车路,至于马路,小濮在想办法,房燕那边也在帮忙。"

百味双目无神。可凡问他去见过房燕没有。百味说打了个电话。又说,听老高说,左豪那边能量大不如前,房燕估计也没有大辙。可凡道:"小王,你听我的,现在你能做的,就是帮曼蔓把老人照顾好,别回头里头没事,外头倒不好了,反让曼蔓不安心。"

百味沉吟。

可凡追问曼蔓妈周半芹的情况。百味说接到跟前住了,暂时不做事,他照顾着。可凡贴心地说:"有困难跟我说,或者跟文娉说,都行。"聊得差不多,可凡朝外走,意思是送客了。两个人走到楼梯口,许可凡想起来牛蹄岭的事,随口多问一句:"小王,那天在牛蹄岭,你为什么一来就打了老高一拳?"王百味支吾。可凡不停嘴:"你认为他在害人吗?"王百味说:"当时我也糊涂了……现场太乱……"可凡本还想问"你看到蝙蝠了吗",但百味步子很快,她压根来不及多问。

放大假,可凡想去五台山拜佛,又嫌太远。文娉刚从老家回来,可凡打电话咨询,毛文娉也不建议走远,她说大觉寺也很灵,这季节,玉兰花估计还没败,正好赏赏。许可凡同意了。

经过那么多事,身边能聊天的朋友恐怕只剩文娉一个了。可凡问文娉会不会带上老高。文娉笑道:"不找他当灯泡。"可凡一听,便把菲菲托付给尉迟,腾出空儿,好好跟文娉说说话。是日,文娉开车,两个人往大觉寺去。路上,可凡把王百味来找她的事提了。

毛文娉说小王也来找过老高。

"老高怎么说?"可凡问。

"他愿意当曼蔓的律师,不过进展还是慢。"

可凡若有所思:"老高肯出手,胜算当然大些。"

文娉笑说你真是高看他了。可凡想起来,间或一提,说自己还问了百味为什么打老高。

文娉来兴趣:"他怎么解释?"

"他就觉得老高在行凶。"许可凡说。

文娉呵呵一笑。可凡追问:"你不觉得奇怪吗,你问过老高没有?"文娉说没问过,事情过去就过去了。可凡沉默了一会儿,才说:"后来我琢磨,其他的都还好说,我就觉得时间上有问题。"文娉问什么问题。可凡继续说:"正面的蝙蝠,和后门的蝙蝠,先后飞进来,时间差很短,假定蝙蝠是人为放进来的,那这个人哪怕是短跑世界冠军,也没办法那么快从正门绕过去到后门。"

文娉的手抓紧方向盘,迅速扭头看了可凡一眼。

可凡道:"所以很可能布置陷阱的不止一人。"顿一下,"这样就可以解释,为什么你和老桑回学校,还有老桑家外头、老桑公公的葬礼,还有牛蹄岭那次,都会出现蝙蝠。因为根本就是不同的人做的,但是这些人很可能是一路的。"

"团伙作案?"文娉接话。

"对,所以现在就要找最大公约数。"许可凡有点兴奋。文娉问什么意思。许可凡说:"谁可能配合杨实诚?"文娉沉默。许可凡东猜西猜了一会儿,也没猜出头绪,最终自顾自说算了:"说这些干吗,本来心情挺好,不扫兴,咱赏花。"

毛文娉欲言又止,一笑置之。

到寺里,花已经落了,好在小院还算清幽,两个人点了茶,细细品着。许可凡心生怅惘,道:"人生就是不断的告别。"文娉讽刺:"尉迟不照样回来了。"可凡申辩:"我妈非让他回来。"文娉道:"丈母娘倒能指挥女婿了。"可凡又说:"还有个考量。"文娉问是什么。可凡说她也担心杨实诚走极端,又说实诚那个眼神太可怕,有个男人在家,她妈放心点儿。

文娉端起茶杯,抿了一口。

可凡问:"干吗这个表情?"

文娉说："我没任何表情呀。"

"什么事瞒着我？"

"没有。"

"不对，"许可凡道，"肯定有事。"可凡太了解文娉。

"真没事。"文娉咬紧了。

"跟老高领证了？"

"扯哪儿去了。"

"不说我走了。"可凡假作起身。

毛文娉拉住她。可凡抬眼看："说不说？"

文娉深呼吸："牛蹄岭放蝙蝠的人，不是实诚。"

许可凡缓缓坐下。不是实诚？什么意思？她很急促，道："别说半截儿。"毛文娉这才把去燕郊、到老杨家门口、在超市碰到实诚以及实诚说警方去调查、他的不在场证明等都说了。

许可凡道："核准了吗，跟谁说过吗？"

"没核，"毛文娉道，"你是第一个知道的。"

许可凡全身的肉又紧绷了："谁报的警？"

"不清楚。"

"当时不是都说好了，不报警。"可凡嘀咕，脑子在迅速运转，"莫非是……"她直望着文娉。显然，文娉跟她又想到一块儿去了。她们都怀疑老桑。许可凡咬了咬牙："可是，她为什么要这么做呢？"文娉说这就叫明修栈道，暗度陈仓。许可凡又自顾自给解释："不过也能说得通，每次蝙蝠出现，其余人不一定，但老桑是一定在场。"想了想，又对文娉，"还记得那个香蕉皮吗？"

文娉说记得。

"看来主要是冲老桑来的……"许可凡抬头，一只大鸟站在树杈上，伸头伸脑的，"但为什么要我们陪葬呢。"倒抽凉气，"或者对方压根没打算让我们死，而是像猫捉老鼠一样，反复折磨……"眼神望向天空，"这就太可怕了……"

毛文娉放下茶杯。

茶是没心思喝了。可凡问文娉跟桑嫣联系没有。文娉说一直没消息。"人间蒸发了吗？宪魁还在国内，她迟早得回来。"许可凡笃定。

文娉认同她的看法。

"如果没什么问题，孩子应该也生出来了。"许可凡幽幽地说。文娉不作声。许可凡总结："不用说，她出去就是为了保孩子平安，老桑肯定也觉着有人要害她，害孩子……"大叹气，"对家还在……一定还在……"

文娉惨然，下意识摸了摸胳膊。

许可凡道："老桑也够不容易的，生个孩子，三灾八难的，"突然，可凡眼睛一亮，"老桑什么时候怀上的？"文娉说实诚闯进别墅的时候，好像刚怀上。可凡道："这胎没掉。"文娉问她什么意思。可凡道："崔姐那个时候已经被辞退了……"她没再往下说。

文娉领会了，声音很细很小："难道……"

许可凡道："查查这个崔姐。"

"人都已经走了。"

"她不是王百味的亲戚吗？"

"直接去问百味？"文娉问。

"我来想办法吧。"许可凡眼神坚毅。她总觉得这事不简单，八成，还跟老陈当年的事有关，而且，这个人的首要目标是应该是桑嫣。当年的那晚，埋藏了许多秘密。每个人都有阐释权，有自己的版本。许可凡没点破这层猜测。毛文娉也没往下问，两个人又坐了一会儿，茶冷了，便驱车下山。

第一百二十九章 宁红
Di Yibaiershijiu Zhang Ning Hong

✦

从日本回来，家里出了件大事，确切地说是老吴家出了大事。他老娘一夜睡过去，平静离世。宁红嘴上不说，但打心眼里觉得，真是报应。儿子作恶，报应到老娘身上了。不过作为老吴的正牌妻子，宁红觉得自己还是有必要出席婆婆葬礼的。这些年，公婆二人在大事上装糊涂，但小事上，还有大面场上，总给足宁红面子。

何况他们还是乃心的亲爷爷亲奶奶。她不带孩子过去，于情于理站不住脚。但宁红是有原则的。她打电话给吴冠军，用那种命令的口吻："我去，那个女人就不能去；她去，我就不去。"

老吴连忙说："放心，肯定是你去，你是至高无上的。"

宁红骄傲，转而又觉得可笑，都准备破裂了，还在争名分吗？外头风风雨雨，她也只能求个大场面上的体面，私下里，那些亲戚不晓得怎么嚼舌根呢。罢了，背后的话她就不管了，她只要表面上的尊重。

谈完关键问题，老吴又追加道："红子，你的地位，是永远不会变的，你放一万个心……"宁红听不下去："妈是好人，好人怎么就不长命呢。我宁愿走的人是你，我给你披麻戴孝。"一句话堵得吴冠军闭嘴了。方案定了，宁红开始准备，跟公司告假，又帮女儿乃心请假，此行少说也要三天。

搬家过后，宁红和姐妹们来往少了。从日本回京，她礼物都没带，只在三个人的小群里问了问曼蔓的近况。许可凡说还在等。文娉没说话。宁红没往下问，这事就搁了。一路到老吴老家，她没直接去家里看公公，而是住在酒店里。老吴的堂姐来看宁红。宁红明白，堂姐是来维稳的。堂姐的女儿在北京上学，读的是末流大专，但留北京的心很炽，所以堂姐常常巴结宁红。就比如那次吧，侄女要实习，她学影视后期制作的，堂姐找到老吴，老吴托宁红，宁红拐着弯找到一家公司。对方让小姑娘发简历，结果，好几天过去，没动静。又过了几天，堂姐回复，女儿提前回家过寒假了，实习的事，打算年后再看，跟宁红道歉，说给你添麻烦了。

气得宁红只能跟老吴撒气："你那蘑菇屯亲戚，只能回蘑菇屯！还留北京！北京有她啥事儿？！"再后来堂姐也不好意思了。不过眼下，侄女参加工作了，在北京混着，少不了又麻烦宁红。

这回是介绍对象，希望找本地人，宁红稍微给牵了牵线，后面的事就没问了。如今见到堂姐，少不得没话找话，问问她丫头的事。

"后来处得怎么样？"宁红洗了把脸出来。

堂姐笑不嗤嗤："不成。"

"又崩啦？"宁红故作惊诧。

堂姐道："就是个虚名。"

宁红不懂她意思。堂姐解释道:"那个小王,说是北京人……"宁红拦话:"怎么叫'说是',人就是!"

"是,北京人,"堂姐还是带着笑,"密云的,学校比我们翠翠还不如,大专毕业开出租,连个车牌都没有,想干滴滴都没门儿,更别说房子了。"呵呵一声,"在机场旁边租个小公寓,昼夜颠倒的,这种北京人,跟咱想的不是一码事儿。"

好嘛。明白了。宁红倒没了解那么深入。这种北京本地穷人,穷起来比外地来的还穷。可宁红不愿意承认自己介绍失败,于是找理由:"问题是人家有户口呀,市里没房子,郊区还能没有?现在北京一直在扩,还愁家里没有个拆迁房子,要以发展的眼光看问题。"堂姐笑着不接话。这就谈到头了。

堂姐转而道:"婶儿走了,叔以后不知咋办。"轮到宁红不接话了。该咋办咋办,这是老吴的事,总不能她宁红照顾,等公司上了市,她就跟吴某人一拍两散,没关系了。眼珠子都没了,谁还管你眼眶子。顶多老头走的时候,她再来一趟,算仁至义尽。

次日出殡,都按程序走。老头一辈子不咋掉眼泪,这一趟却哭成泪人。吴冠军跪在那儿当孝子,宁红把乃心打发过去,当贤孙。谁知道,砸盆的时候,除了老吴、乃心,外头又推进来一个孩子。宁红盯了好几眼才看清楚。对,没错儿,就是那个小孽障!奶奶的!老吴跟她玩这招!娘不来,儿子来,恶心谁呢?!可宁红又不好当场大闹天宫,只能那么干巴巴杵着。

众人的目光不一样了。

宁红能感觉到,人人都在看她的笑话。算了,忍吧,好歹等仪式结束,才好大闹。堂姐从旁边经过,宁红一把拉住她,逼问:"她来了是不是?"堂姐听明白了,但依旧装傻。宁红不饶,厉声道:"姐,你到底跟谁一头的,这么多年,我怎么对你的?怎么对翠翠的?将来哪怕我跟老吴怎么着,你也还有用得着我的时候……"堂姐招架不住,只能劝:"红子,你就睁一只眼闭一只眼吧……"宁红打断她:"我闭不了!死都闭不了!"

身边有人经过,宁红观察情势,压低声调:"人真是骑在我头上拉屎呢!懂吗?!我要不反击我还配当人吗?姐,咱都是女人,换成是你,你能忍吗?"堂姐满面为难,但终于还是叛变了,"你可别说是我说的。"宁红竖起右手中间三个指头:"我对着死去的婆婆发誓……"

难得人走了还能有点用处。

"东山宾馆,二楼,最东头那间。"堂姐交代得很详细。她恨鲍燕。她觉得要不是这个狐狸精,弟弟吴冠军不会像现在这么抠,这么无情。她女儿翠翠,怎么也应该能找到个有北京户口的工作。

敌人的老巢确定后,就要开始制定战术了。首先是掐时间,必须趁老吴不在的时候;其次,宁红还考虑找帮手。女儿乃心是最可靠的,可她毕竟还小,而且宁红也不愿意让女儿目睹血淋淋的场面。找堂姐也还算合适。可这样一来,堂姐就暴露了。而且堂姐在跟前,少不了杀敌一千,自损八百,她宁红也没面子。思来想去,宁红还是觉得单枪匹马最好。她是正义的一方,心理上占优势,何况她又人高马大,文的武的,她都有信心制胜。

吃完午饭,叫了车,直接去东山宾馆。站到那扇门前,轻轻打击门板。三下。里头有回应了,问是谁。是那娼妇的声音,甜丝丝油腻腻,臭不要脸!

"保洁。"宁红把嗓音压粗了。

门开了。

鲍燕站在宁红面前。一张呆滞的脸。她显然没想到仇家会突然上门。宁红推了她一把。鲍燕倒退回屋里。宁红大刺刺闯进腹地。男孩皮皮正在床上玩手机,抬头看不速之客,一言不发。

鲍燕快速追上来:"姐……大人的事……跟孩子无关……"

很好。还知道丑。宁红抱着两臂,一副看戏的样子。鲍燕说:"你等我一会儿,我把孩儿送出去。"

宁红还没回答,鲍燕就抱起孩子往外走。

糟了,她要去搬救兵!八成是给老吴打电话!宁红追出去,叫了声回来。鲍燕站住脚,回头。宁红上前:"别想找帮手!"鲍燕把手机掏出来,关机。宁红不放心,挥挥胳膊:"走。"她要当押解员。

孩子安顿好了——鲍燕找了个理由,暂时交给前台照看。两个大人折回房间,宁红朝里走,鲍燕锁门。宁红背对着她道:"人这个东西,什么都可以不要,但不能不要脸……"一个转身,宁红刚想把她事先策划好的羞辱戏码挨个演出来。

鲍燕却扑通一下直接跪在她面前。

宁红吓得后退半步,舌头也有点打结。

鲍燕却先说话了:"姐,从头到尾都是我的错,要杀要剐,悉听尊便。"脖子一横,真跟马上要挨刀似的。

宁红傻愣在那儿，这还没审呢，罪犯就认罪了，她面儿上还绷着，心里已经有些软下来了。"少来这套，起来！"宁红声音还是严厉。

鲍燕娓娓道："姐……我知道你恨我……觉得老吴把钱都给我了，"吸溜鼻子，"是……老吴给了点钱……可这些钱……又都投到公司里去了……我不晓得他告诉你没有，本来项目已经公告发审会时间了，可证监会突然又说暂缓审核，公司很可能上不了市……"大喘气，"一旦上不了，公司大概率面临破产，那咱们就全完了……"

宁红怔在那儿，这个最新进展关键信息，老吴的确没透露给她，她本能地问为什么。

"有人举报，只要有人举报，证监会和相关部门就要尽量核实。"

"那到底有没有问题？"宁红追问。

鲍燕还是跪着说话："问题就在这儿，如果是外头的对家举报，还好防范，只要我们合法经营，对方就找不出瑕疵破绽，"稍作停顿，"就怕有内贼。"

宁红更迷惑了。"谁是内贼？"她居高临下问。

"怀疑是老高。"

"高处寒？"

"他是公司的法顾，又是上市项目的顾问团成员。"鲍燕点到为止。好几个点一下在宁红脑子里连成线了。鲍燕是通过老高认识的老吴。老高和刘家、濮家关系匪浅。老濮跳楼，或许他们把这笔账算到了老吴头上。鲍燕过去听老高的，现在一心向着老吴，所以反水了……

门锁响了一下。老吴进来了，看到地上跪着个人，也唬得面赤。再看到宁红，真跟对仇家一样了："你干什么！"鲍燕转头，起身拉住老吴："跟姐姐无关！姐姐是为我们好！"一时之间，吴冠军也没闹清楚这场戏到底是啥主题，唱的是哪出。三个人木偶样站着，房间内的空气都跟结了冰碴似的。

第一百三十章 毛文娉
Di Yibaisanshi Zhang　Mao Wenping

◆

刚下会，宁红就杀过来了，表情严肃，双目赤红，文娉意识到严重，连忙让老宁借一步说话。两个人找了个茶室。两杯花茶端上来，宁红一身怨气还没散。她把老吴那边遇到的情况，以及高处寒的不地道说了。

文娉问："会不会有误会？"

宁红恨道："毛毛，都什么时候了你还帮他说话！"指关节敲桌面，"我还是那句话，我对老高没成见，可他现在毁的，是我和乃心以后的生活！"文娉保持冷静，问她消息来源是否准确。宁红抢白："千真万确！我有线人！"文娉问是谁。宁红大剌剌说："这你就别管了，我来找你，就是看在咱这么多年的情分，要不我直接……"咳痰，用纸巾接着，"我直接去甩他两巴掌。"

文娉只好安抚，让她别着急，她去协调。

宁红又说："毛毛，你也留点心，咱还有多少青春，耗在这种人身上，值当吗？"

前头那些话文娉都没真正放在心上，最后这句，却是歪打正着，扎到她小心脏上了。老实说，她对高处寒的表现也不满意，尤其是刘处对她"进攻"后，她跟老高点过，结果人家揣着明白装糊涂，文娉有一种感觉，老高似乎总把她摆在什么东西或者什么人的后面，也就是说，她在他生活中不是最重要的。呵呵，细想也是，人家来北京是干什么的？出人头地！飞黄腾达！说句不好听的，人高某人现在就不缺女人，等再上层楼，那就更是花团锦簇的日子。于是乎，弄得文娉也不敢把老高摆在第一位了。太走心，伤害的只能是自己。越想越烦，毛文娉改聊别的。她问了问宁红去日本玩得怎么样。宁红说多亏了崔姐。

文娉以为听错了，又问了一遍。

宁红道："就是老桑家那个保姆。"

"怎么想到找她？"

"业务水平确实过硬，人也和善。"宁红把两次去日本的情况合着说了，狠狠夸了崔姐一通。文娉问她有联系方式吗？宁红道："你想请？"文娉忙说不是自己，是有朋友缺保姆，她帮着问问。给了电话，宁红便道别了。毛文娉盯着号码，沉默良久。如果不出她和可凡的预料，这个崔姐必不是个简单的人物。现在打电话去，肯定不合适，她得先跟可凡通气。

老宁前脚走，后脚文娉就跟许可凡联系。可凡还算冷静，建议文娉先别给崔姐打电话，她要好好想想。又说："如果崔姐有问题，小王会知道这些事吗？"文娉觉得说不好，可能知道，也可能不知道。

晚上回家，文娉没叫外卖，从楼下拎了牛肉板面上去。然后再打电话给老高，问他到哪儿了，还说等他一起吃饭。没多久老高就回来了，毛文娉把面倒出来，分成两碗，到微波炉里转了一圈，分着吃。

扒拉几口，放下筷子，文娉才把宁红来"闹事"的情况说了。高处寒顿时激动，仿佛受了天大的委屈："这事儿就没有对错！不过各为其主！你说宪魁和老吴，我站哪头儿？"

文娉冷冷地说："谁有理，谁合法，你就应该站哪儿头。"

"这就不是合不合法的事！"

明白了。都不合法。都属于在灰色地带游走。

"何况那些材料，也不是我漏出去的，大家都知道，老吴做事恨不得啥啥都公开，现在怎么能把屎盆子往我头上扣。"高处寒坐不住，站起来去摸烟。盒子里一根没剩，他只好随手一丢："是不是鲍燕？"

文娉一愣。宁红可没透露这些。

老高嗷嗷："我跟你说她就是报复！进不了刘家，现在恨着宪魁恨着我呢，她跟老吴穿一条裤子，她当然把责任往外推，她自己少干坏事了？"手一挥，"算了，懒得跟他们计较，不服气就上法庭，谁也不拦着。"

文娉不作声，这是她见过老高情绪最激动的一次。看来是刺着他了。高处寒又说："宁红也不是什么好人！哼，还婚内呢，人都开始找下家了！跟个什么仇总来来往往，也只有老吴当着王八蛋，"又对文娉，"你以后跟这些人少来往。"

文娉瞠目，说别人可以，她不多做评价，一旦说到她自己，她就必须表态了。本来刘处的事上，她对老高也有气，于是借机道："你是谁，我是谁，我跟谁来往，还需要向别人汇报？"高处寒又嬉皮笑脸，说不是那意思。文娉趁势把崔姐跟宁红旅游的事说了。她想看看高处寒的反应。

老高盯着文娉看了几秒，脸色逐渐阴沉。

"哑巴了？"文娉正色。

老高道："你不是不让我乱说话吗？"

文娉讥诮地说："该说的时候又不说了。"

高处寒深深叹一口气。

文娉着急，拍了他一下。高处寒这才道："牛蹄岭那事儿，估计不是杨实诚干的。"毛文娉头皮瞬间紧了，追着问："你找到杨实诚了？"老高说没有。停顿一下，他分析道："村口有摄像头，没发现什么，而且他怎么会知道你们那天要上山。"

"如果有人告诉他呢？"文娉质疑，"那天前后两个门的蝙蝠飞进来，间隔时间很短，一个人根本无法操作，如果是人为，必然是团伙作案。"

"所以崔姐可疑？"老高道，"你的意思是，崔姐跟实诚是一伙儿的？"文娉说这还不太清楚。高处寒说："来者首先是针对桑嫣，这几乎是肯定的，实诚虽然跟老桑有点过节，但还不至于要杀她，我倒是觉得，那本日记里记录的东西有点意思。"

毛文娉沉默。

高处寒的话，扎到她心里去了。自从去过燕郊，文娉基本把实诚排除在外了。作案的人，八成跟老陈当年的事有关。可是，老陈家已经踪影全无，谁来做这个复仇者呢？

高处寒探问："你们当年到底是什么情况？"

文娉说："老陈走，纯属意外。"

"日记里的记载属实吗？"

文娉反问："你看过日记？"

老高说："那倒没有。"跟着道，"我就是觉得，对方一直非常针对老桑。"毛文娉想了想，说："当年老陈从床上掉下来，我的确扶过她一次。"欲言又止。

"然后呢？"

文娉说："然后她又掉下去了。"

老高说这个听说了。又问："许可凡跨过去了吗？"

"这个我不清楚。"

"老桑阻止过杨盼救人没有？"

652

"不知道。"

"老杨日记里,不也提到了吗?"

"提到什么?"

"老桑不让她起来。"

"谁告诉你的?"文娉紧张。

"你啊。"高耸耸肩。

"我没说过。"

"那就是可凡。"高处寒道,又幽幽地说,"真是好姐妹……"提到往事,毛文娉又是一阵心痛。当初她要是及时把老陈送了医,是不是结果就会不一样。往事不可追矣。文娉跟着道:"老杨确实打算起来过,但是不是老桑阻止的就不知道了,我也有错,第一次扶她起来,老陈说没事,我就没往深了想。"老高紧张地问:"老陈跟你说过话?"文娉道:"就说了'没事'两个字。"又补充,"要说矛盾,恐怕老杨跟老陈的矛盾还大些。"

老高细问缘故。

文娉说:"她们因为小事动过手,但老杨说她没往心里去,"还是叹息,"一笔糊涂账,人都走了,不想再说了。"

高处寒总结道:"所以很有可能,这个崔姐,来路不正。"

文娉说:"你怀疑她是老陈的亲戚?"

"你不怀疑吗?"

毛文娉说:"如果崔姐可疑,那王百味呢,会不会当天也参与了?"高处寒想了想,说:"可能性不大,小王那边比我到得晚,他还以为我是施害者。"毛文娉说:"可他跟崔姐是亲戚。"

老高不假思索道:"认的亲。"

"什么意思?"这个新鲜,文娉脖子微微前伸。

"小王没跟你们说过?"

文娉道:"我去过曼蔓那儿,话里话外提到过,他从未否认是亲戚。"高处寒道:"他们曾经在一个大杂院住过,处得不错,所以认了干亲,对外就叫姨,如果真有血缘关系,崔姐从老桑那儿辞职也不会走远。"

重大新闻。

文娉一时回不过神,也捋不清其中的弯弯绕。她打算跟可凡或者老桑分享,再定对策。高处寒继续说:"而且你发现没有,崔姐一走,老桑就怀上了,现在估计都顺利生产了吧。"

又跟她们想一块儿去了。

文娉叹息:"想不到崔姐这么……坏……"

高处寒又把话绕回去:"所以宁红找她伴游,就一个字,蠢。"文娉说老宁的确有点不小心。高处寒又分析:"你们女生宿舍是不是永远都那么不和谐?"文娉道:"也是个例,其实我跟老陈挺好,但老陈就是一点,太过锋芒毕露。"话说到这儿,两个人不再谈沉重的话题。

文娉问宪魁最近怎么样,老高说他人在天津。文娉想起来一茬老事,问:"你是不是帮他们去东北找过人?"

老高愣了一下:"找过。"

"然后呢?"

老高笑嘻嘻地说:"然后人家不是自己怀上了嘛。"

文娉冷不防地说:"反正你不着急,你已经有孩子了。"

高处寒没接话,起身嘀咕说去个厕所。毛文娉明白,老高这是在躲避。他怕她施压,怕提结婚。可是,文娉颇不忿的是,她就这么差吗?她如果想要结婚,还是有人要的,而且对方条件未必比他高处寒差。

第一百三十一章 许可凡
Di Yibaisanshiyi Zhang　　Xu Kefan

◆

文娉第一时间把老高提到百味和崔姐的"真实关系"跟可凡说了。许可凡深感诧异。两个人都犹豫要不要找百味聊聊,考虑再三,还是觉得没必要打草惊蛇。

崔姐的联系方式文娉有。但这层关系一曝露,可凡和文娉却开始为宁红和周半芹担忧起来。不怕一万就怕万一。倘若崔姐是凶手，百味是从犯，老宁和曼蔓妈则真叫"与狼共舞"了。两个人商量着，要不要把曼蔓妈先接出来。不回老家，也暂时安顿在别处，别等曼蔓的事落定了，她老妈再出问题。

文娉问："如果把人接出来，小王察觉了呢？"可凡道："就说回老家，问题不大。"文娉又问："那怎么跟阿姨解释？"许可凡说："指定不能解释那么多，大而化之说说，就说是曼蔓的意思，实在不行，我安排。"

文娉道："你有家有业，还是我来吧，租个房子，先把这一段度过去。"三下五除二，两个人迅速把这事办妥了。曼蔓妈一听是女儿的安排，同意迁出，百味也无异议。文娉在家楼上租了房子，暂时把周半芹挪出。

可凡的意思是，跟宁红也要通个气，又说："她找崔姐，纯属自投罗网，那人家还不把咱们这边的情况都摸清楚了。"文娉狐疑："万一人不是呢？"许可凡道："十之八九。"文娉问她为什么那么肯定。可凡沉默了几秒，道："我原本不想这么早说的，老桑送的燕窝记得吧？"文娉说记得，但她没拿。可凡道："我拿了，还吃了，还剩了几瓶，一直放冰箱里。"文娉说那估计早坏了。

可凡叹息，又不说话了。过了好一会儿，才把目光对准文娉。

文娉摸两臂："干吗这么看我，瘆得慌。"

许可凡一字一顿："那里头……有避孕药。"她也是搬家才想起来，怀疑崔姐过后，立刻找法医朋友做了鉴定。

文娉惊叫："天！这算投毒吧！"

可凡说检测结果出来的时候她也毛骨悚然。但一切都连上了，崔姐一走，老桑就顺利怀孕，问题太明显。文娉问这事儿老桑知道吗？可凡说她不是一直在国外吗，消息也不回。

毛文娉坐不住："要不还是报警？"可凡道："有其他证据吗？她要是存心做，就不太会留下痕迹，几瓶燕窝说明不了什么，事情过去那么久了，而且燕窝是老桑的，追查下去，警方要问责的是老桑，"口气幽幽的，"这帮人究竟冲谁呢？"文娉道："可……这已经是犯法！"可凡抬眼看向文娉："老毛，当年，你真的起来扶老陈了吗？"

文娉说扶了。

可凡问："那晚老陈吃的东西里头，掺了花生粉吗？"

文娉说应该没有，如果有当年就检测出来了。

文娉反问她。可凡说:"我不知道老杨的日记怎么回事,我是起来上厕所了,但根本没有发现老陈躺在地上。"文娉盯着她看了几秒。许可凡心里发毛。终于,毛文娉说:"别猜了,还是找老宁,她跟崔姐出去过,应该订过票,有底根。"于是乎,文娉出面把宁红约出来了。

约在美容院,宁红的"老地方",可凡也跟着,不过事先没打招呼,免得宁红在电话里问太多。事实上,闺密们外出,要么就是大集结,要么是两个两个出来,三个人出来的情况很少。可凡的理解是,三个人不方便说其他人的坏话。不过这次,必须三人见面,相互也做个见证。可凡和文娉按约到了,宁红已经在包间等着,许可凡一来就让服务人员暂时出去,关好门。

宁红对文娉不是一个人来略感惊诧,关门,就更诧异了。"干吗,瓮中捉鳖啊?"宁红乱用成语。许可凡道:"有个事。"宁红摘掉头上的毛巾,她脸上没妆,整个人看上去十分惨淡可怜,她用一种讽刺的口吻:"哎哟,许法官,别吓我,搞得跟上法院一样,"又说,"好事坏事呀,坏事可别说。"

可凡给文娉一个眼色。

毛文娉当即道:"我见到实诚了。"

宁红惊得韩式半永久的眉毛都快竖起来了:"他找你啦?!"

文娉沉稳地说:"我找的他。"

宁红诧然:"他不找你你还找他?"

文娉深呼吸,一口气把在燕郊的遭遇说了。宁红想了想,说:"会不会是他为了逃避责任撒谎呢?"可凡问:"你指什么撒谎,是没上过牛蹄岭,还是警察没找过他?"宁红说都有可能。许可凡道:"实诚对咱们再不满,也不会一口气害那么多人。"

宁红又问:"如果都是真的,是谁报的警呢?"又补充,"反正不是我,应该也不是曼蔓。"

文娉和可凡都说不是自己。

宁红道:"那就有意思了,莫非是老桑,或者百味,老高?还有谁?"文娉刚要说话,可凡拦在前头:"你注意到没有,老桑怀孕,跟谁有关系?"

宁红失笑:"那还用说,刘宪魁呀。"

可凡又道:"上牛蹄岭之前,老桑怀孕了,上牛蹄岭之后,老桑去了国外,如果不出意外,孩子应该生下来了。"宁红说是。可凡道:"她身边少了谁?"

宁红搓搓鼻子，若无其事，又突然开窍似的："崔姐？"话说出口，又摆手，"不可能，崔姐是好人。"

可凡坚定地说："老桑给的燕窝里，含有避孕药成分！"

一提到这茬儿，文娉下意识挽住可凡的胳膊，像要避难似的。宁红语无伦次："不是……我刚跟她从日本回来……人挺好的呀……"

许可凡抬眼对文娉道："这也说明一个问题，凶手的目标不是红子。"宁红坐不住了，她站起来，来回走步："真要这么说，这人埋伏时间可不短了……上次那个香蕉皮……"宁红都想起来了。

可凡又把牛蹄岭放蝙蝠一个人弄不来的话说了。

宁红追问："那同伙是谁？"

文娉道："百味跟崔姐，不是真的亲戚。"宁红问什么意思。文娉把老高的话提了。宁红若有所思，说自己在旅行期间还说过客套话，她也没否认跟百味是亲戚。可凡这才问："订机票时你留了身份证号吗？"宁红连忙翻手机，却没发现记录，票是分头订的，她只是帮崔姐报销，她记得崔姐还问了她航班信息，等等。宁红又打崔姐电话，却传来暂时无法接通的念白声。

"要不找航空公司，或者报警吧。"宁红慌乱。许可凡却说别着急，再想想办法。话说完，闺密仨也没心思做美容了。宁红甚至没来得及问文娉老高的事，三个人就各回各家。可凡建议文娉找老桑问问崔姐的身份证信息。当保姆的时候肯定登过记。文娉道："直接去家政中心不就行了吗？"可凡觉得有道理，两个人赶忙去真友家政，那是崔姐曾经待过的地方。结果，店子已然关门大吉。

"还是问老桑吧。"可凡建议。

文娉道："老桑回复慢，我直接问宪魁。"好在宪魁这次还算积极，文娉问，他就安排人去找，没两天，号码就发过来了。宪魁还说老桑也快回国了，到时候聚。文娉笑着问："生了吗？"宪魁没觉得礼数不周，道："女孩儿。"文娉赶忙说恭喜。又在群里发消息庆贺。可凡附和。宁红装看不见。结果到了半夜，桑嫣露头了，说产后抑郁一直在调理，刚瘦下来，又把产女信息发过来，还发了张不太清晰的照片，最后说回国欢聚。

拿到身份证号码，许可凡就去法院系统查。户口信息很快就出来了。崔姐的户籍落在甘州，某县某镇某村某大队，跟老陈家还有老大距离。可凡去找文娉商量，老高也在，三个人一时都破解不了其中的联系。可凡问："百味知道吗？"文娉看老高。高处寒道:"别看我,我哪知道他知不知道。"可凡又说:"我们把周阿姨接出来,人估计都有戒心了。"毛文娉说小王还过来看过。

可凡着急:"他还来看,那不白搬了嘛。"文娉说小王看上去不像坏人。可凡道:"坏人要能被你看出来,那世界上也没坏人了。"毛文娉不吭声。高处寒抽烟回来。许可凡试探性地问:"要不把小王叫来问问?"

老高自告奋勇去叫人。不大会儿,百味跟着回来了。三个人坐着,他站着。他被看得有点发毛,怯怯地问:"有事吗?"老高站起来,先看了可凡一眼,又对百味:"小王,这法官可在这儿呢,你可得都说实话。"

"跟曼蔓有关吗?"王百味憨乎乎地问。

"曼蔓的事,老高在处理。"文娉插话。

许可凡说:"你对崔姐,"改口道,"你崔姨,了解多少?"王百味道:"不是特别了解。"

"不了解还认干亲。"文娉不信。

"她人特别好。"

"哦?"可凡将信将疑,"她跟你说过她家里的事吗?"小王道:"家在甘州。"对上了。可凡后悔没早问百味:"然后呢?"

"什么然后?"

"家里的情况,过去的经历,相关的都说说。"

"在冀州生活过,有女儿。"百味说。

"女儿在哪儿?她在冀州什么地方?"可凡追问。百味报了个地名。许可凡和毛文娉同时轻叫出声——那是陈烈香的故乡。再往下问,什么都问不出来了。聊得差不多,可凡让老高陪百味去看曼蔓妈,她跟文娉随后到。许可凡去上了个厕所,她精神高度集中,一直憋着尿。院里的案子都没这个复杂。文娉洗了把脸出来。

许可凡捋着说:"崔姐年轻时候去过冀州,又在老陈故乡,搞不好认识老陈,或者至少认识老陈的爸妈。现在需要调查的是,崔姐是否认识老陈家人,崔姐在冀州做了什么,老陈爸妈,或者至少老陈妈和弟弟的现状。"

文娉补充:"老陈妈已经走了。"可凡问她怎么知道。文娉说她去老陈老家调查过,妈和傻弟弟都走了。可凡问:"走了什么意思,是走动,还是死亡?"文娉说是六年前离开家乡,没再回去过。可凡狐疑:"那崔姐会不会就是老陈妈妈呢?"

文娉果断说不是,她在学校见过老陈妈一次,个头长相都对不上。

许可凡叹了口气:"等老桑回来吧,她的能量大些。"

文娉问那这些情况,要告诉老桑吗?

可凡想了想,说:"我们不说,她迟早也会知道。"其实还有半句话可凡没说,她跟文娉属于后知后觉。牛蹄岭事件后,桑嫣迅速辞退了崔姐,又躲到国外生产,里头大有文章。她原本以为桑嫣辞人是怕实诚再上门,现在看来,如果报警的人是老桑,那意味着人家早就开始暗中调查了。

第一百三十二章 桑嫣
Di Yibaisanshier Zhang　　Sang Yan

✦

宪魁把文娉、可凡托老高问的话转告了,桑嫣觉得自己是时候再出现了。

要崔姐的身份信息,一定有故事。事实上,牛蹄岭事件后,桑嫣找人去燕郊试探过实诚。经调查,杨实诚那天确实不在牛蹄岭,基本排除作案嫌疑。

跟着就是养胎,生孩子,桑嫣心里存着这事儿,她甚至调查过王百味,可查来查去也没查出什么。百味就是读书上来的,除了穷点儿,似乎没其他毛病。至于崔姐这儿,桑嫣刚开始没往上头想。她用崔姐用得很顺手,只是老杨去世后,她嫌崔姐知道太多,万一透露给实诚或者外人,又是个巨大刺激,所以打发她走了。可是要说牛蹄岭的事是崔姐做的,她还真有点不大相信。

准备好,桑嫣给文娉和可凡打了电话,约在紫玉山庄见。东二环的小四合院,是绝对不能暴露的。她也不打算让女儿出现,委托给伊若带一天,单枪匹马会客。这一次,她连常姐也没带。

房子里冷冰冰的,桑嫣待了一会儿,找了一条披肩披着。到点,文娉和可凡来了。这趟来,两个人随手没带东西。见到桑嫣,都给了个红包。

可凡问："宝宝呢？"

桑嫣哎哟一声，苦笑着："就说带来，早晨起来又是喷嚏又是咳嗽，让他爸带去医院了。"说着，又把宝宝的视频和照片秀了秀，就算了了。文娉多问一句常姐呢，她诧异家里竟没有保姆。

桑嫣道："我出去那么久，还用她干吗，宪魁在外头忙，不需要人，我刚回来，还以为进了盘丝洞。"闺密俩都笑。桑嫣拉住文娉的手："真想你们。"说着让坐，文娉和可凡坐了，桑嫣亲自看茶。

她故意问了问曼蔓案子的事，可凡说了。桑嫣诧异："按常理，也该有个结果了，是判是放，总有个说法，怎么还在留置。"

三个人感叹了一番。

"老宁怎么样？"桑嫣把话题往宁红身上引。

可凡道："正要找你说这事儿呢。"

"她离了吗？"桑嫣明知故问。

"不是离了，"可凡细说，"前儿个，老宁还跟那位崔姐去了趟日本。"

桑嫣心里咯噔，面儿上却不露出来，笑呵呵地说："可能找人搭把手，伴游，孩子是难带。"

可凡正色："老桑，你走了这么长时间，有些情况，我跟文娉都觉得有必要跟你通通气。"

桑嫣坐正了，点点头，鼓励她说下去。

可凡给文娉一个眼色。

文娉便道："我见到实诚了。"

桑嫣下意识哦了一声。她盯着文娉看，脸部肌肉尽量放松。文娉继续："他说警察找过他，还说水淹那天，他没上过牛蹄岭。他不知道牛蹄岭的事。"桑嫣故意问："消息属实吗？"文娉望望可凡。许可凡道："基本属实，杨实诚退居燕郊，我去他厂里问过情况，当天，他全天在厂子里，车间有录像。"

桑嫣低下头，嘀咕："那就不是实诚，我们错怪他了……"转而又问，"所以你们要崔姐的身份信息……"惊愕道，"是怀疑她？"

可凡道："老桑，你想想你怀上孩子的时间点，崔姐一走，你去了国外，孩子就保住了。"

桑嫣眼睁得跟被踩过一脚似的。莫非……崔姐……她真不敢想……如果确凿……那就太恐怖了……可在闺密们面前,桑嫣还是竭力保持镇定,干笑:"会不会太草木皆兵了。"

可凡转身去包里拿出一瓶燕窝。

眼熟。她吃过这个品牌。有人送,她也买过。哦,好像还送给过杨盼、曼蔓、可凡、宁红,只有文娉没拿。

"这是做什么?"桑嫣下眼睑微微颤抖。

"你给我的,"许可凡进入办案状态,"确切地说,是你让崔姐拿给我的。"

"然后呢?"桑嫣追问。

"然后,"可凡吸一口气,"里头下了避孕药。"

五雷轰顶!桑嫣差点站不稳,难道……莫非……想必……估计就是……她千算万算,算不到自己身边人竟是个……是个恶魔!她心心念念要生孩子,心心念念在婆婆生前求表现,看了多少医生吃了多少中药,合着有人一直给她上烂药!桑嫣呆坐在那儿,文娉凑过去搂住她,算是安抚。

"为什么?!"桑嫣也有点失控了,"她到底是谁?!"

可凡劝她别激动,现在看来,事情估计大概率还是跟当年老陈去世有关。文娉又把老陈家的情况,以及有人给老陈上坟的事讲明了。桑嫣惊叫:"她自己发病,我们顶多算失误!没有及时发现及时救治!这算什么深仇大恨!人各有命!她这是害人,犯罪!"

文娉建议报警。可凡不置可否。桑嫣大喘气,好像呼吸不过来似的,过了好一会儿,才说:"光这一瓶燕窝不能坐实,报了警,反倒打草惊蛇,那个小王不是跟崔姐是亲戚吗,从他突破。"

可凡这才把小王和崔姐的关系说破了。又说了崔姐老家在甘州,曾经在老陈老家待过。目前就进展到这儿。

桑嫣道:"我找人查吧。"

可凡捋顺序:"现在一个要查崔姐和老陈家的真实关系;再一个,就是要查清楚老陈妈和弟弟的去向。"

文娉跟着道:"大概六年前,老陈妈和弟弟离开家乡就再没回去过,有人说去县城了,也有人说去省会了。"

桑嫣道:"这个不难,"又愤愤地,"就算当年我们有错,也惩罚得差不多了!老杨走了,曼蔓进去了。"可凡说可老杨和曼蔓的遭遇跟老陈也无关呀。桑嫣声音颤抖:"老天的惩罚!不用他们罚!老天已经罚了!"

可凡和文娉不敢作声。

桑嫣又说:"没准还有从犯,牛蹄岭那事儿,一个人可做不了。"在这个点上,她跟可凡、文娉想到一块儿去了。

从北四环回东二环,桑嫣去伊若那儿接孩子。刘伊若见她脸色不好,问了两句。桑嫣只说吹到风了,有点疲乏。晚间,宪魁提前回来了,一进门就骂吴冠军。桑嫣问:"那事儿还没落定呢?"宪魁道:"他要再冲上市,就再举报!"

桑嫣劝说要不算了,各赚各的钱。

宪魁恨道:"不是我要弄他,是他背后的人要弄死我们!德庸就是例子!你死我活呀!"

桑嫣见丈夫态度如此坚决激烈,也不便再劝,她照例把该做的事做完,休息之前,才抱住宪魁道:"反正,不管你怎么做,永远记住一点,保护好自己。"

宪魁摸着桑嫣的头发,不说话。

桑嫣继续说:"你现在不是为你一个人活。"

"我为你活。"宪魁难得风趣。

桑嫣纠正:"我不需要你为我活,你要为爸妈,为女儿,为家族活,咱们家,就剩你一个门面儿。"叹一口气,"今时不同往日,爷爷辈打仗起家,爸妈还算承得住,到你这辈,没从文入仕,算没赶上趟,是,咱一辈子哪怕下辈子生活是不愁,可再下一代呢。"

说到这儿,连刘宪魁的面目也严肃起来:"好好培养孩子。"桑嫣轻驳:"不只是培养,一个女儿肯定不够,咱们再努力努力,再要个儿子,说句不好听的,女儿将来终究要嫁到别人家,家里没个男孩顶着,真是对不起爸妈……"桑嫣哽咽了。

宪魁倒乐观:"那就再努力努力。"

桑嫣转而问:"冀州的王伯伯跟咱们还有联系吗?"宪魁问哪个王伯伯。桑嫣道:"就是爸以前的战友。"宪魁想了想,说:"有日子没联系了,有他秘书电话,不过他的秘书估计也退了,你有事找他?"桑嫣说老家的亲戚遇到点情况想找省里的人问问。宪魁拿过手机,翻了好大一圈,才终于找到个号码:"应该是他。"说着要拨过去。桑嫣连忙劝他挂断,说明儿白天她自己打过去问问。宪魁叮嘱她报他老爸的名字就行。

联系上王伯伯的秘书，进展就快了。

王伯伯虽然早退了，但能量还在，桑嫣迅速摸到了老陈妈和弟弟后来的生活情况。过去，她是不想查，不愿意查，因为多少有心理阴影。这种事，过去就过去了，谁还去找这个麻烦。现在，后来的故事浮出水面，又是另一番感受。命运的残忍不在于突然给了你一刀，而是用钝刀子，一点一点割你的肉。

六年前，老陈妈带着老陈弟弟去省里看病，就住在省立医院旁边，为了节省开支，老陈妈租了房子，先是卖早点，后来改卖假发——专门卖给癌症病人。三年前，老陈的弟弟去世，跟着，老陈妈也上吊自杀了。桑嫣原本想去老陈的老家再探访探访，听到这些事，她不敢去了。她把这些情况原原本本反映给可凡和文娉。她们同样沉默。这是老陈去世后的故事，是另一种人间惨剧。想来，女儿走后，老陈妈把人生的希望寄托于儿子。可到最后……陈弟也走了……陈母生无可恋……

桑嫣平静地描述着，她尽量让这个悲剧故事听上去平淡一些。可一说完，文娉还是哭了。许可凡还算冷静："老陈家的故事清楚了，现在还需要搞清楚崔姐和老陈家的关系。"文娉问会不会是亲戚。桑嫣否定了，冀州方面的最新消息，目前并没有查到崔姐和老陈家的交集。但可以确定，他们不存在血缘关系，且崔姐并没有女儿，多少年来都是孤身一人。

第一百三十三章　毛文娉
Di Yibaisanshisan Zhang　Mao Wenping

◆

宁红一觉睡醒起不来床了，可凡第一时间得知——乃心向菲菲求助，许可凡及时赶到，把人送医院了，做了检查，开了药，说是急性筋膜炎。可凡等着开庭，毛文娉接班照顾。虽然文娉现如今跟宁红关系谈不上好，可终究是同学，过去宁红也对她多有关照。她抹不开面子，急病，还是应该伸把手。

宁红躺在床上,一动不动,文娉从上到下看她。宁红要上洗手间,文娉扶她,起来又是一番剧痛。宁红疼得直嗷嗷。都弄完,耗费将近半个小时,好不容易躺回床上,文娉道:"怎么就这样了?"宁红道:"一个人漂着,谁管你。"说着哽咽,"也得亏你和可凡。"

文娉连忙:"没事儿,小病。"

宁红道:"乃心给他爸打电话,人让叫救护车。"

文娉问:"是老吴叫的吗?"宁红说车倒是他叫的,说完不语。

车是车,还是得有人呀。

宁红脖子不动,又喟叹:"同学里,也就你们俩,其他都是假的。"文娉知道宁红指老桑,不愿置评,故意不接话。宁红继续:"老桑回来了知道不?"文娉说好像是。宁红道:"说生了个女孩。"文娉哦了一声。宁红斥责:"得亏是女孩,要是男孩,她还不飞上天!"

文娉说男孩女孩不都一样。

宁红反驳:"咱们这种家庭一样,他们那种家庭可就不一样了。"文娉笑笑,转而问她这病怎么得的。宁红立刻激动:"特别奇怪!昨天下班回去,我就觉得有个人老跟着我,从小区门口到楼道口,我回头看,又没人。"

文娉打趣:"遇着鬼了。"

宁红抽抽:"会不会是实诚或者那个什么崔姐?"文娉说不至于吧。宁红恨道:"我就理解不了,这老桑咋就这么大度,实诚,还有崔姐都那样了,她还能忍?"

文娉说这不是没证据嘛。

宁红抢白:"没证据那很多事情也发生了呀,牛蹄岭是不是有人想淹死我们?还有很多乱七八糟的小事,完全可以交给警察去查、去办。"哼哼一声,"除非她心里有鬼。"

又待了一会儿,宁红开始赶人。文娉说她今儿事儿不多,多聊会儿没问题。宁红道:"行啦!听我说那么多牢骚怪话,我这也死不了,去吧。"文娉见她态度坚决,只好先行撤退。到门口忽然意识到,自己是多么不知趣儿呀,宁红赶的不是她,而是可能马上有人要来。

她在这儿不合适了。

回单位就接到通知,领导安排她去参会培训,看看时间地点主题,毛文娉感觉不妙。八成,刘处也在。而且这次开会是去冀州省会,一开就是七天。

夜长梦必然多。

临行前,文娉约高处寒吃饭,自己不动手,直接下馆子。老高一直馋一家网红馆子,文娉及时满足。开篇,文娉照例又问问曼蔓案子的情况。高处寒道:"只要她自己不认,不乱说,最后放出来的可能性很大,搞不好检察院都不提人了。"

文娉问为什么。

老高道:"濮总一直在疏通,还有宪魁,也四处奔走,帮忙。"

可以了。此话题结束。文娉轻轻地喂了一声:"我马上要培训。"老高问去哪儿,几天。文娉说了。老高说不错,是个机会,能认识不少人。文娉道:"刘处估计也在。"

这就等于点明了。

高处寒笑呵呵道:"他就是嘴上厉害,不见得真有行动。"看看,他也知道刘处嘴上厉害了。文娉反击:"那要是真的呢?"高处寒不含糊:"要是真的,就看你自己怎么选择了。"文娉气撞脑门,直问:"我要是选择他,你就放手了?"高处寒这才弱下来:"你看你,又较真,都怪你自己。"

文娉不解,怎么怪到她头上了。

老高说:"那么优秀,那么招人耳目。"

文娉斥:"都什么用词。"

老高举手示意:"抱歉,用词不当,引人注目行了吧。"文娉还是气闷。老高说:"要不这样,咱们年底结婚,趁着过年放假还能出去玩一趟,旅拍。"

一切猝不及防。毛文娉有点头晕,她一时分不清是红酒的作用,还是高处寒的糖衣炮弹太过迅猛。这就是老高的风格,越是大事,他越要满不在乎轻描淡写地说出来。"什么意思?"文娉假作生气。高处寒文吾:"就是……字面意思呀。"

"太不严肃了吧。"文娉绷着脸。

老高站起来,捋了捋衣服:"哎哟,看来得来全套的,还以为你不是俗人。"跟着就有点要单膝跪地的架势。

毛文娉连忙道:"算了!"

"干吗,别算了呀,我得……"老高一意孤行。

"停止!"

动作暂停。老高僵在那儿。

"我考虑考虑。"文娉羞赧。

老高笑不嗤嗤道:"行,没问题,您慢慢考虑。"

坐在西去的列车上,景物不断后退,毛文娉思绪联翩。高处寒突如其来的"求婚"让她好几日都回不过神。她和他的关系到这一步了吗?显然,结婚是她盼望的,她的"晚婚",很大程度上是因为对方的不积极。如今他积极了,可表现得又那么潦草。

这是文娉不满意的。

只是,如果拒绝老高,谁知道他下次求婚是什么时候?尤其是在刘处对她表示过好感之后,毛文娉更加觉得自己应该尘埃落定,得有个名义上的丈夫。别小看名分,很重要。成了家,就代表你有了队友。这个队友某种意义上,是做给社会看的。跟老高组队,对她的事业发展,不能保证说加分,但绝对不减分。

这次赴省会,文娉还有个事要办。她打算去省立医院附近走访,看看老陈妈和弟弟曾经生活过的地方,如果找到蛛丝马迹更好。崔姐和陈家的关系尚未明朗,文娉不敢奢望一趟就能查出什么来,但她确确实实想了解陈母和陈弟曾经的生活状态。某种意义上,她甚至想为全寝室的人"赎罪"。她们终究是错待老陈了。一个人的离去,影响的不仅仅是个人,而是整个家庭。

文娉曾经跟老高分析过崔姐和老陈家可能存在的关系。老高给了一个列表:都在亲戚关系上打转。文娉不耐烦,说已经否定了是亲戚关系。高处寒问:"如果不是亲戚关系,谁会这样付出?替人报仇,很可能自己也会被反噬,硬来是要坐牢的。"

文娉说:"万一她不怕呢?"

老高问:"什么人不怕坐牢?"

文娉顺着往下想:"要死的人?"

老高说:"崔姐可是经过体检才上岗当保姆的。"文娉说她也看过崔姐吃过药。高说他也看过,但那只是普通的慢性病药物。分析到这儿,文娉也再猜想不下去了。但她觉得如果崔姐是复仇者,是凶手,她的目标绝不仅仅是老桑一个,而是"一网打尽"。她让老高有机会还是找王百味套套话,说他们既然认识得早,百味估计还掌握着一些他自己认为不重要、但实际上或许很重要的信息。

开会三天,第四天才有空。文娉也想不到,在市中心的繁华地段、省立医院旁,还有这么一块"人间地狱"。那味道一迈进小街就能闻到了，是朽败的死亡的气味。这里聚集着各种各样的癌症病人。在外面的世界，他们是被嫌弃的，可在这里，他们同病相怜。文娉戴着口罩，孤身闯进去。小街就一家假发店，进去的时候，有个大姐正在试戴假发。老板是个中年光头男人，见文娉来，立刻围了上去，笑呵呵问打算看什么款式，长的短的。文娉无措，随口说看看短的。老板递过来一顶，文娉拿在手里瞧。老板又问："什么病啊？"文娉支吾说肺不好。老板唔了一下。

文娉琢磨了一会儿，又把假发递回去，装作随意问："老板在这干多久了？"光头男说："有一阵了。"文娉又说："以前好像有个女老板。"

"陈姐？"光头男道，"走了。"

"你们认识？"

"认识。"

"怎么走的？"

"你是便衣？还是记者？"老板脸耷拉下来。

"随便问问。"文娉讪笑着。光头男继续说："最近可不止一拨人来问，警察都来过了，"哼哼一声，"人都走了，就不能安生点儿！"文娉连忙请他别误会，她只是听说陈姐比较有名，才关心关心，说着，她又拿过假发，要买一顶。老板才稍微放松警惕。"陈姐好人哪！这个铺子转了两次，到我手里都没要铺子钱。"文娉问缘故。光头道："我们这种人，有今天没明天，赚那么多钱干吗，够生活就可以啦。"他还是努力乐观。

文娉见火候差不多，拿出手机，调出崔姐照片，问："你知道这个人吗？"光头不假思索："见过。"文娉激动，说："我是她朋友。"光头反问："亲戚？"文娉问知道她下落？光头道："好像已经病故了。"文娉问："什么时候的事？"光头说："三年前？"话音刚落，文娉心中燃起的小火苗又熄灭了，时间对不上。

回京的列车上，文娉反复琢磨一个问题。这一次，又是谁报的警呢？首先猜老桑。文娉觉得桑嫣这么做太没意思，每次都装大度，宣称不报警，可每每又在背后做动作。一到站，毛文娉直接去北四环。老桑家大门紧闭。她打电话给桑嫣。桑嫣说她在基金会，又问什么事，如果急，就请文娉过去。毛文娉又风驰电掣地去了。

见了面，文娉开诚布公把"新发现"说了。桑嫣很沉稳，笑笑："你怎么就断定是我报的？"停顿一下，又说，"我是托人问了，但那都是私人途径，不至于让警察过去，我也没那本事，违法的事情我不会干。"

老桑滴水不漏。文娉自觉鲁莽。

桑嫣又说："会不会是可凡？"

文娉窘在那儿，没附和。

桑嫣拉她坐下："别着急，若要人不知，除非己莫为，总会水落石出的。"说着，她就给许可凡打电话。可凡正在院里忙着。桑嫣说正好一会儿去他们院那边，索性约个饭。

见了面，碗筷刚摆上，桑嫣就直接问警是不是可凡报的。可凡干脆道："我没报。"

桑嫣问文娉："还要问老宁吗？"

文娉说不必了。疑窦丛生。

许可凡道："有人报了警也好，这个崔姐，也太不像话，不管她是不是老陈的亲戚，法不容情，既然做了，就要承担。"

桑嫣抿了一小口水，先对文娉，再望可凡："我们欠谁的？"

文娉和可凡不晓得怎么接话。

桑嫣自答："我们谁的也不欠，人生在世，你就记住四个字：自作自受。老陈、老杨、崔姐、实诚，包括你我，谁也逃不出这四个字去。"跟着又补充，"咱们都放宽心，见怪不怪，其怪自败，"呵呵地，"我倒听说最近有个喜事。"文娉紧张，她以为高处寒把要结婚的事跟刘宪魁透露了，结果传到老桑那里。

桑嫣对可凡道："你们家尉迟又升了吧？"

可凡尴尬笑笑。

桑嫣道："潜力股，抓住。"文娉见可凡招不住，救场："要不要来点酒？"许可凡和桑嫣都摆手，一个还要开庭，一个还要开车。

第一百三十四章 桑嫣
Di Yibaisanshisi Zhang　Sang Yan

◆

桑嫣准备在社交界复出了。

伊若的担忧也是她的担忧，老人走后，家里的影响力大不如前，好在还有个名声，走出去，勉强还是个人物，但声势，只能自己努力张扬。濮家那边经济紧缩，刘家要再不在影响力上下功夫，将来孩子的路会很难走。

桑嫣先在几个会上露了露脸，算打前站，等于是告诉圈里人她回来了。毕竟有女儿了，道贺的人不少，不过贺礼跟她和宪魁结婚时比，分量就差多了。生女儿究竟不如儿子"轰动"。好在桑嫣并不介意，她跟伊若准备着重头戏。

刘伊若整理了老太太留下来的照片，配了点文字，找了家出版社合作，多给了点赞助，准备出一部纪念画集。只印三千册，家里回购两千，以便送人。最关键的，是要联合基金会办一场发布活动，一来告慰先人，二也是做给外人看。老桑一直资助山区女童，趁着基金会办活动，特别邀请了两位来到北京逛逛。

活动提上日程，宪魁比桑嫣还紧张，这是老太太走后，家里第一次独立办活动。钱还是小濮那边赞助。桑嫣叮嘱宪魁："别都让濮杰那边出。"宪魁道："他出点儿也是应该。"桑嫣细究："过去出是应该，现在不一样了，你不怕伊若不高兴？"宪魁不假思索："她不会。"

桑嫣继续："她不会咱们也要自力更生，今时不同往日，各家过各家的日子，粘连起来外头看着也不像话。"

宪魁不作声，玩手上的珠串。桑嫣把邀请名单发给他。宪魁端着手机瞅了瞅："会不会太少？"桑嫣道："宁要精，不要多，活动不对外开放，来的人都要经过安检审核，有邀请函才能进门。"宪魁问："饭店包了吗？"桑嫣道："不吃饭，就在基金会旁边订了个院子。"

宪魁又看看媒体名单，问搞不搞直播。桑嫣道："不直播，不排除做个专访，你准备准备，请的几家媒体都是关系不错的，不会乱写。"

吃完晚饭，桑嫣安顿好孩子才去洗澡。出来，宪魁正坐在那儿一边看书一边嚼砂仁。"王伯伯秘书打你电话。"宪魁随口说。桑嫣紧张:"你接了吗?"宪魁说:"没接,你给回一个。"桑嫣拿了电话,匆忙到书房回复,却得到了一个听上去不太妙的消息。大秘书把崔姐的情况更新了,说经过走访得知,崔姐确实在癌症街生活过,做过癌症手术,三年多以前因不可知原因双目失明,陈母自杀前把角膜捐给了她。

桑嫣一边道谢,说这就清楚了,天下还是好人多,另一边整个身子却仿佛掉进了冰窖,转瞬之间,又好像千万只虫子咬在皮上,她浑身发颤,几乎站不稳,不得不求助高椅扶手。这简直有点像老陈她妈做了法一般,她人是走了,却似乎附了崔姐的身,一双眼睛时时刻刻凝视着她们……老天!这死亡的凝视!……这次是叫遇了鬼……

宪魁叫她,桑嫣应了一声,又说要去洗手间。她跌跌撞撞逃到水池边,水龙头打开,她胡乱扑了扑脸,又在马桶上坐了许久,一颗心才终于平复。等出来,宪魁问她怎么了。桑嫣说有点拉肚子。宪魁递上一小把砂仁:"嚼嚼。"桑嫣木然接过,放进嘴里,刚嚼了两下,就突然呕了出来。

刘宪魁帮她拍背:"怎么了这是,没关系,不用紧张,就是个小会。"

思来想去,次日,桑嫣还是去找了文娉,两个人再一同去法院找可凡。中午吃饭,桑嫣把最新调查结果公布了。文娉可凡久久沉默。崔姐是帮陈家复仇无疑,只是那一双"转世"的眼睛,跟巫术差不多,大家都觉得硌硬。文娉建议报警。可凡没置评。

桑嫣说:"知道了就行了,敌不动,我不动。"文娉说:"你马上不是要办会呢?"桑嫣道:"会是邀请式,没有函进不去,而且她要自投罗网,那就不要怪我们一网打尽,而且警方不是已经介入了吗?既然有人帮忙,我们就没有必要重复报警。"

可凡说:"现在的问题是,崔姐可能有帮手,就算崔姐不再行动,要是帮手还在搞鬼呢?"

桑嫣问文娉曼蔓妈妈的情况。文娉说一切正常。桑嫣再问王百味的情况。文娉说好像也比较正常,就是关心曼蔓的近况:"老高在准备材料,随时帮曼蔓打官司做辩护。"可凡接着说房燕那边仍在活动。桑嫣抹不过面子,道:"濮杰一直就没停止营救,这次请左总来,我再盯着他。"可凡诧异:"左豪自由了?"桑嫣道:"早就自由了。"可凡说他哥好像又没动静了。桑嫣淡淡地说,就算安全着陆了。都聊完,桑嫣叮嘱文娉和可凡当天来早点,两个人都表示没问题。

活动头两天,两名山区女童到了,桑嫣伊若无暇陪看,只好让基金会的小孩带着去北海游了一番。活动当日,桑嫣是总指挥,伊若和小濮负责接待重要客人,文娉对接媒体,可凡站在门口把守,宪魁则由高处寒全程陪同。这次活动,桑嫣没通知宁红,事实上,跟老吴的矛盾公开化之后,桑嫣就把宁红拉黑了。

可惜当天活动还没开始,院门口就一阵骚动。

怕什么来什么。

许可凡颠颠儿来报,说宁红堵在大门外,没有邀请函进不来。桑嫣对可凡:"我没空管她,你让她回吧,有什么事发布会结束后再说。"可凡连忙去做工作。没用。桑嫣只好自己出去面对。大门口,宁红气鼓鼓杵着,桑嫣和可凡把人带到院门竹林后头。

宁红愤然:"老桑,我跟你没仇,你让刘宪魁出来。"

桑嫣冷冷地说:"你跟宪魁过不去,不就是跟我过不去吗?"宁红咬牙切齿道:"做人要给自己留点后路,赶尽杀绝,对你有什么好处!"文娉也凑过来了,跟着劝。宁红怒骂:"你废什么话!你不过是刘家一条狗!"

毛文娉满脸通红。

可凡站出来道:"老宁!你讲点道理!非赶着这时候?!我不知道你跟老桑有什么矛盾,但你要来闹场,就是结新仇,你听我一句,活动结束后再谈。"桑嫣也退一步:"这样,等活动结束后,我找你。"

宁红一甩手:"不怕你跑了!"

院内不断进人。伊若来找桑嫣,姑嫂俩连忙去陪要客。十五分钟后,众宾客去主厅落座,高处寒陪着刘宪魁出来。宪魁坐了首座,其余人才纷纷坐定。主持人做开场白,活动正式开始了。到这时候,桑嫣的心好歹才放下来,能喘两口匀气。

开场白结束,宪魁发言。

后门口,基金会小孩对桑嫣招手。

讨厌,关键时刻打扰。

可架不住小孩一脸急切,桑嫣还是猫着腰出去。她轻斥:"怎么了!"小孩笨嘴拙舌,半天说不清楚,只是小步快走领桑嫣到院子里,却看见竹林旁的白色影壁上,一行红色粉笔书写的字分外醒目:刘宪魁不管私生子死活!桑嫣惊得头皮恨不得爆炸，她声音颤抖着："还不去擦了！"

再一回身，文娉站在她身后。

桑嫣下不来台，说话也不是，不说也不是。好在文娉知趣，眼神刚跟桑嫣对接，她就迅速低头，闷声走开了。

活动空前成功，桑嫣却累住院了。

医生诊断为：心脏供血不足。并建议她日后随时要备着速效救心丸。桑嫣来不及跟宁红谈。她也不在乎。那一行字对她的刺激太大，她相信八成是崔姐或是她的同党在搞鬼。但问题是，一切是真的吗？……她又不能因为这一点恶作剧似的捕风捉影，就直接向宪魁求证。

有些话，有些事，不点破还能周旋；一旦点破了，就没有回头路了。

桑嫣反反复复掐算时间，细想日子，推算宪魁有没有在外头生孩子的可能性。她又想起婆婆的财产安排，深圳那个小公寓似乎暂时是无主的。难道婆婆早就知道真相？还是说伊若也知道，全家就她蒙在鼓里？

桑嫣越想越不安，头发都开始掉了。

她既不能问伊若，更不能问宪魁，他们是一伙的，如果逼急了，人家索性打开天窗，挑明了，她怎么办？她还没有想到妥善的应对办法。问老高呢，也不合适，那是个泥鳅，滑着呢，宪魁要在外胡来，搞不好高处寒就是打掩护的。老吴和鲍燕不就是例子嘛。

不行，她必须装不知道。只要她不承认，就是不存在。

宪魁来了，特地带了熬得稠稠的五黑粥。老桑的最爱。打开盖，宪魁巴巴地要喂。桑嫣怎么吃怎么不是滋味。"你辛苦。"宪魁把勺子递到她嘴边。桑嫣微笑："这不都是应该的嘛。"吃了几口，她又说："等回头闲了，还是再努努力。"

宪魁没反应过来，看着她。

桑嫣解释："不是说了再要一个吗？"

宪魁哦了一声，神态有点不自然。桑嫣道："干吗，不想要？"宪魁说怎么会，想要。

桑嫣幽幽地说："再努力几年，不行就死心了。"

宪魁拍拍她膝盖上的被子，什么话也没说。

好了，这边暂时算稳住了。住了几天院，许可凡来看了她。文娉打了电话，说忙，人没到。

能理解。老毛看到了不该看到的。她也怕尴尬。好在对文娉桑嫣倒是放心，她不是多嘴多舌的人。但会不会告诉老高，就难说了。

猛一下闲了，桑嫣又开始想凶手的事。过去她还有点犹豫。一来为子女积德，不想再追究太多；二来也不希望过去的事再被翻出来，伤了自己体面；三来也觉得对家应该会适可而止。谁能想到人家就是要赶尽杀绝呢。看来以守为攻、以静制动不是办法，她必须主动进攻。首先要弄清楚宪魁在外头的故事。再就是，掘地三尺，也要把这个万恶的小集团揪出来。

第一百三十五章 宁红
Di Yibaisanshiwu Zhang　　Ning Hong

办完会，桑嫣就消失了，宁红去紫玉山庄找人，门儿都没进去。去找文娉也不适合，她跟老高穿一条裤子，早就被"统战"过去了。

宁红只好去法院找可凡。事到如今，只有许可凡还能说上几句话，有斡旋的空间。刚下庭，可凡还穿着工作服，宁红站在法庭外，可凡让她稍等会儿。换了便服，两个人找地方说话。宁红有点激动："老许，你可是保证了的，说办完会谈，结果人影儿都不见！"

可凡延续冷静，问："红子，你的目的是什么？"

宁红语塞。她只顾着闹，都快忘了目的。她一着急有点结巴："他们……他们不能这么整人。"

可凡继续问："那他们反映的情况，是不是事实呢？"

宁红嚷嚷："这个谁能说得清楚！"

可凡换个角度："你的主要目的，还是要拿到钱，不能再对老吴有幻想。"

"那是，肯定没有。"

"老吴的情况,我也大致听说了,"可凡开诚布公地说,"大概率,还是有不规范,甚至触犯行业规则和法律的地方,别玩火啊!你当务之急是把自己摘出来,清清爽爽明明白白,而不是搅和进去,"停顿一下,斜着眼看人,"该断尾求生啦!"

宁红不作声,脸耷拉着。老许的话有理,她不得不考虑。可凡继续:"上市估计没戏,你现在是要在已有的盘子里去争取,该是你的蛋糕你分到,收兵!你不跟老吴谈,人早暗度陈仓了。"

"那女的说钱也都投进来了。"宁红气弱。

"她说是她说,你查过她银行账户吗?那人本来就是搞金融出身,她能不为自己留后路?没准钱早就转移出去了。"许可凡苦口婆心道。实际上,宁红也早就想离,许可凡离婚之前,她就闹腾许久了,可现在人家可凡都离了,她还耗着。她就是为自己这么多年的付出不值!总想捞回本儿,没想到却越陷越深。

周末,老吴回来看乃心,全程黑脸。宁红直接问他:"公司账面上还有多少钱?"吴冠军脸抽抽:"快成负数了。"宁红又问:"你个人资产呢?"吴冠军道:"房子给你了,我哪还有什么资产。"宁红保持冷静:"别把自己说得一穷二白,吴冠军,咱们离婚不离婚的,也闹了有日子,要不……"话没说完,吴冠军便抢白:"红子,你不会这时候离开我吧,咱可是一条船上的。"

宁红叹了口气:"船要沉了,我总不能还不下船吧,"抬眼看老吴,"要死也是姓鲍的陪你,她应当应分。"

老吴还要申辩。

宁红不让他说下去:"明细你自己列吧,别让我查了,你就当为女儿想,行不行。"话说到这份上,吴冠军也没法继续纠缠了。穷途末路,各自保平安,何况他们还有共同的女儿乃心。他作为爸爸,也该有点牺牲精神。

没几日,吴冠军果然来了。宁红刚开完会,在小会议室招待他。老吴把随手拎着的箱子摆上会议桌。宁红诧然:"干吗?"

"打开。"老吴很沉静。

宁红只好去开箱子。一打开,吓一跳。一箱子钱。太过直观,她连忙把箱子合上,钱烫手似的。

"你这……干吗呢……"

老吴声调依旧平稳:"走线上留痕迹,还是给现金吧,现在就这些,都给你了。"

"这多少？"宁红没概念。

"一百零五万。"

还有零有整的。

宁红道："这就把我打发了？"

"现在离，只有这么多。"

宁红看着老吴，不说话。她在观察他的微表情。她有这功夫，倘若他撒谎，她也能看出来。谁知老吴跟要上刑场似的，大义凛然，眼都不眨一下。

沉默在两个人之间拉锯。

宁红拍了一下箱子，道："要不这样，钱就这些，然后再加一条。"

老吴问是什么。宁红道："你不许跟鲍燕结婚，这辈子都不许领证。"吴冠军道："你这要求我可以同意，但这种协议是不受法律保护的。"

"意思是将来你要反悔？"

老吴有点激动了："我就是不反悔，孩子都有了，那不也属于事实婚姻嘛。"

宁红道："那不行，我这口气没出来。"

老吴走近半步，宁红下意识往后退。吴冠军似乎意识到不妥，又退回原地："要不你再想想，"他现在没精力争吵，"钱先放你这儿。"说罢，老吴抬脚走了。宁红望着他的背影，大觉夫妻做到这份上也是无趣。

入了秋，旗袍会一姐们儿做的品牌开皮草发布会，宁红应邀参加了。结果T台对面坐着房燕。宁红对她点点头。看那架势，左豪又起来了，所以房燕才能出来应酬。发布会结束是小型酒会。宁红肠胃不好，端着红酒杯却喝着柠檬水。

一抬脸，蒯姐站面前。

宁红微微点了点头，举了一下杯子。蒯姐笑呵呵地问："老妹，吃素啦？"

宁红没反应过来。

蒯姐道："咋喝这个？"

"戒了。"宁红冷面道。

蒯姐走到冷餐台边拿了块曲奇，又折回头："那不能戒，白水哪能随便喝。"宁红问咋还不能喝白水了。蒯姐半开玩笑地道："喝奶茶的女人，闺密多；"把曲奇嚼碎了，"喝啤酒的女人，朋友多；喝红酒的女人，情人多。"

"喝白水的女人呢？"宁红忍不住追问。

"家务多。"

宁红失笑。不远处,一群人围着房燕。众星捧月。宁红和蒯姐都看愣了。半晌,宁红幽幽地道:"她倒是缓过劲儿翻过身了。"蒯姐撇嘴:"命硬。"宁红:"听说你看过她八字?"蒯姐言简意赅:"看过,不是一般人。"两个人有一搭没一搭聊着,宁红有意让蒯姐帮忙算算。

房燕却款款走近了。

蒯姐反应快,换了一副面孔,热热闹闹巴结:"房总,"啧啧两声,"这身材,不穿皮草都可惜了,你怎么又瘦了你怎么又瘦了呢……"喜笑颜开地,"生抢模特饭碗。"

宁红不说话,嘴角微微上扬。算是给房燕面子了。房燕亭亭玉立着,也不吭声,只是用眼神对准了蒯姐。蒯姐终于意识到自己继续杵着不合适,识趣儿走了。宁红没话找话,问房燕曼蔓的事有进展不。

房燕只说尽力而为。

枫叶红的时候,宁红又提了一级,成公司的要人了。老吴只在女儿生日露了一面,就没再来找过她。公司被查的事仿佛静止了一般。宁红跟仇总掰了之后,就没再刻意找人,而是寄情工作,偶尔还带着乃心一起加班。弄得同事们不敢下班,只能陪着,背后没少说宁红坏话。

宁红不在乎。

她从小到大的原则,都是宁可做坏人,也不要做一个无关紧要的人。而且她看了董明珠的采访后,深深地认同一句话,"没有人恨你,你可能不是一个完人",她当然不是完人,但有几个人恨也是好的。

这日,刚开完会,下属刚把咖啡给买回来,忘了加奶。宁红正准备发火,鲍燕主动上门了。"你来做什么?"宁红不客气。鲍燕快速关上门。

宁红站起来:"有话就说。"

鲍燕一下哭了。

宁红诧异,不耐烦地说:"行啦,跟我这装病西施没有用,我也没说你什么。"

鲍燕嗓音都变了:"老吴……被带走了……"

宁红听得真,咖啡差点掉地上:"什么时候!"

"就上午……"鲍燕还在淌眼泪。

宁红喘气都急促了。她想过有这天——最坏的结果，但没想到来得这么快。她没心情呵斥鲍燕，眼下，她不能乱了阵脚，必须力挽狂澜。她打了几个电话，问情况，什么没问出来。无奈之下，只好跟毛文娉联系，文娉听了也着急。宁红呵斥："高处寒呢！电话也不接。"文娉说估计在律所，这个点正在开会。

宁红着急："文娉，咱们要还是朋友，你就把老桑电话告诉我，她肯定有别的号码。"文娉坚称不清楚。宁红明白这些朋友是没法儿交了。她最后打给可凡。可凡态度还算良好，立刻说帮忙打听打听，如果是直接带走，有可能会留置。她让宁红等通知。

一圈电话打下来，宁红觉得头发都要烧着了。秘书进来送文件，吓得又退出去。鲍燕还在哭。宁红听着心更烦，忍不住暴喝："别哭了！哭有屁用！"

霎时，哭声消失了。鲍燕咬着嘴唇，双眸带泪。

宁红继续骂："要你有毛用！"又叮嘱，"这事儿，谁都别说！"鲍燕啜嚅："爸知道了……"宁红问："哪个爸？"鲍燕语无伦次说老吴爸刚好打电话来……宁红气不打一处来，这种事怎么能告诉老人……何况鲍燕也不配叫吴老爹爸。

"回去吧。"宁红打发她，"有消息再说。"又批评，"你也别跟死的似的，你跟高处寒不是熟吗，怎么不用上，老吴现在才是你的正主儿！"

鲍燕不敢还嘴，呜呜咽咽走了。

宁红去接了乃心，又想着怎么找人问问情况，人是带走了，可究竟犯事到什么程度还不清楚。曼蔓就是例子，进去后，到现在都没出来。再一个，宁红也关心会不会连累到自己。事情发展到这地步，宁红后悔没跟老吴离婚。

等都忙完，屁股坐到家里椅子上，宁红才想起来给吴冠军他爸打电话。老人胆儿小，别受了大惊吓，又是麻烦事！打过去没人接，感觉不妙。直到晚间，吴家堂姐才回了电，她说老爷子急中风了，正在医院抢救。

第一百三十六章 毛文娉
Di Yibaisanshiliu Zhang　Mao Wenping

♦

　　老吴出事的消息传过来，文娉担心老宁会来闹，毕竟，在宁红眼里，虽然刘家濮家是罪魁，但高处寒也应当连坐，同样罪大恶极。文娉把担忧跟老高说了。高处寒不屑："找你也不怕，又不是你抓的人，是国家政府相关部门重拳出击，他应该反思自己，为什么不走正道，都这个时候了，理当伏法！宁红要是聪明的，就应该跟吴某人划清界限，再闹，一个不慎，自己也进去！"文娉吓得色变，她虽然越来越烦厌宁红，可也不希望她再出事，几个同学里，杨盼走了，曼蔓前途未卜，老宁再出岔子……真要兔死狐悲了。不过好在宁红竟完全没露头。文娉的理解是，她估计正四处奔走，无暇闹场。

　　近年底，老桑的基金会定制了礼物，一个套盒，里头装了些文创小玩意。毛文娉也收到一份。她打电话给老桑道谢。发布会已经过去有日子，尴尬慢慢消散，当然，文娉的原则是：装不知道。

　　闺密俩还有一处心照不宣：不提宁红。

　　不过在老桑这儿不能提，到可凡那儿提却无妨了。许可凡周末还要加班写判决，文娉到法院找她，吃了午饭，又回到办公室。文娉提起老吴的事。可凡说："早知如此，何必当初，不过这些做生意的人胆子都大，不铤而走险的有几个？"忽然小声，"中院就有个法官被抓了。"

　　文娉问怎么回事儿。

　　可凡声音更小："收了一千五百万。"

　　文娉叹了句天，问："收都收一千五百万，那这涉案金额岂不更大？"可凡冷笑："几亿？几十亿？"整理手头的材料，纸码齐了装进文件袋，"我都不明白这些人是咋想的，别说一千五百万，就是一个亿，也不能收，底线！底线！"文娉绕过去帮可凡捏肩膀："你是好法官，回头请你去泡温泉。"可凡忙说别了，还有那么多案子没整明白呢。文娉说你现在还管离婚官司吗？

　　"管啊。"可凡拍拍材料。

"那简单。"文娉微笑。

"简单?"可凡提着眉毛,"抚养权,财产处置,债务明细,哪样容易清?都得调查!"关掉电脑屏幕,"人还时不时给你整点事儿,一会儿给你一个裸聊记录,一会儿给你一段捉奸视频,且不消停!"摆摆手,"我跟你说,我都急死了,年底要求结案率,我是巴不得他们都撤诉。"

"他们撤吗?"

"不撤呀,"可凡道,"人说我来你这儿就是打官司的,我撤什么诉。"

文娉偷笑:"那你有麻烦了。"

可凡深深叹气:"对这些离婚的,我打心底里其实特别想跟他们说三个字。"

"啥,"文娉问,"好好过?"

可凡白了她一眼:"赶、紧、离!"全身放松,瘫在座椅上,"真羡慕你,到年底还有个假。"

是,年底的假,文娉已经找领导批好了。或许是她洋溢出的幸福状态被领导捕捉到,领导如今很少提起不结婚的事了,连刘处也好一阵没露头。文娉和老高约了摄影团队,定了行程,因为是冬天,所以还是不能免俗,坚定地往印度洋的小岛去。不过这些细节,文娉都没跟可凡透露。一切大而化之。她打算正式领了证,才请几个闺密吃饭,届时公布。

许可凡又提到要买房。文娉问她打算买哪儿。可凡说在考虑朝阳园。文娉当场就说不建议,说朝阳园是早年港商建的,虽然号称高级公寓,但户型都不规则,有的还是钻石型,不太吉利。可凡问那双桥呢。文娉又说很多带"桥"的,马驹桥、双桥、立水桥,那都是两区交接,属于真空地带,管理不完善。

可凡哟嗬嗬一声:"行啊你,成专家了。"

文娉笑着说:"我们单位那些女的整天研究这些,我在旁边听也听会了。"

不日,文娉和老高启程,头几天一路拍,两个人累得姿势都不会摆了,到第五天,才是自由活动。到酒店,什么都不管,先睡了个整天。晚上,两个人方施施然到海滩上溜达。

海水没过脚面,文娉的心忽然也柔软起来。过去她怕来这种安静的小岛,什么都没有,跟坐牢似的,现在却分外享受。原来,去哪儿不重要,重要的是跟什么人在一起。有老高在,她感到安稳。

脚下一刺,文娉叫了一声。老高忙问怎么了。文娉说有东西咬了她一下。于是连忙往沙滩上走,坐下来看,可能是脚底压到了尖锐石子儿,稍微破了点皮。老高二话没说,直接背起,一直送到酒店廊檐下的躺椅上。趴在老高背上,毛文娉忽然发现他竟然那么瘦。许是最近操心操的,肩胛骨都跟海面上凸出的岛似的耸着。

　　她拍他一下:"就知道你没按时吃饭。"又说,"光顾着伺候刘宪魁了。"老高不说话,递过来一条大毛巾。文娉想起来便问:"老吴被抓,可是得了某些人的意了。"

　　高处寒不含糊,虽然笑容没丢,但话却顶真:"人高兴高兴不是应该?有着大仇呢,老濮怎么没的?"

　　气氛陡然严肃。

　　文娉不藏着,欠起身子:"不能全怪别人,自己屁股就不干净。"

　　老高抢白:"谁屁股上没屎,能擦干净就行。"

　　文娉不爱听这话,她忽然想起办活动那天墙壁上的字,于是拐着弯讥讽:"你们男人是不是都这样,在外头做什么都不要紧,只要能隐藏好,相互打好掩护,就能瞒天过海暗度陈仓。"

　　文娉硬,老高又软下来:"瞧你,又一竿子打翻一船人。"文娉长驱直入地:"那你说,宪魁在外面有没有故事?"

　　高处寒嘀咕:"他的事,我哪知道。"

　　"那就是有。"文娉两臂抱紧了。

　　老高反击道:"你们女人是不是都这样,杯弓蛇影、草木皆兵、疑神疑鬼,上次问老吴,现在又问宪魁。"

　　文娉语速加快:"那老吴确实有问题呀!"

　　"宪魁跟老吴是一回事儿吗,"老高驳得也很快,"人什么家庭出身?经过多少见过多少?那鲍燕的糖衣炮弹,人宪魁眼皮子抬一下了吗?"

　　文娉躺平:"不说实话算了。"

　　云飘过来,月亮被遮住了。天地忽然暗了几个色号,除了酒店里透出的微弱的光,周围都沉了下去。好一会儿,夜色才重新温柔。文娉侧过脸,索性打破砂锅:"你不是帮他们去东北找过人吗?"

　　"那是找人生孩子,又不是找人当姘头。"

"生了吗？"

"人不是自己动手丰衣足食了吗，你咋老问这。"高处寒不耐烦了。文娉撇撇嘴，说："没想到你这么神通广大。"她本想把发布会当天墙上有字儿的事跟老高透了，可思来想去，还是觉得话不能从她嘴里说出来。这不是一般的事儿，还是别得罪老桑。

又躺了一会儿，文娉起来，往房间去。高处寒以为她生气，亦步亦趋："还不相信呀，我对着月亮，对老天发誓行不行……"文娉赶忙请他打住，愉快的旅行，不需要这种狠毒的誓言。

回到房间，冲了水。两个人盘坐在床上。文娉从行李里拿出个电笔似的东西。老高问是什么。

毛文娉郑重介绍，说是耳穴探测器，同事送的，一直没得闲用，这趟出来，特地带了。"耳朵伸过来。"文娉命令。老高果然伸出左耳。文娉装上电池，又让老高拿着耳豆板，她右手持探测笔，先在老高耳朵尖上点了一下。

高处寒揶揄："你这又是交智商税呢吧。"

文娉拧他一下，道："人体是个大电场，耳朵上的穴位对应着身体的各个部分，用探测笔，是找反应点的。"

高处寒拖着腔调："知道，跟足疗一样，关键你得有科学道理呀。"

文娉自信地道："当你身体的某个器官处于非常态，耳朵上相应的部位电阻也会变化，用探测笔寻找变化的部分，贴上耳豆，经常按压，就能起到保健和治病的功能。"高处寒笑说好像有点道理。文娉纠正："不是有点道理，是很有道理，发明这个的人已经被美国挖走了。还有针灸，西方多流行，我们还不重视。"

老高憨憨笑，说："行，你弄吧。"

文娉果断下笔。谁知，整个耳朵走下来，老高竟有百分之九十的部位都发出鸣响。文娉啧啧："看看你，还有好地儿吗，还不好好休息，还可着劲儿奔呢。"

高处寒苦笑："是不是你这产品的问题。"

文娉坚称产品没问题。她让老高给她测。结果，就几处发出鸣叫，需要贴耳豆。文娉对着说明书，语重心长："这算给你提个醒儿，你看你这心脏、肝、脾、肩膀、泌尿系统，还有这儿，腰骶椎、胸椎……都不好。"

高处寒幽默地说："你直接说我坏完了不得了。"

文娉轻打他："对，坏完了，你就是个坏人……"

说完这句，气氛蓦地暧昧起来。一路拍照，两个人还没来得及温存。文娉准备好了。这绯红色的夜。谁知在她还在思考如何度过这个浪漫的夜晚的时候，高处寒竟已经睡着了。文娉有点气闷，因为一路以来，她还没从他嘴里听到那三个字：我爱你。

第一百三十七章 许可凡
Di Yibaisanshiqi Zhang　Xu Kefan

◆

买房差点儿款，可凡不好意思跟尉迟开口。既然已经离了婚，就应该清楚明白。许可凡想清楚了，等买了新房，无论如何也要把尉迟清出去，眼不见为净。只是，眼下这点钱凑不上急死人。

可凡跟家里说了。她老妈立刻说了她一通："有钱不要，非来睬我的养老钱，你就不想想，你搁北京，一个人带着孩子，怎么过？将来我跟你爸倒了，连个腾出手的人都没有！我就不明白，那么好的男人摆眼跟前了，你咋就硬要往外推！"不用可凡说，她妈直接打电话跟尉迟沟通。尉迟乐于"赈灾"展现男子气概，主动找可凡谈。可凡怎么都不要。

尉迟和颜悦色地说："要不这样，算我借你的，行不行？"

可凡道："那得算利息。"她得有态度。

尉迟皱眉头："咱们之间用得着这样？房子买了，我闺女不住？"

"闺女住，你不住。"

尉迟推心置腹："凡凡，也这么长时间了，我也算经受住考验了，你咋就还不能翻篇呢，那就是个意外，就是多喝点酒闹的……"

许可凡说："那事儿只是一个爆发点，深层的原因是你现在发达了，想翻身农奴把歌唱，而我接受不了那种不尊重。"

尉迟抢白:"那我把你捧着、供着、掬着行吗?"

可凡十分镇静,她伸出右手,举平,来回晃:"这就是你的问题了,你要么就是踩着,要么就是供着,就没有一个平等待人的心,"重重吐气,"过去,我以为我们志趣相同目标一致,后来才发现根本不是,你是要做人上人,要踩在别人头上才舒服,而我,只想也只能做一个普通平凡的人。"尉迟急切地道:"人活着不就是这样吗,不是你制着别人,就是别人治了你,你天天给人断案,应该比我明白。"

"我就想活得像个人。"可凡咬紧牙关。

"可你也是女人。"

"女人也是人!女人靠自己也能行!"可凡愤怒,"女人也有尊严!"

尉迟软下来:"你这脾气,除了我,谁能受得了。"

许可凡脖子一偏:"不需要任何人受。"

尉迟还在叨叨着,说可凡交友不慎,又受工作影响,有职业病,动不动就喜欢审判人……许可凡无心听,忙自己的家务。一会儿工夫,尉迟走了。

女儿菲菲贴心,上来给老妈捏手臂,笑不嗤嗤说:"爸又离家出走啦?"可凡说随他。菲菲又说:"妈你该吃药了。"许可凡才想起来吃血府逐瘀丸。刚去医院找医生开过。菲菲小跑着把老妈那包药连带方子都拿过来。可凡胡乱翻着,菲菲去拿水。

突然,她看到袋子里的处方上写着年龄,有点陌生。哦……上次开药,还没过生日,这次开,生日过了,数字自然往上涨了。小小的变化,却很触目。没人记得她生日,包括尉迟,处方却明明白白记得。

可凡不禁惨然。

有人敲门,菲菲去开。尉迟又回来了。可凡别过脸,不理他。尉迟自顾自说:"拿钥匙。"又补充,"车钥匙。"

菲菲揶揄:"爸,这次打算走几天呀?"

门又合上。这次他真走了。

许可凡吃了药,深呼吸,随意歪在沙发上。菲菲陪了她一会儿。可凡怕女儿逃避学习,打发她进屋做作业。敲门声又响。这个尉迟!可凡心里那股火一下冒起来,她嚷嚷道:"别演戏了行不行!"

继续敲。可凡赤着脚,走到门边,没看猫眼就拉开门。桑嫣站在门口,神色凝重。可凡叫了声老桑,连忙让她进门。

一定有事。老桑可不是轻易上门的人。

可凡关好门,拢起头发,没等她发问,桑嫣站在玄关处便单刀直入:"崔姐做角膜移植手术,是王百味签的字。"可凡脑中嗡的一响。炸弹炸开,到处都是记忆碎片,许可凡凭借职业敏感迅速对号入座。小王给崔姐签字?那是不是意味着,他们是亲戚,或者至少认识,而且是很久之前就认识?

"哪来的消息?"可凡追问。

桑嫣说:"最新线报。"

"可靠吗?"

"绝对可靠。"

可凡急问:"文娉知道了吗?"这一向都是闺密仨共同行动,少了文娉不行。桑嫣冰冷地说:"现在我们谁都不能信,文娉周围也有可疑的人。"

可凡若有所思。

桑嫣跟着道:"老许,你就不想想,自打聚在了五环外,咱们这帮人里,老杨走了,曼蔓进去了,老宁破产了,我丢了孩子,你没了房子还离婚了,只有文娉受益青云直上,为什么?"

这消息太震撼,许可凡一时无头绪,在她眼里,文娉一直是好老乡、好闺密、好人一个:"你的意思是……老高……"桑嫣急切切地说:"只是怀疑,但不排除文娉已经被那伙人'统战',老许,现在只有你我是纯洁的。"

听上去像地下党接头。

"要不报警吧?"可凡提议。桑嫣说来不及了,又说既然知道了小王的过去,那就应该从小王突破。

"怎么突破?"

"把他叫过来,强攻。"

可凡问具体办法。她觉得老桑是有备而来,肯定有方案了。果然,桑嫣说最好把小王叫到紫玉山庄去,到她们的主场,就好施展了。"怎么叫呢?"可凡问。桑嫣道:"老许,你平时挺麻利一个人,怎么到关键时刻倒没主意了,"停顿一下,"电话你打,就说曼蔓的事有进展,请他到紫玉详谈。"

可凡从命,当场打了,小王很激动。桑嫣先行一步,许可凡安顿好菲菲就往紫玉山庄赶。到地方,王百味还没上门。许可凡紧张得手心都是汗,坐立不安。

她问桑嫣人来了怎么办。桑嫣披着风衣，冷静得好像个老刀客："你听我安排。"

许可凡只好深呼吸。

没多久，门铃响了。桑嫣换上笑容，亲自去开门。百味进门就问曼蔓怎么样了。桑嫣道："别急，没事，进来说。"王百味只好进门，许可凡跟着，脸发僵。进到一楼客厅，桑嫣道："小王，今天来跟你说的都是内部消息，还没官方公布呢，你可要保密。"

"桑姐放心，肯定保密。"王百味急切。

桑嫣主动拿出手机："我先来，手机掏出来，"放到桌子上，"我们都别录音。"桑嫣给可凡一个眼色。许可凡也连忙照做了，手机上交。王百味见状，也连忙把手机摆到台面上。桑嫣道："曼蔓这个案子，特别复杂，小王，今天请你来，也是让你帮忙整理整理材料，"又对可凡，"老许，把那些材料搬过来。"

可凡问在哪儿。桑嫣说就在地下室放着呢，太多了，估计不轻。许可凡不知往哪儿走，桑嫣一笑："都还不认识路呢，这边。"她领着往前，王百味也跟着，到地下室门口。百味第一个下。可凡跟上，再一回头，老桑拉住她胳膊。许可凡一下明白了，连忙后退。回到地面，桑嫣手法极快，三下五除二，把门锁死了。

"跟我来。"桑嫣小声对可凡。可凡跟紧了。两个人绕到院子后方，便能看到地下室通气的小铁窗了。百味正在大叫，看到人，他嚷："桑姐，许姐，这什么意思？"

桑嫣笑得瘆人："小王，别装啦。"

王百味慌乱："桑姐，是不是有误会？"他手抓住铁窗栏杆，跟囚犯抗诉似的。许可凡呵斥："小王，说吧，迟早要交代。"王百味委屈："我交代什么呀，不是说曼蔓的事吗……"桑嫣厉声："装，继续装！很好！你跟崔姐没有亲戚关系，你跟崔姐是北京认识的，那她换眼角膜手术签字，怎么轮得到你呢？你跟老陈家是什么关系？！来北京什么目的？！"随即又怪笑，"你们很厉害呀，一个潜伏到我这儿，一个摸到曼蔓身边。"

王百味抗辩说不知道她讲的是什么。

许可凡上前："小王我告诉你，你的底细我们已经查清了，现在跟这儿聊，就是给你一个坦白从宽的机会，我们完全可以报警，告你一个杀人未遂！起码也是从犯！"

"姐……我没有……真是误会……"王百味哀求。

桑嫣接过可凡的话，死死盯着百味："小王，崔姐杀人未遂还有投毒基本都是板上钉钉的事了，警方也在追究，现在你能不能把自己摘出来，就看你表现了，"呵呵地，"当务之急是自保呀弟弟！崔姐的手术你签字，你能脱得了干系吗？老实说，你是谁？你是不是陈烈香的傻弟弟？"

"她弟已经死了！"百味冷不丁跳出一句。

好了。露馅了。

桑嫣哈哈大笑："很好，你怎么知道她弟死了？看来你知道很多嘛，你们是来报仇的？团伙里还有谁？"

王百味矢口否认，说自己真不知道什么陈妈妈陈弟弟。许可凡道："你们这些人为什么要为老陈一家赴汤蹈火，值得吗？当年的事根本就是意外。"

桑嫣拉过可凡："别跟他废话！老高是什么人！说！"

百味哀求，说真不知道。

桑嫣指了指院子里的防火水箱，又俯视百味："看到了吧。"可凡惊，她小声对桑嫣："别冲动。"

桑嫣杀红了眼，轻轻拍巴掌："行，你不说，有种，那我也有本事让你说。"她反指自己，"我学也学会了。"说着，就要去接水管。许可凡两边顾不上，她急忙对地下室说："小王，有什么你就说吧，她可真淹你！……"王百味咬紧了："姐……我真不知道……你杀了我我也说不出呀……"

管子拉过来了。长长的似地龙。

桑嫣把手放在阀门上："小王，懂什么叫以其人之道还治其人之身吗？"

王百味终于扛不住，断断续续地说："崔姐是在省会认识的……我住贫民窟……她也是……她要做手术……没人帮忙签字……纯属帮忙……"

桑嫣揶揄："世界还真是小，省会遇到了，到北京也遇到了，那你这一趟，是陪着来复仇的喽？"

王百味说："我不是陪着……我是看着……是怕她做得太过火……"桑嫣尖叫："她给我下了那么久的避孕药！你阻止了吗？！你们这帮王八蛋！死一万次都不够！"说着，将龙头扭开，水喷涌而下。

王百味被冲得跌了下去。

许可凡见情势失控，连忙劝阻桑嫣，让她别冲动，杀了人可要偿命。桑嫣嗓子都劈了："他们杀了我的孩子！就应该偿命！……"王百味在"地牢"里喊："周阿姨知道我来这儿，我要是回不去……她一定给报警！你们也跑不掉！"桑嫣反应过来，问可凡哪个周阿姨。可凡还没来得及解释说是曼蔓妈周半芹，她手机便响了。

周半芹打来问情况，可凡只好躲到一边，假笑着接电话，说明曼蔓的情况。挂了电话，桑嫣手机响，是省会的号码。桑嫣撒开水管。许可凡连忙关了水。讲完，桑嫣脸色又一大变。可凡问怎么了。桑嫣颤抖着说："老陈弟的心脏给了老韩……"可凡不解，问哪个老韩。桑嫣道："老高，他本来姓韩。"又补充，"老陈妈也姓韩。"

可凡错愕得下巴快脱臼："那意思是……不是……那个……"桑嫣反应快："不行，宪魁跟老高还在天津，我得过去一趟，你看着这小子。"可凡魂飘到九天外，但事到如今，她只能"忠于职守"。

桑嫣补充："不要打给文娉，现在是关键时刻，"又对地下室小窗口方向，"你继续审，随时联系！"大门咣当一声响，桑嫣出去了。可凡腿发软，她勉强走了几步，好不容易挨到台阶边，才扶墙坐下。王百味还在争取自由。可凡不晓得哪来的力气，突然大吼："你歇会儿行吗？！"

第一百三十八章 桑嫣
Di Yibaisanshiba Zhang　　Sang Yan

车往天津方向开。桑嫣满头满脑都是往事，连起来了，大秘书那边一传来关键信息，所有的节点就都连起来了。老高和崔姐是分头潜伏，八成，王百味也有份儿。他们伺机报复，目的就是要折磨她们。杨盼，宁红，可凡，她……可曼蔓是无辜的呀。

想到这儿，桑嫣更加恨起文娉来，无论从哪个方面考量，毛文娉都是这场阴谋最大的获益者，她买了房，换了工作，风生水起，而这一切都是通过跟老高组队换来的。由此，桑嫣更加确定，文娉是被"统战"了。

上了高速，桑嫣还在疯狂打宪魁的电话。没人接，一直都没人接。她有种不祥的预感。午饭时间，或许宪魁在应酬？但这次去天津，是高处寒陪同，那等于在身边安了个定时炸弹！她必须把宪魁捞出来！

打吧！一遍接一遍。他总有看到的时候。

许可凡来电话，问她情况。桑嫣来不及解释，只大声说："你就把人看住！等我电话！"继续打给宪魁。

手机屏幕闪了一下。桑嫣喊宪魁。

听筒里一阵嘈杂声，跟着，是个低沉的男声："嫂子。"

是高处寒！桑嫣神经绷紧了："你哥呢？"

老高笑呵呵地说："喝多了，今儿高兴。"

"散了吗？"桑嫣竭力维持常态。

"没呢。"

"给我个定位，我让小濮送个材料过去，他离你们不远，也搁市区呢。"

高处寒问什么材料。

"合作的合同，要老刘签字。"桑嫣随口撒谎。

高处寒报了个地址，是家会所。桑嫣说好嘞。老高又问："小王去找你们了吗？"

糟糕！这他都知道了？桑嫣慌乱，她一时判断不出是说找了好还是没找好，情急之下，她道："说要找，刚好我在外头，回头再约。"

高处寒没多问，挂了。

深呼吸。情势比她想象的还严峻。不行，必须冷静。先联系小濮，他正在塘沽。桑嫣让他即刻出发，往市区会所赶。濮杰问什么事。桑嫣说到了再说。

车开得跟飞似的。风驰电掣到了会所，桑嫣跑着进包间，却发现一桌子人都散了。桑嫣急问服务员。服务员说人刚走。桑嫣只好再给宪魁打电话。没人接，改打给老高，这下通了。桑嫣直接问："你们人呢？"

高处寒道："嫂，哥儿几个往雾灵山走呢。"

"去那干吗？"

"玩玩。"

"让你哥接电话。"

688

顷刻，听筒里传出宪魁的醉言。

桑嫣低声急切地说："宪魁……宪魁你听我说……你先下车……"咳嗽一声，"你先别管……你先下车……离老高远一点……听到没有……宪魁！……宪魁！……"

刘宪魁意识不清，哪能听她的。

高处寒接过电话了，又喊嫂子。桑嫣只好赶忙换和善口气："你把定位发给我，我也正往那边走呢。"

高处寒说没问题。很快，宪魁的微信就发来了实时定位。桑嫣二话不说，加足马力，追吧。老实说，自从开车以来，桑嫣从未以如此快的速度前进过，这哪里是开车，简直是不要命。可是，不拼命怎么办，如果宪魁出了什么三长两短，别说她前半生的努力付诸东流，就是她的后半生，恐怕也翻不出什么花来了。十万火急，她必须力挽狂澜！

手机屏幕上，两车之间的距离忽长忽短，跟小蚯蚓似的。桑嫣意识到，这是高处寒跟她较上劲儿了。当他问出王百味找她的话时，两个人就已经心照不宣。游戏开始了。但这场游戏的主动权，暂时还掌握在高处寒手里。他有人质，不排除随时撕票，换了心脏的人是活不长的，活不长的人，更容易成为亡命徒。

桑嫣始终觉得其间还有关键信息她没掌握，老高接受过陈家傻弟的心脏，他跟陈家到底是什么关系？难道只是个普通的受赠者？普通的受赠者能有这么大仇恨来报仇吗？还是说，在捐赠之前，老陈妈跟他达成过协议？可如果是普通受赠者，根据国际惯例，器官移植依从双盲原则，他们根本就不应该认识。既然不认识，又何来复仇？一定还有瓜葛。不过这些眼下都不重要了，她只想把宪魁救出来。

小濮来电话了。桑嫣告诉他，进山有两条路，她走南向，让小濮走北向，双面包抄。濮杰问包抄谁。桑嫣道："追上再说。"报警都赶不及了，只能先追。

车进山了，山里有薄雾，半下午，天地阴沉，桑嫣坐在车里都能感觉到寒意。开了三公里，实时定位断了。桑嫣连忙打电话过去，宪魁的手机暂时无法接通。再打给老高。一样。桑嫣有点慌。高处寒为什么要来这儿，方便杀人？可是，从跟宪魁的通话听，这地儿似乎也不是老高要来的。

打开大灯，放慢速度。桑嫣仔细搜查着，可一直开到山里的村庄，也没见车影儿。

已经没路了。桑嫣打给小濮，他的车还在行进，桑嫣只好掉头去追小濮。半

689

个小时后,两个人会合。小濮问:"嫂,到底什么事呀?"桑嫣长舒一口气:"你哥有危险。"濮杰大惊:"什么危险……"桑嫣果断地说:"报警,继续找人。"濮杰愣在那儿。桑嫣突然尖叫:"报警呀!"濮杰慌忙拿出手机。电话打过去,警方不能确认刘宪魁是否真有危险,桑嫣只好给王伯伯大秘书打电话,简单说明情况。很快,大秘书就找了一批人过来协助搜寻。

天黑透了。山里不能走车,桑嫣和小濮,还有大秘书找来的安保公司的人,以及桑嫣高价请来的村民,打着手电,在山里寻人。从村口路隘的监控看,车子没有开出大山。只是,这层峦叠嶂,又是夜间,找寻的难度实在太大。桑嫣让小濮继续打宪魁和老高的手机。没信号这点就不对头,她的手机有信号,许可凡还来电话了,问怎么处理王百味。桑嫣建议继续关押。

可凡道:"再这样下去属于犯罪了。"

桑嫣尖叫:"高处寒要杀人了你知道吗?!"

整整找了一夜。天快亮,民警来了。桑嫣给伊若打电话,嚷嚷着要找直升机。一个村民来报,说山涧下有辆车。一群人赶忙往下去。

近了。桑嫣跌跌撞撞跑在最前头。

是宪魁的车。

血涨满了,汇聚在头部,桑嫣觉得自己要裂开了。

一片车门撂在乱石滩上。

桑嫣喊宪魁。没人答应。

"刘宪魁!"她又喊了一声。

声音在空谷回荡,跟鬼魂在游荡似的。

她来到车前。车头瘪了,显然经过剧烈撞击。

驾驶舱,高处寒头耷拉着,额头有一大块血迹。人没死,他还在呼吸。桑嫣双手抓住他衣领,"宪魁呢!"老高气若游丝,他的眼珠子动了动。"少跟我搞鬼!"桑嫣低喝,"我知道你是谁!"

人下来了。村民说:"这儿有个人。"濮杰率先跑过去,桑嫣赶忙跟上。干涸的石滩上,一个人背朝天、脸朝下趴着。桑嫣喉头发紧,是宪魁的衣服……她不敢往下想,腿也打软。濮杰连忙扶住她。两个人艰难地往前挪步。

"宪魁……"桑嫣的声音颤抖,"宪魁……"她靠近了。民警跟过来了。村民围观。濮杰上前给那人翻身。刘宪魁的面目暴露在天光下,脸色青灰,似乎已没了呼吸。桑嫣扑上去,摇动:"宪魁!"他的身子冰冷。她回头喊道:"救人呀!"人们都围上来,警方确认刘宪魁已经没了呼吸。桑嫣大放悲声,哭得惊天动地,宪魁是冻死的……一定是老高,是他!他故意把车开到这个人迹罕至的地方……假作车祸……故意不报警……眼睁睁看着宪魁冻死……他的目的达到了……她都懂……见死不救……设计得真是精心……愤怒在胸中膨胀,桑嫣忽然弹起来,疯了一般冲向车子,伸出双手死死卡住老高的脖子,声嘶力竭:"我要你死!!!"

  警察们却不允许这种简单的谋杀案在眼前发生。桑嫣感觉自己被强大的外力撕扯、制伏,她的眼泪这才重新喷涌,无告地转头:"他是凶手!……他是凶手!……"她突然感觉天旋地转,跟着便失去了意识。

  眼前一片惨白,好像是医院。桑嫣动动手指,掐了腿一下,还能感觉到疼,她还在人间。伊若的脸第一个出现面前,都是泪。桑嫣有气无力:"你哥呢?"伊若瞬间哭得更厉害了。

  有答案了。

  桑嫣明白,她从此失去了丈夫。"濮杰呢?"桑嫣问。伊若说他去善后了。桑嫣又问老高呢。伊若说还在抢救。

  "扶我起来。"桑嫣强撑着。刘伊若连忙搭了把手,桑嫣好不容易起来了。"我们得去报仇。"桑嫣郑重地说。伊若不懂找谁报仇。桑嫣叫道:"是高处寒杀了你哥!"伊若呆在那儿,她不懂嫂子的逻辑。

  桑嫣不解释,直接往外走,伊若只好跟着。迎面,许可凡站在那儿。对视了一下,可凡连忙往这边凑。桑嫣直问:"小王呢?"

  可凡羞愧地说:"放了。"

  桑嫣痛心疾首:"他是罪犯!"

  许可凡不吭声,半低着头。

  桑嫣凶相毕露,问:"老高呢!死了吗?!"随行的护士说正在抢救。桑嫣嗷嗷:"警察呢!"伊若说都在外面候着。桑嫣一意孤行往手术室去,伊若、可凡跟着,想拉,桑嫣甩胳膊,直冲到门前,却看见毛文娉站在那儿。

  文娉叫了声老桑。

  桑嫣却二话不说,手起,一个巴掌稳稳击中文娉的左脸颊。毛文娉头偏到一边,再扭过脸,眼神错愕。她被打蒙了。桑嫣激动地喊道:"我们哪儿对不起你!

你要跟这种人为伍！你犯罪了知道吗？老高犯罪了知道吗？！"又想起宪魁，悲痛再次袭来，"宪魁有什么罪……他有什么错……他是无辜的……"眼神陡然锐利，"你们一个都跑不掉！"

一转头，王百味从外面跑进来，气喘吁吁。桑嫣直指他，对伊若道："你还站着干什么，他们杀了你哥！警察呢！"世界坍塌了，桑嫣知道，无论她再怎么努力，也无法重建。都是罪……都是孽……她又要抬手，文娉吓得后退。

百味叫道："跟毛姐没关系！"

许可凡上前，厉声："小王，毛姐救了你，你却让毛姐担委屈？你们是谁？到底什么关系，还不说？憋到什么时候！"

王百味面露难色。是，要不是文娉来电话、找帮手，可凡不会那么快放人。老高的事故，间接让百味提前获得自由。王百味叫声了姐，支吾。可凡招呼他到一边去。桑嫣不由分说，上来就是一个窝心脚。王百味摔了个大马趴，疼得直叫。医护人员吓得绕着走。众人赶忙上前拉住桑嫣。一名护士贴着墙，怯怯问："谁是病人家属？手术签字……"

文娉和百味异口同声："我！"

许可凡诧异，对百味："你是他家属？什么家属？"

桑嫣失控："都是魔鬼！"

百味反击："你才是！陈烈香死前一段时间，你天天约她锻炼，美其名曰冲体育分拿奖学金，实际你是知道她有先天性缺钾的毛病，一旦高强度运动，大量出汗，就会损失大量的钾！所以最后烈香姐才根本起不来床！钾缺乏的典型症状就是四肢无力，严重的甚至瘫痪、呼吸困难，最终心脏骤停死亡！你嫉妒她！你恨她！你恨不得她死！……"

桑嫣呆在那儿。所有人都看她。她厉声否定："胡说！不是事实！我比她优秀千倍万倍！我用得着嫉妒她？！你造谣要负责任！你是谁？警察呢！杀人犯在这儿！还不抓走！"伊若上前搀住桑嫣。桑嫣这才反应过来："谁是你姐？！你是她弟弟？！"可凡看文娉："老陈弟不是大头吗，不是说死了吗？"院方保安来了。跟着，人群分为两拨，可凡、文娉带着百味走，桑嫣他们被安顿到另一去处。

第一百三十九章 毛文娉

门关好了。文娉和可凡对着百味。许可凡率先拿出法官的姿态:"小王,我放你出来,就是为了能开诚布公,这个时候你要再不说,将来可能就只能对警察或者法官说了。"

王百味揉着心口:"姐,我真没犯罪……"

文娉直问:"你和老高是怎么回事?"

可凡道:"小王,不着急,慢慢说。"

王百味扭捏,半天才道:"不知道说什么。"

可凡提着口气:"那我问你答?"

百味不作声,算同意了。

许可凡立刻进入状态:"刚才你说的老桑那事,你是怎么知道的?"

"我去找了杨实诚,"百味直言,"杨盼日记里记着呢。"可凡立即道:"所以也只是你根据日记的猜测。"

"是正常的推理,里面记了桑嫣找陈烈香去加大运动量锻炼的事。"

可凡反问:"老陈会不知道自己的身体情况吗?还是说是她自愿?你还有其他证据吗?或者说只是老杨日记的一面之词?"

百味激动:"她就是有这个心!"

可凡伸手示意他停,继续问:"那你们是做什么的?你和崔姐是什么关系?"

"没有关系。"

"没有血缘关系?"

"没有。"百味恢复平静。

"崔姐和老陈家也没有血缘关系?"可凡追下去。

"没有。"

"那她为什么要这么做,"许可凡问,"就因为陈妈妈给她捐了角膜?"

百味眉毛突然倒竖:"姐,你怎么就不明白呢,陈姐一走,毁掉的是一个家庭!毁掉了全部的希望!你们害了陈姐!"

文娉纠正:"我们没害她。"

百味急速地说:"这就是害!不作为也是作恶!陈弟弟去世了,陈妈妈绝望自杀!你就不想想,如果陈姐还在,那个家是不是又是另一种模样!就、就像多米诺骨牌一样,蝴蝶效应,小小的一个错误,就能引发一场灾难!"

可凡插话:"这些跟你有什么关系?跟崔姐有什么关系?"百味深呼吸,半晌,才道:"崔姐多年前被拐卖,是陈妈帮她逃了出来,后来又都在省立医院附近治病,崔姐卵巢切除,陈妈帮了不少忙,两个人原本相约在崔姐完全失明前,去旅行一次……结果陈妈妈自杀,角膜捐了……"

话音没落,毛文娉就觉得脑袋嗡嗡直响。这是复仇。老高八成也牵扯其中。真不敢相信,一切是个局?是场梦?!她已经沉浸,该怎么醒来面对残酷的真相?

许可凡站起来,绕回去问:"那老高呢,老高跟你什么关系?"百味不作声。可凡逼近了:"你为什么是他的亲属?什么亲属?你不是说你无辜吗?"又说,"放心,我们都没录音,你说的一切,就我和你毛姐知道,而且你不是不知道,你毛姐马上要跟老高结婚,你要真是老高的亲属,那很快你跟文娉也是一家人了,咱们关起门来说话,跟老桑不同,我们不会告发,我们只想知道真相,进而好好帮助你,帮助处寒。"

王百味还是不肯吐露真言。

文娉再加一把火:"百味,我跟老高是要过一辈子的,我有知情权,老高原来姓韩,他姓韩,你姓王,你们是什么亲属?"

可凡看文娉:"跟陈妈姓韩。"

这古怪的弯弯绕。

许可凡更靠近王百味:"你们是什么亲属?"

百味犹豫好一阵,才艰难地说:"他是我哥。"

文娉大惊。可凡语速加快:"哥?什么哥?表哥?还是认的哥?"

"亲哥。"

大地裂开一条缝。文娉觉得自己耳朵快聋了、眼睛快瞎了。真相能量太大。

许可凡着急:"小王,说都说了,别挤牙膏了。"

王百味的讲述断断续续,甚至支离破碎。文娉和可凡需要不断梳理,才能拼贴出整个事情的全貌。高处寒是百味的亲哥,从小身体不好,有先天性心脏疾病,两岁时又得了脑炎,后来脑炎好了,健康状况却依旧不容乐观。家里当时生活困难,王家就想着把老大送到别家养。谁知怎么都送不出去。陈妈妈结婚后一直没孩子，见高处寒可怜，收留在家，后又生了烈香和小儿子。高处寒长到九岁，家里情况好了，又提出要接回去。陈妈同意了。但高处寒融入不了王家，对陈家却有很深的感情。高处寒的心脏一度稳定，但头些年恶化，陈弟去世，陈妈把儿子的心脏捐给了老高……老高有意侍奉养母，谁知陈妈妈却自杀了……听完讲述，毛文娉泪流满面，她想起曾经问起老高身上的疤，他用开玩笑的口吻说是年少顽劣，挨过刀。谁又能猜到这里头有那么多心酸往事……

许可凡责备百味怎么不早说。王百味道："我害怕他们会出事，所以一直跟着，他们让我跟着曼蔓，说只有于曼蔓是不相干的人……"

许可凡问："那朱佩芸呢，还有老高女儿？"王百味说他们是假结婚。可凡问为什么。百味说老高有一次犯病，是朱姐第一时间发现，救了他一命。"朱姐喜欢我哥，"王百味说，"但那个女孩是朱姐跟前夫的，当然，他也是觉得想要打入刘哥的圈子，单身不方便，离异反倒更容易……"文娉跟听天书似的，浑身发冷。

许可凡深挖："你认识我前夫吗？"

"知道尉迟大哥。"

"他妈生病，进口药是老高介绍的，也是计划的一部分，是老高策划的？"

"应该不是。"百味否认，"崔姐鲁莽，我哥根本就不会主动害人，他只是要折磨你们，至于结果，都是每个人咎由自取，是有些人的欲望太大！"

"那老杨的死呢？"文娉叫道。

"意外，"王百味道，"或者怪桑嫣。"

许可凡说："如果崔姐不给老桑下药，导致老桑一直不能怀孕，老杨或许就不会死。"

王百味低头，无言。

许可凡道："所以她也作了恶！"

文娉声音颤抖："那我呢，怎么没害我？"

王百味刚开始说不知道，后又解释说可能老高不忍心。"他很少跟我聊你的事。"百味补充。问到此处，毛文娉觉得心里似乎被各种滋味填满了，她恨、她怨、她悲痛、她惋惜……所有的一切集中到心头，她终于负荷不了，哭了出来。许可凡顾不上文娉，补问："那蝙蝠呢？"王百味说："那玩意儿是他们弄的，我看着都害怕。"

百味说完了,他撒谎了吗?毛文娉也不清楚,这曲折惊险的故事,谁也不能保证它的版本真实,然而,结果却是如此惨烈而真实。宪魁、杨盼走了;曼蔓进去了;处寒倒下了;剩下的人,永远活在痛苦中,谁也不能置身事外。文娉仰头向天,长长地吐了口气。许可凡拍了拍她的背。护士推门进来了,找家属。王百味忙问情况怎么样。护士说:"病人的情况不容乐观。"百味和文娉同时睁大眼睛。

走廊里还有桑嫣的叫骂声,是隔着门板传出来的。文娉、可凡、百味站在病房门口。高处寒躺在那儿,显得那么单薄。百味要往里进,可凡拉住他。文娉一个人走了进去。刚踏进病房,毛文娉的眼泪就又下来了,不受控制地流淌。她觉得自己淌的不是眼泪,是血,是心被扎破了,流干了人就没了。

她走到病床跟前,蹲在处寒身边。他更瘦了。才多久工夫,他就比去海岛时又瘦了一圈,脸上的骨骼也凸显出来,嶙峋的。他的睫毛铺在眼睑上,根根分明。听到动静,他睁开眼,努力发出声音,但却很微弱。每一个字都没法独立传播似的。他原本麦色的皮肤,因为没有血色,而变得惨灰惨黄。

文娉一看到他这样,眼泪更加奔涌。她恨命运。她恨命运的安排,无从更改。如果早一点遇到,早一点知道,结果会不会不一样?她会劝他放下仇恨,拥抱生活,走在阳光下,地久天长……然而,哪有什么地久天长呢。她抓住他的手,半响才说:"你为什么这么傻。"老高闭上眼。

她又说:"你就没想过以后吗?我们的生活。"

他又把眼睛睁开了,望着她。

她觉得这一双眼就是两汪深潭。她似乎读懂了,又似乎永远读不懂。

"你为什么不报复我?"文娉问。

高处寒嘴角飘过一丝笑意:"这不就是最好的报复吗?"他的话很轻,却字字扎在她心上。很好,很对,这就是最好的报复,爱了又离开,爱而不得,他成功了,这完美的复仇,可是,她怎么办……文娉趴在被子上失声痛哭。他竭力伸出手掌,抚摸着她的头发,终于说出她一直以来想要听到的那三个字。

她抬起头,声嘶力竭追问:"我怎么办……我怎么办……"他却很轻松一般:"说好了,下辈子,我去找你……"

文娉哭得心要呕出来。

"给我一个记号……"他艰难地说。

泪眼蒙眬，她不懂什么意思。

他动了动额头。

明白了。文娉探过脖子，把嘴唇贴在他额头上。这就是今生的记号，下辈子的信物。这是真实的，此时此刻的感受是真实的，是一颗心换另一颗心，爱与爱的交换、传递。然后，一切转瞬即逝，一切都来不及……眼泪滴在他面庞上，文娉胡乱说着："早知道……如果是这样……当初就……"每一个句子都是断章，但又好像都传达了意思。再低头看，高处寒面容平静，没了呼吸。毛文娉怔了几秒，然后，泪水再度决堤。

第一百四十章　大结局

门打开了。可凡觉得空气都是甜的。不可思议，她又有新房了，好地段，好户型，好学区，房产证上只有她一个人的名字。不过这次，她还是得感谢尉迟，倘若没有他的"资助"，她不可能这么快如愿以偿。因此，钥匙一拿到，便很有必要带尉迟过来看看。

大大的客厅，朝南的双卧，北面还有个小间，可凡打算暂时做书房。她做梦也想不到，活到这个年纪，她在北京竟然也能有个独立书房了。选房的时候，尉迟还是那个话，说买个小三居，将来老人来住，或者人口多，就省得再换了。可凡笑道："还换什么，这就是我的退休房。"是啊，菲菲是女孩，可凡不需要娶儿媳妇，房子的事暂时无须考虑。不过，许可凡觉得尉迟说这话，是为他自己留后路，什么增添人口，八成，他就是想复婚，万一有机会了呢。可凡不点破。

"进啊。"可凡把门敞大了。尉迟笑笑，迈步进去，他现在的步伐是"鹅行鸭步"，很有点成功人士的意味。可凡领着他，东看看，西看看。尉迟问这是自采暖还是集体供暖。许可凡说这一片都是自采暖,也是趋势。尉迟用脚跟摩擦地板:"热吗?要不再走根管儿,加个壁挂炉。"可凡说不用。

尉迟又问还装不装修。

可凡说:"早住一天就少交一天房租,还装啥,刷个大白直接搬家了。"

两个人往飘窗边上走。

尉迟忽然转过身。

不妙。他眼神不对劲儿。可凡感觉出来了。她先发制人,半开玩笑地说:"你可别乱来,我们现在不是夫妻,任何强迫行为都是犯法。"

尉迟浅浅一笑,似有无奈。

一定是想提复婚。房子买了,他是功臣,所以,打算要求论功行赏。老实说,离婚后尉迟寅的表现还算差强人意,加上老妈一意鼓吹,可凡也有点犹豫。

过了一会儿,尉迟才道:"别说不是两口子,就是两口子,我也不会强迫,我都说了多少遍了,过去那就是个意外,短暂的脑电路失灵。"又补充,"在我眼里,你就是个好法官,好妈妈。"

可凡不理他,转身朝反方向。

尉迟突然叫了声她小名。

鸡皮疙瘩起来了。

许可凡转过身,看着他,光从背面剪出他身影,还是那一小嘎儿。她等他下文。他又不说了。

许可凡偏偏头,诧异。

尉迟这才道:"跟你说个事。"

可凡笑:"我都知道。"

"你知道了?"尉迟反问。

"又升职了,又赚钱了。"

尉迟耸耸肩,好像松骨似的:"不是这个。"

"好事坏事?"可凡俏皮。

"说不清。"

"说吧。"

尉迟口气柔和:"我准备结婚了。"

耳膜鼓了一下。结婚？不是复婚是结婚？这句子在可凡脑中转了好几个圈，才终于豁然，这结婚与她无关。"恭喜你。"许可凡维持着基本的礼貌。尉迟看看手表，说还有点事儿。可凡不拦着。于是他迅速撤退了。

门开了又闭合，跟一张嘴似的，瞬间就能吞了生活。屋子里只剩她一个人。许可凡蓦地感觉这空气的味道又变了。不是甜，也不全是酸，更谈不上苦，而是那种迟滞的、浓稠的、晦涩的味道。好像这满屋的墙皮刮下来烩成一碗粥。这纠结！直到此刻，她才百分百确认，她跟尉迟的故事彻底结束了。

窗外有小白点。可凡走到窗前，拉开窗，小雪花混合着冷空气扑进来，她伸出手，雪花落在手心，立刻就粉身碎骨了……可凡忽然想哭，可转瞬之间，她又觉得没什么可哭的，哭给谁看呢……对着茫茫的天，许可凡突然大叫，声音混在雪幕里，转瞬便不见了。

一楼楼道口，宁红一脸焦急。吴家堂姐把她的手往回推。宁红嚷嚷："你不能走，这就不是我的事儿，跟我有什么关系呀……"堂姐推她："红子，你辛苦点，你是大善人大好人，就当行善积德，挨那么几天，"大喘气，"没准儿过一阵，冠军和小鲍就出来了，他们指定给你磕头……"宁红长一百个嘴也说不清，"磕什么头……我要他们磕什么头……这不是胡闹嘛……"

好说歹说，他堂姐还是走了。宁红只好回屋。咳、呸。这不造孽嘛，吴家老头走了，临终把什么大宝贝孙子皮皮托付给了她。宁红哭笑不得。都什么脑子！都咋想的！她跟老吴有仇，她跟鲍燕仇更大！孩子托付给她，就不怕她虐待孩子？！可是老太爷有理，生死遗言倒是清楚明白，他说小鲍家里没人，你跟冠军还是夫妻，这房子给你，你好歹管孩子一阵。嘻！要不是看吴老头是个快死的人，宁红真能当场给他一拳头！她管得着吗她！她不吃人就算积德了，还让她做慈善！

进门了，房内暖烘烘。乃心站在当门口，抬脸看妈妈。然后，再把眼神射向床边上坐着的那个男孩。宁红跟着女儿的视线望过去。那男孩皮皮，大大的眼睛，看似很无辜。宁红在心里骂，你无辜可不行，你爹你妈不无辜呀！

乃心转头问："妈，你是想当好女人，还是坏女人。"

宁红一咬牙："我还是当坏女人吧我……"说着，大踏步前进，好像刽子手去给犯人行刑。谁知还没近身，皮皮就突然尖叫。那气息绵长，不去唱歌剧都可惜，那分贝高涨,不把窗户震裂才怪。

乃心堵住耳朵。

宁红骂:"王八蛋小祖宗,没人咋着你!"

话音刚落,男孩再度启动尖叫模式。

宁红嚷:"再叫就把你丢出去你信不信!"

男孩闭嘴了。

乃心突然轻叫了一声,往窗口跑。

确认了,才欢跳着:"下雪了!"然后迅速穿衣服出门,男孩也跟着。宁红本想阻止,可架不住孩子们玩雪的热情,她只好也穿上衣服,跟在后头。

雪越下越大,很快没过脚面。

乃心下定决心要堆个雪人。皮皮在旁帮忙,两个人玩得不亦乐乎。宁红站在走廊下,眼前短暂的欢乐似乎让她暂时忘记了爱恨情仇。算了,过了今天再说,宁红想。"别脱手套!"她还不忘时不时嚷两句。她终究还是个妈妈。

看守所大门响了一声,裂出条缝儿。一个人脑袋探出来,然后才是身子。周半芹第一个嚷出声,带着眼泪飞扑过去了。于曼蔓抱住老妈。母女俩什么都没说,愣是哭了半分钟。直到门卫打发她们,才终于挪了地方。

百味上前,送上豆腐。曼蔓接过去吃了两口。不远处,房燕和文娉一人站在一边。于曼蔓快速走向房燕,站定了,两个人眼里都有泪光。半晌,竟什么都没说,房燕给了她一个大拥抱。于曼蔓似乎感觉又回到了合租的日子。只不过现在,她已经不必给房燕"上课"。

再转头,文娉对她招招手。

曼蔓小跑过去。文娉解释说,老桑、可凡、宁红都忙,她是代表。

曼蔓微微颤抖,笑问:"你好吗?"

文娉迟疑,又扬起笑脸:"好。"

"老高呢?"曼蔓又问。

她还不知情。

"忙去了。"文娉咬着牙。

车开过来了。文娉跟曼蔓拥抱了一下:"去吧。"于曼蔓说回头再聚,转过身,又回头，再转身跑回来，再一次拥抱，然后才恋恋不舍上车。

看着于曼蔓远去的背影，文娉觉得，这也许是她最后一次见曼蔓，至少短期内是。崔姐进去了，曼蔓出来了，百味全身而退。他有带曼蔓离开北京的意思。周半芹也说，北京不适合他们。北京真是个孤独的城市啊……文娉感慨。她何尝不想离开，可是，又能去哪儿呢。

这座城市，就是她的宿命。

下雪了，毛文娉开着车，行驶在繁华的街道上，城里是积不住雪的。文娉走进电影院，胡乱买了张票，胡乱坐进去，看什么不重要，她只是暂时不想回家，她想坐在人堆里。手机响，是领导的电话。文娉迅速调整状态："没问题，马上到！"

"女士你好，给您介绍这位胡小军教练可以吗？"健身房小妹一脸诚恳。

桑嫣不耐烦："我找的就是李红芳教练，你说给介绍胡小军，什么意思？"小妹连忙让桑嫣稍等。过了一会儿，又进来说今天李教练休息，不在馆里，不过已经联系上了，教练马上赶过来。

桑嫣摆了摆手，让小妹出去了。她可以等。事实上，宪魁走后，她查看他的电子遗产，才发现他跟这个叫"芳"的女人往来密切。原本，桑嫣想算了，人都走了，还计较这些做什么。可等伊若又去了加拿大，小濮也回了浙江，她闲极无聊，少不了又胡思乱想。过去，她搬到五环外，就是为了防这个叫李红芳的健身教练。结果呢，防不胜防。她倒不相信宪魁会瞎了眼找她。但就是好奇，她好奇这个李红芳是什么货色，那就当回客户，一看究竟。

迷迷糊糊，桑嫣靠在沙发上冲盹儿。门开了。她睁开眼。跟前站着个高高大大的跟青蛙似的男人。男人笑容可掬。桑嫣不客气："我只找李红芳教练。"

男人更进一步："您好，我就是李红芳。"

桑嫣呆住。李红芳随即开始自我介绍，然后是课程介绍，他还要为她定制独家训练方案……

直到走出健身房，桑嫣头还是蒙的。宪魁反复找的"芳"竟然是个男的？难道……冷风扑面，她也快速拍脸。她不愿意想下去，再往下想就纯属是恶心自己了。

存者且偷生，死者长已矣！

手背有点凉。抬头看路灯,小雪花你争我夺抢着在灯光下显影。桑嫣苦笑,笑雪花,笑自己,笑命运。她不戴帽子,任凭雪花落在头顶。停车场一片洁白,还是片"处女地"。桑嫣并不顾及,重重踩上去。一个脚印跟着一个脚印,仿佛鬼影似的,悄无声息,跟在她身后。